suhrkamp taschenbuch 5258

AF214653

Freitag, 14. Juni 1940: An dem Tag, als die Nazis in Paris einmarschieren, werden am Gare d'Austerlitz vier Polen ermordet aufgefunden, und ein weiterer begeht kurz darauf Selbstmord. Inspecteur Éduard Giral beginnt gegen alle Widerstände zu recherchieren. Sehr bald mischen sich in seine Ermittlungen Wehrmacht, Gestapo und Geheime Feldpolizei ein, während im Hintergrund der enigmatische, skrupellose Major Hochstetter von der Abwehr die Strippen zieht und ihm mal als Gegenspieler, mal als Verbündeter begegnet.

Als unvermittelt Girals verlorener Sohn Jean-Luc auftaucht, der seinen Vater für einen Opportunisten und Feigling hält, muss er multidimensionales Überlebensschach spielen, mal mit der einen, mal mit der anderen der beteiligten Gruppen (schein)paktieren, um seinen Sohn irgendwie aus der Schusslinie zu schaffen und letztendlich seinen Job als Polizist zu machen und die Morde aufzuklären.

Chris Lloyd studierte Spanisch und Französisch, lebte über 20 Jahre in Katalonien, später in Grenoble, im Baskenland und in Madrid, wo er Englisch unterrichtete und für einen Schulbuchverlag sowie als Reiseschriftsteller arbeitete. Heute lebt er als Übersetzer und Schriftsteller in Südwales.

Andreas Heckmann, geboren 1962 in Oldenburg. Studium der Germanistik und Geschichte in Marburg und Freiburg. Lebt in München als Schriftsteller, Literaturkritiker und literarischer Übersetzer aus dem Englischen.

Chris Lloyd

DIE TOTEN VOM GARE D'AUSTERLITZ

Kriminalroman

Aus dem Englischen von
Andreas Heckmann

Herausgegeben von
Thomas Wörtche

Suhrkamp

Die Originalausgabe erschien 2020 unter dem Titel
The Unwanted Dead
bei Orion Fiction, einem Imprint der Orion Publishing Group Ltd.

Erste Auflage 2022
suhrkamp taschenbuch 5258
© der deutschsprachigen Ausgabe Suhrkamp Verlag AG, Berlin, 2021
Copyright © 2020 by Chris Lloyd
Alle Rechte vorbehalten.
Wir behalten uns auch eine Nutzung des Werks
für Text und Data Mining im Sinne von § 44b UrhG vor.
Umschlagfotos: mauritius images/Keith Lloyd Davenport/Alamy,
mauritius images/BNA Photographic/Alamy
Umschlaggestaltung: Lübbeke, Naumann, Thoben, Köln
Druck und Bindung: CPI books GmbH, Leck
Printed in Germany
ISBN 978-3-518-47258-3

www.suhrkamp.de

DIE TOTEN VOM GARE D'AUSTERLITZ

Freitag, 14. Juni 1940

1

Zweierlei geschah am 14. Juni 1940.

Vier Unbekannte starben in einem Bahndepot, ein fünfter Mann sprang vom Balkon.

Es geschah noch mehr am 14. Juni 1940.

Die Soldaten der Panzerjäger-Abteilung 187 wollten beim Einmarsch in Paris möglichst gut aussehen, also wuschen sie sich im trüben Wasser des Ourcq-Kanals, sechs Kilometer vor der Stadt. Beim Wettlauf um die besten Quartiere bezog Generalmajor Bogislav von Studnitz das Hôtel de Crillon, und deutsche Offiziere legten ihre verstaubten Uniformen auf die edelste Bettwäsche der Stadt. Und in der Sommersonne tröteten endlose Wehrmachtskapellen die menschenleeren Champs-Élysées entlang, bis schließlich ein riesiges Hakenkreuz über dem Grabmal des unbekannten Soldaten entrollt wurde – für den Fall, dass in Paris noch immer irgendwem nicht klar sein sollte, dass wir verloren hatten.

In meiner Welt aber starben vier Unbekannte in einem Bahndepot, und ein fünfter Mann sprang vom Balkon.

»So ein verdammter Gestank«, fluchte Auban.

»Respekt vor den Toten, wenn ich bitten darf«, sagte ich zu ihm. Ermittler Auban, ein Rabauke vom rechten Rand, der sich durch die dreißiger Jahre geschlagen hatte, war ein harter, muskulöser Bursche. Um das zu betonen, trug er sogar in der zunehmenden Hitze eines Sommervormittags eine schwere Lederjacke und ein weißes Hemd, so eng geschnitten, dass es die Brust betonte. Er funkelte mich an und wandte sich ab.

»Hier entlang, Inspektor Giral«, erwiderte er mit zusammengebissenen Zähnen; Angst überwog unübersehbar seine sonst so anmaßende Frechheit. Ein kurzer Blick nach rechts und links verriet mir, warum.

Längs der Gleise standen reihenweise deutsche Soldaten – ein Spalier anonymer Gestalten, die reglos zugesehen hatten, wie ich über die rußverschmierten Schwellen des Depots zu Auban ging. Die Männer rechts verdeckten zum Teil die tiefstehende Sonne; ihre langen Schatten fielen auf das Öl und den Dreck des Depots, und sie musterten uns genau. Links dagegen starrten harte junge Gesichter teilnahmslos. Aus kaum fünfzig Metern Entfernung fixierte mich ein Offizier mit ausdrucksloser Miene. Das waren die ersten Deutschen, die ich an diesem Tag sah, sie gehörten zur Vorhut, die in die Stadt einmarschiert war. Sie beobachteten uns stumm, ihre Maschinenpistolen wiesen zu Boden, das Feldgrau ihrer Uniformen sog die dunklen Wolken vom Himmel.

»Sind die schon die ganze Zeit hier?«, fragte ich Auban. Er nickte.

Wir stießen zu sechs Schutzpolizisten, die neben drei Güterwagen auf uns warteten. Das sonst so betriebsame Depot südlich des Gare d'Austerlitz war ungewöhnlich still. Keine Zugbewegungen. Wir bahnten uns entlang der Gleise einen Weg durch den Müll. In den Straßen ringsum und überall in der Stadt war er wochenlang nicht abgefahren worden, während die Deutschen auf Paris vorgerückt und Abfälle die geringste Sorge gewesen waren.

Auban hatte Recht: Es stank. In der Luft lag der Geruch von Tod und Verwesung. Ob er vom Tatort kam, der auf mich wartete, oder von der Stadt, konnte ich nicht entscheiden. Unter dem wachsamen Blick der deutschen Soldaten passierten wir im Durcheinander der Gleise einen toten Hund; die geschwollene Zunge hing ihm aus dem Maul, seine Augen waren panisch geweitet. Fliegen schwirrten auf und setzten sich wieder auf das verwesende Fleisch. Ich zögerte kurz. Da war noch ein Geruch, schwach, aber beißend – wie bittere Ananas in schwarzem Pfeffer. Nur dass er etwas anders war als damals. Ich schüttelte den Kopf, um die Erinnerung loszuwerden.

Ein Polizeisergeant eilte am Gleis entlang auf uns zu. Mir stockte der Atem, und fast wäre ich getaumelt, was Auban indes, wie ein Seitenblick zeigte, nicht bemerkt hatte. Nur mühsam konnte ich angesichts des heranhetzenden Mannes meine Panik unterdrücken. Eine schwere Gasmaske verunstaltete sein Gesicht, und der Geruch, der am Rand meines Sensoriums gelauert hatte, flutete endlich mein Gedächtnis.

Mit dumpfer Stimme hielt der Sergeant uns Gasmasken hin. »Die müssen Sie aufsetzen, Eddie.«

Mit etwas zittrigen Fingern griff ich nach einer Maske. Es war das übliche Heeresmodell. Nicht viel besser als die, die wir hatten tragen müssen, als Deutschland zuletzt gegen uns in den Krieg gezogen war. Ich versuchte, meine Atmung unter Kontrolle zu halten und nicht wieder die dunkle Panik zu durchleben wie vor einem Menschenleben, als ich zuletzt so eine Maske getragen hatte. Ich erinnerte mich an einen anderen Morgen, damals, als ich kurz Gas in Nase und Augen brennen spürte, ehe ich noch rechtzeitig die Maske aufbekam und durch den gelben Nebel die Unglücklichen sah, die zu lange mit dem Aufsetzen gewartet hatten und nun qualvoll am Boden eines Schützengrabens starben.

»Nur eine Vorsichtsmaßnahme«, hörte ich den Sergeanten sagen. »Das Gas hat sich bestimmt schon verflüchtigt, aber wir gehen besser auf Nummer sicher.«

Er führte uns zu sechs Schutzpolizisten, die eng zusammenstanden und Masken trugen.

»Guten Morgen, Eddie«, sagte der einzige Zivilist zu mir. »Zuschauer haben wir ja nicht jeden Tag.«

Bouchard, der Gerichtsmediziner, war – obwohl nur ein paar Jahre älter als ich – immer im altmodischen Cutaway unterwegs und trug seine grau melierten Haare nach hinten gekämmt wie ein Philosoph der Belle Époque. Obwohl auch sein Gesicht unter einer Maske steckte, beruhigte mich seine Gegenwart.

»Schwieriges Publikum. Ich lasse Sie nachher den Hut rumreichen.«

Der Sergeant winkte uns, ihm zu folgen. Wortlos führte er uns zu drei Güterwagen auf einem Nebengleis, deren Schiebetüren geschlossen waren. Er zeigte auf den mittleren Waggon. Das Belüftungsgitter knapp unterm Dach war mit Lumpen verstopft. Ein kleines Loch zeigte, wo sich die Füllung gelockert hatte. Ich nickte dem Sergeanten zu, um ihm zu zeigen, dass ich verstanden hatte.

Wir drei gingen zum Waggon. Auban blieb zurück. Das Schloss war bereits geöffnet; eine Metallstange, offenkundig verkeilt, um die Tür versperrt zu halten, lag am Boden. Vorsichtig schob der Sergeant sie auf, beugte sich vor, erklomm die Metallstufe, zog sich hoch und wies auf etwas an der Wand gegenüber: ein Häufchen dunkle Glasscherben und ein Fleck, der auf dem Holzboden kaum zu sehen war. Gelblicher, vom Sergeanten aufgewirbelter Staub schwebte im spärlichen Licht und sank langsam wieder auf die rohen Bretter.

»Chlor«, sagte er mit verzerrter Stimme.

Ich kletterte hinein, Bouchard mir nach. Meine Augen mussten sich kurz an das Halblicht gewöhnen – und an den unwirklichen Anblick des trüben Innenraums durchs billige Glas der Maske. Ich wünschte, sie hätten es nicht getan. Ein Mann, dessen Hand noch zur Tür wies, lag zusammengesunken an der Wand gegenüber. Er war gestorben, als er das Schloss hatte aufbrechen wollen. Erneut sah ich die verzweifelten, vorquellenden Augen und die geschwollene Kehle, von denen ich gehofft hatte, sie nie wieder zu sehen. Der gleiche durchsichtige Speichel war vom Kinn auf die Brust geflossen. Ich atmete flach unter der engen Maske.

Der Sergeant wies nach links. Auch dort Glasscherben am Boden. An der Wand darüber zeigte ein feuchter Fleck, wo die Flasche am Holz zerbrochen war. Unter dem Gitter lag ein zweiter Mann, in der Hand etwas von der Füllung; auch sein Gesicht war rot und geschwollen. In seinen Zügen standen die gleiche Qual und Panik. Hinter ihm lagen noch zwei Männer. Kratzspuren auf den Planken zu ihren Füßen zeigten, dass sie vor dem Gas hatten fliehen wollen, ihre Köpfe waren in letzter Ergebung gegen die Wand geschmiegt. Ich hatte Schützengräben voller Männer gesehen, die so dalagen, doch selten war ihr Anblick so verzweifelt gewesen wie in diesem schmutzigen Güterwagen auf einem Nebengleis am ersten echten Morgen meines neuen Krieges.

Ich spürte eine Beklemmung nach meiner Brust greifen, die nicht vom Gas kam, sondern von dem Gefühl, die Maske kralle sich in mein Gesicht. Keine Sekunde konnte ich sie mehr tragen, riss sie vom Kopf, stand an der Waggontür und atmete die Außenluft gierig ein. Der Sergeant sprang auf mich zu, ich sah den Schrecken unter seiner Maske.

»Sind Sie wahnsinnig, Eddie?« Seine Worte waren kaum zu verstehen.

»Das Gas ist weg, das haben Sie doch selbst gesagt«, antwortete ich verärgert, um meine Angst zu verbergen. Dann wandte ich mich wieder zum Waggon, blieb aber an der Tür. »Hier können wir nicht arbeiten. Bringen Sie die Toten raus, damit Doktor Bouchard eine erste Untersuchung machen kann.«

»Das ist unüblich, Eddie«, widersprach Bouchard.

Ich betrachtete die Szenerie im Güterwagen und davor. »Was Sie nicht sagen. Schaffen Sie die Leichen raus.«

Widerwillig befahl der Sergeant einigen seiner Männer, die vier Toten ein Stück vom Waggon wegzutragen. »Einer von euch sammelt die Glasscherben der Gasbehälter und steckt sie in getrennte Schachteln«, befahl er. »Mit Handschuhen.«

»Und behalten Sie die Masken auf«, fügte ich hinzu. »Chlor ist schwerer als Luft. Falls davon noch was da ist, steht es am Boden des Waggons.« Das hätte ich mir sparen können, denn nur ich hatte die Maske abgezogen. »Entfernen Sie die Abdichtung von der Lüftung und schließen Sie die Türen. Das Gas muss ganz abgezogen sein, bevor wir die Wagen genauer untersuchen. Hat es sich erst richtig mit der Luft draußen vermischt, richtet es keinen Schaden mehr an.«

Bouchard war aus dem Waggon gestiegen und hatte seine Maske abgezogen. Er rückte die Halbbrille auf der Adlernase zurecht und sah zu mir hoch. Seine Miene war besorgt.

»Ich habe das alles schon erlebt«, versicherte ich ihm. »Das Gas ist weg, das weiß ich. Kann die Gerichtsmedizin von Lumpen Fingerabdrücke nehmen?«

Er blickte skeptisch. »Schwierig. Und es ist niemand mehr da, der es versuchen könnte. Nicht mit diesem Pack in der Stadt.« Er wies auf die Deutschen und folgte der ersten Leiche zu einem freien Fleck am Boden, zwanzig Meter vom Waggon entfernt.

Ich sprang vom Waggon, warf meine Maske auf den Boden, atmete im Weggehen tief ein und dachte ausnahmsweise nicht an den Ruß und die Korrosion, die der Stadt die Luft abschnürten. Schwerer schwarzer Rauch hing am Morgenhimmel und warf einen Schatten über Paris. Der Rauch kam von den Treibstofflagern vor der Stadt. Einige sagten, unsere abziehende Armee habe sie angezündet. Andere vermuteten, die amerikanischen Ölgesellschaften hätten die eigenen Depots angesteckt. So oder so, den Deutschen hatte das Öl nicht in die Hände fallen sollen. Allerdings schien das für die Besatzer keine Rolle zu spielen. Es waren nur wir Pariser, die unter dem Dreck litten, der sich in Mund und Nase und unter die Kleidung tastete. In der Nacht hatte es geregnet, zum ersten Mal seit einem Monat, und ich musste vorsichtig zwischen den Gleisen über die hölzernen Bahnschwellen gehen. Ihr Öl- und Rußbelag war dicker als sonst – und wegen des schwarzen Taus, der gefallen war, lebensgefährlich.

Ich sah Bouchard eine Voruntersuchung der vier Leichen

beginnen, die auf Planen am Boden lagen. Das war natürlich ungewöhnlich, erschien mir aber als einzig mögliche Option. Die eigentliche Obduktion würde er in der Gerichtsmedizin durchführen. Jenseits der drei Wagen schauten die Deutschen über das Gleisgewirr hinweg weiter stumm zu. Ich hatte sie fast vergessen. Hinter ihnen stand ein zusammengewürfeltes Durcheinander aus Behelfshütten, die im Laufe der Jahre eine niedrige Silhouette gebildet hatten und meist illegal erbaut worden waren. Wären die Soldaten nicht gewesen, hätte ich ein paar Flics dort nachschauen lassen. Nördlich der Waggons lagen Werkstätten und überdachte Gleise und dahinter links der für Passagiere zugängliche Bereich. Im Süden verschwanden die Gleise auf ihrem Weg ins Umland in den Straßen der Stadt. Ich sah sie schmaler und schmaler werden und wäre ihnen einerseits gern gefolgt, andererseits aber nicht, wie ich erstaunt feststellte. Hinter mir führten viele Gleise von Süden nach Norden. In der Mitte stand ein wackliger Turm, zu dem eine schmale Treppe hinaufführte; von dort ließ sich das gesamte Depot übersehen.

Ein Schutzpolizist, vom Sergeanten geschickt, kam mich holen. Auch er hatte die Maske abgezogen und schleppte nervös sein Gewehr über der Schulter. Seit die Deutschen in den Ardennen durchgebrochen waren, trug die Polizei in der Stadt Gewehre – wohl um jede Straßenecke zu verteidigen. Nun wirkten die Waffen wie ein nutzloses Stück roter Stoff, das eine Provokation für die einmarschierten Truppen darstellte. Der Polizist vor mir trug sein Gewehr unwillig.

»Die Arbeiter, die den Waggon geöffnet haben, sind da drüben, Eddie«, erklärte der Sergeant, als ich wieder zu ihm stieß, und führte mich zu einem stämmigen Mann um die fünfzig in Lederjacke und blauer, ölbefleckter Latzhose. Er sah aus wie Mussolini im Kleinformat, nur mit dunklem Haarschopf und ohne das streitsüchtige Kinn.

»Le Bailly«, stellte er sich vor. »Ich bin hier auf dem Bahnhof der Gewerkschaftsfunktionär.«

»Das sollten Sie im Moment besser für sich behalten.« Ich wies andeutungsweise zu den Deutschen. »Waren die schon da, als Sie den Waggon entdeckt haben?«

Er nickte. Der Boden unter uns erzitterte. Le Bailly und ich sahen uns an und erkannten die Erschütterung. »Da kommen noch mehr von den Dreckskerlen«, sagte er.

Der Lärm von Lastwagen und Panzern, die durch die Straßen unserer Stadt rumpelten und deren Reifen und Ketten den Boden erzittern ließen, unterstrich nur die seltsame Stille im Bahndepot. Mittendrin klingelte ein Telefon. Ich blickte auf und sah den deutschen Offizier ruhig in ein Feldtelefon sprechen, das ein Soldat für ihn hielt. Dabei ließ er uns und die übrigen Polizisten nicht aus den Augen und nickte. Ich wandte mich wieder Le Bailly zu.

»Haben Sie sonst noch jemanden gesehen?«

»Nein.« Er wies auf zwei andere Arbeiter ein kleines Stück weiter. »Wir haben nur den Geruch bemerkt, und ich hab ihnen gesagt, sie sollen schnellstens weg von den Waggons. Ich war im letzten Krieg. Diesen Geruch vergisst man nicht.«

Da musste ich ihm Recht geben. Ich rief Auban heran und trug ihm auf, mit den beiden Arbeitern zu sprechen, einem großen Schwermütigen mit wucherndem Oberlippenbart und einem gedrungenen, rundköpfigen Schwergewicht, dessen Miene so feindselig war wie Aubans Gefälligkeit.

Ich sah ihm nach und wandte mich wieder an Le Bailly. »Woher sind die Waggons?«

»Die standen über Nacht hier und waren für einen Zug bestimmt, der am Morgen fahren sollte. Aber heute ruht der Verkehr.«

Ehe ich eine weitere Frage stellen konnte, hörte ich ein Geräusch. Le Bailly reagierte im gleichen Moment wie ich. Noch eine Erinnerung an den letzten Krieg: Gewehre, die entsichert wurden. Ich drehte mich um und sah den deutschen Offizier auf die Polizisten bei den Waggons zugehen. Seine Soldaten folgten ihm mit erhobenen Waffen. Die Truppen von der anderen Seite kamen unterdessen auf uns zu. Ich spürte die Pistole in meinem Holster. Der Offizier sprach mit einem der Uniformierten, und der zeigte auf mich. Prompt kam der Deutsche auf mich zu, flankiert von vier Soldaten.

»Sie leiten hier die Ermittlungen?«, fragte er mich in passablem Französisch. Er hatte die Luger gezogen und hielt sie vage in meine Richtung. Von dieser Sorte hatte ich im letzten Krieg jede Menge erlebt, auf unserer Seite und der des Feindes. Sie wirkten, als sähen sie sich andauernd auf einem Schimmel und würden auf uns andere, die wir im Dreck verfaulten, herabschauen. Mit seinen weißblonden Haaren und den markanten Wangenknochen schien er unberührt von dem Ruß und dem Gestank, mit dem wir anderen uns konfrontiert sahen.

»Ja. Die Gegenfrage erübrigt sich.«

»Warum das?«

»Sie sind als Einziger nicht verdreckt.«

Er richtete die Luger etwas betonter auf mich, und ich sah ihn zögern: Sollte er unsicher lachen oder mich erschießen? Beherrschung und ein mattes Grinsen siegten. »Ich bin Offizier der Wehrmacht. Sie irren, wenn Sie denken, ich nehme es hin, derart angeredet zu werden.«

Ich wies auf die von den deutschen Soldaten mit gezückten Waffen abgeführten Polizisten. »Und ich bin müde und wütend und versuche, meine Arbeit zu erledigen, obwohl Sie und Hitler mir in die Quere kommen. Sie irren, wenn Sie denken, ich nehme es hin, dass meine Mitarbeiter derart malträtiert werden.«

Sein Grinsen wurde etwas breiter. »Das merke ich mir.« Er wandte sich ab und rief seinen Soldaten einen Befehl zu. Sie wichen ein wenig von den anderen Polizisten zurück und senkten die Gewehre. Der Offizier drehte sich mir wieder zu; seine weiterhin erhobene Waffe war nicht direkt bedrohlich, aber deutlich genug. »Ich bin Hauptmann Karl Weber von der 87. Infanterie-Division der Wehrmacht und muss Ihnen mitteilen, dass das deutsche Oberkommando den Befehl gegeben hat, alle Franzosen zu entwaffnen.«

»Aber wir sind die Polizei.«

»Die Polizei auch. Ich muss Sie bitten, Ihre Waffen abzugeben.«

Wie die Soldaten die Polizisten anstarrten, ließ mich an Füchse im Hühnerstall denken. Ich sah keine Alternative. »Habe ich Ihr Wort, dass den Polizisten nichts passiert?«

»Ja.«

Ich bedeutete den anderen, ihre Waffen abzugeben. Die Soldaten sammelten die Pistolen und Gewehre eilig ein und brachten sie einem Unteroffizier am Rand des Geländes. Hauptmann Weber behielt mich die ganze Zeit im Auge. Seine Miene war ein seltsames Zugleich von distanzierter Herablassung und lächelnder Unverfrorenheit.

Ich händigte ihm meine Pistole aus.

»Danke«, sagte er.

Er rief einen Befehl, und die Soldaten hoben ihre Waffen. Ich hörte einen sein Gewehr spannen, sah Weber an und spürte meine Wut wachsen. Doch mit mattem Lächeln rief der Offizier einen zweiten Befehl, und seine Männer zogen sich auf ihre ursprünglichen Linien längs der Gleise zurück.

»Ich lasse Sie jetzt weiter ermitteln«, sagte er und machte sich zu seinen Soldaten auf. »Ich denke, wir wissen jetzt, woran wir miteinander sind.«

»Warum sind die immer noch da?«, fauchte der Sergeant. »Wir sind unbewaffnet.«

Bouchard und ich schauten unwillkürlich auf. Reglos wie die

Heldenstatuen, die sie so liebten, standen die deutschen Soldaten noch eine Stunde später aufgereiht da, während wir Bouchard bei der Untersuchung der vier Toten zusahen. Nur der Offizier redete und ließ eine Litanei von Bemerkungen los, die wir in der Ascheluft nicht verstanden, die die Männer rechts und links von ihm aber lachen ließen.

»Nicht wegen uns«, sagte ich zum Sergeanten. »Sondern zur Gleissicherung. Damit unsere Armee nicht mit der Bahn ausbrechen oder in die Stadt vorstoßen kann.«

»Haben wir denn eine Armee?«, bemerkte Bouchard.

Zwei junge Polizisten kamen mit Kartons. »Die beiden Gasbehälter«, sagte einer. »Was davon übrig ist.«

»Aufs Revier damit«, sagte ich. »Zu Sergeant Mayer.«

Mit deutlich erleichterter Körpersprache eilten sie zu den am Südeingang des Depots geparkten Streifenwagen und verließen die Szene. Auban und acht Schutzpolizisten warteten in der Nähe auf Bouchards Weisung, die Leichen wegzutragen. Zu den drei Bahnarbeitern waren sechs weitere gekommen; alle standen ein Stück entfernt. Ihre Neugier war größer als die Angst vor den Deutschen.

Der Sergeant und ich durchsuchten die Kleidung der Toten. Sie war einst von guter Qualität gewesen, nun aber zerlumpt. Alle Taschen waren leer. Kein Geld. Keine Papiere, um sie zu identifizieren.

»Ausgeraubt?«, fragte der Sergeant. »Oder Flüchtlinge?«

»Oder beides.« In einer Jacke entdeckte ich ein Etikett und zeigte es ihm. »Vermutlich Ausländer. Diese Jacke kommt aus einem Ort namens Bydgoszcz.«

»Das ist in Polen. Hab ich in der Wochenschau gesehen.«

Unwillkürlich betrachtete ich die vier Männer. Was mochte sie hergeführt haben, zu ihrem Tod in einem dreckigen Bahnwaggon in einer fremden Stadt, ohne alle Habe und ohne Ausweis?

»Es dürfte Chlorgas gewesen sein«, unterbrach Bouchard meine Gedanken. »Wenn ich sie aufgeschnitten habe, weiß ich mehr, aber davon können wir ausgehen.«

»Chlor?« Ich war mir nicht sicher. Der Geruch war nicht ganz so, wie ich ihn in Erinnerung hatte.

»Wie sind sie denn gestorben?«, fragte Auban den Arzt. Er hatte nicht im letzten Krieg gedient und besaß das krankhafte Interesse derer, die zu Unrecht glauben, sie hätten etwas verpasst.

»Ganz grässlich, wenn Sie es wirklich wissen wollen. Das Chlor hat mit der Flüssigkeit in ihren Lungen reagiert, sich in Salzsäure verwandelt und sie von innen zerfressen.«

»Oh Gott«, sagte der Sergeant. »Was für ein qualvoller Tod.«

Nun wäre meine Stimme doch beinahe gebrochen. »Ja. Ich hätte nicht gedacht, das noch mal zu sehen. Wir können nur hoffen, dass es wirklich das letzte Mal war.«

»Würden Sie darauf wetten, Eddie?«, fragte Bouchard und richtete sich langsam auf.

2

Ich war allein in einem Strom von Gleisen. Die letzten Flics hatten die vier Leichen zu einem Lastwagen getragen. Auban war gegangen. Bouchard hatte seine Tasche zuschnappen lassen und wartete auf mich.

»Gehen wir zusammen zum Parkplatz?«, fragte er.

»Ich bleibe noch. Wann obduzieren Sie?«

»Morgen.«

»Heute Nachmittag.«

Bouchard nickte und betrachtete die Soldaten ringsum. Sie schienen unruhig zu werden. »Bleiben Sie nicht zu lange, Eddie.«

Ich sah ihm nach, warf dann dem deutschen Offizier einen kurzen Blick zu. Die Sonne stand inzwischen hoch, ein Schweißtropfen lief mir über die Wange. Ich rieb ihn weg, entdeckte einen Rußfleck auf der Fingerkuppe, schaute ein letztes Mal auf den Waggon, der noch immer Spuren des verschütteten Gifts in die Luft abgab, musterte das Depot und ging südlich zum Tor und zu meinem Wagen, wobei mir metallgraue Blicke folgten. Ich hörte einen Gewehrbolzen schnappen, und als ich aufsah, stand ein Soldat neben Hauptmann Weber und schob eine Patrone in den Verschluss. Weber sah mich an, hatte noch immer die gleiche Miene distanzierter Geringschätzung und richtete seine Finger wie eine Pistole auf mich.

Ich hob die Hand zum Gruß. »Nicht, wenn ich dich zuerst erwische«, murmelte ich lächelnd.

Im Auto entgleiste meine Mimik, ich stützte den Kopf in die Hände. Die Gasmaske. Ich schloss kurz die Lider und sah sofort eine Rauchwolke. Langsam tauchte ein Graben aus dem Dunst, und der Lärm von Granaten und Gewehren wurde schnell lauter. Eilends öffnete ich die Augen wieder, und gleich waren Bilder und Geräusche verschwunden. Ich spürte mich am ganzen Körper zittern. Diese Bilder hatte ich über zehn Jahre aus meinem Kopf halten können und geglaubt, sie nie mehr zu sehen.

»Sofern die mich nicht zuerst erwischen.«

Ich vergewisserte mich, außer Sicht der Deutschen zu sein, griff nach der Leiste, die ich hinterm Armaturenbrett angebracht hatte, zog die daran mit einer Klemme befestigte Luger hervor und betrachtete sie. Die Waffe hatte ich einem deutschen Offizier in den Schützengräben vor Verdun abgenommen und bewahrte sie normalerweise in meiner Wohnung auf, als Teil eines überwunden geglaubten Rituals. Noch einmal würde ich es nicht wagen, die Augen zu schließen. Kopfschüttelnd zog ich stattdessen die kleine Manufrance-Pistole aus dem Klemmverschluss gleich daneben. Sie sah aus wie ein Kinderspielzeug, erfüllte aber ihren Zweck. Ich klemmte die Luger wieder hinters Armaturenbrett und schob die Manufrance unters Hemd in den Hosenbund.

»Ich bin Polizist und trage eine Waffe«, sagte ich und dachte dabei an den strahlenden Hohn im Blick des deutschen Offiziers.

Ich fuhr Richtung Fluss und Polizeizentrale. In den leeren Straßen war eine Unwirklichkeit der anderen gewichen. Unser Scheinkrieg war plötzlich real geworden, fühlte sich aber so illusorisch an wie sein Vorgänger. Paris war bald einen Monat lang eine Geisterstadt gewesen und wurde nun heimgesucht vom Getöse schwerer Reifen und Stiefel auf Kopfsteinpflaster. Ich hörte harte, kriegerische Musik durch die Säle der Stadt hallen, als ich über ausgestorbene Alleen und verlassene Boulevards fuhr, an leeren Mietshäusern und verrammelten Läden vorbei, die mir wie Münzen auf den Lidern eines Toten erschienen. Je reicher die Gegend, desto leerer die Straßen. Millionen waren vor der Ankunft der Deutschen aus der Stadt geflohen, zwei Drittel der Bevölkerung. Die Alten und Armen aber hatten sich nicht absetzen können. So wenig wie die Polizisten. Es gab kein Leben, keinen Betrieb. Paris war noch da, aber es war nicht mehr Paris.

Kaum bog ich in eine Hauptstraße, stoppte mich ein deutsches Motorrad mit Beiwagen. Ich griff nach der Pistole im Hosenbund, aber die beiden Soldaten wandten sich von mir ab und sahen einer Blaskapelle zu, die siegreich an einigen französischen Zivilisten vorbeimarschierte, in deren Mienen Furcht und Trotz standen. Ein kleiner Junge schmiegte sich an seine Mutter und wollte nicht hinsehen. Ein älteres Paar weinte lautlos. Die Kapelle zog vorbei, und der Soldat im Seitenwagen winkte mir, weiterzufahren. Unsere Straßen gehörten jetzt den Deutschen; unsere Rolle war es, ihnen Platz zu machen.

Während die Kapelle leiser wurde, bauten zwei deutsche Soldaten, die ihr im feldgrauen Lastwagen gefolgt waren, vor dem Rathaus des Arrondissements einen Lautsprecher auf. Neugierig stieg ich aus, um zu sehen, was vorging, und stand neben einem alten Mann in einem einst weißen, längst kragenlosen Hemd.

Der Lautsprecher erwachte pfeifend zum Leben und teilte uns in akzentlastigem Französisch mit, dass deutsche Truppen Paris besetzt hatten.

»Was ihr nicht sagt«, höhnte der Alte. Er gefiel mir.

Der Metalltrichter ermahnte uns, Ruhe zu bewahren – eine Aufforderung, der unbedingt Folge zu leisten sei.

»Das dürfte reichen«, ergänzte mein Kommentator.

Uns wurde zudem mitgeteilt, das deutsche Oberkommando toleriere keinerlei Feindseligkeit. Aggression oder Sabotage würden mit dem Tod bestraft. Waffen seien abzuliefern, und alle müssten die kommenden achtundvierzig Stunden zu Hause bleiben.

»Nur für den Fall, dass es Ihnen schwerfällt, ruhig zu bleiben.« Der Alte sah mich kopfschüttelnd an und schlurfte davon. Mit seinem Gesicht wie ein alter Armeestiefel wirkte er, als sei er schon bei der Belagerung von Paris durch die Deutschen 1870/71 dabei gewesen.

Ich sah zu, wie die beiden Soldaten den Lautsprecher auf den Lastwagen luden und abfuhren, sicher zum nächsten Rathaus auf ihrer Liste. Die wenigen Menschen, die die Botschaft vernommen hatten, liefen auseinander und gingen – sofern sie bei Verstand waren – nach Hause, um ihre Fensterläden zu schließen und ihre Türen abzusperren.

Ich fuhr zur Zentrale der Kriminalpolizei am Quai des Orfèvres 36, von uns Mitarbeitern nur »die Sechsunddreißig« genannt. Dort wurde mir als Erstes mitgeteilt, ich müsse meine Waffe abgeben.

»Hab ich schon«, sagte ich dem Kommissar und berichtete von den deutschen Soldaten auf den Abstellgleisen. Von der Manufrance im Hosenbund erzählte ich nichts.

Als Zweites bekam ich gesagt, ich müsse meine Uhr eine Stunde vorstellen.

»Wir haben jetzt Berliner Zeit«, teilte Kommissar Dax mir mit.

»Ich nicht.« Meine Uhr ließ ich, wie sie war. Dass die Deutschen uns nun, da sie in Paris standen, vorschrieben, wie spät es bei uns war, verstimmte mich mehr als alles, was ich an diesem Vormittag sonst gesehen hatte. »Die können auf mich warten.«

»Die ganze deutsche Armee soll auf Sie warten?«

»Daran werden die sich gewöhnen. Oder sie stellen meine Zeiger um. Aber dann stelle ich sie einfach wieder zurück.«

Dax hob nur die Schultern. Er war ungemein dünn, hatte von Wein und deftigen Eintöpfen aber einen vorspringenden Bauch, trug eine Hornbrille im hageren Gesicht und zuckte zur Kompensation seiner Einsilbigkeit erstaunlich expressiv die Achseln. Ich berichtete ihm von den vier Leichen, die auf den Abstellgleisen gefunden worden waren.

»Wissen wir, um wen es sich handelt?«, fragte er.

»Noch nicht. Sie hatten keine Papiere dabei, aber ich glaube, es sind Polen. Womöglich Flüchtlinge.«

»Oder Widerstandskämpfer. Vielleicht galt das Gas den Deutschen, und die Behälter sind versehentlich zerbrochen?«

»Kann ich mir nicht vorstellen – ohne gezielte Wucht lassen die sich nicht zerbrechen. Und die Männer hatten keine anderen Waffen dabei. Ich denke, sie wollten einfach raus aus der Stadt, und jemand hat sie aufgehalten.«

»Wir müssen ermitteln, woher das Gas stammt, Eddie. Halten Sie mich auf dem Laufenden. Und tun Sie nichts ohne mein Wissen. Am wenigsten jetzt.«

»Die Deutschen vor Ort – können wir denen die Sache nicht einfach zur Last legen, und fertig?«

Dax verdrehte die Augen und ging in sein Büro zurück. Ich hab's ja gesagt: Er ist ausdrucksstark.

Einen Moment sah ich durchs Fenster des Ermittlerbüros. Ich hätte Lastkähne auf dem Fluss sehen sollen, Autos, die sich drei Stockwerke unter mir aggressiv durch den Verkehr drängeln, Männer und Frauen, die eilig zu Fuß unterwegs sind, Liebende, die sich auf der alten Steinbrücke küssen, Polizisten, die das Gebäude betreten oder verlassen. Stattdessen sah ich nichts. Keine Bewegung, kein Leben. Graue Straßen unter der schwarzen Rauchwolke vom brennenden Öl im Norden der Stadt. Südlich der Seine lag das fünfte Arrondissement, mein Bezirk, ein überstürzt verlassener Filmset, der auf die Rückkehr der Schauspieler wartete. Aber ich konnte hören. Ein Grollen schwerer Fahrzeuge, die noch immer durch die Stadt rollten, sporadischer zwar, aber heftig genug, um die Scheiben zum Klirren zu bringen.

»Richtung Süden«, sagte Tavernier, ein alter Polizist, ausdruckslos. Bis zu diesem Tag hatte er gedacht, er sitze nur noch seine Tage bis zur Rente ab. »Die Deutschen. Viele bleiben hier, aber die meisten durchqueren die Stadt und fahren nach Süden, an die Front.«

Ich nickte nur. Barthe, ein Raubein aus Grenoble mit knolliger Säufernase, mischte sich ins Gespräch. »Einige unserer Jungs sollen bei der Porte d'Orleans durchgekommen sein, um sich zu unserer Armee im Süden durchzuschlagen. Die Boches haben sie nicht erwischt.«

Boches – so hatten wir die Deutschen im letzten Krieg genannt, und das Wort erlebte seit Beginn des neuen Kriegs ein Comeback. Auch das hatte ich nie wieder erleben wollen.

»Gut«, unterbrach Tavernier meine Gedanken. »Heute Morgen habe ich eine französische Einheit auf dem Rückzug durch meine Gegend gesehen. In panischer Flucht. Dabei habe ich bisher nichts Schlechtes über die Deutschen gehört. Aus Polen hört man ganz andere Geschichten.«

»Und aus den Niederlanden. Hoffentlich bleibt es so. Rotterdam haben sie nämlich völlig zerbombt.«

Ich brachte es nicht fertig, mich an dem Gespräch zu beteiligen. Also ging ich runter zu Mayer, dem diensttuenden Sergeanten der Asservatenkammer.

»Ich muss Ihnen was zeigen«, sagte er zu mir.

Er ließ mich kurz warten und weichte ein paar Lumpen in Wasser ein, das er aus einer Glasflasche goss. Ich staunte, dass er den alten Soldatentrick kannte. Um im letzten Krieg gekämpft zu haben, war er zu jung. Er war ein schlanker Elsässer mit feinen Zügen, Anfang dreißig, mit den Händen eines Konzertpianisten und der Psyche eines Terriers, dem man einen Knochen vorenthält. Nicht zum ersten Mal wünschte ich, er wäre ein Ermittlerkollege und Auban würde hier im

Keller schmachten. Er gab mir einen Lumpen. Ich wollte ihn nicht sofort benutzen.

»Nachrichten von Ihrer Familie?«, fragte ich.

Wie alle Straßburger waren seine Eltern im September evakuiert worden – zwischen dem Einmarsch der Deutschen in Polen und unserer Kriegserklärung an Berlin. Sie waren zu Mayer nach Paris gezogen, beim Anrücken der Deutschen aber geflohen. Weil Hitler das Elsass als deutsch betrachtete, hatten die Franzosen von dort zu Recht Angst vor dem, was die Besatzer für sie vorgesehen haben mochten. Mayer selbst war geblieben, denn er wollte nicht glauben, dass die Deutschen ihn in Paris herausgreifen würden.

»Sie sind noch immer in Bordeaux. Ich weiß nicht, wohin sie weiterfahren.«

Wir bedeckten Nase und Mund mit den Lumpen, und Mayer führte mich zu einem begehbaren Schrank, auf dessen Regal eine Metallkassette stand. Er nahm sie und öffnete den Deckel. Drinnen waren die Scherben der Behälter, mit deren Gas die vier Männer getötet worden waren.

Er wies auf die Lumpen vor unseren Gesichtern. »Sehr wahrscheinlich sind die Scherben inzwischen harmlos, aber ich gehe lieber auf Nummer sicher.«

Ich auch, sagte ich mit einem Blick, und als ich daran dachte, wie ich mir im Güterwagen die Maske vom Kopf gezerrt hatte, liefen mir Schweißtropfen in die Augen.

»Was fällt Ihnen daran auf?«, fragte Mayer durch den dünnen Stoff.

»Das Gas ist aus Frankreich«, sagte ich überrascht. Auf den Scherben waren mühsam Wortfragmente auszumachen.

»Genau. Phosgen. Aus unseren Beständen vom letzten Krieg.«

Ich schüttelte den Kopf und führte Mayer zurück in den Hauptraum. Nachdem die Tür geschlossen war und wir die

Lumpen abgenommen hatten, holte ich tief Luft. Nie hatte Polizistenschweiß in einem schimmeligen Keller so raffiniert gerochen. »Ich denke nicht, dass es Phosgen ist. Es riecht nach verdorbener Ananas, also nach Chlor. Nur dass ich mich an Chlor anders erinnere.«

»Ob Phosgen oder Chlor – das Gas ist über zwanzig Jahre alt. Nach dem Krieg wurde so was nicht mehr hergestellt, und die Armee hat es nicht mehr in Gebrauch. Der Geruch muss sich durch Zersetzungsvorgänge verändert haben.«

»Hat die Armee noch Gasvorräte?«

»Nicht, dass ich wüsste, aber das lässt sich jetzt nicht sagen.«

Ich lachte gequält. »Keine Vorräte, keine Unterlagen, keine Armee. Wer es eingesetzt hat, besaß es also noch als Souvenir aus dem letzten Krieg.«

»Oder er hat es von jemandem gekauft, der ein geheimes Lager davon besitzt. Ich staune, dass es nicht mehr Schaden angerichtet hat. Es hätte sich weiter verteilen sollen.«

»Das mag am Alter liegen. Es hat nicht so gut gewirkt wie kurz nach der Herstellung. Darum war es vermutlich auch kein Phosgen, denn das wirkt zu langsam: Symptome zeigen sich mitunter erst nach zwei Tagen. Wer schnell töten will, nimmt Chlor. Und im Waggon schwebten gelbe Partikel. Die Armee hat Chlor damals nicht mehr verwendet, weil man die gelbe Wolke kommen sah. Phosgen ist farblos.«

Trotz meiner Argumente war ich mir noch nicht sicher. Der Geruch stimmte nicht. Ich schloss kurz die Augen und sah die gelbe Wolke einmal mehr auf unsere Gräben zutreiben, sah die Männer, die reihenweise panisch um ihr Leben fürchteten.

»Warum wurde das Gas in Glasbehältern gelagert?« Mayers Frage holte mich rechtzeitig zurück.

»Die kamen in den Sprengkopf der Granate, zerbrachen beim Aufprall des Geschosses und setzten das Gas frei.«

»Ich dachte, gasbestückte Granaten abzufeuern, verstößt gegen die Haager Landkriegsordnung.«

»Stimmt. Aber das hat niemanden gehindert.«

Mayer schloss die Kassette. »Und jetzt geht das wieder los.«

»Nicht viel.«

Ich war von Mayer in das Zimmer zurückgegangen, das ich mir mit drei weiteren Kriminalbeamten teilte. Sie waren nicht da, also rief ich Auban herein und fragte, was er von den beiden Arbeitern im Bahndepot erfahren hatte. Das war seine Antwort. Nicht viel.

»Haben Sie sich wenigstens ihre Namen geben lassen?«

Er zuckte die Achseln, als hätte er nie eine dümmere Frage gehört.

»Gut, also fahren Sie zurück ins Depot und befragen die beiden. Ich will ihre Aussagen bis heute Nachmittag. Und dann prüfen Sie die Gebäude, von denen man die Abstellgleise überschaut, und sorgen dafür, dass die drei Waggons an Ort und Stelle bleiben, bis wir sie freigeben.«

»Mensch, Giral, das sind vermutlich bloß ein paar Flüchtlinge.«

»Dann sind es eben tote Flüchtlinge. Und es ist unsere Aufgabe, herauszufinden, was passiert ist und wer das getan hat. Sie sind Ermittler – benehmen Sie sich auch wie einer.«

Er warf mir einen Blick zu, der mich einschüchtern sollte, war aber so klug, nichts mehr zu sagen. Ich sah zu, wie er sich langsam vom Türrahmen löste und sich zu gehen anschickte, als unvermittelt ein Durcheinander gedämpfter Stimmen durch das Büro hinter ihm drang.

Ich stand auf, sah eine Gestalt in Paradeuniform am anderen Ende des langen Ermittlerzimmers, folgte Auban und erblickte Roger Langeron, den Polizeipräfekten von Paris. Groß und gebieterisch, mit sauber gestutztem Schnurrbart und runder Brille, musste er nur wenige Sekunden warten, bis es still war und alle Augen sich auf ihn richteten. Ich kam näher und sah, dass sein Gesicht grau war; das grelle Licht über ihm spiegelte sich auf seiner Glatze und warf karge Schatten auf seinen Hals. Dax neben ihm wirkte noch dünner und größer als sonst.

»Ich besuche alle Polizeireviere der Stadt, um unsere Männer zu beruhigen«, teilte Langeron uns mit, »und um Sie über die Entwicklungen zu informieren. Ich habe im Hôtel de Crillon mit General von Studnitz gesprochen, und er hat mich gefragt, ob ich die Ordnung garantieren kann.«

»Ordnung«, sagte eine Stimme.

»Allerdings – Ordnung. Ich habe ihm gesagt, die könne ich garantieren, wenn man mich in Ruhe arbeiten lasse. Er hat mir versichert, solange die Ordnung bewahrt werde, könne ich auf den Schutz seiner Truppen zählen und werde nichts von ihm hören.«

»Solange wir mitspielen, geschieht uns also nichts«, bemerkte ich und konnte nicht anders.

»Genau, Inspektor Giral. Solange wir mitspielen.« Ich sah die Scham in seinem Blick, die auch wir anderen über die Einnahme der Stadt empfanden. »Und ich habe darum gebeten, dass Sie Ihre regulären Schusswaffen zurückbekommen. Auf eine Antwort warte ich noch. In der Zwischenzeit haben wir die Deutschen außerdem gebeten, die achtundvierzigstündige Ausgangssperre aufzuheben, die sie ursprünglich angeordnet haben. Falls sie das tun, gibt es dafür eine nächtliche Ausgangssperre von neun Uhr an.«

Alle im Zimmer ließen die Neuigkeiten auf sich wirken; niemand hatte dazu etwas zu sagen.

»Neun Uhr unserer Zeit? Oder neun Uhr Berliner Zeit?«, fragte ich.

Niemand lachte.

3

Ich starrte auf das verschrammte Holz meines Bürotischs, und schließlich traf mich die enorme Tragweite der neuen Ordnung der Dinge.

Als laste das Gewicht von Paris auf seinen Schultern, so hatte Langeron gewirkt, als er sich verabschiedete, um die undankbare Aufgabe fortzusetzen, die Polizisten der Stadt ruhig zu halten. Mit meinem Gewicht auf den Schultern war Auban kurz danach fluchend zum Bahndepot aufgebrochen.

So war ich allein im Büro und fragte mich, wo in drei Teufels Namen ich eine Untersuchung beginnen sollte, da die Stadt ja besetzt war. Normalerweise hätte ich zu ermitteln versucht, wer die Toten waren, doch das schien plötzlich unmöglich zu sein. Zumal in einer Stadt, aus der Tausende geflohen waren und die Tausende als Flüchtlinge durchquert hatten, erst in Rinnsalen, dann in einer Flut, als die Deutschen durch Belgien und die Niederlande vorstießen und unsere Armee auf dem Weg nach Paris unter sich begruben.

Ich dachte an die Menschen, mit denen ich zu anderer Zeit gesprochen hätte, und betrachtete hilflos das Telefon. Vielleicht hätte ich ein Gespräch zur polnischen Polizei angemeldet, um mich nach Vermissten zu erkundigen. Ich hätte mit jemandem in unserer Armee gesprochen, um die Spur der gestohlenen Gasbehälter zu verfolgen. Und ich hätte die Personalakten aller Mitarbeiter der Eisenbahngesellschaft durchgehen und in den Lebensläufen nach Hinweisen auf ihre Beteiligung suchen können.

Nach Lage der Dinge war all das unmöglich. Und es gab keine Ministerien, an die ich mich wenden konnte. Nicht in Paris. Sie hatten sich allesamt vor Ankunft der Deutschen abgesetzt und vorher noch das letzte Blatt Papier verbrannt. Ich hatte Rauch aus den Innenhöfen steigen sehen, als Bedienstete Rollwagen voller Akten zu den Feuern karrten, damit die Unterlagen nicht den anrückenden Deutschen in die Hände fielen. Die Polizei immerhin war vernünftig genug gewesen, ihre Akten nicht abzufackeln. Wir hatten alles auf einem Lastkahn die Seine hinuntergeschafft. So war es dem Zugriff der Besatzer entzogen. Allerdings hatte nun auch ich keinen Zugriff mehr darauf.

Als mir dämmerte, dass wir womöglich nie erfahren würden, wer die Opfer waren, beschloss ich, zunächst selbst herauszufinden, woher das Gas gekommen war. Falls jemand Giftgas aus dem letzten Krieg verkaufte, würden andere davon wissen. Aber erst würde ich ein letztes Mal zu ermitteln versuchen, wer die vier im Güterwagen gestorbenen Männer waren.

Ich verließ die Sechsunddreißig, nahm mein Auto und sah, dass alles geschlossen hatte: Läden waren verrammelt, Märkte leer, Cafés und Restaurants zugesperrt, die Terrassentische und -stühle im halbdunklen Inneren gestapelt. Am Rathaus hatten die Deutschen die Trikolore schon eingeholt und durch ein riesiges Hakenkreuz ersetzt. Die blutrote Fahne riss eine klaffende Wunde in die Fassade des Gebäudes, die bis in die Fundamente sickerte. Panzerabwehrkanonen waren an jeder Ecke des Platzes postiert, und ein luchsäugiger Feldwebel, der in der Sommerhitze schwitzte, bedeutete mir, Abstand zu halten. Mein Wagen war als einziger unterwegs. Die können Ausgangssperren verhängen und aufheben, so viele sie wollen, dachte ich – niemand bei Verstand geht ausgerechnet heute auf die Straße. Außer mir.

Auf zwei Seiten von Gleisen, auf der dritten von der Seine abgeriegelt, wirkte der Ziegelbau der Gerichtsmedizin noch immer wie ein Gefängnis des neunzehnten Jahrhunderts, aus dem es kein Entrinnen gab. Vor kaum hundert Jahren, als die Leichenhalle noch auf der Île de la Cité gewesen war, hatte es als schick gegolten, die unidentifizierten Leichen anschauen zu kommen, die hinter einem Sichtfenster auf schwarzen Marmorfliesen lagen. Mein erster Gedanke war, wir hätten seither Fortschritte gemacht, doch dann fielen mir das Gas und die Schützengräben und die vier Männer ein, die qualvoll gestorben waren, weil jemand einen Glasbehälter neben ihnen zerbrochen hatte, und ich dachte noch mal nach.

Bouchard war allein im Obduktionssaal. Zwei Tote lagen abgedeckt auf den gefliesten Tischen der Pathologie, er arbeitete an einem dritten, fuhrwerkte in der Brust herum, suchte nach etwas und sah dabei doch aufmerksam in meine Richtung.

»Bin gleich bei Ihnen, Eddie.«

Er zog etwas aus dem Körper und legte es in eine Nierenschale. Das schien ihm zu gefallen. Mit dem rechten Handrücken schob er die Halbbrille höher, rieb sich die Nasenwurzel, richtete sich auf und streckte sich. Seine Augen waren müde.

Ich wies auf den Toten und die beiden, die unter Tüchern lagen. »Wo ist der Vierte?«

»Das sind nicht deine, Eddie. Das ist eine Wasserleiche – die beiden drüben haben sich umgebracht. Frisch reingekommen.«

»Selbstmorde?«

»Haben vermutlich die Niederlage nicht verkraftet. Oder hatten Angst vor dem, was die Deutschen tun würden. Wer weiß? Wir alle haben doch Schauergeschichten gehört.«

»Und wo sind die Männer vom Bahndepot?«

Bouchard unterbrach seine Untersuchung, wusch sich die Hände und wies auf den Kühlraum. »Da durch.«

»Und wo sind die Kollegen? Hier herrscht ja Grabesruhe.«

Eigentlich hätten noch zwei Pathologen Dienst haben sollen.

»Fragen Sie mich was Leichteres. Lannes war gestern da, aber heute hat ihn niemand gesehen. Rougvie ist seit fast einem Monat nicht aufgetaucht; er meinte, er wolle Paris verlassen, ehe es plattgemacht wird. Also schnippele ich hier ganz allein arme Seelen auf, die sich die Pulsadern aufgeschnitten oder Gift genommen haben, statt sich dem zu stellen, was die Deutschen für uns in petto haben.«

Er ersparte mir den Anblick der nur mit wenigen Stichen zugenähten Körper und nahm stattdessen seine Notizen. »Wie vermutet, Eddie: Die Lungen sind stark säuregeschädigt, sehr wahrscheinlich durch Chlorgas. Und bei meinen gegenwärtigen Mitteln ist das praktisch alles, was ich Ihnen sagen kann.«

Ich dachte an die Beschränkungen, unter denen ich inzwischen arbeitete, und wusste, dass ich ihn nicht drängen konnte. »Irgendwelche Hinweise auf ihre Identität?«

»Nur das, was Sie in ihren Sachen gefunden haben.«

Ich sah die sauber gestapelte Kleidung auf dem Tisch noch mal durch und stieß erneut auf das Etikett aus Bydgoszcz. Noch immer hatte ich Zweifel. »Sind Sie sicher, dass es Chlor war?«

»Angesichts der Schäden kann ich unmöglich sagen, ob sie ertrunken oder erstickt sind. Diese Frage kann Ihnen niemand beantworten, aber ich schätze, es war Chlor.« Er legte seine Notizen weg. »Und hier kann niemand untersuchen, um welche Substanzen es sich genau gehandelt hat.«

Als wir in den Obduktionssaal zurückkehrten, knallte eine Tür. Zwei Träger waren mit einer Bahre gekommen und setzten sie auf den Fliesentisch neben der Tür.

»Anscheinend noch ein Selbstmord, Doktor Bouchard«, sagte einer von ihnen. »Sie wurde tot in ihrer Wohnung gefunden. Zehntes Arrondissement.«

Bouchard sah erst mich an, dann die Decke. Nicht minder frustriert als er, ließ ich ihn in einsamer Bestürzung in seinem Obduktionssaal zurück.

»Sie fahren noch mal los«, sagte Dax, als ich in die Sechsunddreißig zurückkam.

»Ach ja?«

»Südlich der Seine wurde ein Toter auf der Straße gefunden. Die Schutzpolizei ist verständigt, aber ich will, dass die Kripo sich ansieht, was da los ist.«

»Warum erzählen Sie das mir? Ich habe die vier Leichen im Depot. Und nur Auban als Hilfe. Schicken Sie einen anderen.«

Mit müder Geste wies Dax auf das Büro hinter mir. Auban war zurück, und auch zwei, drei andere waren da, aber sonst war das Zimmer leer. Unsere Zahl hatte etwas abgenommen, weil einige der jüngsten Polizisten zur Reserve eingezogen worden waren, doch es hätten mehr von uns im Haus sein müssen.

»Sehen Sie sich das an, Eddie. Wäre schön, wenn die alle Außendienst schieben würden, aber wollen Sie darauf wetten? Ich möchte, dass Sie das erledigen. Sie sind offenbar der Einzige, der diese Aufgabe heute übernehmen kann. Nehmen Sie Auban mit.«

»Nein, Kommissar, schicken Sie jemand anderen.«

Seine Stimme wurde streng, und er warf mir den Blick zu, an den ich mich über die Jahre hatte gewöhnen müssen. »Ich muss Sie nicht noch mal bitten, Eddie, oder?«

Er wandte sich ab, und das war's. Ich sagte Auban, er solle seine Sachen nehmen und mitkommen. Darüber wirkte er so erfreut wie ich.

»Was haben Sie von den beiden Bahnarbeitern erfahren?«, fragte ich ihn unterwegs.

»Nichts. Die haben nichts gesehen, nichts gehört. Nur vier

Leichen in einem Waggon und jede Menge deutsche Soldaten. Zeitverschwendung.«

Ich war zu müde, um zu widersprechen, und fuhr wortlos weiter. Auf der sonst belebten Rue des Écoles mussten wir warten, weil eine ältere Frau mitten auf der Straße lockend nach einer Schildpattkatze schnippte. Außer den beiden und uns war dort niemand unterwegs. An einer stillen Kreuzung sahen wir vier alte Männer stumm auf einer Bank vor einem geschlossenen Café sitzen und auf einer umgedrehten Kiste trotzig Karten spielen.

Nur in der Rue Mouffetard sahen wir weitere Geschöpfe, teils tot, teils lebendig. Zwei Streifenpolizisten bewachten nervös eine Gestalt nahe dem Rinnstein und waren deutlich erpicht darauf, von der Straße zu kommen, um nicht deutschen Truppen zu begegnen. Über die Gestalt war eine graue, von frischem Blut dunkle Decke gebreitet. Eine breite rote Spur floss über die Straße und endete als Rinnsal an einem Gully. Auch auf dem Gehsteig waren Blutspritzer. Alle Fenster, von denen aus sich die Szene betrachten ließ, waren mit Läden verschlossen. Die Concierge ging leise jammernd vor der Haustür auf und ab. Einer der beiden Polizisten erzählte mir, sie sei für das Gebäude verantwortlich, in dem der Tote gelebt habe.

»Sie sagt, er hat ganz oben gewohnt.« Er wies auf einen Balkon. »Von dort ist er gesprungen. Ansonsten hat sie nur gebrabbelt.«

»Sprechen Sie mit ihr«, sagte ich zu Auban. »Finden Sie wenigstens bei ihr heraus, was sie weiß.«

Ich beobachtete, wie er auf sie zuschlenderte. Ihr linker Fuß steckte in einem schweren schwarzen Stiefel mit orthopädischer Sohle; ihr schütteres weißes Haar stand wie elektrisiert auf einem schmalen Schädel. Paris war eine Stadt der Älteren und Verzweifelten. Unterlegt war das alles vom Krach der Deutschen in den Straßen ringsum, als würden in einiger Entfernung immerfort Gewehre geladen.

Ich wandte mich wieder dem Toten zu, holte tief Luft, hob die Decke an und sah das friedliche Gesicht eines Mannes von Mitte dreißig. Oder doch ein halbes friedliches Gesicht. Er lag auf dem Bauch, den Kopf zur Seite gewandt. Sein Profil war heil und gefasst. Darunter aber sah man, wie der Aufprall seinen Schädel zerschmettert, seinen Leib zerrissen und die Hälfte seiner Gestalt ins Kopfsteinpflaster gepresst hatte. Ein Selbstmord mehr, mit dem die Stadt leben musste. Ich schlug die Decke weiter zurück. Ein Bein war unnatürlich verdreht, und beide Arme steckten unter dem Oberkörper. Am meisten aber sprang mir sein dicker grauer Mantel ins Auge. Ein seltsames Schlussritual, überlegte ich. Der Tag war viel zu heiß und zehrend für dieses Kleidungsstück. Warum mochte er vor seinem Selbstmord einen Mantel übergezogen haben? Ich fragte den einen Schutzpolizisten, ob die Gerichtsmedizin informiert sei.

»Die haben gesagt, sie sind unterwegs, Inspektor.«

Ich dankte und zog die kratzige Decke wieder über den Toten. Überall waren Sachen verstreut, die Menschen auf der Flucht vor den Deutschen fahren gelassen oder weggeworfen hatten, um nur rasch wegzukommen. So war es überall in der Stadt. Auf dem Gehweg lagen ein zerbrochener Nachttopf, eine staubige, verdreckte Tischdecke und ein Kinderteddy mit angenagtem Ohr, der Blutspritzer des Toten abbekommen hatte. Ich musste den Blick von ihm losreißen. Als ich stattdessen zu Auban schaute, der mit der Concierge sprach, reagierte er plötzlich überrascht. Und rief mich dann so dringlich, wie ich es nie bei ihm erlebt hatte.

»Wo ist der kleine Jan?«, jammerte die Concierge immer wieder.

»Heißt er Jan?«, fragte ich. Auban schüttelte energisch den Kopf.

»Sie sagt, er hatte einen kleinen Sohn. Das ist Jan.«

Ruckartig sah ich zum Balkon hinauf und rief dann den Flics zu: »Schnell hoch in seine Wohnung! Da ist ein kleiner Junge. Kümmern Sie sich um ihn.«

Die Concierge jammerte weiter. »Da oben ist er nicht. Ich hab schon nachgesehen. Der kleine Jan ist nirgends.«

Ich betrachtete wieder die Gestalt unter der Decke und schloss kurz die Augen. »Der Mantel.«

Als ich zur Leiche rannte, hielt Bouchard und stieg aus. Ich kümmerte mich nicht um ihn und rief den Polizisten zu: »Nein, suchen Sie die Straße ab!« Vor Staunen reagierten sie nicht, aber es gab auch nichts zu suchen. Ganz langsam machte ich die letzten Schritte auf den Toten zu. Bouchard erreichte ihn im selben Moment wie ich.

»Was ist, Eddie?«

»Wir müssen unter dem Toten nachsehen.«

»Erst muss ich ihn untersuchen.«

»Glauben Sie mir: Wir müssen darunter nachsehen.«

Ich zog an der Decke, aber Bouchard übernahm, hob sie ab und drehte die Leiche vorsichtig auf die Seite.

»Großer Gott«, rief er.

Ich schloss die Augen ein zweites Mal und öffnete sie langsam wieder.

Unter dem Mann, umhüllt von dem schweren Mantel, lag sein kleiner Sohn, zerquetscht zwischen der Umarmung des Vaters und dem Kopfsteinpflaster der leeren Straße.

4

»Ich kannte ihn kaum«, sagte Madame Benoit, die Concierge, ein ausgefranstes Taschentuch fest umklammert. »Er war Pole, Flüchtling. Seit November hier. Blieb für sich, zahlte seine Miete, das war's. Ein anständiger Mann, denke ich, aber immer sehr traurig.«

Noch ein Flüchtling aus Polen? »Und wie hieß er?«

Wir saßen allein an einem Tisch ihrer kleinen Wohnung am Ende eines dunklen Korridors im Erdgeschoss. Auban und die Schutzpolizisten hatte ich wieder zur Sechsunddreißig geschickt, und Bouchard war gefahren, kaum dass die Leichen abtransportiert waren. Das Leben der alten Concierge spielte sich in diesem Zimmer ab, zwischen Tisch, ausgeblichenem Sofa und Erinnerungen an lang vergangene Zeiten. Zwei Türen führten, wie ich annahm, ins Schlafzimmer und ins Bad.

»Fryderyk. Den Nachnamen kann ich nicht aussprechen. Sein Sohn heißt Jan. Ich weiß, dass seine Frau in Polen getötet wurde und er mit ihm davongekommen ist – das ist alles. Er hat den Kleinen abgöttisch geliebt, aber der hat kein Wort gesagt. Und ist seinem Vater keinen Moment von der Seite gewichen. Meist waren sie zu seltsamen Tageszeiten unterwegs. Fryderyk hatte Arbeit und wollte den Jungen wohl nicht allein lassen. Und er war sehr bestürzt über die Nachricht, dass die Deutschen auf Paris vorrücken.«

Das konnte ich mir vorstellen. Und wahrscheinlich hatte er sich deshalb umgebracht. Aus Kummer über den Tod seiner Frau und weil er keine zweite deutsche Invasion ertragen konnte. Wie alle hatte ich die Gerüchte darüber gehört, was die Nazis in Polen getan hatten, aber wie die meisten wusste ich wenig. Und ich zweifelte, wie viel ich der Propaganda beider Seiten glauben sollte. Er aber hatte das vermutlich gewusst. Ich suchte mir vorzustellen, wie verzweifelt er gewesen sein musste, um sich mit seinem kleinen Sohn im Arm vom Balkon zu stürzen, und unwillkürlich stieß ich einen langen, traurigen Seufzer aus. Noch ein Selbstmord an einem Tag voller Verzweiflung.

»Ich muss mich noch in seiner Wohnung umsehen«, sagte ich zu Madame Benoit.

Sie stieg mit mir bis unters Dach, wollte aber nicht über die Schwelle treten. Im Vergleich zu dieser Wohnung war meine der Spiegelsaal von Versailles. Zwei nicht zueinander passende Stühle an einem Küchentisch, ein Gaskocher und ein Schrank teilten sich das Zimmer mit zwei Sesseln und einem Radio. Nichts zeugte vom leichten Leben Paris flutender Flüchtlinge, das einige Rechte uns einreden wollten. Eine Glastür führte auf den kleinen Balkon mit seinem kunstvollen Eisengeländer. Ich stand auf dem schmalen Vorsprung, beugte mich vor und versuchte mir Fryderyks letzte Gedanken vor seinem Schritt ins Leere vorzustellen, mit dem in der Wärme des Mantels an ihn gekuschelten kleinen Sohn, der nicht wusste, was sein Vater vorhatte, sondern darauf baute, er werde ihn beschützen. Ich musste diese Gedanken abschütteln und wieder reingehen.

Ich durchsuchte das Wohnzimmer, fand aber nichts, keine persönliche Habe, keinen Abschiedsbrief. Im Küchenbereich waren nur zwei Becher, zwei Teller und zweimal Besteck; eine dritte Garnitur war nicht nötig. In einem schrecklichen Moment der Klarheit begriff ich, warum er es getan hatte. Im winzigen Bad lagen Rasierpinsel, Rasiermesser und ein Stück Seife. Pinsel und Messer waren von guter Qualität, die Seife dagegen war billiges Zeug vom Markt. Wie mochte das Leben dieses Mannes gewesen sein, ehe er Flüchtling geworden war? Nicht so hart wie später, das stand fest.

So traurig mich die beiden Toten machten, war mir doch

klar, dass wir kaum etwas tun konnten. Normalerweise untersuchten wir Selbstmorde immer, aber die Zeit war alles andere als normal, und ich ahnte, dass der Tod von Fryderyk und Jan ohne Ermittlungen bleiben würde. Von draußen warf ich einen flüchtigen Blick ins Schlafzimmer und sah nur ein Bett mit dünner Tagesdecke, einen kleinen Nachttisch, einen alten Schrank. Als ich die Tür weiter aufdrückte, stieß sie gegen etwas.

Gegen einen Tresor, einen alten, muffigen Safe aus Gusseisen auf vier kleinen, soliden Rädern, der hinter der Tür kauerte wie eine schlammverkrustete Kröte. Ein bleicher Griff hing wie eine träge Zunge vom rostigen Einstellrad auf der abblätternden Farbe der Tür. Einen Moment lang musterte ich den Tresor, verglich ihn mit der spartanischen Tristesse der übrigen Wohnung. Er war ganz und gar fehl am Platz.

»Gehört der Tresor zum Mobiliar oder hat Fryderyk ihn mitgebracht?«, fragte ich Madame Benoit.

Sie bekreuzigte sich, bevor sie über die Schwelle trat. »Weder noch. Er hat ihn bald nach seinem Einzug gekauft. Mein Mann musste ihn mit hochschleppen, obwohl er wirklich nicht mehr jung ist.«

»Die Kombination kennen Sie vermutlich nicht?«

Richtig vermutet. Ich zog am Griff, aber der Tresor war verschlossen. Trotz des Rosts war er so robust, mir keinen Zugriff zu gewähren. Auf der Suche nach einem Zettel mit der Kombination öffnete ich den Nachttisch. In der Schublade lag nur ein Gegenstand. Ich setzte mich aufs Bett und schaute ihn mir an.

Ein polnischer Pass mit den Fotos von Fryderyk und Jan.

»Gorecki«, sagte ich. Der Nachname, den Madame Benoit nicht aussprechen konnte.

Ich sah vom Ausweis zum Tresor hinter der Tür. Dreierlei fiel mir auf.

Erstens: Wozu brauchte ein Flüchtling, der kaum mehr als zwei Tassen und einen alten Rasierpinsel besaß, einen Tresor?

Zweitens: Für einen Flüchtling hätte sein Ausweis so wertvoll sein sollen wie ein Barren Gold. Was also mochte für Fryderyk kostbarer gewesen sein als sein Pass, sodass er einen Tresor gekauft hatte, um es aufzubewahren?

Drittens die Worte im Pass: Ich verstand kaum, worum es ging, doch wie mindestens einer der vier Toten vom Depot kam auch Fryderyk aus einer polnischen Stadt namens Bydgoszcz.

Als ich in die Sechsunddreißig zurückkehrte, erwartete mich ein Geschenk. Meine Waffe. Sie lag auf Dax' Schreibtisch.

»Vorhin kam eine neue Anweisung«, sagte er. »Langeron hat den Deutschen abgerungen, dass wir bewaffnet sind, wenn wir Ordnung wahren sollen. Und sie haben die Waffen selbst zurückgebracht. Alles unterschrieben und erfasst.«

Das mit den Unterschriften und der Erfassung gefiel mir nicht. Er bedeutete mir, meine Pistole zu nehmen. Ich schob sie in den Hosenbund, ohne die dort verborgene Manufrance sehen zu lassen. Hoffentlich würde die Hose nicht sacken.

»Und die zweitägige Ausgangssperre wurde aufgehoben – zugunsten einer nächtlichen Sperrstunde ab neun.«

»Ab acht.«

»Wie du meinst, Eddie. Für die Polizei gilt sie sowieso nicht, also keine Sorge.«

Ich verließ sein Büro, legte Fryderyk Goreckis Pass in meine Schreibtischschublade und machte Feierabend. Ermitteln konnte ich kaum etwas, zumindest aber nach Angehörigen suchen, um sie zu informieren.

Über eine leere Brücke und durch ausgestorbene Straßen fuhr ich den kurzen Weg nach Hause. Offenbar hatte niemand bekannt gegeben, dass die Ausgangssperre bis zum Abend ausgesetzt war. Ich sah auf meine Uhr. Bis neun war es noch eine Stunde – oder zwei, wenn man Pariser Zeit nahm. Vor dem Haus tat ich die Manufrance in ihr Versteck zurück, starrte aufs Armaturenbrett, um mich zum Aussteigen aufzuraffen, gab aber schließlich nach, griff wieder unter die Armaturen, zog die Luger heraus und schob sie in meine Tasche.

»Hoffentlich bereust du es diesmal nicht«, sagte ich zu mir.

Oben in der Wohnung strich ich den Käse von letzter Woche auf das Brot vom Vortag und setzte mich zum Essen an den Küchentisch. Nach dem Besuch in Fryderyks winziger Bleibe erschien mir mein Zuhause ausnahmsweise wie ein Palast – und für wenige, seltene Momente sogar als Zuflucht.

Ich stellte den Teller in die Spüle, ging ins Wohnzimmer, nahm eine alte Blechkiste von den überladenen Bücherregalen links und rechts des Ofens und setzte mich in einen der beiden Sessel. Die Kiste hatte ich seit über zehn Jahren nicht geöffnet und fand darin, was ich suchte: die mit den Jahren angelaufene Patrone einer Luger. Ich rollte sie zwischen den Fingern, bis ich die schwache Delle entdeckte. Unfroh stellte ich fest, dass die Patrone noch die gleiche Macht über mich hatte wie früher. Vorsichtig platzierte ich sie auf den niedrigen Tisch zwischen Sessel und Kamin und legte die Luger daneben. Kaum betrachtete ich beide zusammen, fiel mir das Ritual wieder ein, und ich wusste sofort, dass ich die Wohnung verlassen musste.

Ziellos ging ich durch die Straßen. Die Ausgangssperre der Deutschen rückte näher, aber für Kontrollen hatte ich meinen Polizeiausweis. Mir war ohnehin nicht danach, mich nach ihrer Zeit zu richten. Der schwarze Rauch der letzten Tage hing weiter in der Luft, und an diesem warmen Abend roch ich den Ruß im Dunst, spürte das Öl in der Nase. Eine Tür in meiner Erinnerung, von der ich gehofft hatte, sie sei für immer verschlossen, hatte sich einen winzigen Spalt weit geöffnet und eine dunklere Wahrheit preisgegeben. Mit der Gasmaske am

Morgen hatte es begonnen, mit den links und rechts aufgereihten deutschen Soldaten, mit dem Anblick der Luger im Wagen und der Patrone zwischen meinen Fingern. Jetzt ging es weiter mit Gedanken an Jan, der geglaubt hatte, sein Vater werde ihn immer beschützen, und an Fryderyk, der geglaubt hatte, das nicht mehr zu können, und keine andere Möglichkeit als den Selbstmord gesehen hatte.

Als ich in der Dämmerung über den Place Edmond Rostand schlenderte, der an warmen Freitagabenden sonst voller Leute war, dachte ich an die Leichentücher auf Bouchards Untersuchungstischen und an die Handvoll Menschen in Paris, die heute auch keine Alternative gesehen hatten. Fryderyks Tat war nur eine mehr an einem Tag, der so viele Selbstmorde gezeitigt hatte, dass sie hier im Ausland bald vergessen wäre. Ich hätte gern gefragt, was sie alle zu ihrem Tun getrieben hatte. Aber das konnte ich nicht. Ich wusste es. Wieder spürte ich das raue Metall der Luger-Patrone, roch den beißenden, penetranten Geruch. Beim Gehen schloss ich die Augen, doch was auf den belebten Straßen der Stadt zu jeder anderen Zeit ein planloser Selbstmordversuch gewesen wäre, war heute eine sinnlose und einsame Geste – nicht meine erste.

Quietschende Bremsen ließen mich stehen bleiben, und als ich die Augen öffnete, sah ich eine deutsche Patrouille. Vier Soldaten im Geländewagen musterten mich misstrauisch und brachten mich in eine andere Realität zurück.

»Freut mich sehr, Sie zu sehen«, sagte ich zu einem nervösen Gefreiten, dessen übergroße Feldmütze ihm auf die abstehenden Ohren drückte. Ich lächelte sogar. Seine drei Kameraden blieben im Auto, dessen Motor dumpf weiterbrummte.

»Papiere«, befahl er mir mit Akzent. »Es ist nach neun. Sie dürfen um diese Zeit nicht außer Haus sein.«

»Oh doch.« Ich zog meinen Ausweis aus der Tasche und zeigte ihn. »Polizei. Keine Ausgangssperre.«

Zweifelnd begutachtete er den Ausweis und zeigte ihn einem bulligen Feldwebel, der es sich – Gewehr lässig im Schoß – auf der Rückbank bequem gemacht hatte. Der Unteroffizier nickte nur, und der Gefreite gab mir den Ausweis zurück.

»In Ordnung, Monsieur.« Seltsam höflich verbeugte der junge Mann sich knapp. »Bitte setzen Sie Ihren Weg fort.«

Er lächelte zaghaft und kehrte zum Geländewagen zurück, der losjagte, kaum dass er eingestiegen war.

»Das habe ich vor«, versicherte ich der abziehenden Abgaswolke.

Ich sah den Geländewagen Richtung Odéon verschwinden. Vier weitere Männer in einem fahrbaren Untersatz, unsicher, was aus ihnen werden würde. So war auch ich einst gewesen, ein junger Soldat, der andere junge Männer auf einem Feld voll Matsch und Stacheldraht mit Gas, Gewehrkugeln und Bajonett angegriffen hatte, weil es ihm befohlen worden war. Und dann waren wir nach Hause zurückgekehrt, hatten Orden kassiert und zu hören bekommen, wir sollten unser altes Leben fortsetzen. Nicht als Helden vielleicht, aber auch nicht als Schurken.

Doch wenn man vier junge Männer in einen Güterwagen lud und einen Gasbehälter an der Wand zerbrach, war es Mord. Sollte dieser Krieg dem letzten ähneln, würden Millionen Menschen sterben, und Millionen Orden würden denen verliehen werden, die sie umgebracht hatten. Hier in Paris aber war es meine Aufgabe, Gerechtigkeit für die vier Männer zu erlangen, die an einem Sommermorgen in einem Güterwagen gestorben waren, um den ungestraften Mord an Millionen zu entschuldigen. Draußen war das Töten das Ziel. Drinnen ging es darum, dass nicht getötet wurde. Und meine Aufgabe war es, eine Lösung für das geringere Übel zu finden.

Es war dunkel. Ich entfernte mich weiter von Fluss und Wohnung, begab mich tiefer nach Montparnasse hinein. Die Verdunkelung, während des Sitzkriegs meist nur halbherzig befolgt, hatte sich plötzlich über die Stadt gelegt. Während die Deutschen näher rückten, hatten wir die Abende unter mattblau abgedunkelten Laternen verbracht, die gespenstische Blässe auf verängstigte Gesichter geworfen hatten. Nun waren die Besatzer da, und aus dem Blau war Finsternis geworden. Nicht mal Kerzen leuchteten noch wie zuvor in den Fenstern, als die Leute so seltsame wie nutzlose Lippenbekenntnisse abgaben, die Luftwaffe nicht aufmerksam machen zu wollen, zugleich aber den Weg der Heimkehrer beleuchteten.

Beim Nachdenken über die vier deutschen Soldaten und die vier Toten im Güterwagen ging es mir die ganze Zeit auch um das Gas. Ich wollte wissen, wer es sich verschafft hatte. Um das zu erfahren, musste ich ermitteln, wie es in seinen Besitz gekommen war. Ich betrachtete die Umgebung: das Herz von Montparnasse. Mein Spaziergang durch die ausgestorbenen Straßen war gar nicht ziellos gewesen. Mein Unterbewusstsein hatte mich dorthin gebracht, wo ich jetzt stand.

Ich befand mich am Beginn einer Gasse hinter dem Boulevard du Montparnasse und wusste, wohin ich wollte. Zielstrebiger als bisher stieß ich in die Nebenstraßen vor. Es war stockfinster, aber an meinem Ziel war es immer pechschwarz gewesen, nicht nur bei Verdunkelung. Als ich die holzverkleidete Fensterfront des Cafés gefunden hatte, bemerkte ich bei näherem Hinsehen einen dicken schwarzen Vorhang. Weil ich von drinnen Geräusche hörte, klopfte ich an die Tür. In der schweren Verkleidung erschien ein Schlitz, und ein bekanntes Gesicht sah mich an. Ein hässliches Gesicht mit buschigem Schnurrbart und mehrfach (einmal von mir) gebrochener Nase. Der Mann zog den Vorhang ein Stück weit auf und öffnete die Tür.

»Eddie, wir wollen keinen Ärger.«

»Lass mich rein, Luigi, dann kriegst du keinen.«

Seufzend ließ er mich ein. Er hieß nicht Luigi, war aber Italiener, und alle nannten ihn so. Vor zwanzig Jahren war er nach Paris gekommen, auf der Flucht vor der Polizei und den Banden von Neapel, wie einige sagten, und sein Café war einer der besten Orte südlich der Seine, um Diebesgut zu verhökern. Und Informationen zu bekommen.

Ich folgte ihm durch den dichten Rauch billiger Zigaretten, der sich in der alten Vertäfelung und in den mit Glasscheiben abgetrennten Sitznischen eingenistet hatte, die der Theke gegenüber an der Wand lagen. Zum ersten Mal an diesem Abend war ich nicht allein. Nicht alle waren erfreut, mich zu sehen. Einige kleinere Schurken der Gegend zogen sich bei meinem Auftauchen ins verrauchte Dunkel zurück, andere wandten sich ab. Zu meiner Überraschung sah ich an der Theke und in einigen Nischen deutsche Soldaten. Offiziere, keine Gefreiten. Wie üblich tolerierten sie das Fehlverhalten anderer, solange sie selbst es praktizieren durften. Einige betrachteten mich gleichgültig und wandten sich wieder ihren Gesprächen zu. Es war seltsam tröstlich, die Nazis ganz selbstverständlich unter den Schlimmsten zu finden, die Paris zu bieten hatte.

Ich entdeckte jemanden, den ich sprechen wollte. Er war weniger scharf darauf, hatte aber keine Wahl. Am hinteren Ende der Theke, wo er sich vor mir sicher geglaubt hatte, drängte ich ihn in die Ecke. Als Schwächster unter den hier versammelten Kriminellen trug er eine Uniform aus schief aufgesetzter Leinenmütze, altmodischem Kläppchenkragen und schmalem, schwarzem Schlips, die zu den dünnen weißen Lippen und den bleichen, schwarz geränderten Augen passte. Er glich dem verblassten Pierrot eines fantasielosen Kinderalbtraums.

»Wie geht's, Pepe?«, fragte ich. Wie Luigi war auch er unter falschem Namen unterwegs. Pepe war noch nicht mal Spanier. »Gas, wer verkauft das? Und wer kauft es?«

Seine Miene verriet nichts. Zu besseren Zeiten war er als Taschendieb und als Lockvogel der Hütchenspieler rings um die Bahnhöfe im Süden der Stadt unterwegs. »Unbedeutend« war ein Wort, das ihn gut beschrieb, aber er war von Nutzen.

Das sah er anders.

»Verschwinden Sie, Eddie. Ich hab nichts für Sie.«

Das überraschte mich. Unberechtigterweise. »Das ist nicht nett, Pepe. Nach allem, was ich für dich getan habe.«

Schnaubend schob er sich in Hörweite dreier blauäugiger Nazi-Wunderkinder, die qua Zeichensprache eine Flasche von Luigis noch am ehesten genießbarem Champagner bestellten.

»Die sind die Zukunft, Eddie, nicht Sie«, dröhnte er.

»Lass es, Pepe. Die verstehen dich nicht.« Ich wandte mich ihnen zu, hob sein Glas mit obskurem Rotwein und sagte: »Ich hoffe, ihr bekommt Durchfall davon. So ist es meist.«

Mit dem arroganten Lächeln jugendlicher Sieger hoben auch sie die Gläser und vergalten meine Beleidigung mit einer deutschen Entsprechung, wogegen nichts einzuwenden war. Ich spürte Pepe an meinem Ärmel zupfen, gab ihm den Wein zurück und wischte die Hand an der Theke ab.

»Sie sind ein Mann von gestern, Giral. Niemand schert sich mehr um Sie. Jetzt erst recht nicht.« Nun lächelte auch er den jungen Offizieren zu, die amüsiert wirkten und sich zu uns umdrehten.

»Meinst du?«, fragte ich ihn.

Ermutigt wandte Pepe mir sein Antlitz zu und gewährte mir aus nächster Nähe allzu gute Sicht auf sein Gebiss, das einem von Geistern heimgesuchten Friedhof glich. Ich fächelte Atemluft weg, die aus einer schimmeligen Gruft zu kommen schien. »Sehen Sie sich um. Deutsche. Die weisen euch in die Schranken. Niemand hat mehr Angst vor der französischen Polizei – nicht, seit die Deutschen da sind.«

»Angesichts deiner sonst unterbelichteten Behauptungen,

Pepe, war das eine enorm scharfsinnige Feststellung. Gut gemacht.«

Er wirkte erfreut, ohne zu wissen, warum. Jetzt hätte ich ihn angehen müssen, doch Luigi kam zu uns an die Theke und wiederholte, was er zur Begrüßung gesagt hatte. »Bitte, Eddie, wir wollen keinen Ärger.«

Fröhlich wiederholten die drei Deutschen meinen Namen, stießen an und lachten, wie nur wirklich Berechtigte es können. Ich warf ihnen einen raschen Blick zu und sah wieder Pepe an. Solange diese Kerle in der Nähe waren, würde ich nichts ausrichten.

»Bis später«, sagte ich und wandte mich zum Gehen. »Du wirst mir noch sagen, was ich wissen will.«

Kaum hatte ich die drei Offiziere am Tresen passiert, rief Pepe: »Sie mich auch, Eddie! Sie waren mal ein Kaliber, aber das ist vorbei. Sie machen niemandem mehr Angst. Seit einiger Zeit schon nicht.«

Das arische Supertrio sah meinem Abgang zu und warf mir lachend Schulhofbeleidigungen nach. Ich zögerte kurz, war aber klug genug, durch den schwarzen Vorhang in die frische Luft der rußigen Gasse zu treten, in der überall Abfälle und Dreck lagen. Alles ist relativ. Draußen atmete ich tief ein und ging langsam zum verdunkelten Boulevard du Montparnasse zurück. Ich könnte hier auf Pepe warten, dachte ich, brachte es aber nicht übers Herz. Heute nicht.

»Bis später«, murmelte ich wieder und machte mich durch den leeren Abgrund der Nacht auf den Heimweg.

Dabei dachte ich an Pepes Worte. Anders als sonst hatte er keine Angst mehr vor mir. Einst hätte mich das beunruhigt oder auch bestärkt. Jetzt, wo die Deutschen das Sagen hatten, wusste ich nicht mehr, wie ich es empfand. Oder was es für mich bedeutete. Ich tat, was ich schon viel zu lange getan hatte, und verdrängte auch diese Überlegung.

Zu Hause öffnete ich die Tür und machte im Wohnzimmer Licht. Mir stockte der Atem. Auf dem niedrigen Tisch lagen, wie ich sie hinterlassen hatte, die Luger und die Patrone. Ich hatte sie vergessen. Reglos stand ich da, so lange es ging, doch mir war klar, dass ich mich nicht würde bremsen können. Argwöhnisch näherte ich mich Waffe und Munition, setzte mich in den Sessel und starrte diese Ikonen einer einsamen Vergangenheit an. Zum ersten Mal seit vielen Jahren nahm ich die Luger und zog das Magazin heraus. Mit steifen Fingern entfernte ich die Patronen und legte sie der Reihe nach auf den Tisch. Mein Ritual.

Nach kurzem Zögern nahm ich die eine Patrone und untersuchte sie. Über die Jahre war sie ganz glatt geworden. Der Geruch von kaltem Metall stieg mir bitter in die Nase. Ich drückte sie ins Magazin, ließ es einrasten. Langsam hob ich die Waffe, sah in den Lauf. An seinem Grund lag ein Dunkel, das ich vergessen zu haben glaubte. Schwer atmend brachte ich die Waffe näher an meine Augen und richtete sie auf eine Stelle oberhalb der Nasenwurzel. In der reglosen Nachtluft fühlte die Luger sich an meiner Stirn seltsam warm an.

Ich schloss die Augen und drückte ab.

Ich drückte fester zu. Ich weiß nicht, womit ich gerechnet hatte, aber nichts geschah. Kein Knall, kein sich hebender Schleier, kein letztes Geräusch. Neugierig drückte ich noch fester. Unter den Fingern fühlte es sich warm an, aber das war's. Kein Donner. Kein Flammpunkt, den ich erwartet hatte.

Ich war unwillkürlich enttäuscht, also ließ ich los.

»Du bist total irre«, keuchte der Mann. Er umklammerte seine Kehle, die ich losgelassen hatte, rieb sie vorsichtig und keuchte vor Schmerz, als wieder Luft in seine Lunge kam.

»Da hast du vermutlich Recht. Beunruhigend, was?«

»Schon gut, Eddie«, sagte Fabienne von hinten. »Ich komm damit klar.«

»Ich sorge dafür, dass du deinen Job verlierst«, gelobte mir der Mann.

»Das wird schwierig, rücklings auf dem Pflaster.«

Ich hob ihn auf, trug ihn durch den Eingangsbereich zur Tür. Sofort verschwanden der Rhythmus der Trommeln und das Vibrato der Klarinetten. Er wehrte sich, aber ich schlug ihm mit der hohlen Hand aufs Ohr. Das mögen die Kunden nicht, denn dann dröhnt ihnen der Kopf so laut, dass sie die Musik nicht hören. Und es tut höllisch weh. Draußen warf ich ihn auf den Boden.

»Dir werd ich's zeigen«, schrie er mich an.

»Nur zu.«

Ich nickte Georges, dem Türsteher, zu und ging wieder rein.

»Das war nicht nötig, Eddie, ich wäre klargekommen«, sagte Fabienne zu mir. Sie trug wieder Lippenstift auf, trocknete sich die Augen, wischte das verlaufene Make-up weg. »Aber danke. Er war ein Idiot.«

Sie gab mir einen flüchtigen Kuss auf die Wange, und ich führte sie zurück in die Mitte des Klubs. Kaum waren die gepolsterten Schwingtüren geöffnet, traf mich die Musik wie Samtkugeln aus einer silbernen Waffe. Durch einen rauchigen Flor wirbelnder Köpfe und indiskreter Umarmungen sah ich die Musiker auf der Bühne zu den Hintergrundsynkopen aus klirrendem Glas und Gelächter einen wilden Beat spielen. Wie immer lächelte ich einen Moment lang, setzte dann aber die teilnahmslose Miene auf, die von mir erwartet wurde, denn so sollte der Wachhund die Zähne nicht blecken. Über das herrliche Zigarrenaroma hinaus winkten dem Genussmenschen Parfümduft und der Geruch von Champagner. Ich holte tief Luft und sah zu, wie Fabienne sich an einen Tisch mit jungen Frauen und älteren Männern gesellte. Sie küsste einen ihr Unbekannten auf den Mund, und er winkte dem Kellner. Ich sah mich in dem vollbesetzten Raum um. Tänzer drängten sich laut auf der kleinen Fläche vor der Bühne, und die flirtenden Köpfe an den überfüllten Tischen schauten ihnen zu. Von drei Seiten sah man von einem vergoldeten Balkon auf die Feiernden unten; die an den oberen Tischen waren zwar unauffälliger, feierten im Halbdunkel aber nicht weniger ausschweifend als die Besucher im Parkett. Das auf die Musiker gerichtete Licht verlor abseits der Bühne wegen all des Rauchs und der vielen Gäste rasch an Helligkeit. Um zusätzliches Geld zu verdienen, hatte ich die Arbeit als Rausschmeißer begonnen, den Kontakt zu Musikern und Vergnügungshungrigen aber bald zu schätzen gelernt. Ihr stellvertretendes Handeln machte mich glücklich. Einmal mehr genoss ich die Essenz der Atmosphäre und bahnte mir einen Weg zwischen den Tischen hindurch.

»Wie geht's, Eddie?«, begrüßte mich einer der Musiker, als ich an den Bühnenrand kam.

Seine Stimme durchdrang als einzige den gewaltigen Lärm,

ein sanftes Brüllen, das tief aus seiner kolossalen Gestalt kam. Sein Lächeln hätte den Schnee der Pyrenäen schmelzen, sein unbeugsamer Sinn für Freude Lawinen donnernd zum Abgang bringen können. Ich lächelte nur zurück, denn ich war mir nicht sicher, ob er mich verstehen würde. Wie die meisten Musiker auf der Bühne kam Joe aus den USA und hatte im Krieg bei den Harlem Hellfighters gedient, einem vor allem aus Afroamerikanern bestehenden Infanterieregiment, das der französischen Armee unterstellt worden war, weil viele weiße Amerikaner nicht an der Seite von Schwarzen hatten kämpfen wollen. Einmal fragte ich ihn, warum er nach Kriegsende nicht nach Hause zurückgekehrt war.

»Wohin hätte ich denn zurückkehren sollen?«, hatte er geantwortet.

Nun wies er mit einem Nicken auf die wogende Menge und rief: »Hier geht's ab heute.«

Ich schüttelte übertrieben den Kopf, wie man es macht, wenn man sein eigenes Wort nicht versteht. »Etwas ruhig, finde ich.«

Er stieß ein dickbäuchiges Lachen aus, das der Musik eine Basslinie hinzufügte, und klopfte mir auf die Schulter. Ich lächelte zurück, doch ich hatte es ernst gemeint. Ich hoffte, noch jemanden zusammenschlagen zu können. Joe wandte sich wieder dem Bandleader zu und machte sich für seinen nächsten Einsatz bereit.

Ein paar Köpfe, die zu vermöbeln ich einen Abendlohn gegeben hätte, waren in unheiliger Allianz an einem Tisch in Bühnennähe versammelt. Die Bekleidung der drahtigen Körper darunter schien ein Betrunkener mit verbundenen Augen ausgesucht zu haben. Ich musterte sie nacheinander, obwohl selbst ihre Mütter sich an diese Gesichter nicht hätten erinnern wollen. Sie starrten nur ausdruckslos zurück. Kalt, gefährlich. Eine Verbrecherbande. Dürre Messerschwinger, die in ihrem kleinen Paradies in Montmartre plünderten und Angst und Schrecken verbreiteten.

»Was wollen Sie?«, fragte schließlich einer von ihnen, ein alter Mann mit korsischem Akzent und einem Hals wie ein toter Truthahn.

»Sie sollen nur wissen, dass ich aufpasse.«

Ich lächelte breit, was ihn verunsicherte. Damit war ich zufrieden, ließ sie in Ruhe und drehte weiter meine Runden.

Eine Frau stand ganz hinten an der Bar, von der Musik weit entfernt. Eine Sängerin, neu. Ich hatte sie ein paarmal gesehen, aber nie mit ihr gesprochen.

»Sie sind der, den man Eddie nennt, oder?«

Ich wandte mich ihr zu und war erstaunt über ihren Akzent. »Sie sind keine Amerikanerin?«

Ihr wissendes Lächeln besagte, dass sie sich nichts bieten ließ. »Ich bin aus dem Senegal. Aber sie lassen mich singen.«

»Ich habe Sie gehört – Sie singen sehr schön.«

Ich wand mich innerlich, aber sie war so freundlich, sich nicht über mich lustig zu machen. Jedenfalls nicht mit Worten. Ihr Blick genügte.

»Haben Sie Feuer?«

Sie zog eine Zigarette aus einer kleinen Unterarmtasche vom gleichen Silberstoff wie ihr Kleid, sah mich offen an und führte sie mit schlanken Fingern erwartungsvoll an die Lippen. Ein leichtes Lächeln umspielte ihre Mundwinkel.

»Ich rauche nicht.«

Sie griff hinter sich auf die Theke und gab sich mit einem Streichholzbriefchen Feuer. »Warum nicht?«

Ich schüttelte den Kopf, betrachtete den Rauch, den sie aus Mund und Nase blies, und unterdrückte meine Panik. »Einfach so.«

»Ich rauche wegen der Stimme. Das gibt ihr beim Singen den richtigen Klang.« Mit einem letzten wissenden Blick wandte sie sich ab. »Und jetzt weiß ich, dass sie sehr schön klingt.«

Sie stahl sich durch den Rauch wie ein Gespenst, das sich außer Reichweite begibt, und ich durchlebte noch mal jedes Wort, das ich mit ihr gewechselt hatte. Ein Anflug von Schuld durchfuhr mich.

»Du bist ein Dummkopf, Giral«, folgerte ich.

Nicht mal nach ihrem Namen hatte ich gefragt.

Nach dem Jazzklub war der Nachtdienst auf dem Revier langweilig, auch wenn ich ein paar zusätzliche Francs in der Tasche hatte, aber wenigstens war es ruhig. Meine Gedanken bewegten sich im Jazztempo, aber meinem Körper war nach langsamem Walzer zumute. Ich saß am Schreibtisch, schob Papiere hin und her und unterdrückte ein Gähnen. Ob ich so eine ganze Nacht überstehen konnte? Ein anderer Polizist saß an einem anderen Tisch und machte das Gleiche. Während ich nebenberuflich an der Tür eines Jazzklubs arbeitete, tat er dasselbe in einem Bordell. Ich bekam den Applaus, er den Tripper.

Zwei Kollegen tauchten auf, und wir konnten nicht mehr so planlos herumhängen. Aber sie achteten gar nicht auf uns, sondern plauderten über einen Betrunkenen, den sie eben festgenommen und dem sie eine Abreibung verpasst hatten. Nicht alle Polizisten waren so fürsorglich wie ich. Ihre Prahlerei ertrug ich noch eine Minute länger und schaltete dann das Radio hinter mir ein. Nachdem es warm geworden war, drehte ich am Senderknopf und fand eine Station, die Jazz spielte. Innerlich ging ich wieder mit dem Rhythmus mit.

»Mensch, Giral, schalten Sie das Negergejaule aus.«

Ich sah kurz auf die Unterlagen vor mir.

»Sagen Sie das noch mal.«

Einer der Neuankömmlinge näherte sich dem Radio, um am Sendeknopf zu drehen. »Sie haben schon verstanden.«

»Allerdings.«

Ich stand auf, hob die Hand, um ihm zuvorzukommen, gab ihm aber – statt am Sendeknopf zu drehen – eine Ohrfeige. Diesen Trick hatte ich im Klub gelernt. Ohrfeigen sind wirkungsvoller als Faustschläge, weil sie Unruhestifter in untätige Verblüffung stürzen, ohne ernstlich zu verletzen.

»Mann, Giral«, sagte sein Freund, »was ist nur los mit Ihnen?«

»Mehr, als Sie je wissen werden.«

Ich wandte mich wieder dem ersten Polizisten zu, sah ihn rot werden, spürte die gleiche Entrücktheit wie im Klub. Er schlug nach mir, aber ich wich seiner Faust aus, und meine zweite Ohrfeige vervollständigte seine Erniedrigung.

»Das reicht, Eddie«, sagte mein Schichtkollege zu mir.

Ich sah ihn kaum, sondern lächelte den Polizisten vor mir an und blickte ihm in die Augen. Er wich zurück, als meine Hand auf sein Gesicht zukam, aber ich drehte nur die Lautstärke des Radios bis zum Anschlag auf und nahm den Arm wieder runter.

»Ich möchte bloß Radio hören.«

Samstag, 15. Juni 1940

5

Ich ließ das Radio laufen.

Das musste man den Deutschen lassen: Ihre Nachrichten waren noch unglaubwürdiger als unsere zuvor. Bis vorgestern hatten die Zeitungen uns immer wieder erzählt, wir hätten das Blatt des Krieges gewendet und seien dabei, sie nach Belgien zurückzuwerfen. Dann fuhr ein deutscher Soldat mit seinem Krad in Montmartre ein, und wir begriffen, dass wir längst hätten aufhören sollen, Zeitung zu lesen. Am besten ließ sich der Vormarsch der Deutschen an den Kennzeichen der Autos ablesen, die nach Paris hineinströmten. Je übler die Lage wurde, desto mehr Autos kamen aus Gegenden, die der Hauptstadt immer näher lagen. Bis deutsche Panzer, Schützenpanzerwagen und Motorräder in die Stadt einrückten. Zu diesem Zeitpunkt hatten sogar die Regierenden verstanden – nur waren sie nicht lange genug in Paris geblieben, um es mit eigenen Augen zu sehen.

Ich bewegte den Senderknopf über alle Frequenzen. Die wenigen Stationen, die weder Marschmusik noch deutsche Propaganda ausstrahlten, hielten uns weiter mit leeren Versprechungen hin, wonach sich südlich der Hauptstadt Truppen sammelten. Doch selbst tönende Dummheit ist besser als hoffnungslose Stille; also ließ ich den Apparat laufen und überlegte mir dabei, wie ich ein Frühstück ohne Eier, Brot und Milch zuwege bringen sollte. Ich nannte es Kaffee, machte das Radio aus und nahm die Tasse mit ins Wohnzimmer.

Die Waffe lag auf dem Tisch, wohin ich sie nach dem kalten metallischen Klicken am Vorabend zurückgelegt hatte. Die Patrone stand aufrecht daneben. Sie war es, die mein Leben eines Wintermorgens vor langer Zeit in einem Schützengraben ge-

rettet hatte. Ein deutscher Offizier hatte die Luger nur Zentimeter von meinem Kopf entfernt gehalten, während ich nach
meinem Gewehr tastete. Mit ausdruckslosem Gesicht hatte er
abgedrückt, aber nur das Klicken des Schlagbolzens gehört.
So wie ich am gestrigen Abend. Dieses Geräusch, das fünf Jahre meines Lebens in diesem Sessel gebrandmarkt hatte, eine
Kette düsterer Abende, an denen ich vorgeblich Befreiung gewollt hatte, aber zu ängstlich gewesen war. Ein Geräusch, von
dem ich gedacht hatte, ich hätte mich zehn Jahre zuvor von
ihm geheilt. Wieder sah ich vor mir das Erstaunen im Gesicht
des Offiziers, als ich mein Gewehr auf ihn richtete und ihm in
die Brust schoss. Sein seltsam enttäuschter Blick, als die Beine
nachgaben und er in den Schlamm des Grabens stürzte. Noch
ein sinnloser Tod.

Es war mein Ritual gewesen. Meine Flucht vor weit qualvol-
leren Erinnerungen und dem Schuldgefühl, einen Krieg und
andere Momente von Schrecken und Verzweiflung überlebt
zu haben. Einmal mehr begriff ich ein Stück weit, warum Fryderyk Gorecki sich umgebracht und seinen Sohn in den Tod
mitgerissen hatte.

Ich griff nach der Luger, die ich dem Deutschen damals abgenommen hatte. Ich hatte sie seither geölt und gepflegt und
wusste, dass sie mit anderen Patronen funktionierte. Mit diesem Gedanken drückte ich die übrige Munition ins Magazin
zurück. Nun war sie wieder eine funktionierende Waffe. Ich
brachte sie ins Bad und zog die lose Fliese überm Waschtisch
heraus. Im Loch dahinter lagen zwei Schachteln mit Munition,
eine für die Luger, eine für die Manufrance. Ich schob sie beiseite und versteckte auch die Luger. Wer wusste schon, wann
die Deutschen in Paris einen Plan B erforderlich machten.

Im Wohnzimmer überlegte ich, die Patrone zurück in ihre
Blechbüchse zu tun. Es hätte eine Glückspatrone sein sollen, die
damals mein Leben gerettet hatte, aber ich konnte sie nie so

betrachten. Wie oft hatte ich gewünscht, sie hätte ihre Aufgabe erfüllt! Schon damals und in anderen verzweifelten Nächten seitdem. Aber nicht letzte Nacht, wie mir auffiel. Stattdessen nahm ich sie in die Hand, fühlte die kleine Delle, die die Luger damals hatte klemmen lassen oder die erst durch die Ladehemmung zustande gekommen war, und schob die Patrone in meine Jackentasche. Am Radio erzählte mir der Ansager von einer neuen Morgenröte, also schaltete ich das Gerät aus und verließ meine Wohnung.

Ein Stockwerk tiefer stand Monsieur Henri auf dem Treppenabsatz. Er war gerade nach Hause gekommen.

»Ich wollte Brot kaufen«, sagte er. »Nichts. Haben Sie Radio gehört? Die Regierung hat Tours Richtung Bordeaux verlassen.«

»Und glauben Sie das?«

»Das glaube ich. Diese Dreckskerle haben uns im Stich gelassen, wie sie es immer tun, das ganze Pack: Regierung, Armee, Briten, Roosevelt, die haben uns alle unserem Schicksal überlassen.« Er mokierte sich heftig. Hoffentlich ersparte er mir eine Tirade, denn er tratschte schlimmer als Gertrude Stein. Nun schloss er seine Tür auf. »Die Deutschen sollen kleinen Jungen die Hände abhacken, damit sie als Erwachsene keine Waffen gegen sie führen können.«

»Ach ja?« Die Nazis hätten an Goebbels' Gehalt ein Vermögen sparen können.

Ich ging die fünf Minuten zur Sechsunddreißig. Manchmal überlegte ich, mir eine Wohnung weiter weg von meinem Arbeitsplatz zu suchen, aber ich hatte mich an mein Zuhause gewöhnt. 1925 war ich eingezogen, als ich mir nicht viel leisten konnte, und war nie zum Umziehen gekommen. Außerdem gefiel mir der Name meiner Straße: Rue de la Harpe. Damals hatte ich Musik gebraucht. Sie war mir aus allen erdenklichen Gründen fast lebenswichtig gewesen. Und ich hatte gehört, dass dort früher mal ein Müllplatz gewesen war. Dann erfuhr ich, dass das auf meinen Teil der Straße nicht zutraf, und auch das war mir recht gewesen.

Es war Samstagvormittag, die Stadt war so traurig wie ein vergessener Freund. Eine bleiche Sonne stieg auf und kämpfte sich durch die lastenden Wolken brennenden Öls. Der rußgeschwärzte Mantel, der erstickend über der Stadt lag, machte die Sommerwärme schwül, die Luft kratzte in meiner Kehle. Als ich die menschenleere Brücke zu einer gespenstischen Île de la Cité überquerte, die auf der dunkel spiegelnden Seine trieb, hatte ich das seltsame und absurde Gefühl, Sicherheit anzusteuern. Dass die Polizei auf einer Insel im Fluss lag, bot uns in meiner Vorstellung Schutz.

»Das hält nicht lange an«, sagte ich mir.

Und richtig: Als ich ins Büro kam, war ein Deutscher an meinem Schreibtisch. Saß auf meinem Stuhl. Sah aus meinem Fenster. Er stand auf und salutierte. Lässig zwar, aber es war ein militärischer Gruß. Ich warf einen Blick auf meine Unterlagen, um zu sehen, ob noch alles an seinem Platz war.

»Das ist Major Hochstetter«, sagte eine Stimme hinter mir. Es war Dax, der in der Tür stand. Er wirkte älter und noch ausgemergelter als tags zuvor.

»Und Sie sind Inspektor Giral?«, fragte der Deutsche. »Oder darf ich Édouard zu Ihnen sagen?« Sein tadelloses Französisch ärgerte mich.

»Mir wäre es lieber gewesen, Sie hätten sich aus Berlin am Telefon gemeldet.«

Hochstetter musterte mich, lachte kurz auf und kam mit abgezirkelten Schritten – der geborene Soldat – hinter meinem Schreibtisch hervor. Zu jung für den alten Krieg, zu ehrgeizig für den neuen. Seltsam, wie höhere deutsche Offiziere mich immer an die höheren französischen Offiziere erinnerten, unter denen ich im letzten Krieg gedient hatte. Er war groß und patrizisch mit braunen, vorschriftsmäßigen Haaren, vorschriftsmäßig entschlossenem Kinn und dunklen Augen mit vorschriftsmäßig bohrendem Blick. Ich ertappte ihn, wie er mich musterte, vor allem die Oberlippe. Dort hatte ich eine Narbe, vom Rugby als junger Mann in meiner Heimatstadt, aber sie ließ mich wie einen Boxer aussehen, wie jemanden, den die Leute lieber nicht behelligen. Manchmal vergaß ich, wie sehr eine kleine, gut sichtbare weiße Hautlinie die Reaktionen der Leute auf mich prägen konnte. Gut, dass er die Narbe unter meinem Ohr nicht sah. Jetzt blickte er mir wieder in die Augen.

»Sie sprechen gut Französisch«, sagte ich. Brücken bauen.

»Ich habe 1934 und 1935 an der Sorbonne studiert.«

»Also haben Sie das seit einiger Zeit geplant.« Brücken verbrennen.

»Ich denke, wir werden uns bestens verstehen, Édouard«, befand er und verzog die schmalen Lippen zu einem trockenen Lächeln. Er trat näher, stand nun auf der Besucherseite des Schreibtischs und ließ mich an meinen Arbeitsplatz. Ich rückte meinen Stuhl zurecht und prüfte mit schnellem Blick, ob Schubladen offen standen oder Unterlagen angerührt waren. Alles schien in Ordnung zu sein, was wohl nur hieß, dass er sein Metier beherrschte.

»Major Hochstetter wurde zum Verbindungsmann für die Kriminalpolizei ernannt«, erklärte Dax. Sie blieben stehen, also setzte ich mich. Hochstetter tat es mir sofort und mit weiterhin mattem Lächeln nach, und gleich folgte auch Dax.

»Ich sollte mich lieber ordentlich vorstellen«, sagte Hochstetter. »Ich bin Major der Abwehr, also – wie Ihnen sicher klar ist – des deutschen Militärgeheimdienstes.«

»Waren Sie vor dem Krieg Polizist?«

»Soldat. Den Großteil meiner Laufbahn war ich beim Geheimdienst. Mir ist klar, dass ein Inspektor der Pariser Polizei das nicht als richtige Ermittlungsarbeit betrachten mag, aber wir haben viele Fähigkeiten gemein. Bestimmt kann ich Ihnen bei Ihrer Arbeit behilflich sein. Bitte betrachten Sie mich als Bindeglied für den reibungslosen Ablauf zwischen Ihren Ermittlungen und unserem Verwaltungshandeln.«

»Ich hatte noch nie ein Bindeglied.«

Dax warf mir einen Blick zu.

»Ich sollte mich auch dafür entschuldigen, in Ihrem Büro zu sein. In meiner neuen Funktion besuche ich alle Abteilungen der Kriminalpolizei und mache mich mit der Arbeit der französischen Kollegen vertraut. Sie müssen entschuldigen, wenn ich Fragen stelle. Darf ich erfahren, ob ich Ihnen bei den gegenwärtigen Ermittlungen helfen kann?«

Ich sah aus dem Fenster, überlegte, wie weit ich meinem frisch entdeckten Bindeglied trauen sollte, und berichtete ihm in aller Kürze von den vier Gastoten im Güterwagen. »Wir versuchen noch immer, die Personalien zu ermitteln und herauszufinden, was Leute im Bahndepot gesehen haben.«

»Es sind Gastote, sagen Sie?«, fragte Hochstetter.

»Wie im letzten Krieg. Ich war im Schützengraben, als Ihre Armee Gas gegen uns eingesetzt hat.«

»Das waren andere Zeiten, Édouard.«

»In der Nähe der Ermordeten waren deutsche Soldaten. Zu jeder anderen Zeit würde ich sie dazu vernehmen wollen, was sie womöglich gesehen haben.«

»Als Ermittler verstehe ich Ihr Anliegen.« Hochstetter schlug die Beine so ökonomisch wie anmutig übereinander. »Und normalerweise würde ich unserer Zusammenarbeit wegen Ihrem Wunsch gern entsprechen, aber Sie müssen einsehen, dass gerade große Verwirrung herrscht. Viele unserer Kräfte durchqueren bloß die Stadt auf dem Weg an die Front. Es wäre unwahrscheinlich, wenn ich genau feststellen könnte, welche Truppen wann beim Depot waren, und möglicherweise sind sie nicht mehr in Paris. Wie gesagt: Ich würde Ihren Wünschen gern entsprechen, sehe dafür aber keine Möglichkeit.«

Sein Französisch war womöglich besser als meins.

»Ein Hauptmann Karl Weber von der 87. Infanterie-Division der Wehrmacht hat den Einsatz geleitet.«

»Weber.« Hochstetter musterte mich. »Na gut, ich werde sehen, was ich tun kann.«

»Fertig, Eddie?«, fragte Dax endlich, wandte sich dem Deutschen zu und stand auf. »Danke, Major Hochstetter. Ich bin sicher, wir beide schätzen Ihre Kooperation.«

Hochstetter betrachtete mich nachdenklich, erhob sich und folgte Dax aus dem Zimmer. Ich wandte mich wieder meiner Ermittlung zu, wurde aber dadurch unterbrochen, dass Dax im großen Büroraum eine Ankündigung machte. Als ich aufstand, um nachzusehen, hörte ich ihn um Ruhe bitten, damit er Hochstetter den anderen Ermittlern präsentieren und der Deutsche eine nette Ansprache halten konnte.

»Ich sehe keine Notwendigkeit für Änderungen in Ihrer täglichen Arbeit«, teilte Hochstetter uns mit, nachdem er sich vorgestellt hatte. »Ich bin nur als Ratgeber hier. Sie machen weiter wie bisher, und ich beaufsichtige die kriminalpolizeilichen Ermittlungen, um sicherzustellen, dass alles im Sinne der Gesamtpolitik des deutschen Oberkommandos in Paris geschieht.«

Während er redete, sah er alle im Zimmer an und beobachtete und bewertete zweifellos die Reaktionen jedes Einzelnen. Genau wie ich. Mit ihren Sympathien für die politische Rechte sahen Auban und ein, zwei andere rehäugig drein, ihre Bewunderung für Hitler übertraf selbst ihren zügellosen Patriotismus. Einige wenige verbargen unruhig ihren Trotz, während die meisten nur dumpf dreinsahen. Hochstetter wusste nun, woran er war. Genau wie ich.

Als er fertig war, ging ich zum Schreibtisch zurück und

nahm Fryderyk Goreckis Pass aus der Schublade. Etwas nagte an mir. Ich betrachtete die Fotos und fragte mich erneut, was wichtiger für einen Flüchtling sein mochte als sein Pass. Und warum er ihn nicht im Tresor aufbewahrt hatte.

Ich rief Bouchard in der Gerichtsmedizin an.

»Der Pole, der sich umgebracht hat«, begann ich. »Hatte er etwas bei sich? Einen Zettel mit Zahlen vielleicht?«

Bouchard sagte mir, er habe nichts gefunden.

Ich hörte ein Geräusch, blickte auf und sah Hochstetter ins Zimmer kommen. Ehe ich ihn daran hindern konnte, hatte er den Pass in die Hand genommen.

»Ich melde mich später noch mal«, sagte ich zu Bouchard und legte auf.

»Ich bin hier, um Ihnen zu sagen, wie sehr ich mich auf unsere Zusammenarbeit freue.« Hochstetter wedelte mit dem Pass. »Hat der mit Ihren Ermittlungen im Bahndepot zu tun?«

»Nein, da besteht kein Zusammenhang.« Ich streckte die Hand aus, doch er behielt den Ausweis.

»Bydgoszcz.« Gedankenverloren sah er auf die Adresse. »Polen. Inzwischen Bromberg im Reichsgau Danzig-Westpreußen. Kein Zusammenhang, sagen Sie?«

Ich beschloss, dass es eigentlich egal war, ob er davon erfuhr. »Erweiterter Suizid. Gestern Abend. Ein Mann und sein kleiner Sohn. Ich hoffe, ich kann die Angehörigen ausfindig machen.«

Er legte den Ausweis auf den Tisch und wandte sich zum Gehen. »Sie sind ein anständiger Mann, Édouard. Hoffentlich erweist sich das in diesen schwierigen Zeiten nicht als Ihr Verderben.«

6

Ich holte meinen Citroën, der vor meinem Haus stand, um mir den Tatort am Gare d'Austerlitz noch mal anzusehen. Inzwischen hatte das Gas sich gewiss gänzlich verflüchtigt, sodass sich der Güterwagen gefahrlos näher untersuchen ließ. Wir hatten alle drei Waggons versiegelt stehen lassen, und ich hoffte, dass heute keine Deutschen herumstanden und ich mir alles in Ruhe ansehen konnte.

Tatsächlich waren keine Deutschen da. Aber auch keine Güterwagen.

»Wo sind die hin, verdammt?«, fragte ich Le Bailly, den Gewerkschaftsfunktionär, mit dem ich tags zuvor gesprochen hatte. Er war in Begleitung derselben beiden Arbeiter. »Ich hatte befohlen, die Waggons hierzubehalten, bis wir zurückkommen.«

»Bei uns sind keine Anweisungen angekommen. Wir hatten heute Morgen nur den Auftrag, die Wagen wieder in Dienst zu stellen. Sie wurden für einen Zug an die Front benötigt. An die deutsche Front, nicht an unsere.«

»Und wo sind sie jetzt?«

»Auf dem Weg nach Bordeaux, soviel ich weiß.«

Frustriert schüttelte ich den Kopf. »War Auban gestern Nachmittag hier? Der Ermittler, mit dem ich gekommen war?«

»Den hab ich seitdem nicht gesehen.«

Im Stillen verfluchte ich Auban und stellte den Männern nun die Fragen, die er hätte stellen sollen. »Erinnern Sie sich an noch etwas, das Sie gestern Morgen gesehen haben?«

»Als wir kamen, waren die Deutschen schon beim Sichten der Schuppen und Waggons«, antwortete der größere der beiden Arbeiter mit einem vor seinen schmalen Lippen tanzenden Schnurrbart wie durch einen Privatnebel.

»Sie heißen …?«

»Marcel Font.«

Der andere wirkte zugeknöpfter, mir wie Le Bailly gegenüber. Er war kleiner und viel stämmiger, seine Boxeraugen und die mürrische Miene ließen mich an alte Fotos der Jahrhundertwende denken, die Apachen zeigten, also Verbrecher aus den Armenvierteln Bastille, Belleville und Montmartre, die sich zu Banden zusammengeschlossen hatten.

»Und Sie?«

»Thierry Papin«, sagte er schließlich.

»Haben Sie was gesehen?«

»Ich weiß von nichts.«

»Was Sie nicht sagen.«

Er ballte die Fäuste und funkelte mich an, aber Font legte ihm die Hand auf den Arm.

»Zurück an die Arbeit mit euch«, sagte Le Bailly, was den beiden noch mehr zu missfallen schien als ich.

»Helfen wir jetzt den Boches?«, fragte Font.

»Nein«, erwiderte Le Bailly. »Ich versuche, euch zu helfen. Wenn ihr eure Arbeit nicht erledigt, heften sie euch mit Bajonetten im Bauch an die Wand. Wollt ihr das?«

Beide machten sich fluchend davon. Le Bailly sah ihnen kopfschüttelnd nach. »Aber vorher stellen sie mich an die Wand«, brummte er.

»Warum das?«

Er sah mich misstrauisch an, winkte mir, ihm zu folgen, und führte mich über die Gleise zu dem Turm mitten auf dem Gelände, der eher eine Pfahlhütte war. Zusammen stiegen wir die wackligen Stufen zur Holzkabine hoch, und er schloss uns auf. Drinnen war es stickig und roch nach Kohle und Schweiß.

»Weil ich Gewerkschafter bin. Deshalb muss ich mich raushalten und dafür sorgen, dass sie spuren. Kaffee?«

Ein rußgeschwärzter Topf köchelte auf dem alten Herd. Kein Wunder, dass es stickig war. Draußen wirkte der Rauch des brennenden Öls wie eine Wolkendecke und zwang uns unter die Hitze eines ohnehin warmen Sommertags. Le Bailly goss uns einen kleinen Schluck in schmierige Emaillebecher. Das Gebräu sah aus wie Melasse und schmeckte wie Teer. Ich tat, als würde ich davon trinken, und sah dabei aus den Fenstern auf allen vier Seiten der Hütte. Von hier oben hatte man einen Überblick, den man unten unmöglich bekam. Unter uns langten die Gleise aus dem Süden an und führten auf das Bahngelände ringsum. Im Osten waren viele Abstellgleise mit Güterwagen; dort waren auch die Toten gefunden worden. Dahinter gab es jede Menge provisorische Hütten, von den Gleisen bis an den Rand des Bahngeländes. Sie sahen aus, als könnten sie einstürzen, sobald ein Zug vorbeifuhr. Das ließ sich allerdings auch von unserem Ausguck sagen. Er schwankte, obwohl kaum Wind ging. Hinter mir im Westen und hinter dem Depot erstreckte sich das alte Krankenhaus, die Salpêtrière. Im Norden lag der Kopfbahnhof mit den östlich anschließenden Lagerhallen und Werkstätten. Ich sah Font und Papin langsam auf eine Gruppe Arbeiter zugehen. Keiner von ihnen lief Gefahr, ins Schwitzen zu geraten.

Le Bailly wies mit dem Becher auf sie. »Normalerweise stecke ich zwischen denen und der Verwaltung. Jetzt muss ich obendrein mit den Nazis fertigwerden. Klar, die Arbeiter wollen den Deutschen nicht helfen. *Ich* auch nicht. Aber es ist meine Aufgabe, die Männer zu schützen, und wenn ich dazu vorläufig mit den Boches mitziehen muss, dann sei es so.«

Ich wartete, aber er schien alles gesagt zu haben. Doch ich hatte das Gefühl, dass er mir etwas verschwieg.

»Wer hat die Anweisung gegeben, die Waggons zu verziehen?«

Er drehte sich um und nahm ein Notizbuch voller mit dickem Bleistift gekritzelter Einträge. »Die Verwaltung. Hier ist der Vermerk.«

Er zeigte mir die aktuelle Seite. Eine Notiz besagte, dass kurz nach sechs Uhr früh ein Anruf gekommen war, die Deutschen die Waggons beschlagnahmen zu lassen.

»Haben Sie den Anruf entgegengenommen?«

»Ja, aber fragen Sie mich nicht, wer dran war. Ich hab die Stimme nicht erkannt, aber das ist heutzutage nichts Neues. Ich könnte nicht mal sagen, ob es ein Franzose oder ein Deutscher war.«

Ich sah kurz auf die Notiz und stellte meinen Kaffee ab. »Ein Beweis ist das nicht gerade.«

»Mehr werden Sie kaum bekommen.«

»Wer hat die Leichen eigentlich gefunden?«

»Font und Papin. Sie sollten Wartungsarbeiten machen, haben sich aber abgeseilt, als sie die vier entdeckt haben, und mich geholt. Ich hab dann die Polizei gerufen.«

»Was ist mit den Deutschen? Wann sind sie aufgetaucht?«

»Die waren schon da, als ich zur Arbeit kam.«

»Wer konnte wissen, dass der Zug den Bahnhof gestern früh nicht verlassen würde?«

»Niemand. Niemand konnte wissen, ob und wann er fährt.«

»Aber letztlich würde er fahren? Und wer gut genug versteckt wäre, würde mit ihm aus der Stadt kommen?«

»Vermutlich, aber darauf kann man sich nicht verlassen. Und gefährlich ist es auch. Wenn ich jemanden aus Paris rausbekommen wollte, würde ich es anders machen. Ich arbeite hier, ich muss es wissen.«

»Haben Sie Arbeiter davon reden hören, anderen aus der Stadt zu helfen?«

»Das würden sie mir nicht sagen. Einigen traue ich das zu, Leuten wie Papin und Font aber nur gegen Bezahlung.«

Eine Szene mit Seltenheitswert: Langsam näherte sich ein Zug, schwarzer Rauch furchte sich durch den Ruß, der am Himmel trieb. Le Bailly erhob sich seufzend.

»Arbeit.« Er nahm mir den verschmähten Kaffee ab.

Wir kletterten die wacklige Treppe hinab, und ich sah zu, wie er auf eine Gruppe Arbeiter zuging. Um seine Aufgabe beneidete ich ihn nicht.

Ich überquerte das Gelände und stand nun vor den Hütten. Am Vortag hatten wir wegen der Deutschen nicht dorthin gekonnt, und schon aufgrund der großen Fläche war mir klar, dass es eine gewaltige Aufgabe wäre, sie alle zu durchsuchen. Dennoch fragte ich mich, welche Geheimnisse sie bargen. Und ob zu den Geheimnissen ein Giftgaslager vom letzten Knatsch mit den Nachbarn gehörte.

Ich verließ das Depot und fuhr auf die andere Seite der Seine zu den Büros der Eisenbahngesellschaft SNCF, um zu erfahren, wer befohlen hatte, die Waggons freizugeben. An der Oper bremste ich wegen des unzeitgemäßen Christbaums aus deutschen Wegweisern, der über Nacht vor der überladenen Schönheit des Theaters gewachsen war. Man musste ihre Tüchtigkeit bewundern. Sie wussten, wohin sie unterwegs waren. Leider wollte ein stiernackiger Feldwebel mit dicken Pranken wissen, wohin ich unterwegs war, und winkte mich raus.

»Papiere«, befahl er. Seine Stimme war so dunkel wie seine gewichsten Stiefel, sein Französisch frisch erworben und unangenehm. »Warum haben Sie gehalten?«

»Ich bin Polizist. Ich wollte wissen, was auf den Wegweisern steht.«

Er sah über die Schulter auf das Wirrwarr an Schildern. »Die sind für Deutsche, nicht für Franzosen.« Damit gab er mir meine Papiere zurück und winkte mich weiter.

»Immerhin weiß ich jetzt, wo das zentrale Ersatzteillager ist.«

Ich fuhr da hin, wo die Büros der SNCF sich im zwölften Arrondissement hinter dem reichverzierten Uhrturm des Gare de Lyon verbargen. Die Aschewolken verdunkelten die tief verschattete Straße nur noch mehr, das Pflaster war mit einem feinen Rußfilm überzogen. Das brennende Erdöllager vor der Stadt schien weiter ungebremst zu lodern.

Bei der Eisenbahngesellschaft hatte ich schon mit der zweiten Tür, die ich probierte, Erfolg. Mit zerzausten Haaren saß ein Mann am Schreibtisch und starrte auf ein Blatt Papier. Den Konsternierten spielte er gut. Und das sollte er wohl, denn er hatte zwei deutsche Offiziere bei sich, die keine Miene verzogen. Ich schwöre: Der Linke der beiden war gestorben, ohne es jemandem zu sagen.

»Der Güterwagen, in dem gestern früh vier Tote gefunden wurden«, begann ich. »Waren Sie es, der Le Bailly am Gare d'Austerlitz angerufen und ihm gesagt hat, er kann wieder in Dienst gestellt werden?«

Er schüttelte den Kopf. »Außerdem entscheiden im Moment die Deutschen, ob Güterwagen genutzt werden oder nicht. Ohne ihre Genehmigung läuft nichts.«

Ich sah die Deutschen an. »Kann ich die beiden fragen?«

»Sie können es versuchen.«

Ich hatte schon beschlossen, den zu fragen, der noch am Leben war, doch Lazarus öffnete den Mund, ehe ich etwas sagen konnte. Er sprach mit schneidiger Höflichkeit, die nicht zu seinem schroffen Auftreten passte.

»Soweit wir wissen, hat das deutsche Oberkommando dazu keinen Befehl gegeben.« Sein Französisch war gut. Falls wir beschließen, je wieder irgendwo einzumarschieren, sollten wir rechtzeitig ein paar Sprachen lernen.

»Könnte ein Befehl auch ohne Ihr Wissen ergangen sein?«

»Möglicherweise«, sagte er widerstrebend.

»Es könnten also Waggons requiriert worden sein, um Truppen und Ausrüstung nach Süden an die Front zu schaffen, aber Sie wissen nicht, ob das hier der Fall ist?«

»Bisher wurden keine Waggons beschlagnahmt«, antwortete der Bahnbeamte mit monotoner Stimme für ihn.

Ich überließ die drei ihrer festgefahrenen Situation und hatte noch immer keine Ahnung, ob ein Befehl gegeben worden war, die Waggons zu verziehen, und wer ihn erteilt haben mochte. Mich beschlich das Gefühl, so würde von nun an ein Großteil meiner Arbeit aussehen. Ich brauchte einen Kaffee, aber kein Café war geöffnet, also begab ich mich zurück in die Sechsunddreißig. Wieder passierte ich den Feldwebel und die Schilder vor der Oper und revidierte meine Meinung über deutsche Tüchtigkeit. Sie wussten, wohin sie unterwegs waren, hatten aber keine Ahnung, was sie bei ihrer Ankunft tun sollten.

Am Quai des Orfèvres suchte ich Auban und erwischte ihn auf der Treppe zwischen der zweiten und dritten Etage.

»Ich hatte Ihnen aufgetragen, die Arbeiter im Depot zu befragen.« Unsere Gesichter waren nur Zentimeter voneinander entfernt, ich spürte den Hass, der von ihm ausging. »Ich hatte Ihnen aufgetragen, dafür zu sorgen, dass Anweisung gegeben wird, die Waggons nicht zu verziehen.«

»Meine Güte, Giral. Das interessiert doch niemanden.«

»Mich schon, Auban. Vier polnische Flüchtlinge wurden getötet, und mich interessiert das.«

Er grinste. »Polen? Jetzt interessieren sie mich noch weniger, und Sie sollten es genauso halten. Es gibt bei Weitem genug leidende Franzosen, ohne dass wir uns Sorgen um Migranten und Flüchtlinge machen. Ich werde meine Zeit nicht auf vier Polen verschwenden. Wenn sie die Deutschen nicht mögen, warum bleiben sie nicht in ihrer Heimat und kämpfen wie Männer, statt nach Frankreich zu fliehen und zu jammern, wie schlimm die Nazis sind?«

Ich ballte die Fäuste, behielt sie aber fest an den Schenkeln.

»So wie Sie, ja? Dabei sehe ich Sie gar nicht in Uniform, Auban. Denn Sie tun nichts anderes, als hunderte Kilometer jenseits der Front herumzuschleichen und anderen zu sagen, wie sie für Sie kämpfen sollen.«

»Schnauze, Giral.«

Ich hob die Fäuste an seine Kehle und versuchte, meine zitternden Hände zu beherrschen. Fluchend wandte ich mich ab und ging die halbe Treppe in den dritten Stock hoch.

Auban rief mir nach: »Bravo, Giral. Gehen Sie, wie Sie es immer tun. Sie sind so feige wie die verdammten Polen, die Sie so lieben.«

Hinter den Türen war seine Stimme nicht mehr zu hören. Ich blieb stehen, atmete aus, besah meine rechte Hand: Ich hatte die Nägel so fest in die Handfläche gegraben, dass sie blutete. Ich vergewisserte mich, allein zu sein, wischte das Blut in mein Taschentuch und ging in mein Büro zurück.

Dort erwartete mich Dax.

»Was gibt's Neues, Eddie?«

Ich dachte, er meinte Auban, aber er fragte nach den Ermittlungen.

»Ich will wissen, woher das Gas stammt, und hab mir die Schuppen auf dem Bahngelände angesehen. Die müssen gründlich durchsucht werden.«

»Und wer soll das machen, Eddie? Wir haben nicht genug Leute.«

»Da kann alles Mögliche versteckt sein. Wir müssen rausfinden, ob das Gas dort gelagert wird.«

»Daraus wird nichts, Eddie.«

Ich ließ die Sache auf sich beruhen. Dax sagte immer erst Nein, aber wenn ich ihn länger bearbeitete, knickte er meist ein. Ich versuchte etwas anderes. »Der Selbstmörder von gestern Abend. Er war aus Bydgoszcz, der Stadt, aus der mindestens einer der Toten aus dem Güterwagen kommt.«

»Das muss nichts bedeuten. Es gibt tausende Menschen aus allen Dörfern, die vor den Deutschen und den Sowjets fliehen.«

»Ich weiß. Es ist nur seltsam, dass sie aus der gleichen Stadt sind.«

»Tun Sie, was Sie müssen, Eddie, aber steigern Sie sich in nichts hinein. Und konstruieren Sie keine Verbindungen, wo keine sind.«

Ich nickte. Uns war klar, dass ich alles ignorieren würde, was er gerade gesagt hatte.

Wir hatten einen Besucher.

»Ah, gut – Major Hochstetter«, sagte ich. »Vielleicht könnten Sie tatsächlich als Bindeglied wirken.«

Dax warf mir einen warnenden Blick zu.

»Wie das, Édouard?«

»Es gab eine Weisung, die Waggons im Depot an die Front zu schicken. Le Bailly, der Aufseher, behauptet, die Verwaltung habe sie ihm gegeben. Die Verwaltung sagt, davon wisse sie nichts, und die beiden deutschen Offiziere im Büro der SNCF wussten nicht, ob so ein Befehl erteilt wurde.«

»Das ist durchaus glaubhaft. Der Übergang zur neuen Ordnung der Dinge vollzieht sich womöglich nicht ganz so glatt, wie wir uns das vorgestellt haben. Es gibt mitunter Lücken in den Informationen, die wir der französischen Seite zur Verfügung stellen. Und Informationslücken zwischen unseren Dienststellen. Ein leider beklagenswert weites Feld für Missverständnisse.«

»Könnten Sie das für uns rauskriegen? Um auszuschließen, dass Le Bailly uns irgendwie absichtlich in die Irre führt?«

Hochstetter musterte mich. Das Licht, das hinter seiner großen Gestalt durchs Fenster fiel, warf Schatten auf seine dunklen Augen und hohen Wangen, seine Miene war so kalt wie die eines Totenschädels.

»Normalerweise bekomme ich die meisten Informationen, die ich haben will, Édouard. Die Frage ist, ob Sie wirklich wollen, dass ich sie besorge.«

7

»Warum wollen Sie mit diesem deutschen Offizier reden?« Dax hatte mit der Frage gewartet, bis Hochstetter gegangen war.

»Weil es sich um eine Mordermittlung handelt. Ich muss wissen, was Weber gesehen hat, um eine genauere Vorstellung davon zu bekommen, wann die Dinge geschehen sind, und um die Aussagen der Arbeiter zu bestätigen. Außerdem weiß ich noch immer nicht, wer angeordnet hat, die Waggons zu bewegen. Sonst kann ich die Arbeiter befragen, so viel ich will, ohne auf ihre Aussagen bauen zu können.«

»Was ist denn Ihrer Meinung nach geschehen?«

Ich sah aus meinem Fenster. Noch immer hing schwarzer Rauch von den brennenden Öllagern am Himmel. »Ich denke, jemand hat die Polen abkassiert und ihnen versprochen, sie aus der Stadt zu schaffen. Und dann hat entweder er sie getötet, oder ein anderer hat die wartenden Polen entdeckt und ermordet, ehe der Erste ihnen zu Hilfe kommen konnte.«

»Warum sollte ein anderer das getan haben?«

»Keine Ahnung. Um sie zu berauben? Vielleicht suche ich also nicht nur einen Mörder, sondern auch noch jemanden, der Flüchtlinge und Deserteure aus der Stadt schleusen will.«

Nicht, um ihm das Handwerk zu legen, sondern um ihm zu raten, einen sichereren Weg zu suchen. Aber das behielt ich für mich.

Müde verließ ich am späten Nachmittag die Sechsunddreißig und trat ins rußgedämpfte Sonnenlicht. Diese Tageszeit hatte ich immer gemocht; in Straßen voller Lärm, Licht und Betrieb anonym durch die Menge zu gehen und alles Elend, alle Angst, die ich bei der Arbeit gesehen hatte, angesichts der vielen

Fremden abzustreifen. Doch die Stadt hatte sich verändert. Es waren mehr Menschen draußen als am Vorabend, aber es herrschte kein Trubel. Den Leuten ging die Wendigkeit ab, und sie hielten keine Schwätzchen. Alle waren in farbloser Kleidung unterwegs, gebeugt vom Gewicht des Himmels. Und mit Berliner Zeit war es zu früh, zu hell für Paris.

Statt nach Hause zu gehen, überquerte ich die Seine nach Norden. Dax hatte gesagt, ich solle keine Zusammenhänge sehen, wo keine sind, also ignorierte ich ihn und begab mich ins Marais. Immer wieder hatte ich an Bydgoszcz gedacht, eine Stadt, von der ich bis vor kaum vierundzwanzig Stunden nie gehört hatte. Seither aber war sie mir doppelt begegnet, und beide Male war es um den gewaltsamen Tod von Menschen gegangen, die vor den Nazis geflohen waren, nur um an dem Tag zu sterben, an dem die Nazis sie einholten.

Isaac der Blinde lebte mit seiner angejahrten Tochter in einer verlotterten Wohnung am Ende eines schmuddeligen Gangs. Sie war sein Augenlicht. Und oft auch seine Stimme.

»Er kommt nicht mit«, sagte sie an der Tür und weigerte sich, mich einzulassen.

Isaac stand hinter ihr im Flur. Sein stattlicher grauer Vollbart bedeckte große Teile des sauber gestärkten Hemds und kompensierte, dass auf seinem Kopf nur ein alter Homburg prangte. Er zog sein schickes Jackett an.

»Sehen Sie ihn an, er langweilt sich. Keine Sorge: Wenn er mit mir unterwegs ist, kann er nicht verhaftet werden.«

Isaac schob sich mit einem kurzen, verlegenen Lächeln an seiner Tochter vorbei.

»Ich will ihn heil zurück«, keifte sie und knallte die Tür hinter ihm zu.

Ich führte Isaac über den Fluss. »Sie meint es ja gut«, sagte er, »aber manchmal mag ich eben etwas Aufregung und vermisse die alten Zeiten.«

Wir kamen an einer deutschen Patrouille vorbei. »Ich auch, Isaac. Deshalb habe ich eine kleine Aufgabe für Sie.«

Sein Lächeln war unüberbietbar unschuldig und betörend, und das war seltsam, weil er zu seiner Zeit einer der berüchtigtsten Tresorknacker von Paris gewesen war – wobei er nie von sich aus tätig wurde, sondern stets im Auftrag gehandelt hatte, denn seit einer Granatenexplosion in der Schlacht von Tianjin während des Boxeraufstands in China war er blind. Zu was uns der Krieg alles treibt!

Madame Benoit trocknete sich die Hände an ihrer verschossenen Schürze ab und gab mir den Schlüssel zu seiner Wohnung. Hinter ihr am Küchentisch saß abgewandt ein Mann, vermutlich ihr Gatte.

»Treffen wir da drin jemanden?«, fragte Isaac ganz oben an der Treppe.

Ich sah ihn verblüfft an und hörte nun erst die leisen, hektischen Geräusche, die aus Fryderyks Wohnung drangen. Die Tür war angelehnt. Ich ließ Isaac in einem sicheren Winkel des Treppenabsatzes zurück, drückte die Tür auf und trat langsam ein. Die Balkontür war offen, die zum Schlafzimmer auch. Keine Geräusche mehr. Mit gezogener Dienstpistole ging ich zum Schlafzimmer, machte die Tür behutsam etwas weiter auf und sah durch den Schlitz zwischen Türblatt und Rahmen.

Nichts zu sehen.

Ich drückte die billige Holztür weiter auf, hörte dann aber hinter mir ein Geräusch und bekam einen Faustschlag ins Kreuz, der glühend schmerzhaft war. Ich fiel auf die Knie, von hinten trat mir ein Fuß die Pistole aus der Hand. Im Fallen warf ich mich rechtzeitig auf die Seite, um einen Mann fliehen zu sehen und sein Profil flüchtig zu erblicken. Er musste auf dem Balkon gewartet und sich an die Außenmauer gedrückt haben. Dass ich meine Waffe unterm Bett hervorsuchte, kostete Sekunden, doch dann hetzte ich ihm nach, so gut das bei den üblen Schmerzen in Muskeln und Knochen ging. Von früheren Freuden dieser Art wusste ich, dass ich tagelang Blut im Urin haben würde.

Als ich zur Treppe kam, war er schon unten, bei seiner wilden Flucht aber gestolpert und einige Stufen gestürzt. Ich hörte ihn wütend fluchen, bevor er sich aufrappelte und aus der schweren Haustür krachte. Natürlich war er längst weg, als ich vom Balkon sah. Die Straße war leer.

Ich ging zur Treppe zurück, um Isaac in die Wohnung zu führen. »Eine Personenbeschreibung haben Sie nicht zufällig für mich?«

»Er hat gut gerochen.«

Ich setzte mich in einen Sessel und wartete, dass der schlimmste Schmerz nachließ. Er flaute zu dumpfem Jammer ab, und ich merkte, wie unbequem der Sessel war; also Zeit zum Aufstehen. Mein Kopf begann wieder zu arbeiten. Der Mann hatte wütend geflucht, aber nicht auf Französisch. Polnisch hatte ich zwar nie gehört, hätte aber prompt gewettet, dass er es benutzt hatte. Ich humpelte zur Spüle, ließ mir einen Becher Wasser ein. Es schmerzte auf dem Weg in den Magen. Weiter unten würde es noch weit mehr schmerzen.

»Da hat einer dasselbe gesucht wie Sie«, sagte Isaac.

»Was es auch sein mag.«

Noch neugieriger geworden, führte ich ihn zu dem alten Tresor. Er befühlte seine Oberfläche, wandte sich dann erst dem Kombinationsrad zu und drehte es erst in die eine, dann in die andere Richtung.

»Hübsch. Geben Sie mir zehn Minuten, Eddie. Das ist fix erledigt.«

Ich stand auf dem Balkon, während Isaac arbeitete. Die Tür hatte ich offen gelassen, um ihn im Blick zu haben. Er mochte harmlos wirken, ließ aber alles von Wert mitgehen, wenn er glaubte, er komme damit davon.

Beim Blick auf die Straße dachte ich wieder daran, wie Jan im dicken Mantel des Vaters gesteckt hatte. Ich stellte mir vor, wie Fryderyk leise, tröstende Worte zu seinem Sohn gesagt hatte, als er mit ihm auf den Balkon gegangen war, wie er den Jungen im Mantel zärtlich an sich geschmiegt, den Kopf an seine Brust gedrückt hatte, um ihn vor dem Schrecken dessen zu schützen, was er zu tun im Begriff war. Einiges vom Strandgut des Vorabends lag noch in der Gosse, anderes war wieder eingesammelt oder von anderen ergattert worden. Ich dachte an den blutigen Teddy. Ob er Jan gehört hatte? Nun war er verschwunden. Ich stellte mir vor, wie Fryderyk ihn seinem Sohn gegeben hatte, damit er sich in den letzten Momenten daran festhielt, am vielleicht einzigen Spielzeug, das er bei der Flucht von zu Hause hatte retten können. Und ich fragte mich erneut, was einen Vater dazu bringen mochte, sich und seinem Kind so was anzutun. Wie groß musste die Verzweiflung gewesen sein? Was musste er in Polen miterlebt haben?

Von drinnen hörte ich, dass Isaac fertig war, und eilte herbei, als er gerade die schwere Tresortür öffnete.

»Trauen Sie mir nicht, Eddie?«

»Täten Sie das?«

Ich schob mich an ihm vorbei und sah in den Tresor. In der Mitte lag nur ein kleiner Stapel: eine Mappe aus Karton und darunter drei Bücher. Erstaunt zog ich die Mappe heraus und fand darin einen Packen alter Umschläge. Seltsamerweise waren sie einzeln an den Falz der Mappe genäht, sodass sie sich fächerförmig öffneten und mir jeweils die offene Seite entgegensah. Alle Umschläge trugen die gleiche Handschrift, waren vergilbt und unter einer Adresse in Bydgoszcz an Fryderyk gerichtet.

»Irgendwelches Geld?«, fragte Isaac.

»Nicht ein Sou.«

Ich zog den ersten Brief aus dem Umschlag und überflog ihn. Zwar verstand ich kein Polnisch, aber er sah aus wie ein Liebesbrief. Unterschrieben war er mit »Ewa«, vermutlich Fryderyks Frau.

Dann nahm ich die Bücher – die oberen beiden waren auf Polnisch, und ich verstand nicht mal die Titel. Das untere Buch aber erstaunte mich, nicht nur, weil es auf Französisch war. Ich betrachtete es kurz. *Voyage au bout de la nuit* von Louis-Ferdinand Céline. Diesen Roman empfanden selbst viele Franzosen als harte Kost, und so fragte ich mich, warum ein Ausländer den Band kaufen sollte. Befremdlicher noch war, dass Céline Hitler bewunderte.

»Was ist drin, Eddie?«

»Bücher. Drei Stück.«

Unter den Büchern lag eine zweite Mappe. Sie ähnelte der mit den Briefen von Ewa an Fryderyk, enthielt aber nur zwei Fotos, die an den Mittelfalz genäht und geklebt waren. Das erste Bild zeigte einen Mann und eine Frau, die einen kleinen Jungen zwischen sich hielten. Es sah nach Sommer aus, und sie lächelten in glücklicheren Zeiten. Ich erkannte den Mann als Fryderyk. Der Junge war also vermutlich Jan, die Frau Ewa. Das zweite Foto ähnelte dem ersten und schien vom gleichen Tag zu sein.

Isaac tastete im Tresor herum. »Nichts«, sagte er empört.

Drei Bücher, zwei Fotos und ein paar Briefe, dachte ich. Und diese Dinge waren Fryderyk wichtiger gewesen als sein Pass. Rasch blätterte ich die polnischen Bände durch, fand aber nichts. Die *Reise ans Ende der Nacht* dagegen enthielt einen noch seltsameren Fund: ein Pamphlet namens *Schule der Leichen*, ebenfalls von Céline, 1938 erst veröffentlicht und wegen seines wüsten Antisemitismus kontrovers diskutiert – eine seltsame Lektüre, um das Französisch aufzufrischen. Noch merkwürdiger aber, dass ein Opfer der Nazis dieses Buch besaß. Vielleicht hatte Fryderyk ja verstehen wollen, warum sein Leben zerstört worden war.

»Pech gehabt, Isaac.«

»Sie haben gesagt, ich werde bezahlt.«

»Und Sie bekommen Ihr Geld.« Auf dem Weg in die Wohnung hatten wir uns auf einen Betrag geeinigt.

»Was war das für ein Lärm?«, fragte Madame Benoit, als ich den Schlüssel zurückgab.

»In Fryderyks Wohnung war jemand, konnte aber fliehen. Haben Sie niemanden nach oben gehen sehen?«

Sie bekreuzigte sich mehrmals. »Nein. Das hätte ich Ihnen gesagt.«

»Gut, aber ab jetzt Augen auf. Können Sie Fryderyks Sachen einpacken und vorläufig bei sich aufbewahren? Jemand von der Polizei sagt Ihnen dann, was damit geschehen soll. Um den Tresor brauchen Sie sich nicht zu kümmern.«

Ich lieferte Isaac bei der verärgerten Tochter ab und fuhr zurück in die Sechsunddreißig. Die dritte Etage war leer, alle diensthabenden Beamten waren unten versammelt. Ich schloss die Bücher und Mappen in die Schublade, in der schon Fryderyks Pass lag, und machte mich auf den Heimweg. Vermutlich konnte ich keine Angehörigen ermitteln, aber wenigstens besaß ich, was Fryderyk – wenn auch nur aus persönlichen Gründen – als wertvoll erachtet hatte. Obwohl ich nicht verstand, welchen emotionalen Wert Célines Roman für ihn besaß. Dass er aber eigens einen Tresor gekauft hatte, um eine so seltsame Reihe von Dingen aufzubewahren, ließ mich nicht los.

Die Erinnerung an seine traurige kleine Wohnung machte es mir unmöglich, jetzt schon nach Hause zurückzukehren. Darum ging ich weiter zum Jardin du Luxembourg. Im Pavillon spielte keine Kapelle, keine Kinder rannten zwischen plaudernden Erwachsenen herum. Nur Staub wehte über den dürren Boden, Äste bogen sich im schwachen Wind. Niemand ging spazieren. Die wenigen Leute, die noch unterwegs waren, eilten nach Hause und sahen auf ihre Uhr, um nur nicht die Sperrstunde zu überschreiten.

»Guten Abend«, sagte ich unwillkürlich zu einem Paar, das mir begegnete, doch es sah nicht auf, erwiderte nichts.

Ich verließ den Park und ging durch zum Verstummen gebrachte Straßen. Als es endlich dunkel wurde, war ich ganz allein draußen und fragte mich mit zunehmendem Groll, ob ich je wieder zwischen Trauben müßiger Spaziergänger durch unsere Straßen schlendern würde.

Von hinten kam ein Auto mit dröhnendem Dieselmotor. Noch eine deutsche Patrouille, die meine Papiere sehen will, dachte ich mit wachsender Verärgerung und wandte mich um.

8

»Mein Lieblingsmajor von der Abwehr«, sagte ich und empfand statt Ärger Verwirrung.

»Édouard«, rief Hochstetter aus dem Fond seines offenen Dienstwagens. »Ein wunderbarer Abend für eine Spritztour durch diese romantische Stadt. Steigen Sie ein.«

»Ich bin gern zu Fuß unterwegs, danke, Major.«

»Nein, Édouard, wirklich. Steigen Sie ein.«

Ein Gefreiter sprang vom Beifahrersitz und öffnete die hintere Tür. Hochstetter sah mich erwartungsvoll mit seinem ewigen matten Lächeln an. Seufzend trat ich an den Wagen.

»Damit der Krieg die Mühe auch wert ist.«

Vorsichtig setzte ich mich auf den breiten Ledersitz, und der Fahrer beschleunigte geschmeidig. Trotz bester Federung und dem weichsten Polster, das die Technologie der Nazis zu bieten hatte, musste ich mir alle Mühe geben, nicht vor Rückenschmerzen zusammenzuzucken, sobald wir durch ein Schlagloch fuhren.

»Die Tagesattraktionen haben wir nun leider verpasst«, setzte Hochstetter hinzu.

Na prima. Wie aus dem Reiseführer für Paris-Besatzer. »Sie sind also zufällig vorbeigekommen, Major?«

Er lachte. »Natürlich nicht, Édouard. Ich überlasse nichts dem Zufall. Irgendwo hier soll es herrlich verrucht zugehen; alle Offiziere reden davon. Ich dachte, Sie möchten mich vielleicht dorthin begleiten. Vielleicht begegnen Sie dort sogar jemandem, der für Sie von Interesse ist.«

Ich hätte es nicht zugegeben, doch ich war fasziniert. Vor allem als klar wurde, dass die Deutschen von allen Läden in Paris ausgerechnet Luigis Bar zum Lieblingsnachtlokal erwählt hatten. Der Fahrer hielt am Ende der Gasse; Hochstetter lud mich ein, ihm zu folgen.

Lautere, gewagtere Musik als am Vorabend drang in die Dämmerung, als Luigi den Vorhang öffnete. Sein missmutiges Ächzen bei meinem Anblick wurde Hochstetter gegenüber sofort zu salbungsvollem Verbeugen und Liebedienern.

»Ich geleite Sie an Ihren Tisch«, sagte der Italiener.

»Ihr habt jetzt Tische?«, fragte ich.

Lachend klopfte er mir auf die Schulter. Wer Max hofiert, kann auch Mäxchen schöntun.

»Ich sehe den Tisch schon, danke«, sagte Hochstetter.

Wir gingen durchs Halbdunkel. So funzelig das Licht auch war: Die Verkommenheit von Café und Gästen ließ sich nicht verbergen. Es war viel los, weit mehr als am Abend davor. Die Tür hinter uns öffnete sich einmal mehr, und neue Nachtschwärmer tröpfelten durch den Vorhang herein, obwohl es schon nach neun war. Die deutschen Offiziere saßen noch zahlreicher als tags zuvor an den Tischen oder standen in lärmenden Gruppen beisammen und wirkten nicht weiter auf die Einhaltung der eigenen Regeln erpicht. Ich erkannte weitere Gesichter aus der Pariser Unterwelt, unbedeutende Gestalten, die sich bei den Besatzern einschmeichelten, und Huren mit karminroten Lippen, die zu jedem Wort der Deutschen gurrten. Die meisten wandten sich von mir ab, als wir vorbeikamen.

»Sie sind hier unbeliebt«, sagte Hochstetter zu mir.

»Jeder nach seiner Fasson.«

Er lachte. »Ich bewundere Ihren Stil, Édouard.«

Die drei stahlblonden Offiziere vom Vorabend standen wieder am selben Tresenplatz. Ob sie zwischendurch mal im Bett gewesen waren? Sie bemerkten mich nicht, weil sie ganz damit beschäftigt waren, bei Luigi gestikulierend eine Flasche Champagner zu bestellen. Beim Sprachunterricht des Dritten Reichs hatten sie offenbar in der letzten Reihe gesessen.

Ein Deutscher, der mich sehr wohl bemerkte, bot einen irritierenden Anblick. Sein Gesicht war das eines alten Mannes mit unnatürlich jungen Zügen – oder das eines jungen, vorzeitig gealterten Mannes. Jedenfalls schien ein runder, drolliger Babykopf auf dem Körper eines Erwachsenen zu sitzen. Sogar seine Haare waren fein und flaumig wie bei einem Neugeborenen. Der ganze Anblick war seltsam beunruhigend – wie die Grausamkeit von Kindern in der Bildwelt eines surrealistischen Künstlers.

»Seltsam, aber viele Nazis sehen nicht so arisch aus, wie sie es von anderen erwarten«, sagte ich zu Hochstetter.

»Wie bitte?«

Er wirkte gereizt, aber man kann es eben nicht allen recht machen.

Wir erreichten unseren Tisch, und ich sah, von wem Hochstetter vermutet hatte, ich wolle ihn treffen: Hauptmann Weber, der Offizier, der uns am Morgen des Vortags im Depot die Waffen abgenommen hatte, saß am anderen Ende des Tischs. Er hatte mich nicht gesehen. Luigis Variante von Champagner hatte ihn viel zu betrunken gemacht.

»Sie wollten ihn doch befragen«, erklärte Hochstetter.

»In diesem Zustand?«

»Möglich, dass ich Ihnen keine zweite Gelegenheit verschaffen kann.«

Bevor ich antworten konnte, erklang eine blecherne Melodie. In einer Ecke hatte Luigi eine improvisierte Bühne errichtet, auf deren einer Seite das Klavier prangte. Eine junge Frau stand in der Mitte und begann, *J'ai deux amours* zu singen, nur anfangs leise. Ich hatte Josephine Baker dieses Lied singen hören, als ich in Jazzklubs arbeitete, und es hatte mir immer den Atem verschlagen. Dieses Mädchen war gut und sang schön, aber auf eigene Art. Und es warf Perlen vor die Säue. Die deutschen Offiziere redeten lauthals weiter, tauschten Kriegserlebnisse aus, fädelten Abmachungen mit Zuhältern und Huren ein. Ich sah der Frau beim Singen zu und hatte Mitleid mit ihr. Wie die Zuhörer wohl auf den Vers am Ende der ersten Strophe reagieren würden, wo sie singt, sie habe zwei Geliebte: ihr Heimatland und Paris? Doch es lief anders als erwartet. Bei diesem Vers rollte sie den langen Handschuh ihrer Linken herunter und warf ihn ins Publikum. Ich seufzte. Mir hätte klar sein sollen, dass Luigi nicht plötzlich zur Kunst gefunden hatte. Erst nachdem sie sich des zweiten Handschuhs entledigt hatte und ihr enges Kleid aufzuknöpfen begann, nahm das Publikum Notiz von ihr. Das Gemurmel der Stimmen wich Pfiffen und heiseren Anfeuerungen.

Ich sah mich um. Weber hatte die Sängerin noch nicht bemerkt und steckte tief in einem betrunkenen Gespräch mit einem stämmigen Mann in Zivil. Obwohl anscheinend genauso betrunken, hatte sein Nachbar Notiz von der Darbietung auf der Bühne genommen, starrte die Sängerin gespannt an und bekam kaum mit, was sein Gesprächspartner sagte. An Webers anderer Seite saß eine Frau. Erst dachte ich, sie gehöre auch zu den Huren, die an den Tisch der deutschen Offiziere gekommen waren, doch ihr Auftreten ließ mich stutzen und genauer hinschauen. So wie ich besah sie sich die Leute im Lokal, beteiligte sich nicht an Gesprächen, beobachtete auch nicht die immer spärlicher bekleidete Sängerin auf der Bühne. Sie fing meinen Blick auf und prostete mir mit berauschtem Lächeln zu. Ich prostete zurück.

»Nur, dass du nicht so betrunken bist, wie alle denken sollen«, murmelte ich leise.

Ich beobachtete sie weiter, ohne dass sie es merkte. Mit ihren mittellangen, blonden Haaren, die sie à la Marlene Dietrich zurückgekämmt trug, und einem engen Pullunder, der ihr bis an den Hals reichte, wirkte sie so deplatziert wie hoffentlich auch ich. Ihr Blick glitt immerfort verstohlen durchs

Lokal, und ich sah jedes Mal weg, wenn er mich zu erfassen drohte.

Die Sängerin beendete ihr Lied und stand kerzengerade und mit ausgebreiteten Armen splitternackt da. Das Publikum klatschte laut, aber wohl kaum wegen ihres Gesangs. Sie verbeugte sich tief und eilte von der wackligen Bühne.

Als sie verschwunden war und der Pianist vorläufig eingepackt hatte, erhob sich das Stimmengewirr wieder. Die Frau gegenüber sah mich nun offener an, und ich begegnete ihrem Blick.

Neben mir sprach mich ein anderer deutscher Offizier, nüchterner als Weber, in gutem Französisch an. Er hatte die beflissene Ausstrahlung eines Assistenzarztes.

»Nach Paris wollte ich schon immer«, sagte er zu mir. »Ich liebe die französische Kultur und hoffe, unsere beiden großen Nationen finden einen Modus des Zusammenlebens.«

»Den hatten wir bereits.«

Gegenüber wurde Weber im Gespräch mit dem Zivilisten lebhafter. Ich hörte beide erst jetzt, wo die Musik zu Ende war. Sie sprachen Deutsch, aber ich konnte den Akzent des anderen nicht einordnen. Er schien sich mit Weber einen Wettkampf in Unausstehlichkeit zu liefern. Le Dingue – ein armseliger Ganove, berüchtigt dafür, noch immer die alte Apachen-Kombination aus Messer, Schlagring und Revolver zu tragen – kam vorbei, als der Zivilist eine ausladende Geste machte und ihm dabei Wein übers Hemd schüttete. Le Dingue schien sich mächtig empören zu wollen, überlegte es sich aber schnell anders, als er die anderen am Tisch sah.

»Ich bitte untertänigst um Verzeihung«, sagte Webers Freund stark betrunken und brach in Lachen aus. Er sagte es auf Französisch, und endlich konnte ich den Akzent einordnen und fragte mich, warum ein amerikanischer Zivilist sich hier unter deutsche Offiziere mischte.

Während ich den Amerikaner betrachtete, bemerkte Weber mich endlich und rief über den Tisch hinweg: »Der Polizist! Welchen Nutzen haben Sie noch, Polizist? Jetzt, wo die Wehrmacht da ist, um Ihre Aufgabe zu erledigen?« Er stand auf, kam mit alkoholisch befeuertem Blick angeschwankt. »Sie sind überflüssig. Von nun an ist die Wehrmacht für Recht und Ordnung verantwortlich.«

»Wunderbar, Hauptmann. Aber wer kümmert sich um die Gerechtigkeit?«

Ein kurzer Seitenblick verriet mir, dass die Frau uns aufmerksam beobachtete.

»Hauptmann Weber«, mahnte Hochstetter. »Zügeln Sie sich besser ein wenig. Ihr Verhalten ziemt sich nicht für einen Wehrmachtsoffizier. Wir brauchen die französische Polizei wegen ihrer Erfahrung und ihres Wissens.«

Weber ließ sich auf den Stuhl neben mir fallen und grinste. »Erfahrung?«

»Erfahrung, Hauptmann. Ich schätze Inspektor Girals Fähigkeiten als Ermittler. Und seine Beharrlichkeit. Er ist entschlossen, die Mörder dieser vier Polen vor Gericht zu bringen. Sie als Wehrmachtsoffizier sollten das begrüßen.«

Weber ließ sich nicht so leicht einwickeln. »Polnischer Abschaum«, brummte er und rülpste.

»Und ich glaube, Inspektor Giral ist ein Ehrenmann. Das Reich braucht Männer wie ihn. Er untersucht auch den Selbstmord eines anderen Mannes, auch eines Polen, den er nicht kennt und der aus einer Stadt kommt, von der er nie gehört hatte. Aus Bydgoszcz.«

Webers Kopf fuhr bei Hochstetters letzter Bemerkung auf, und er funkelte mich an. »Polnischer Abschaum.«

»Vielleicht ist dies nicht der richtige Moment«, sagte Hochstetter und sah Weber aufmerksam an, »aber ich werde Ihren vorgesetzten Offizier bitten, Ihnen zu erlauben, der französischen Polizei bei der Untersuchung dieser Todesfälle zu helfen.«

Trotz seiner Trunkenheit bemerkte Weber eindeutig etwas in Hochstetters Ton, nickte kleinlaut, stand auf und kehrte zu seinen Kameraden zurück.

»Ich werde tun, was ich kann«, sagte Hochstetter zu mir. »Es ist, denke ich, wichtig für alle Zuständigen, dass wir als Unterstützer der französischen Behörden erscheinen.«

Ich brauchte frische Luft; als Hochstetter ein Gespräch mit dem frankophilen Offizier begann, stand ich deshalb auf, um mit Pepe in seiner schimmeligen Ecke zu reden.

»Hast du mich vermisst?«, fragte ich. Hatte er nicht. »Schade, dass wir gestern unterbrochen wurden, als du mir gerade alles über das Gas und darüber erzählen wolltest, was am Gare d'Austerlitz passiert ist.«

»Mit den Polen, meinen Sie?«

»Du weißt, dass es Polen sind?«

»Das wissen doch alle. Aber mehr weiß ich nicht.« Eine Gruppe frisch angekommener deutscher Offiziere ging an uns vorbei, um an einem Tisch Landsleute zu begrüßen. Pepe hob die Stimme beim Reden und warf ihnen dabei Seitenblicke zu. »Na ja, wer will schon Polen in der Stadt haben? Das ist Flüchtlingsabschaum, der bekommen hat, was er verdient.«

»Vielleicht denkst du, ein paar tausend Gleichgesinnte sind in die Stadt gekommen, Pepe, aber treib's nicht zu weit. Was weißt du?«

Er schnaubte mich an. »Was ich weiß, Eddie? Ich weiß, dass Sie erledigt sind. Früher wären Sie mir für diesen Satz an die Gurgel gegangen.«

Ich lächelte. »Da hast du vermutlich Recht, Pepe. Aber ich bin älter und weiser geworden. Inzwischen orientiere ich mich mehr nach unten.«

Im Schutz der vielen Menschen und der reich verzierten

Holztheke mit Zinkauflage packte ich ihn bei den Hoden und zog ihn heran. Vor Schmerz stockte ihm der Atem, sein höhnisches Lächeln gefror.

»Mag sein, du beeindruckst die Deutschen«, flüsterte ich, »aber ich will dich nie mehr so reden hören. In dieser Stadt gibt es viele, die wir nicht haben wollen, aber diese Liste beginnt nicht mit Flüchtlingen.« Ich drückte fester zu, und er gab sich Mühe, die anderen am Tresen nicht merken zu lassen, dass ihm Tränen in die Augen getreten waren. »Jetzt zum Gas. Du weißt garantiert, wer so was verkauft.«

»Ich weiß es nicht, Eddie, wirklich nicht.«

»Los, Pepe. Das ist ziemlich exotische Ware. Es kann nicht viele geben, die Gas aus Militärbeständen verkaufen. Sag mir einen Namen. Und auch, wer so was kauft.«

Ich sah ihn verzweifelt nach etwas suchen, das er mir sagen konnte, damit der Schmerz aufhörte. »Ich weiß von keinem Gas«, keuchte er. »Ehrlich. Aber am Gare d'Austerlitz sind jede Menge Schuppen, die die Bahn nicht nutzt und wo so einiges lagert.«

»Sag mir was, das ich noch nicht weiß, Pepe. Zumindest, sofern du vorhast, mal Pepitos zu haben, damit die Justiz nicht arbeitslos wird.« Ich drückte noch fester zu.

»Da ist jetzt mehr los. Seitdem alle Paris verlassen haben, wird da noch mehr versteckt.«

»Diebesgut?« Er nickte. »Auch Menschen?«

»Ich weiß es nicht.«

»Und was ist mit dem Gas? Ich denke, du weißt was.«

»Tu ich nicht. Wirklich nicht.«

»Kannst du Namen nennen?«

»Nein. Seit den Deutschen ändert sich alles. Ich weiß nicht, wer es ist.«

Ich musterte seine Augen. Durch seine Tränen hindurch spürte ich, dass er nichts vor mir verbarg. Ich ließ ihn los, und er taumelte ein wenig rückwärts, ehe er sich fing. Rasch sah er sich um und vergewisserte sich, dass niemand seinen Gesichtsverlust bemerkt hatte.

Ich trank aus und ließ auf Hochstetter anschreiben.

»Weißt du«, sagte ich zu Pepe, »der Polizei zu helfen muss nicht wehtun.«

Ich ließ ihn stehen und ging raus. Luigi schloss die Tür sorgfältig hinter mir. Tief atmete ich die frischere Straßenluft ein und war froh, Rauch, Krach und Ausdünstungen im Café entronnen zu sein. Ich reckte mich; nach dem langen Sitzen auf Luigis Stühlen tat mir der Rücken wieder stärker weh.

Auf dem Heimweg durchs tiefe Schwarz der Verdunkelung überlegte ich, was ich wusste. Zunächst mal, dass wir die Schuppen am Depot trotz Dax' Ablehnung durchsuchen mussten. Pepe hatte keine Ahnung, wer das Gas verkaufte; also war es das Naheliegendste, danach zu suchen, wo es gelagert wurde.

Auch erinnerte ich mich an Hauptmann Webers Gesicht, als Hochstetter Bydgoszcz erwähnt hatte. »Der Name sagt dir was.« Meine Stimme klang im Finstern laut.

Überdies wusste ich, dass ich verfolgt wurde. Ich war zu lange in Paris Polizist gewesen, um das nicht zu merken, trat nun auf die Mitte des Boulevard du Montparnasse, stand da und wartete, dass sich jemand zeigte. Ruhig spähte ich ins Dunkel. Ich konnte nichts sehen, aber wer mir auch folgte, wusste nun, dass ich ihn registriert hatte.

»Gute Nacht«, rief ich. »Jetzt gehe ich schlafen.«

Erst als ich die Eingangstür meines Mietshauses hinter mir geschlossen hatte, atmete ich erleichtert auf. Schweiß lief mir den Rücken hinab, als ich im Halbdunkel die vier Stockwerke zu meiner Wohnung hochstieg.

Beim Aufschließen spürte ich im Treppenhaus hinter mir eine Luftbewegung und hörte ein Rascheln. Ich drehte mich um und sah das Gesicht eines jungen Mannes aus dem Dunkel hinter den Stufen auftauchen, die aufs Dach führten.

Jeder Schritt, den er auf mich zukam, enthüllte einen Gesichtszug mehr.

Und es durchschauerte mich.

9

Ich legte die zitternde Hand auf den Küchentisch, hörte ihn nebenan umhergehen, fragte mich, wie er das Wohnzimmer wahrnahm. Als ich mich beruhigt hatte, nahm ich die Flasche, wog sie in der Hand, schätzte ihr Gewicht. Eine einfache Aufgabe, aber ich stand seltsam neben mir und wusste nicht recht, ob ich sie bewältigen konnte. Dann holte ich tief Luft und ging ins Wohnzimmer.

Ich hatte den Whisky für einen besonderen Anlass aufgespart, aber keine Vorstellung gehabt, worum es sich da handeln würde. Jetzt war der Moment gekommen. Der junge Mann besah sich die Bücher in meinem Regal. Als ich eintrat, drehte er sich um.

»Maman sagte immer, du hast mehr Geschmack, als man denken sollte. Ich hab nie verstanden, wie sie das meinte.«

Ich nickte stumm. Ging mir genauso.

Er strich unruhig im Zimmer herum. Den Whisky und meine beiden saubersten Schmuddelgläser hatte ich nur geholt, um etwas zu tun, aber nun, als wir zusammen im Wohnzimmer waren, blieb nichts anderes übrig, als zu reden. Zum ersten Mal seit fünfzehn Jahren. In jüngster Zeit hatte ich oft überlegt, ob ich meinen Sohn auf der Straße erkennen würde. Zuletzt gesehen hatte ich ihn, als er fünf gewesen war. Jetzt war er zwanzig und trug ein graues, zu großes Sakko aus Serge und eine khakigrüne Armeehose. Es erwies sich, dass ich ihn sofort wiedererkannt hätte – wie auf der Treppe.

»Du bist in der Armee?«

»Als Poilu. Wir wären Kanonenfutter, wenn wir wüssten, wo die Kanonen sind.«

Als einfacher Soldat, so berichtete er mir, habe er im Gebiet der Maas gedient, also nicht zu den Elitetruppen an der Maginot-Linie gehört, von denen unser Militärkommando gedacht hatte, sie würden an der Maas nicht benötigt. Falsch gedacht. Die Deutschen hatten nach eigenen Regeln gespielt und die Maginot-Linie und unsere besten Soldaten umgangen und waren durch die Ardennen zur Maas vorgerückt, wo unsere unerfahrensten und am schlechtesten ausgebildeten Soldaten standen. Die hatten sie überrollt, zu Tausenden getötet, versprengt, ihrem Schicksal überlassen. Zum Beispiel Jean-Luc, meinen Sohn, den ich seinem Schicksal und dem seiner Mutter überlassen hatte, als er fünf Jahre alt gewesen war.

Ich gab ihm ein Glas Whisky. Wir hielten kurz inne, unsicher, ob wir einen Toast ausbringen sollten, ließen es und tranken nur verlegen. Wir hatten uns nicht umarmt. Ich beobachtete ihn. Er hatte meine Größe, aber die feineren Züge und den breiten Mund seiner Mutter. Die vollen, sandfarbenen Haare, die auch von ihr kamen, hatten mich an meine Heimat erinnert, als ich das brauchte. Aber er hatte meine Augen, den weichen Blick, der in unbeherrschten Momenten zu dem eines Mörders werden konnte – das Einzige, von dem ich wünschte, ich hätte es ihm nicht mitgegeben. Ich ertappte ihn dabei, wie er mich beobachtete, und wir sahen beide weg. Ich versuchte mir vorzustellen, was er sah.

»Ich kann Maman nicht finden. Sonst wäre ich nicht hier. Ich komme nicht in unsere Wohnung, weil ich den Schlüssel verloren habe. Ich kann nirgendwo sonst hin.«

»Du kannst hierbleiben.«

Er nickte und hielt mir sein Glas zum Nachschenken hin. Ich goss uns beiden ein.

»Sie ist nicht zu Hause. Ein Nachbar zwei Etagen höher sagte, sie sei wie alle anderen geflohen, ehe die Deutschen Paris erreichten. Sie haben mich nicht reingelassen, weil ich ein Poilu auf der Flucht bin.«

Er setzte sich in meinen bevorzugten Sessel, also nahm ich den anderen. Er war nicht so bequem, hatte sich nicht an mich angepasst im Laufe tausender einsamer Abende und fast ebenso vieler Nächte, in denen ich es nicht ins Schlafzimmer geschafft hatte oder es nicht hatte schaffen wollen.

»Ich mach das Bett im anderen Zimmer.«

»Lass erst mal. Ich helf dir dann.«

Er verstummte. Er war noch ein Kind. Wie ich, als ich in den Krieg zog. Damals war ich sogar jünger gewesen als er jetzt.

»Maman spricht nie über dich.« Ich wusste nicht, was ich sagen sollte. »Ganz anders als damals, als du uns verlassen hast, und noch Jahre später. Sie hasst dich.«

»Und du?«

»Ich weiß nicht.« Er wies auf seine Armeehose. »Aber jetzt kann ich dich wenigstens verstehen.«

Nun erst sah ich den dunklen Blutfleck auf dem, was ihm von der Uniform geblieben war. Es war das Blut eines anderen, wie er sagte, das eines Freundes.

»Ich weiß, was das bedeutet«, sagte ich und verdrängte Erinnerungen an meinen Krieg, Erinnerungen, die mich nach Paris gebracht hatten, wo mein Kriegstrauma behandelt wurde, um mich an die Front zurückschicken zu können, wenn Ärzte und Offiziere eines Morgens zu dem Schluss kämen, mein Leiden sei ausgestanden. Ich behielt die Augen geöffnet und wartete, bis die Bilder schwanden. Nur eine hatte gesehen, dass ich noch nicht so weit war: Sylvie, Jean-Lucs Mutter, die Krankenschwester, die zu jung gewesen war, als dass man von ihr hätte erwarten dürfen, sich um Geschädigte zu kümmern, die wiederum zu jung waren für das, was man ihnen abverlangte. Und nun geschah meinem Sohn das Gleiche.

»Maman sagte immer, du bist ein Träumer. Deshalb seist du hier gelandet, auf dem linken Ufer. Sie meinte, das ist keine Wohngegend für Polizisten.«

»Da hat sie vermutlich recht.« Doch diese Gegend hatte der romantischen Vorstellung entsprochen, die ich von meinem Leben hegte, ehe der Krieg alles verändert hatte. Über mein Glas hinweg musterte ich meinen Sohn. Mir war klar, dass ich etwas sagen musste, aber war mir nicht sicher, was.

Ich hatte mir diese Begegnung oft vorgestellt, aber nie unter solchen Umständen. Ich hatte Zorn erwartet. Oder Schuldzuweisungen. Sogar Kälte. Stattdessen betrachtete er mich wie einen alten Bekannten der Familie. Oder einen entfernten Verwandten, zu dem der Kontakt verloren gegangen war. Die Erkenntnis, genau das geworden zu sein, traf mich.

»Ich konnte nicht bei deiner Mutter bleiben«, erklärte ich schließlich. »Ich habe mich in sie verliebt, als sie mich in Paris gepflegt hat, aber was sich da verliebte, war nicht mein wahres Ich. Nach dem Krieg konnte ich damit nicht mehr leben.«

»Oder mit mir?«

Ich musste innehalten und Atem holen. Der neue Krieg riss zu viele alte Wunden auf.

»Mit niemandem. Vor allem nicht mit mir.«

Er sah sich im Zimmer um, in dem nur Bücher standen und verschossene Möbel, und nickte. Seit über zehn Jahren war er der Erste, der außer mir auf einem meiner Sessel saß.

»Lass nicht zu, dass dieser Krieg dir das Gleiche antut«, sagte ich.

»Keine Sorge. Ich habe anderes erlebt als du. Und jetzt muss meine Generation die Niederlage verkraften. Deine hat mit dem Sieg gelebt. Du hast im letzten Krieg getötet, hast Ehre gekannt. Ich habe verloren, ohne einen Schuss abgegeben zu haben. Deutsche habe ich erst gesehen, als ich nach Paris geflohen bin und mich im Straßengraben vor ihnen versteckt habe. Du hast deine Scham, ich meine.«

»Du hast nicht die Scham, getötet zu haben, Jean-Luc – eine größere gibt es nicht.«

Er starrte mich an. Ich sah, dass er mir nicht glaubte. Ich versuchte, es zu erklären. »Krieg entfremdet uns von uns selbst, Jean-Luc. Und wir kehren nie mehr zurück.«

Ich sah meinem Sohn beim Schlafen zu.

Sein Kopf war so weit in den Nacken gebogen, dass sein Hals in straffer, gerader Linie vom Kinn zur Brust führte. Der Mund war offen, die blassen Lippen bebten leicht. Was er wohl träumte? Hoffentlich andere Dinge als ich. Ich musste mich beherrschen, um seinen Kopf nicht nach vorn zu drücken, damit er bequemer lag. Er war groß für seine gerade fünf Jahre, wirkte im Bett aber immer klein und hilflos. Der jungenhafte Wagemut war nachts dahin, das verletzliche Kind an dessen Stelle getreten. Er war mir zu ähnlich.

Ich zog mich zurück, um ihn nicht zu wecken, und ging ins Schlafzimmer, das ich mit Sylvie teilte. Sie schlief. Oder tat so. Das wusste ich längst nicht mehr. Ich wandte mich ab und versuchte zu spüren, was ich empfand.

Ich hatte eine schlechte Schicht gehabt. Dem Trubel des Jazzklubs war die trostlose Qual einer Nacht gefolgt, in der ich rings um Pigalle Huren und ihre Zuhälter gejagt hatte. Hoffnungslose Gassen, in denen Betrunkene wegen fünf Sous beraubt und Straßenmädchen aus Spaß vermöbelt wurden. Es war eine der Nächte, in denen Paris eine Stadt der Finsternis war. Ein Zuhälter hatte das Gesicht einer seiner Huren zerschlitzt, weil sie nicht genug Geld verdient hatte, und ich hatte sie ins Krankenhaus gebracht. Zum Glück stand sie zu sehr unter der Wirkung der Droge, die der Lude ihr verabfolgt hatte, als dass sie größere Schmerzen spürte. Ich hatte zugesehen, als ein müder Arzt ihr Gesicht genäht und mit sensiblen Fingern sorgfältig jeden Stich gesetzt hatte.

»Sie müssen sich eine andere Arbeit suchen«, sagte er nüchtern, als er fertig war.

Sie blickte tief erschrocken, weil die Wirkung der Droge nachließ. »Er wird mich töten.«

Ich hatte sie vom Krankenhaus in ein enges Zimmer in Montmartre gebracht, das sie sich mit zwei Mädchen teilte, und aus dem Fenster gesehen, während sie ihre Tasche packte.

»Ich begleite Sie zum Bahnhof, Marianne.« Sie hatte mir mal gesagt, das sei nicht ihr richtiger Name, doch er ziele auf den Patriotismus ihrer einsamen Freier.

»Das bringt nichts. Er findet mich.«

Am Gare d'Austerlitz verlor ich sie. Sie sagte, sie müsse aufs Klo, und verschwand in den Toiletten. Als ich ihr nach zehn Minuten folgte, stand das Fenster offen, und Marianne war weg.

Als ich zu Hause eine Decke aus dem Schrank nahm und mich für eine weitere unbequeme Nacht auf dem kleinen Wohnzimmersofa einrichtete, dachte ich wieder an sie.

»Manchen ist nicht zu helfen.« Ich stieß die Kissen zurecht, sah mich im dunklen Wohnzimmer um, an dessen vielen Nippes ich mich nicht erinnerte, und überlegte, ob ich von ihr oder mir gesprochen hatte.

Beim Aufwachen sah ich, dass Jean-Luc mich beobachtete. Er hielt den abscheulichen Zinnsoldaten in der Hand, den Sylvies Vater ihm geschenkt hatte, und sah mich an, als wisse er nicht, was für eine Art Geschöpf ich war.

»Papa ist wach«, rief er und lief in die Küche.

Mit steifem Rücken stand ich auf und stopfte die Decke zurück in den Schrank.

»Warum bist du nicht ins Bett gekommen?«, fragte mich Sylvie, als wir uns zum Frühstück setzten.

»Du hast geschlafen.«

Sie schniefte und schmierte mit schroffen Bewegungen dick Butter auf ein flüchtig aufgeschnittenes Stück Baguette für Jean-Luc.

»Was hast du im Krieg gemacht, Papa?«, wollte er wissen.

»Frag deinen Vater das nicht, Jean-Luc«, sagte Sylvie.

Ich wollte ihr mit den Augen danken, aber ihre zornige Aufmerksamkeit galt schon der Kaffeekanne. Und Jean-Luc, den ich anlächelte, war ins Essen vertieft und hatte seine Frage zum Glück vergessen. Also starrte ich aus dem Fenster auf das graue Gebäude gegenüber und versuchte zu wollen, was ich besaß.

Sylvie taute erst auf, als sie die Hauptpromenade der Weltausstellung sah. Sie hatte nicht hingehen wollen. Ich hatte sie stärker noch als Jean-Luc drängen müssen, die Wohnung zu verlassen.

»Was gibt's dort für Jean-Luc?«, hatte sie in der Metro ein Dutzend Mal gefragt.

»Es wird ihm sehr gefallen«, hatte ich geantwortet, ohne mir sicher zu sein.

Aber es gab Karussells und Pferderunden und ein Dorf im Kleinformat und Süßigkeiten und Schokolade und andere Kinder, die herumrannten. Und es gab Pavillons aller großen Kaufhäuser auf der Esplanade des Invalides: von den Galeries Lafayette, von Bon Marché und Printemps.

»Das Dach finde ich toll«, sagte Sylvie begeistert, als sie den Pavillon von Printemps sah.

»Die Glaskiesel sind von Lalique.«

Wir besahen staunend das Gebäude; das Dach war eine schlichte Glas-Beton-Nachbildung von Laliques kunstreicher Buntglaskuppel für das Geschäft am Boulevard Haussmann. Sie wirkte primitiv und roh, eine Hülle nur, und war doch wunderschön. Viele Leute verabscheuten sie. Ich warf Sylvie einen raschen Blick zu und dachte daran, wie ich mich vor langer Zeit in sie verliebt hatte, damals, als sie eine verrückt gewordene Welt betrachtete wie ich. Ich griff nach ihrer Hand, doch sie war schon weitergegangen und nahm die von Jean-Luc.

»Sieh dir an, was immer du sehen wolltest«, sagte sie zu mir. »Ich gehe mit Jean-Luc zum Ponyreiten.«

Ich sah ihnen und dem leichten Schwung, mit dem sie sich an den Händen hielten, noch nach, als sie längst in der Menge verschwunden waren.

Sosehr der Printemps-Pavillon mich angesprochen hatte: Ich überquerte den Fluss und begab mich an den Rand des Ausstellungsgeländes. Zwischen Bäumen stieg das Gebäude auf, dessentwegen ich gekommen war: der Pavillon *L'Esprit Nouveau*. Die Veranstalter hatten ihm – schockiert von seiner schonungslosen Schlichtheit – den allerschlechtesten Platz gegeben. Er stand in der Nähe des Grand Palais, und weil keine Bäume hatten gefällt werden dürfen, hatte Le Corbusier ihn einfach zwischen ihnen errichtet. In einem Fall hatte er sogar um einen Baum herumgebaut. Ich stand draußen und betrachtete staunend den Stamm und die Blätter, die durch ein Loch in Boden und Dach wuchsen. Le Corbusier hatte die Regeln gebrochen, die andere ihm aufgezwungen hatten. Er hatte den Pavillon sogar aus Holz errichtet und mit weißem Gipsputz verkleidet. Eine dünne Verblendung auf einer zerbrechlichen Konstruktion, und doch hatte sie die Kraft zu widerstehen. Ich wandte mich zum Gehen. Das Innere brauchte ich mir nicht anzuschauen.

In einem der provisorischen Restaurants an der Seine aßen wir zu Mittag. Jean-Luc und Sylvie hatten nach ihrem Eis wenig Appetit, und auch ich war nicht hungrig, aber wir kämpften uns alle durch unser Essen. Meine Frau und mein Sohn lachten über ein Jahrmarktserlebnis.

»Was hast du im Krieg gemacht, Papa?«, fragte Jean-Luc plötzlich wieder.

Langsam faltete ich meine Serviette und legte sie hin.

»Ich habe Menschen umgebracht. Ich habe in Schlamm und Blut und Dreck gestanden und Menschen umgebracht, damit sie mich nicht umbringen. Und ich habe Menschen umgebracht, weil man es mir befohlen hatte und ich nicht genug wusste, um zu erkennen, dass ich diesen Befehlen nicht gehorchen musste. Ich habe gehorcht und immer wieder Menschen umgebracht.«

»Großer Gott, Édouard«, unterbrach mich Sylvie, aber ich war nicht aufzuhalten.

»Und ich habe Leichen gesehen, an denen Ratten fraßen, und das Blut meiner Freunde im Gesicht gespürt, als ihnen die Köpfe weggeschossen wurden. In der Nacht habe ich junge Männer gehört, die im Niemandsland lagen und nach ihrer Mutter schrien. Jede Nacht habe ich sie gehört. Sie riefen nach ihrer Mutter, weil sie starben und Angst hatten. Und ich habe mein Frühstück mit dem Geruch von verbranntem Fleisch in der Nase gegessen und jedes Mal Panik bekommen, wenn ich Rauch sah, weil ich nicht wusste, ob es Giftgas war.«

»Schluss jetzt, Édouard.« Sylvie knallte ihr Messer auf den Teller, dass es schepperte, aber ich konnte nicht aufhören.

»Und doch habe ich Menschen getötet. Mit Kugeln durch den Kopf und durch den Leib, mit Bajonettstichen in den Magen. Ich spürte, wie ihr Blut mir über die Hände lief, und sah, wie ihre Augen mich diesen einen Moment anstarrten. Dann kam ich in Gefangenschaft, und das war eine Befreiung. Einen Moment lang dachte ich, jetzt müsste ich wenigstens niemanden mehr töten und niemand würde mich töten. Aber sie haben mich und andere Soldaten in einen Zug gesetzt und uns weit durchs Land gefahren. Und wir standen noch immer in Schlamm und Blut und Dreck, und die ganze Zeit war mir klar, dass sie mich töten konnten, wann immer sie wollten. Und als sie mich ins Gefängnis geworfen hatten, stand ich jeden Tag auf und dachte: Heute ist es so weit. Heute töten sie mich. Und ich hatte Angst. Jeden Tag hatte ich Angst. Weil ich es verdient hatte. Ich wusste, ich hatte es verdient.«

Ich dachte, ich hörte mich weinen. Doch das war nicht ich. Es war mein Sohn. Er sah mich ängstlich an, in seinem Gesicht stand blanker Schreck über meine Worte, und er weinte, bis seine Wangen rot wurden und er die Augen fest zukniff.

»Halt den Mund, Édouard«, zischte Sylvie mich an. »Halt den Mund. Er ist noch ein Kind.«

Sie hob Jean-Luc zu sich hoch und ließ mich im Restaurant zurück. Die Leute ringsum waren still. Auch ein anderes Kind in der Nähe weinte. Säuberlich faltete ich ein zweites Mal meine Serviette und erhob mich zum Gehen.

Erst im Dunkeln und als mir zu kalt geworden war, um länger im Jardin du Luxembourg zu sitzen, ging ich heim.

»Wo warst du?«, fragte Sylvie.

»Ich habe auf einem Stuhl im Park ein Buch gefunden und bin geblieben, um es zu lesen.«

Sie sah so aufgebracht drein, wie ich es einst wohl geliebt hatte, und strich die Strähne zurück, die ihr immer ins Gesicht fiel, wenn sie besorgt oder verärgert war. »Ein Buch? Ich hätte es verstanden, wenn du getrunken hättest, Édouard. Aber ein Buch? Ich weiß nicht, was an dir noch normal ist.«

»Normal?« Nichts, was ich fühle oder tue, ist normal, wollte ich sagen, doch ich konnte es nicht. »Soll ich im Wohnzimmer schlafen?«

»Komm ins Bett, Édouard.«

Ich lag wach, bis ihr Atmen mir verriet, dass sie schlief. Dann stand ich auf und ging in Jean-Lucs Zimmer. Er lag schlummernd da. Das Deckbett hatte er beiseitegeworfen, Arme und Beine unschuldig ausgebreitet. Ich betrachtete ihn, so lange ich es aushielt, bückte mich dann und gab ihm einen zarten Kuss auf den Kopf. Er roch nach Sicherheit.

»Warum kannst du das nie tun, wenn er wach ist?«

Die Stimme erschreckte mich. Dass Sylvie mir gefolgt war, hatte ich nicht gehört. Ich sah erst sie, dann wieder Jean-Luc

an, sagte aber nichts und merkte, wie sie sich zum Gehen
wandte.

»Oder wenn ich wach bin?«

»Ich weiß es nicht«, sagte ich leise genug, damit sie mich
nicht hörte.

Sonntag, 16. Juni 1940

10

Am nächsten Morgen war Jean-Luc wieder weg.

Es war der erste Sonntag unter deutscher Herrschaft, der Himmel war übertrieben blau und hoffnungsvoll. Sogar die Rußwolken hatten sich über Nacht teilweise verzogen, und auch das verbreitete falschen Frohsinn. Sorgenvoll verließ ich mein Haus. Einige gut angezogene Gläubige verschiedener Gemeinden strebten in alle Richtungen – die Mienen voll unverbrüchlichem Glauben – zur Messe. Bei diesem Anblick hätte ich gern aufgegeben, bevor der Tag begonnen hatte. Ich hielt nach Jean-Luc Ausschau, aber ich wusste, dass ich ihn nicht entdecken würde. Ein älteres Paar, das sich fest an den Händen hielt, ging vorbei. Die beiden vermieden Augenkontakt zu mir und allen anderen, doch ich sah ihren Gesichtern die Furcht an, die sie bemäntelten. Daraufhin musterte ich auch die Kirchgänger, Brotkäufer und seltsam gespreizt dahinwandelnden Spaziergänger näher, die sich alle mühten, etwas Normales zu tun, und sah das Unbehagen unter der Oberfläche rumoren.

Zu meiner Überraschung hatte am Jardin du Luxembourg ein Café geöffnet; Tische und Stühle standen auf der Terrasse, als sei die Normalität unverhofft zurückgekehrt. Ich setzte mich an einen Tisch, schloss die Augen und unterschied mich für einen Moment von niemandem an diesem Sonntagmorgen. Die ohnehin ungewöhnlich gedämpften Geräusche von Paris wichen noch mehr zurück. Jean-Lucs Bett war leer gewesen, als ich nach ihm gesehen hatte. Wie ärgerlich, ausnahmsweise gut geschlafen zu haben! Beim Warten auf seine Rückkehr hatte ich Radio gehört. Sie belogen uns nicht mehr, sondern spielten Tanzmusik, also hatte ich ausgeschaltet. Nach einiger Zeit war klar, dass mein Sohn nicht wiederkam, und ich hatte aus dem Haus gehen müssen.

Der Kellner brachte meinen Kaffee, und kaum öffnete ich mit einem Ruck die Augen, saßen zwei große blonde deutsche Soldaten an einem Nachbartisch und flirteten mit zwei jungen Französinnen, die beim Reden kicherten. Franzosen ihres Alters waren nicht in der Stadt, sondern alle in Krieg und Niederlage gezogen oder planlos auf der Flucht wie mein Sohn. Die Soldaten setzten sich zu den Frauen, ich rührte den Schaum in meinem Kaffee um. An einem anderen Tisch beklagte sich ein gut gekleidetes Paar, das zwischen zwei Tischen mit deutschen Offizieren hartnäckig das Gesicht zu wahren suchte, über die Qualität der Croissants.

»Das ist keine Butter«, monierte der Mann.

»Es gibt keine Butter«, sagte der Kellner, Südfranzose wie ich. Auf dem Weg zurück ins Lokal blieb er an meinem Tisch stehen und raunte: »Nur Pariser beschweren sich über die Butter, wenn wir von Boches umgeben sind.«

Ein geschäftstüchtiger Eisverkäufer hatte seinen Karren am Parktor aufgestellt, eine Gruppe von vier Soldaten blieb stehen, um Eis zu kaufen.

»Ohne die Uniformen wären das Kinder«, sagte neben mir jemand mit Akzent.

Ich wandte den Kopf. Ein grauhaariger deutscher Unteroffizier saß da und beobachtete die Szene. Dann nahm er sein Wechselgeld und bereitete sich zum Aufbruch vor.

»Die wissen nicht, was Krieg ist.« Er sah mich an. »Wir schon. Wir haben Dinge gesehen, die sie nie sehen werden.«

»Sie haben es so gewollt. Wir nicht.«

Er hielt inne und sah mich an. »Nicht alle von uns sind gern hier.« Dann entfernte er sich langsam, und plötzlich tat er mir leid: ein einsamer Mann an einem Ort, wo niemand ihn haben wollte.

Die vier jungen Soldaten mit ihrem Eis blieben am Parktor stehen, begeisterten sich für ein französisches Baby im Kinderwagen und schlenderten dann in die Grünanlagen. Ein anderer Kellner brachte mir das Wechselgeld und sagte etwas über die Abscheulichkeiten, von denen wir alle seit der Kriegserklärung gehört hatten.

»Die kommen mir recht zivilisiert vor«, raunte er. »Nicht schlimmer als die Pappnasen, die das Land bislang regiert haben.«

»Warten wir's ab.«

Der Zeitungskiosk auf der anderen Straßenseite war geschlossen. Es gab nichts zu verkaufen, noch immer wurden keine Zeitungen gedruckt. Genutzt hatten sie ohnehin nichts: Die Ausflüchte unserer Politiker und die ungenierten Lügen der Presse in den zwanziger und dreißiger Jahren waren Universalgesetze der Physik, verglichen mit dem falschen Optimismus und den eklatanten Unwahrheiten der letzten sechs Wochen.

Ich nahm mein Wechselgeld und ging wieder nach Hause, aber Jean-Luc war noch immer nicht zurück. Also hinterließ ich im Wohnzimmer eine Nachricht für ihn und ging wieder raus. Unten kam Monsieur Henri gerade heim. Er schwenkte mir zwei Baguettes entgegen, und sein akkurat gestutzter Schnauzbart sträubte sich vor Aufregung. »Der Bäcker am Boulevard Saint-Michel hat geöffnet. Für die hab ich zwanzig Minuten angestanden.«

Ich sah ihn seine Tür triumphierend schließen und wollte vorbeischlüpfen, doch er öffnete sie sofort wieder.

»Die Briten sind mit Fallschirmen und Fahrrädern gelandet und radeln die Champs-Élysées hinauf. Ich bleibe zu Hause.« Er nickte mich an und knallte die Tür ein zweites Mal zu.

»Herzlichen Dank.«

In den schmalen Straßen auf dem Weg zum Fluss und zur

Sechsunddreißig hörte ich auf dem Pflaster hinter mir einen Stein scharren, als habe er sich in einer Sohle verfangen. Ich drehte mich um, aber da war niemand. Kein Mensch war unterwegs, die Kirchgänger waren wieder in ihren sicheren Wohnungen. Beim Weitergehen hörte ich keine Geräusche mehr. Unsere Dienststelle auf der Seine-Insel erschien mir als Zuflucht.

Nur dass Hochstetter bei Dax im Büro war, als ich kam. »Guten Morgen, Édouard«, grüßte er entschieden zu herzlich.

»Warum sind Sie hier? Jedes von der Abwehr requirierte Ekel-Hotel ist doch besser als die Sechsunddreißig am Sonntagvormittag.«

Er überging meine Gereiztheit. »Danke, wir sind im Lutetia. Es ist großartig. Ich muss Sie mal auf einen Kaffee einladen.« Er wandte sich an Dax. »Édouard und ich haben gestern einen sehr geselligen Abend in einer Spelunke Ihrer Stadt genossen. Es ist sehr wichtig, dass wir alle zusammenarbeiten, oder? Ich habe das Gefühl, Édouard und ich lernen uns langsam richtig kennen.«

Dax sah mich überrascht an.

»Ich hatte praktisch keine Wahl.«

»Die hat man immer.« Er musterte mich unverhohlen. »Ah, Auban, Sie sind auch hier.«

Ich drehte mich um und sah den Ermittler in der Tür stehen. Hochstetter verabschiedete sich und verschwand mit ihm in den Tiefen des großen Büros.

»Dieses Paar sollte uns allen Anlass zur Sorge sein«, sagte ich zu Dax.

»Da ist noch was, das Ihnen nicht gefallen wird. Kommen Sie morgen nicht mit dem Wagen. Die Deutschen haben verfügt, dass Privatautos nur mit ihrer Genehmigung fahren dürfen.«

»Sie machen Witze.«

»Schön wär's. Beten Sie, dass die Ihren Wagen nicht beschlagnahmen. Das passiert nämlich angeblich den meisten.«

Ich ließ den Kopf sinken. Eine Hummel kroch in kleinen Kreisen über den Boden. Sie war im Dunkel von Dax' Büro gefangen und müde. »Ich will das Bahndepot durchsuchen.«

»Das hatten wir schon, Eddie.«

Ich erzählte ihm, dass ich von Pepe erfahren hatte, in den Schuppen werde Hehlerware gelagert. »Ich will, dass sie durchsucht werden, um festzustellen, ob die Gasbehälter von dort kamen. Und ob sich dort weitere Flüchtlinge verbergen.«

»Ist Ihnen klar, wie viele Männer man zum Durchsuchen des Geländes braucht? Bei all dem, was sonst noch passiert?«

»An dem, was sonst passiert, können wir wenig ändern, Kommissar – an dieser Sache aber schon.«

Er seufzte tief, seine Wangen strafften sich. »Gut, Eddie, stellen Sie eine Mannschaft zusammen. Sie haben Zeit bis heute Abend, länger nicht. Gibt es schon jemanden, den Sie zur Vernehmung herschaffen wollen?«

Ich schüttelte den Kopf. »Einige will ich mir genauer anschauen: Le Bailly, den Gewerkschaftsfunktionär, und die Arbeiter Papin und Font. Aber es ist zu früh, um einen davon als Hauptverdächtigen zu bezeichnen. Und ich will mit diesem deutschen Offizier sprechen, mit Weber. Womöglich hat er was gesehen und weiß, ob deutsches Militär befohlen hat, die Waggons zu verziehen.«

»Sie halten es also für möglich, dass Deutsche an den Morden beteiligt sind, Édouard.« Hochstetters Stimme, die von der Schwelle kam, ließ uns beide zusammenfahren. Auban war nicht bei ihm.

»Das wäre doch was.«

»Auch Hauptmann Weber.«

»Nein – sollte ich in ihm einen Verdächtigen sehen?«

Ehe Hochstetter antworten konnte, kam Barthe mit vom

Frühstückscognac roter Nase herein und brachte Neuigkeiten. »Reynaud ist als Ministerpräsident zurückgetreten. Jetzt haben wir nicht mal Reste einer Regierung. Und die Deutschen haben die Schweizer Grenze erreicht.«

In der Stille entdeckte Hochstetter die Hummel und zertrat sie beiläufig. Ich hörte sie platzen. Er strich den Stiefel neben dem Insekt sauber und hinterließ einen gelben Fleck am Boden. Ich ertappte ihn dabei, mich zu beobachten. Wir musterten uns wortlos und wussten, dass die Rollen von Besatzern und Besetzten sich immer mehr zementierten.

11

»An einem Sonntag diesen Dreck durchsuchen zu müssen«, grollte ein Schutzpolizist, als ich vorbeiging.

»Zehn Meter entfernt sind vier Männer gestorben«, sagte ich. »Wollen Sie behaupten, es interessiert Sie nicht, wer das getan hat?«

Wortlos machte er sich mit seinem Partner wieder ans Durchsuchen eines klapprigen Schuppens. Ich ließ den Blick über das Depot schweifen. Zwei Dutzend Uniformierte und Ermittler in Zivil arbeiteten sich langsam durch das Gewirr von Schuppen, die aus Ziegeln, Holz und altem Zeug errichtet waren. Die Bauten waren langsam rings ums Depot und längs der Gleise gewachsen, lagen bisweilen zu sechst oder siebt hintereinander und verdeckten sich gegenseitig. Die Polizei musste sich durch ein Gestrüpp aus Brombeerbüschen, Abfall und rostigem Eisen schlagen.

Und wie am Freitag hatten wir als Publikum deutsche Soldaten. Bald nachdem ich die Suchtrupps eingeteilt hatte, waren sie in einem frisch gewaschenen Lastwagen aufgetaucht und hatten längs der Gleise Aufstellung genommen. Dahinter konnte nur Hochstetter stecken.

Wir hatten noch nichts von dem gefunden, was wir suchten, doch am Rand des Depots sammelten sich immer mehr Sachen aus einigen Schuppen, die zweifellos gestohlen und dort gebunkert worden waren. Mayer aus der Asservatenkammer nahm einen weichen Filzhut und zeigte ihn mir.

»Von den Fedoras gibt's ganze Kartons, etwa fünfzehn Jahre alt. Und im Schuppen da liegen Kisten voll brandneuer Männerkleidung, alles erstklassige Ware. Und die hier.« Er legte den Hut weg und entnahm einer Holzkiste eine Altarkerze, groß wie ein Pferdebein.

»Wahrscheinlich verlieren wir darum den Krieg«, meinte ich. »All die Gebete ohne Kerzenschein.«

Er grinste und führte mich zu den Schuppen. »Sie sollten sich noch was ansehen. Aber halten Sie sich besser die Nase zu.«

Einen Moment versetzte der Gedanke an weiteres Gas mich in Panik, doch er führte mich durch das Schuppenlabyrinth zu zwei Flics vor einem deutlich solider errichteten Bau. Sie kniffen sich die Nase zu. Mayer winkte mir, näher heranzugehen. Vorsichtig spähte ich hinein, der Gestank ließ mich würgen. Im Halbdunkel erkannte ich reihenweise Kisten mit Gemüse. Der ganze Schuppen war voll davon. Alles war in den billigen Holzkisten verdorben und verrottet.

»Und wir haben seit Monaten keine Lebensmittel.« Mayer schüttelte verzweifelt den Kopf.

Ich musste ihm Recht geben. Das ganze Jahr hatten wir unter Lebensmittelknappheit gelitten. Und seit die Deutschen für alles verantwortlich waren, was Paris erreichte und verließ, wurde die Situation nicht besser. Ich trat wieder nach draußen und holte tief Luft. Paris wurde zu einer Stadt der toten Gerüche. Papin und Font waren da, also rief ich sie zu mir und fragte, was sie von den Schuppen wussten.

»Nichts«, sagte Font mit munter hüpfendem Schnurrbart. Papin blickte mürrisch und gelangweilt auf einen Punkt über meiner Schulter.

»Wer nutzt sie?«

Font zuckte die Achseln. »Jeder, der mag. Wir haben nichts damit zu tun.«

»Sie müssen doch Leute kommen und gehen sehen.«

»Wir sind zu beschäftigt«, sagte Papin, »um rumzustehen und zu glotzen.«

»Schon klar, dass ihr lügt. Wer hat euch angewiesen, die Waggons zu verziehen?«

Die beiden sahen sich an und zuckten die Achseln.

»Die Verwaltung«, sagte Font. »Keine Ahnung. Uns wurde nur gesagt, wir sollen sie für die Deutschen an einen Zug kuppeln.«

»Es war Le Bailly«, ergänzte Papin. »Er hat uns das gesagt.«

»Plötzlich wollt ihr hilfreich sein«, bemerkte ich.

»Sie haben gefragt, ich habe geantwortet. Ich weiß nur, dass Le Bailly uns angewiesen hat, die Waggons anzukuppeln. Also für die Boches zu arbeiten.« Font und Papin tauschten einen zufriedenen Blick. »Sonst noch was?«

»Wo ist er jetzt?« Wieder Achselzucken. »Bleibt in Sichtweite.«

Sie trotteten davon. Mayer winkte mich zu sich, damit die Deutschen nicht sahen, was er tat. Langsam folgte ich ihm in eine zweite Reihe provisorischer Bauten. Zwei Schutzpolizisten standen in der Tür eines neuer aussehenden Schuppens und traten beiseite, um mich einzulassen.

In der Ecke waren drei sehr verängstigte junge Männer. Als meine Augen sich an das Dunkel gewöhnt hatten, sah ich, dass sie französische Armeeuniformen trugen, verschmutzt und zerrissen zwar, aber doch Uniformen. Ich wies die Polizisten an der Tür an, niemanden einzulassen.

»Wir wurden von unserer Einheit getrennt«, sagte einer der Poilus zu mir. »Wir standen an der Maas, aber als die Deutschen uns überrannten, haben wir uns verirrt. Also sind wir zurück nach Paris, um jemanden zu finden, der uns sagen kann, was wir tun sollen.«

»Dann haben die Deutschen Paris erreicht«, sagte der Zweite, »und wir saßen in der Falle. Wir konnten nicht weg und auch keine Offiziere finden, um uns zurückzumelden.«

Selbst im Halbdunkel sah ich, dass sie Jungs waren, dem Aussehen nach noch keine zwanzig. Ich wusste, wie es sich in diesem Alter anfühlte, in den Krieg zu ziehen. Und wie es war, einen Sohn im selben Boot zu haben.

»Weiß denn niemand, dass ihr hier seid?«

»Wir sind nicht aus Paris«, sagte nun der Dritte. Er wirkte den Tränen nah. »Wir kennen hier keinen.«

Ich fragte sie, ob sie Freitagmorgen etwas gesehen oder gehört hatten, aber das verneinten sie. »Habt ihr seit eurer Ankunft versucht, auf einen Zug zu kommen? Oder mit jemandem darüber gesprochen?«

»Es gab keinen Zugverkehr. Seit letzter Woche haben wir mit niemandem geredet.«

Ich schickte Mayer in den Schuppen mit der Kleidung, damit er Sachen für die drei Poilus holte. »Aber sagen Sie niemandem, weswegen Sie unterwegs sind.«

Er kam mit einer Kiste voller Hosen und Hemden zurück, und ich sagte den Soldaten, sie sollten sich passende Sachen heraussuchen. Am Ende sahen sie ganz manierlich aus, wenn auch unmodisch. Sie stopften die Uniformen in ihre Rucksäcke – zu dem, was von ihren Armeerationen übrig war.

»Längs der Gleise stehen deutsche Soldaten«, sagte ich. »Sie gehen, wenn wir gegangen sind. Sobald ihr hört, dass wir abziehen, wartet eine Stunde und verlasst die Stadt dann in westlicher oder südwestlicher Richtung. Die Deutschen sind bis an die Schweizer Grenze gekommen – falls ihr euch also zur Armee durchschlagen wollt, klappt das am ehesten im Süden. Um neun beginnt die Ausgangssperre. Bis dahin müsst ihr aus der Stadt sein.« Ich sagte ihnen auch, dass inzwischen Berliner Zeit galt, aber sie weigerten sich, ihre Uhren umzustellen.

»Daran denken wir auch so«, sagte der Erste.

Ich wünschte ihnen Glück und ging. Draußen gesellte ich mich zu Mayer und den zwei anderen Polizisten. Auban kam vorbei, und ich wartete, bis er weg war, ehe ich sagte: »Keiner verliert ein Wort darüber. Behalten Sie den Schuppen im Auge. Sorgen Sie dafür, dass ihn niemand betritt.«

Aus dem Gewirr verschachtelter Bauten wurde mein Name

gerufen. Ein Uniformierter kam gerannt und sagte, sie hätten etwas gefunden. Ich folgte ihm ins Labyrinth und stieß auf sechs aufgeregte Polizisten.

»Da drin, Inspektor.«

Ich trat in einen Schuppen, der wie vor dem letzten Krieg gebaut aussah. Mayer folgte mir, und wir näherten uns der Kistenfront in einer Ecke. Der Sergeant, der mich am Freitagmorgen in den Waggon begleitet hatte, schlug die Plane über den Kisten zurück.

»Da fehlt eine«, sagte er.

Ich zählte die Kisten: elf in drei Stapeln – links fehlte die zwölfte. Der Sergeant beleuchtete alle mit einer Taschenlampe. Auf den oberen Kisten in der Mitte und rechts lag eine dicke Staubschicht. Sie waren seit Jahren nicht angerührt worden. Auf dem linken, kleineren Stapel war der obere Deckel ein Stück weit geöffnet und frei von Staub.

»Dort hab ich nachgesehen«, erklärte der Sergeant, »und das gefunden.« Er öffnete den Deckel weiter und leuchtete hinein. »Chlorgas. Vierundzwanzig Behälter pro Kiste.«

Jetzt erst sah ich die verblasste Schablonenschrift des Militärs an den Kistenwänden. »Also hat der Mörder noch zweiundzwanzig übrig.«

Der Sergeant schloss den Deckel wieder. »Hier ist noch was.« Er zeigte mir einen kleineren, ebenfalls verstaubten Stapel gegenüber: Kisten voller Leuchtgeschosse. »Auch alte Militärbestände. Da fehlt allerdings nichts.«

»Räumen Sie den Schuppen«, sagte ich. »Das kommt alles in die Sechsunddreißig. Warum, versteht sich von selbst.«

Ich ging Le Bailly in seiner Pfahlhütte besuchen.

»Dazu gibt's nichts zu sagen«, meinte er. »Jeder kann die Behälter dort gelagert haben. Sie haben gesehen, wie es da ist. Jede Menge verlassene Schuppen. Die können das Zeug hin- und herschaffen, ohne dass ich es mitbekomme.«

»Und Sie haben nicht einfach mal weggeschaut?«

»Ich schwöre Ihnen, Inspektor Giral: Von Diebstählen und Diebesgut wusste ich nichts. Sicher, in einigen Schuppen bin ich auf Sachen gestoßen, die mir etwas verdächtig vorkamen, aber schließlich ging mich das nichts an.«

»Und Sie dachten nicht, Sie sollten die Polizei einschalten?«

»Ich bin Gewerkschafter. Wenn ich mit der Polizei zu tun haben will, werde ich meist kurz abgefertigt – also habe ich gelernt, mich an mich selbst zu halten.«

»Möglicherweise stecken einige Leute, die in diesen Diebstahl verwickelt sind, auch hinter dem Plan, Flüchtlinge und Deserteure mit der Bahn aus der Stadt zu schaffen, sie vielleicht sogar zu töten. Das würde auf eine organisierte Bande mit Verbindungen zur Eisenbahn deuten. Zu Leuten, die sich auskennen.«

»Bahnarbeiter? Unmöglich. Font ist zwar ein stilles Wasser, und Papin stänkert gern, aber von dort ist es ein großer Sprung bis zu Mord.«

»Und Sie?«

»Denken Sie etwa, ich arbeite mit einer Bande zusammen? Wenn ich Probleme mit der Polizei hatte, dann immer wegen meiner Gewerkschaftspolitik.«

Ich kam rechtzeitig in die Sechsunddreißig, um Mayer dabei zuzusehen, wie er die Lagerung der Kisten in einem separaten Raum beaufsichtigte. Mit dem Sergeanten und zwei Schutzpolizisten trennte er die Leuchtmunition sorgfältig von den Gaskisten und stapelte sie. Dann gingen die anderen, und nur Mayer und ich blieben mit dem alten Kriegsmaterial zurück. Vorsichtig nahm er den Deckel von der Kiste, die schon geöffnet war.

»Manchmal wünsche ich mir zwar, dieser Ort möge in Flammen aufgehen«, sagte ich, »aber das sollte lieber nicht während unserer Arbeitszeit passieren.«

»Ihre Anteilnahme rührt mich, Eddie.«

»Zumindest nicht, wenn ich im Haus bin.«

Er musterte mich mit schmalen Augen und sah dann in die Kiste. »Es war also Chlor.«

Etwas passte noch immer nicht, wie ich fand. Der Geruch hatte nicht gestimmt. Behutsam nahm Mayer einen Behälter, hielt ihn ins schwache Licht und besah sich das Etikett.

»Eine Mischung aus Chlor und Phosgen.« Ich seufzte. »*Deshalb* habe ich es nicht erkannt.«

»Warum diese Mischung?«

»Phosgen war tödlicher, wirkte aber zu langsam, um in der Schlacht zu nutzen. Und Chlor sah man wegen des gelben Rauchs kommen. Also wurden die Gase gemischt und so farblos gemacht. Das Chlor setzt einen sofort außer Gefecht, das Phosgen tötet dann. Die Mischung wirkt schneller als Phosgen und effektiver als Chlor. Die waren eben immer um unser Wohl besorgt.«

»Haben Sie Erfahrungen damit gemacht?«

»Mit dem Zeug nicht. Ich habe nur Chlorangriffe erlebt. Als diese Mischung üblich wurde, war ich schon gefangen. Man sagte Weißer Stern dazu, weil auf den Granaten mit diesen kleinen Schönheiten ein weißer Stern prangte. Für Chlor und Phosgen gab's ein grünes Kreuz, für Senfgas ein gelbes und für das hier einen weißen Stern. Die Armee wollte uns immer den Tag verschönern. Aber ich bin sicher, dass Sie hier unten keine Probleme damit bekommen.«

Während er noch nervös in den Kellerraum blickte, in dem die Kisten gestapelt waren, verließ ich ihn, um Dax im dritten Stock von dem Gas zu berichten.

»Den Nachschub wenigstens haben wir unterbunden«, erklärte Dax. »Wer auch immer damit handeln mag.«

»Er hat noch zweiundzwanzig Flaschen zum Spielen. Und ich bezweifle, dass er mit dem Zeug handelt. Weil nur eine Kiste mitgenommen wurde und die anderen unter dickem Staub lagen, war es vermutlich ein Gelegenheitsdiebstahl. Jemand hat ein vergessenes Lager entdeckt und sich genommen, was er brauchte.«

»Warum jetzt?«

»Vielleicht gehört er zu einer Bande, die Flüchtlinge ausraubt und tötet? Vielleicht, weil er sie nicht mag?«

»Es muss jemand sein, der das Depot und die Schuppen kennt. Einer der Bahnarbeiter?«

»Ich habe mit Le Bailly gesprochen. Jeder hat zu den Schuppen Zutritt, auch die Banden, von denen mein Informant mir erzählt hat. Jetzt, wo es in der Stadt so viele leere Wohnungen gibt, schlägt ihre große Stunde. Das hat schon die Menge an Diebesgut gezeigt.«

Ich ging zurück in mein Büro und starrte die Wand an. Die Ermittlungen wären schon eine Herausforderung gewesen, ohne dass die halbe deutsche Armee durch Paris zog, unsere sämtlichen Akten stromabwärts trieben und ein Großteil der Bevölkerung auf der Flucht war. Ständig spukte mir zudem ein Name im Hinterkopf herum: Bydgoszcz. Vier Morde und ein erweiterter Suizid, alle durch diese Stadt verbunden.

Und ich fragte mich, warum ein Flüchtling Bücher und Briefe in einem Tresor aufbewahrte, nicht aber seinen Pass. Unwillkürlich öffnete ich meine Schublade, um mir Fryderyks hinterlassene Briefe anzusehen. An sich hätte ich mich nicht mehr mit ihnen beschäftigt, sondern nur noch geprüft, ob sie eine Adresse in Bydgoszcz enthielten, um jemanden über den Tod von Fryderyk und Jan zu verständigen, aber die Entdeckung des Tresors und der Eindringling, der die Wohnung durchsucht hatte, warfen ein neues Licht auf sie. Vor der Ankunft der Deutschen hätte ich womöglich jemanden gefunden, der mir die Briefe im Hinblick auf wichtige Informationen hätte übersetzen können, aber das war jetzt nahezu unmöglich.

Und wären die Deutschen nicht gekommen, hätte es dafür natürlich auch keinen Bedarf gegeben.

Ich merkte, dass jemand in der Tür stand: Hochstetter. Keine Ahnung, wie lange er schon auf der Schwelle gewartet hatte. Er war wie ein Tripper, den man einfach nicht loswird – das sagte ich ihm natürlich nicht.

»Ich habe gute Nachrichten«, begann er. »Sie bekommen eine Lizenz für Ihren Privatwagen, brauchen allerdings eine SP-Plakette, die ein Mechaniker der Wehrmacht an Ihrem Auto anbringen wird und die Sie berechtigt, es zu benutzen.«

Ich schloss die Lade und ließ die Briefe, wo sie waren. Sofort dachte ich an die Schusswaffe, die ich hinter dem Armaturenbrett meines Citroën versteckt hatte. »Danke, Major Hochstetter. Wenn Sie mir sagen, wohin ich den Wagen bringen soll, erledige ich das.«

»Warum warten, Édouard? Ich begleite Sie.«

»Nicht nötig.«

»Ich bestehe darauf.« Er rührte sich keinen Zentimeter.

»Ist das höflich und freundlich gemeint? Oder bedeutet es: ›Mitkommen, ich bin Deutscher‹?«

Er stand da und lächelte auf die unnahbare Art, mit der die Katze mit der Maus spielt. »Raten Sie mal.«

Seufzend folgte ich ihm über die Treppe zum Wagen. Ich spürte, wie die Manufrance ein Loch ins Armaturenbrett brannte und es kaum erwarten konnte, sich Hochstetter auszuliefern. Wir fuhren los, ich sah in den Spiegel.

»Ich vermute, es ist Ihr Dienstwagen, der uns folgt.«

»Wir müssen schließlich zurück zur Polizei, nachdem Sie Ihr Auto bei der Wehrmacht abgegeben haben.«

»Sie denken an alles.«

Ein Seitenblick zeigte mir, dass er mich ironisch amüsiert ansah. Das war entnervender als jedes Wort, das er hätte antworten können. Ich wünschte mich in den Keller zu Mayer und mehreren Kilo Giftgas und Schießpulver.

An der Oper wollte der Feldwebel vom Vortag mich erneut anhalten, überlegte es sich aber anders, als er Hochstetter sah. Im Vorbeifahren hob er den dicken Arm zu dem munteren Gruß, den Hitler alle gelehrt hatte. Hochstetters Gegengruß fiel dagegen lauwarm aus.

»Sie alle haben Ihre Aufgaben, an die Sie sich halten, oder?«, bemerkte ich. »Er hat gestern das Gleiche getan.«

»Deshalb funktioniert es, Édouard. Deshalb funktioniert Deutschland. Jeder weiß, was von ihm erwartet wird. Wo er steht. Interessant, oder?«

»Kommt mir nicht so spannend vor.«

»Nehmen wir zum Beispiel unser Verhältnis.«

»Wenn Sie darauf bestehen.«

»Das tue ich immer. Obwohl ich hoffe, dass das nicht nötig ist. Wie Sie wissen, bin ich hier, um Ihnen auf jede mir mögliche Weise zu helfen. Ein Bindeglied zwischen deutschem Oberkommando und französischer Polizei. Meine Aufgabe ist, Ihnen den Weg zu ebnen. Nehmen Sie zum Beispiel Ihre Uhr.«

»Meine Uhr?« Unwillkürlich sah ich auf meine Hand am Steuer und ließ den Ärmel über die Armbanduhr gleiten.

»Sie zeigt die falsche Zeit an. Sie mögen denken, mir fällt so was nicht auf, Édouard, aber ich kann Ihnen das Gegenteil versichern.«

»Die Armbanduhr ist alt, Major. Der kann man keine neuen Kunststücke beibringen.«

»Allem und jedem kann man neue Kunststücke beibringen. Das ist nicht so schwer. Ihnen wurde befohlen, die Uhr auf Berliner Zeit umzustellen, doch Sie weigern sich eindeutig. Mancher könnte sagen, das sei ein Akt offenen Ungehorsams. Sogar der Rebellion.«

Ich bog ab und ließ den Ärmel erneut übers Handgelenk gleiten. »Wir sind in Paris. Hier gilt Pariser Zeit.«

»Möglich, aber viele meiner Offizierskollegen sehen das mit Sicherheit anders. Mir dagegen ist klar: Wenn ich die relativ geringfügige Sache Ihrer Uhr auf sich beruhen lasse, stehen Sie anderen Ansprüchen, die ich womöglich stelle, vielleicht geneigter gegenüber.«

»Warum komme ich mir langsam wie eine Bordsteinschwalbe in Pigalle vor, die mit Gleitcreme hantiert?«

»Sehr treffend formuliert. Weil ich dafür sorgen kann, dass es flutscht, Édouard. Ich kann Ihnen aber auch den Arsch aufreißen.«

Beinahe wäre ich einem deutschen Lastwagen in die Quere gekommen. Diese Worte und ihre Geisteshaltung waren umso bestürzender, weil sie von Hochstetter kamen. Ich hatte mich daran gewöhnt, dass seine Drohungen viel höflicher waren.

»Und ich reiße Ihnen den Arsch auf, wenn es sein muss.« Ich hatte Mühe, auf meiner Straßenseite zu bleiben. »Merken Sie sich das: Leute, die für mich keinen Nutzen mehr haben, sind in meinen Augen nutzlos. Ich denke, Sie verstehen, was ich meine.«

»Und ich denke, ich mochte Sie lieber, als Sie bloß bedrohlich wirkten, aber nicht drohten, Major Hochstetter.«

»Ich wirke doch bloß bedrohlich. Und Sie müssen dafür sorgen, dass es dabei bleibt. Ihre Aufgabe als Gegenleistung für meine Geduld mit Ihren kleinen Ermittlungen ist, dass Sie mir gegenüber die gleiche Loyalität aufbringen, die ich Ihnen so lange gewähre, wie Sie sie verdienen.«

Wir fuhren durch säulengesäumte Straßen. Irgendwie sah die Stadt nicht mehr ganz so schön aus, seit die Deutschen hier waren. Ich blickte ihn an. »Sie schlagen mir einen Kuhhandel vor?«

»Eine Gegenleistung, Édouard. Kuhhandel klingt vulgär.«

Ich dachte an seine Drohung, mir den Arsch aufzureißen, und ließ das auf sich beruhen.

»Und ich muss Ihnen nur die gleiche Loyalität zeigen wie Sie mir?« Aus dem Augenwinkel sah ich ihn nicken. »Ich schätze, das kriege ich hin.«

In triumphierendem Schweigen war ich zwei Kreuzungen weitergefahren, bevor er sagte: »Machen Sie nicht den Fehler zu glauben, Deutsche verstünden keinen Sarkasmus.«

In der Wehrmachtwerkstatt wollte Hochstetter unbedingt nach mir aussteigen, also hatte ich keine Gelegenheit, die Manufrance an mich zu nehmen. Ich warf einen letzten, verstohlenen Blick zum Armaturenbrett und hoffte, es werde sein Geheimnis nicht preisgeben. Wortlos fuhren wir zurück zur Sechsunddreißig; gut, dass der Fahrer ein Hindernis für weitere Debatten war. Hochstetter ließ ihn am Haupteingang halten, der Motor tickte laut. Beim Aussteigen sah ich Auban aus dem Fenster auf mich herunterschauen.

»Wir sprechen uns wieder, Édouard«, sagte Hochstetter. Schon fuhr sein Chauffeur an und steuerte den Wagen in hohem Tempo am Fluss entlang.

»Da bin ich mir sicher«, raunte ich ihm nach.

Das Auto verschwand über die Brücke. Sonst waren keine Fahrzeuge zu sehen, aber es gab ein Geräusch, das ich nicht einordnen konnte. Ich sah mich um und brauchte ein wenig, bis ich merkte, dass es der Fluss war. Ohne das gewohnte Leben in der Stadt murmelte die Seine mit leisem Trost durch unsere Mitte. Ich ging über die Straße, um zu schauen und zu lauschen. Den Fluss hatte ich nie gehört. Paris war dafür normalerweise zu laut. Ich stand da und sah aufs Wasser, so lange ich es ertrug. Der Fluss sagte uns, dass er noch da war – so wie wir.

Und Auban. »Sie schmeicheln sich bei Hochstetter ein, Giral«, stellte er fest, als ich in den dritten Stock kam.

»Ihnen reißt er sicher auch gern den Arsch auf, wenn Sie freundlich fragen.«

Ich machte meine Bürotür vor seiner Nase zu und setzte mich. Liebend gern wäre ich wieder rausgegangen und hätte Barthe um einen Schluck von dem Cognac gebeten, den er – wie wir alle wussten – in seiner Schublade versteckte. Auf meinem Schreibtisch lag eine hingekritzelte Notiz: Madame Benoit war auf die Wache gekommen und hatte nach mir gefragt. Ich war zu dem Schluss gelangt, dass Fryderyks Tod womöglich mit dem vierfachen Mord zusammenhing, dass meine Überlegungen dazu Dax aber vermutlich nicht genügten. Also ersparte ich ihm meine Gedanken, verließ die Sechsunddreißig für den Tag und überquerte den Fluss Richtung Rue Mouffetard.

»Eine Ausländerin wollte sich in Fryderyks Wohnung umsehen«, sagte die Concierge, als ich kam, und knetete ein altes Taschentuch in den Händen. »Aber ich hab sie nicht reingelassen, auch nicht, als sie Geld geboten hat.«

»Woher kam sie, wissen Sie das?«

»Aus dem Ausland. Ich hab sie nicht reingelassen. Nicht nach dem, was neulich passiert ist.«

»Sie haben völlig richtig gehandelt. Können Sie sie beschreiben?«

»Groß, blond. Etwas ordinär, fand ich. Aufdringlich.«

»Hatte Sie einen Akzent?«

»Einen ausländischen, aber ich weiß nicht, welchen. Für mich klingen die alle gleich. Ich hab ihr gesagt, sie muss auf der Polizei mit Ihnen reden, wenn sie Fryderyks Wohnung sehen will. Dass seine Sachen alle bei mir sind, habe ich allerdings nicht erzählt. War das richtig, Inspektor Giral?«

»Absolut, danke. Wo haben Sie Fryderyks Habe denn?«

Sie zeigte auf einen Schrank in der Küche. »Da hab ich sie reingetan – wie Sie gebeten haben.«

Ich warf einen flüchtigen Blick auf die wenige Kleidung und die anderen Besitztümer in der Kiste. »War da sonst noch was von Fryderyk?«

»Ich weiß nicht, was Sie meinen. Ich habe alles in eine Kiste getan – wie Sie wollten.« Sie knetete ihr Taschentuch jetzt heftiger.

Rasch überprüfte ich Fryderyks Wohnung, tastete das Innere des Tresors mit den Fingerspitzen ab und war froh, Isaac gesagt zu haben, er solle ihn offen lassen. Wie vermutet, war mir nichts entgangen: Der gesamte Inhalt lag in meiner Schublade in der Sechsunddreißig.

Ich überließ Madame Benoit dem zerknüllten Taschentuch und ging nach Hause, verärgert, weil ich keinen Wagen hatte, und besorgt wegen der im Auto versteckten Manufrance. Abgelenkt dachte ich an Fryderyk und die beiden Personen, die binnen zwei Tagen aufgetaucht waren, um etwas zu suchen. An seiner Wohnung schien enormes Interesse zu bestehen.

Hinter mir brummte ein Auto. Bei so wenig Verkehr hätte es einfach überholen können. Kaum drehte ich mich um, hörte ich es bremsen und eine Tür aufgehen. Eine Hand griff meinen rechten Arm, und ein Mann in grauer Uniform tauchte direkt vor mir auf. Ich spürte etwas gegen meine Rippen drücken, blickte runter, sah, dass er eine Pistole in der Hand hielt. Er ließ meinen Arm los, tastete mich rasch nach meiner Waffe ab, zog sie aus dem Holster. Mit weit offener Beifahrertür erreichte das Auto langsam unsere Höhe. Der Mann mit der Waffe bedeutete mir, einzusteigen. Seine Miene war so ausdruckslos wie ein toter Fisch, der auf den Fliesen von Les Halles zwei Reihen scharfer Zähne zeigt.

Ich rührte mich nicht, also drehte er mich an der Schulter herum und schubste mich auf den Rücksitz.

12

Der Fahrer ließ den Motor aufheulen, raste los, trieb drei Radfahrer auseinander, die mit gesenkten Köpfen vorbeigespurtet waren, als ich ins Auto befördert wurde.

Auf der Rückbank war ich nicht allein. Neben mir saß ein Mann in einer gleichen grauen Uniform. Diese Montur war anders als das, was Hochstetter oder Weber trugen, und hatte eine himmelblaue Paspelierung auf den Schulterstücken mit den Initialen GFP. Auf seiner Schirmmütze mit dem Nazi-Adler war die gleiche himmelblaue Paspelierung zu sehen. Und eine Waffe, die in meine Flanke drückte.

»Ob das Blau wirklich funktioniert?«, meinte ich zu ihm. Unwahrscheinlich, dass er mich verstand.

Ich erkannte ihn wieder. Zwar musste ich im Gedächtnis kramen, doch dann fiel mir ein, dass ich ihn bei Luigi gesehen hatte, am Vorabend erst: der Babykopf auf dem Männerkörper. Aus der Nähe war er noch unattraktiver, aber das sagte ich ihm nicht. Offensichtlich legte er keinen Wert auf eine Stilberatung.

»Wenn Sie mich beim nächsten Halt bitte rauslassen würden«, versuchte ich es stattdessen.

Der Mann auf dem Beifahrersitz, der mich ins Auto geschubst hatte, schob seine Waffe ins Holster und wandte sich mir zu. Sein Gesicht war von Aknenarben verunstaltet und wirkte wie von ungeübter Hand aus minderwertigem Granit gehauen. Er war ein kaltblütiger Inquisitor, seine Miene die Maske eines Peinigers. Unwillkürlich musste ich an Gargantua denken und bei meinem Rücksitznachbarn an Pantagruel. Den Fahrer sah ich nicht. Er war zu sehr damit beschäftigt, in den leeren Straßen das von den Deutschen selbst verordnete Tempolimit zu ignorieren. Auch dass Gargantua ausholte und mir ins Gesicht schlug, kam für mich überraschend. Der Hieb war nicht allzu hart, aber schmerzvoll genug, dass ich zusammenzuckte. Ich ballte die Faust, aber Pantagruel legte mir die freie Hand auf den Arm.

»Das lassen Sie besser«, sagte er in gutem Französisch. Ich blickte Gargantua in die Augen und sah nichts. Nicht mal Vergnügen. »Er würde Sie genauso effektiv umbringen. Bitte hören Sie gut zu, was ich zu sagen habe. Ich bin Kommissar Müller. Mein Kollege ist Inspektor Schmidt. Sie sind von der Pariser Kriminalpolizei. Paris gehört nun zum Dritten Reich, Sie also auch. Wir erwarten angemessenen Gehorsam, wenn Sie mit uns zu tun haben. Ist das klar?«

»Ich bin von der Pariser Kriminalpolizei. Das ist mir vollkommen klar.«

»Und wie steht's mit Ihrem Gehorsam?«

»Den schulde ich den Bürgern von Paris und meinen Vorgesetzten.«

»Wir sind jetzt Ihre Vorgesetzten.«

Ich sah vom Mann mit dem Babykopf zu dem pockennarbigen Knaben. »Denken Sie das wirklich?«

Vom Vordersitz aus verpasste Schmidt – oder Gargantua – mir eine weitere Ohrfeige. Ich hörte Müller neben mir seine Pistole entsichern und sah ihm in die Augen. »Wenn Sie mich umbringen – ob effektiv oder nicht –, erweise ich niemandem mehr Gehorsam.«

»Sie haben Geist und Mut«, sagte Müller. »Das gefällt mir. Wir können beides brechen.«

»Was wollen Sie?«

»Sie kennen einen amerikanischen Journalisten namens Groves.«

»Nein.«

Die Antwort trug mir noch einen Schlag ein. Wieder ins Gesicht, aber an anderer Stelle. Schmidt wusste eindeutig, wie man Verdächtige prügelt. Ich spürte Blut aus einem Riss überm linken Auge fließen. Nasenbluten hatte ich bereits.

»In welchem Verhältnis stehen Sie zu Groves?«, fragte Müller.

»Ich stehe in keinem Verhältnis zu ihm, weil ich nicht weiß, wer das ist.«

Schmidt schlug diesmal in meine Rippen. Ich war froh, dass wir kaum Platz hatten und er nicht gut ausholen konnte, aber ich spürte den Schlag trotzdem bis in die Wirbelsäule. Wenigstens lenkte mich das von den Nierenschmerzen ab.

»Wir wissen, dass Sie ihn in einer Bar in Montparnasse getroffen haben. Bitte seien Sie nicht dumm.«

Jetzt fiel bei mir der Groschen. »Der Amerikaner? Der ist Journalist? Den kenne ich nicht. Er saß mit mir am Tisch, aber wir haben nicht miteinander gesprochen. Er war betrunken und hätte sowieso Unsinn geredet.«

Das Auto krachte in ein Schlagloch, es rüttelte uns durch. Das fühlte sich an, als hätte jemand meine Nieren auf einen Schürhaken der Inquisition gespießt. Müller wurde in die Ecke geschleudert, und unwillkürlich sah ich auf seine Hand. Der Finger lag leicht am Abzug. Die Pistole war weiter auf mich gerichtet.

»Wir kämen viel besser miteinander aus, wenn Sie die Waffe runternähmen. Ich möchte nicht aus Versehen den Abgang machen, ohne gezeigt zu haben, wie gehorsam ich sein kann.«

»Je eher Sie unsere Neugier befriedigen, desto eher können Sie aussteigen und sind nicht mehr den Gefahren Ihrer barbarischen Straßen ausgesetzt. Was ist mit Hauptmann Weber? In welcher Verbindung stehen Sie zu ihm?«

»Weber? Den kenne ich nicht.« Ich erwartete noch einen Schlag und hob eilig die Hand. »Ich meine, wer er ist, weiß ich, aber ich stehe in keiner Verbindung zu ihm.«

»Welche Verbindung besteht zwischen Weber und Groves?«

»Woher soll ich das wissen? Ich hab die zwei nur in dem Café in Montparnasse gesehen. Sie wirkten wie Saufkumpane.«

Schmidt verpasste mir einen weiteren Schlag, und Müller fragte, ob ich mir sicher sei.

Ich presste die Arme an die Brust, um den Schmerz zu lindern. »Absolut sicher.«

Schmidt wollte wieder einen Schlag landen, aber Müller winkte ab. Stattdessen stellte Schmidt eine Frage: »Warum ist Bydgoszcz wichtig?«

»Können Sie tatsächlich Fragen stellen und mich dabei verprügeln?«

Ich fragte nur, um meine Überraschung zu verbergen. Das hätte ich lieber nicht tun sollen, denn es trug mir einen weiteren Schlag in die Rippen ein. An der gleichen Stelle wie zuvor. Er kannte sich wirklich aus. In freundlicheren Zeiten hätte er bei uns anfangen können.

»Warum ist Bydgoszcz wichtig?«

Es war wohl besser, ihnen einen Knochen hinzuwerfen. Also erzählte ich, die vier Männer im Bahndepot seien von dort gekommen. Müllers nächste Frage zeigte mir, dass ich einen Fehler gemacht hatte.

»Und wer ist der Mann, der sich umgebracht hat? Der war auch aus Bydgoszcz.«

»Bloß ein Selbstmörder. Woher wissen Sie von ihm?«

»Ich habe Major Hochstetter den Namen gestern Abend in Ihrem verlotterten Pariser Puff sagen hören. Anders als ihr Franzosen interessiere ich mich für Informationen, nicht für eine Nutte, die sich auszieht.« Er sah mich die Faust ballen und nickte Schmidt zu, der mir wieder eine Ohrfeige gab. Ich hatte vergessen, wie weh das tat. »Gibt es eine Verbindung zwischen Weber, Groves und dem Mann aus Bydgoszcz?«

Ich musste zwischen keuchenden Atemzügen reden, hörte meine Brust schnarren und hoffte, sie hatten mir nicht zu viel Schaden zugefügt. Jedes Luftholen war schmerzvoll.

»Nein.« Noch nicht jedenfalls. Das immerhin stimmte. »Und ich hoffe, Sie haben keine Fragen mehr, denn ich kann inzwischen nichts mehr hören.«

Sie schwiegen kurz, sprachen dann Deutsch miteinander. Ich senkte den Kopf und tat, als verstünde ich sie nicht. Dabei hatte ich im letzten Krieg lange in einem deutschen Gefangenenlager gesessen und beherrschte die Sprache gut genug, um Gesprächen zu folgen. Die beiden waren sich nicht einig über das, was ich wusste. Müller schien mit dem zufrieden, was ich gesagt hatte. Schmidt wollte mich noch etwas bedrängen. Beinahe hätte ich mich vergessen und ihm gesagt, er solle auf Müller hören. Der meinte, es müsse eine Verbindung zwischen Bydgoszcz, Weber und Groves geben, aber ich wisse weniger darüber als sie. Schließlich überzeugte er seinen Partner und befahl dem Fahrer, zurück aufs linke Ufer zu fahren. Ich schloss die Augen, um meine Erleichterung zu verbergen. Sie fuhren in meine Straße und hielten direkt vor meiner Haustür.

»Bei den Geschäften könnten Sie mich nicht absetzen, was?«, fragte ich. »Ich habe nichts im Haus.«

Schmidt gab mir einen Abschiedsklaps, wies auf meine Wohnung, um mir zu zeigen, dass sie wussten, wo ich lebte, und beförderte mich aus dem Wagen. Ich schaffte es, auf den Beinen zu bleiben, während er wieder einstieg. Er warf meine Waffe und mein Magazin aus dem Fenster, und der Fahrer raste davon. Ich sah ihnen nach, wischte mir das Blut vom Gesicht, hob meine Waffe auf, überprüfte das Magazin und schob sie wieder an ihren Platz.

»Das sollte wohl Nein heißen.«

13

Ich quälte mich die Treppe hoch und musste auf halbem Weg anhalten, um beim Atmen nicht länger das Gefühl zu haben, meine Brust vergehe vor Schmerz. Zum Glück lungerte Monsieur Henri nicht vor seiner Tür herum. Für heute hatte ich genug und wollte sehen, ob Jean-Luc auf mich wartete. Außerdem gab es noch Whisky für mich.

Ich schloss die Tür hinter mir ab und behielt die Pistole im Hosenbund, als ich das Hemd auszog. An Bauch und Brust bildeten sich bereits blaue Flecken. Im Bad reinigte ich mein Gesicht vom Blut. Gebrochen war nichts, der Riss überm Auge sah schlimmer aus, als er war. Aber ich würde wohl eine kleine Narbe mehr haben, also goss ich mir zu diesem Anlass einen Whisky ein, sah mir an, wie viel noch in der Flasche war, und überlegte, ob ich mir noch eine Narbe würde leisten können.

Jean-Luc war nicht da.

Beim Ausziehen des Jacketts hatte ich die Patrone in der Tasche gespürt, im Bad aber nur einmal kurz dahin gesehen, wo die Luger versteckt war. Zum Glück war das Bedürfnis nach Whisky stärker gewesen. Ich wollte nicht schwächeln, während ich auf meinen Sohn wartete.

Nur kam er nicht, und nach zwei Stunden war der Whisky weg, aber nicht die Luger. Um nur nicht mit der eingedellten Patrone allein zu sein, begab ich mich auf einen Spaziergang durch dunkle, verlassene Straßen zu Luigis Bar. Wenn ich schon nicht in meiner Wohnung bleiben konnte, würde ich eben in Nazideutschlands zweitem Zuhause schnüffeln, um mehr darüber zu erfahren, was im Depot vorging. Es gab keine Patrouille, die mich aufhielt. Aber das bedeutete nicht, dass ich bei meiner Ankunft dort besser gelaunt war.

»Ich will keinen Ärger, Eddie«, bat Luigi.

Ich zwängte mich an ihm vorbei und ließ das Publikum auf mich wirken. »Und ich will ein Paris ohne Arschlöcher, Luigi, aber auch daraus wird nichts.«

Neben mir an der Theke musterten zwei Huren einen Tisch voller junger Offiziere, die wie Akne in Uniform aussahen.

»Die Pflicht ruft«, kommentierte die eine und steuerte auf die Kindergartennazis zu.

Ich sah beide ins Zwielicht tauchen und kämpfte die Schmerzen in Rippen und Rücken nieder. Mein Spaziergang hatte sie miteinander bekannt gemacht, und jetzt verbündeten sie sich gegen mich. Flach atmend ließ ich den Schmerz abflauen und trank einen Schluck von dem billigen Whisky, den Luigi mir auf die Theke gestellt hatte. Dann wandte ich mich wieder dem Café zu. Weber und die Frau, die am Vorabend betrunken getan hatte, saßen am selben Tisch und hatten die Köpfe zu geflüstertem Plaudern zusammengesteckt. Sie hatten mich nicht gesehen, darum konnte ich sie beobachten, während ich einen langsameren Schluck nahm. Die beiden saßen sehr eng zusammen; die Beine berührten sich, aber die Hände waren auseinander. Beide blickten nach unten und sprachen sich mit einem seltsamen Tanz der Köpfe ins Ohr, ganz versunken und doch kein Liebespaar. Meine Erinnerung war noch gut genug, um zu wissen, wie Verliebtheit aussah.

»Was ihr wohl aussheckt?«, fragte ich mich halblaut und beschloss, zu ihnen zu gehen und es herauszufinden.

Die Frau bemerkte mich zuerst und sah kurz irritiert drein, doch da war noch etwas. Enttäuschung? Weber tat das für ihn Typische und lächelte höhnisch.

»Was wollen Sie?«, fragte er.

Ich setzte mich mit meinem Whisky den beiden gegenüber. »Was beunruhigt Sie so an Bydgoszcz?«

Seine Augen blitzten vor Wut. »Gehen Sie, aber sofort.«

»Denn etwas daran beunruhigt Sie eindeutig. Oder ärgert Sie. Ich weiß nur noch nicht, was.«

»Ich warne Sie kein zweites Mal. Für deutsche Offiziere sind Sie nicht zuständig.«

»Oder ist es Besorgnis? Angst, denke ich, ist es nicht. Vielleicht Wut? Jedenfalls lässt die Erwähnung von Bydgoszcz Sie nicht kalt.«

Beim Reden sprang mein Blick zu der Frau. Statt mich anzusehen, wie ich erwartet hatte, musterte sie Weber. Noch immer konnte ich das Verhältnis der beiden nicht deuten.

Er stand auf. »Major Hochstetter ist nicht hier. Sie können nicht darauf bauen, dass er Sie beschützt.«

Ich leerte meinen Whisky und sah zu ihm hoch. »Und es gibt etwas, worauf *Sie* nicht bauen können, Hauptmann Weber. Vermutlich sind Sie jemandem wie mir noch nie begegnet. Ich habe keine Angst vor Ihrer Uniform.«

Seine Wut wollte schon überkochen, aber die Frau berührte ihn am Ärmel, was ihn trotz seines aufbrausenden Temperaments zu beruhigen schien. Er setzte sich wieder und erwiderte mit seinem höhnischen Grinsen: »Die sollten Sie aber haben.«

Das laute Hämmern von Luigis verstimmtem Klavier machte jede Antwort, die mir auf der Zunge gelegen haben mochte, unmöglich. Ich drehte mich um und sah die Sängerin vom Vorabend. Gleiches Kleid, gleiche Handschuhe, gleiches Lied. Es war entweder ein wunderbares Lied, entweiht durch falsche Erotik, oder ein lausiger Striptease, aufgewertet von einem wohlklingenden Akt trotzigen Ungehorsams. Die Frau gegenüber gab dem Hauptmann ein Zeichen zum Aufbruch, und Weber konnte nicht anders, als mir hinter ihrem Rücken einen finsteren Blick zuzuwerfen. Ich beobachtete die beiden nur. Sie hatten eine Verbindung, der ich auf den Grund gehen musste, um herauszufinden, was Bydgoszcz für ihn bedeutete.

Die Sängerin beendete ihr Lied so nackt wie am Abend zuvor und versuchte, dem Publikum schnellstens zu entkommen, doch ein Offizier, der Luigis giftigem Champagner zu sehr zugesprochen hatte, vertrat ihr den Weg. Seine rechte Hand griff nach ihren Brüsten. Bevor auch die linke Hand am Ziel war, stand ich vor ihm. Mit lange verdrängter Intuition wollte ich ihm an die Kehle gehen, doch etwas ließ mich im letzten Moment zögern. Stattdessen zerrte ich seinen rechten Arm runter. Trotz seines Rausches wirkte er schockiert.

»Eddie, bitte«, hörte ich Luigi flehen.

»Ich bin Offizier der Wehrmacht«, sagte der Deutsche mit aller Würde, die seine Trunkenheit noch erlaubte.

»Gut für Sie. Ich bin französischer Polizist, und Sie vergreifen sich an dieser Dame.«

»Dame?« Er kicherte.

Ich packte seinen Arm noch fester, und er zuckte vor Schmerz zusammen. Zwei Offiziere standen auf und näherten sich. Einer von ihnen nestelte am Holster seines Gürtels.

»Schon gut.« Die Sängerin unterdrückte ihre Tränen und suchte sich hektisch mit ihrem Kleid zu bedecken.

»Nein.«

Der Deutsche hatte seine Luger gezogen und richtete sie auf mich. Ich betrachtete ihren vertrauten Umriss und war plötzlich ganz ruhig.

»Das geht so wirklich nicht«, sagte ich.

Er wirkte verblüfft. Aus dem Augenwinkel sah ich eine weitere Gestalt kommen.

»Das reicht«, sagte jemand auf Deutsch. Ich wandte mich um: Es war der Offizier vom Vorabend, der mir erzählt hatte, wie gern er Frankreich hatte besuchen wollen. »Stecken Sie Ihre Waffe weg, Hauptmann, und setzen Sie sich.«

Seine Schulterklappen verrieten mir, dass mein neuer Freund in der Hackordnung über den drei anderen Offizieren stand.

Er befahl ihnen erneut, sich zu setzen, und wandte sich dann in fließendem Französisch an mich.

»Es tut mir leid, Inspektor Giral. Das Verhalten der drei ziemt sich nicht für deutsche Offiziere.«

Ich musste mich beruhigen, ehe ich antworten konnte. Die Sängerin hetzte davon; die Hure, die ich bei meiner Ankunft hatte reden hören, half ihr in ein Hinterzimmer.

»Danke.«

Er verbeugte sich. Das hätte ich ihnen nicht zugetraut. »Darf ich vorschlagen, dass Sie jetzt gehen, solange alles noch ruhig ist? Es wäre sicher in Ihrem Interesse.«

Ich sah die drei Deutschen am Tisch ihre Wunden lecken und den Angriff auf ihre Würde mit noch mehr Champagner betäuben.

»Das stimmt vermutlich.« Dass ich seine Einmischung so ruhig akzeptierte, erstaunte mich. Mit einem Rundblick vergewisserte ich mich, dass die Sängerin nicht mehr in der Nähe war. Der freundliche Offizier begleitete mich zur Tür, vorbei an Luigi, der zaudernd die Hände rang.

»Ich hoffe doch, wir können zusammenarbeiten«, sagte der Offizier. Mir fiel keine Antwort ein. Stattdessen zog ich den Vorhang beiseite und wünschte ihm eine gute Nacht.

Auf dem Heimweg durch die Finsternis vergewisserte ich mich immer wieder, dass mir keine betrunkenen Offiziere folgten. Kurz vor dem Ende des Boulevard du Montparnasse blieb ich in einem Hauseingang stehen und sank gegen den Metallrahmen. Ich zitterte, mein Atem ging flach, die Rippen schmerzten wieder. Mir stand die Luger des Offiziers vor Augen, und ich würgte bei dem Gedanken, wie ruhig ich sie betrachtet hatte. Im lautlosen Dunkel der Straße spürte ich, wie ein Deckel sich bewegte. Ein Deckel, den ich nach den Folgen eines Krieges über mir zugezogen hatte, nur um jetzt festzustellen, dass ein weiterer Krieg versuchte, ihn wieder aufzustemmen. Mir war klar, dass ich den Deckel geschlossen halten musste, solange ich nur konnte.

Ich setzte den Heimweg fort. Alles, was ich sah, waren die Luger bei Luigi und hinter der Fliese in meinem Bad. Viele einsame Stunden hatte ich mich zu sterben gesehnt – hatte gewünscht, ich wäre im letzten Krieg gefallen –, und ich hatte mich der Möglichkeit, zu Tode zu kommen, sehr oft ausgesetzt. Sehr lange hatte ich nichts gehabt, wofür ich lebte. Bis ich begriff, dass ich auch nichts hatte, um dafür zu sterben. Und ich wollte nicht, dass sich das änderte.

Jean-Luc lag schlafend im Gästebett.

Schweigend stand ich da, betrachtete ihn und dachte an die Zeit, als er ein Kind gewesen war und ich an seinem Bett gestanden und ihn mit einer Liebe betrachtet hatte, die ich ihm nicht zeigen konnte. Oft hatte ich ihn im Schlaf geküsst. Auch jetzt hätte ich es fast wieder getan, bremste mich aber im letzten Moment. Dieses Recht hatte ich an dem Tag verloren, an dem ich ihn im Stich gelassen hatte.

Schockiert erkannte ich die Saat des Wandels. Ob ich sie begrüßte, wusste ich nicht, spürte aber eine Angst und Sorge aufkeimen, die ich jahrelang nicht gekannt hatte. Eine wiederhergestellte Verwundbarkeit. Lautlos verließ ich das Zimmer meines Sohns und schloss die Tür.

Ich empfand keine Angst oder Besorgnis.

Ich spürte nur das Fleisch beim Zustechen unter der Messerspitze nachgeben. Den flüchtigen Moment von Widerstand gegen das Metall, die kurze Reise der Klinge durch die Haut.

Falls ich etwas empfand, dann Euphorie.

Mariannes Zuhälter hatte eine andere seiner Frauen geschlagen, brutaler diesmal, und wir suchten ihn in den Straßen und Spelunken von Pigalle. Da wussten wir noch nicht, dass auch Marianne verschwunden war.

»Ich hab sie nicht mehr gesehen, seit Choucas Sophie verprügelt hat«, erzählte mir eine Hure. Weil sie Angst hatte, im Gespräch mit einem Polizisten beobachtet zu werden, hatte sie mich in einen dunklen Torweg abseits neugieriger Blicke geführt. »Marianne wollte ihr helfen, als er sie angegriffen hat.«

»Haben Sie gesehen, was danach passierte? Ist Marianne mit Choucas weggegangen?«

»Weiß nicht.« Sie schnappte weinend nach Luft. »Ich bin weggelaufen und hab nicht gesehen, was passiert ist. Aber als ich zurückgekommen bin, um Sophie zu helfen, waren Marianne und Choucas weg.«

Ich ließ sie stehen, schnappte mir zwei Polizisten und nahm sie mit zu Mariannes Wohnung.

»Wenn sie nicht von Choucas wegkommen konnte, hat er sich da vielleicht mit ihr verkrochen«, erklärte ich.

So war es. Die Wohnungstür war verbarrikadiert, aber wir verschafften uns gewaltsam Zutritt. In einer Ecke des schmutzigen Zimmers hielt Choucas Marianne ein Messer an die Kehle.

»Ich bring sie um, wenn ihr näher kommt«, krächzte er mit einer Stimme, von der die Kriminellen im Viertel sagten, sie stamme von einem Schnitt bei einem Messerkampf in den *Bagnes*, den Strafkolonien in Französisch-Guayana. Als einer von wenigen war er von dort zurückgekehrt, und das hatte ihn sofort zu jemandem gemacht, den man zu fürchten hatte; Choucas hieß er wegen eines Dohlentattoos auf der Brust. Um den Hals trug er noch eine Tätowierung aus der Strafkolonie, eine punktierte Linie mit dem Motto: »Schneide hier und sei verdammt.«

In dieser Situation fand ich eine Stimme, die mich überraschte. »Lass sie gehen. Nimm mich dafür.«

Choucas' ledriges Gesicht verzog sich zu skelettartigem Grinsen. »Einem Polizisten ein Messer an die Kehle drücken? Gemacht. Ich hab schon lange keinen Bullen mehr aufgeschlitzt.«

Meine beiden Kollegen wollten mich aufhalten, aber ich näherte mich Choucas. Marianne, deren Gesicht noch Verbände trug, wo er sie geschnitten hatte, war vor Angst erstarrt. Ich sagte ihr, sie solle ruhig bleiben, und wir wechselten die Seiten in einem zeitlupenartigen Totentanz, bis sie frei und ich in seinem Griff war und er mir das Messer unterm linken Ohr an den Hals drückte. Marianne floh aus dem Zimmer, während die Polizisten reglos dastanden. Sie hatten offenbar keine Vorstellung, wie es weitergehen würde. Choucas sorgte für Klarheit. Sein Atem roch dabei nach billigem Rotwein.

»Ich war schon mal in der Hölle und habe keine Angst, dorthin zurückzukehren.«

Langsam schnitt er mir in den Hals. Mein Fleisch wich unter der Spitze der Klinge zurück; ich spürte den eisigen Schmerz, als die Haut sich teilte. Angst oder Sorge empfand ich nicht, nur Euphorie, ein Gefühl der Erleichterung.

Ich flüsterte: »Auch ich war in der Hölle. Mir ist es egal, ob ich lebe oder sterbe.«

Seine Hand zögerte, und ich konnte mich zu ihm drehen. Ich sah die flüchtige Angst in seiner Miene, die Angst eines Menschen, der erkennt, dass sein Gegenüber sich nichts aus dem Leben macht; die Angst, wenn sie wissen, sie haben keine Macht über dich. Das gab mir den nötigen Sekundenbruchteil, um mich aus seinem Griff zu befreien und gegen sein Schienbein zu treten. Ich hörte den Knochen brechen, spürte sein Bein unnatürlich nachgeben. Sein Schrei übertönte den Aufprall des Messers am Boden, wo es sich ins Holz bohrte. Die Kollegen hatten ihn gegriffen, ehe er ganz hinstürzte, und verprügelten ihn auf eine Weise, von der er beim Schikanieren von Frauen nur geträumt haben konnte.

Danach begleitete mich einer von ihnen ins Krankenhaus, wo ein Arzt meinen Hals mit einigen Stichen zusammenflickte. »Sie sind ein sehr guter Polizist, Giral«, sagte er, als der Arzt fertig war. »Warum aber sind Sie in jeder anderen Hinsicht so eine Zecke?«

Am nächsten Abend trug ich einen Rollkragenpullover im Jazzklub. Er war zu warm und kratzte höllisch, verbarg aber meinen Verband. Um den Schmerz zu lindern, nahm ich ein paar Pulver und einen Whisky und warf jedem finstere Blicke zu, der mich nervte. Die Worte des Polizisten machten mir noch immer zu schaffen.

»Warum nennt man Sie Eddie?«, fragte mich die Sängerin aus dem Senegal und riss mich aus meiner Welt. Ihr Gesicht war so nah, dass ich ihren Lippenstift roch. Für einen Moment stellte ich mir vor, ihren Mund auf meinem zu spüren.

»Die amerikanischen Musiker finden Édouard pompös, also nennen sie mich Eddie. Inzwischen tun das fast alle. Außer meiner Frau.« Ich bereute die letzte Bemerkung, kaum dass ich sie gemacht hatte. Und schämte mich sofort meiner Reue.

»Du hast eine Frau.« Sie zuckte die Achseln. »Na ja, ich hab einen Mann. Und ein Kind.« Sie lächelte mich an und wandte mir im Gehen den Kopf zu. »Aber keine Sorge, ich bin keine von den Eifersüchtigen. Ich heiße übrigens Dominique, wenn du nicht danach fragst.«

Ich sah ihr nach. Ihre Worte spukten durch meinen Kopf und ergaben jeden Sinn, den ich ihnen geben wollte. Auf der Bühne nahm sie das Mikrofon, aber der Lärm flaute nicht ab. Die Besucher an diesem Abend waren unruhig und laut, während Dominique sich mühte, ihr Lied gegen den Krach hörbar zu machen. Meine Halswunde schmerzte immer mehr, je wütender ich wurde. Zwei Männer an einem Tisch begannen zu streiten, einer stand auf. Ich ging hin, packte beide am Kragen, zwang den einen, sich wieder zu setzen, drückte den anderen fest in seinen Stuhl, beugte mich runter und flüsterte ihnen ins Ohr.

»Ich bin müde und habe Schmerzen. Wenn ihr nicht den Mund haltet und Dominique beim Singen zuhört, sorge ich dafür, dass ihr viel größere Schmerzen bekommt als ich. Verstanden?«

Ich drehte ihre Köpfe so, dass sie mich ansahen, und ließ erst los, als sie genickt hatten. Ihr Atem roch derart nach billigem Fusel, dass ich mich fast übergeben hätte. Ich funkelte ihre Begleiter an, alle genauso streitsüchtig und betrunken. Dominique beendete ihr Lied; das Licht erlosch flackernd, ging dann aber richtig an. Einige Zuhörer bejubelten die kurze Verdunkelung, ihre Stimmen klangen in der zurückgekehrten Helligkeit schrill. Ich sah Fabienne an einem anderen Tisch, wo sie duldete, dass ihr Begleiter ihr Bein unterm Kleid zu fest ergriff. Als ich kam, um ihr zu helfen, schüttelte sie den Kopf und lächelte den Mann in falscher Komplizenschaft an.

Ich musste den Hauptraum verlassen und hinter die Bühne gehen. Der peinigende Messerschnitt, die Schmerzmittel und der Whisky tauchten das Zimmer in hässliches Licht, die Musik war kein Trost gegen die Armseligkeit der Nacht. Als ich am Tisch der Korsen vorbeikam, musterten sie mich kalt.

Dominique verschwand durch die Tür seitlich der Bühne. Vor mir folgte ihr einer von der Korsenbande. Ich ging den beiden nach, sah, dass er Dominique auf die Schulter tippte, etwas zu ihr sagte. Sie schüttelte seine Hand ab und ging in die Garderobe. Ich schloss zu dem Mann auf.

»Was haben Sie zu ihr gesagt?«

»Fick dich.«

Er wollte an mir vorbei und zu seinen Freunden zurück, aber ich packte ihn an der Kehle und zerrte ihn nach draußen, in die Gasse hinter dem Klub.

»Egal, was du gesagt hast – das machst du kein zweites Mal.«

Ich atmete schwer, als ich die Tür aufgehen hörte, sah Dominique herauskommen und hatte plötzlich eine Wahrnehmung von mir, die beängstigender war als alles, was der Mann, der nun blutüberströmt und bewusstlos zu meinen Füßen lag, je ausgestrahlt hatte. Meine Linke war noch immer in seine Hemdbrust gekrallt, als ich herunterschaute und einen tiefen Schreck spürte. Meine Hände waren blutverschmiert, und ich sah Dominique wieder an, sah die Angst in ihrer Miene. Die Angst vor mir. Und blanken Schrecken.

»Denkst du, das ist es, was ich will?« Angewidert schüttelte sie den Kopf und ging wieder rein.

Ich blickte den Mann ein letztes Mal an und schloss die Augen. Er bewegte sich stöhnend. Von der Regentonne an der Tür holte ich Wasser, säuberte sein Gesicht, wusch seine Schnitte aus. Mit meinem Taschentuch reinigte ich die Wunden und stillte die Blutung.

Wieder schloss ich die Augen und sah das wenige, was gut in mir war, langsam sterben.

Montag, 17. Juni 1940

14

Es gab keinen Priester, keine Trauerreden, keine Kränze. Nur eine flüchtige Beisetzung zweier billiger Särge in einer unmarkierten Grube eines städtischen Friedhofs und einen Amtsträger, der sich davonmachte, kaum dass es vorbei war. So blieben nur ich und zwei andere zurück, eine Frau und ein Mann, die stumm am Grab von Fryderyk Gorecki und seinem dreijährigen Sohn Jan standen. Eine hastige Beerdigung in der Sommerhitze für zwei vergessene Opfer in einer Zeit, wo niemand mehr da war, um sich zu kümmern.

Ich spürte die Hände zittern, als ich unweigerlich an meinen Sohn dachte. Nachdem ich ihm so lange jede Rolle in meinem Leben verweigert hatte, verstörte mich jetzt, wie viel mir daran lag, für seine Sicherheit zu sorgen. Am Morgen beim Aufwachen hatte ich die Luger auf dem niedrigen Tisch vor meinem Sessel gefunden, die Patronen brav aufgereiht, die eingedellte in der Waffe. Ich hatte keine Erinnerung an das Ritual, das so plötzlich wie er in mein Leben zurückgekehrt war. Kaum hatte ich alles aufgeräumt, war Jean-Luc angezogen und zum Gehen bereit aus seinem Zimmer gekommen. Er wollte mir nicht sagen, wohin er ging, und ich hatte kein Recht, es zu erfahren.

Ich tauchte wieder aus meinen Gedanken auf und sah, wie der Mann und die Frau auf der anderen Seite des Grabes sich abwandten und gingen. Ich eilte ihnen nach und holte sie auf dem Hauptweg zum Tor ein. Der Mann sagte etwas zu der Frau. Zur Antwort schüttelte sie fast unmerklich den Kopf.

»Kannten Sie Fryderyk Gorecki?«, fragte ich die beiden.

Die Frau lächelte entschuldigend. »Nichts verstehen.«

Sie war groß und blond und musterte die ganze Zeit mein

Gesicht. Auch der Mann war groß, trug einen altmodischen Kavalleristenschnurrbart, der seine Oberlippe verbarg, und hatte Augen, die noch weit mehr verbargen.

»Sie sind Polen?« Schon ehe ich sie angesprochen hatte, war mir klar gewesen, dass es so sein musste. »Fryderyk Gorecki. Sie kannten ihn? Aus Bydgoszcz?«

Die Frau lächelte und nickte. »Bydgoszcz. Fryderyk.« Sie begann eine längere Erklärung auf Polnisch. »Kein Französisch, kein Französisch.«

Es war sinnlos, also ließ ich sie gehen. Bis zum Tor. Dann folgte ich ihnen. Sie führten mich durch ein Labyrinth enger Straßen südlich des Friedhofs zu einer gepflasterten Gasse und verschwanden in einem dunklen Torgang. Vorsichtig schlich ich ihnen nach, meine Augen gewöhnten sich an die Dunkelheit. Der Gang führte auf einen feuchten, abfallübersäten Hof. Ich sah hoch, musterte suchend die Balkone. Vielleicht hätte ich besser hinter mich geblickt. Denn dort hatte der gelauert, der mir einen Schlag verpasste und mir einen Sack aus rauem Leinen über den Kopf zog.

Als ich zu mir kam, war mein Kopf nass. Ich wollte im Gesicht nach Blut fühlen, aber meine Hände waren am Rücken gefesselt. Die Bewegung ließ die Ellbogen schmerzen, ich schrie auf. Auch mein Kreuz und die Prellungen auf der Brust machten sich bemerkbar. Nun hatte ich obendrein Schmerzen hinterm rechten Ohr. Die alte Narbe unterm linken Ohr meldete sich aus Mitgefühl und begann zu jucken. Von der Flüssigkeit im Gesicht tröpfelte mir einiges auf die Lippen. Es war Wasser, kein Blut. Das erleichterte mich so, dass ich dachte, ich könnte vielleicht die Augen öffnen. Ich zögerte, weil ich mir nicht sicher war, ob ich sehen wollte, was mich erwartete. Das war ein Fehler. Jemand schüttete mir einen zweiten Eimer Wasser ins Gesicht.

Prustend wurde ich richtig wach und blies das eisige Wasser aus der Nase, um atmen zu können. Eine Hand zog meinen Kopf hoch, ein Gesicht tauchte vor mir auf. Eines, mit dem ich eine Rechnung offen hatte. Zwei Rechnungen inzwischen. Das Gesicht des Mannes, auf den ich in Fryderyks Wohnung gestoßen war und der mir ins Kreuz geschlagen hatte. Bei dieser Erinnerung zogen sich meine Nieren schmerzhaft zusammen.

Ein anderes Gesicht ersetzte das Antlitz meines Peinigers. Ich wollte mich aufsetzen und stellte fest, dass ich an einen Stuhl gebunden war. Dieses Gesicht war mir weit willkommener. Die Frau von der Beerdigung. Attraktiv, mit energischem Kinn, hohen Wangenknochen. Tiefe, dunkle Augen. Es gab Orte in Pigalle, an denen Männer für das zahlten, was ich hier erlebte.

»Wer sind Sie?«, fragte sie auf Französisch. Sie hatte einen ausländischen Akzent, sprach aber fließend.

Ich versuchte zu antworten, begann aber zu husten, also rief sie etwas, und eine Hand reichte ihr ein Glas Wasser, das sie an meine Lippen hielt. Das meiste lief mir übers Kinn, aber einiges landete in meinem Mund.

»Wer sind Sie?«, wiederholte sie.

Über ihre Schulter hinweg sah ich mehr von dem Zimmer ringsum. Es war spärlicher möbliert als meine Wohnung, ein schlichter Holztisch und drei Stühle, ich saß auf dem vierten. Die Fensterläden waren geschlossen, das Licht, das durch die Lamellen fiel, warf dünne Streifen oben an die Wand gegenüber. Vermutlich war noch Vormittag. Ich war wohl nur so lange ohnmächtig gewesen, wie sie gebraucht hatten, mich an diesen Ort zu schaffen. Wo immer der sein mochte. Bestimmt war es nicht das Gebäude, zu dem ich ihnen gefolgt war.

Ich sah vier weitere Leute. Alles Männer. Der, der mich geschlagen hatte, stand hinter ihr neben dem, der mit auf der Beerdigung gewesen war. Zwei weitere Männer saßen am Tisch und sahen zu mir, aber ich konnte ihre Gesichter nicht deutlich erkennen.

Ich hatte meinen Ausweis und meine Waffe auf dem Tisch gesehen.

»Ich bin Polizist, aber das wissen Sie.«

»Der mit den Deutschen zusammenarbeitet.«

»Der trotz den Deutschen arbeitet.«

»Warum waren Sie in Fryderyk Goreckis Wohnung?«

Ich sah den Mann an, der mich geschlagen hatte. »Das könnte ich Sie auch fragen.«

»Wonach haben Sie in Fryderyk Goreckis Wohnung gesucht? Warum waren Sie auf seiner Beerdigung?«, fragte die Frau wieder.

Ich sah ihr in die Augen und beschloss, auf Wahrheit zu setzen. »Ich wollte etwas finden, das erklären würde, warum er das getan hat. Er hat seinen Sohn getötet. Ich wollte wissen, wieso.«

»Sie wollen wissen, warum ein Pole sich beim Einmarsch der Deutschen in Paris umbringt?«

»Ich wollte wissen, warum er nicht versucht hat zu fliehen.«

»Sie wissen von seiner Frau?«

»Ich weiß nur, dass sie in Polen getötet wurde. Und ich verstehe, warum er sich umbringen wollte. Aber ich verstehe nicht, warum er, wo er doch einen Sohn hatte, nicht versucht hat, einen anderen Ausweg zu finden.«

Sie musterte mich unsicher. »Darauf weiß ich auch keine Antwort. Was haben Sie in seiner Wohnung gefunden?«

Ich kam zu dem Schluss, ihnen genug erzählt zu haben. »Nichts. Er besaß nichts.«

»Was war im Tresor?«

»Sein Pass.« Ich konnte nur hoffen, dass ihnen keine Zeit geblieben war, den Nachttisch zu durchsuchen.

Sie musterte mich eindringlich und sagte etwas zu einem

der Männer am Tisch. Der zog ein Messer heraus und gab es ihr. Ich zuckte zusammen, als sie sich mir damit näherte, aber sie zerschnitt nur die Schnur, mit der meine Beine an den Stuhl gebunden waren, und die Fesseln hinter meinem Rücken. Das zurückfließende Blut kribbelte wie Ameisen, und ich schüttelte die Hände zur Beschleunigung der Zirkulation. Der Mann am Tisch goss eine klare Flüssigkeit aus einer Flasche in ein Glas, brachte es rüber und bedeutete mir zu trinken. Ich hielt es für Wasser, nahm einen großen Schluck und merkte, dass es sich um Wodka handelte. Ich hustete und prustete, und der Mann lachte und sagte etwas, worüber die anderen lachten.

»Er sagt, zu viel edler Wein hat Sie verweichlicht«, erklärte die Frau.

»Sie kennen mich einfach zu gut.«

Sie ließen mich aufstehen und auf und ab gehen, damit ich wieder Gefühl in die Beine bekam. Mein Kopf tat noch weh von dem einkassierten Schlag, und diverse Schmerzen von all den Prügeln, die ich bezogen hatte, standen schon Schlange, um sich wieder zu melden.

Ich betrachtete den Mann aus Fryderyks Wohnung. Er war gepflegt wie ein Sportwagen, sein Gesicht ein Flor fester Haut über einem schmalen Schädel. »Mit Ihnen habe ich noch eine Rechnung offen.«

Er streckte die Hand aus. »Tut mir leid. Ich bin Janek. Ich dachte, Sie wären von der Gestapo.« Isaac hatte Recht gehabt: Ihn umgab ein schwacher Duft von Eau de Cologne.

»Das verletzt mich noch mehr.« Ich schüttelte seine Hand.

Jetzt war es an mir, Fragen zu stellen. Ich setzte mich an den Tisch und schenkte mir Wodka nach, den ich diesmal langsam trank.

»Wie kommen Sie darauf, dass ich von der Gestapo bin? Wer war Fryderyk Gorecki?«

Die Frau rückte den Stuhl, an den ich gefesselt gewesen war, an den Tisch und setzte sich. »Wie weit können wir Ihnen trauen?«

»So weit, wie ich Ihnen trauen kann.«

Das schien ihr zu genügen. »Es geht nicht darum, wer er war, sondern um das, was er wusste. Oder genauer: um die Beweise, die er für das besaß, was er wusste.«

»Und wer sind Sie?«

»Ich heiße Lucja und war Dozentin an der Warschauer Universität. Meine Gefährten waren in der Armee. Wir sind aus Polen geflohen, nachdem unser Land an die Nazis gefallen war, und unserer Regierung nach Paris gefolgt. Als die Nazis die Niederlande und Belgien überrannten, blieben wir hier, während unsere Regierung nach Angers zog. Sie hat inzwischen auch Angers verlassen, und wir glauben, dass sie nun eine Vereinbarung mit London anstrebt, um sich dort einzurichten. Unsere Aufgabe hier ist es, allen polnischen Soldaten zu helfen, die noch in Paris sind und aus der Stadt fliehen wollen, um den Kampf gegen die Nazis wiederaufzunehmen. Und alle Zivilisten zu unterstützen, die den Deutschen entkommen wollen.«

»Was genau wusste Fryderyk? War er einer von Ihnen?«

Sie schüttelte den Kopf. »Er war Drucker und Buchbinder und besaß eine eigene kleine Firma in Bydgoszcz. Was wissen Sie über den Einmarsch der Nazis in unser Land?«

»Dass Warschau bombardiert wurde – mehr eigentlich nicht. Was ist so besonders an Bydgoszcz?«

»Leider gar nichts.« Sie goss sich ein Glas Wodka ein. »Von den Gerüchten, die aus Polen dringen, haben Sie sicher gehört. Über Gräueltaten an einzelnen Bevölkerungsgruppen. Fryderyk war mit einer Lehrerin verheiratet. Als die Nazis im September einmarschierten, wurden sie und viele andere Lehrer der Stadt auf ein Feld gebracht und erschossen. Einfach weil sie Lehrer waren. Andere Gruppen erleiden das gleiche Schicksal. Intellektuelle, Künstler, Schriftsteller, Juden. Und die Welt weiß nichts davon. Das geschieht in Kleinstädten, Dörfern und Großstädten in ganz Polen. Deshalb ist an Bydgoszcz rein gar nichts besonders.«

»Der Welt ist das gleich«, ergänzte der Mann von der Beerdigung, »und sie tut nichts dagegen.«

»Die Welt will Beweise«, fuhr Lucja fort. »Und Fryderyk behauptete, er habe sie. Dokumente und Fotos, die das Ausmaß des Massakers in Bydgoszcz zeigen und Schlimmeres. Auch er hätte getötet werden sollen, hat er gesagt, aber er sei mit seinem Sohn beim Arzt gewesen, als die SS ihn abholen wollte. Er hat mit einem Mann geredet, der die Hinrichtungen beobachtet hatte und Fotos davon besaß, und er ist mit diesen Fotos nach Paris entkommen.«

»Warum haben wir diese Bilder nicht gesehen?«

»Die französischen Behörden haben ihm keinen Glauben geschenkt. Er hat ihnen einige seiner Beweise gezeigt, und sie haben sie behalten, aber nichts unternommen. Als er die Unterlagen zurückhaben wollte, wurden sie ihm verweigert.«

»Alle Beweise, die die französischen Behörden besaßen, sind inzwischen verbrannt. Warum ist er mit dem Material nicht zu Ihrer Exilregierung gegangen?«

»Weil er das für zwecklos hielt. Seine Beweise sollten eine ausländische Macht oder ausländische Journalisten erreichen, weil man einem Neutralen vermutlich eher glauben würde als der polnischen Exilregierung. Er dachte, sein Material werde als Propaganda abgetan, wenn wir es veröffentlichen. Darum hat er uns nichts davon gezeigt.«

»Sie haben es nicht gesehen?«

»Wir haben keine Vorstellung davon, wie authentisch und umfangreich es ist. Wir vermuten, dass es sich um Fotos oder vielleicht sogar um einen Film handelt, aber wir wissen es nicht.

Er sagte, er habe das meiste Material vor den französischen Behörden verborgen, aber wir haben keine Ahnung, was er damit gemacht hat. Falls es existiert, müssen wir es finden. Die Welt weiß nichts von den Gräueltaten der Nazis in Polen. Man hört viel, aber es gibt keine echten Beweise, die andere Länder zum Handeln zwingen. Beweise, die Amerika dazu bringen, uns beizustehen; die Sowjetunion dazu veranlassen, ihren Pakt mit den Nazis zu brechen; Länder, die bloß zuschauen, dazu bewegen, in den Kampf gegen Hitler einzutreten. Wir hoffen, dass dieses Material das tut.«

»Warum hat er nichts damit unternommen, als die Deutschen Paris besetzt haben? Sondern sich umgebracht? Dann wäre der Tod seiner Frau doch irgendwie gerächt worden.«

»Das denken wir auch. Der Tod seiner Frau und sein Leben hier haben ihn extrem depressiv gemacht. Und dass Ihre Regierung ihn nicht ernst genommen hat. Er hat mich am Freitag besucht. Ich dachte, um mir endlich die Beweise zu zeigen, aber er war sehr aufgebracht. Er hatte Angst, ging ständig auf und ab und hielt seinen Sohn umklammert. Keinen Augenblick hat er ihn losgelassen. Ich habe ihn gebeten, mir seine Beweise zu geben, aber das wollte er nicht. Er war verzweifelt und verwirrt und weigerte sich, bei mir zu bleiben und sich zu beruhigen. Als Nächstes hörten wir dann, dass er sich und Jan umgebracht hat.«

»Darum haben Sie seine Wohnung durchsucht.« Ich wandte mich an Janek. »Haben Sie etwas gefunden?«

»Nichts. Und ich bin nicht überzeugt, dass dort etwas ist, das sich zu finden lohnt.«

»Janek glaubt nicht, dass Fryderyk Beweise besaß.«

Mir fiel Madame Benoits Beschreibung der Ausländerin ein. »Warum sind Sie zu seiner Wohnung zurückgekehrt?«, fragte ich Lucja.

Sie wirkte überrascht. »Dort bin ich nie gewesen. Nur Janek.«

»Hätte er etwas von Wert besessen«, behauptete Janek, »hätten die französischen Behörden es ernst genommen. Und warum hat er es uns nicht gezeigt, wenn es wertvoll war?«

Der Mann, der mit Lucja auf der Beerdigung gewesen war, sagte: »In meinem Dorf haben die Nazis das Gleiche getan. Sie haben sich die Lehrer, den Bürgermeister, den Arzt und den Rechtsanwalt geschnappt und sie erschossen. Das habe ich zwar nicht miterlebt, aber ich habe die Leichen hinterher auf dem Marktplatz liegen sehen. Ich habe gesehen, was die Nazis getan haben. Wir müssen Fryderyks Beweise finden, bevor sie sie unterdrücken können.«

»Und Sie sind sicher, dass Fryderyk seine Beweise des Massakers nicht vernichtet hat?«

»Da können wir nicht sicher sein«, erwiderte Lucja. »Aber eins ist klar: Falls sie noch existieren, müssen wir sie vor den Nazis finden. Sonst glaubt niemand, was passiert – bis es zu spät ist für uns und den Rest der Welt.«

Sie ließen mich gehen. Janek wollte mir die Augen verbinden, damit ich später nicht zu ihrer Wohnung zurückfand, aber Lucja hielt dagegen, man könne mir trauen.

»Wir müssen Ihnen trauen«, sagte sie zu mir.

Sie ging mit mir durch die gewundenen Kellerflure und über die Pflastergassen des Pletzls, des Armenviertels, in dem ein Großteil der Pariser Juden lebte.

»Hier ist sonst jede Menge los«, sagte ich zu ihr.

»Es sind noch immer zu viele Leute da. Wenn die Pariser Juden eine reale Vorstellung davon hätten, was mit den Juden in Polen passiert ist, wären sie alle lang vor dem Einmarsch der Deutschen geflohen.«

Wir traten beiseite und ließen einen älteren Mann mit Jarmulke vorbei. Die Vorstellung, der Pariser Schmelztiegel, in den ich vor vielen Jahren gekommen war, um mich in ihm zu verlieren, gehe nun wegen der Nazis unwiderruflich perdu, erfüllte mich mit unsagbarer Traurigkeit.

»Sind diese Gerüchte wirklich wahr?«

»Absolut. Aber für das Ausland sind das alles weiter nur Gerüchte und Berichte aus zweiter Hand. Wir haben keine Beweise. Doch viele von uns haben erlebt, wozu sie fähig sind, und wir alle kennen Menschen, die verschollen sind, und wir alle haben die Soldaten in meinem Land gesehen und kennen die Geschichten von Fryderyk und sehr vielen anderen. Glauben Sie mir: Das alles stimmt.«

»Sie sagen, die haben Lehrer umgebracht.«

»Lehrer, Ärzte, Schriftsteller, Künstler, Juden, einfach weil sie Juden waren. Die Nazis fürchten Eliten und Intellektuelle, darum verschleppen oder töten sie sie. Es sind sehr viele Menschen verschollen.«

»Eliten?«

»Zur Elite gehört jeder, den sie dazu zählen. Fast alle Dozenten meiner Fakultät wurden erschossen oder eingesperrt. Die Deutschen kamen eines Tages mit einem halben Dutzend Lastwagen und haben alle verhaftet. Ein jüdischer Professor, ein freundlicher Mann von über siebzig Jahren, der sein ganzes Berufsleben lang Philosophie und ein friedliches Miteinander gelehrt hatte, wurde draußen aufs Pflaster getreten und mit Schlagstöcken zu Tode geprügelt. Sie waren organisiert und wussten genau, wen sie mitnahmen; und sie waren kalt wie Maschinen, wurden aber zu Wilden, als ein ruhiger alter Mann ihnen die Stirn bot.«

»Warum wurden Sie nicht verschleppt?«

»Auf dem Flur standen Wischmopp und Eimer, als die Deutschen kamen. Also habe ich beides genommen. Ich bin eine Frau. Die Nazis dachten nicht, dass ich eine Dozentin sein könnte. Sie haben mich nicht mal wahrgenommen.«

Wir gingen schweigend weiter. Einige Geschäfte waren verrammelt, doch andere hatten wieder geöffnet wie an jedem Montag. Koschere Schlachter genau wie Pariser Bäcker.

»Hier ist eine Apotheke«, sagte sie plötzlich. »Sie sehen furchtbar aus. Das tut mir leid. Janek kann kräftig zulangen, wenn er denkt, er habe es mit der Gestapo zu tun.«

Sie hatte Recht. Ich hatte mörderisches Kopfweh, also kauften wir ein Schmerzmittel in Pulverform. Draußen löste ich es in gewölbten Händen unter einem Trinkwasserbrunnen auf, so gut es ging, schluckte es und leckte die letzten Reste von den Handflächen. Ich schloss die Augen und lehnte mich an ein Gebäude. Der Schmerz der Schläge auf den Kopf und der Schock, gepackt und gefesselt worden zu sein, erreichten mich jetzt erst richtig.

»Wir setzen uns irgendwohin, bis es besser geworden ist«, sagte Lucja.

Ich führte sie zum Place des Vosges, zu einer Bank unter den dicht belaubten Bäumen. Die alte Pracht der verblassten Gebäude, die den Platz und die einst reich geschmückten Beete in seiner Mitte schützend umstanden, schien die Stadt und alles, was darin geschah, ausnahmsweise auszuschließen. Ein kleiner Kreis Sonnenlicht fiel durch die Blätter, Lucja schloss die Lider, hob das Gesicht der Wärme entgegen. Ich musterte sie kurz. Jetzt, wo die Wut und Angst, die ich auf dem Grund ihrer dunklen Augen gesehen hatte, für einen Moment verborgen waren, bemerkte ich die Müdigkeit in ihren Zügen. Die kräftigen Wangenknochen und der starke Kiefer wirkten überlang und ausgemergelt, ihr Nacken war verspannt, das Gesicht blass und müde. Die blonden Haare, die ihren Kopf – wie ich mir vorstellte – sonst üppig umgaben, wirkten seltsam leblos. Auch ich schloss die Augen.

»Früher habe ich oft auf dieser Bank gelesen«, sagte ich nach einer Weile zu ihr. »Das ist eine Ewigkeit her. Als ich nach dem Krieg frisch in die Stadt gezogen war. Das war meine Flucht.« Sie antwortete nicht, und ich behielt die Augen geschlossen, um die Gelegenheit zu reden nicht zu zerstören. »Dieser Platz ist heruntergekommen und ungeliebt; genau darum hat er mir gefallen. Ich habe schon lange nicht mehr hier gesessen.«

Ich öffnete die Augen und vermisste jene Zeit mit einem Schmerz, der größer war als der in Kopf, Brust und Rücken.

Auf dem Platz waren deutsche Soldaten. Alarmiert straffte ich den Oberkörper. Lucja beobachtete sie bereits mit ausdruckslosen Augen. Aber die Männer stolzierten nicht herum, standen nicht Wache, gaben keine Befehle. Sie waren auf Besichtigungstour. Einer setzte seinen Fotoapparat auf eine Bank, drückte den Selbstauslöser, hetzte zurück und stellte sich zu seinen fünf lächelnden Kameraden. Es waren Jungs, als Nachwuchseroberer auf eine ausländische Stadt losgelassen. Ich stellte mir vor, wie sechs Abzüge dieses Fotos in sechs Briefen nach Hause geschickt wurden, an stolze Eltern und Freundinnen. In der Nähe dieser Gruppe schritten zwei Feldwebel, die offenbar die Zeit totschlugen, an einem französischen Schutzpolizisten vorbei, blieben dann aber stehen und kehrten um. Einer schubste ihn an der Schulter und redete laut auf den Polizisten ein, bis der salutierte. Ich straffte mich, aber Lucja legte ihre Hand auf meine. Zufrieden gingen die beiden Feldwebel weiter. Die sechs deutschen Soldaten beobachteten sie argwöhnisch und achteten darauf, nichts zu tun, was ihnen einen Tadel eintragen konnte. Der Polizist wandte sich ab und rieb die Hand, mit der er salutiert hatte, als wollte er sie säubern.

»Das nennt man Grußpflicht«, erklärte ich Lucja. »Die Besatzer haben angeordnet, dass die französische Polizei deutsche Soldaten zu grüßen hat.«

»Eines Tages wird das Ihre geringste Sorge sein.«

Ich beobachtete, wie die jungen Soldaten weiter über den Platz schlenderten, und kam zu dem Schluss, dass ich ihr vertrauen musste. »Im Tresor habe ich einige Briefe von Ewa an Fryderyk gefunden, aber ich weiß nicht, was drinsteht.«

Sie musterte mein Gesicht. »Heute Abend um sieben treffen wir uns auf dieser Bank wieder. Bringen Sie die Briefe mit.«

»Sieben Uhr unserer Zeit?«

Sie wirkte verblüfft. »Deutscher Zeit. Wie gesagt, Eddie – eines Tages werden all diese Dinge Ihre geringste Sorge sein.«

Sie verließ den Platz als Erste. Niemand folgte ihr.

Ich war es, der beschattet wurde.

15

Mit gesenktem Kopf ging ich an den beiden Feldwebeln in der Sonne vorbei, überquerte den Platz, hielt unter einem der schmalen Bögen an der Mündung der Rue de Béarn in schattige Straßen, gewöhnte die Augen an das plötzliche Zwielicht und wartete. Schritte näherten sich, und eine Gestalt trat hinter den verwitterten Steinen vor. Als ich mir sicher war, dass die plötzliche Helligkeit sie geblendet hatte, stieß ich sie gegen die Mauer, drehte sie – vom Platz aus nicht zu sehen – zur Wand, packte den Kopf und wandte ihn ins Profil, um zu sehen, um wen es sich handelte.

»Hoppla, Sie gehen aber ran.« Es war die Stimme einer Frau.

Ich drückte sie weiter gegen die Mauer, hielt aber nun etwas mehr Abstand, um sie zu betrachten. Es war die Frau, die ich mit Weber in Luigis Bar gesehen hatte.

»Warum folgen Sie mir?«

»Tu ich gar nicht. Wir haben bloß den gleichen Weg.«

»Falsche Antwort.« Ich lockerte meinen Griff nicht und wartete schweigend auf das, was als Nächstes käme.

»Schon gut. Lassen Sie mich los. Ich erzähle es Ihnen.«

Instinktiv vergewisserte ich mich zuerst, dass sie keine Waffen dabeihatte, dann ließ ich sie los. Sie tastete sich ab, musterte mich dabei. Aus den Ärmeln ihres Sommerblazers lugten die Manschetten eines karierten Herrenhemds. Langsam zupfte sie den Blazer wieder zurecht, vor allem wohl, um sich zu fangen und sich zu überlegen, was sie sagen wollte. Sie trug eine hoch taillierte Hose, neueste Mode also, wie sogar ich wusste. Ich wartete, bis sie den Mund aufmachte.

»Gute Technik«, sagte sie schließlich. »Schweigen, bis ich mich belaste.«

»Wer sind Sie? Warum folgen Sie mir?«

Sie taxierte mich weiter. »Doch, ich schätze, Sie sind ein guter Polizist. Was immer das heißt. Mein Name ist Ronson. Ich bin Amerikanerin. Journalistin.«

Ihr Französisch war gut. Jetzt erst bemerkte ich einen winzigen Akzent.

»Nur Ronson?«

Da war er wieder, der Blick, der mir gleich aufgefallen war, als ich sie das erste Mal gesehen und sie die Umgebung in Luigis Café gemustert hatte. Kühl war er, nachdenklich, amüsiert. Ironisch deutete sie eine Verbeugung an. »Kitty Ronson für meine Mutter, Katherine Ronson für meinen Vater, Kate für meine Liebhaber, Ronson für alle Übrigen. Und Sie sind Eddie Giral, Polizist in Paris. Außer für Major Hochstetter. Der hat's gern förmlich.«

»Gut. Warum folgen Sie mir?«

»Ich habe Ihnen doch gesagt, ich bin Journalistin. Und gerade an einer Geschichte dran.«

»An was für einer Geschichte? Was hatten Sie zu finden erwartet?«

»Sagen Sie's mir, Eddie Giral. Denn hier irgendwo ist garantiert eine Geschichte.«

»Für wen arbeiten Sie?«

»Für jeden, der zahlt. Ich bin Freiberuflerin und nur hinter einer Geschichte her, um die Miete aufbringen zu können. Welche Geschichte, ist egal. Sie haben die Nazis kopfscheu gemacht, da dachte ich: Schau dir das mal an. Mal sehen, wohin Sie mich führen.«

»Hat Weber Sie dazu gebracht, mir zu folgen?«

Ich hatte schon manche mitleidige Blicke geerntet, aber noch keinen wie den, den sie mir jetzt zuwarf. »Ach Eddie, Eddie – das wird nie passieren. Niemand bekommt mich dazu, etwas zu tun, das ich mir nicht schon vorgenommen habe.«

»Endlich sagen Sie mal etwas Glaubhaftes. In welcher Verbindung zu Weber stehen Sie dann?«

Sie schüttelte ihre langen blonden Haare und zuckte die Achseln. »Ich bin Journalistin, er ist deutscher Offizier. Ich stelle Fragen, er beantwortet einige, lügt bei anderen, ich telegrafiere die Geschichten über das Tun der Nazis nach Hause, und Zeitschriften weisen mir von dort Geld an.«

Mir fiel ein, wie die Concierge mir die Ausländerin beschrieben hatte, die in Fryderyks Wohnung gelangen wollte. »Hat Weber Ihnen aufgetragen, einen Blick in Fryderyk Goreckis Wohnung zu werfen?«

Sie grinste los. »Ich dachte im ersten Moment, Sie sind kein sehr guter Polizist, Eddie, aber Sie sind es, stimmt's? Nein, Weber hat mich nicht gebeten, dorthin zu gehen. Aber ja, ich habe es versucht. Und ehe Sie fragen: Ich war hinter einer Geschichte her, der gleichen Geschichte natürlich, deretwegen ich Ihnen hier folge.«

»Sie haben mir noch nicht erzählt, wovon die Geschichte handelt.«

»Weil ich das bisher nicht weiß. Aber sobald ich es erfahre, lasse ich es Sie wissen. Wollen Sie mir jetzt folgen?«

»Warum? Wo gehen Sie hin?«

»Zurück in mein Hotel. Der Zimmerservice ist im Moment lausig, aber einen guten Manhattan mixen sie immer noch.«

»Das ist sicher eine Erleichterung für uns alle. Welches Hotel?«

»Sie sind der Detektiv, Eddie Giral – finden Sie's raus.«

Sie lächelte mich ein letztes Mal an und verschwand in einer Seitenstraße. Ich sah ihr nach und folgte ihr nicht.

In der Sechsunddreißig waren alle im Ermittlerzimmer um das Radio versammelt. Sie hörten Marschall Pétain zu, der nach dem Rücktritt Reynauds die Regierungsgeschäfte übernommen hatte. Seine alte, müde Stimme erklärte uns, er werde die Deutschen um einen Waffenstillstand bitten. Zudem forderte er alle in Frankreich auf, den Kampf einzustellen.

»Endlich regiert ein Held und Patriot das Land«, bemerkte ein Polizist. »Man muss Soldat sein, um zu tun, wozu die Politiker zu feige sind.«

»Also um sich zu ergeben?«, fragte Barthe.

»Um uns an die Seite der Deutschen zu führen. Um Frankreich wieder groß zu machen. Nicht, dass ich damit einverstanden wäre, dass Weygand nun für unsere Verteidigung zuständig ist, denn er hat Paris zur Offenen Stadt erklärt und den Deutschen gesagt, sie sollen ruhig einmarschieren.«

»Was zehntausende Menschenleben gerettet hat«, gab Barthe zurück. »Zu dem Zeitpunkt war das die einzig gangbare Lösung.«

»Genauso ist es jetzt mit Pétain.«

»Die Nazis haben die richtige Idee«, sagte Auban. »Sie sind sehr viel besser als unsere korrupten, nichtsnutzigen Dreckskerle. Und die Yankees und Tommys haben nichts für uns getan. Jetzt können wir sie zusammentreiben und nach Hause schicken. Und dann die Juden.«

Er warf mir einen Seitenblick zu, aber ich würde Aubans Feuer nicht schüren. Der konnte warten. Ich schaltete das Radio aus und befahl allen, wieder an die Arbeit zu gehen. Grummelnd löste sich die Versammlung auf. Niemand mochte sich wieder an seine Aufgaben machen. Während sie sich noch zerstreuten, sah ich Hochstetter aus meinem Büro kommen. Man wurde ihn einfach nicht los.

»Sie sehen angeschlagen aus, Édouard.«

»Ein Deutscher mit Sinn für Humor. Das hat mir noch gefehlt.«

Er wies auf die Verletzungen in meinem Gesicht und fragte, was passiert sei.

»Ihre Leute sind mir passiert.« Ich erzählte von den beiden Deutschen, die mich auf die Rückbank ihres Autos gestoßen hatten. »Hoffentlich nicht auf Ihre Veranlassung.«

»Wohl kaum.« Trotz seiner kühlen Antwort wirkte er verblüfft. »Sie sagen, auf den Schulterstücken stand GFP, also Geheime Feldpolizei? Das ist die Militärpolizei der Wehrmacht, aber ich habe keine Ahnung, wozu die Sie befragen sollten. Was wollten sie denn wissen?«

»Sie haben nach Hauptmann Weber gefragt.«

»Verstehe. Und wie hießen die beiden?«

»Kommissar Müller und Inspektor Schmidt.«

Sein Lachen klang wie das Bellen eines Seehunds im Zoo. »Müller und Schmidt? Zwei der geläufigsten Familiennamen in Deutschland? Ich werde in dieser Sache für Sie ermitteln, Édouard. Ich denke, sie sind im Hotel Bradford einquartiert. Vielleicht entschuldigen sie sich sogar bei Ihnen.«

»Das würde mir den Atem verschlagen. Warum sind Sie gekommen?«

»Direkt wie immer, verstehe. Vielleicht sollten wir in Ihr Büro gehen.« Er führte mich wie selbstverständlich in mein Zimmer und sagte dort: »Leider war all mein Bemühen fruchtlos, Ihren Wunsch zu erfüllen, Hauptmann Weber zu vernehmen.«

»Ich will ihn nur fragen, was er im Depot gesehen hat. Es handelt sich schließlich um einen Mordfall.«

»Ich sollte Ihnen vielleicht etwas mehr über Hauptmann Weber erzählen. Was Sie unbedingt wissen sollten: Früher war er Mitglied der NSDAP. Seit 1933.«

»Aber jetzt nicht mehr?«

Hochstetter lächelte wieder matt. Diesmal, um mich wissen zu lassen, dass ich den Witz nicht verstand. »Es ist Ihnen vielleicht nicht recht klar, Édouard, doch als Weber in die Wehrmacht eintrat, war es gesetzlich verboten, einer politischen Partei anzugehören – für die NSDAP gilt inzwischen, dass seine Mitgliedschaft ruht, aber noch immer sind bei uns Leute der Ansicht, die Armee müsse von Regierung und politischen Sympathien getrennt sein. Wir sind nicht alle Nazis. Wir dienen nur Deutschland.«

»Egal, welcher Wahnsinnige am Ruder ist.«

»Sie sollten wirklich vorsichtiger sein. Eines Tages machen Sie so eine Bemerkung dem Falschen gegenüber. Wie dem auch sei: Sie müssen sich merken, dass Weber zwar kein *aktives* Parteimitglied mehr ist, bei den Nazis aber noch Freunde hat, die ihm beistehen. Das macht ihn ziemlich unantastbar. Selbst für mich.«

»Und deshalb darf ich ihn nicht mal dazu befragen, was er gesehen hat?«

»Vorläufig nicht. Und weil Ihre Hartnäckigkeit Sie sicher dazu bringen wird, ihn inoffiziell zu befragen, bitte ich Sie, damit abzuwarten, solange ich mich noch um ein Gespräch mit ihm bemühe – ich fürchte, in dieser Sache müssen Sie mir einfach trauen, Édouard.«

Jetzt war ich es, der wie ein Seehund bellte.

»Bei Interesse habe ich eine andere Information über Hauptmann Weber für Sie«, fuhr er fort. Sein selbstgewisses Lächeln verriet mir, dass ihm klar war, ich würde anbeißen. »Sie sollten vielleicht wissen, dass er vor seiner Ankunft hier einige Monate auf Urlaub in Berlin war. Vorsichtig gesagt: Er wurde dort festgehalten, während die Wehrmacht sich überlegte, was mit ihm geschehen sollte. Davor hatte er in Polen gedient. Seine Vorgesetzten hatten Bedenken wegen seines Verhaltens dort. Es gab Gerüchte.«

»Er wäre nicht der einzige deutsche Soldat, um den es Gerüchte gab.«

»Das stimmt. Ich sollte vielleicht erklären, wie einige von uns in Abwehr und Wehrmacht denken. Wie verstehen uns als die Armee Deutschlands. Die SS ist die Armee der NSDAP. Die Regeln, nach denen SS-Männer leben, gleichen nicht unbedingt denen, die die Wehrmacht zu beachten sucht.«

»Und Hauptmann Weber hat beschlossen, nach SS-Regeln zu leben?«

Er nickte knapp. »Es stimmt auch, dass die SS bei gewissen bedauerlichen Vorfällen in Polen ein Stück weit die Führung übernommen hat, was die Wehrmacht an sich nicht gutheißt. Mitglieder der SS erhielten den Befehl, zu tun, was sie tun mussten, und sie haben es getan. Mir steht nicht zu, das zu beurteilen. Bedauerlicherweise haben einige Mitglieder der Wehrmacht sie dabei unterstützt, und als Soldat fühle ich mich aufgerufen, das zu verurteilen. Da wir bei diesem Thema sind, möchte ich Ihnen versichern, Édouard, dass diese Befehle nicht auch für Frankreich gegeben wurden. Sie sollten vielleicht dankbar dafür sein, dass in Paris ein Militärkommando und kein ziviles Kommando amtiert, also die Wehrmacht hier das Sagen hat, nicht die SS. Deutsche also und keine Nazis, um diese Unterscheidung zu machen. Hoffen Sie, dass es so bleibt.«

»Warum erzählen Sie mir das?«

»Hauptmann Weber ist keiner meiner Offiziere, aber in der Wehrmacht. Und obwohl er in der Partei noch Freunde hat, bedeutet unsere Politik Frankreich gegenüber womöglich, dass ich ein paar Strippen ziehen und Ihnen ermöglichen kann, ihn offizieller zu befragen. Aber dafür brauche ich vielleicht auf andere Weise Ihre Unterstützung.«

Ehe Hochstetter mir sagen konnte, wie viel von meiner Seele ich verkaufen sollte, tauchte Auban in der Tür auf und unterbrach uns.

»Die Verdächtigen sind da«, sagte er. Allerdings zu Hochstetter, nicht zu mir.

»Verdächtige?«, fragte ich.

Hochstetter wandte sich zum Gehen. »Ja, der andere Grund

meines Kommens. Ermittler Auban hat die Bahnarbeiter auf mein Ersuchen freundlicherweise hergebracht. Ich möchte sie im Hauptquartier der Abwehr vernehmen. Falls wir nicht mit Hauptmann Weber sprechen können, kann ich zumindest herausfinden, was Ihre Verdächtigen wissen.«

Sprachlos vor Wut folgte ich den beiden nach unten, wo sechs Flics Le Bailly, Papin und Font an vier deutsche Soldaten übergaben. Miene und Körpersprache der drei zeugten von blanker Angst.

»Das sind keine offiziellen Verdächtigen«, sagte ich zu Hochstetter. Dax tauchte auf und holte tief Luft, nachdem er aus dem dritten Stock heruntergehetzt war.

»Dann vernehme ich sie inoffiziell«, gab der Deutsche zurück. »Und vielleicht kann ich hinterher einrichten, dass Sie Hauptmann Weber vernehmen. Im Gegenzug.« Er sah mich herausfordernd an.

»Das sind nicht Ihre Verdächtigen; sie fallen nicht in Ihre Zuständigkeit.«

Mit verschlagenem Lächeln hob er einen Finger. »Hören Sie ihn, Édouard? Den Klang der Okkupation? Er besagt, dass ich jederzeit für alles und jeden zuständig bin, sofern ich nur will.«

»Ich muss offiziell Beschwerde einlegen, Major Hochstetter«, mischte Dax sich ein. »Sie haben kein Recht, diese Männer zu befragen.«

Hochstetter sah so erstaunt drein, wie mir zumute war. »Nur zu, Kommissar Dax, legen Sie Ihre offizielle Beschwerde ein. Die Abwehr wird sie offiziell zurückweisen.«

Dax betrachtete die drei Arbeiter. Le Bailly hielt den Kopf gesenkt, aber Papin und Font erwiderten hilflos seinen Blick. »Dann werde ich mich höheren Orts beschweren.«

Hochstetter pflanzte sich vor ihm auf. »Glauben Sie wirklich, das deutsche Oberkommando wird einen Akt des Widerstands seitens der französischen Polizei wohlwollend betrachten, obwohl unsere freundliche Zusammenarbeit erst so jungen Datums ist?«

Dax gab sich Mühe, seine Nervosität zu verbergen. »Eher nicht.«

Hochstetter winkte den Soldaten, die drei Männer aus dem Gebäude zu führen, und wandte sich dann an mich. »Ach übrigens, Édouard: Ihr Wagen mit Ihrem SP-Kennzeichen wartet draußen auf Sie.«

16

»Sie sind noch immer französischer Polizist«, sagte ich zu Auban. »Sie liefern den Deutschen keine Franzosen aus.«

Das höhnische Grinsen war zurück – beeindruckend, weil ich seinen Kopf so weit gegen die zigarettenfleckige Wand gedrückt hatte, wie es nur ging, und mein Knurren seinem Knurren aus sehr großer Nähe begegnete.

»Was ist denn, ›Édouard‹? Dürfen nur Sie Hochstetter in den Hintern kriechen?«

»Treiben Sie's nicht zu weit, Auban, sonst …«

Er lachte, Spucketröpfchen landeten in meinem Gesicht. »Sonst was, Giral? Sie waren vielleicht mal ein Kerl, aber das ist lange vorbei. Sie sind verbraucht. Das weiß jeder. Sie haben Ihren Biss schon vor Jahren verloren.«

»Lustig, dass ausgerechnet Sie das sagen.«

Ich bog mich zurück, um auszuholen, doch eine Hand packte meinen Arm von hinten. Als ich mich umdrehte, sah Dax mich mit zornrotem Gesicht an.

»Auban«, sagte er mit mühsam beherrschter Stimme, »warten Sie in meinem Büro, ich kümmere mich um Sie. Giral, Sie kommen mit.«

Als Auban verschwunden war, führte Dax mich in mein Zimmer. Durchs Fenster sah ich, dass noch immer Spuren schwarzen Rauchs vom brennenden Öllager am Himmel hingen. Dax wandte sich mir zu. Sein Gesicht war noch düsterer als die Wolken. Ich wartete, bis die Zornesglut ein Stück weit abgekühlt war.

»Ich bewundere, wie Sie Hochstetter Paroli geboten haben, Kommissar«, sagte ich dann. Es funktionierte nicht.

»Lassen Sie den Unsinn, Eddie, ich kenne Sie.« Er ging auf

und ab, um Dampf abzulassen. »Hören Sie, ich weiß, Sie sind so sauer darüber wie ich, aber behalten Sie Ihre Abneigung gegen Auban für sich. Die Zeiten sind schwierig genug, ohne dass Sie sich noch mit Untergebenen herumzanken. Sie sind einer der wenigen Mitarbeiter, auf die ich bauen kann – geben Sie das nicht preis. Ich bin darauf angewiesen, dass Sie weiter Ihre Arbeit machen.«

»Das versuche ich, aber Sie sehen doch, dass Auban mich bei jedem Schritt behindert.«

»Werden Sie damit fertig, Eddie, aber anders. Wir beide wissen, wozu Sie fähig sind.« Sein Blick dabei war bedeutungsschwanger. Ich konnte nur meine Maske aufsetzen und einlenken. Wir musterten uns mehrere Sekunden, bis seine Miene sich endlich entspannte.

Ich war es, der die Stille brach. »Obwohl es nett gewesen wäre, Sie hätten noch kurz gewartet – dann hätte ich dem kleinen Dreckskerl eine schallern können.«

Er wollte etwas sagen, doch ich hob die Hände in gespielter Entschuldigung, und das schien seinen Zweck zu erfüllen.

»Danke für den Versuch, Hochstetter aufzuhalten«, wiederholte ich und meinte es diesmal beinahe ernst.

Er blieb stehen. »Na ja, das ist der Anfang vom Ende. Wir dürfen uns nicht von ihnen beherrschen lassen. Ich werde alles tun, damit die drei Arbeiter auf freien Fuß kommen.« Er wandte sich zum Gehen, hielt aber inne. »Dieser Weber. Ist es wirklich nötig, dass Sie ihn vernehmen?«

»Vermutlich nicht. Aber es lohnt, Hochstetter damit auf die Nerven zu gehen.«

Wie Hochstetter versprochen hatte: Draußen wartete mein Wagen. Vorn und hinten glänzten frisch montierte SP-Kennzeichen, die mir erlaubten, in meiner Stadt Auto zu fahren. Sosehr ich darauf brannte, hinters Armaturenbrett zu fassen: Ich wagte nicht, direkt vor der Sechsunddreißig nach der Manufrance zu suchen. Stattdessen erinnerte ich mich Hochstetters Erwähnung, wo die Geheime Feldpolizei einquartiert war, und fuhr Richtung achtes Arrondissement. Ich kam aber nur bis in eine ruhige Nebenstraße auf dem rechten Ufer, dann hielt ich es nicht länger aus, stoppte, vergewisserte mich, dass niemand in der Nähe war, beugte mich runter und tastete nach den Klemmen.

Nichts.

Nur Leere, wo die kleine Pistole hätte sein sollen.

Ich suchte unterm Sitz und in allen Vertiefungen und wusste, dass ich sie nicht finden würde. Stattdessen sah ich wieder Hochstetters herausfordernden Blick vor mir, mit dem er mir mitgeteilt hatte, mein Auto sei fertig, und fluchte. Dieses Kind ist in den Brunnen gefallen, dachte ich und fuhr schimpfend in den achten Bezirk weiter.

Ich überprüfte das Hotel, von dem Hochstetter annahm, meine deutschen Angreifer könnten darin gewohnt haben. Es lag in einer ruhigen Straße in einem noblen Teil der Stadt. Die Deutschen wussten es sich gutgehen zu lassen. Ich betrat die Lobby, wo eine Handvoll Offiziere in Sesseln plauderten, während andere Dienstgrade vorbeihuschten. Für eine Invasion wirkte alles sehr zugänglich. Es gab keinen Portier, nur einen hakennasigen Mann in Uniform. Ich kannte die blaue Paspelierung, aber nicht ihren Träger. Ich mochte sie noch immer nicht.

»Ich möchte Kommissar Müller sprechen«, sagte ich.

Der Deutsche musterte mich von oben bis unten, als wollte ich alle Geheimnisse Hitlers stehlen. »Und Sie sind?«

»Hier, um Kommissar Müller zu sprechen, wie gesagt.«

Er schnippte zwei lauernden Unteroffizieren zu, die mich von hinten packten und filzten, meine Dienstpistole entdeckten und sie mir abnahmen. Der Offizier kam hinter seinem Pult hervor und zog seine Luger aus dem Holster.

»Sie wissen, dass es gegen die Befehle des deutschen Oberkommandos verstößt, wenn Franzosen Waffen tragen?«

»Sagen Sie den beiden, sie sollen genauer suchen, dann finden sie meinen Ausweis. Ich bin Polizist.«

Ich zeigte ihm meine Berechtigung, die er wie meine Waffe
einbehielt, und sie brachten mich über einen Flur in ein Büro.
Hinter einem Schreibtisch saß ein Mann etwa meines Alters
mit schmalem, vom Rasieren wundem Gesicht und Augen,
kalt wie der Berliner Winter. Er trug keine Uniform, sondern
einen dunklen Anzug mit Hakenkreuz am Revers. Ich gestehe
es ungern, aber der Anblick von Zivilkleidung inmitten all der
Soldaten war überraschend beunruhigend. Ein Fanatiker im
Dreiteiler. Einer der beiden Unteroffiziere erklärte ihm auf
Deutsch, warum ich gekommen war, wobei der Mufti langsam
mit grazilen Chirurgenfingern auf die lederne Schreibunter-
lage trommelte. Dann ließ er das und redete mich auf Französisch an.

»Warum wollen Sie diesen Kommissar Müller sprechen?«

Ich wies auf den Riss überm Auge und die blauen Flecken
im Gesicht. »Weil er das getan hat. Ich wüsste gern, warum.«

Er sah auf meinen Ausweis. »Ich fürchte, Sie irren sich, Inspektor Giral. Wir haben keinen Kommissar Müller.«

»Er war mit einem Inspektor Schmidt unterwegs. Beide trugen die gleichen Uniformen wie die zwei Männer hier.«

Ich hielt es für besser, meinen Modegeschmack vorläufig für
mich zu behalten, aber er schüttelte nur den Kopf und gab mir
mit schroffer Endgültigkeit den Ausweis zurück. »Bei der Geheimen Feldpolizei gibt es niemanden mit diesen Namen und
Dienstgraden. Ich fürchte, ich kann Ihnen nicht helfen.«

»Sie trugen Abzeichen der Feldpolizei und haben ihre Namen genannt. Es sind Ihre Offiziere. Ich bin französischer Po-
lizeibeamter. Ich will mit ihnen sprechen.«

»Zu Ihrem Glück finde ich das leidlich interessant. Anderenfalls wäre ich nicht sonderlich optimistisch, was den Ausgang dieser Sache für Sie angeht.«

»Hinten im Auto vertrimmt zu werden, würde ich nicht als ›interessant‹ bezeichnen. Wenn Sie mich nicht mit den beiden reden lassen, muss ich Sie fragen. Warum haben Sie Ihre Leute losgeschickt, um mich anzugreifen?«

»Inspektor Giral, ich kann Ihnen versichern, dass ich keinen meiner Männer losgeschickt habe, um Sie anzugreifen. Ich kann Ihnen aber auch versichern, dass ich ohne Bedauern Haft und Prügel gegen Sie anordnen würde. Es ist mir egal, dass Sie ein französischer Polizist sind. Sie sind zugleich ein dem Deutschen Reich unterworfener Mensch, deshalb stehen Ihnen die Rechte und Strafen zu, die ich für angemessen halte. Jetzt empfehle ich Ihnen zu gehen.«

Auf seine Handzeichen hin gaben die Unteroffiziere mir jeweils einen heftigen Schlag in den Magen. Ich krümmte mich und unterdrückte den Brechreiz. Dann führten mich die beiden im Polizeigriff zum Haupteingang, gaben mir meine entladene Waffe und meinen Ausweis und schoben mich auf die Straße.

»Wieder eine Freiheit weniger«, murmelte ich unter Schmerzen auf dem Rückweg zum Wagen. In friedlicheren Zeiten wäre ich zurückgekehrt und hätte alle drei vermöbelt. In friedlicheren Zeiten allerdings hätte ich das gar nicht tun müssen.

Ich schob mich vorsichtig auf den Fahrersitz und dachte über den Mann hinterm Schreibtisch nach, der jede Kenntnis von Müller und Schmidt bestritten hatte. Etwas an seiner eisigen Gleichgültigkeit brachte mich dazu, ihm zu glauben.

Inzwischen hatte ich Geschmack an der Nazi-Bürokratie gefunden, also versuchte ich es nun im Lutetia, denn dort hängte Hochstetter sein Koppelschloss mit der Devise »Gott mit uns« auf. Das Hotel, das die deutsche Militäraufklärung zum zweiten Zuhause erkoren hatte, stand an der sonst sehr belebten Kreuzung von Rue de Sèvres und Boulevard Raspail, der vor Jahren noch Boulevard d'Enfer geheißen hatte, also Boulevard der Hölle. Das würde ich Hochstetter vielleicht eines Tages erzählen. Ich konnte den Wagen parken, wo es mir passte, was die Okkupation beinahe lohnend machte, und sah zu den entnervend gewellten Balkonen und den wie fragende Brauen gewölbten Dachgauben hinauf. Das Gebäude wirkte so ratlos, wie wir es angesichts dessen waren, was unserer Stadt widerfuhr. Den gleichen fragenden, dabei allerdings weniger großzügigen Blick erntete ich von den beiden deutschen Soldaten am Eingang.

»Ich bin wegen drei französischen Arbeitern gekommen, die Major Hochstetter zur Befragung hierhergebracht hat«, sagte ich. Die beiden schienen mich nicht zu verstehen, und fast hätte ich mich vergessen und Deutsch mit ihnen geredet. Stattdessen probierte ich es mit Zeichensprache. Eigentlich versuchte ich ja, mich an ihnen vorbeizulavieren, aber sie richteten ihre Gewehre auf mich und befahlen mir zu verschwinden. »Sagen Sie ihm, Inspektor Giral ist hier. Er wird mich empfangen.«

»Er ist unabkömmlich.«

Sie versuchten ihrerseits Zeichensprache und spannten die Gewehre. Das schien zu funktionieren. Der Soldat, der nichts gesagt hatte, drückte den Schaft seiner Waffe gegen mich und drängte mich die Stufen hinunter, bis ich auf dem Gehweg stand. Das kam mir kaltschnäuzig-degradierender vor als die Schläge der beiden Unteroffiziere. Ich sah vom einen zum anderen und musste eine unvermittelt auflodernde Wut unterdrücken, die ich seit Jahren nicht erlebt hatte. Auf dem Weg zu meinem Wagen merkte ich, wie ich in Erinnerung an diese Wut zu zittern begann. Ich fuhr weg, bevor sie mich wirklich überkam.

Ich nahm Ewas Briefe aus meinem Schreibtisch in der Sechsunddreißig. Beim Schließen der Schublade hatte ich das Gefühl, dass etwas nicht stimmte; also öffnete ich sie wieder und sah sofort: Fryderyks Pass lag nicht auf den Büchern, wo ich ihn deponiert hatte. Ich durchkramte die Lade, doch er blieb verschwunden. Dann fiel mir ein, dass ich Hochstetter aus meinem Büro hatte kommen sehen, und ich verfluchte ihn einfallsreicher als sonst. Auch dachte ich daran, dass Lucja gesagt hatte, Fryderyk habe behauptet, Beweise zu besitzen; also nahm ich alles von ihm mit, was in der Schublade war. Ich wusste nicht, ob etwas davon bedeutsam war, aber das Interesse an seinen Habseligkeiten war einfach zu groß, als dass ich sie schutzlos hätte im Büro lassen können. Dann war da noch die Nebensächlichkeit des Tresorinhalts. Ich war froh, dass Hochstetter nur Augen für den Pass gehabt hatte.

Bevor ich ging, lud ich meine Pistole neu, weil die Deutschen meine Patronen einbehalten hatten. Außerdem ließ ich eine Schachtel Munition mitgehen und legte sie auf die Leiste hinterm Armaturenbrett meines Wagens. Ich konnte nur hoffen, dass Hochstetter keinen Vorwand und keine Gelegenheit mehr finden würde, dort noch mal nachzuschauen.

Kaum hatte ich alles außer der Mappe mit den Briefen zu Hause abgelegt, stellte ich fest, dass es bald sieben war, und hetzte zum Place des Vosges. In der Abendsonne wäre es herrlich gewesen, hätten nicht von den Balkonen schmale Hakenkreuzflaggen gehangen wie am Fensterkreuz aufgeknüpfte Leichen. Je näher ich dem Platz kam, desto schlechter wurde meine Laune angesichts der Umgebung. Zu den Dingen, die mich überrascht hatten, als ich 1916 zum ersten Mal von der Front ins Lazarett nach Paris gekommen war, hatte der Dreck gehört. Man hatte mir von einer Stadt der Lichter erzählt, aber ich war – in meine Düsternis gehüllt – mit dem Zug zwischen Gebäuden in die Metropole gefahren, die von Rauch und Industrie geschwärzt waren. Die Häuser an diesem Platz hatten zu den schmutzigsten gehört; in ihren Rissen hatten sich die Asche und der Ruß vieler Jahre gesammelt, und das Sargtuch, das über Paris lag, hatte den Abrieb der Stadt noch vermehrt.

Als ich unter den Arkaden hervor auf den Platz trat, verlangsamte ich mein Tempo und sah Lucja auf der Bank, auf der wir am Vormittag gesessen hatten. Zu meinem Erstaunen stand sie auf, kam auf mich zu und gab mir einen Kuss auf die Wangen.

»Eine der ersten Sachen, die ich gelernt habe«, sagte sie. »Nichts wirkt verdächtiger als zwei Leute, die so tun, als würden sie sich nicht treffen.«

Sie führte mich zur Bank, wir setzten uns. Janek wartete dort auf uns. Ich überließ ihm die Mappe und sprach mit Lucja. Er begann, den Fächer mit Briefen durchzugehen, schloss ihn aber bald wieder.

»Das sieht zu seltsam aus«, sagte er. »Ich kann nicht einen Brief nach dem andern aus dem Umschlag ziehen, während ihr euch unterhaltet. Ich muss sie mit zu mir nehmen, um sie mir genau anzusehen, ohne dass jemand zuschaut.«

Ich hatte Zweifel, aber Lucja sagte, Janek habe für den polnischen Geheimdienst gearbeitet. »Er war zwar kein Code-Knacker, weiß aber genug, um zu merken, ob etwas interessant ist.«

»Bisher«, ergänzte Janek, »wirken die Briefe harmlos, aber ich muss sie in Ruhe anschauen und vergleichen.«

Ich rang mit mir. Eine andere Möglichkeit, zu erfahren, was in den Briefen stand, hatte ich nicht, also musste ich etwas riskieren. »Nehmen Sie sie mit. Aber morgen Mittag treffen wir uns hier wieder.«

Wir verabschiedeten uns wie Freunde voneinander und gingen in verschiedene Richtungen davon. Am Ende des Platzes konnte ich nicht umhin, mich umzuschauen, denn ich fragte mich, ob ich richtig gehandelt hatte. Die beiden waren schon verschwunden.

Zu Hause kein Zeichen von Jean-Luc. Ich schaute in sein Zimmer, staunte, seinen Schlüssel auf dem Nachtschrank zu sehen, und betrachtete ihn einfach nur. Also war er entweder in die Wohnung seiner Mutter gelangt oder bei Freunden untergekommen. So oder so – er würde nicht zurückkommen. Ich hatte kein Recht, darüber traurig zu sein, war aber nicht so weit, ihn ziehen zu lassen. Noch nicht.

Ich verließ die Kammer und schloss die Tür hinter mir. Jetzt war sie wieder mein stets leeres Gästezimmer, und daran wollte ich nicht erinnert werden. Ich setzte mich und spürte, wie die Maske, die ich mir erschaffen hatte, wieder an ihre Stelle rückte. Vor über zwanzig Jahren und wieder vor kaum fünf Tagen hatte ich eine Gasmaske gegen eine Maske getauscht, die nur ich sah – und die ganze Zeit trug. Seit dem letzten Krieg. Ich trug sie bei der Arbeit, ich hatte sie während meiner kurzen Ehe mit Jean-Lucs Mutter getragen, ich trug sie beim Einkaufen, in Cafés, auf der Straße. Nur in den dunklen Ecken meines Schlafzimmers, das von plappernden Geistern aus den Schützengräben erfüllt war, nahm ich sie ab. Das war der einzige Ort, vor dem ich wirklich Angst hatte. Welche Geister hatten sich in den Ecken von Fryderyks Zimmer verborgen und ihn mit seinem Sohn vom Balkon getrieben? Ich hatte meinen Sohn verlassen, um ihm das zu ersparen. Und mir auch.

Und jetzt war er verschwunden. Er war an der Reihe. Und ich verdiente es.

Ich stand auf. Wenn ich nichts unternahm, würde ich morgen früh aufwachen und feststellen, dass ich die Fliese im Bad rausgenommen und mir die Luger an die Stirn gesetzt hatte. Ich nahm die Bücher, die ich nach Hause gebracht hatte, legte sie aber fast sofort wieder weg. Mir fehlte jede Ruhe.

Stattdessen fuhr ich zu einem siebenstöckigen grauen Mietshaus in Ménilmontant. Ohne Balkone, die die Fassade aufgelockert hätten, wirkte es wie eine nackte Bergwand und noch ärmlicher als die Nachbargebäude mit ihren ramponierten schmiedeeisernen Geländern. Ich stieg in den dritten Stock und knackte das Schloss, um in die Wohnung zu kommen.

Trotz der Sommerwärme bemerkte ich die vertraute Feuchtigkeit der Wände, das welke Aroma alter Möbel, den traurigen Geruch steriler Reinlichkeit. Sofort wusste ich, dass Jean-Luc nicht da war. Niemand war da. Nur ätzende Erinnerungen an mein altes Leben.

Im Wohnzimmer gab es Fotos von Jean-Luc an den Wänden und auf allen Möbeln. Aufnahmen von ihm in der Schule, beim Rugby, irgendwo am Strand. Ich musste wegschauen, weil Schuld und Bedauern sich ans Tageslicht arbeiteten. Meine frühere Frau hatte alles verändert – nichts war mehr so wie an dem Tag, an dem ich fortgegangen war. Und doch hatte ich ganz kurz das Gefühl, ich sei nie weg gewesen. Fünfzehn Jahre hatten wir nur wenige Kilometer voneinander entfernt gelebt, aber unsere Wege hatten sich nie gekreuzt. Das war einer der Gründe, warum ich damals nach Paris gekommen war: um mich in einer Anonymität meiner Wahl zu verlieren. Das Problem war nur, dass ich nicht der Einzige war, den ich verloren hatte.

In der Küche fand ich eine kaum zehn Tage alte Nachricht von Sylvie für Jean-Luc. Sie hatte möglichst lange gewartet, ehe sie aus Paris geflohen war. Sofort durchfuhr mich wieder ein Gefühl der Schuld. In der Nachricht hieß es, sie wolle versuchen, Perpignan zu erreichen, was mich bestürzte. Dann stand da noch, er solle sie dort treffen.

»Perpignan?«, flüsterte ich in der stillen Wohnung. Meine Heimat. Sie hatte die Stadt gehasst und es das eine Mal, als ich gewagt hatte, sie zu meiner Familie mitzunehmen, nicht erwarten können, nach Paris zurückzukommen.

Ich steckte die Nachricht ein, ging ins Wohnzimmer und spähte aus dem Fenster auf die Straße. Rue des Pyrénées. Es sei perfekt, hatte Sylvie an dem Tag gesagt, an dem wir die Wohnung fanden. Damals hatte ich das genauso gesehen. Als in Paris lebender Katalane sollte ich in einer Straße wohnen, die nach den Pyrenäen hieß. Es war keine Entscheidung, es war einfach passiert. Doch dann kam ich an den Punkt, wo selbst der Name meiner Straße eine traurige Erinnerung an all das war, was mit mir nicht stimmte. Darum zog ich allein aufs linke Ufer, was meine Frau mir nie vergab. Sie erzählte allen, ich hielte mich für zu gut für die bescheidenen Straßen von Ménilmontant. Ich allein wusste, dass das genaue Gegenteil stimmte.

Ich schloss die Tür meiner alten Wohnung, eilte die Stufen hinab und hetzte aus dem Gebäude. Das Dunkel des Treppenhauses flüsterte mir zu viele Erinnerungen an das gemeinsame Unglück zu, das ich geschaffen hatte.

Um auf dem Heimweg nicht weiter über Jean-Luc und meine Vergangenheit nachzudenken, besann ich mich darauf, was Hochstetter mir über Weber in Polen erzählt hatte. Im letzten Krieg hatte ich furchtbare Grausamkeiten erlebt, aber Hochstetter und Lucja schienen von Handlungen zu sprechen, die viel kälter und berechnender gewesen waren als alles, was ich je gesehen hatte. Lucja hatte von Menschen erzählt, die einfach aus ihren Häusern oder von ihrer Arbeit verschleppt und auf eine Weise erschossen worden waren, die ich mir kaum vorstellen konnte. Und Hochstetters Geschichte von der SS in Polen bedeutete doch wohl, dass dieser Feldzug über die von mir erlebte Hitze des Gefechts hinausgegangen war und es einen wohlüberlegten Plan zur Ausrottung gab. Ich hatte keine Ahnung, ob es sich bei den Getöteten, von denen er gesprochen hatte, um Soldaten oder Zivilisten handelte. Ich schloss die Augen, konnte sie nicht länger offen halten; zu viele Gedanken, um sie zu ertragen; tiefe Müdigkeit umfing mich.

Auf ein Pochen hin öffnete ich die Augen. Ich war zurück in meiner Wohnung, auf meinem verschossenen Sessel, hatte die Arme um die Knie geschlungen, den Kopf auf eine Hand gelegt und stöhnte, ein animalischer Laut, der wieder und wieder aus meiner schmerzenden Brust drang. Pochen. Das Geräusch, vor dem ich die größte Angst hatte. Es war spät. Ich war eingeschlafen, und ein Traum – seit über zehn Jahren von mir nicht mehr zugelassen – hatte angeklopft. Und noch immer hörte ich das Pochen.

Es kam von der Tür. Jemand klopfte leise, um keinen Lärm zu machen. Ich sprang auf. Als ich die Tür schon öffnen wollte, zögerte ich, machte sie dann aber weit auf. Jean-Luc stand auf dem dunklen Treppenabsatz. Als er mich sah, wirkte er ängstlich.

»Was ist?«, fragte er.

»Du bist zurück.«

17

»Ich hatte meinen Schlüssel vergessen.«

Wir setzten uns in die Sessel, beide mit einem Whisky, beide kurz still, die Gedanken sammelnd. Ich beobachtete ihn, war einfach schon zu lange Polizist.

»Das stimmt nicht, Jean-Luc. Was ist passiert?«

Unbehaglich setzte er sich anders hin. »Heute Morgen waren Deutsche auf der Straße. In einem Lastwagen. Ich habe sie vom Balkon aus gesehen.«

»Wo sind sie hingefahren?«

»Ich bin nicht geblieben, um das rauszufinden, sondern übers Dach weg – womöglich waren sie meinetwegen da.«

»Was verschweigst du mir?«

»Alles. Du darfst nicht wissen, was ich tue.« Er musterte mein Gesicht. »Was war denn da los?«

Das durfte ich ihm so wenig sagen, wie er mir sagen durfte, wo er hingegangen war. »Nur ein Streit. Danach bin ich eingeschlafen und mit Schmerzen aufgewacht, mehr nicht.«

Ich trank von meinem Whisky, verdrängte die Erinnerung an den einsetzenden Albtraum, dachte daran, wie die Ärzte mir 1916 mitgeteilt hatten, ich sei nun bereit, wieder in den Krieg zu ziehen, und hätte beinahe gelacht. Ich bewegte die Schultern, um es im anderen Sessel bequemer zu haben, denn Jean-Luc saß in meinem.

»Ich muss etwas tun«, sagte er unvermittelt. »Ich kann nicht einfach nur hier hocken. Ich bin Soldat. Ich sollte die Deutschen bekämpfen. Stattdessen verstecke ich mich in meiner eigenen Stadt vor ihnen, während sie mit uns machen, was sie wollen. Und niemand hält sie auf.«

»Was hast du vor?«

»Das darf ich nicht sagen. Du darfst es nicht wissen.« Er sah meine erstaunte Miene. »Du bist Polizist, arbeitest mit den Deutschen. Ich weiß nicht, wie viel ich dir erzählen kann.«

Meine Rippen und mein Magen taten weh, und ich bedachte meine Beziehung zu den Deutschen. »Ich arbeite nicht mit ihnen. Oder für sie. Ich bin Polizist und erledige meine Aufgaben.«

»Für die Deutschen.« Ich hörte seinen Hohn.

»Ich tue dasselbe wie vor ihrer Ankunft, daran hat sich nichts geändert. Wie kann ich also für die Deutschen arbeiten?« Er antwortete nicht, also probierte ich es anders. »Wo willst du hin?«

»Ich muss versuchen, aus Paris rauszukommen. Frag mich nicht, wie.«

»Versprich mir nur, vorsichtig zu sein. Traue keinem. Und bleib von der Eisenbahn weg.« Ich erzählte ihm von den vier toten polnischen Flüchtlingen auf dem Abstellgleis. »Ich denke, sie haben dafür bezahlt, aus der Stadt geschleust zu werden, und wurden stattdessen ermordet. Egal, was du tust – unternimm bitte nichts, ohne es mir vorher zu sagen.«

Er nickte, wobei sein Blick durchs Zimmer glitt und das Fehlen von allem außer Büchern registrierte. Weil er nicht zuhörte, versuchte ich es erneut, aber er winkte ab.

»Ich will dich nur schützen, Jean-Luc.«

Er musterte mich scharf. »Mich schützen? Wie damals, als ich klein war?«

»Ich werde dich beschützen. Du kannst mich um Hilfe bitten.«

»Die brauche ich nicht. Bisher bin ich ohne dich klargekommen.« Er wollte mir wehtun. »Warum bist du hierhergezogen? Maman sagte immer, das sei typisch für dich gewesen, aber warum, wollte sie nicht verraten.«

Ich dachte über das Wort ›typisch‹ nach, fragte mich, was

sie damit meinte. In gewisser Weise hatte sie furchtbar Recht.
»Mein Krieg kam, als ich jung war. Ich wollte studieren, aber der Krieg hat das geändert. Und als ich deine Mutter verließ ...«

»Und mich.«

»Das kann ich nicht ändern, Jean-Luc.« Ich starrte auf die Regale. »Außerdem bin ich auch deshalb hergezogen, weil das Krankenhaus, in dem ich von meiner Kriegsneurose geheilt werden sollte, im fünften Arrondissement lag. Bücher und Psychiatrie. Hier war der einzige Ort, wo ich mich sicher glaubte.«

»Sie hat auch immer wieder kritisiert, dass du dich Eddie nanntest. Sie meinte, du bist dir abhandengekommen.«

Ich sah ihn an: Er strahlte etwas von der Feindseligkeit, die er mir gegenüber empfunden haben musste, hinaus ins Niemandsland, eine Bombe mit brennender Lunte, die wir uns zuwerfen konnten, bis sie bei ihm oder mir explodierte. Ich sah noch etwas in seinen beunruhigten Zügen: Er wollte, dass ich die richtigen Antworten gab. Ob überhaupt welche existierten? Ich goss uns noch etwas Whisky ein.

»Sie hatte vermutlich Recht. Ich bin mir vor langer Zeit abhandengekommen. Und Eddie hab ich mich nicht selbst genannt. Als junger Polizist war ich nebenbei Türsteher von Jazzklubs in Montmartre, um zusätzlich Geld zu verdienen. Es hätte eine der schönsten Zeiten meines Lebens sein können, wenn ich das zugelassen hätte. Die amerikanischen Musiker fingen damit an, mich Eddie zu nennen. Bald kannten alle Kriminellen und die anderen Polizisten mich unter diesem Namen, und dabei ist es geblieben.«

Langsam wurde ich müde, und auch Jean-Lucs Lider fielen zu. Ich hatte keine Ahnung, wie die letzten Tage für ihn gewesen waren, aber ich wusste, wie sie bei mir ausgesehen hatten. Ich wartete, bis ich ihn tief atmen hörte. Erst als er eingeschlafen war, sagte ich wieder etwas.

»Ich musste gehen. Mein Krieg hat mich nie losgelassen, ich konnte nicht bleiben. Ich konnte deine Mutter nicht lieben, und ich durfte nicht bleiben, unglücklich sein und auch euch beide unglücklich machen. Ich musste gehen. Es war die härteste und schlimmste Entscheidung meines Lebens.«

Tief eingeschlafen, bewegte er sich im Sessel. »Und es gibt Dinge, die kann ich dir nicht mal sagen, obwohl ich weiß, dass du schläfst. Dinge über meinen Vater und meine Mutter. Und über meinen toten Bruder, von dem du womöglich nie gehört hast. Gründe, warum ich nicht bei dir bleiben konnte. Und deretwegen ich meine Entscheidung nie bereut habe, so schroff das klingen mag, aber ich konnte auch nie damit leben.«

Die Gedanken begannen zu treiben, und der Schlaf übermannte mich.

Wieder begann das Pochen.

»Nie denkst du an Charles.«

»Ich darf an nichts anderes denken als an Charles.«

»Er war dein Bruder.«

Meine Mutter wandte sich ab. Ich hörte das Stocken in ihrer Stimme. Und die Verbitterung der letzten vier Tage beim jährlichen Pflichtbesuch meiner Eltern in Paris.

Wir standen auf dem Bahnsteig des Gare de Lyon und hofften alle, dass der Zug bald abfuhr und der schwelende Großbrand ihres Besuchs auch dieses Jahr nicht zum Ausbruch kam. Das Eisen machte vor Hitze ein klopfendes Geräusch, das ich ausblenden musste. Sylvie stand etwas entfernt und hielt Jean-Luc fest an der Hand. Mein Sohn starrte mich und meine Eltern mit großen Augen an.

»Du hast dich verändert, Édouard«, sagte mein Vater.

»Das liegt am Krieg. Tut mir leid. Vielleicht hätte ich den Anstand haben sollen, auch zu sterben.«

»Du weißt, dass wir das nicht meinen.«

»Ich hasse den Krieg«, sagte meine Mutter böse. »Das, was er uns angetan hat.«

»Uns?«

»Du bist dauernd müde, Édouard.« Mein Vater mühte sich, die Wogen zu glätten. »Wir machen uns Sorgen um dich. Bist du wirklich gern Polizist?«

Ich wollte ehrlich sein, aber er konnte mir nicht in die Augen schauen. »Dass ich unglücklich bin, hat nichts damit zu tun, dass ich Polizist bin.«

»Ich hab was für dich.« Er zog ein Buch aus dem Koffer und gab es mir: *Der große Meaulnes* von Alain-Fournier, der in den ersten Kriegswochen gefallen war. »Es geht um einen jungen

Mann, der etwas sucht, das er verloren hat. Ich denke, es wird dir gefallen.«

»Aber auch er hat es nicht wiedergefunden, oder?«

Ich bedauerte meine Worte, kaum dass ich sie ausgesprochen hatte. Dann sagte der Schlafwagenschaffner zu meinen Eltern, sie könnten ihr Gepäck in den Zug bringen, und es war zu spät. Ich küsste sie flüchtig, und als ich dem ausfahrenden Zug nachblickte, kehrte die Fühllosigkeit schon zurück. Ich wandte mich um, sah Sylvie und Jean-Luc sich entfernen und mich gefangen inmitten all derer zurücklassen, die ich verloren hatte.

»Wer war Charles?«, fragte Jean-Luc mich zu Hause beim Abendessen.

Ich sah ihn nur kopfschüttelnd an, aß stumm zu Ende und machte mich nach Montmartre auf, zum Jazzklub.

»Richtig so«, fauchte Sylvie. »Renn weg, statt dich Herausforderungen zu stellen.«

Meine Anspannung schwand, kaum dass ich durch die Doppeltür kam und die Musiker sich warmspielen hörte. Tief atmete ich das Aroma der Nacht ein, schloss kurz die Augen, lauschte dem Stück und machte sie wieder auf. Dominique stand schon am Mikrofon. Ich lächelte, aber sie sah weg, und der Abend begann seinen langsamen Abstieg.

Auf meinen Runden begegnete mir Fabienne. Beunruhigt debattierte sie mit einer Sängerin, die ihr eine Nachricht zusteckte, und ging, ehe ich mich zu ihnen gesellen konnte.

»Frauenprobleme, Eddie«, sagte Grace. »Frag nicht.«

Barmann Fran zwinkerte mir hinter der mit abblätternder Goldfarbe gestrichenen Theke zu. Durch einen Trichter goss er Wasser in eine Whiskyflasche, ohne dass der aufsteigende Geruch die ekelhafte Süße des billigen Parfüms kaschierte, das die verschossenen Polster tränkte. Ich brannte darauf, dass der Laden öffnete und das Licht dunkler wurde.

Es wurde einer der angespannten Abende, an denen immer wieder schlechte Stimmung aufflackert. Das Mikrofon fiel ständig aus, das Publikum wurde unruhig. Ausnahmsweise wünschte ich das Ende meiner Schicht herbei, um die richtige Arbeit als Polizist machen zu können, glücklich oder nicht. Kurz vor Schluss ging ich zu Claude, dem Eigentümer, in eins der Hinterzimmer. Dominique war bei ihm. Vor meinen Augen gab er zwei Korsen, die an diesem Abend gewaltbereiter als je gewesen waren, ein Bündel Geldscheine.

»Was geht hier vor?«, fragte ich ihn.

Er wirkte aufgewühlt. »Bitte, Eddie, lass gut sein.«

Der jüngere Korse zog ein Messer und ließ die Spitze wippen. »Ja, Eddie – lass gut sein. Und mach die Tür hinter dir zu.«

»Legen Sie das Messer weg. Ich bin Polizist. Sie wollen bestimmt keinen Ärger mit mir.«

Er lachte. »Polizist? Das heißt nur, wir müssen dich etwas besser bezahlen. Oder willst du eine von den Nutten?«

Ich wollte mich auf ihn stürzen, aber Dominique stellte sich zwischen uns. »Lassen Sie das, Eddie. Ich bitte Sie.«

»Sie bittet dich, Eddie«, äffte der Jüngere sie nach.

»Das tun Sie gleich auch«, sagte ich zu ihm.

Der ältere Korse musterte mich von oben bis unten. »Wir wissen, wer Sie sind. Und was Sie einem unserer Freunde angetan haben. Darum unser Angebot: Wir bezahlen Sie nicht, wie wir normalerweise Bullen bezahlen. Aber solange Sie wegsehen, was unsere Geschäfte angeht, machen wir aus Ihrem süßen kleinen Kind keinen Waisen. Wie hört sich das an?«

Ich machte eine Bewegung, aber Dominique legte mir sanft und mit verzweifeltem Blick die Hand auf die Brust. Das genügte. Reglos sah ich zu, wie die Männer das Geld nahmen und gingen. Der Jüngere kniff Dominique in den Hintern und zwinkerte mir zu.

»Sehr schön.«

»Was geht hier vor?«, fragte ich Claude und Dominique, als die Korsen weg waren. Meine Stimme bebte vor Zorn. »Ich kann das in Ordnung bringen.«

»Sie, Eddie?«, fragte Dominique. »Sie können nicht mal sich selbst in Ordnung bringen.« Mit verärgerter Geste tat sie mich ab und drängte an mir vorbei. Ich wandte mich an Claude und erschrak, wie gereizt er mich ansah.

»Geh einfach, Eddie. Niemand will deine Hilfe.«

Ich wollte Dominique finden, doch sie war schon weg. Gähnend sah ich auf meine Uhr. Meine Schicht auf dem Revier würde in kaum einer halben Stunde beginnen. Fran beobachtete mich hinter seiner Theke.

»Müde, Eddie? Komm, ich hab was, das vielleicht hilft.«

Er führte mich ins Flaschenlager, schloss hinter uns die Tür und zog ein Päckchen aus einem Lüftungsschlitz in der Wand. Erschöpft sah ich erst verwirrt, dann erschrocken zu, wie er weißes Pulver auf einen Kartondeckel tippte. Mit einer Handbewegung forderte er mich auf, davon zu nehmen.

»Nein, Fran, das bin nicht ich.«

»Was bist du dann, Eddie? Ich weiß es nämlich nicht. Und ich glaube, du auch nicht. Versuch's mal. Das wird dich stumpf und zugleich scharf machen.«

Weil ich kaum noch etwas zu verlieren hatte, beugte ich mich über das Pulver und zog mir zum ersten Mal Kokain in die Nase. Einen kurzen Moment lang spürte ich nichts, nur Enttäuschung darüber, dass alles unverändert war. Dann aber traf mich der Rausch, als wären alle Glühlampen der Stadt gleichzeitig angesprungen, und ich sah das Leben mit einer Klarheit, die ich sehr lange nicht mehr gekannt hatte. Ich beugte mich vor und sog mehr davon ein. Dann sah ich Fran an und grinste. Auch er nahm etwas und begann in rasendem Tempo zu reden.

»Mach's, Eddie. Reiß der Welt den Arsch auf. Sie verdient's nicht besser. Und lass dich von keinem Dreckskerl aufhalten.«

Dienstag, 18. Juni 1940

18

An diesem Morgen würden mich keine Männer in Grau bremsen.

»Ich bin hier, um Major Hochstetter zu sprechen«, sagte ich zu den beiden Wachen am Eingang zum Lutetia, anderen als am Vortag. »Er hat mich vorgeladen.« Hatte er nicht. »Ich will ihn nicht warten lassen.« Das immerhin stimmte.

Es funktionierte. Drohungen und Befehle: die Seele des Militärs und der Schlüssel, um rücksichtslos mit Soldaten umzuspringen. Dass ich gereizt war, hatte noch geholfen. Ich hatte elend wenig geschlafen. Der alte Traum, der seit dem Einmarsch der Deutschen wiederzukommen drohte, hätte meine Abwehr in der Nacht fast überwunden. Zum Glück hatte der Horror des Traums mich geweckt. Als ich dann aufstand, war Jean-Luc schon verschwunden. Schuldbewusst hatte ich Sylvies Nachricht für ihn zwischen zwei Bücher auf dem Regal geschoben. Warum ich sie ihm nicht gegeben hatte, wusste ich selbst nicht.

Die emsige Geschäftigkeit in der Lobby bemäntelte einen chaotischen Betrieb, während ein Sekretär mich über eine Treppe in den ersten Stock und einen Korridor entlangführte. Überall standen Kisten mit Unterlagen, Sekretäre und Soldaten eilten mit Papieren, die offenbar mit Schwung, aber wahllos von dem einen oder anderen Stapel genommen wurden, dahin und dorthin. Ich dachte an die Wegweiser vor der Oper und fand einmal mehr, dass die Deutschen auf den Krieg mehr als vorbereitet waren. Es war der Frieden, der sie überrascht hatte.

Hochstetters Leutseligkeit erstaunte mich nicht minder.

»Édouard, gerade wollte ich Sie besuchen. Ich muss mich

für mein gestriges Verhalten entschuldigen. Manchmal mache ich mich des Übereifers schuldig, diese Zeiten sind für uns alle anstrengend. Es wäre mir eine Ehre, wenn Sie mit mir frühstücken würden.«

Er wusste sehr charmant zu sein – eine weitere Waffe in seinem Arsenal. Ich war nicht so gut ausgestattet.

»Was haben Sie mit den drei Bahnarbeitern gemacht?«

»Immer eifrig – sehr lobenswert.«

Ein Unteroffizier betrat das zum Büro umgewandelte Schlafzimmer und bat Hochstetter um eine Unterschrift. Der überflog das Papier aufmerksam, zeichnete es ab und gab es ihm achtlos zurück. Wie immer hatte er diese Ruhe, die von größerem Fleiß zeugte als die Emsigkeit anderer. Sie gehörte zu dem, was ich am beunruhigendsten an ihm fand.

»Die wurden alle freigelassen«, sagte er zu mir. »Ganz einfach.«

»So einfach ist das nicht. Es ist unsere Aufgabe, sie zu vernehmen, nicht Ihre. Es sind Zeugen oder Verdächtige in einer Mordsache. Mit der deutschen Armee hat das nichts zu tun. Womöglich haben Sie meine Untersuchung gefährdet.«

»Da haben Sie überaus Recht. Bitte nehmen Sie meine Entschuldigung an. Wir als neue Ordnungsmacht in Paris haben dafür zu sorgen, dass alles glatt läuft, und dazu gehört, Sie in Ruhe Ihre Arbeit tun zu lassen. Das ist eine Lektion, die wir alle erst lernen.«

»Ich verstehe noch immer nicht, warum Sie die drei vernehmen mussten.«

»Verzeihung, aber ich wollte nur helfen.« Er musterte mich eindringlich. »Oft können wir überzeugender als die lokale Polizei auftreten, um die gesuchten Antworten zu bekommen.«

Ein Klopfen an der Tür bewahrte mich davor, darauf antworten zu müssen. Zwei französische Kellner schoben das Frühstück auf zwei Serviertischen herein. Seit Monaten hatte ich nicht so viel Essen auf einem Haufen gesehen. Ohne jeden Augenkontakt stellten die Kellner alles auf den Tisch und gingen wieder. Ich erinnerte mich daran, wie Jean-Luc mich eingeschätzt hatte. Jeder von uns arbeitete auf seine Weise mit den Deutschen, ob es uns gefiel oder nicht.

»Es gefällt Ihnen, Menschen zu besitzen«, sagte ich.

»Das ist einfach Großzügigkeit. Ob Sie davon Gebrauch machen, ist Ihre Entscheidung.«

Er nahm eine Zigarette, klopfte sie auf ein Silberetui und entzündete sie mit einem Streichholz. Ich hätte ein goldenes Feuerzeug erwartet. Er bot auch mir eine Zigarette an, aber ich lehnte ab. Ihr Anblick bereitete mir keine Panik mehr wie einst, aber nach den Gasangriffen des Krieges konnte ich mir keinen furchtbareren Zeitvertreib vorstellen, als freiwillig Dämpfe einzuatmen. Eine größere Versuchung waren die Croissants und der Kaffee vor meiner Nase. Ich dachte an die Lebensmittel, die im Bahndepot verrottet waren, und Wut flackerte in mir auf.

»Übrigens«, fuhr er fort, »wurde einer der Arbeiter, Thierry Papin, gestern Abend nach seiner Freilassung wieder verhaftet, weil er nach der Sperrstunde unterwegs war. Zum Zeichen unserer Zusammenarbeit habe ich schon dafür gesorgt, dass die deutschen Behörden ihn der französischen Polizei übergeben haben. Sie wissen sicher, wie Sie sich dafür erkenntlich zeigen können.«

»Da fällt Ihnen bestimmt was ein.«

»Durchaus. Tatsächlich habe ich noch eine Neuigkeit für Sie, die ich als eine Art Teilrückzahlung deute. Es geht um Ihre Freunde von der Geheimen Feldpolizei, denen Sie, wie ich hörte, gestern einen Besuch abgestattet haben. Leider hätte ich Ihnen erhebliche Unannehmlichkeiten ersparen können, weil ich inzwischen weiß, dass die Männer, von denen Sie vernommen wurden, nichts mit der Feldpolizei zu tun haben. Es sind vielmehr Gestapo-Agenten. Ich danke Ihnen sehr, dass Sie mir diesen Vorfall gemeldet haben.«

»Gestapo? Warum haben sie dann behauptet, von der Feldpolizei zu sein?«

»Weil die Gestapo nicht hier sein darf. Wie ich gestern schon durchblicken ließ, hat die Wehrmacht Bedenken wegen des Verhaltens der SS in Polen. Hitler will, dass Paris die zweite Stadt des Reichs wird, da wollen wir keine unnötigen Probleme mit der Bevölkerung hier bekommen. Deshalb konnten wir Hitler zu der Anordnung bewegen, dass keine Gestapo-Einheiten die Armee begleiten und alle Polizeieinheiten unter dem Kommando der Wehrmacht stehen. Leider war Himmler damit unzufrieden, also hat Heydrich der Armee eine kleine Gruppe von Gestapo-Agenten in der Uniform der Geheimen Feldpolizei beigesellt. Anscheinend verfolgen sie hier die Absicht, der Gestapo den Weg zu ebnen, einen Stützpunkt in Paris einzurichten. Ich habe schon einen Bericht nach Berlin geschickt, der eine geharnischte Beschwerde und die Empfehlung enthält, diese Leute aufzuspüren, zu verhaften und nach Deutschland zurückzuschicken.«

»Sie haben noch mehr interne Machtkämpfe als wir – hoffentlich nicht mit den gleichen Folgen wie bei uns.«

Er stand auf, um mir zu verstehen zu geben, dass es für mich Zeit zum Gehen war. »So angenehm unser Gespräch auch ist, Édouard – ich muss es leider beenden. Ich erwarte einen Besucher. Indessen würde ich Ihnen raten, sich der Gestapo nicht so zu nähern, wie Sie es bei der Geheimen Feldpolizei getan haben. Mir ist langsam klar, dass Sie eine kurze Lunte haben und dann schwer zu stoppen sind. Ich möchte Ihnen aber raten: Lassen Sie das nicht zu Ihrer Achillesferse werden.«

Ich schloss die Tür zu seinem provisorischen Büro von außen. »Oder zu Ihrer.«

Als ich die Straße vor dem Hotel überquerte, blickte ich intuitiv zurück und sah Ronson die Stufen hinaufgehen und im Gebäude verschwinden.

»Was wollte Major Hochstetter?«

Le Bailly hatte sich gerade von seinem allzu starken Gebräu eingeschenkt, als ich in seinen Adlerhorst über dem Bahngelände gestiegen kam, und goss auch mir eine Tasse ein. Ich dachte an den Duft von Hochstetters Kaffee und bedauerte fast, der Versuchung nicht erlegen zu sein. Wir setzten uns auf die zwei nicht zueinander passenden Stühle, die sicher irgendwann mal aus den Schuppen geborgen worden waren.

»Das weiß ich nicht, ehrlich gesagt. Er hat gar nicht richtig nach den Männern gefragt, die auf dem Abstellgleis getötet worden waren. Oder ob ich etwas beobachtet habe. Er wollte nur wissen, was ich so mache, und hat mir dann erzählt, was von mir erwartet wird und dass ich meine Arbeit machen soll wie immer und die Deutschen in keiner Weise behindern darf. Nichts, was ich nicht x-mal von Offizieren und aus der Verwaltung gehört habe – Sie waren ja im letzten Krieg und wissen, was ich meine. Darum war ich 1917 in die Meutereien bei der Armee verwickelt. Sie hatten uns zu viel abverlangt, und wir alle sahen, was in Russland vorging. Wir hatten die Nase voll.«

»Wurden Sie bestraft?«

Er schüttelte den Kopf. Überrascht war ich irgendwie nicht. »Eines sollten Sie wissen: Ich bin nicht bloß Gewerkschaftsfunktionär, sondern auch in der Kommunistischen Partei. Die Zeit damals hat mich bewogen, einzutreten.«

»Ich bin kein Kommunist, aber damals wäre ich auch zu meutern bereit gewesen.«

»Sie waren nicht mit dabei?«

»Ich saß in Deutschland – Gefangennahme vor Verdun. Sonst hätte ich mich der Sache wohl angeschlossen.«

»Der Krieg damals und was wir getan und gesehen haben, hat uns irreparabel brutalisiert. Und uns bereitwillig Dinge tun lassen, an die wir sonst nicht mal gedacht hätten. Als ich die Deutschen Freitagmorgen ins Depot kommen sah, war alles plötzlich wieder da.« Die Erinnerung erschütterte ihn, er nahm einen Schluck Kaffee, um sich das nicht anmerken zu lassen. »Sie saßen im Lager? Da haben Sie doch bestimmt etwas Deutsch aufgeschnappt.«

»Ein bisschen. Ist Hochstetter darauf herumgeritten, dass Sie Kommunist sind?«

»Nicht ausdrücklich, aber es stand im Raum. Ich denke, vorläufig bin ich sicher, wegen des Hitler-Stalin-Pakts. Die Deutschen werden da nicht für Unruhe sorgen, sondern lassen mich in Ruhe, solange es ihnen dient. Ich kenne meine Leute und weiß, wie ich sie zum Arbeiten kriege – darauf sind die Boches angewiesen. Und niemand kennt den Gare d'Austerlitz und das Bahngelände ringsum so gut wie ich.«

»Und danach?«

»Wer weiß? Im Moment muss ich mit den Nazis zu einem Arrangement kommen, mit dem wir alle leben können.«

Als ich Le Bailly verließ, war noch ein wenig Zeit bis zum Treffen mit Lucja am Mittag; also kaufte ich am Kiosk eine Zeitung und wartete auf dem Place des Vosges. Das Blatt war die erste Zeitung, die seit der Okkupation von Paris wieder erschien, und erzählte mir, wie rosig die Dinge für die Deutschen liefen. Angewidert blätterte ich sie durch. Französische Zeitung, deutsche Worte. Weil kein Interesse daran bestand, etwas über den Krieg mitzuteilen, widmete das Blatt Seite um Seite einem Mann, der am Tag des deutschen Einmarschs in Paris Selbstmord begangen hatte. Einer der bedeutendsten Neurochirurgen Frankreichs, Thierry de Martel, hatte zum Abschied geschrieben, er weigere sich, die Stadt zu verlassen, und sich eine tödliche Dosis Phenobarbital injiziert. Politisch mochte ich anderer Meinung gewesen sein als er, aber es war ein sinnloser Verlust.

Kaum betrat Lucja den Platz, sah ich sie. Ich musterte die Grünanlagen und Säulengänge, entdeckte heute aber keine deutschen Touristen. Ich stand auf und begrüßte sie mit zwei Küssen.

»Sie lernen schnell«, meinte sie, als wir uns setzten, und gab mir die Mappe zurück. »Janek hat sie die ganze Nacht untersucht. Harmlose Liebesbriefe, sonst nichts. Er konnte keine versteckten Botschaften oder Hinweise darin finden.«

»Halten Sie es für bedeutsam, wie die Briefe gebunden sind?«

»Na ja, Fryderyk war Buchbinder. Nach dem wenigen, was ich von ihm mitbekommen habe, war er zwanghaft, wohl nicht nur wegen dem, was er durchgemacht hat. Möglicherweise war das nur seine Art, ihm wichtige Unterlagen aufzubewahren.«

Ich betrachtete die Mappe. Noch immer begriff ich nicht, warum Fryderyk einen Tresor für diese Dinge gekauft hatte, seinen Pass aber nicht darin aufbewahrt hatte. Womöglich lag das wirklich an seiner Zwanghaftigkeit. Und an seinem Kummer.

»Als die Deutschen am Freitag in der Stadt auftauchten, haben wir vier Männer gefunden, Flüchtlinge. Sie lagen tot in einem Güterwagen – mit Gas vergiftet.«

Ihre Überraschung war so groß wie mein Staunen darüber, sie ins Vertrauen gezogen zu haben. »Sie glauben, es waren die Nazis? Die würden Menschen im Handumdrehen vergasen, wenn es ihnen in den Kram passt.«

»Ich denke nicht, dass sie es waren.« Ich hatte sie tatsächlich nicht für die Mörder gehalten, doch nun fiel mir Webers Reaktion auf den Namen Bydgoszcz wieder ein. »Es ist nur so, dass sie alle Polen waren und zumindest einer aus Bydgoszcz kam.«

Lucja ließ den Kopf sinken. »Wir wussten von einigen Flüchtlingen, die nach einer Möglichkeit suchten, Paris zu verlassen. Sie sagten uns, sie hätten jemanden gefunden, der sie mit dem Zug rausschaffen würde. Wir dachten, sie seien entkommen.«

»Wissen Sie, wer sie aus der Stadt bringen wollte?«

»Sie haben von einer Bar namens Cheval Noir gesprochen. Von jemandem, den sie dort getroffen haben.«

»Im Cheval? Das ist seit Jahren zu. Sind Sie sicher?«

»Mehr weiß ich nicht, tut mir leid. Was denken Sie, wer hat sie getötet?«

»Ich tappe noch im Dunkeln, habe aber das Gefühl, es war jemand, der sich bereit erklärt hatte, sie aus der Stadt zu schleusen, sie aber umgebracht hat, nachdem er ihr Geld genommen hatte. Oder ein anderer hat sie entdeckt, beraubt und getötet, bevor die erste Person Gelegenheit hatte, ihnen zur Flucht zu verhelfen. So oder so hätten die Waggons, als die Leichen gefunden wurden, die Stadt längst verlassen haben sollen. Aber dann kamen die Deutschen, und der Zugverkehr stand still.«

»Warum haben sie sie nicht erschossen, sondern mit Gas vergiftet?«

»Weil es geräuschlos ist. Und unpersönlich. Wer einen Menschen erschießt, sieht ihn sterben. Wer einen Gaskanister in einen Waggon wirft und die Tür schließt, kann sich einreden, er selbst habe den Mord ja nicht begangen.«

Sie seufzte schwer. »Oder sie haben Panik bekommen. Vermutlich will ich die Deutschen als Verantwortliche sehen. Ein Hassverbrechen mehr. Sie bringen Polen um, weil sie Geschmack daran gefunden haben.«

Ich beobachtete sie von der Seite, bemerkte wieder die Wut

in ihren Augen, dachte an den Grußpflicht-Vorfall am Vortag und fragte mich wie sie, wann der Zwang, die Besatzer einfach zu grüßen, unsere geringste Sorge sein würde.

»Wie bekomme ich Kontakt zu Ihnen, wenn ich Sie wieder treffen muss?«

»Einer von uns kommt jeden Mittag um zwölf und jeden Abend um sieben hierher und wartet zehn Minuten. Falls Sie oder wir nicht auftauchen, geht der andere, aber der Rhythmus wird beibehalten.« Sie sah mich von der Seite an. »Zwölf Uhr und sieben Uhr deutscher Zeit.«

Ich rümpfte entrüstet die Nase. »Ich habe Telefon zu Hause – Sie können mich anrufen. Meinem Apparat bei der Polizei würde ich nicht trauen.«

Sie lächelte schief. »Dem bei Ihnen zu Hause würde ich auch nicht trauen. Es gibt etwas, das ich Ihnen nicht gesagt habe. Fryderyk war am Freitag seines Todes so verängstigt, weil er einen der deutschen Offiziere gesehen hatte, die an dem Massaker beteiligt waren. Er hat ihn von den Fotos her erkannt, die er besaß.«

Ich schloss die Augen und versuchte mir vorzustellen, wie Fryderyk sich gefühlt haben musste, als er einen der Mörder seiner Frau gesehen hatte. »Alles führt immer wieder nach Bydgoszcz.«

»Wissen Sie, was Gaue sind? So heißen die deutschen Verwaltungsgebiete, die in Polen eingerichtet wurden. Meine Familie ist aus Poznan, das liegt in dem Bereich, den die Nazis Reichsgau Wartheland nennen. Der Gauleiter dort, Arthur Greiser, ist Anhänger der rassischen Säuberung. Er misst die Gesichtszüge von Menschen aus, Nasen, Brauen, Münder, um herauszufinden, wer nicht reinrassig ist; diese Leute schickt er weg, und niemand sieht sie wieder. Soweit wir wissen, werden sie nach Osten deportiert, bis an die Grenze zum sowjetisch besetzten Teil Polens; dafür werden ›Volksdeutsche‹ aus anderen Ländern angesiedelt, die die Häuser und Geschäfte der Deportierten übernehmen. Wir wissen nicht, wie viele Menschen verschleppt wurden. Bydgoszcz liegt im Reichsgau Danzig-Westpreußen, wo das weniger häufig passiert. Tausende Menschen dort wurden ermordet oder verschleppt, aber meine Familie glaubt, dass alle dort noch glimpflich davonkommen im Vergleich zu ihnen im Wartheland. Das Problem ist, dass wir in Polen alle von diesen Dingen wissen, aber keine Vorstellung von ihrem Ausmaß haben und nichts besitzen, was die Welt überzeugen könnte, etwas unternehmen zu müssen. Die Amerikaner müssen davon erfahren, sonst treten sie nicht in den Krieg ein, sonst machen sie gar nichts. Selbst die Deutschen – normale Deutsche, die bei sich zu Hause sitzen – müssen von dem Bösen erfahren, das die Nazis in ihrem Namen begehen.« Von ihren eigenen Worten erschlagen, ließ sie sich zurücksinken.

»Und Sie meinen, Fryderyks Beweise sind überzeugend?«

»Ich weiß es nicht. Hoffentlich. Was Fryderyk geschehen ist, hat ihn in den Wahnsinn getrieben – deshalb fällt es manchmal schwer zu glauben, dass er etwas Wertvolles besaß. Janek ist überzeugt, er habe nichts gehabt und nur der Irrsinn seines Kummers habe aus ihm gesprochen.«

»Wo hat Fryderyk den Deutschen denn gesehen, den er wiedererkannt hat?«

»Das hat er nicht gesagt, aber er war Tellerwäscher im Hotel Majestic. Möglicherweise dort.«

Das Majestic war ein alter Palast aus dem neunzehnten Jahrhundert, wenige Gehminuten vom Arc de Triomphe entfernt. Dort befand sich das deutsche Oberkommando. Sie glaubten ganz offenkundig nicht an das einfache Leben. Welch grausame Volte: Jemand, der einem Massaker in Polen entgangen war, arbeitete in einem Hotel, das die Nazis beschlagnahmt hatten! »Wissen Sie, ob der Offizier Fryderyk erkannt hat?«

»Davon hat er nichts gesagt. Aber auch wenn er nicht erkannt wurde, wäre er sehr wahrscheinlich verhaftet worden. Als die Abwehr das Hotel Lutetia übernahm, wohnten dort polnische Flüchtlinge, die in ihrem Land der Verhaftung durch die Nazis entgangen waren. Sie alle wurden wie Fische in einem Netz gefangen und sitzen jetzt im Gefängnis. In allen Hotels gibt es täglich Razzien. Die Nazis kommen immer wieder, für jeden, den sie nicht angetroffen haben.«

»Wissen Sie von anderen Polen, die im Majestic arbeiten? Ich möchte nachsehen, ob Fryderyk dort etwas zurückgelassen hat, das mit den Morden von Bydgoszcz zu tun hat.«

»Ich kenne einen Borek, der als Portier arbeitet. Er hat Polen vor langer Zeit verlassen und lebt seit den späten zwanziger Jahren in Paris. Weil er nicht vor den Nazis hierher geflohen ist, weiß ich nicht, wie es um seine Loyalität bestellt ist und ob man ihm trauen kann.«

»Können wir da jetzt hingehen? Würde er Ihnen genug trauen, um mit mir zu sprechen?«

Sie sah auf ihre Uhr. »Ich kann versuchen, Sie ihm vorzustellen, aber ich habe keine Zeit, ins Hotel zu gehen. Möglicherweise wäre das für mich auch gefährlich.«

Wir verließen den Platz und saßen schweigend in der Metro, weil Lucja fürchtete, jemand könne ihren Akzent aufschnappen. Als wir aus dem Bahnhof kamen, der nur einen Katzensprung vom Majestic entfernt lag, sahen wir vor dem Haupteingang des Hotels einen deutschen Armeelaster stehen. Soldaten führten über ein Dutzend Männer und Frauen zum Heck des Lastwagens. Ich spürte, wie Lucja neben mir sich straffte.

Zwei große Gefreite geleiteten einen stämmigen Mann, dessen mächtiger schwarzer Bart bis zur Hemdbrust reichte. An der Heckklappe streckte er den Arm aus und half ohne ein Zeichen von Anstrengung, eine Frau auf die Ladefläche zu heben.

»Das ist Borek«, sagte Lucja mit gepresster Stimme. Ich sah sie bei diesen Worten einen Blick mit ihm tauschen, dann wandte sie sich wieder dem Lastwagen zu. Jedes Mal, wenn jemand hochstieg, knallte die Heckklappe metallisch. Lucjas Gesicht war bleich, Schweiß stand auf ihrer Stirn, sie begann unkontrolliert zu zittern. Eilig schlug sie die Hand vor den Mund. »Ich kann nicht bleiben.«

Sie wandte sich um und ging zur Metro zurück. Ich sah, wie sehr sie sich bemühen musste, nicht loszurennen. Dann drehte ich mich wieder um und sah Borek ruhig darauf warten, ebenfalls auf den Laster steigen zu müssen.

19

»Ich muss mit dem Mann sprechen. Er wollte bei meinen Ermittlungen helfen. Ich bin Inspektor der Pariser Polizei.«

Borek sah mich vom Lastwagen herunter zweifelnd an. Der
deutsche Offizier, ein schlanker Mann in den Dreißigern mit
glatten Haaren und vorstehenden Schneidezähnen, schüttelte
nur den Kopf. »Sie sind hier nicht zuständig.«

»Er ist Franzose. Wenn Sie sich seine Papiere ansehen, werden Sie feststellen, dass er eingebürgert wurde.«

Ich drückte Borek und mir die Daumen, dass dem so war.
Auf mein Stichwort zog der Portier den Ausweis aus seiner
Uniform und zeigte ihn dem Offizier. Zu meiner Erleichterung
hatte ich Recht gehabt. Der Offizier, der eher einem finsteren
Feld-Wald-und-Wiesen-Anwalt vom Lande ähnelte als einem
Soldaten, befahl widerwillig, den polnischen Hünen vom Lkw
zu holen. Ich beobachtete die anderen, die mit ängstlicher Mie-
ne sitzen bleiben mussten, und empfand einen Stich der
Schuld darüber, nichts für sie tun zu können.

Die Soldaten schlugen die Heckklappe zu, der Offizier stieg
in seinen Dienstwagen. Borek stand neben mir, während die
kleine Kolonne davonfuhr. Dann wandte er sich mir zu und
musterte mich. Ich mochte groß und kräftig sein, aber seine
Erscheinung ließ mich fast zwergenhaft wirken.

»Was wollen Sie, Freund? Ich habe keinen Ärger mit der Polizei.«

Er hatte einen ausgeprägten Akzent, stärker als Lucja, seine
Stimme war wie wallender Nebel. Er glich einem satten Bären:
vorläufig ungefährlich. Aber man mochte nicht in seiner Nähe
sein, wenn er hungrig wurde.

»Reden. Ich möchte Sie nur zu einem Mann befragen, mit
dem Sie gearbeitet haben, zu Fryderyk Gorecki.«

»Ah, Fryderyk. Der ist weg. Hat die Stadt verlassen, solange es noch ging. Als die Deutschen kamen.«

Ich musterte ihn. »Können wir irgendwo hingehen? Es gibt etwas, das ich Ihnen sagen muss.«

Er führte mich um die Ecke zum Hintereingang des Hotels. Dort waren keine Deutschen, also blieben wir stehen, und ich holte tief Luft.

»Fryderyk ist tot. Er hat sich an dem Tag umgebracht, an dem die Deutschen einmarschiert sind.«

Er sah mich ungläubig an. »Er hätte Jan niemals allein gelassen.«

»Jan ist mit ihm gestorben.«

»Aber er hat ihn abgöttisch geliebt. Seine Frau ist gestorben. Jan war alles, was er noch besaß. Nie hat er ihn aus den Augen gelassen. Nie hat ein Mann sein Kind so geliebt.«

Seine Augen schimmerten, er tat mir leid. Ich überlegte, wie ich die nächste Frage stellen sollte, aber er redete einfach weiter; seine Stimme klang tief und abwesend.

»Am Tag des Einmarschs war er aufgebracht. Je näher die Deutschen der Stadt gekommen waren, desto aufgeregter war er geworden. Immer unberechenbarer. Bei ihrer Ankunft aber war es noch viel schlimmer. Die ersten Deutschen kamen ins Hotel, er war nervös wie wir alle, aber dann hat er jemanden gesehen, den ich nicht kenne, und sich furchtbar erschrocken. Er wollte mir nicht sagen, was los war; er hat nur den kleinen Jan genommen und ist gegangen. Ich dachte, er hätte Paris verlassen.«

Unwillkürlich war ich enttäuscht, dass Borek entgangen war, wer Fryderyk so beunruhigt hatte. Meine Intuition sagte mir, dass es Weber war, aber ich konnte mir nicht sicher sein.

»Ich möchte in der Küche nachsehen, ob Fryderyk etwas zurückgelassen hat, das erklären könnte, was passiert ist. Hat

er was im Hotel deponiert? Etwas, auf das Sie aufpassen sollten? Egal, wie harmlos es erscheinen mag.«

»Nichts. Aber jeder hat einen Spind. Ich denke nicht, dass
jemand an seinem Schrank war. Hier entlang.«

Er führte mich ins Hotel und über Dienstbotenflure zu
einem kleinen Personalraum mit Spinden, einem abgewetz-
ten Tisch und sechs Stühlen.

»Fryderyk ließ Jan manchmal hier schlafen. Möglich, dass
noch was von ihm im Spind liegt.«

Ich musterte das dürftige Zimmer. Es würde schnell gehen.
Erst überprüfte ich Fryderyks Spind, aber dort lagen nur eine
Schürze und ein Bilderbuch, mit dem er Jan vermutlich beschäftigt hatte. Ich besah mir die anderen Spinde, tastete einen alten
Pförtnermantel ab, inspizierte die Fundsachen, entdeckte aber
wieder nichts. Dann wandte ich mich dem Tisch und den Stühlen zu, ging in die Hocke, um zu sehen, ob auf der Unterseite etwas befestigt war. Ich hatte kein Glück, also führte Borek mich
durch eine weitere Tür in eine laute, dampfende Küche und
zeigte mir, wo Fryderyk Teller gewaschen hatte. Zwei Spülbe-
cken und ein langes Trockengestell für Töpfe, Pfannen, Teller.

»Er hat Jan meist hierhin gesetzt, wenn er arbeitete.«

Ich legte die Hände auf die Spüle und versuchte mir vorzustellen, wie Fryderyk sich bei seiner Arbeit gefühlt hatte, nachdem seine Frau tot, sein Zuhause verloren, sein Geschäft als
Drucker und Buchbinder zerstört war und er doch versuchte,
alles seines Sohnes wegen zusammenzuhalten. Hier gab es keinen Ort, den Fryderyk als sicheres Versteck egal welcher Beweise ins Auge hätte fassen können. Aufgrund der Trostlosigkeit,
in der er Tag und Nacht gelebt hatte, musste ich zwei Möglich-
keiten ins Auge fassen: Entweder waren alle Dokumente mit
ihm untergegangen. Oder er hatte nie welche besessen, und
nur sein verzweifelter Kummer hatte ihn glauben lassen, es sei
anders.

Als Borek mich aus der Küche führte, schnippte jemand mit den Fingern.

»Du«, sagte eine Stimme mit Akzent auf Französisch. Ich drehte mich um, ein deutscher Offizier sah mich an. »Komm her.«

Ich musste mich sehr beherrschen, um nicht nach der Schusswaffe unter meinem Jackett zu tasten, und ging auf ihn zu. Borek erblasste.

»Bring die Weinkarte. Oberstleutnant Fischer wartet schon darauf. Zimmer 132.«

»Sehr wohl, Monsieur. Das wird das Erste sein, was ich tue.«

Ich sah ihn davonstiefeln und atmete langsam aus. Wirkte ich inzwischen wie ein Kellner? Borek führte mich zum Hinterausgang, und ich stellte ihm eine letzte Frage.

»Die Frau, die mit mir vor dem Hotel war – kennen Sie die?«

»Nein. Ich habe sie früher schon gesehen, aber ich weiß nicht, wer sie ist.«

20

»Laut Hochstetter wurde Papin uns übergeben.«

Dax wirkte erstaunt, weniger über meine erhobene Stimme als darüber, dass seine Tür gegen die Bürowand knallte und ein Stück Putz mehr von der Wand brach. Beides meine Schuld.

»Stimmt.«

»Ich war eben im Zellentrakt, um ihn zu vernehmen, aber dort ist er nicht. Hochstetter hat ihn also doch nicht übergeben.«

»Papin wurde entlassen. Die Deutschen haben ihn heute Morgen gebracht, wir haben ihn auf freien Fuß gesetzt.«

»Aber er ist des Einbruchs verdächtig. Er könnte zu den Banden gehören, die in den Schuppen Diebesgut lagern.«

Dax schob ein Papier über seinen Schreibtisch. »Es gibt keine Beweise, ihn festzuhalten. Ohne Auflagen entlassen.«

Ich überflog das Formular und fluchte. Auban hatte es abgezeichnet. »Hat er nicht die Ausgangssperre missachtet?«

»Wollen Sie den Leuten jetzt etwa anlasten, gegen die Ausgangssperre der Boches verstoßen zu haben, Eddie?«

»Papin schon.«

Ich warf die Tür hinter mir zu und ging in mein Büro. Barthe sagte mir, Auban sei noch nicht im Haus, sonst hätte ich auch ihm Druck gemacht. Stattdessen erinnerte ich mich an Hochstetters Rat, nicht der Gestapo nachzujagen, nahm den Hörer ab, begann mit den vornehmsten Hotels der Stadt und war beim vierten so routiniert, dass ich mir nach sieben Sekunden das nächste vornahm.

»Wohnt bei Ihnen ein Müller oder Schmidt? Babyblaue Paspelierung auf der Uniform? Babyblonder Kopf?«

In keinem Hotel wohnte jemand, der behauptete, zur Geheimen Feldpolizei oder sogar zur Gestapo zu gehören, aber ich vermutete, dass sie sich dazu erst bekennen würden, wenn Hitler es absegnete oder Hochstetter dafür gesorgt hatte, dass sie wieder nach Hause mussten. Ich tippte auf Hitler.

Nach einer halben Stunde wurde mir die Unausführbarkeit meiner Aufgabe klar, aber immerhin schnappte ich die interessante Information auf, dass die Botschaft der USA ihre Mitarbeiter im Hotel Bristol untergebracht hatte.

»Amerikanische Journalisten wohnen hier auch«, verriet mir der Mann von der Rezeption.

»Bestimmt sind Sie froh, statt der Deutschen Amerikaner als Gäste zu haben.«

»Das kann ich unmöglich sagen.«

Ich fragte nach zwei Namen, legte auf und war viel besser gelaunt als eine halbe Stunde zuvor. Die Mappe mit Fryderyks Briefen verbarg ich unter einigen Unterlagen in meiner Schreibtischlade, stellte fest, dass Auban noch immer nicht zurück war, und verließ die Sechsunddreißig.

Ronson war in der Bar unten, als ich ins Bristol kam, trank mit zwei Amerikanern Cocktails und lächelte mich an, als sei sie wieder mal beim Stehlen erwischt worden.

»Eddie Giral, genau der Mann, den ich sehen wollte. Nur nicht hier.« Sie glitt vom Hocker, nahm meinen Arm und ging mit mir durchs Foyer. »Sie haben mich also gefunden? Dass Sie ein guter Polizist sind, habe ich ja gesagt. Ich möchte, dass Sie mich weit von hier wegbringen: Es gibt etwas, das ich Ihnen erzählen will.«

»Zum Beispiel, was Sie bei Hochstetter gemacht haben?«

»Ach Eddie, Eddie – das ist das Wenigste.«

Ich fuhr mit ihr zum Jardin du Luxembourg und parkte am Tor in der Nähe des Medici-Brunnens. Im Park schlenderte ein Paar vorbei, als wäre die Stadt nicht besetzt. Ein Mann mit Aktentasche lockerte auf dem Weg von der Arbeit den Schlips. Überall sah ich eine seltsame, oberflächliche Normalität zurückkehren, ein verzerrtes Konterfei in einem kaputten Spiegel. Kaum zu glauben, dass die Deutschen erst vier Tage zuvor einmarschiert waren.

Ronson schien meine Gedanken zu lesen. »Ich habe diese Stadt geliebt, aber jetzt ist sie ein Schatten ihrer selbst. Wissen Sie ein ruhiges Plätzchen für uns?«

Ich führte sie in den Bienengarten. »Hier kommen sehr wenig Leute hin – aus Angst vor Stichen.«

»Unglaublich«, sagte sie staunend. »Ich kannte das gar nicht.«

Die kleine, schattige Anlage war verlassen; die Bienen waren in ihren mit einem Ziegeldach geschützten Stöcken, die reihenweise einen kleinen Platz umstanden und ihn von der Außenwelt abschlossen.

»Manchmal gehe ich zum Lesen hierher. Es ist friedlich. Und die Bienen haben nichts dagegen.«

»Sie sind ein seltsamer Mann, Eddie.«

»Also: Warum haben Sie sich mit Hochstetter getroffen?«

»Sie sind mir schon wieder gefolgt?« Sie lächelte. »Nur so. Zum Meinungsaustausch. Das ist wirklich nicht wichtig. Nicht im Vergleich zu dem, was ich Ihnen gleich erzähle.«

Wir saßen dem Bienenhaus gegenüber auf einer Holzbank unter Bäumen. Nur ein leises Summen verriet die Insekten. Ronson betrachtete die Bienenstöcke.

»Was wissen Sie über den deutschen Widerstand?«

»Dass er nicht so widerständig ist, wie wir alle es gern hätten.«

Sie stieß ein volltönendes Lachen aus. »Dazu ist er einfach zu vielfältig.«

»Und warum ist Hitler noch an der Macht, wenn es so viele Widerstandsgruppen gibt?«

»Das ist ja der Haken. Ich sehe das Problem darin, dass die meisten dieser Gruppen Hitler zwar glühend hassen, sich aber nicht einig sind, was sie wollen, falls sie es wirklich schaffen, ihn loszuwerden. Da sind alle dabei, Liberale, die wieder eine Demokratie wollen, aber auch Konservative, die Hitlers Ziele gutheißen, sein Vorgehen bei deren Umsetzung jedoch ablehnen. Und dann gibt es die Schwarze Kapelle, von der die Nazis vermuten, dass sie weit ins Außenministerium reicht, in Adel, Wehrmacht, Abwehr, wer weiß, wohin noch.«

»Und alle diese Gruppen sind gegen die Nazis?«

»Und in der Wehrmacht vertreten. Die Luftwaffe ist eher pronazistisch. Bei der Abwehr ist das anders. Deren Chef Canaris erlaubt nicht, dass Nazis dort in Führungspositionen gelangen. Das Problem bei dem Ganzen ist, dass es Offiziere und Diplomaten gibt, die Hitler vielleicht loswerden, seine Eroberungen aber behalten wollen. Das passt nicht allen, erst recht nicht den von den Nazis besetzten Ländern. Und dann gibt es andere, die der Welt nur mitteilen wollen, was im Namen der Nazis vorgeht, zum Beispiel die Gräueltaten in Deutschland und Polen.«

Ich sah weg und dachte sofort an die Toten im Bahndepot und an Fryderyk Goreckis mögliche Beweise für Grausamkeiten in Polen, sagte aber nichts. Noch immer wusste ich nicht, wie weit ich ihr trauen konnte.

»Das andere Problem liegt darin, dass das Ausland allen Widerstandsgruppen misstraut«, fuhr sie fort. »Solange sie jedenfalls keine Vorstellungen haben, was sie an die Stelle der Nazis setzen wollen. Die Briten meiden den Widerstand sowieso, seit sie sich in Venlo die Finger verbrannt haben.«

»In Venlo?«

»Das liegt in den Niederlanden; der Krieg war damals noch nicht erklärt. Einige angebliche Unterstützer des Widerstands wollten vom britischen Geheimdienst Hilfe dabei, Hitler loszuwerden. Allerdings handelte es sich um Gestapo-Agenten, die sich als Widerständler ausgaben. Zwei britische Armee-offiziere wurden verhaftet und sitzen in Deutschland im Konzentrationslager. Seitdem wollen die Briten nichts mehr vom Widerstand wissen, und die USA sind sehr skeptisch gegenüber allen, die behaupten, gegen Hitler zu sein. Was den Nazis direkt in die Hände spielt.«

»Haben Sie mich nur hergebracht, um mich aufzuheitern?«

»Lassen Sie sich nicht runterziehen. Es gibt bei uns in Regierung und Medien weiter Leute, die mit dem Widerstand zusammenarbeiten wollen. Wir brauchen nur die richtigen Helfer. Hitler muss alles ihm Mögliche tun, damit die USA *nicht* in den Krieg eintreten. Leute wie ich müssen alles Erdenkliche versuchen, damit es *doch* geschieht, um Hitler zu stoppen. Womit ich bei Weber bin.«

»Bei Weber? Sie wollen mir nicht erzählen, dass er zum deutschen Widerstand gehört?«

»Weber möchte sich den Guten anschließen. Er möchte überlaufen, hat etwas einzutauschen und will, dass ich ihn im Gegenzug für sein Wissen aus Frankreich in die USA schaffe. Vorher will er mir nicht sagen, was er weiß.«

»Warum sollte er überlaufen wollen? Niemand von klarem Verstand wird annehmen, dass die Deutschen diesen Krieg bald verlieren. Sie haben sechs Wochen bis Paris gebraucht. Polen, Belgien, die Niederlande, Norwegen, Dänemark: alle besiegt. Nur die Briten sind übrig, und jeder wartet nur darauf, dass sie in die Knie gehen.«

»Eben das ist sein Argument. Alles passiert zu schnell. Hitler verhebt sich. Weber glaubt, alles stürze ein wie ein Kartenhaus, wenn die Sowjets Hitler angreifen oder umgekehrt. Ribbentrop und Molotow haben den Nichtangriffspakt unterzeichnet, um Polen unter sich aufzuteilen, aber eines Tages wird einer von beiden sich aus Gier beim anderen bedienen.

Wer anfängt, weiß ich so wenig wie Sie. Aber egal: Weber will sich absetzen, ehe es so weit ist.«

»Er ist für Hitler. Er war aktives Mitglied der NSDAP und sympathisiert weiter mit ihr. Er ist ein Musterbeispiel für die Selbstüberschätzung der Nazis.«

Ronson schnaubte. »Hat Hochstetter Ihnen das erzählt? Weber sagt, er habe in Polen Dinge gesehen, die seine Überzeugungen für immer verändert haben.«

Ich betrachtete das zunehmend dämmrige Licht auf den Sommerblumen. »Und Sie glauben ihm?«

»Ja. Und darum brauche ich Ihre Mitarbeit, Eddie. Weber muss auf Tauchstation gehen, bis ich ihn rausschaffen kann. Und Sie sollen ihn bis dahin in seiner protzigen Wohnung in der Rue du Faubourg Saint-Honoré unbehelligt lassen.«

»Faubourg Saint-Honoré? Schön zu wissen, dass er sein leibliches Wohl der Sache opfert.«

»Requiriert von der Wehrmacht. Das Haus gehört einer Familie Weitzmann, die Paris bei der Massenflucht verlassen hat. Ich will also nicht, dass Hochstetter sich für Weber zu interessieren beginnt. Darum müssen Sie aufhören, ihn wegen der vier Toten im Bahndepot vernehmen zu wollen.«

»Das sind Mordermittlungen. Das darf ich nicht. Wer das Verbrechen auch begangen hat: Ich muss verhindern, dass er wieder zuschlägt.«

»Sie, Eddie, sollten das Ganze in größerem Zusammenhang sehen. Das sind vier Männer, aber wir reden von Millionen Männern, Frauen und Kindern in ganz Europa, die womöglich gerettet werden, wenn es gelingt, die Nazis zu stoppen.«

21

Ich sah Ronson nach und blieb noch ein wenig im Bienengarten sitzen, um über ihre Worte nachzudenken. Alles, was sie gesagt hatte, ergab Sinn und ließ mich seltsam ernüchtert zurück. Wir Franzosen hatten Roosevelt aufgefordert, dem Krieg gegen Hitler beizutreten, und viele Leute waren wütend über Amerikas Ablehnung gewesen. Sollten der deutsche Widerstand und der Druck von Journalisten wie Ronson doch noch zu einer Beteiligung der USA führen, musste das gut für uns alle sein.

Das Problem war, dass ich Weber etwa so weit traute, wie ich ihn nach Berlin zurückschießen konnte.

»Eine gute Haubitze sollte genügen«, sagte ich zu den Bienen. Sie summten beruhigend zurück.

Außerdem machte es meine Untersuchung der Morde im Depot fast unmöglich. Würde aber die Ermittlung dessen, der die vier Männer umgebracht hatte, wirklich etwas bewirken? Eine einzelne Verhaftung inmitten der Zerstörung einer Welt. Normalerweise hätte das genügt, wie ich zugeben musste. Ich war Polizist, das war mein Beruf. Aber jetzt, da die eine Hälfte des Kontinents die andere niedermetzelte, hatte Ronson Recht: Ich sollte mich mehr für das interessieren, was außerhalb meiner Welt geschah.

Lucja hatte mir erzählt, was in Polen vorging. Brutalität in einem Ausmaß, von dem ich nicht wusste, ob ich es glauben konnte und sollte. Es war einfach zu böse, zu kalt, um wahr zu sein. Gut möglich, dass die SS wahllos Zivilisten erschossen hatte, aber Gräueltaten in allen Städten und Dörfern erschienen mir zu abstrus, um glaubhaft zu sein. Wir alle hatten übertrieben, was den letzten Krieg anging, taten es noch. Vielleicht übertrieben wir bei diesem Krieg auch. Ich erinnerte mich an die Geschichten, wonach Deutsche Gefangene an Scheunentoren gekreuzigt oder Tote ausgegraben hatten, um sie zu Seife zu sieden. Und die Leute hatten diese Geschichten geglaubt und würden jede Lüge glauben, um ihr Handeln zu rechtfertigen. All das machte es geradezu unmöglich, zu wissen, was man jetzt glauben sollte.

Ich beobachtete eine Biene bei der Rückkehr in den Stock, eine Nachzüglerin, die vor ihrer Ausgangssperre nach Hause eilte, und dachte an Fryderyk, der den Deutschen entkommen war, dann aber aufgegeben hatte. Ich verstand sein Bedürfnis, an etwas zu glauben, um zu überleben, sein Bedürfnis nach einer fixen Idee, an der er sich festhalten konnte. Ich glaubte an meine Arbeit, daran, dass es richtig war, was ich tat. Aber würde man mir diesen Glauben nehmen, dann würde ich, das war mir klar, zerbröckeln wie Fryderyk. Die Beweise, die zu besitzen er behauptete, die aber niemand gesehen hatte, mochten so real sein wie die Sonne, die eben über der Stadt unterging, oder so falsch wie die Uhrzeit, die die Deutschen dem Sonnenuntergang verordnet hatten. Für ihn aber waren sie real gewesen, und ich musste in Betracht ziehen, dass er sich womöglich bei der Ankunft der Deutschen das Leben genommen hatte, weil ihm letztlich bewusst war, dass er nichts Konkretes vorzuweisen hatte.

Plötzlich dachte ich daran, dass ein neuer Capitaine aus Burgund – Kind einer reichen Familie, den keiner gemocht hatte – im letzten Krieg den Kopf aus dem Schützengraben gestreckt hatte. Ein Scharfschütze hatte ihm das Gesicht weggeschossen, während wir anderen in erschöpftem Schweigen dagesessen hatten und zu abgestumpft gewesen waren, um ihn zu warnen. Angesichts des Interesses an Fryderyk hatte ich Bedenken, dass ich – würde ich seinen angeblichen Beweisen nachjagen – den gleichen Fehler beginge wie der Capitaine:

einer falschen Hoffnung wegen den Kopf aus der Deckung zu heben. Ich musste entscheiden, ob es das Risiko wert war. Vor allem jetzt, da mein Sohn mich gefunden hatte. Widerstrebend stand ich auf, um den Park zu verlassen, und warf noch einen Blick auf die Bienenstöcke, deren Bewohner für heute in Sicherheit waren.

»Aber dann ist da der Tresor«, sagte ich zu ihnen. »Und eine Sammlung von Dingen, die ein Flüchtling in einem Möbel aufbewahrt hat, das er sich gar nicht leisten konnte.«

Ich tat ein Stück weit, was Ronson mir empfohlen hatte, dachte vorläufig nicht mehr an Weber und fuhr in das Viertel südlich des Gare d'Austerlitz. Das Cheval Noir, die Bar, von der Lucja gesagt hatte, die Flüchtlinge hätten dort einen Helfer gefunden, hatte diese Gegend verseucht, bis wir sie endlich geschlossen hatten. Mir hatte sie gefallen; sie war wie ein Flohmarkt gewesen, wo man Hehler aufgabeln konnte.

Das Lokal lag am Ende einer heruntergekommenen Gasse, und nichts deutete darauf hin, dass es wieder geöffnet hatte. Farbe blätterte von kaputten Fensterläden und einer verschrammten, zerbeulten Tür. Alte Plakate, die längst vergessene Tanzveranstaltungen zu Akkordeonmusik und Zirkusvorstellungen bewarben, hingen zerzaust und zerfetzt an übel zugerichteten Ziegelmauern. Sollte das Cheval Noir wieder aufgemacht haben, traf sich dort sicher kein Tanztee-Publikum. Ich stieß auf einen alten Mann, der auf einem wackligen Holzstuhl vor seiner Haustür saß, mich anstarrte und mit herabhängenden Mundwinkeln unermüdlich zahnlos vor sich hin mümmelte.

»Das Cheval hat also wieder offen?«, fragte ich.

Er nahm seinen Stuhl, trug ihn ins Haus. »Verpiss dich, Flic.«

»Heißt das Ja oder Nein?«, fragte ich die geschlossene Tür.

Auf dem Heimweg fand ich in meiner Nachbarschaft ein geöffnetes Bistro. An die sich rapide verändernde Atmosphäre der Stadt musste ich mich immer neu gewöhnen. Trügerische Schatten des eigentlichen Paris tauchten in den Augenwinkeln auf, aber wenn ich mich ihnen zuwandte, erwiesen sie sich als Notlösungen, als Ersatz, der der Beschwichtigung diente. Ich konnte mich nicht entscheiden, ob es sich um Zeichen von Widerstandskraft, Kapitulation oder Ergebung handelte.

Das kleine Restaurant hatte wenig zu bieten, die Atmosphäre war trist, aber es gab mehr, als ich zu Hause hatte. Schließlich aß ich einen Teller Eintopf, der vor allem aus Wasser bestand, und dachte dabei an die Stapel von Gemüse, die in den Schuppen am Bahndepot verrotteten. Der Wirt erzählte mir die populäre Herleitung von ›Bistro‹, und ich war zu müde, ihn zu bremsen.

»Auch damals waren wir besetzt. Die Russen, die nach dem Sieg über Napoleon einmarschiert waren, wollten ihr Essen ›bystro‹ serviert bekommen, was in ihrer Sprache ›schnell‹ bedeutet.«

Ich lächelte und aß schweigend mein Gericht. Alle in Paris kannten diese Geschichte, und es war längst egal, dass sie nicht stimmte. Welche Legenden wohl aus der neuesten Besetzung erwachsen würden? Und ob wir sie erzählen würden oder die Deutschen?

Monsieur Henri beantwortete diese Frage viel schneller, als mir lieb war. Er spähte aus seiner Wohnungstür. Schade, dass er sich der Massenflucht nicht angeschlossen hatte! Er erzählte mir den neuesten von ihm aufgeschnappten Unsinn.

»Die Russen haben Berlin bombardiert, und der Papst hat sich umgebracht.«

Ich ging nicht darauf ein, sondern trottete weiter die Treppe hinauf zu meiner Wohnung. Um etwas zu hören, was ich womöglich glauben konnte, auch wenn ich nicht viel verstand, setzte ich mich an den Küchentisch und schaltete das Radio ein. Weil ich nicht noch mehr Nazipropaganda verdauen wollte, drehte ich die Lautstärke herunter und suchte nach der BBC. Ich fand den Sender, nahm einen Schluck von dem Whisky, den ich mir eingegossen hatte, und verstand sehr wenig. Aber es war tröstlich, keine französischen Stimmen zu hören, die uns von der Herrlichkeit des Dritten Reichs erzählten.

Während die Worte mich berieselten und der Single Malt mich durchströmte, stand ich auf und trug die Gegenstände, die ich aus Fryderyks Tresor genommen hatte, an den Tisch. Endlich hatte ich Gelegenheit, sie mir richtig anzusehen. Womöglich hätte ich das nicht getan, wenn ich nicht Lucja getroffen und Fryderyk nicht behauptet hätte, Beweise für Gräueltaten zu besitzen. Als ich mich nun setzte, dachte ich erneut an die Lügen, von denen wir uns nährten. An die Legende von der Entstehung des Wortes Bistro und an Monsieur Henris ausländische Gerüchte. Nichts, was ich hatte, deutete darauf hin, dass nicht auch Lucjas Worte und Fryderyks angebliche Beweise nur Gerüchte waren.

Die Mappe mit den Briefen war noch in meiner Schublade in der Sechsunddreißig, also sah ich mir die andere Mappe an, in die zwei Fotos sorgfältig eingebunden waren. Fryderyk schien wirklich zwanghaft gewesen zu sein. Ich verspürte Trauer beim Anblick der drei zusammen. Eine Familie, die es nicht mehr gab. Jan lachte und drückte etwas an seine Brust, das ich wegen der Unterbelichtung kaum erkennen konnte. Ewa fesselte mich. Ihr stilles Lächeln zeigte sie in einem Moment der Freude mit Gatten und Sohn. Sie hatte feine Züge, eine schlanke Nase und wissbegierige Augen. Ihre Haare waren auf charakteristische Art zurückgekämmt, wurden anscheinend tief im Nacken zusammengehalten und umwallten doch ihr Gesicht.

Ich legte die Fotomappe beiseite und griff nach dem ersten der zwei polnischen Bücher. Es schien sich um eine Art Lehrbuch zu handeln. Was mir sofort ins Auge fiel, war der Name der Autorin: Ewa Gorecka. Ich nahm an, dass Gorecka die weibliche Form von Gorecki war. Das Buch enthielt eine Widmung für Fryderyk und Jan. Seufzend stellte ich mir vor, wie stolz Fryderyk auf Ewas Erfolg gewesen sein musste. Das war womöglich eine der wenigen Erinnerungen an seine Frau, die er hatte mitnehmen können. Ich blätterte das Buch durch, aber es fiel nichts heraus.

Das Gleiche machte ich mit dem zweiten Buch. Es sah aus wie ein Roman, aber ich hatte keine Ahnung, was der Titel bedeutete. Als ich den Vermerk entdeckte, demzufolge es in Bydgoszcz gedruckt worden war, ging mir auf, dass es zu den von Fryderyk hergestellten Büchern zählen musste. Ich sah mir beide Bände zusammen an. Er hatte sie aus sentimentalen Gründen behalten; sie waren ihm wegen des Lebens, das er verloren hatte, mehr wert gewesen als sein Pass.

Das Buch von Céline dagegen passte nicht zu den anderen – so wenig wie die widerwärtige Broschüre darin. Warum nur hatte ein Opfer der Nazis ein Buch auf Französisch besessen, das so wüst antisemitisch und rassistisch war, wie Hitler und seine Spießgesellen es schlimmer nicht hätten delirieren können? Für Buch und Broschüre nahm ich mir mehr Zeit als für die polnischen Titel, denn hier würde ich es merken, wenn etwas nicht stimmte. Aber ich entdeckte nichts. Nirgends fand sich eine Anstreichung, eine Notiz, etwas Ungewöhnliches. Ich legte Buch und Broschüre zu den übrigen Sachen zurück.

Gedankenverloren starrte ich sie an, doch als aus dem Radio plötzlich Französisch drang, war ich wieder da. Ich wollte den Apparat schon lauter drehen, riss mich aber zusammen und zog stattdessen den Stuhl näher ans Gerät. Es war ein französischer Brigadegeneral namens de Gaulle, so etwa der Einzige, der gewisse Erfolge gegen die Deutschen erzielt hatte, als unsere Armee unterlag, und ein Mann, der unsere Verteidigungspläne seit Jahren kritisiert hatte. Niemand hatte auf ihn gehört. Er appellierte an uns in Frankreich, den Kampf gegen die Deutschen fortzusetzen und Widerstand gegen die Okkupation zu leisten. Ich fragte mich, ob die Leute jetzt auf ihn hören würden.

Von der Rede nicht ermutigt, sondern merkwürdig ernüchtert, goss ich den Rest Whisky in die Flasche zurück und ging in die Nacht hinaus. Ich konnte nicht in meiner Wohnung bleiben. Und sollte Jean-Luc auftauchen, hatte er ja einen Schlüssel. Ich wusste nicht recht, ob ich noch einen Abend voller Erklärungen und Schuldzuweisungen ertragen konnte.

Luigi zog seufzend den Vorhang beiseite. »Erstaunlich, dass Sie immer wieder herkommen, Eddie.«

Ich schob mich an ihm vorbei und bemerkte die vielen verschiedenen Uniformen, das Feldgrau von Hitlers Armee und die kragenlosen Hemden unserer heimischen Übeltäter. »Ich bin gern bei dir, Luigi, hier fühle ich mich wohl. Ich nehme einen Whisky, die gute Hehlerware, die unterm Tresen liegt, nicht die verdünnte Brühe, die du allen anderen eingießt.«

Ich erinnerte mich daran, wie oft ich Fran den Whisky hatte verdünnen sehen, als ich noch im Jazzklub gearbeitet hatte. Im Vergleich zu Luigi war er so ehrlich wie ein Säugling gewesen. Und ebenso anrüchig. Seit Jahren hatte ich den Klub in Montmartre nicht betreten, wusste aber, dass es ihn noch gab. Wie es jetzt wohl dort zuging, mit den Nazis in der Stadt?

»Ich weiß nichts von Hehlerware, Eddie.«

»Gut, dass du mich hast, Luigi. Er steht im Schrank rechts von dir.«

Ich nahm meinen unerlaubten Drink an einen Tisch mit, wo ich zwei Leute entdeckt hatte, die ich sprechen wollte.

»Er ist der anständigste Offizier der ganzen deutschen Armee.« Luigis Weinbrand vom Schwarzmarkt ließ Groves mit schwerer Zunge sprechen. Selbst in dem Zwielicht, das Luigi für atmosphärische Beleuchtung hielt, sah ich seine roten Hängebacken; das Alter hatte sich schwer auf seine Kinnpartie gelegt.

»Obwohl dort scharfer Wettbewerb herrscht.«

»Ach ja?«

Der Amerikaner hatte Weber den Arm am gleichen Tisch um die Schultern gelegt wie am Samstagabend. Diesmal gab es weniger Gäste, nur einen harten Kern schmieriger Typen und eine Handvoll Kleinkriminelle und deutsche Offiziere der unteren Dienstgrade. In der Ecke sah ich Pepe mit Le Dingue sprechen. Sie hatten mich noch nicht entdeckt.

»Wissen Sie, was er getan hat?«, fuhr Groves fort. »Er ist ein so guter Offizier, dass er als Erster ins Depot gegangen ist, schon an dem Tag, als sie in Paris ankamen. Er hat nicht seine Männer vorgeschickt – das ist wirklich ein Menschenführer.«

Ich spitzte die Ohren und sah Weber kurz an. Er war zu betrunken, um am Gespräch teilzunehmen, und warf lieber einer altgedienten Hure am Tresen anzügliche Blicke zu.

»Sie waren dort?«

»Klar. Ich bin Journalist, begleite die 87. Infanterie-Division der Wehrmacht und erzähle die Geschichte aus der Perspektive einfacher Soldaten.«

»Was haben Sie gesehen?«

»Den anständigsten Offizier der deutschen Armee.«

Er kippte einen weiteren Schluck Weinbrand. Sein Kopf sank kurz nach vorn, dann war er mit einem Ruck wieder wach. »Den anständigsten Offizier.« Wieder sank er nach vorn und zog Weber mit.

Ich betrachtete die beiden missmutig. Aus dem Amerikaner würde ich kein vernünftiges Wort herausbringen, aber ich wollte wissen, was er am Freitag gesehen hatte, vor allem aber, was er damit meinte, Weber habe das Depot als Erster betreten. Ich dachte wieder an Bydgoszcz, an Webers Reaktion auf diesen Namen und an Fryderyks Panik, als er den Offizier im Majestic gesehen hatte. Ein beängstigender Gedanke, der schon ein, zwei Tage in meinem Hinterkopf rumort hatte, stahl sich langsam in mein Bewusstsein. Ich musste mir Groves schnappen, wenn er nüchtern war. Als ich ihn nun allerdings leise in Luigis Bar schnarchen sah, fragte ich mich, wann das je der Fall sein mochte.

Aus dem Augenwinkel sah ich Pepe am Tresen entlang zum Ausgang schleichen. Sein allzu bedacht geradeaus gerichteter Blick verriet mir, dass er mich gesehen und die Flucht angetreten hatte. Ich stand auf und vertrat ihm den Weg, als er schon glaubte, er habe es geschafft.

»Pepe, freust du dich, mich zu sehen?«

»Klar, Eddie.«

»Das Cheval Noir – wer betreibt das jetzt?«

»Das ist geschlossen.«

»Ich frag nicht noch mal.«

»Keine Ahnung, ehrlich. Ich weiß nur, dass es Sonntag wieder aufgemacht hat. Die denken, euch Polizisten ist das bei all den Deutschen hier egal. Die Leute, die um den Gare d'Austerlitz aktiv sind, gehen dorthin.«

»Weißt du von Gaunereien dort?«

Ein deutscher Offizier mit von billigem Weinbrand glasigen Augen drängte sich an uns vorbei, gab Pepe einen Klaps auf den Rücken, strahlte ihn betrunken an und torkelte weiter.

»Ein neuer Freund, Pepe?«

»Hauen Sie ab, Eddie. Mehr erfahren Sie nicht von mir.« Einiges von seiner Großspurigkeit war zurück. Er wies auf die Deutschen in der Bar. »Ein neuer Freund? Jede Menge neuer Freunde! Und die haben jetzt die Macht, nicht Sie. Also hauen Sie ab, Eddie.«

Ich beugte mich vor. »Übertreib's nicht, Pepe.«

»Denn sonst? Was können Sie jetzt tun? Und wenn Sie was über Gaunereien erfahren wollen, fangen Sie bei den eigenen Leuten an. Sie wissen doch von dem korrupten Flic bei Ihnen? Der mit einer Bande vom Gare d'Austerlitz zusammenarbeitet?«

»Schnee von gestern, Pepe.«

»Von wegen.«

Ich rückte von ihm ab, um meinen Schreck zu verbergen, und ließ ihn gehen. Das war ganz und gar kein Schnee von gestern. Ich stand an der Theke und sammelte mich. Mir war klar, dass wir keine Engel waren. Wir alle hatten unsere Schwächen, wir alle drückten wegen eines größeren Fangs schon mal bei Bagatelldelikten ein Auge zu, viele von uns pfuschten mitunter, aber dass Pepe – der uns alle für größere Verbrecher hielt als sich selbst – von einem korrupten Flic gesprochen hatte, verwirrte mich. Wichtiger noch: Es bedeutete, dass womöglich ein Polizist in die Aktivitäten einer Bande verwickelt war, die Leute aus der Stadt schleuste. Und vielleicht auch in die Morde im Güterwagen.

Ich wandte mich von der Theke ab und sah an einem Tisch eine mir bekannte Gestalt. Mit abgesetzter Mütze ähnelte der Kopf noch mehr dem eines Babys mit diesem feinen blonden Haar, das sich nicht bändigen lassen will. Müller, angeblich bei der Geheimen Feldpolizei, tatsächlich aber von der Gestapo. Er hatte mich nicht gesehen und fing meinen Blick erst auf, als er sich erhob, um in seiner blau paspelierten Uniform das Café zu verlassen. Also folgte ich ihm auf die schmale Gasse, die zum Boulevard du Montparnasse führte, und rief ihn beim Namen, aber zunächst blieb er nicht stehen. Erst als ich noch zweimal gerufen hatte, hielt er an.

»Das ist das Problem, wenn man falsche Namen benutzt«, sagte ich, als ich zu ihm aufschloss. »Man erinnert sich nicht an sie, wenn man sie braucht.«

In dem schmalen Lichtstreifen, der aus einem Fenster über uns fiel, waren seine Augen noch ausdrucksloser als die von Bouchards unfreiwilligen Gästen. »Was wollen Sie?«

»Sie kommen gleich zur Sache. Gefällt mir. Ich möchte wissen, warum die Gestapo sich für Hauptmann Weber und einen amerikanischen Journalisten namens Groves interessiert. Und warum Sie dachten, mich zu vermöbeln würde helfen.«

Das Wort »Gestapo« war ein Treffer. Seine toten Augen leuchteten wie ein Leichenwagen in tiefer Nacht. »Ich bin Offizier der Geheimen Feldpolizei.«

»Und ich bin Hitlers Modeberater. Warum haben Sie nach Bydgoszcz gefragt?«

»Warum fragen Sie nach Bydgoszcz?«

Seufzend packte ich ihn am Revers. »Das könnten wir uns die ganze Nacht gegenseitig fragen, also lasse ich das jetzt mit der sanften Tour. Was hat es mit Bydgoszcz auf sich?«

Er lächelte. Alles in allem gefiel mir seine trübselige Miene besser. »Sie sind sehr mutig. Der Geheimen Feldpolizei drohen die Wenigsten.«

»Ich bin Polizist in Paris. Mir haben üblere Burschen gedroht als Sie.«

»Oh, ich drohe Ihnen nicht. Ich drohe nie. Das habe ich nicht nötig.«

Ich spürte einen harten Gegenstand an der Schläfe und wusste sofort, worum es sich handelte.

»Ich hatte mich schon gefragt, wo Sie bleiben.«

Neben mir stand Schmidt. Er hatte sich im Dunkeln angeschlichen und hielt mir eine Luger an die Schläfe. Ich musterte sein Gesicht. Wenn Müller tote Augen hatte, waren die von Schmidt zwei Meter unter der Erdoberfläche.

»Es sei denn, Sie nennen das eine Drohung«, setzte Müller hinzu.

Ich spürte eine Ruhe, die mich tausend Mal nachts überkommen hatte, griff nach Schmidts Handgelenk und platzierte seine Luger so, dass sie frontal auf meine Stirn drückte.

»So hält man jemandem eine Luger an den Kopf. Genau in die Mitte.« Ich beugte mich vor und spürte, wie der Kreis des Laufs sich fester in meine Haut presste. Ausnahmsweise war seine Miene nicht leer, sondern zeugte von Überraschung und Unsicherheit. »In solchen Dingen habe ich viel mehr Erfahrung als Sie.«

Sein Blick sprang zu Müller, denn er wusste nicht, wie er reagieren sollte. In diesem kurzen, seltsamen Moment hatte ich Macht über den Mann, der seine Waffe auf meine Stirn drückte. Aus dem Augenwinkel sah ich ein langsames Schütteln des Babykopfs; Schmidt blickte mir kurz in die Augen und nahm endlich seine Waffe runter.

»Sie haben keine Ahnung, wozu wir fähig sind«, sagte Müller zu mir und hatte einiges an Fassung zurückgewonnen.

»Das ist das Einzige, worin wir uns gleichen.«

Sie wandten mir den Rücken zu und gingen zum Boulevard vor. Ich sah ihnen nach, bis die Erinnerung an die Waffe an meiner Stirn nachließ.

»Du hast keine Ahnung, wozu wir fähig sind.«

Meine Lunge pulsierte, mein Kopf war klarer als der Klang einer Missionsglocke, das Kokain summte durch meine Nervenbahnen. Ich sah alles, wusste alles, fühlte alles.

»Und wozu *ich* fähig bin, das willst du nicht wissen«, erwiderte ich.

Der Korse, der mich zwei Wochen zuvor mit einem Messer bedroht hatte, hielt Fabienne am Handgelenk. Sie flehte mich an, es gut sein zu lassen, aber ihre Miene verriet mir, dass er ihr wehtat. Er grinste mich anzüglich an.

»Sei ein guter Flic und tu, was man dir sagt.«

Ich weiß, dass ich Luft geholt habe. Mehr weiß ich nicht.

Im Schützengraben habe ich einmal eine Leuchtgranate zu früh explodieren sehen. Diese Geschosse barsten hoch am Himmel und sanken an einem Fallschirm zu Boden, wobei eine Magnesiumfackel das Niemandsland für Scharfschützen erhellte, damit sie alle töteten, die dort in der Falle saßen. Doch diesmal war sie geborsten, als der Kanonier sie noch lud. Es gab keine Explosion, es war fast still, aber die Granate verbrannte mit einer Helligkeit, die mich minutenlang schockiert und geblendet sein ließ. Der Kanonier lag zerschmettert und blutüberströmt im Schützengraben. Zu viert mussten wir ihn vom Boden kratzen.

Der Korse war nicht tot, lag aber blutüberströmt und verrenkt da. Das Kokain hatte mich so geflutet, dass ich nicht mehr wusste, wie er in diesen Zustand geraten war. Ich war das Magnesium, die Droge der Zünder.

»Mensch, Eddie, was sollte das?« Fabienne drückte die Hand auf den Mund, um nicht zu schreien.

Ich sah auf den Mann am Boden und konnte mich nicht erinnern. »Ich weiß es nicht.«

Jemand war Claude holen gegangen, der sich an der Tür festhielt und geschockt auf den Schwerverletzten starrte. Der Korse atmete, hatte begonnen, sich zu bewegen, wimmerte, weil ihm der Arm wehtat. Er war angewinkelt, wo er das nicht hätte sein sollen. Claude fuhr sich mit den Händen durchs Gesicht.

»Mann, Eddie, was hast du getan?«

»Meine Arbeit, Claude – ich habe die Gäste beschützt. Anders als Sie.« Wieder putschte das Kokain mich auf.

»Geh nach Hause, Eddie. Und mach dir nicht die Mühe, noch mal herzukommen.«

Im Vorbeigehen sah ich Dominique den Kopf schütteln über mich. Ich wollte etwas zu ihr sagen, brachte aber nichts heraus. Stattdessen nahm ich meine Sachen und ging still durch die Straßen von Montmartre aufs Revier. Pünktlich zu Schichtbeginn tauschte ich im Ermittlerzimmer den Anzug aus dem Klub gegen meine Polizeimontur. Die Wirkung des Kokains ließ langsam nach, also ging ich auf die Toilette, gab wieder etwas Pulver auf den Handrücken und sog es ein. Kaum hatte der Kick eingesetzt, ging ich in das Zimmer zurück, das ich mir mit den Schichtkollegen teilte.

»Giral«, fragte mich der diensthabende Sergeant, »wo waren Sie denn? Ich brauche Sie am Gare d'Austerlitz. Ein auf frischer Tat ertappter Einbrecher ist ins Bahndepot geflüchtet. Für die Suche ist Verstärkung nötig. Na los.«

Weil ich bezweifelte, dass ich etwas Zusammenhängendes äußern konnte, nickte ich bloß.

»Und fahren Sie ja nicht selbst«, rief er mir nach.

Auf dem Weg zum Bahnhof hielt ich mich am Türgriff fest und war entschlossen, den Einbrecher zu finden. Ich musste ihn stellen. Der Polizist am Steuer knurrte mich an.

»Mensch, Giral, lassen Sie die Tür los. Die geht sonst auf.«

Als ich antwortete, fuhren wir über Kopfsteinpflaster. Mehr als Wortfetzen brachte ich nicht heraus. »Schneller ... denn sonst ... isser weg.«

Der Fahrer lachte. »Sie spinnen wirklich.«

Ich drehte mich um, doch die Rückbank war leer. »Kommt sonst niemand mit?«

»Was sagen Sie, Giral? Ich verstehe Sie nicht.« Wieder lachte er, und sogar in meinem Zustand hörte ich den Spott.

»Treiben Sie's nicht zu weit.«

Er lachte erneut. »Ich weiß noch immer nicht, was Sie sagen.«

Ich wandte mich ihm zu und brauchte eine Ewigkeit, um sein Gesicht scharf zu sehen.

»Ich sag's Ihnen nicht noch mal, Auban.«

Mittwoch, 19. Juni 1940

22

»Ich sag's Ihnen nicht noch mal, Auban.«

»Verdammt, Giral, Sie wollten doch unbedingt, dass ich mit ihnen rede. Jetzt entscheiden Sie sich gefälligst.«

»Hauen Sie einfach ab.«

Wie gewöhnlich begegnete er meinem Blick einen Moment länger als nötig. Ungewöhnlicherweise aber stand etwas in seinen Augen, das mir verriet: Er hat etwas in meinem Blick gesehen. Für eine flüchtige Sekunde wirkte er ängstlich.

Der Morgen im Bahndepot war unnatürlich ruhig; am Himmel hing eine Rußdecke, die wenigen Arbeitsgeräusche klangen gedämpft durch die schwüle Luft. Font betrachtete uns teilnahmslos über den Schnurrbart hinweg; an seinem Bein lehnte ein Vorschlaghammer. Auban drückte die Brust raus und funkelte mich an, wandte sich dann aber ab. Bevor er davonstapfte, warf er Font noch einen Blick zu.

»Ihr zwei habt wirklich nichts füreinander übrig«, bemerkte der Bahnarbeiter.

»Was wollte er?«

»Nach letztem Freitag fragen.«

Ich sah Auban aus dem Depot verschwinden und überlegte, woher sein plötzliches Interesse gekommen sein mochte. Nach Pepes Enthüllung am Vorabend beschäftigte mich noch immer der Gedanke an einen korrupten Polizisten. Auban brachte dafür alle Voraussetzungen mit.

»Woher kennen Sie Auban überhaupt?«

»Den kenne ich gar nicht. Er ist bloß ein Flic mehr, der Fragen stellt.«

Ich beobachtete ihn scharf, bemerkte aber nichts.

»Und wo ist Papin?«

Er zuckte die Achseln, was bei ihm – groß und dürr – sofort übertrieben wirkte. »Der überprüft die Schuppen. Le Bailly hat uns gesagt, wir sollen alle darauf kontrollieren, ob ihr Polizisten etwas übersehen habt. Zeitverschwendung, wenn Sie mich fragen. Die stecken doch alle mit den Boches unter einer Decke und erzählen uns, wir müssten den Zugverkehr wieder ans Laufen bringen, um Lebensmittel und Brennstoff nach Paris zu liefern. Viel eher doch wohl nach Berlin. Er hängt seinen Mantel nach dem Wind, der Le Bailly, genau wie seine Partei. Aber er wird seine Strafe bekommen, wenn die Nazis und die Roten sich verkrachen.«

Für eine weitschweifige Klage klang mir das ziemlich vernünftig. Ich fragte ihn nach Leuten, die den Polen vielleicht bei der Flucht mit der Bahn hatten helfen wollen, aber er sagte, er wisse von nichts.

»Haben Sie jemanden gesehen, der hier nichts zu suchen hat?«

Zum ersten Mal lächelte er, und schon reichte sein Schnurrbart ihm bis fast an die Ohren. »Nur die Deutschen.«

Ich spürte Papin zwischen den Schuppen auf. Im Schatten einer Hütte lehnte er an einer wackligen Wand. Seine Augen waren blutunterlaufen, seine Haut war grau.

»Hab gefeiert«, brummte er, »aber nichts ausgefressen. Hab nur gefeiert, dass die Boches mich laufen ließen, und dabei die Sperrstunde vergessen.«

Ich roch seine Fahne, roch den Alkohol, der ihm aus den Poren drang. Er hatte nicht nur am Montagabend getrunken.

»Sie wurden bei einem Einbruch erwischt.«

Mit höhnischem Grinsen spuckte er auf den Boden. »Sie glauben den Boches? Ich war nach der Sperrstunde unterwegs, weil ich zu viel getrunken hatte, das ist alles. Im Dunkeln lange Finger machen, wenn die deutsche Armee in der Stadt ist – das wäre das Letzte, was ich täte.«

»Auban hat Sie also gehen lassen?«

»Keine Ahnung, wer das war. Irgendein Flic meinte, ich kann gehen. Für mich seht ihr alle gleich aus.«

Während des größten Teils unseres Gesprächs waren seine Augen ganz schmal, darum konnte ich seinen Gesichtsausdruck kaum deuten. Was ich aber hinter ihm im Halbdunkel des Schuppens erkannte, waren viele Pupillen. Bei genauerem Hinsehen stellte ich fest, dass sie Dutzenden von Teddybären gehörten, die vermutlich bei unserer Suche am Sonntag aus ihren Kartons genommen worden waren. Als Kulisse für Papins verkaterten Missmut wirkten sie fehl am Platz. Ich überließ ihn gerne seinem Leiden. Er hatte Recht: Ich hatte gegen ihn bis auf Hochstetters Behauptung, er sei auf Einbruchstour gewesen, nichts in der Hand.

Auf dem Rückweg durchs Depot hörte ich spitze Steine knirschen, drehte mich um, sah aber niemanden zwischen den leeren Waggons, den Signalen und Schuppen. Wieder in den schmalen Straßen, blieb ich in einer Einfahrt stehen und wartete. Als ich jemanden unschlüssig stehen bleiben hörte, trat ich auf den Gehsteig und sah mich Auban direkt gegenüber. Im ersten Moment blickte er erschrocken, hatte aber sofort wieder das anmaßende Grinsen im Gesicht, mit dem er offenbar auf die Welt gekommen war.

»Weshalb waren Sie hier?«, fragte ich.

»Um die Arbeiter zu befragen. Das wollten Sie doch, oder?«

»Vor fünf Tagen, ja. Weshalb sind Sie jetzt hier?«

»Um meine Arbeit zu machen. Schließlich müssen wir unbedingt herausfinden, was den vier polnischen Feiglingen zugestoßen ist, die vor den Boches geflohen sind.«

»Ist das wieder ein Befehl von Hochstetter? Wie der, den Deutschen französische Arbeiter auszuliefern?«

Auban äffte meine Aussprache des Namens Hochstetter nach. »Dass Sie Deutsch können, Giral, beeindruckt keinen.«

Verärgert pflanzte ich mich vor ihm auf. »Ich mag keine korrupten Polizisten, Auban.«

»Korrupte Polizisten, Giral? Was sind das wieder für Hirngespinste?«

»Sie haben das Formular unterschrieben, das Papin auf freien Fuß gesetzt hat. Wieso? Sie tauchen einfach hier im Bahndepot auf. Warum?«

»Wie gesagt: Hirngespinste. Ich habe kein Formular unterschrieben. Und ich bin hier, um die Arbeit zu machen, auf deren Erledigung Sie bestanden haben. Verdammt, ich weiß noch weniger als Sie, wovon Sie reden, Giral.«

Mein Gesicht brannte, die Mauer um meine Wut herum bröckelte. »Ich beobachte Sie, Auban.«

Er schob mich beiseite. »Sie, Giral? Sie schaffen es nicht mal, Ihre Familie im Blick zu behalten. Den eigenen Sohn. Denken Sie daran: Ich kenne Sie. Ich weiß, was Sie getan haben.«

Ich spürte die Mauer nachgeben und einstürzen. Meine Finger ballten sich zur Faust, und ich holte tief Luft.

Auban lag reglos im Hauseingang. Sein Gesicht war blutig und verschrammt, seine Hemdbrust aufgerissen. Ich starrte ihn an, konnte mich nicht erinnern, was passiert war, stupste seinen Oberkörper mit der Hand an und fuhr zusammen, weil meine Finger schmerzten. Sein Kopf rollte zurück, ein Auge öffnete sich. Er sah zu mir hoch.

»Das wirst du mir büßen, Giral. Ich bring dich um.« Seine Stimme war belegt und doch krächzend, seine Lippe hatte einen Riss. Er drehte sich auf die Seite und rappelte sich mühsam auf.

Benommen wandte ich mich ab und hetzte weg, doch ein paar Straßen weiter blieb ich stehen, lehnte mich an eine Mauer und zitterte vor Wut und Angst. Mehrmals holte ich tief Luft. Die Büchse war geöffnet.

Ich nahm die Metro, um mich zu beruhigen. In die Sechsunddreißig konnte ich jetzt unmöglich, also fuhr ich ohne Nachdenken mit der Linie, die mich in den unsicheren Hafen meiner Wohnung bringen würde. Ich saß in einem der für Franzosen reservierten Waggons und starrte in die vorbeifliegende Dunkelheit zwischen den Stationen. Eine neue Stadt entstand unter den Straßen der alten, denn immer mehr Leute nutzten die U-Bahn, statt oberirdisch unterwegs zu sein. Wir bewegten uns im schummrigen Licht dampfgefüllter Tunnel, bleiche Gesichter, die die Blicke anderer mieden, vor allem die der deutschen Soldaten, die sich neben schöne Frauen setzten und sie einschüchterten, statt in den besseren Waggons zu bleiben, die den Besatzern vorbehalten waren. Unsere Stadt war nicht mit sich im Reinen. Als der Zug im ersten Bahnhof hielt, standen vier junge deutsche Soldaten – nach der jahrelangen heimlichen Vorbereitung auf den Krieg besser in Form und stärker als unsere Jungs – lachend auf dem Bahnsteig und stiegen in den nächsten Waggon. Ließe sich Feindseligkeit in Energie umwandeln, hätte die von den Leuten ringsum ausstrahlende Aversion jedes Auto in Paris ein volles Jahr lang angetrieben.

Beim Umsteigen spürte ich den Wind des einlaufenden Zugs. In der verschwommenen Spiegelung der haltenden Waggons sah ich hinter mir ein Gesicht. Als ich mich umsah, war da niemand. Mir war unbehaglich zumute – wie im Schützengraben, wenn man wusste, dass ein Scharfschütze lauert. Ob dieses Gefühl einer realen Bedrohung entsprang? Oder dem, was ich mit Auban gemacht hatte? Im Waggon schloss ich die Lider, wollte sie aber schnell wieder öffnen. Der Traum, der mich seit Ankunft der Deutschen ängstigte, drohte sich wieder einzustellen, aber ich konnte mich nicht zum Aufwachen bewegen. Meine Augen waren fest verschlossen, mein Hirn ließ mich nicht hochfahren, um dem Schrecken zu entfliehen, sondern gab mir einen ganz neuen Traum ein, der nicht den Horror des Albs hatte, der mich immer wieder in furchtbare Schrecken versetzte und sich seltsamerweise weniger genau an meinen Erfahrungen im Schützengraben orientierte.

Diesmal war ich direkt von der Front nach Deutschland ins Kriegsgefangenenlager gekommen, wo meine Eltern mich erwarteten. Sie sprachen nicht mit mir, sondern sahen mich so von der Seite an wie 1919, als ich heimgekehrt war, mein älterer Bruder Charles aber nicht. Er hatte sich erst nach mir verpflichtet und war in Verdun gefallen, während ich in Gefangenschaft geriet. Ich hatte das Gefühl, meine Eltern hatten mich seither nie mehr offen angesehen. Nicht mal ihre Augenfarbe kannte ich noch. Ich wusste, dass sie mir die Schuld an seinem Tod gaben. Er wäre nicht Soldat geworden, hätte ich mich nicht gemeldet, und ich war nicht bei ihm gewesen, um ihn zu beschützen. Deshalb hatte ich Perpignan verlassen müssen. Deshalb, wegen des Krieges und weiterer Verluste wegen, vor denen mich zu schützen mein Selbsterhaltungstrieb ein Rückzugsgefecht kämpfte. Das waren die Gründe, warum ich mich nie mehr irgendwo zu Hause hatte fühlen können. Bei niemandem. Und es war einer der Gründe, warum ich meinem Sohn kein richtiger Vater, meiner Frau kein richtiger Gatte hatte sein können.

Als ich an meiner Station ausstieg, hörte ich auf dem Bahnsteig laute Stimmen. Zwei junge Männer wollten in einen Waggon, der den Deutschen vorbehalten war. Einer davon war Jean-Luc. Fluchend rannte ich zu den Wehrmachtssoldaten und dem Offizier, die die beiden schubsten und schoben. Im Handgemenge konnte der Freund meines Sohnes entkommen und rannte in einen Tunnel. Ein paar Soldaten lösten sich von der Gruppe und verfolgten ihn, behindert von Passagieren. Jean-Luc trat mit einem Fuß zu und erntete dafür den Kinnhaken eines Feldwebels.

»Ich bin Polizist und den beiden gefolgt«, sagte ich und zeigte dem Offizier meinen Ausweis, ohne dabei meinem Sohn in sein so wütendes wie verängstigtes Gesicht zu sehen.

»Wir nehmen den jungen Mann fest. Er scheint im wehrfähigen Alter zu sein.«

»Er ist viel zu jung. Ich kenne seine Familie. Sie ist polizeibekannt.«

Der Offiziere taxierte Jean-Luc. »Ach ja? Überraschend wäre das nicht.«

»Stimmt, er kennt meine Familie«, knurrte Jean-Luc. »Er weiß, was für einen feigen Vater ich habe.«

»Sehen Sie?«, sagte ich. »Er ist zu jung für die Armee – darauf gebe ich Ihnen mein Wort. Ich werfe ihn ein, zwei Nächte in eine Zelle, damit er sich beruhigt.«

Der Deutsche sah zweifelnd drein, aber sie versuchten noch, gut Wetter zu machen, darum gab er nach. »Sie sollten mit der Familie reden.«

»Ich denk drüber nach.«

Möglichst ruhig führte ich Jean-Luc über den Bahnsteig zum Ausgang. Ich hatte nicht gesehen, was mit seinem Freund passiert war, aber die Passagiere funkelten mich so verächtlich an, dass mich fröstelte. Ein älterer Mann pflanzte sich vor mir auf, räusperte sich laut und spuckte mir Rotz ins Gesicht. Ich musste würgen und wischte mich mit dem Ärmel ab. Fast hätte ich die Beherrschung verloren und packte Jean-Luc unwillkürlich so fest, dass er vor Schmerz aufschrie.

»Drecksboche«, zischte eine Frau mir zu.

Meinen Sohn fest im Griff, bahnte ich mir einen Weg an dem Mann vorbei. Die hasserfüllten Blicke aller Umstehenden machten das Verlassen des Bahnhofs zu einem Spießrutenlauf.

Zu Hause stieß ich Jean-Luc in meinen Sessel. »Ist dir eigentlich klar, was du riskierst? Du wirst noch verhaftet – ganz umsonst.«

»Einer von uns muss kämpfen.«

»Du hast schon einen Krieg verloren, Jean-Luc – verlier keinen zweiten.«

Er sank im Sessel zusammen und zog die Knie ans Kinn. Ich wusste, wie er sich fühlte. Der Kampf, der eben noch in uns getobt hatte, war verschwunden zugunsten der gleichen verzweifelten Teilnahmslosigkeit, die ich im Laufe der Jahre so oft empfunden hatte. Ich setzte mich neben ihn.

»Warum machst du weiter?«, fragte er. »Trotz der Umstände? Trotz der Deutschen?«

Was sollte ich da sagen? »Ich muss.« Das war der einzige Grund, der mir einfiel.

»Denn sonst?«

»Sonst werden wir zu Ungeheuern.« Unvermittelt stand mir das Bild Aubans im Torweg vor Augen, und ich musste wegschauen.

»Du kannst einfach gehen.«

Ich sah in seine verschatteten Augen. »Ich kann nicht einfach gehen. Wohin denn?«

»Ich wüsste nicht, welchen Grund du zum Bleiben hast.«

»Was willst du denn machen, Jean-Luc?«

»Etwas.« Er seufzte schwer. »Aber egal – du bist mich bald los.«

»Was soll das heißen? Du weißt, dass du bleiben kannst, so lange du willst.«

»Kann ich nicht. Ich muss etwas tun. Ich habe andere Poilus gefunden. Wir treffen uns heute Abend, verlassen die Stadt und schließen uns der Armee wieder an.«

Unwillkürlich tarnte ich meine Überraschung mit Unmut. »Einfach so? Selbst wenn ihr es aus der Stadt schafft: Wo wollt ihr die Armee finden? Sie flieht schneller, als ihr sie einholen könnt.«

»Ich treffe jemanden, der uns hilft, aus der Stadt zu kommen. In einer Bar namens Cheval Noir. Nicht alle geben so leicht auf.«

»Großer Gott, nein, Jean-Luc, nicht dahin. Bitte such dir einen anderen Weg.«

Er setzte sich auf. »Sie benutzen Züge. Die verkehren wieder, und wir können es unter der Nase der Deutschen aus der Stadt schaffen, wobei sie selbst uns helfen, ohne es zu merken. Und falls etwas passiert, wir sind dreißig Leute – da können wir uns zur Wehr setzen.«

Wütend stand ich auf. »Bitte, Jean-Luc – ich habe dir erzählt, was am Gare d'Austerlitz passiert ist. Am Freitag sind vier Männer gestorben. Sie wurden ermordet, weil jemand versprochen hatte, sie im Zug aus der Stadt zu schaffen. Du musst mir schwören, dass du Paris nicht auf diesem Weg verlässt.«

»Doch, auf genau dem Weg! Heute Abend treffe ich jemanden. Am Wochenende könnten wir weg sein.«

»Also fährst du noch nicht heute Abend? Du triffst nur jemanden? Wenn das so ist, lass mich mitkommen. Vielleicht kenne ich die Leute und weiß, ob man ihnen trauen kann.«

Ich sah ihn kurz zögern. Diese Miene kannte ich aus seiner Kindheit, wenn er mir erklärt hatte, er wolle meine Hilfe nicht, sie insgeheim aber gern bekommen hätte. Auf diesen Punkt hatte das Gespräch die ganze Zeit ohne unser Wissen abgezielt. »Ich lasse mich nicht von dir aufhalten«, beharrte er.

»Ich will dich nicht aufhalten. Dass du Paris verlassen musst, weiß ich. Hierzubleiben ist für dich nicht sicher, aber ich möchte dafür sorgen, dass du wohlbehalten aus der Stadt kommst. Bitte lass mich dich begleiten.«

Er musterte mich kurz. »Gut, aber versuch nicht, mir die Sache auszureden.«

Wir verabredeten uns in der Nähe des Cheval Noir. Zuvor allerdings wollte ich Lucja auf dem Place des Vosges treffen und sagte deshalb: »Ich muss erst noch jemand anderen sehen. Sollte ich mich verspäten, wartest du, verstanden?«

Er nickte widerstrebend und hatte dabei wieder diese Kindermiene. Er wollte, dass ich ihn begleite.

23

Als ich in die Sechsunddreißig kam, war Auban nicht da, was mich nicht sonderlich beunruhigte – anders als die jüngere Version meiner selbst, die ich vor langer Zeit in einer dunklen Zelle versteckt hatte und die mich nun beobachtete, wie ich aus dem Augenwinkel wahrzunehmen meinte. Je mehr ich versuchte, dieses Wesen eingesperrt zu halten, desto stärker wollte es sich befreien.

Ich war mir sicher und wollte auch, dass Auban der von Pepe erwähnte korrupte Polizist war. Fraglich aber, welche Kreise seine Korruption gezogen hatte. Er war als erster Ermittler bei den Leichen gewesen, alarmiert von Font und Papin. Ob er an Versprechungen beteiligt war, Flüchtlinge aus der Stadt zu schleusen? Ob er sogar in ihre Ermordung verwickelt war? Einen Moment war ich froh, ihn verprügelt zu haben. Mein jüngeres Ich im Augenwinkel lächelte, ein böses Lächeln, bei dem ich mich sonst nie ertappt hatte.

Zwei deutsche Soldaten, die an meiner Tür auftauchten und mich aufforderten, mitzukommen, retteten mich aus diesen Gedanken.

»Ich bin beschäftigt.«

»Wir haben Befehl, notfalls Gewalt anzuwenden«, sagte der Ältere. Ihre Uniformen hatten keine blaue Paspelierung – das war das einzig Positive.

»Ich habe schon gesagt, dass ich nicht mitkomme.«

Einer richtete seine Maschinenpistole auf mich.

»Na, wenn Sie mich so nett bitten.«

Unten stießen sie mich in einen Wehrmachtsdienstwagen. Der jüngere Soldat setzte sich auf den Beifahrersitz, der ältere zu mir nach hinten. Ich fragte ihn, was das sollte, aber er bedeutete mir, den Mund zu halten. Der Fahrer überquerte die Seine und fuhr geruhsam durch die Stadt. Die Deutschen hatten ein Tempolimit von vierzig Stundenkilometern bei Tag verordnet, und soweit ich sah, war er der einzige Soldat, der sich daran hielt. Ich war hin- und hergerissen zwischen Erleichterung und Ärger. Er hielt vor dem Hotel Lutetia, und so konnte keines dieser Gefühle obsiegen. Der dunkle Koloss des Cherche-Midi-Gefängnisses stand stumm gegenüber. Sonst waren dort Militärhäftlinge untergebracht, doch zwei Tage vor dem Einmarsch der Deutschen war es geräumt, waren seine Insassen in ein Internierungslager im Département Dordogne gebracht worden. Wie lange es wohl dauern würde, bis die Deutschen die zweihundert Einzelzellen wieder mit Häftlingen belegten? Es schauderte mich.

Die beiden Soldaten brachten mich in dasselbe Zimmer wie letztes Mal. Es wirkte noch immer provisorisch. Trotz eines offenen Fensters war es stickig. Ein französischer Kellner räumte gerade ein Tablett ab. Diesmal würde meine Willenskraft nicht mit einer markenfreien Mahlzeit auf die Probe gestellt werden.

Hochstetter schlug die Beine übereinander und nahm einen langen Zug von seiner Zigarette. Ich hörte den Tabak knistern, als das Ende tiefrot aufglühte. Irgendwie ärgerte mich das mehr als alles andere.

»Ich lasse mich nicht vorführen«, teilte ich ihm mit. »Wenn Sie mich sprechen wollen, dann in der Sechsunddreißig. Oder Sie rufen an. Sie haben doch Telefone in Deutschland? Oder sind Sie zu sehr mit dem Autobahnbau beschäftigt?«

»Warum sollte ich Ihnen Zeit geben, sich zu überlegen, was Sie sagen wollen, wenn ich Sie auch vorführen lassen kann?« Mit lässiger Bewegung löschte er das Streichholz und warf es in einen Glasaschenbecher auf dem Tisch. »Sie haben einen Besuch bei der Gestapo gemacht, Édouard. Dabei hatte ich Ihnen ausdrücklich gesagt, Sie sollen die Dinge nicht selbst in die Hand nehmen.«

»Ich habe dort keinen Besuch gemacht – die waren dort, wo ich zufällig auch war, also habe ich sie gefragt, warum sie sich für mich interessieren.«

Er lächelte. »Das ist sonderbar ehrlich, unterscheidet sich aber seltsam von der Version, die ich bekommen habe.«

»Vielleicht ist es mit Ihrem Geheimdienst gar nicht so weit her.«

»Darauf würde ich mich nicht verlassen, Édouard. Ich kann Sie nicht immer schützen, wissen Sie. Und vielleicht will ich das auch nicht. Das sollten Sie sich merken. Gut, kommen wir zu dem, warum ich Sie eingeladen habe. Obwohl ich Sie nach Ihrer eigensinnigen Weigerung, hinsichtlich der Gestapo zu kooperieren, am liebsten auflaufen lassen würde.«

Erneut war ich beeindruckt, wie leicht Hochstetter blitzschnell von einer extremen Haltung zur anderen wechseln konnte, von höflicher Weltgewandtheit zu Gewaltandrohungen. Das machte ihn gefährlicher als die Schläger der Gestapo und die Automaten der Geheimen Feldpolizei. Erschrocken erkannte ich, dass ich ihm, der nur von Hitlers Gnaden in Paris war, genau darin auf verborgene Weise furchtbar glich.

»Ich bewundere Sie, Édouard. Darum habe ich etwas für Sie. In Hauptmann Webers Akte habe ich entdeckt, dass er in dem Teil Polens eingesetzt war, der inzwischen als Reichsgau Danzig-Westpreußen firmiert.«

Mir fiel ein, dass Lucja diesen Namen erwähnt hatte. »Ich weiß nicht recht, was das bedeutet.«

»Zum Reichsgau Danzig-Westpreußen gehört Bydgoszcz.« Ich verbarg, dass mir der Atem stockte, und hörte weiter zu. »Ich will sicher sein, dass die bei der Besetzung Polens gemachten Fehler in diesem Land nicht aufs Neue passieren. Genau wie Sie will ich, dass die Gesetze beachtet werden. Aus meiner Perspektive vielleicht noch wichtiger ist aber, dass ihre Durchsetzung *wahrgenommen* wird. Wir wollen nicht unnötig Antipathie uns gegenüber schaffen. Das ist nicht Polen. Wir sehen Frankreich als Deutschland fast ebenbürtig. Paris soll zweite Stadt im Reich werden. Eine sehr luxuriöse und erfreuliche zweite Stadt, weit weg von den Intrigen und Winkelzügen Berlins. Wir möchten das nicht eines Offiziers wegen gefährdet sehen.«

»Worauf wollen Sie hinaus?«

»Sie möchten den oder die Mörder finden. Ich will, dass die Ergebnisse Ihrer Ermittlungen – egal, wie sie aussehen – die keimenden Bindungen zwischen unseren Kulturen nicht beschädigen.«

»Und was genau wollen Sie?«

»Dass Sie mit mir zusammenarbeiten, Édouard. Wenn Sie weitermachen wie bisher, werden Sie nirgendwohin kommen – das kann ich Ihnen versprechen.«

»Das können Sie mir versprechen?«

»Wenn Sie wollen, dürfen Sie darin eine Drohung sehen.«

Ehe ich dieser Bemerkung etwas entgegensetzen konnte, kam derselbe Unteroffizier wie am Vortag eilends herein und flüsterte Hochstetter dringlich etwas zu. Der wirkte über die Unterbrechung verärgert. So wie ich. Er hatte mir noch immer nicht gesagt, warum ich hier war. Im nächsten Moment öffnete sich die Tür erneut; ein Offizier trat ein und tippte mit den Handschuhen an die perfekte Bügelfalte seiner Hose. Er hatte vier blitzende Knöpfe an einem Kragenspiegel, zwei zum Doppel-S gezackte Linien am anderen. Er war der Erste, den ich von dieser Meute sah. Und er hatte eine Raute mit den Initialen SD an den Ärmel genäht. Ich wusste, dass diese Abkürzung für den Sicherheitsdienst der NSDAP stand. Und dass diese Initialen mit der Gestapo zu tun hatten. Ich beschloss, mich zu benehmen.

»Obersturmbannführer Biehl«, begrüßte Hochstetter ihn kühl.

Aus der Veränderung in Hochstetters Benehmen schloss ich, dass ein Obersturmbannführer ein höheres Wesen war als ein Major. Und daraus, dass Biehl sich setzte, während Hochstetter aufstand. In der Annahme, ein zerzauster Pariser Polizist steche beide aus, blieb ich sitzen, wo ich saß. Biehl taxierte mich ohne jede Reaktion. Er war groß und kultiviert, hatte wallendes blondes Haar und strahlte etwas gelangweilt Aristokratisches aus.

»Ich bin gerade mit dem Flugzeug aus Berlin gekommen, Major Hochstetter«, bemerkte er leutselig. »Schöne Büros haben Sie, muss ich sagen. Wir sind im Hotel du Louvre. Sehr zentral, bestens geeignet zum Fressen und Huren, nehme ich an.«

Das ist ja hübsch, dachte ich. Genieß du nur unsere Stadt.

Hochstetter hatte sich inzwischen gefasst. »Sie sind vermutlich wegen der illegalen Entsendung von Gestapo-Offizieren hier.«

Biehl lachte nur. »Ein Missverständnis. Viele von uns, die im besonderen Dienst des Führers stehen, hatten das Gefühl, es wäre für das Reich besser, wenn die Gestapo in Paris präsent ist.«

»Ihnen wurde ausdrücklich verboten, die Wehrmacht in Frankreich zu begleiten.«

»Mein lieber Hochstetter, Sie machen aus einer Mücke einen Elefanten. Ich habe Berlin eben erst verlassen und versichere Ihnen, dass der Führer kein Problem damit hat, dass die Gestapo in Paris eine Dienststelle eröffnet. Ganz im Gegenteil: Er begrüßt es.«

Hochstetter wies auf mich. »Das ist Inspektor Giral von der Pariser Polizei. Ihre Agenten haben ihn angegriffen.«

Biehl sah mich an und zuckte die Achseln. »Und? Major

Hochstetter, bitte bedenken Sie, dass der Führer persönlich –
wie ich gerade sagte – eine Präsenz der Gestapo in Paris ak-
zeptiert. Ich bin sicher, Sie wollen seine Wünsche nicht infra-
ge stellen.«

»Sie sollten sich vielleicht bei Inspektor Giral entschuldigen.«

»Machen Sie sich nicht lächerlich.«

Durchs offene Fenster flog eine Biene herein und setzte
sich auf einen kleinen Kaffeefleck auf dem Tisch. Gemächlich
schlug Biehl mit seinen Lederhandschuhen nach dem Tier
und zerquetschte es auf der Mahagoniplatte.

»Ihr Deutschen mögt wirklich keine Bienen, stimmt's?«

24

Es war schon nach Mittag, zu spät, um Lucja auf dem Place des Vosges zu treffen, deshalb nahm ich die Metro über den Fluss zum Hotel Bristol. Derjenige, mit dem ich sprechen wollte, wirkte ausnahmsweise einigermaßen nüchtern, trotz des Zechgelages am Vorabend. Er bestellte sich vor dem Mittagessen einen Martini.

»Ich habe Ihnen nichts mitzuteilen.«

»Sie meinten doch, Sie würden aussagen.« Groves wirkte über meine Entgegnung verblüfft. »Gestern Abend bei Luigi haben wir ein Treffen vereinbart, damit Sie mir von Hauptmann Weber berichten können. Erinnern Sie sich nicht?«

Er rührte seinen Drink um, zog die Olive vom Stäbchen, kaute sie. »Unsinn. Ich kann mich an alles erinnern, was ich gestern Abend gesagt habe.«

»Sie haben mir erzählt, Weber sei der anständigste Offizier der deutschen Armee.« Ich zog einen Barhocker heran und setzte mich neben ihn.

»Hören Sie, Monsieur Sowieso, ich bin Journalist und begleite Webers Einheit. Ich würde der Welt erzählen, er sei Papst, Mahatma und der Führer zugleich, wenn ich dadurch an eine Story komme.«

»Ich möchte Sie nach dem Morgen fragen, an dem Sie in Paris eingetroffen sind. Beim Bahndepot.«

»Hören Sie, ich gebe nichts darauf, was amerikanische Polizisten von mir wollen – denken Sie also nicht, dass es mich schert, was irgendwelche Franzosen wollen. Ich begleite die deutsche Armee. Wenn ich meinen Platz dort behalten und weiter Geschichten aus den Deutschen rauskitzeln will, werde ich meine Zeit sicher nicht damit verschwenden, mich mit einem französischen Polizisten zu unterhalten, kapiert?«

»Sie sagten, er habe das Bahndepot als Erster betreten. Was haben Sie gesehen?«

»Was ich gesehen habe? Ich habe ihn als Ersten das Bahndepot betreten sehen.«

»Und was haben Sie dabei beobachtet?«

»Hören Sie eigentlich zu? Ich habe schon gesagt, dass ich Ihnen nichts erzählen werde. Wenn Sie von mir etwas über Deutsche erfahren wollen, warum fragen Sie dann nicht nach Ihrem sauberen Major Hochstetter? Der ist ganz und gar nicht der makellose, für die Nazis viel zu gute Offizier auf einem weißen Ross, für den Sie ihn halten.«

»Dann erzählen Sie mir davon.«

Er wandte sich mir schwankend auf seinem Hocker zu. »Waren Sie mal in Berlin? Die ganze Stadt ist durchsetzt von Informanten. Jeder erzählt Geschichten über alle anderen. Wer was mit wem wie oft tut. Egal, worum es geht: Es gibt immer einen Spitzel und ein Naziohr, das ihm zuhört. Und Hochstetter ist einer der größten und ausgebufftesten Dreckskerle in diesem Betrieb.«

»Er behauptet, er sei kein Nazi.«

»Egal. Ein Deutscher, den ich kannte, ein Journalist, hat ihm Informationen geliefert, um nicht nach Sachsenhausen zu müssen, das Konzentrationslager bei Berlin. Nur hatte er nicht genug, was er ihm erzählen konnte, also hat er sich einiges ausgedacht. Bis er mit einer Blinddarmentzündung ins Krankenhaus musste; etwa zu dieser Zeit hat Hochstetter erkannt, dass sein Informant ihn belogen hat.«

»Und einen Kranken ins Gefängnis werfen lassen.«

Groves schnaubte. »Ins Gefängnis? Hochstetter hat ihn aus dem Krankenhausfenster geworfen! Vier Stockwerke tief. Dabei ist nicht nur der Blinddarm geplatzt. Hoffen Sie, dass Sie den Moment nicht erleben, an dem Sie für ihn wertlos geworden sind, mein Freund.«

Dabei blickte er so benebelt, dass ich nicht wusste, ob er die Wahrheit sagte. Ich dachte über Hochstetter nach und kam zu dem Schluss, Groves mochte durchaus ehrlich gewesen sein. Der Journalist wandte sich wieder der Theke zu.

»Was ist mit Ronson? Wie lange kennen Sie sie?«

Der Themenwechsel überraschte ihn. »Ein paar Jahre. Ich hab sie in Berlin getroffen. Für eine Frau ist sie in diesem Metier nicht schlecht.« Er leerte seinen Martini und bestellte mit einer Handbewegung einen zweiten.

»Haben Sie Webers Einheit auch in Polen begleitet?«

Er lachte bitter. »In Polen waren keine ausländischen Berichterstatter zugelassen. Kein Journalist durfte sich den Deutschen dort auch nur nähern. Und falls Sie jetzt keine Fragen mehr haben, können Sie gehen.«

Mehr würde ich von ihm nicht erfahren, also überließ ich ihn seinem Martini-Déjeuner und fragte an der Rezeption, ob Ronson im Haus sei, sah aber, dass ihr Zimmerschlüssel am Haken hing.

»Sie ist gerade weg«, sagte der Portier. »Vielleicht erwischen Sie sie draußen noch.«

Wirklich erwischte ich sie. Mit einem Mann. Und sie schien nicht erfreut darüber zu sein.

»Möchten Sie mich nicht vorstellen?«, fragte ich.

»Ich bin in Eile, Eddie.«

»Mir brauchen Sie nicht erst vorgestellt zu werden, Inspektor Giral«, sagte der Mann, was mich fast so sehr erstaunte wie Ronson. »Bitte gesellen Sie sich zu uns.«

Achselzuckend sah ich Ronson an. »Einen von uns müssen Sie doch noch vorstellen.«

Sie wirkte weiter unzufrieden. »Eddie, das ist Jozef, aber Sie dürfen sicher davon ausgehen, dass es nicht sein wahrer Name ist.«

Er war groß und elegant und hatte forschende Augen. Der Schnauzbart unter seiner Modigliani-Nase war millimetergenau getrimmt. Lachend ging er los und führte uns vom Hotel weg.

»Erwähnen Sie bloß den Namen eines gewissen Hauptmanns nicht«, flüsterte Ronson, als wir ihm fast im Gleichschritt folgten.

Jozef führte uns zu einer Bank im Park vor dem Théâtre Marigny, die abseits unter Bäumen stand. Von unserem Platz hatten wir einen guten Blick auf jeden, der sich uns nähern mochte. Ich kam zu dem schon von Ronson geäußerten Schluss, dass Jozef nicht sein richtiger Name war, hatte aber den Eindruck, dass er wusste, was er tat. Es blieb abzuwarten, welchen Trost das bedeuten würde.

»Wieso wissen Sie, wer ich bin?«, fragte ich ihn.

»Weil Sie Kontakt zu Leuten haben, zu denen auch eine Frau gehört, die Sie als Lucja kennen.«

Sein Französisch war gut, aber inzwischen bemerkte ich den polnischen Akzent. Fragend sah ich Ronson an, die die Dinge auf ihre Weise erklärte. »Jozef ist in der polnischen Armee. Jetzt ist er in Paris, und ich frage ihn nicht, was er hier tut; er verrät es mir auch nicht. Das sollte Ihnen alles sagen, was Sie wissen müssen.«

»Sie sollten auch erfahren, dass mein Aufenthalt hier den deutschen wie französischen Behörden unbekannt ist und es dabei unbedingt bleiben muss.«

»Großer Gott, ich bin bloß ein Pariser Polizist. Über Spione weiß ich nicht das Geringste. Sind Sie einer von denen, die mir folgen?«

»Ja. Wie Gestapo und Abwehr, aber die arbeiten mit Informanten. Sie sind ein sehr gefragter Mann, Eddie.«

»Nicht übermäßig gefragt«, warf Ronson ein.

»Ronson hätte ein Treffen mit Ihnen einfädeln sollen«, fuhr Jozef fort, und ich sah, dass ihr das neu war. »Sie hat offenbar glaubhafte Beweise für das, was die Nazis in Polen angerichtet haben. Wir möchten, dass Sie ihr helfen, diese Beweise der Welt bekannt zu machen.«

»Darüber hatte ich mit Ihnen gesprochen«, erinnerte sie mich.

»Sie meinen die Aussage eines ausgelaugten Nazis?«

»Den Augenzeugenbericht eines Mannes, der mehr weiß als jeder andere«, sagte Jozef. »Eines Täters. In dieser zynischen Welt wiegt das die Geschichten von tausend Opfern auf.«

»Ich soll also mit Ihnen an einem Strang ziehen und Ruhe geben, damit auch Ihre Quelle Ruhe hat.«

»Sie haben's erfasst, Eddie.«

»Persönlich«, sagte Jozef, »würde ich Ronsons Quelle am liebsten wegen Kriegsverbrechen hinrichten, muss mich aber einem übergeordneten Wohl unterwerfen. Und ich möchte Sie bitten, dasselbe zu tun. Die Informationen, die diese Quelle tauschen will, müssen außerhalb Europas bekannt werden.«

»Vor allem in den USA«, ergänzte Ronson. »Ich sage es ungern, aber wir sind es, die Sie überzeugen müssen.«

»Der Hitler-Stalin-Pakt wird scheitern«, fuhr Jozef fort. »Eines Tages wird einer sich gegen den anderen wenden. Das sind zwei Banden von Schurken, die nicht anders können. Und sobald das geschieht, werden alle leiden, die sich zwischen den Kontrahenten befinden. Nicht nur die Nazis, auch die Sowjets stehen ja in Polen, und glauben Sie mir: Wir Polen sehen zwischen beiden keinen großen Unterschied.«

»Darum müssen wir mit dem deutschen Widerstand zusammenarbeiten, der Hilfe sucht, um Hitler zu stürzen, ehe dieser Krieg ausbricht. Und darum müssen auch Sie Ihre Rolle spielen, Eddie.«

»Meine Rolle besteht darin, dass ich Polizist bin.«

»Aber Eddie, das hatten wir doch alles schon. Es geht um größere Dinge.«

»Eines muss ich noch ergänzen«, sagte Jozef. »Sie sollten an denen zweifeln, denen Sie glauben.«

»Was Sie nicht sagen.«

»Eddie, benehmen Sie sich. Jozef gehört zu den Guten.«

»Uns ist aufgefallen, dass es im Verhalten von Lucja und ihrer Gruppe Unregelmäßigkeiten gab, Routineaufträge, die schiefgingen. Fraglich, wie weit wir ihnen trauen können. Wir wissen kaum etwas über Lucja aus der Zeit, bevor die Deutschen bei uns eingefallen sind. Ich würde vorschlagen, dass Sie ihr gegenüber Vorsicht walten lassen.« Jozefs Worte trafen ins Schwarze, so ungern ich das dachte. »Da ist noch etwas – Sie wollen die Beweise finden, die Fryderyk Gorecki angeblich für Naziverbrechen in Polen besaß.«

»Wer, zum Teufel, ist das denn?«, fragte Ronson.

»Und woher, zum Teufel, wissen Sie von ihm?«

Jozef warf mir einen schiefen Blick zu. »Ich vertrete den Geheimdienst der polnischen Regierung. Alle offiziellen Aktionen laufen über uns. Sie sollten wissen, dass Fryderyk Gorecki nie mit Informationen an uns herangetreten ist. Wir haben schlicht keinen Hinweis darauf, dass er Beweise besaß oder dass diese Beweise echt oder glaubwürdig waren. Wir haben nur das Wort von Lucjas Gruppe und fürchten, dass es nicht vertrauenswürdig ist.«

»Wie sehr ich die altmodischen Kriminellen vermisse!«

»Sie sind ein Gewohnheitstier geworden, Eddie«, sagte Ronson. »Höchste Zeit, ein paar neue Tricks zu lernen.«

Ich funkelte sie an, und Jozef fuhr fort: »Fryderyk war ein labiler Mensch in Trauer, Eddie. Wir haben geringes Vertrauen in die Qualität der Informationen, die er gehabt haben mag. Die Beweise eines deutschen Offiziers, der in Polen gedient hat, haben viel mehr Gewicht als die Fantasien eines Mannes, der von der Lage so überfordert war, dass er sich und seinen kleinen Sohn umgebracht hat. Ich verstehe Ihre Bedenken, Eddie, aber wir vermuten, dass Ronsons Beweise glaubhafter sind und wir unsere Anstrengungen darauf konzentrieren sollten, sie zu erlangen.« Er stand auf und wandte sich zum Gehen. »Wir wüssten es sehr zu schätzen, wenn Sie keine anderen Ermittlungen verfolgen oder nicht zulassen würden, dass das geschieht.«

Er nickte Ronson zu und eilte davon. Seine stählerne Stimme war bei der spitzen Bemerkung zum Abschied so bedrohlich gewesen wie die von Hochstetter.

»Die Drohungen, die ich bekomme, haben seit Einmarsch der Deutschen an Statur gewonnen«, sagte ich zu Ronson.

»Wer ist Fryderyk Gorecki, Eddie? Und wann hatten Sie vor, mir von ihm zu erzählen?«

Ich sah sie überrascht an. »Das wissen Sie also nicht? Fryderyk Gorecki war der Mann, zu dessen Wohnung Sie sich Zutritt verschaffen wollten.« Ich erzählte ihr mit Bedacht von einigen Informationen über Gräueltaten, die er angeblich besaß, und von Lucja. Sie hörte schweigend zu. »Weshalb also haben Sie versucht, in seine Wohnung zu kommen?«

»Wegen Weber. Ich habe seine Reaktion auf den Namen Bydgoszcz bemerkt, als Hochstetter einen Mann von dort erwähnte, der Selbstmord begangen hatte, und wollte das überprüfen. Um mich zu überzeugen, dass Weber mir die Wahrheit sagt. In seiner Vergangenheit gibt es etwas Undurchsichtiges, und ich muss recherchieren, ob es seine Geschichte beeinträchtigt. Aber ich kannte den Namen des Mannes nicht, der in der Wohnung gelebt hat.«

»Kennen Sie Groves gut?«

Sie wirkte überrascht. »Nicht sonderlich. In Berlin und Spanien ist er mir ein paarmal begegnet. Er hat Webers Einheit durch Frankreich begleitet. Früher war er ein guter Journalist und kam an Storys, an die andere nicht drankamen. Bis alles den Bach runterging.« Sie setzte ein imaginäres Glas an den Mund.

»Trauen Sie ihm? Er scheint sich sehr gut mit Weber zu verstehen.«

»Er jagt als Journalist den gleichen Storys nach wie ich. Natürlich traue ich ihm nicht.«

»Und Jozef? Trauen Sie ihm? Immerhin soll er nicht wissen, dass Weber Ihr Informant ist.«

»Ich muss meine Quelle schützen. Wenn ich ihm erzähle, um wen es sich handelt, vergessen sie mich und gehen direkt zu ihm, um ihm auf jede erdenkliche Art Informationen zu entlocken.« Sie wandte sich mir zu, und plötzlich hellte ein Grinsen ihre Miene auf. »Ich bin eben Journalistin, Eddie. Und für diese Geschichte kann es den Pulitzer-Preis geben.«

25

Ich blickte Ronson nach, blieb noch ein wenig auf der Bank sitzen und vergewisserte mich, dass weder sie noch Jozef sich auf einem Umweg wieder genähert hatten, um mir zu folgen. In entspannter Stille verdaute ich, was Jozef gesagt hatte. Eins war mir besonders im Gedächtnis geblieben: Seine Behauptung, er glaube nicht, Fryderyks Beweise würden etwas taugen, zeigte mir, dass er annahm, ich würde weit stärker an sie glauben, als es tatsächlich der Fall war. Mir fiel auf, dass ich den Beweisen, die Fryderyk zu haben glaubte, kaum nachgegangen war. Auch weil ich mir nicht sicher war, ob ich von solchen Beweisen ausgehen sollte. Stattdessen hatte meine Besessenheit seine Geschichte in kaum mehr als eine private Suche nach Antworten verwandelt. Der Tresor und die Gegenstände darin, die Eindringlinge in seine Wohnung, die Erwähnung von Bydgoszcz – all das hatte meine Neugier angestachelt. Und jetzt hatte ein weiterer hochgestellter und mir unbekannter Offizier versucht, mich davon abzubringen, etwas zu tun, indem er nachdrücklich festgestellt hatte, all diese Dinge seien wertlos.

»Und das«, sagte ich zu einer ausgemergelten Taube, die am staubigen Boden nach Krümeln pickte, »hat schon immer genügt, um mich richtig zu verärgern.«

Ich verließ den kleinen Platz, holte mein Auto von der Sechsunddreißig, fuhr auf Umwegen zum Place des Vosges und versuchte, nicht daran zu denken, wie viel Benzin ich gerade verbrauchte. Wenn das so weiterging, war der Tank eher leer als der Whisky. Ich parkte einige Straßen entfernt, näherte mich dem Platz misstrauischer als früher, obwohl ich wusste, dass ich verfolgt wurde, und beobachtete die Bank von den Arkaden aus. Eine Kinderschar spielte um vier Mütter herum. Das wirkte unpassend im neuen Paris, wie Geister vergangener Tage, die uns an den Verlust erinnerten.

Um Punkt sieben spürte ich aus den schattigen Arkaden jemanden auf mich zukommen, wandte mich um und sah Lucja. Sie lächelte und begrüßte mich einmal mehr wie einen alten Freund; nur die Müdigkeit in ihrem Blick verriet, wie es ihr wirklich ging. Diesem Gesicht wollte ich vertrauen.

»Haben Sie was für mich?«, fragte sie, nachdem wir uns auf die Bank gesetzt hatten.

Ich betrachtete die unebenen Steinplatten und fällte endlich die Entscheidung, der ich während der Fahrt noch ausgewichen war. »Ich habe drei Bücher in Fryderyks Wohnung gefunden. Davon habe ich Ihnen noch nicht erzählt.«

Sie zuckte kaum merklich die Achseln. »Richtig so. Man muss aufpassen, wem man traut.«

Ich verjagte die Zweifel, die Jozef gesät hatte, und beschrieb ihr die Bücher und die beiden Mappen, die ich im Tresor gefunden hatte.

»Wir hatten uns gefragt, was es mit dem Tresor auf sich hat«, sagte sie.

»Ich verstehe die Bedeutung der Dinge nicht, die er darin aufbewahrt hat. Womöglich hatten sie nur sentimentalen Wert, aber eins der polnischen Bücher scheint ein von Ewa verfasstes naturwissenschaftliches Lehrbuch, das andere ein polnischer Roman zu sein, der in Bydgoszcz veröffentlicht wurde, vermutlich von Fryderyks Firma. Bücher und Briefe zusammen könnten eine Bedeutung haben.«

»Kann ich sie mal sehen? Wo sind die Sachen jetzt?«

»Da müssten Sie mich in meine Wohnung begleiten.«

In ihren Augen sah ich, dass sie wie ich mit Zweifeln rang, wem sie da glauben sollte. Schließlich nickte sie. Wir standen auf und umrundeten den Platz wie ein Paar beim Abendspaziergang, um sicherzugehen, dass uns niemand beobachtete. Dann bogen wir in eine der Gassen, die vom Platz wegführten. Mit meinem Auto schlängelten wir uns durch Seitenstraßen des rechten Ufers und überquerten die Seine auf der Pont Royal. Unterwegs sagte ich ihr, ich müsse noch mal los und würde sie deshalb in der Wohnung eine Zeit lang allein lassen.

»So sehr trauen Sie mir?« Es schien ihr zu gefallen. Mir machte es Sorgen.

Einige Straßen weiter fragte ich sie, ob sie mir sagen könne, woher ihre Gruppe Anweisungen bekam.

»Das darf ich nicht. Und ich kenne nur die nächste Person in der Kette.«

Ich beschrieb ihr Jozef, ohne näher zu berichten, wie ich ihm begegnet war.

»Den kenne ich nicht. Aber das hat nichts zu bedeuten. Wie gesagt: Ich habe nur zu einer Person außerhalb unserer Gruppe Kontakt. Das ist sicherer.« Sie war nervös und begann zu reden, als mein Umweg an der Sorbonne entlangführte. »Mal sehen, was mit Ihren Universitäten nach den Sommerferien passiert. Die Nazis halten wenig von ihnen. In Polen wurden viele Schulen geschlossen. Wir sind offenbar ›Untermenschen‹ und brauchen nichts zu lernen, weil das an uns verschwendet wäre. Und der Unterricht findet nur auf Deutsch statt. Beten Sie, dass die Nazis nicht mal einen Bruchteil dessen für Sie auf Lager haben, was sie uns an Überraschungen gebracht haben.«

Sie verstummte, lehnte die Schläfe ans Fenster. Wortlos fuhr ich weiter und parkte eine Straße von meiner Wohnung entfernt. Nachdem ich mich erneut vergewissert hatte, dass niemand uns verfolgte, ließ ich sie ins Haus, führte sie die Treppe hinauf und sah auf die Uhr. Mit Jean-Luc wollte ich mich eine Stunde vor der Ausgangssperre im Cheval Noir treffen, musste also praktisch sofort wieder los. Die Rückfahrt hatte überraschend lange gedauert.

»Haben Sie schon gegessen?«, fragte ich, während ich Lucja zum eher selten benutzten Sessel führte. »Es gibt nicht viel, aber Sie können gern nehmen, was Sie mögen.«

Ich legte die beiden polnischen Bücher vor sie auf den Tisch und zeigte ihr, wo auf dem Regal sich der französische Roman und die Broschüre befanden – nur für den Fall, dass sie eine Bedeutung hatten, die mir entgangen war.

»Die waren auch im Tresor.«

Sie nahm beide Bücher nacheinander zur Hand. »Richtig: ein Schulbuch und ein Roman.« Sie schüttelte den Kopf. »Auf den ersten Blick entdecke ich keinerlei Bedeutung.«

Ich blieb bis zur letzten Minute in der Wohnung. Noch immer nagte ein kleiner Zweifel in meinem Hinterkopf, aber manchmal muss man seiner Intuition folgen. Und die riet mir, denen nicht zu glauben, die ständig sagten, ich solle ihnen trauen. Dennoch bremste mich die Ungewissheit. Dabei musste ich mich wirklich beeilen, ins Cheval Noir zu kommen, bevor mein Sohn sich dort mit denen traf, mit denen er verabredet war.

Ich lief die Treppe runter, trat in die Abenddämmerung, ließ kurz den Blick schweifen und eilte mit gesenktem Kopf zum Wagen, da heulte ein Motor auf. Ich drehte mich um und sah jemanden im zunehmenden Dunkel aus dem Auto springen: ein Kinderkopf auf dem Körper eines Mannes. Müller. Noch immer trug er die graue Uniform der Geheimen Feldpolizei.

»Nicht jetzt«, sagte ich und wollte ihn stehen lassen, doch zwei Arme umschlangen mich von hinten, und ich sah ein Lächeln auf Müllers Albtraumgesicht.

Ich trat dem Angreifer hinter mir mit voller Wucht auf den Fuß und konnte zumindest einen Arm befreien. Klar, dass es sich um Schmidt handelte. Müllers Lächeln verschwand, und als ich ihm einen sauberen rechten Haken verpasste, klappte ihm obendrein die Kinnlade herunter: für mich der bis dahin befriedigendste Moment des Krieges. Ich stieß Schmidt hinter mir den Ellbogen in die Rippen und wollte wieder auf Müller losgehen, aber Schmidt berappelte sich schnell und verpasste mir einen Schlag auf die ohnehin schmerzenden Nieren; prompt knickten mir die Beine weg. Ich wollte ihn noch mit dem Hinterkopf rammen, als er mich hochriss, aber sein Griff war stärker als zuvor, und seine Arme pressten mir die Luft ab.

Grinsend rieb Müller sich das Kinn. Ich hatte es ihm nicht gebrochen. Dabei wäre das eine Verschönerung gewesen. Plötzlich spürte ich seitlich am Hals einen Schmerz und sah ihn eine Spritze wegziehen, deren Kolben durchgedrückt war. Ich wehrte mich noch einen Moment und wollte ihm einen Faustschlag verpassen, aber meine Arme waren gefangen.

Bevor alles in meinem Kopf zu treiben begann, wurde mir auf dem Rücksitz des Wagens noch klar, dass ich an diesem Tag etwas gesehen hatte, das mir etwas hätte sagen sollen. Ich versuchte es zu greifen, doch es trudelte langsam davon.

Die Droge perlte durch meine Adern, stürzte sich auf alle Nervenzellen, sprengte ein Loch in meine Erschöpfung. Ich hatte etwas vom Handrücken geschnupft, als ich das Tor zum Bahndepot prüfte und Auban den Wagen parken gefahren war. In diesem Moment hätte ich den Eiffelturm für ihn leuchten lassen können und noch Energie übrig gehabt.

Ich sah mich nach Auban um, aber er war beim Wagen geblieben. Ich ging zurück, musste mich dabei konzentrieren, nicht zu stolpern, und fragte ihn, was er tue.

»Der Verdächtige soll da drin sein.« Er wies in die Richtung, aus der ich gekommen war. »In einem Lagerhaus ganz hinten. Na los.«

Ich musste mir klarmachen, weshalb wir gekommen waren: wegen eines Einbrechers. Er war in Wohnungen der Umgebung eingestiegen, der Polizei aber entkommen. Wieso allerdings sollte ich im Bahndepot nach ihm suchen?

»Kommen Sie nicht mit?«

»Ich muss aufs Auto aufpassen. Befehl vom Sergeant. Er hat gesagt, Sie sollen das machen.«

Ich sah über die Schulter zum pechschwarzen Eingang. Eben noch war ich wütend auf Auban gewesen, doch die Wut hatte sich mit dem Pulver in der Nase aufgelöst. Ich konnte alles.

»Kein Problem.«

Ich drehte mich um und kehrte langsam zum Tor zurück. Hinter mir hörte ich Auban lachen. »Na los, Giral. Denn ich geh da nicht mit rein. Nicht, wenn Sie in diesem Zustand sind.«

Gelassen winkte ich ab und drückte das Tor auf. Wie Perlen am Hals einer Jazzsängerin lagen Peitschenlaternen vor mir und warfen schwache Lichtkegel auf den Boden. Ich ging von einem zum anderen, konzentrierte mich auf die Helligkeit und brachte mich bei jeder Laterne aufs Neue ins Gleichgewicht. Das letzte Licht beleuchtete die Flanke eines Güterwagens auf einem Abstellgleis. Beim Näherkommen sah ich eine lange Reihe Waggons, die sich vor mir ins Dunkel erstreckte, ging an ihnen entlang und hörte aus einem Wagen ein Geräusch. Ich wollte auf den Tritt steigen, aber er war zu hoch, und ich hatte Mühe, festen Halt zu finden.

Eine Taschenlampe blendete mich, und jemand redete. »Ich bin Polizist. Was machen Sie hier?«

»Ich bin Polizist und suche einen Einbrecher.«

»Verdammt, zeigen Sie mir Ihren Ausweis.«

Ich zückte ihn, und der Mann beleuchtete ihn mit seiner Taschenlampe. Weil ich nicht mehr geblendet war, konnte ich ihn sehen, kannte ihn aber nicht. Er war von einem anderen Revier. Also fragte auch ich ihn nach dem Ausweis: Er war Inspektor. Ich versuchte mich zu straffen. Er kletterte aus dem Waggon und half einer anderen Gestalt heraus, einer Frau. Ich erkannte sie und grüßte.

»Hallo Josette.«

Sie lächelte und hetzte davon. Sie war eine der Huren, die rund um den Bahnhof arbeiteten. Rasch war sie im Dunkeln verschwunden.

Der Inspektor trat heran und leuchtete mir mit seiner Taschenlampe ins Gesicht. »Sie stehen ja völlig neben sich. Was haben Sie genommen?«

»Nichts, Inspektor. Was haben Sie mit Josette gemacht?«

Er leuchtete mir erneut ins Gesicht und lachte betrübt. »Vergünstigungen, die einem die Arbeit einträgt, Junge. Ich schätze, jetzt haben wir beide etwas gegeneinander in der Hand. Also erzählen Sie niemandem, dass Sie mich gesehen haben. Das ist ganz und gar nicht mein Einsatzgebiet.«

»Ich muss diesen Einbrecher finden.«

»Da sind Sie auf sich gestellt. Ich dürfte gar nicht hier sein.« Er knöpfte noch seine Hose zu, da hörten wir von weiter hinten am Zug ein Geräusch. Ein Fuß glitt über den Schotter zwischen den Gleisen. Er sah mich an und fluchte.

»Sie helfen mir also doch.«

Wieder fluchte er. »Wo reiten Sie mich nur rein?«

Er zog die Pistole und befahl mir, an der anderen Seite des Güterzugs entlangzugehen. Ich duckte mich unter einer Kupplung durch und folgte den Waggons. Wieder kratzten die Steine. Das Geräusch kam von der Seite, auf der sich der Inspektor befand. Also duckte ich mich an der nächsten Kupplung wieder zu ihm zurück.

Er rief in die Finsternis: »Wer sind Sie?«

Dann hörte ich ein anderes Geräusch: eine Eisenstange, die über den Boden schlitterte, als habe sie jemand weggetreten. Aus dem Dunkel tauchte ein Umriss auf. Ich konnte nicht sagen, in welche Richtung er sich bewegte. Plötzlich merkte ich, dass meine Waffe nicht griffbereit war. Es dauerte ewig, bis ich die Pistole gezogen hatte; ich musste stehen bleiben und hinsehen, während ich am Holster fummelte. Als ich wieder aufschaute, war die Gestalt näher gekommen, und ich bekam Panik, konnte die Waffe aber nicht festhalten. Sie klirrte zu Boden, und die Gestalt wandte sich mir zu. Ich hörte eine Stimme, verstand aber nicht, was sie sagte.

Ich bückte mich eilends, tastete im Dunkeln blind nach meiner Waffe und schnitt mich dabei an den scharfen Steinen.

Wieder hörte ich die Eisenstange; diesmal kratzte sie eine Schiene entlang.

Die Wirkung der Droge ließ langsam nach, Panik stieg in mir auf.

Ich krabbelte auf allen vieren, von Angst und Kokain so betäubt, dass ich die schneidenden Steine nicht spürte. Unvermutet ertastete ich etwas Kaltes, Hartes, schrak kurz zurück, merkte dann aber, worum es sich handelte. Wieder griff ich danach, konnte es in meiner Panik aber nicht finden, bis ich plötzlich die Eisenstange in der Hand hielt. Ich spürte ihr Gewicht und kniete mich mühsam auf.

Als ich hochsah, war die Gestalt so nah, dass ich sie atmen hörte. Sie hatte sich aufgrund des Geräuschs zu mir umgewandt, und ihr Umriss wurde im Finstern immer größer und schien mit der ganzen Nacht zu verschwimmen.

Und sie machte ein Geräusch eigener Art.

Donnerstag, 20. Juni 1940

26

Ich hatte einen Traum.

In einem seltsamen und unvertrauten Zimmer begann mich inmitten von Rosen ein leises Klopfgeräusch zu stören.

Ich stand in einem Schützengraben und wollte die Augen öffnen, vergeblich. Ich stand in einem Schützengraben, in Schlamm, Blut und ungeheurem Lärm. Eine Granate explodierte in der Nähe, ihre Splitter prasselten auf den sirupartigen Boden. Ich kämpfte darum, die Augen zu öffnen, hatte aber nicht die Kraft und sah doch alles genau. Ich wollte, dass die Lider sich vor dem nächsten Granateneinschlag öffneten. Und vor dem übernächsten. Vor allem vor dem übernächsten.

Die zweite Explosion. Sie war noch näher. Ich wandte mich den beiden Freunden zu, die links und rechts von mir standen, und wollte ihnen sagen, sie sollen rennen, abhauen, fliehen, doch kein Laut kam aus meiner Kehle. Sie sahen mich an und lächelten. Ihnen würde nichts geschehen. Wieder wandte ich mich ihnen zu. Philippe rechts von mir hatte nun das Gesicht meines Vaters und sah mich enttäuscht an. Louis auf der anderen Seite hatte das Gesicht meines Bruders; seine Lider waren geschlossen, Blut tropfte von seinem Kopf. Plötzlich sprangen seine Augen auf und sahen mich an; ich erschrak, und schon war er wieder Louis. Ich wandte mich zur anderen Seite, und da war Philippes Gesicht. Ich wollte sie anschreien, konnte aber nicht. Ich steckte im Schlamm, konnte mich nicht bewegen, sie nicht wegziehen. Sie waren mir wie Vater und Bruder. Philippe, älter als ich; Louis, der Jüngste in unserer Meute. Wir alle waren aus Perpignan, hatten gemeinsam Rugby gespielt, waren gemeinsam eingerückt, hatten gemeinsam überlebt; und jetzt kam die dritte Granate. Ich sah nach vorn, auf den deutschen Schützengraben jenseits des Niemandslands, sah sie geflogen kommen, hörte ihren Flug und die Detonation, hörte Philippe und Louis schreien, und jetzt konnte auch ich schreien; der Laut brach aus meinem Mund, ein verzweifeltes Heulen darüber, meine Stimme zu spät gefunden zu haben.

Die Granate detonierte. Über uns. Glühend heißes Metall regnete in unseren Graben und traf meine Freunde. Ich sah Philippes Kopf explodieren, als ein Splitter ihm in den Schädel fuhr; auf dem Rücken lag er da; Haare, Hirn und Knochen regneten immer wieder auf mein Gesicht. Ich wandte mich um und sah Louis' Brust weit geöffnet; das Blut schoss mir entgegen, wusch den Dreck von meiner Uniform, hinterließ einen Fleck, der nie weggehen würde; und Louis sackte im Graben zusammen, landete an meinem Bein wie ein Hund, dessen Genick gebrochen war.

Und ich stand unversehrt zwischen den beiden. Nicht ein Granatsplitter hatte mich getroffen. Ich hatte das heiße Metall vorbeipfeifen gespürt, hatte das Holz der Grabenwände splittern hören und gemerkt, wie es mich traf, aber von der Granate, die meine besten Freunde auslöschte, hatte mich nichts getroffen. Ein Wunder, wie die Ärzte in Paris später sagten. Ein Fluch, hätte ich ihnen antworten wollen, doch ich konnte es nicht.

Und hinterher. Die Sekunden danach, als ich wegen all des Bluts der Freunde nichts sehen konnte, sondern ringsum nur das Pochen des letzten Matschs vernahm, der nach der Explosion auf dem Boden und auf mir landete; als ich nicht wusste, warum ich noch am Leben war.

Ein Pochen.

Und ein Schuss.

Nie hatte es in diesem Traum einen Schuss gegeben. So wenig wie an dem Tag, als meine Freunde neben mir gestorben waren. Jetzt aber war da ein Schuss. Genau einer.

Ich wollte aufstehen, doch mein Körper erlaubte es nicht. Ich hob den Kopf, aber sein Gewicht ließ ihn wieder aufs Bett sinken. Ich sah Umrisse im Zimmer. Sie bewegten sich zwischen den Rosen. Und ich hörte Stimmen. Undeutlich und gedämpft nach dem Knall des Schusses.

Eine Hand zog mich am Revers, hob meinen Kopf, meine Schultern an. Ich sah nichts als Grau. War etwa Hochstetter gekommen, um mich zu retten? Stattdessen schob die Gestalt mir etwas so nah vors Gesicht, dass ich nichts anderes mehr sah. Es war ein Umriss, der langsam Kontur gewann, bis ich begriff: Es war meine Waffe, die aus meinem Wagen entfernte Manufrance. Die Gestalt ließ mich los, und ich wurde wieder ohnmächtig.

Als ich erwachte, dröhnte mir der Kopf, und das Zimmer kreiste, sobald ich die Augen aufschlug. Langsam gelang es mir, sie länger offen zu halten, und auch der Raum kreiste gemächlicher. Ich lag in einem mir unbekannten Schlafzimmer. Die kleinen Flecke an den Wänden gewannen klarere Konturen, und ich stellte fest, dass es Blumen waren: An allen Wänden klebten Tapeten mit kleinen Rosen in Rot und Rosa. Langsam fielen mir die Begegnung mit den falschen Feldpolizisten in meiner Straße und die Spritze ein. Das war auszuhalten; aber das Tapetenmuster tat weh.

Neben meinem Bett stand ein zweites. Ich setzte mich langsam auf, schwang die Beine über die Bettkante, hielt mir den Kopf und wartete, bis er zu meinem Körper aufschloss. Das dauerte. Als ich sah, was auf dem anderen Bett lag, wünschte ich, es hätte noch länger gedauert.

Da lag die Leiche eines Mannes. Wo die Brust gewesen war, befand sich ein zerzaustes und schimmerndes Bouquet aus Rot und Rosa.

Vorsichtig stand ich auf und betrachtete ihn. Es war Groves, für den es nun aus war mit dem Begleiten der deutschen Armee. Ich sah mich um, entdeckte aber niemanden sonst. Viele Möbel gab es auch nicht. Aufgrund der billigen Nachttische und der getrennten Betten handelte es sich wohl um ein Hotelzimmer. Ich wollte ein paar Schritte gehen, wäre aber beinahe zusammengebrochen, und als ich mich krümmte, landete meine Hand kurz auf einem Bein des Amerikaners.

Ich atmete tief durch, wartete, bis ich mich sicherer auf den Beinen fühlte, und tastete mich zur Tür. Mit einer Hand sorgte ich für Gleichgewicht, mit der anderen drückte ich meinen Schädel, um das Kopfweh zu lindern, das hinter den Augen wütete. Ich zog die Tür auf und schnappte nach Luft. Wenn es sich wirklich um ein Hotel handelt, überlegte ich, könnte ich doch runter zur Rezeption gehen und in der Sechsunddreißig anrufen lassen. Doch als ich den leeren Flur hinauf- und hinabsah, kehrte eine weitere Erinnerung zurück. Ich ging wieder ins Zimmer, lehnte mich mit dem Rücken an die geschlossene Holztür und musterte die Einrichtung und die Leiche auf dem Bett.

Meine Waffe.

Mir fiel ein, dass die Gestalt in Grau mir meine Manufrance vor die Nase gehalten hatte – nur Sekunden nach dem Schuss, der mich aus meinem Albtraum geschreckt hatte. Ich betrachtete Groves, der bleich auf dem Bett lag, und begriff langsam, dass man mir eine Falle gestellt hatte. Mit meiner Waffe war Groves ermordet worden, und ich war als Schuldiger verfügbar. Dann kamen weitere Erinnerungen zurück. Die beiden Gestapomänner, die mich in der Straße abgepasst hatten.

»Jean-Luc«, flüsterte ich.

Er hatte beim Cheval Noir auf mich gewartet. Ich sah auf meine Uhr: sieben. Sofern es nicht erst sechs war und Müller oder Schmidt es auf sich genommen hatte, meine Zeiger umzustellen. Irgendwie zweifelte ich daran, dass sie genauso auf Kleinigkeiten achteten wie Hochstetter. Jean-Luc war sicher schon vor Stunden gegangen. Da erst fiel mir ein, dass Lucja allein in meiner Wohnung war, während die Gestapo das ganze Gebiet durchstreifte.

Ich hörte ein Pochen.

Um das Geräusch aus dem Kopf zu bekommen, suchte ich meine Waffe, obwohl mir klar war, dass ich sie nicht finden würde. Das triste Zimmer ließ sich zum Glück schnell durchstöbern.

Wieder hörte ich das Pochen und unterdrückte ein Schaudern. Als ich mich umdrehte, sah ich eine vom Licht angezogene Biene immer aufs Neue gegen die Scheibe schlagen. Ich stützte mich auf einen Stuhl, öffnete das Fenster, ließ sie raus und sah sie in den blauen Himmel über den Häusern verschwinden, in den ersten klaren Tag seit einer Woche, an dem kein Ruß mehr am Himmel stand, und ich beneidete das Tier mit kalter Leidenschaft.

Nun drang ein anderes Geräusch herauf, eins, das ich kannte. Ich warf einen Blick durch die schmutzigen Scheiben und sah zwei Autos der Polizei vor dem Hotel halten. Hinter ihnen raste ein drittes Fahrzeug heran. Es blieb stehen, und Auban sprang aus der Beifahrertür.

Ich trat vom Fenster zurück und torkelte wieder zur Tür. Der Treppenabsatz war noch leer und von unten nichts zu hören. Der Blick aus dem Fenster hatte mir gezeigt, dass ich recht hoch oben war. Das gab mir Vorsprung. Es gab keinen Aufzug, und die Treppe war am anderen Ende des Flurs. Von dort würden Auban und die anderen Polizisten kommen.

An der Wand entlang schleppte ich mich ins Treppenhaus und spähte hinunter. Schließlich hörte ich Stimmen und sah ganz unten Finger am Geländer. Hand über Hand zog ich mich mühsam ins nächste Stockwerk hinauf. Die Stimmen wurden lauter. Langsam erreichte ich die oberste Etage. Jetzt waren die Stimmen zwei Stockwerke unter mir. Höher ging es für mich nicht. Ich sah nach unten. Bisher war mir niemand gefolgt. Vermutlich gingen sie allenfalls davon aus, dass ich noch mit Groves in einem Zimmer war.

Hier gab es nur eine Tür, doch die war abgeschlossen. Also musste ich Lärm machen, denn in meinem Zustand würde es mir nicht gelingen, das Schloss zu knacken. Ich hielt mich am Geländer fest und trat nach dem Türgriff, war aber zu schwach, um wirklich Kraft aufzubringen. Ich versuchte es erneut, diesmal energischer, doch es reichte wieder nicht. Unten hörte ich Geräusche. Den nächsten Versuch würden sie mitbekommen, aber mir blieb keine Wahl. Ich trat ein drittes Mal zu: Diesmal splitterte das Holz ums Schloss herum. Von unten kam ein Schrei.

»Verdammt!«

Mit möglichst viel Schwung stürmte ich gegen die Tür an ihrer schwächsten Stelle, wo das Holz gesplittert war. Sie gab etwas nach, brach aber noch immer nicht. Nach Atem ringend, stolperte ich ans Geländer zurück, warf mich erneut gegen die Tür und krachte endlich durch. Zum Glück waren das Hotel und alle Einbauten älter und schwächer als angenommen.

Ich torkelte über das Flachdach zu der niedrigen Mauer, die den Bau vom Nachbarhaus trennte, rollte mich drüber und ließ mich aufs angrenzende Dach fallen. Der Aufprall raubte mir den Atem. Hinter mir drang Geschrei aus dem Treppenhaus. Ich sah mich um und stellte fest, dass hier vier Dächer zusammenkamen und weitere sich links und rechts uneben erstreckten. Hoffentlich würde das die Polizisten bei der Verfolgung verwirren.

Ich rappelte mich auf und torkelte zur Tür am anderen Ende des Dachs. Abgeschlossen. An einer Mauer entdeckte ich einen Stapel alter Ziegel, nahm den obersten und schlug nach dem Schloss. Sofort gab es nach, und beinahe wäre ich die Stufen runtergekracht. Im Treppenhaus an der Wand hing ein Löschschlauch, gefaltet wie ein Feuerwerkskörper. Eilends nahm ich ihn, zerrte ihn die Treppe hoch, schlang ihn um den Türgriff und führte ihn zurück ans Geländer. Dabei spürte ich ihn zucken: Jemand zerrte von der anderen Seite an der Tür. Mit knapper Not konnte ich den Schlauch so fest ums Geländer schlingen, dass sie sich von außen nicht öffnen ließ. Die Konstruktion würde nicht lange halten, mir aber Zeit verschaffen. Die Verfolger zerrten weiter an der Tür, schlugen dagegen und schrien, ich solle öffnen.

Ich hetzte abwärts und stolperte eher, als dass ich rannte. Auf halbem Weg hörte ich, dass die Tür nun ernstlich gestürmt wurde, und sputete mich noch mehr. Ich war in einem Wohnblock und schaffte es zum Eingang, ohne dass mich jemand bemerkte. Auch meine Verfolger hatten es noch nicht über meine persönliche Maginot-Linie geschafft. Die immerhin hielt stand.

Beim Blick durch die schmiedeeiserne Glastür bemerkte ich draußen keine Polizei. Ich war in der Parallelstraße zum Hotel, also würden vermutlich keine Polizisten auftauchen. Entschlossen zog ich die Tür auf, trat in die Sonne und sog die Morgenluft tief ein. Die Helligkeit blendete mich.

Die Hände an der Mauer, eilte ich davon, so schnell es ging. Auf dieser Seite des Blocks gab es kaum Passanten. Ich musterte die Umgebung, um mich zu orientieren und zur nächsten Metrostation zu gelangen, denn ich musste dringend nach Hause.

Ich war in Pigalle, in der Nähe meines alten Reviers. Erinnerungen kamen zurück, suchten mich heim, und ich fragte mich, welchen Tipp die Polizei bekommen hatte. Dass ein amerikanischer Journalist tot in einem Hotelzimmer lag? Oder dass daneben ein großmäuliger Pariser Polizist schlief, der offenbar an seinem Tod schuld war?

Die zweite Variante erschien mir wahrscheinlicher, und ich sagte leise: »Ich versichere, dass ich unschuldig bin.«

Die Tür zu meiner Wohnung stand offen. Instinktiv griff ich in meine Jacke, stellte erstaunt fest, dass meine Dienstpistole noch da war, und zog sie aus dem Holster.

Geräuschlos schob ich mich durch den schmalen Flur ins Wohnzimmer, warf einen Blick hinein und legte die Waffe weg: Wer meine Tür geöffnet hatte, war längst verschwunden. In der Wohnung herrschte wüste Unordnung: Küchenschränke und Schubladen standen auf, ihr Inhalt war teils auf dem Tisch verstreut, meine Bücher lagen auf dem Boden.

Meine Bücher lagen auf dem Boden.

Ich ging sie durch. In meinem Tran erinnerten sie mich, so wie sie dalagen, an einen Wochenschaubericht aus Deutschland, den ich einige Jahre zuvor gesehen hatte und wo SA-Männer, von einer großen Menge umringt, auf einem Stadtplatz eifrig Bücher ins Feuer warfen. Wann würden sie auch hier damit anfangen? Ich besaß ein paar Exemplare, die ihnen sicher reif für die Flammen erscheinen würden.

Die beiden polnischen Bücher waren verschwunden. Kurz dachte ich an Jozefs Misstrauen gegenüber Lucja, und auch in mir regten sich wieder Zweifel. Der Roman von Céline war noch da, die Broschüre steckte noch immer darin. Falls es sich nicht um ein abgekartetes Spiel von Lucja handelte, hatte der Verwüster meiner Wohnung offenbar angenommen, der Roman gehöre zu meinen Büchern. Das ärgerte mich fast so sehr wie der Gedanke an das Aufräumen, das mir bevorstand.

Weil ich wieder Kopfweh hatte, ging ich in die Küche, schob das ärgste Chaos beiseite und suchte die Kaffeekanne. Immerhin hatten sie den guten Kaffee dagelassen. Ich machte mir ein fast unerträglich starkes Gebräu und spülte damit das Schmerzmittel in Pulverform herunter, das ich mir am Tag meiner Begegnung mit Lucja gekauft hatte.

Als ich wieder ins Wohnzimmer kam, war da ein Mann. Meine Reaktionen waren so verlangsamt, dass ich zwei, drei Sekunden brauchte, um zu begreifen, dass es sich um Jean-Luc handelte. Vorsichtig betupfte er sein Gesicht mit einem Handtuch. Auf seiner Stirn war eine Schnittwunde, deren Blut er schon entfernt hatte; am linken Wangenknochen schwoll ein blauer Fleck, und er ging, als habe er Faustschläge in den Magen bekommen.

»Die haben meine Schuhe geklaut.« Ich blickte zu Boden und sah, dass seine Füße nackt und geschwollen waren. »So musste ich nach Hause laufen. Die haben mein bisschen Geld gestohlen und meine Schuhe. Meine Schuhe!« Ich streckte die Hand aus, doch er schüttelte mich ab. »Und wo war mein Vater? Dort, wo er in meinem Leben immer war: nirgends.«

»Es tut mir leid, Jean-Luc.«

»Du hast es versprochen. Du hast versprochen, dort zu sein. Sieh mich an. Ich hatte nichts, und selbst das haben sie mir genommen.«

»Ich bringe das in Ordnung, Jean-Luc.«

»Du kommst zu spät. Ich brauche dich, bevor die Dinge schiefgehen, nicht hinterher. Du warst nicht da, um mir zu helfen. Das warst du nie. Du bist kein Vater, sondern Abschaum. Sieh dich an: Noch immer nimmst du Drogen. Mutter hat mir davon erzählt. Du bist einfach nur Abschaum.«

Ich ließ mich auf meinen Sessel sinken und war zu müde, mein Kopf zu wirr, aber ich musste versuchen, ihm zu erklären, was geschehen war.

»Jemand hat mir diese Drogen verabreicht.«

Er sah mich verzweifelt an. »Du bist unglaublich.«

»Ich hab das Zeug nicht genommen und wollte das auch nicht. Es wurde mir gespritzt.«

Es klopfte laut an der Tür.

»Neue Drogen?«, fragte er mit ätzender Stimme.

Ich sah ihn panisch an. »Geh ins Bad und bleib dort.«

»Was ist los?«

»Tu, was ich dir sage.«

Ich stand auf, prügelte ihn fast ins Bad und schloss die Tür. Wer da gekommen war, klopfte nun noch heftiger.

Ich stellte mich vor die Tür, sammelte mich und öffnete langsam.

27

»Mord in Kriegszeiten – seltsame Sache, finden Sie nicht? Manche mögen meinen, es gehe zu viel sonst vor, als dass wir uns einer einzelnen Tötungssache widmen sollten. Andere, auch Sie, argumentieren vermutlich, damit die Zivilisation nicht zusammenbricht, müssen wir Mord weiter bestrafen, auch wenn täglich tausende junge Männer den Kugeln des Feindes zum Opfer fallen.«

Ich starrte Hochstetter über seinen Schreibtisch im Lutetia hinweg an und gab mir alle Mühe, nicht zu blinzeln. Als ich vor kaum zwanzig Minuten meine Wohnungstür geöffnet hatte, war ich beinahe erleichtert gewesen, zwei deutsche Soldaten vor mir zu sehen. Ich hatte erwartet, Auban werde mich wegen Mordes an Groves verhaften. Meine Erleichterung indessen erwies sich bei diesen Worten Hochstetters als so kurzlebig wie einer seiner Informanten. Nicht Auban war gekommen, um mich zu verhaften, sondern Hochstetter forderte meine Seele ein. Ich fragte mich kurz, warum er in die Falle verwickelt sein mochte, die die Gestapo mir gestellt hatte.

»Le Bailly sagte neulich, der Krieg brutalisiere uns«, erwiderte ich, um Zeit zu schinden, weil mein Hirn sich nur langsam auf die Situation einstellte. »Das stimmt, aber ich muss dafür sorgen, dass er uns nicht so sehr brutalisiert, dass wir Mord gegenüber gleichgültig werden und nicht mehr unterscheiden können, was akzeptabel ist und was nicht.«

»Sehr richtig, Édouard, und sehr gewandt formuliert, durchaus. Sie sorgen sich um das, was akzeptabel ist. So wie ich.« Er nahm eine Zigarette aus seinem Etui, klopfte sie senkrecht auf, zündete sie an, schnippte das Streichholz aus und ließ es in einen Aschenbecher fallen. »Aber sind Sie noch immer so sehr darauf aus, dass eines einzelnen Toten wegen Gerechtigkeit geübt wird?«

Wirklich scharf war ich auf einen Kaffee, auf weitere Kopfschmerzmittel in Pulverform und auf ein großes Feld, in das ich mich sinken lassen konnte. »Außerdem geht es mir um die Wahrheit. Krieg und Besatzung dürfen kein Grund dafür sein, dass die Wahrheit nicht siegt.«

»Wahrheit in Kriegszeiten? Eine noch eigenwilligere Vorstellung. Aber ich vermute, Mord und Wahrheit sind Ihnen gleichermaßen teuer. Vor allem jetzt. Was mich dazu führt, warum ich Sie hergebracht habe. Zu unserer Gegenleistung, wenn Sie so wollen.«

»Schön, dass wir die Dinge nicht unfein formulieren.« Jetzt kommt's, dachte ich. Gleich habe ich die Wahl, von der eigenen Polizei wegen Mordes verhaftet zu werden oder mich von Hochstetter schützen zu lassen, um nicht aus dem nächsten Fenster zu fallen. Jedenfalls vorläufig nicht.

»Hauptmann Weber.«

»Weber?« Ich hatte schon den Namen Groves sagen wollen. Mit unversehens rasendem Herzen wischte ich die feuchtkalten Handflächen verstohlen an der Hose ab.

»Sie sollten wissen, dass Hauptmann Weber zwar wegen seiner Parteiverbindungen einen gewissen Schutz genießt, seine Vorgeschichte in Polen aber ein schwerer Makel ist, der gegen ihn spricht. Wir haben dort Fehler gemacht, aber das hier ist Frankreich; wir sind bei weitem mehr daran interessiert, die Franzosen auf unserer Seite zu haben. Und falls wir dazu an einem Offizier ein Exempel statuieren müssen, dessen Name bereits befleckt ist, mag das deutsche Oberkommando Chancen für eine pragmatische Lösung sehen, die für beide Seiten akzeptabler ist.«

Innerlich musste ich mich von einem gähnenden Abgrund zurückziehen, aber kaum war ein Wurm gestorben, erwachte ein anderer, der sich in mein Hirn gegraben hatte. »Wofür bieten Sie mir Weber? Er interessiert mich nur als Zeuge.«

»Genau darauf will ich hinaus. Weber als exemplarisches Zeichen für die Zusammenarbeit von deutschem Oberkommando und französischer Polizei. Das habe ich richtig verstanden, Édouard, oder?« Er setzte jenes Hochstetter-Lächeln auf, bei dem man nachzählen wollte, ob man noch alle Finger besaß.

»Warum haben Sie mich hergebracht?«

Zur Antwort erhob er sich und forderte mich auf, ihn zu begleiten. Noch immer misstrauisch, folgte ich ihm in die benachbarte Suite. Ein Soldat stand im Vorzimmer vor einer Tür, öffnete sie und ließ uns in ein weiteres als Büro dienendes Schlafzimmer. Seltsamerweise sprangen mir zuerst Nebensächlichkeiten ins Auge: der dunkle Schreibtisch, wo das Bett hätte stehen sollen; der Servierwagen mit den Resten eines herzhaften Frühstücks; der deutsche Soldat, der an der Tür Wache stand. An einem kleinen Esstisch aber saß Hauptmann Weber auf einem Stuhl und musterte mich voller Ekel. Überrascht wandte ich mich zu Hochstetter um.

»Hauptmann Weber ist bereit, Ihre Fragen zu beantworten – in meiner Gegenwart.«

Webers Miene ließ mich zweifeln, ob von Bereitschaft die Rede sein konnte. Auch ich dürfte einen zwiegespaltenen Eindruck gemacht haben. Eben noch hatte ich mit Prügel gerechnet, jetzt bekam ich eine unverhoffte Belohnung – und das binnen weniger Schläge eines beklommenen Herzens.

»Seit gestern Abend hält man mich hier fest«, klagte Weber. »Ich muss gegen diese Behandlung protestieren.«

Ich setzte mich ihm gegenüber, schob eine benutzte Tasse beiseite und sammelte mich. Wie ein Schiedsrichter beim Tennis setzte Hochstetter sich auf einen Stuhl mit gleichem Abstand zu Weber und mir. Ich begann mit der Bitte, Weber möge mir die Vorfälle vom Freitagmorgen beschreiben. Er sah erst Hochstetter, dann mich an und berichtete mit gelangweilter, monotoner Stimme, wie er und seine Einheit die Gleise südlich vom Gare d'Austerlitz gesichert hatten.

»Wussten Sie vor der Ankunft der Polizei von den Leichen im Güterwagen? Oder vom Gas darin?«

»Weder noch.« Er wandte den Kopf zum Fenster und atmete vernehmlich aus.

»Waren französische Arbeiter im Bahndepot, als Sie kamen? Und würden Sie einen davon wiedererkennen?«

»Keinen natürlich. Da waren ein paar, aber sie waren weder eine Bedrohung noch von Bedeutung für mich.«

»Könnte einer Ihrer Soldaten in den Tod der vier Männer verwickelt sein?«

»Das sind Kampftruppen, die sich von der belgischen Grenze bis Paris durchgefochten und dabei Franzosen getötet haben. Denken Sie, es interessiert mich, ob einer davon vier Polen umgebracht hat? Aber um Ihre Frage zu beantworten: Sie können unmöglich in die Morde verwickelt sein. Das hätte ich mitbekommen. Es sind Wehrmachtssoldaten, diszipliniert und gehorsam. Sie hätten es mir auf Befehl gesagt.«

»Bedenken Sie, dass Paris zur offenen Stadt erklärt war: Da gilt die Tötung von Zivilisten als Verbrechen.«

»Wie gesagt: Meine Männer haben keine Zivilisten umgebracht, weder Polen noch Franzosen.«

»Könnten Sie mir berichten, was Sie am Freitagmorgen getan haben?«

»Ich habe Paris besetzt, während die Franzosen in Panik geflohen sind. Was soll ich sonst berichten? Ich bin Offizier der Wehrmacht, und wir sind im Krieg. Ihre vier Polen sind mir völlig egal, und ich weiß nicht, wie und wann sie gestorben sind.«

Er sah Hochstetter an und redete Deutsch. Ich musterte meine Hände und tat, als würde ich ihn nicht verstehen. »Wie können Sie zulassen, dass ein französischer Polizist einen deutschen Offizier verhört?«

Hochstetter unterbrach ihn, ebenfalls auf Deutsch. »Ich fürchte, Hauptmann Weber, Deutsch zu reden nützt nichts. Bitte sprechen Sie doch weiter Französisch.«

Ich verbarg meine Überraschung und sah auf. Hochstetter nickte mir zu und redete auf Französisch weiter mit Weber: »Ich brauche Ihnen sicher nicht zu sagen, dass wir dabei sind, Frankreich ins Dritte Reich zu integrieren, und es eine wichtige Rolle für die Zukunft unseres Volkes spielen soll. Deshalb müssen wir Gesetze und Justiz Frankreichs respektieren. Wir müssen die Wahrheit ermitteln, Hauptmann Weber, und es darf nicht so aussehen, als würden wir übereifrige Aktionen deutscher Offiziere tolerieren.«

Weber wirkte so verblüfft über den Standpunkt des Majors wie ich. »Also wollen Sie mich den Franzosen als Bauernopfer servieren.«

»Ganz im Gegenteil. Sie können jetzt aussagen, was Sie an jenem Vormittag gesehen haben, damit wir danach alle mit unserer Arbeit fortfahren können. Sie sind Offizier der Wehrmacht, kein SS-Offizier. Ich habe dafür gesorgt, dass Inspektor Giral den Unterschied kennt. Und auch den zwischen dem Handeln der Wehrmacht und dem der SS beim Einmarsch in Polen. Ihre Worte werden diese Ansicht sicher bestätigen.«

»Groves, der amerikanische Journalist, hat behauptet, Sie seien zunächst allein ins Depot gegangen und hätten Ihre Männer erst später einrücken lassen«, sagte ich.

Weber schnaubte. »Groves ist ein Säufer. Der sieht gar nichts.«

Ich versuchte, bei dieser Antwort seine Miene und die von Hochstetter zu beurteilen, und sah lediglich Verärgerung bei Weber, teilnahmslose Ruhe beim Major, aber keinerlei Hinweis darauf, dass sie von Groves' Tod wussten.

»Haben Sie oder Ihre Männer die Schuppen an der Bahn durchsucht?«

»Nein, wir waren noch dabei, die Gleise und das Gelände ringsum zu sichern, als französische Arbeiter die Leichen entdeckten. Sonst hätte ich einigen meiner Männer befohlen, die Gebäude in der Nähe zu überprüfen.«

Hochstetter unterbrach ihn. »Bitte seien Sie sich der Konsequenzen bewusst, Hauptmann Weber, sofern ein deutscher Soldat in diesem Land gesetzwidrig handelt. Wir alle haben unsere Pflicht.«

Webers Verblüffung über Hochstetters Bemerkung ließ mich die Frage riskieren: »Sagt Ihnen eine Stadt namens Bydgoszcz etwas?«

Weber straffte sich und wandte sich wieder Hochstetter zu, doch der Major ignorierte es. »Ja, Bydgoszcz sagt mir etwas. Ich weiß auch, dass dort Zivilisten getötet wurden, nachdem sie auf unsere Truppen geschossen hatten. Was Ihnen offenbar nicht bekannt ist: Solche Aktionen in Polen wurden von der SS begangen, nicht von der Wehrmacht.«

Weil Hochstetter auf meiner Seite zu stehen schien, pokerte ich noch höher. »Waren Sie bei Ihrem Aufenthalt in Polen an Aktionen gegen Zivilisten beteiligt?«

Damit hatte mein Glück sein Ende gefunden. Ehe Weber antworten konnte, legte Hochstetter die Hände auf den Tisch. »Ich denke, das ist für Ihre Ermittlungen der in Paris verübten Morde nicht relevant, Édouard. Hauptmann Weber ist eindeutig Zeuge, nicht Verdächtiger, was diese Todesfälle angeht. Ich sehe keinen Zusammenhang zwischen Vorfällen in Polen und Ihren Ermittlungen.«

»Ich suche Mordmotive, Major Hochstetter. Ob Hauptmann Webers Erfahrungen in Polen ihn zu ähnlichen Handlungen in Paris geführt haben.« Ich musste mich beherrschen, ihn nicht darauf hinzuweisen, dass er schließlich das Thema Polen aufgebracht hatte.

»Dann muss ich das Gespräch leider für beendet erklären und denke, Hauptmann Weber hat Ihre Fragen zufriedenstellend beantwortet. Weitere Verhöre sind von unserer Vereinbarung nicht mehr gedeckt.« Er stand auf. »Ich möchte feststellen, dass der Hauptmann und ich den Wünschen der Pariser Polizei gern entsprochen und Ihre Ermittlungen in jeder denkbaren Hinsicht unterstützt haben. Sie können gehen, Weber.«

Der Hauptmann erhob sich und zog die Mütze auf. »Gut, dass deutscher Menschenverstand und deutsche Gerechtigkeit gesiegt haben.« Er salutierte und verließ das Zimmer.

»Der Leutnant begleitet Sie nach draußen, Édouard«, sagte Hochstetter.

Überrascht sah ich ihn an; mich erstaunte weniger, dass er die Befragung abgebrochen hatte, sondern dass ich so weit hatte gehen können, ehe er das Gespräch ziemlich willkürlich für beendet erklärte.

Der Offizier führte mich hinaus, und enttäuscht verließ ich das Hotel. Hochstetter hatte den gesamten, allenfalls ziellosen Gesprächsverlauf bestimmt. Wie ich ihn jedoch kannte, hatte er sicher eigene Absichten verfolgt.

Noch eine Frage kam mir in den Sinn: Woher mochte er plötzlich wissen, dass ich Deutsch konnte?

28

Ich fühlte mich wie ein Kiesel am Strand in meiner Heimat Perpignan. Ein Kiesel, der tausend Jahre gebraucht hatte, um an die Küste gespült zu werden, nur damit ein gedankenloser Tagestourist ihn ins Meer zurückhüpfen ließ. Welche Motive mochte Hochstetter bei dem Gespräch eben gehabt haben? Warum hatte er mich Fragen zu dem stellen lassen, was am Gare d'Austerlitz geschehen war, nur um die Unterhaltung zu beenden, als sie interessant wurde? Wieso hatte er mich veranlasst, nach Polen zu fragen, und das Gespräch kurzum abgebrochen, als ich genau das tat? Ich hatte keine Vorstellung, welchen Plan er verfolgte, doch mir war klar, dass die nächste Welle mich wieder an den Strand werfen würde.

Noch war ich nicht so weit, mich in die Sechsunddreißig zu trauen. Ich wusste nicht, was mich dort erwartete – ein wütender Dax oder ein Haftbefehl wegen Mordes? –, und hatte es nicht eilig, das herauszufinden. Stattdessen sah ich in meiner Wohnung vorbei, um Jean-Luc nun, da ich klarer denken konnte, mein Handeln in aller Ruhe zu erklären, aber er war verschwunden. Verzweifelt betrachtete ich das Chaos. Niemand hatte in meiner Abwesenheit aufgeräumt. Wenigstens wartete kein Auban auf mich. Das musste genügen.

Der Mittag nahte. Im Sonnenlicht ging ich Richtung Place des Vosges und mied dabei die Polizeizentrale am Quai des Orfèvres. Auf der Pont de la Tournelle blieb ich ein Stück hinter Paul Landowskis moderner Plastik der Heiligen Genoveva von Paris stehen, die die Nazis sicher als entartet abgelehnt hätten, und genoss die Sonne auf meinem Gesicht und den Blick über den Fluss. Langsam lernte ich, mir kleine Momente der Ruhe zu gönnen, wenn sich das einrichten ließ. Dann aber brummte ein gepanzerter Transporter der Deutschen vorbei, und ich war wieder in der Gegenwart. Ein Radfahrer klingelte. Je weniger Autos fuhren, desto mehr Räder waren unterwegs. Anscheinend waren sie drauf und dran, eines der neuen Verkehrsmittel der Stadt zu werden.

Wieder klingelte es. Eine Frau radelte mit ihrer Tochter vorbei, die den bedenklich lose am Gepäckträger befestigten Kindersitz umklammerte. Auf meiner Höhe fiel dem Mädchen etwas aus der Hand. Ich rief der Mutter nach, sie solle anhalten, und hob das Verlorene auf. Es war ein Teddy. Ich hielt ihn dem Kind hin, konnte ihn aber nicht loslassen. Mir fielen die Bären im Bahndepot wieder ein – und einer, der allein auf dem Straßenpflaster gelegen hatte und von dem ich annahm, er habe Fryderyks kleinem Sohn gehört.

»Geben Sie den Teddy jetzt zurück?«, fragte die Mutter irritiert.

Ich entschuldigte mich, gab dem Mädchen den Bären, sah die Mutter langsam losradeln und auf dem rauen Pflaster Tempo gewinnen.

Kopfschüttelnd verbannte ich das Bild, beschleunigte meine Schritte und trat kurz nach zwölf auf den Place des Vosges. Ich verbot mir alle Gedanken an Jozef und an die Zweifel, die er in mir gesät hatte, setzte mich auf die Bank, auf der ich das erste Mal mit Lucja gesessen hatte, und wartete weit über die verabredete Zeit hinaus, aber sie tauchte nicht auf. Ob es mir gefiel oder nicht: Jozefs Worte über ihre Vertrauenswürdigkeit fielen mir wieder ein. Sollte Fryderyk tatsächlich Beweise gehabt und in den Büchern versteckt haben, besaß Lucja sie jetzt.

Was am Vorabend bei mir geschehen war, interessierte mich beinahe so sehr, wie ich es aufschieben wollte, in der Sechsunddreißig aufzutauchen. So streifte ich durchs Pletzl ins Marais zu der Wohnung, in die Lucja und ihre Gruppe mich nach der Beerdigung von Fryderyk und Jan gebracht hatten. Dort gab es keine Concierge, und die verkratzte Haustür mit ihrer abblätternden Farbe öffnete sich auf einen schäbigen Hof, der keine Gefahr lief, je von Sonnenlicht getroffen zu werden. Abgestandener Essensgeruch drang aus den nasskalten Wänden.

Oben klopfte ich und horchte auf nervöses Wuseln, hörte aber nichts. Weil mir klar war, was ich finden würde, knackte ich das Schloss und betrat die Wohnung. Sie war aufgeräumt, die Stühle waren unter den Tisch gestellt, ein Stapel Decken lag sauber gefaltet in einem der Schlafzimmer. Ansonsten war es leer. Nicht mal den Wodka hatten sie stehen lassen. Ich hätte einen Schluck vertragen können.

Widerwillig trat ich den Rückweg zum Fluss und Richtung Sechsunddreißig an. Noch auf dem rechten Ufer riss ein Tumult mich aus meinen Gedanken. Ich war so langsam gegangen wie ein Kind am ersten Schultag. Als ich nun aufblickte, sah ich eine deutsche Patrouille dort halten, wo die Rue de Rivoli die schmale Straße schnitt, in der ich mich befand. Als ich die Kreuzung erreichte, hatten zwei mit Gewehren bewaffnete Soldaten einen jungen Mann herbeigeschleppt, der die Hauptstraße hatte überqueren wollen.

»Papiere«, hörte ich einen der Soldaten brüllen.

Der Franzose, den sie drangsalierten, zitterte vor Angst, sein Gesicht war bleich. Erst beim Näherkommen sah ich, warum: Er trug eine Armeehose, wie Jean-Luc sie in der Nacht seines Auftauchens in meinem Treppenhaus angehabt hatte. Er musste ein Poilu auf der Flucht sein. Intuitiv schaute ich mich um, ob mein Sohn nicht in der Nähe war.

»Franzose«, rief ich den deutschen Soldaten zu und zückte meinen Ausweis. »Ich bin französischer Polizist.«

Einer von ihnen drehte sich um, der Lauf seines Gewehrs zeigte auf mich. Ein Offizier stieg aus dem Auto. Er sah aus wie Hochstetter ohne Charisma und war sicher nicht auf dessen Zauberschule gegangen. Auch er hatte seine Luger auf mich gerichtet.

»Das ist Sache des deutschen Oberkommandos«, teilte er mir beflissen mit. »Gehen Sie, oder Sie werden verhaftet.«

»Er ist Franzose, Deserteur. Es ist meine Aufgabe, ihn zu verhaften, meine Zuständigkeit.«

Der Poilu sah mich bestürzt an. Ich hoffte, er werde mitspielen, doch er sah nur angewidert drein. Einer der Soldaten hielt ihn nur mehr lose am Arm.

»Er ist ein feindlicher Soldat«, sagte der Offizier mit höhnischem Lächeln. »Das fällt in deutsche Zuständigkeit.«

Der junge Mann ergriff, was er für seine Gelegenheit hielt, schüttelte die Hand ab und rannte in die Gasse, aus der ich gekommen war. Der düpierte Soldat trat einen Schritt vor und zielte, doch ich stürzte herbei und stieß seinen Lauf aufwärts. Der Schuss machte mich taub, aber die Kugel flog harmlos gen Himmel.

Nicht so die Kugel des zweiten Soldaten.

Erschrocken drehte ich mich um und sah den Poilu aufs Pflaster stürzen. Ein roter Fleck breitete sich auf seinem Rücken aus. Ehe ich den anderen Soldaten erreichen konnte, hatte er einen zweiten Schuss abgefeuert, und ich sah den jungen Mann zucken, als die Kugel ihn traf.

»Warum?«, schrie ich den Schützen an und wollte auf ihn losgehen.

Sein Kamerad vertrat mir den Weg und stieß mir die Mündung seines Gewehrs vor die Brust.

»Erschießen«, befahl der Offizier und wandte sich ab.

»Major Hochstetter«, rief ich eilends. »Von der Abwehr. Sprechen Sie mit ihm.«

»Ach, Édouard, vielleicht begreifen Sie jetzt, wem Sie trauen können.«

Hochstetter saß neben mir in seinem Dienstwagen, sein Fahrer brachte mich die kurze Strecke von der Rue de Rivoli in die Sechsunddreißig. Entweder der Name Hochstetter oder die Erwähnung der Abwehr hatte Wunder bei dem wichtigtuerischen Offizier gewirkt, der von einem Café aus im Lutetia angerufen hatte. Erstaunlich, wie weit Pedanten sich verbiegen, wenn sie zur Abwechslung um den eigenen Kopf fürchten.

»Der junge Soldat hätte nicht sterben müssen. Er hat Panik bekommen. Und wer Panik hat, handelt unberechenbar.«

»Kannten Sie ihn?«

»Ist das wichtig?«

Hochstetter gähnte vornehm gegen den Handrücken. »Wir sind im Krieg. Junge Männer sterben. Das ist wirklich nicht von Belang.«

»Und Ihnen soll ich trauen?«

»Vertrauen ist ein begrenztes Gut, Édouard, und lässt sich nicht beliebig ausdehnen. Sie werden noch merken: Je mehr Sie mir vertrauen, desto besser für Sie. Wir sind da.« Wir hielten vor der Sechsunddreißig, und Hochstetter wies auf meine Tür. »Bedanken können Sie sich ein anderes Mal.«

Ich wartete, bis Hochstetter gefahren war, und holte tief Luft. Ob ich bereit für das war, was mich erwarten mochte, wusste ich nicht. Außerdem musste ich nach Hause, um mich zu überzeugen, dass Jean-Luc wohlauf war. Als ich den Blick hob, sah ich Barthe aus einem Fenster im dritten Stock ausdruckslos auf mich herabstarren, und schon brauchte ich keine Wahl mehr zu treffen. Wen müsste ich wohl als Ersten überzeugen, an Groves' Tod unschuldig zu sein? Und wichtiger noch: Wer würde mir glauben? Ich an ihrer Stelle jedenfalls täte es nicht. Aber schließlich wusste ich Dinge über mich, die ihnen unbekannt waren.

Niemand sprach mich auf der Treppe an, und im Büro waren bei meinem Eintreten nur ein halbes Dutzend Ermittler.

Auban hielt sich mit Kumpanen in einer Ecke auf. Sie starrten mich an, als ich den Raum durchmaß. Aubans linkes Auge war geschwollen, Wange und Kiefer waren blessiert, und auf der Nasenwurzel prangte eine Schnittwunde. Er sah mich mit einem Hass an, den ich vergessen hatte.

Bisher hatte mich noch niemand wegen des Mordes an Groves verhaftet. Anscheinend würde ich gewinnen.

Dax' Tür öffnete sich. Mit von Ärger verfinstertem Gesicht trat er auf die Schwelle.

»Giral, zu mir. Wir haben Sie gesucht.«

29

»Wo haben Sie bloß gesteckt?«

Ich war so lange in Dax' Büro, wie er brauchte, um mir diese Frage dreimal zu stellen. Es dämmerte mir, dass die Dinge womöglich weniger schlimm waren als eine Fahrt auf einem Fensterplatz mit Hochstetter.

»Ich habe Weber, den deutschen Offizier, zu den vier Toten im Bahndepot befragt.«

»Eddie – erzählen Sie mir nicht, dass Sie eine deutsche Beteiligung dahinter vermuten.«

»Nein.« Jedenfalls bisher nicht, aber das behielt ich für mich. »Was wollten Sie von mir?« Eine recht unglückliche Wortwahl, aber was soll's.

»Ein Amerikaner wurde ermordet aufgefunden, in einem Hotel in Pigalle. Ein Journalist.«

Vorsichtig setzte ich mich. Obwohl der erwartete Hammerschlag ausgeblieben war, hatte ich weiche Knie, ließ es aber so aussehen, als konzentrierte ich mich auf das, was Dax sagte.

»Was wissen wir?« Nicht viel, wie ich hoffte.

»Heute Morgen hat jemand anonym angerufen. Man habe im Hotel einen Schuss gehört, ein Mann sei getötet worden – Sie waren nicht im Haus, also musste ich Auban schicken, um die Sache zu prüfen. Am Tatort gab es einen Verdächtigen, der aber geflohen ist, ehe unsere Leute ihn schnappen konnten.«

»Haben sie ihn gesehen?« Ein Schweißtropfen trat auf meine Stirn, ich wagte nicht, ihn wegzuwischen.

»Nein. Wir wissen nicht mal, ob es ein Mann oder eine Frau war. Aber es ist in Pigalle passiert, und das Opfer ist Amerikaner – es war also wohl eine Hure oder ein Zuhälter.«

Ausnahmsweise war ich dankbar, in einem unaufgeklärten Zeitalter zu leben. »Wer hat den Anruf entgegengenommen?«

»Die Zentrale. Warum?«

»Und Auban leitet die Ermittlungen?«

»Nein, Eddie, sondern Sie. Und bevor Sie jetzt jammern, Sie hätten zu viel zu tun, sage ich Ihnen: Sie müssen das übernehmen. Wir wollen nicht die zusätzliche Komplikation eines in Paris ermordeten Amerikaners. Obendrein eines Journalisten. Nicht jetzt. Ich möchte, dass die Sache sich rasch erledigt, und Sie sind dafür der beste Mann.«

»Ich weiß nicht, wie ich das verstehen soll.« Obwohl ich erleichtert darüber war, die Ermittlung zu leiten.

»Das ist mir egal, Eddie – erledigen Sie die Sache einfach. Die Leiche ist jetzt bei Bouchard. Fahren Sie hin, schauen Sie, was er zu sagen hat.« Ehe ich gehen konnte, hatte er noch eine Frage. »Was ist eigentlich mit Auban? Dem hat doch jemand eine Abreibung verpasst.«

»Ein Klassiker, Kommissar: Er hat einen Verdächtigen befragt, und der Falsche ist die Treppe runtergefallen.«

»Erzählen Sie mir keinen Quatsch, Eddie. Ich weiß, wozu Sie fähig sind.«

Ich verließ ihn und die Sechsunddreißig. Auch mir war klar, wozu ich fähig war. Dumm nur, dass es sich angesichts der neuen Ordnung der Dinge als die wirkungsvollste Methode erwies, Sachen erledigt zu kriegen, und ich diese Ordnung immer stärker verabscheute und fürchtete. Ich überquerte die Brücke zum rechten Ufer, und mein Gang war beschwingter als vor kaum einer halben Stunde. Dann fiel mir ein, dass die Gestapo mir eine Falle gestellt hatte, und das war es dann auch schon mit dem beschwingten Schritt.

Als ich in die Gerichtsmedizin kam, saß Bouchard am unteren Ende eines Seziertisches und las, was inzwischen als Zeitung galt. An die Leiche neben ihm, deren Umriss unter dem weißen Tuch zu erkennen war, hatte er seinen Kaffeebecher gelehnt. Bouchard nahm vorsichtig einen Schluck.

»Ruhig geworden«, sagte er. »Die Leute bringen sich nicht mehr gegenseitig um, seit die Deutschen hier sind.«

»Das ist jetzt deren Aufgabe.« Wieder dachte ich an den jungen Poilu, der vor meinen Augen erschossen worden war.

»Ich habe hier Ihren Amerikaner. Seinetwegen sind Sie vermutlich gekommen.« Er zeigte auf eine Emailleschale. »Das hab ich ihm aus der Brust gegraben. Eine Kugel aus einer Manufrance. Fiese kleine Dreckskerle, die Dinger.«

»Ach ja? Und sonst?« Ich schlug das Tuch zurück und sah Groves' vertrautes Gesicht, das jetzt wachsbleich war. Er wirkte gesünder als zu Lebzeiten.

Bouchard legte die Zeitung beiseite, tippte an die Schale und ließ die Kugel darin klappern. »Ein Schuss aus großer Nähe. Normalerweise könnte ich sagen, wann ich mehr weiß, aber heutzutage ist nichts normal.«

Ich musste meine Erleichterung verbergen. »Darf ich die Kugel trotzdem mitnehmen? Für die Akten?«

»Warum? Die brauchen wir noch zur Untersuchung. Weil in der Gerichtsmedizin kaum noch wer arbeitet, habe ich aber keine Ahnung, wann es so weit ist.«

Ich hatte die Kugel schon nehmen wollen, zog die Hand jedoch zurück. »Deswegen hatte ich gefragt.«

»Lassen Sie sie einfach hier. Ich weiß es bald genug.«

»Danke.« Das war so tröstlich wie Hochstetters Angebot, mich zu unterstützen.

»Sie kannten das Opfer? Hat Auban gesagt.«

Ich zögerte kurz, überlegte, wie viel ich sagen sollte. Und fragte mich, woher Auban das wusste. »Ein Journalist, der die Deutschen auf dem Weg nach Paris begleitet hat.«

Bouchard besah sich Groves. »Der Krieg zeitigt seltsame

Bettgenossen, was?«, fragte er. Ich dachte daran, wie der tote Amerikaner neben mir im Hotel gelegen hatte, und musterte den Mediziner scharf, beherrschte mich aber sofort. »Ob die das waren? Die Deutschen?«, fragte er weiter.

»Dax geht von einer Hure oder einem Zuhälter aus.«

»Und Sie? Sie kannten ihn, da müssen Sie doch eigene Vorstellungen haben.«

»Ich kannte ihn kaum, Doktor. Und ich bin geistig immer aufgeschlossen.«

»Ach ja?«

»Ja.« Ich deckte die Leiche wieder zu, um meinen Ärger zu kaschieren.

»Na dann viel Glück. Sie werden's brauchen.«

»Wie meinen Sie das?«

Er wirkte erstaunt. »Deutsche in der Stadt und keine ordentliche Gerichtsmedizin.«

Ich legte die eine Hand über die andere, um das plötzliche Zucken eines Nervs zu verdecken. »Natürlich.«

»Dieser Krieg geht Ihnen an die Nieren, Eddie. Sie sind gar nicht entspannt.«

»Gut möglich. Heute Morgen habe ich die Deutschen einen Poilu erschießen sehen. Das hat mich unerwartet stark mitgenommen.«

»Verstehe.« Als ich ging, klopfte er mir auf die Schulter. »Aber machen Sie sich wegen Ihrer Kugel keine Sorgen. Irgendwann habe ich dazu sicher mehr für Sie.«

Madame Benoit war beunruhigt, als ich in die Rue Mouffetard kam.

Vermutlich wollte ich mich von der Gefahr ablenken, des Mordes an Groves bezichtigt zu werden. Eine nicht genehmigte Ermittlung zum Selbstmord eines Flüchtlings, der Beweise für deutsche Gräueltaten besessen haben mochte – Beweise, denen sonst nur noch das Strandgut der Besatzung nachging –, erschien mir als vergleichsweise unschuldige Beschäftigung. Und weil die Bücher verschwunden waren, brauchte ich einen neuen Strohhalm, an den ich mich klammern konnte.

»Die Deutschen waren hier.« Die Concierge knetete ein altes Taschentuch in den Händen. »Sie haben mich gezwungen, alle Sachen von Fryderyk herauszugeben. Und ich fürchte, sie sind noch in der Nähe.«

»Ich brühe Ihnen einen Kaffee auf«, sagte ich, denn ich konnte einen vertragen. »Und Sie erzählen mir währenddessen, wie die Deutschen ausgesehen haben.«

Bei diesen Worten hielt sie unvermittelt im Flur inne. »Grässlich sah er aus. Wie aus einem dieser Grusel- und Horrorstücke, von denen alle dauernd reden.«

»Als hätte ihm jemand einen gedünsteten Kohlkopf auf den Hals gesetzt und mit Zuckerwatte dekoriert?« Ich sorgte dafür, dass sie sich in ihre kleine Küche setzte, und machte mich ans Kaffeekochen. »Die haben also alles mitgenommen?«

»Ich hab denen die Kisten gegeben, die Sie hiergelassen hatten. Die haben gefragt, ob es noch welche gibt, haben mir gedroht und mich gezwungen, mit ihnen in Fryderyks Wohnung zu gehen, aber da oben ist nichts mehr.«

»Und hier liegt wirklich nichts mehr von Fryderyk? Hat er Ihnen nichts gegeben, worauf Sie aufpassen sollten? Auch wenn es Ihnen damals nicht wichtig erschien?«

»Nur den Tresor.« Sie zupfte am Saum ihres Taschentuchs und wich meinem Blick aus.

»Hatte er je Besuch? Haben Sie zufällig gesehen, ob er seinen Gästen etwas mitgegeben hat?«

Energisch schüttelte sie den Kopf. »Er hatte nie Besuch – er hatte nur Jan.«

Ich staunte, wie anders sie auf meine Fragen reagierte. »Und Sie haben sicher nichts von Fryderyk aufbewahrt? Oder von Jan?«

Ich sah, wie sie sich inwendig abstrampelte. Das kannte ich. Das hatte ich an diesem Morgen selbst zur Genüge getan.

»Es wäre wirklich nicht schlimm. Nur sagen müssen Sie es mir«, meinte ich.

Sie wirkte schuldbewusst. »Es ist wegen meines Enkels. Mein Schwager war an der Front, und wir wissen nicht, was mit ihm geworden ist. Ich wollte nur was für meinen Enkel, um ihm eine Freude zu machen. Und er lag ja auf der Straße. Die Polizei hat ihn nicht genommen, also dachte ich, er ist nicht wichtig. Es war doch nur ein Teddy.«

»War er in den Kartons, die Sie den Deutschen gegeben haben?«

Sie schüttelte den Kopf. »Er liegt da im Schrank. Und ich bekomme keinen Ärger? Ich habe nichts, was ich meinem Enkel schenken kann.« Kurz fürchtete ich, sie werde in Tränen ausbrechen; stattdessen wurde sie plötzlich unruhig. »Da ist jemand im Flur. Ich kenne hier jedes Geräusch. Nach Ihrer Ankunft habe ich die Haustür abgeschlossen.«

Die Küchentür ging auf, und Schmidt trat ein, gefolgt von Müller. Die Concierge schnappte nach Luft.

»Das ist er. Der mit dem Kohlkopf.«

Müller war kurz der Wind aus den Segeln genommen.

»Alte französische Redensart«, sagte ich zu ihm.

Ehe ich zwischen die Deutschen und Madame Benoit treten konnte, packte Schmidt sie bereits am Handgelenk, und sie zuckte vor Schmerz zusammen. Ich wollte ihn mir greifen, aber Müller zielte mit der Luger nach meinem Kopf. Die Concierge weinte und stöhnte leise.

»Wir möchten noch mal mit Ihnen reden«, sagte Müller zu mir, während Schmidt Madame Benoit noch fester packte.

»Jetzt verstehe ich, warum Hitler gebeten wurde, die Gestapo nicht einzuladen«, meinte ich.

Müller lächelte, und ich begriff, was Madame Benoit mit Grusel- und Horrorstücken gemeint hatte. Dann schwenkte er die Pistole von meinem Kopf zu dem der Concierge.

»Inspektor Schmidt hier würde die alte Frau ungerührt erschießen. Ich nicht. Ich würde es genießen.« Er neigte den Kopf zur Seite und sah neugierig drein, als stelle er es sich schon vor. Und so war es zweifellos.

»Schon gut. Wenn Sie sie hierlassen, komme ich mit.«

Ich sah Müller den Finger an den Abzug legen.

»Das ist so wahnsinnig verführerisch.«

Mit einer unvermittelten Bewegung zog er die Waffe weg und winkte mir, ihm zu folgen. Madame Benoit atmete verängstigt aus.

»Sobald Sie sie loslassen.«

Müller nickte Schmidt zu, und der gab den Arm frei. Sofort griff sie danach und schluchzte. Ich legte meine Hand auf ihre Schulter und sagte, ich käme sie wieder besuchen.

»Ach, wie rührend.« Müllers falsches Lächeln ließ mich an eine Giftschlange denken.

Sie schoben mich auf die Rückbank ihres Wagens, fuhren über die Seine aufs rechte Ufer und hielten erst nach einiger Zeit. Keine Seele begegnete uns. Vorn griff Schmidt ins Handschuhfach und zog eine Pistole heraus. Meine Manufrance. Er zeigte sie mir.

»Ich merke schon: Worum es sich handelt, brauche ich Ihnen nicht zu sagen«, bemerkte Müller.

»Nein, ich bin nur überrascht. Ihr Haufen erschien mir zu dumm, um so subtil zu handeln. Ich hatte mindestens Elektroschocks und Genitalfolter erwartet.«

»Das lässt sich einrichten.«

Schmidts Antwort war nicht so geistreich: Er schlug mir

mit der flachen Hand ins Gesicht und hielt mir meine Pistole an den Kopf. Seine Fingerabdrücke würde ich eine Woche an der Wange haben. Ich sah ihm kurz in die Augen und drückte die Stirn gegen den Lauf der Waffe.

»Sie haben es noch immer nicht begriffen, stimmt's?«

Er steckte die Manufrance ein, öffnete die Tür und bedeutete mir, auszusteigen. Jetzt redete Müller und zeigte dabei auf die Waffe.

»Nun haben wir Sie in der Hand und können Sie in einem französischen Gefängnis begraben, wann immer wir wollen.«

Sie fuhren davon und ließen mich an der Rue du Faubourg Saint-Honoré zurück. Bis zum Bristol waren es nur wenige Minuten zu Fuß. Wenigstens dafür sollte ich mich bei meinen Spielkameraden von der Gestapo vermutlich bedanken.

Im Hotel bat ich den Portier, bei Ronson anzurufen. Sie kam zu mir in die Lobby herunter.

»Ich will Jozef treffen«, sagte ich zu ihr.

30

»Ich liebe diesen Ort«, sagte Ronson, »und hätte ihn gern in glücklicheren Zeiten entdeckt.«

Im Bienengarten des Jardin du Luxembourg summten die Insekten leise in ihren Stöcken. Neben mir sirrte Ronson. Wir erwarteten Jozefs Auftauchen, sie summte zum Treiben der Bienen ein Lied.

»Warum sind Sie eigentlich so aufgeregt?«

»Gestern Abend hat Weber mir gesagt, er sei bereit, mir zu geben, was er einzutauschen hat.« Ihre Augen strahlten.

»Woher wissen Sie, dass Sie ihm trauen können?«

»Das weiß ich, weil er mir trauen muss, wenn er aus Paris rauswill.«

»Und wie weit würden Sie ihm trauen?«

Sie lachte. »Er war Mitglied der NSDAP. Natürlich traue ich ihm nicht, glaube aber, er verfügt über Informationen, mit denen er seine Haut retten will.«

»Und Sie denken, Hochstetter hat ein wachsames Auge auf Weber?«

»Auf jeden Fall. Hochstetter ist kein Dummkopf. Dem ist klar, dass etwas vorgeht, aber er weiß nicht, was. Bestimmt setzt er seine Informanten und jeden sonst nützlichen Menschen ein, um herauszufinden, worum es sich handelt.«

»Warum schicken die Weber nicht einfach nach Berlin zurück, wenn sie ihn in Verdacht haben?«

»Das täten sie als Allerletztes. Falls sie vermuten, dass er in etwas verwickelt ist, wollen sie ihn hier haben, wo sie ihn beobachten können. Möglicherweise handelt Weber nicht isoliert. Sicher will die Abwehr den richtigen Moment abwarten, um alle Beteiligten aufzustöbern. Darum ist es wichtig, ihn bei Ihren Ermittlungen außen vor zu lassen. Er muss möglichst unauffällig bleiben.«

Ich sah weg. Immer mehr Bienen kehrten bei aufziehender Abenddämmerung zurück und umschwirrten die Stöcke. Über den Rasen näherte sich eine Gestalt.

»Jozef ist da.«

Wir gesellten uns zu ihm in den ersterbenden Schatten der Bäume. Misstrauisch sah er sich um. Ich begriff, dass er unsicher war, ob ich ihn wirklich nicht an die Deutschen ausliefern würde. So viel zum Thema Militärgeheimdienst.

»Was wollen Sie, Eddie?« Stimme und Auftreten waren höflich, aber dicht unter der Oberfläche lauerte die Kühle des Offiziers.

»Lucja. Sie ist verschwunden.«

Er wirkte verärgert. »Ich hatte Sie doch gebeten, das nicht weiterzuverfolgen.«

»Habe ich auch nicht. Ich ermittle, weil vier polnische Flüchtlinge gestorben sind. Lucja weiß etwas darüber.« Was vermutlich nicht zutraf.

»Hat das mit der Quelle zu tun, der Ronson helfen will?«

»Nein.« Was nur beweist, dass ich gut lügen kann.

Er taxierte mich und fällte eine Entscheidung. »Lucja und ihre Gruppe haben die Wohnung verlassen, in der sie sich aufhielten. Wir haben dort keine Spur von ihnen gefunden.«

»Und wo sind sie hin?«

»Das wissen wir nicht. Wir schreiben Zellen wie ihrer nicht vor, wohin sie zu gehen haben, erwarten aber, dass sie uns auf dem Laufenden halten. Wir haben nichts gehört.«

»Wenn die keinen Kontakt zu Ihnen aufnehmen, können Sie sie trotzdem finden?« Er durfte meiner Stimme nicht anhören, wie wichtig mir war, Lucja aufzuspüren. Ich musste erfahren, was in meiner Wohnung passiert war und wer die polnischen Bücher besaß.

»Sie verwenden viel Zeit darauf, die Mörder von vier Flüchtlingen zu finden – äußerst gewissenhaft angesichts der Ereignisse ringsum.«

»Ich bin Polizist. Daran ändert nichts etwas. Es ist meine Aufgabe, herauszufinden, wer die vier Männer getötet hat, und dafür zu sorgen, dass derjenige nicht noch mal tötet.«

»Sie sind hoffentlich nicht weiter hinter den Beweisen dieses Fryderyk her, Eddie?«, fragte Ronson.

»Können Sie die Zelle aufspüren, Jozef?«, beharrte ich. »Wenn ja, erwarte ich, dass Sie mir sagen, wo sie ist.«

»Das werde ich tun.« Er wandte sich zum Gehen. »Aber lassen Sie mich nicht bereuen, Ihnen vertraut zu haben.«

Im nachlassenden Sonnenlicht verschwand er Richtung Parktor.

»Und mich auch nicht«, sagte Ronson. »Überlassen Sie mir Weber und Polen.«

»Woher kennen Sie Jozef? Und woher wissen Sie, dass er wirklich beim polnischen Geheimdienst ist?«

»Mann, Eddie, irgendwem müssen Sie glauben. Nicht alle sind scharf darauf, Sie dranzukriegen. Außer Hochstetter.« Sie grinste mich an. »Der hat's echt auf Sie abgesehen.«

»Auf Weber hat er's abgesehen. Und mich ins Lutetia bringen lassen, damit ich ihn dort befrage.«

»Was hat er? Großer Gott, Eddie. Wann war das?«

»Heute Morgen. Ich wusste nicht mal, dass Weber dort sein würde, und habe darauf geachtet, ihn nur als Zeugen zu vernehmen, aber Hochstetter hat die Befragung so gedreht, dass Weber als Verdächtiger erschien. Und kaum hatte ich mich darauf eingelassen, hat er das Gespräch abgebrochen.«

»Sie denken, er will, dass Weber wegen der Morde im Depot verhaftet wird? Das ergibt keinen Sinn. Falls er ihn der Verschwörung verdächtigt, möchte er ihn doch auf freiem Fuß haben, um ihn beschatten zu lassen.«

»Sobald Weber bei uns einsitzt, kann er Frankreich mit seinen Beweisen nicht verlassen, wird aber auch nicht nach Berlin geschickt, wäre also aus dem Rennen, und Hochstetter hätte ihn trotzdem im Auge. Es ist sicherer so.«

»Als hätte Hochstetter je auf Sicherheit gespielt!« Sie sah auf ihre Uhr. »Die Ausgangssperre naht. Ich für meinen Teil gehe nach Hause. Und was machen Sie?«

»Ich fahre in eine neu eröffnete Bar, ins Cheval Noir. In Luigis Café geht es dagegen zu wie in der Opéra Garnier an einem Gala-Abend.«

Sie hielt inne. »Klingt toll. Darf ich Sie begleiten?«

»Nein. Polizeisache.«

»Ach, Eddie, nun haben Sie zu einer Journalistin genau das Falsche gesagt. Nehmen Sie Ihre Jacke, wir fahren.«

Ich debattierte nicht länger, sondern nahm sie mit. Gleich begann das Ausgangsverbot, aber ich hatte ja meinen Polizeiausweis. »Falls die Deutschen uns anhalten, sage ich, ich habe Sie verhaftet, weil Sie eine Nervensäge sind.«

Ein Lichtrahmen erschien um die alte Tür, die wacklig in den Angeln saß. Das Cheval Noir leistete sich, anders als Luigis Café, nicht den Luxus eines schwarzen Vorhangs. Zwei harte Burschen standen draußen, karierte Leinenmütze, kragenloses Hemd. Ich hatte beide schon verhaftet.

»Abend, Jungs. Einen Tisch für zwei. Wir essen mit Jeannot.«

Widerwillig öffnete der Ältere – ein altgedientes Mitglied der Bande mit einem Nacken, breit wie ein Propellerflügel – die Tür und ließ uns in eine verrauchte Wunderhöhle. Im schwachen Licht blätterte Putz von den nikotingelben Wänden. Ein Dutzend bleiche, feindselige Gesichter wandten sich uns zu. Auf der Tanzfläche im hinteren Teil des schmuddeligen Raums begleitete ein gelangweilter Akkordeonspieler drei Paare, die mehr schlurften als tanzten, wobei die Männer die Frauen umarmten, die sich immer wieder seltsam von ihnen abstießen und dauernd Hände von Stellen schoben, an denen sie nicht sein sollten.

»Topadresse«, wisperte Ronson. »Gibt's auch Cocktails?«

Jeannot saß an einem Tisch und spielte mit vier anderen Karten. Wie alle Männer im Cheval Noir trug er eine helle Tweedmütze, die bei ihm übers linke Auge gezogen war, hatte das Hemd aber bis zum Hals zugeknöpft und den Schlips zwar abgelegt, nicht jedoch den Kragen. Die Frauen trugen enge Pullover und bleistiftschmale Röcke bis über die Knie. Die ganze Stadt steckte heutzutage in Uniform. Ob so oder so.

Ich ließ Ronson am Tresen zurück und zog einen Stuhl an Jeannots Tisch. Seine schmalen Lippen ließen spitze, gelbe Zähne sehen, seine dunklen Augen blickten leblos, und sein Geruchssinn war scharf wie der eines Köters. Eine Altarkerze ähnlich denen, die wir in den Schuppen entdeckt hatten, stand zu einem Viertel heruntergebrannt auf dem Tisch.

»Sehr gottesfürchtig, Jeannot. Genau deshalb bin ich gekommen.«

»Mutig, Eddie – das muss ich dir lassen.«

»Locker bleiben, Jeannot, ich hab nur ein paar Fragen. Eigentlich wollte ich dich zu den vielen Diebstählen und zum Lagern des Diebesguts in den Schuppen am Bahndepot befragen – Dinge, von denen wir beide wissen, dass du dahintersteckst –, aber ehrlich gesagt: Das macht mir im Moment keine großen Sorgen. Klär das mit deinem Gewissen. Sorgen bereiten mir diese Morde. Wenn ich von fiesen kleinen Gangstern höre, die Flüchtlingen Geld abnehmen, um sie in Sicherheit zu bringen, sie dann aber töten, muss ich an dich denken.«

»Pass auf, was du sagst, Eddie – ich bin unter Freunden.«

»Unter feinen, aufrechten Freunden sogar. Obwohl ich vermute, dass sie französischen Soldaten Hilfe anbieten, sie dann aber ausrauben. Du weißt schon: fies und zudem feige.«

Er lachte, ein raues Geräusch, als träfe ein Messer auf einen Knochen. »Wer würde denn so was tun, Eddie?«

»Sie doch auf jeden Fall.«

Nicht ich hatte das gesagt, obwohl ich es oft gedacht hatte. Ich sah mich um und entdeckte einen jungen Mann mit blauem Auge und ramponiertem Gesicht, der Jeannot angehen wollte: Jean-Luc. Kurz schloss ich die Augen. Ich hatte ihn nicht reinkommen sehen. Einer der Türsteher zog ihn zurück, doch Jean-Luc riss sich los, und sein Fausthieb auf Jeannots Köternase erfüllte mich mit enormer Zufriedenheit.

»Erledigt ihn«, sagte Jeannot unter Nasenbluten zu seinen Leuten.

»Sie haben Poilus Geld abgeknöpft, Sie Mistkerl«, rief Jean-Luc.

Als mein Sohn wieder ausholte, traf ein Mitglied der Bande ihn in die Rippen. Ich musste mich beherrschen, um den Kerl nicht niederzustrecken, und griff stattdessen Jean-Luc bei der Hemdbrust.

»Mitkommen.« Ich warf ihm einen warnenden Blick zu. »Kein Wort mehr. Ich verhafte Sie wegen Körperverletzung.«

»Du hast das gesehen, Eddie«, sagte Jeannot von hinten. »Ein grundloser Angriff. Ich weiß nicht, wie es mit diesem Land enden soll.«

Ich wandte mich um. »Treib's nicht zu weit, Jeannot. Ich komme mit anderen Fragen wieder.«

Beim Anblick eines der Tanzpaare hielt ich unvermittelt inne. Eine schlaksige Gestalt – wie alle aus der Bande mit Tweedmütze überm linken Auge und kragenlosem, weit offenem Hemd – befummelte eine Frau und wollte ihr den dichten Schnurrbart ins Gesicht drücken.

»Font.«

Ohne Jean-Luc loszulassen, steuerte ich auf den Bahnarbeiter zu, aber auf ein Zeichen Jeannots hin vertraten mir acht

Mitglieder der Bande den Weg und drängten mich zum Ausgang. Meinen Sohn behielt ich fest gepackt, damit er vor ihnen sicher war.

»Ciao, Eddie«, rief Jeannot und bleckte die gelben Zähne zu einem Rattenlächeln.

Zwei Schurken verpassten meinen schon lädierten Rippen einige weitere Schläge, aber ich konnte ihnen auch ein paar Haken verpassen, und so endete es vermutlich ausgeglichen. Ronson sah vom Tresen her teilnahmslos zu, als ich an ihr vorbeikam. Sie nickte kaum wahrnehmbar und wandte den Kopf zur Tanzfläche.

Die Schläger stießen mich aus dem Lokal und schlossen die Tür. Ich betrachtete den Eingang, überlegte, was Ronson im Schilde führte, und zog mich mit Jean-Luc ins Dunkel und in Richtung meines Wagens zurück.

Jean-Luc wand sich in meinem Griff. »Schützt du noch immer die falschen Leute?«

»Nein, ich versuche, *dich* zu schützen. Wie oft muss ich das noch sagen?« Ich brachte ihn zum Wagen, setzte ihn auf die Rückbank und fesselte ihn mit Handschellen ans Fenster.

»Du bist der einzige Mensch, den du je beschützt hast.«

»Und du wirst nie erfahren, wie falsch du liegst, Jean-Luc.«

Ich wartete auf Ronson und fragte mich, warum sie so lange brauchte. Nach fünf Minuten öffnete sich die Tür, und sie trat ruhig heraus.

»Nacht, Jungs«, sagte sie zu den beiden Türstehern.

Langsam kam sie ans Ende der Straße. Ich trat vor, damit sie mich sah.

»Wenn Sie bitte noch kurz warten, Eddie.«

Die Tür öffnete sich erneut, und ich sah Font im gelben Licht stehen, das kurz aus dem Lokal drang. Vorsichtig trat er auf die Straße und begann, Ronson zu folgen. Als er an mir, der ich im Dunkeln versteckt war, vorbeikam, sah ich die hoffnungsvolle Begierde in seinem Gesicht und hatte fast Mitleid mit ihm. Ich schnappte ihn von hinten und zwang ihn zu meinem Wagen.

»Die sind Partner«, sagte Ronson.

»Ich will das lieber nicht wissen«, erwiderte ich.

Font wand sich jammernd in meinem Griff. »Weshalb verhaften Sie mich?«

»Ich nehme Sie fest, um Sie wegen der Morde an den Flüchtlingen zu verhören.«

»Sie sind irre! Das war ich nicht. Sie liegen falsch!«

»Darüber denken Sie erst mal ein, zwei Nächte nach.«

Nur, dass es anders kam.

Hinter mir lärmte es. Die Türsteher hatten offenbar gesehen, was passiert war, und Verstärkung geholt. Eine kragenlose Armee mit Leinenmütze strömte aus dem Lokal. Binnen Sekunden waren wir umzingelt. Die meisten fuchtelten mit Messern oder Schlagstöcken herum. Es gab sogar zwei mit der altmodischen Kombination aus Apachenmesser, Schlagring und Revolver.

»Sehr nostalgisch«, sagte ich zu ihnen.

»Sie haben da einen Freund von uns«, sagte Jeannot, der ein wenig vorgetreten war.

»Richtig. Und er bleibt bei mir.« Ich behielt Font mit einer Hand gepackt und zog mit der anderen meine Pistole.

Jeannot zeigte grinsend auf die Menge ringsum. »Bringt man euch auf der Polizeischule etwa keine Zahlen bei?«

Sie drängten uns rückwärts. Aus dem Augenwinkel sah ich Ronson zum Wagen zurückweichen, auf dessen abgewandter Seite sich Bandenmitglieder dem Fenster näherten, an das ich Jean-Luc gekettet hatte. Einer hob seinen Schlagstock.

Ich flüsterte Font ins Ohr: »Bleib schön im Land, Marcel, denn ich komme dich holen.«

Mit noch immer gezückter Pistole schob ich ihn Richtung

Jeannot und bedeutete Ronson, in den Wagen zu steigen. Wir waren in Unterzahl, aber eine Schusswaffe würden sie nur im Notfall angreifen. Font stand neben Jeannot. Ich glitt auf den Beifahrersitz und zwang Ronson, ans Lenkrad zu rutschen.

»Es wäre wohl besser, wenn Sie fahren«, sagte ich.

31

»Du bist mein Vater, aber wir haben nie ein Glas Wein zusammen getrunken.«

Ich sah in den Rückspiegel. »Willst du mich auf den Arm nehmen?«

Wir hatten Ronson vor dem Bristol abgesetzt und fuhren zurück aufs linke Ufer. Mit einer Kopfbewegung zu Jean-Luc hatte sie gefragt: »Was werden Sie mit dem jungen Mann anfangen?«

»Mir fällt schon was ein.«

Nun überquerte ich die Pont Neuf, hoffte, deutschen Patrouillen zu entgehen, und konzentrierte mich auf die Straße. Durch die verdunkelte Hauptstadt mit Scheinwerfern zu fahren, deren Licht nur aus zwei schmalen Schlitzen drang, war so schwierig, wie sich in einem Gespräch mit Hochstetter zurechtzufinden. Ich fuhr nach Montparnasse. Wenn Jean-Luc eine Gesprächsbrücke bauen wollte, wie seltsam sie sich auch anhörte, würde ich mich nicht verweigern.

»Ach, Sie haben einen jungen Herrn zum Freund«, meinte Luigi verschlagen. Ich warf ihm einen vernichtenden Blick zu – noch eine Fähigkeit, die ich wiederentdeckte.

Zwei Wehrmachtsoffiziere standen neben uns am Tresen, während Luigi uns Wein einschenkte. Ich hörte Jean-Luc etwas murmeln, und als ich mich ihm zuwandte, sah einer der Deutschen ihn fragend an.

»Verpisst euch zurück nach Berlin«, sagte Jean-Luc. Zum Glück verstand der Deutsche kein Französisch, würde den Sinn der Worte aber bald begriffen haben. Vorläufig lächelte er nur unentschlossen, um zu zeigen, dass er sein Gegenüber nicht verstand. »Hör auf, mich anzugrinsen, Boche.«

Mein Sohn baute sich vor dem Soldaten auf, der langsam verstanden hatte, doch ich zog Jean-Luc am Kragen zurück und trat zwischen ihn und den Offizier, der nun Unterstützung von seinem Kameraden bekam.

»Er hat schlechte Nachrichten bekommen«, erklärte ich ihnen auf Deutsch und achtete darauf, dass nur die zwei mich hörten, doch auch Luigi vernahm meine Worte. »Sein Vater.«

Der erste Offizier – so groß wie ich, aber schlank und mit feinen braunen Haaren, die er immer wieder aus der Stirn strich – musterte mein Gesicht und wurde ruhiger. »Das tut mir leid. Ich habe meinen Vater im letzten Krieg verloren und ihn nie gekannt.«

Der Deutsche lächelte Jean-Luc an, in mir loderte Hass auf. Dieser kurze Moment der Menschlichkeit vonseiten derer, die uns besiegt hatten, machte die Scham über unsere Niederlage nur entwürdigender. Fieberhaft presste ich den Deckel auf meine brodelnde Wut und zwang mir ein Lächeln ab. Ich spürte meinen Sohn nach einer Antwort suchen und packte ihn nur umso fester am Kragen.

»Ruhig bleiben, Jean-Luc.«

Ich nickte den beiden Deutschen zu, führte ihn an einen Tisch in der hinteren Ecke, drückte ihn auf einen Stuhl, setzte mich dazu und verhinderte, dass er erneut aufstand.

»Kümmerst du dich wieder um deine deutschen Freunde?«

»Ich kümmere mich um dich, aber langsam verliere ich die Geduld. Darum wolltest du hierher, stimmt's? Nicht, um ein Glas Wein mit mir zu trinken, sondern um Streit mit einem Deutschen zu provozieren.«

»Wirfst du mir das vor? Einer von uns muss ihnen die Stirn bieten. Wir dürfen nicht alle als Feiglinge leben.«

»Sei nicht dermaßen dumm, Jean-Luc. So packt man das nicht an. Du bringst dich nur grundlos ins Gefängnis oder wirst sogar getötet. Nimm endlich Vernunft an.«

Jemand tippte mir auf die Schulter. Ich drehte mich in der Erwartung um, die beiden Offiziere seien uns gefolgt.

Es war schlimmer.

»Sehen Sie, wozu Ihr französisches Recht gut ist?«

Es war Weber, er war betrunken. Hoffentlich machte seine Leber schneller schlapp als meine Beherrschung. Ich erhob mich und war eben groß genug, ihn einzuschüchtern.

»Das war deutsches Recht.«

»Wie dem auch sei – Sie haben nichts erreicht. Ich bin exkulpiert.« Er stolperte über das Wort. »Und Sie sind nichts. Nutzlos sind Sie.«

»Denken Sie wirklich? Für mich wirkte es, als wäre Hochstetter froh, dass Sie die Schuld auf sich genommen haben – was immer Sie im Schilde geführt haben. Ich denke, er will, dass wir uns deswegen noch mal treffen.«

Er fasste mich einmal mehr scharf ins Auge, doch immer wieder verschwamm sein Blick, der Wein in seinem Glas schwappte auf die Uniform. »Sie können mir nicht am Zeug flicken. Das sollten Sie endlich begreifen. Kein Deutscher würde einen anderen Offizier verraten.«

»Hochstetter? Denken Sie nur mal an ihn. Der würde Sie für jeden ihm passenden Zweck verkaufen. Dann werden Sie sehen, wohin das französische Recht Sie bringt.«

Er rülpste mich an und wich zurück, wobei er mit den Armen ruderte, um nicht zu stolpern. Ich sah ihm nach und setzte mich. Jean-Luc musterte mich einige Sekunden wortlos.

»Ich soll mich also nicht mit den Deutschen anlegen?«

»Nein, das ist meine Aufgabe.«

Wir sahen uns kurz an und lachten – nicht herzlich oder lange, aber es war ein Moment der Gemeinsamkeit, und zum ersten Mal hatte Jean-Luc weder wütend noch verzweifelt geklungen. Das Lachen verschwand in den dunklen Ecken eines Lokals voller Besatzer und Schurken.

»Wer war das gerade?«

»Komplizierte Sache.« Ich berichtete etwas mehr über die vier polnischen Flüchtlinge, die mit Gasvergiftung tot in einem Güterwagen gefunden worden waren, und staunte, dass es mir wichtig war, ihm davon zu erzählen. Zumal nach all den Jahren, in denen ich niemandem etwas anvertraut hatte, weder beruflich noch privat. »Ich denke, er war für die Ermordung von Zivilisten in Polen verantwortlich.«

»Was hat das mit den Morden in Paris zu tun?«

Ich erklärte ihm, dass Fryderyk Gorecki an dem Tag Selbstmord begangen hatte, an dem er jemanden im Hotel Majestic gesehen und einen furchtbaren Schreck bekommen hatte. »Fryderyk kam aus der polnischen Stadt Bydgoszcz. Seine Frau wurde dort mit anderen Lehrern von den Nazis umgebracht. Ich denke, Weber war in die Morde verwickelt. Zumindest einer der im Depot getöteten Männer kam ebenfalls aus Bydgoszcz. Weber war im Depot, als die Giftgasopfer gefunden wurden. Ich habe keine Beweise, doch er könnte sie getötet haben, um Spuren dessen zu verwischen, was er in Polen getan hat.«

Ich musste innehalten, um zu begreifen, was ich gesagt hatte. Nie hatte ich den Gedanken, Weber könnte der Mörder der vier Flüchtlinge sein, in mir Wurzeln schlagen lassen, und ihn nun geäußert zu haben, verwirrte mich.

»Warum mit Gas? Warum nicht einfach mit Kugeln?«

Während ich noch nachdachte, kam mir die Antwort schon über die Lippen. »Es soll nicht so aussehen, als handelten die Deutschen in Frankreich wie in Polen. Weber war deshalb klar, dass die Wehrmacht die kaltblütige Erschießung der vier Männer nicht hinnehmen würde; also hat er Gas eingesetzt, um für Unklarheit zu sorgen und sein Handeln vor den eigenen Leuten zu verbergen.«

Jean-Luc spähte an mir vorbei, als wolle er Weber im Lokal

aufspüren. Seine Wut war wieder da und ängstigte mich so wie meine eigene.

»Darin liegt mein Scheitern«, sagte er leise und redete wohl gar nicht mit mir. »Ich habe Tieren wie ihm erlaubt, Paris zu erreichen und ungestraft Metzeleien zu begehen. Und sie werden weitermetzeln, wenn ich nichts dagegen tue.«

»Überlass ihn mir, Jean-Luc. Bitte. Sei nicht zu scharf aufs Töten. Es stellt uns auf eine Stufe mit diesem Kerl.«

Ich hatte ihn umgebracht.

Am Boden hockend schaukelte ich vor und zurück. Von irgendwo kam ein klagendes Geräusch, ein leises Stöhnen, das sich mir ins Hirn grub. Es dauerte einige Augenblicke, bis ich begriff, dass es von mir kam. Inzwischen hatte ich mich aufgesetzt. Kleine, scharfe Steine hatten sich in meine Wange gedrückt, als ich mit angezogenen Beinen zwischen den Gleisen gelegen hatte. Auch jetzt gruben sie sich in mein Fleisch. Eilends streifte ich sie ab und zuckte zusammen, weil die winzigen Wunden schmerzten. Nur langsam hob ich den Kopf; weil die Drogenwirkung nachließ, bereitete mir jede Bewegung brüllendes Kopfweh.

Der Tote lag kaum einen Meter entfernt.

Ich hatte ihn umgebracht.

Das schwache Licht der Laternen verriet mir, was ich schon wusste. Es war der Inspektor. Blut lief in Rinnsalen durch seine Haare und über die Wangen und sammelte sich unter ihm in einer kleinen dunklen Pfütze. Ich schloss die Augen und fluchte bei dem Gedanken, was mit mir werden würde.

Erschrocken merkte ich, dass ich weiter die Eisenstange in der Hand hielt, die ich angesichts der näher kommenden Gestalt in Panik ergriffen und mit der ich wild zugeschlagen hatte. Ich berührte sie, spürte, dass sie klebrig war, sah im Lampenlicht Blut und Haarsträhnen an meinen Fingern.

»Großer Gott, nein!« Mit einem Klirren, das durchs Depot schallte, ließ ich die Stange fallen und stützte den Kopf in die Hände.

Hinter dem Inspektor bemerkte ich einen zweiten Umriss. Noch jemand. Auch er lag reglos da. Mein Kopf sank tiefer.

Wieder hörte ich ein Stöhnen. Diesmal kam es nicht von mir, und ich hätte schwören können, der Inspektor habe sich ein wenig gerührt. Ich horchte und spähte, konnte aber weiter nichts entdecken. Mein Kopf gaukelte mir vor, was immer ich glauben wollte.

Aber dann hörte ich es wieder.

Die Hand des Inspektors bewegte sich, er versuchte, sich auf die Ellbogen zu stemmen. Rasch warf ich einen Blick auf die Eisenstange und stand auf.

»Was ist passiert?«, fragte er.

Ich kniete mich neben ihn, nahm seine Arme, zog seinen Oberkörper empor, sah, wie er versuchte, mich anzuschauen. Er wiederholte seine Frage.

»Sie haben einen Schlag abbekommen.«

Unvermittelt übergab er sich; was er erbrach, roch nach Alkohol und altem Fleisch, spritzte über die Steine und klatschte auf meine Hose. »Wer sind Sie?«

»Ein Polizist. Wie Sie. Wir haben einen Einbrecher verfolgt.«

Er blickte sich unsicher um. »Wir sind im Depot? Daran erinnere ich mich.«

»Auch an Josette? Die Hure, mit der Sie hier waren?«

Er stöhnte erneut, ein schweres Seufzen in der Nacht. »Was ist passiert?«

Ich wies auf die Leiche.

»Das ist der Einbrecher. Er ist tot.«

»Helfen Sie mir hoch.«

Ich zog den Inspektor vorsichtig auf die Beine. Wacklig stand er da, seine Miene zeigte, dass er nicht recht wusste, wo er war. Langsam blickte er sich um. Dann half ich ihm auf dem kurzen Weg zur Leiche, drehte sie um und stellte fest, dass eine Kugel dem Mann das halbe Gesicht weggerissen hatte. Im Schützengraben hatte ich Schlimmeres gesehen und blieb seltsam gleichgültig. Der Inspektor fluchte. Ob über mich oder den Anblick des Toten, wusste ich nicht.

»Sie haben ihn getötet«, sagte der Inspektor.

Ich schnappte erschrocken nach Luft. »Das waren Sie.«

Er musterte mich. Seine Augen waren noch immer glasig. »Sie lügen. Ich erinnere mich nicht daran. Und ich habe meine Waffe nicht mal abgefeuert.«

»Doch. Ich konnte Sie nicht rechtzeitig daran hindern.«

Ich spürte ihn alles abwägen. »Schauen wir mal, wer das ist. Sollte es sich um Ihren Einbrecher handeln, sagen wir, es war Notwehr.«

Behutsam zog ich dem Toten die Papiere aus der Jacke. Der Inspektor fand am Boden seine Taschenlampe und richtete sie auf den Ausweis.

»Ein Bahnarbeiter«, sagte er, »nicht Ihr Einbrecher. Sie haben einen Unschuldigen getötet.«

»Ich war's nicht, das sagte ich doch schon. Sie sind es gewesen.« Ich erkannte die Gelegenheit, den Verdacht zu zerstreuen, dass ich den Inspektor niedergeschlagen hatte. »Und zwar in Notwehr. Er hat Sie mit der Stange angegriffen, und Sie haben geschossen. Ich habe alles gesehen. Ich dachte, er hätte Sie umgebracht.«

Ein Schimmer des Zweifels glitt über sein Gesicht, er legte die Hand an die Kopfwunde. Seine Augen flackerten, wohl weil die Gehirnerschütterung sich zu melden begann. »Ich erinnere mich nicht. Bald wissen wir, wer es war. Aus wessen Waffe wurde geschossen?«

Ich zog meine Browning-Pistole aus dem Holster und zählte die Patronen im Magazin. Es war voll.

»Sie können die Patrone ersetzt haben, als ich ohnmächtig war«, wandte er ein.

»Riechen Sie mal. Die Waffe wurde nicht abgefeuert.«

Im Dunkeln suchten wir seinen alten MAS-Revolver. Er lag

dort, wo der Inspektor zu Boden gegangen war. Ich hielt die Taschenlampe, während er die Trommel öffnete. Es waren nur fünf Patronen drin, die sechste Kammer war leer. Der Geruch verriet uns, dass die Waffe kürzlich abgefeuert worden war.

»*Sie* haben ihn getötet«, sagte ich.

»Das wissen wir nicht.«

»Es war Ihre Waffe. Sie haben ihn getötet.«

Der Inspektor schob den Revolver unter die Jacke und schloss sein Holster. »Gut, Junge, es steht Aussage gegen Aussage. Und ich bin Inspektor, und Sie sind so mit Drogen abgefüllt, dass Sie nicht wissen, welcher Tag heute ist. Niemand wird Ihnen glauben.«

»Und Ihre Waffe hat ihn getötet. Und Sie waren hier, weil Sie – obwohl im Dienst – bei einer Hure waren.«

»Gut, Junge, wir können beide viel verlieren, wenn das hier rauskommt.«

»Wie soll es nicht rauskommen? Da liegt ein Toter.«

Ich sah seine Miene im gelblichen Licht. »Und nur wir wissen davon. Nach Lage der Dinge sind wir gleichermaßen schuldig.«

Ich wollte schon widersprechen, besann mich aber eines Besseren. Die Wirkung der Drogen ließ langsam nach, und ich begriff, dass er Recht hatte. Falls tatsächlich herauskäme, dass ich unter Kokain gestanden hatte, als der Mann getötet worden war, würde niemand mir glauben. Außerdem war ich so erleichtert, den Inspektor nicht umgebracht zu haben – der obendrein annahm, der Tote habe ihm eins übergebraten –, dass ich bereit war, alles zu akzeptieren, was er sagte.

»Wir können nur eins tun«, fuhr er fort. »Dafür sorgen, dass das hier nie stattgefunden hat.«

»Wie das?«

Er winkte mich von den Güterwagen weg. »Ich komme aus

dieser Gegend und kenne mich aus.« Er wies auf den Boden vor uns. Im Dunkeln erkannte ich einen Kanaldeckel. »Hier endet es: Die Kanalisation schwemmt ihn aus unserem Leben.«

»Das dürfen wir nicht.«

»Haben Sie eine bessere Idee? Oder Lust auf die Guillotine?«

Ich schloss die Augen und fluchte, denn er hatte ja Recht. Gemeinsam schleiften wir die Leiche zur Kanalisation und hoben den Deckel. Der Tote platschte unter unseren Füßen auf, doch das war kaum zu hören, weil es viele Meter tief ging. Die Abwässer der Stadt würden ihn wegschwemmen. Dieses Geräusch würde ich nie vergessen.

»Das verbindet uns, Junge«, sagte er. »Aber vergessen Sie eins nicht: Ich bin höhergestellt als Sie. Man wird immer mir glauben, nicht Ihnen. Und auf Ihrer Wache gibt es garantiert viele Polizisten, die von Ihrer Schnupfgewohnheit wissen. Ich kann in dieser Sache gar nicht verlieren.«

»Sie waren es, der ihn getötet hat.«

»Das müssten Sie erst beweisen, falls Sie das wagen und so dumm sind zu glauben, irgendwie davonzukommen. Sie haben eben geholfen, eine Leiche zu beseitigen. Jetzt geben wir uns darauf die Hand und gehen unserer Wege. Wie heißen Sie?«

»Wofür wollen Sie das wissen?«

»Für den Fall, dass unsere Wege sich noch mal kreuzen. Vielleicht müssen wir uns eines Tages noch mal helfen.«

Unwillig sagte ich es ihm. »Ich heiße Giral. Und Sie?«

Er wandte sich zum Gehen. Einen Moment dachte ich, er würde es mir nicht verraten.

»Ich heiße Dax – merken Sie sich das, Junge.«

Freitag, 21. Juni 1940

32

Ein Geräusch weckte mich – zum Glück, denn im Schlaf wurde der Sessel, in dem ich saß, gerade zu einem Schützengraben, wobei sich die Armlehnen in Philippe und Louis verwandelten, die Polsterung in zähen Schlamm, der mich in die Grube ziehen würde. Und unter mir hörte ich Wasser spritzen. Noch eine verblasste Erinnerung, die wiedererwacht war.

Erneut hörte ich das Geräusch. Jemand hantierte in der Küche. Staunend besah ich mir die auf dem Boden verstreuten Bücher und Papiere und erinnerte mich nicht, mich am Vorabend in meinen Sessel gesetzt zu haben. Vor mir auf dem Tisch stand ein leeres Glas und roch schwach nach Whisky. Ich stand auf und ging in die Küche.

»Jean-Luc?«

Ich stieß auf eine mir bekannte Gestalt, doch es war nicht mein Sohn. Sie hatte das Chaos leidlich gelichtet und kochte etwas auf dem Gasherd. Ich roch Kaffee. Sie sah mich über die Schulter an.

»Für eine Polizistenwohnung ist es extrem einfach, hier einzudringen. Essen Sie was – sieht aus, als könnten Sie's brauchen.«

»Was machen Sie hier?«

Ronson wandte sich mir lächelnd zu, eine Pfanne mit Tomaten und Eiern in der Hand. »Frühstück. Ein Geschenk habe ich auch dabei. Hoffentlich gefällt es Ihnen.«

Sie gab das Rührei auf zwei Teller und nickte zur Anrichte, auf der eine Flasche Whisky stand – gute Marke, aber bei dem, was jetzt in Paris angeboten wurde, hätte fast alles als »gut« gegolten. Daneben lagen meine Dienstpistole, die Luger und Munition.

»Luger und Patronen lagen auf Ihrem Wohnzimmertisch. Ich habe sie mitgenommen, damit kein Unfall passiert.«

Geistesabwesend nahm ich die eingedellte Patrone aus der Luger, steckte sie in meine Jackentasche und lud die normale Munition ins Magazin. Ich erinnerte mich nicht mal daran, die Pistole am Vorabend aus ihrem Versteck geholt zu haben. Jetzt verbarg ich sie wieder im Bad hinter der losen Fliese. Als ich mich umwandte, stand Ronson im Türrahmen und beobachtete mich.

»Peng«, sagte sie mit hochgezogenen Brauen. »Mensch, Eddie – und ich dachte, bei mir ist es unaufgeräumt.«

Ich betrachtete das Chaos im Wohnzimmer. Jemand hatte alles durchstöbert. »Ein Frühwerk der Gestapo, denke ich.«

»Sie sind ein seltsamer Vogel. Los, essen Sie was.«

Ehe ich ihr folgte, sah ich kurz in Jean-Lucs Zimmer, es war leer. Das Bett war mit soldatischer Akkuratesse gemacht. Mein Sohn, der gewissenhafte Poilu.

Wir setzten uns an den Küchentisch und aßen.

»Sie kochen fast so gut wie ein Franzose.« Der erste Bissen zerging mir im Mund. Rührei hatte ich seit einem Monat nicht gegessen.

»Machen wir ein Geschäft, Eddie: Sie begleiten mich heute tagsüber, und ich helfe Ihnen am Abend beim Aufräumen. Glauben Sie mir, es wird toll. Es gibt da zwei Jungs, die Sie unbedingt sehen müssen.«

»Wen?«

»Kommen Sie mit, dann erfahren Sie es.«

Ich hatte wahrlich genug zu tun, inzwischen aber gemerkt, dass Ronsons Gespür für Ereignisse einen Umweg wert war. Wir nahmen die Metro zu einer Garage auf dem rechten Ufer, in der sich unter einer Plane ein großer Umriss abzeichnete. Ronson zog sie ab, und ein glänzender schwarzer Renault Viva Grand Sport kam zum Vorschein.

»Meiner. Ich hab etwas Benzin für Regentage gehortet. Im Kofferraum stehen sechs Kanister. Und dieser Tag sieht mir nach Regen aus.«

»Sie müssen besser verdienen als ein Polizist.«

»Wie gesagt, ich bin eine ziemlich gute Journalistin.«

Der Wagen hatte WH-Nummernschilder. »Die sind deutschen Autos vorbehalten. Wie haben Sie die bekommen?«

»Über Hochstetter. Der mag mich. Er erzählt mir Sachen und ich ihm. Was er erzählt, ist komplett wertlos; was ich erzähle, ist ausgedacht. Aber irgendwie funktioniert's.«

»Er muss Sie sehr mögen. Mir hat er nur SP-Kennzeichen bewilligt.«

Sie manövrierte die Limousine aus der engen Nebenstraße und wandte sich nach Nordosten, raus aus der Stadt. Dank der WH-Kennzeichen wurden wir an zwei deutschen Kontrollposten durchgewunken.

»Die Deutschen werden den Franzosen nur eine begrenzte Zahl von Pkws zubilligen«, sagte sie zu mir. »Mit Ihren SP-Kennzeichen haben Sie ziemliches Glück. Und sogar die nützen Ihnen nun sonntags nichts mehr. Auf den Straßen von Paris dürfen dann nur noch deutsche Autos unterwegs sein.«

Vor der Stadt drückte Ronson das Gaspedal durch. Wir schwiegen einige Zeit, während der Wagen Kilometer fraß und uns weit ins Umland hinausbrachte. Hätte es Jean-Luc nicht gegeben, wäre ich am liebsten nie mehr zurückgekehrt.

»Was arbeiten Sie eigentlich genau, Ronson?«

»Wie gesagt, ich bin Journalistin.« Sie erzählte mir, sie komme aus der Nähe von New York, habe einige Jahre in Paris gelebt, sei dann nach Berlin gezogen. »Um über Hitlers Aufstieg zu schreiben. Alle wollten das damals lesen. Danach habe ich aus dem Spanischen Bürgerkrieg berichtet und bin nach Berlin zurück, als der Krieg dort geendet und dieser hier begonnen hat. So hat alles seine guten Seiten, wie man so sagt. Wie steht es mit Ihnen?«

Ich dachte kurz nach. »Ich bin aus Perpignan im Süden. Als ich nach dem letzten Krieg demobilisiert wurde, bin ich nach Paris gezogen.« Das war alles. Ich erzählte ihr nicht, dass es mir nach der Heimkehr unmöglich gewesen war, in der Buchhandlung meiner Familie zu arbeiten, und verschwieg, was mir im Krieg zugestoßen oder warum ich früher schon mal in Paris gewesen war. Das hatte ich nie jemandem erzählt.

»Warum sind Sie Polizist?«

Ich sah auf das sich im Wind wiegende Gras hinaus, das mich an Kielwasser denken ließ. »Um zu versuchen, die Dinge ins Lot zu bringen.«

»Sie sind einer der seltsamsten Menschen, denen ich begegnet bin, Eddie. Und was hat es mit der Luger auf sich?«

»Ach, nichts. Die habe ich bloß im letzten Krieg einem Deutschen abgenommen, der mich töten wollte.«

Hinter dem Wald von Senlis begegneten uns immer mehr Militärfahrzeuge, Ronson fuhr langsamer, um nicht aufzufallen; schließlich passierten wir das Ortsschild von Compiègne.

»Hier wurde der Waffenstillstand geschlossen«, sagte ich. »1918.«

»Hier *wird* der Waffenstillstand geschlossen«, erwiderte sie kopfschüttelnd.

Bevor ich fragen konnte, was sie damit meinte, mussten wir an einem Kontrollpunkt halten. Ronson sprach in gutem Deutsch mit einem Wehrmachtsoffizier und erklärte ihm, sie gehöre zum Pressecorps und ich sei ein hochgestellter Polizist aus der Hauptstadt. Er prüfte unsere Ausweise gründlicher als die Deutschen in Paris und ließ uns dann weiterfahren, trug uns aber auf, schon vor der Lichtung der Waffenstillstandszeremonie zu parken.

»Gleich sind Sie Zeuge eines historischen Ereignisses, Eddie.« Ronson parkte den Wagen am Stadtrand unter Bäumen und bestand darauf, dass ich meine Dienstwaffe unterm Sitz versteckte. »Heute kommen Sie damit garantiert nicht weit.«

»Aber ich bin Polizist.«

»Heute nicht, Eddie. Viel zu gefährlich. Sie werden sehen, warum.«

Als wir uns zu Fuß der Lichtung näherten, sahen wir immer mehr deutsche Soldaten, die meisten in Paradeuniform. Ein Feldwebel schickte uns zu einer Koppel, wo ein paar Leute auf etwas warteten.

»Journalisten«, erklärte mir Ronson flüsternd.

Vor uns standen Reihen gesichtsloser Truppen in helmbewehrtem Schweigen. Sie waren furchteinflößender als diejenigen, denen wir im letzten Krieg gegenübergestanden hatten. Ich spürte, wie meine Beine zu zittern begannen, und musste die Schuhsohlen nahezu in den Boden rammen, damit es aufhörte. Eine Kapelle spielte ungemein aufgeblasene Musik. Weitere Soldaten kamen von links auf die Lichtung marschiert und umgingen das kleine Rasenstück in der Mitte.

Jetzt erst merkte ich, dass man den Eisenbahnwaggon, in dem der letzte Waffenstillstand unterschrieben worden war, aus dem Gebäude geholt hatte, wo er normalerweise besichtigt werden konnte. Er stand nun mitten auf der Lichtung.

»Genau wie 1918«, sagte Ronson.

Nun sah ich auch, dass das Ehrenmal dahinter – den französischen Gefallenen des letzten Krieges gewidmet – mit einer Hakenkreuzfahne verhüllt war. Ich dachte an meine Freunde, ballte die Fäuste und musste mich zwingen, nicht loszurennen, um sie herunterzureißen. Zwei Soldaten zogen ein kleineres Hakenkreuz an einem Flaggenmast mitten auf dem Rasen auf, direkt vor dem Eisenbahnwaggon. Auch blickte das unverhüllte Standbild von Marschall Foch auf den Waggon, als habe jemand beschlossen, ihn in sein Gesichtsfeld zu rücken.

Kaum eine Minute später sah ich, wer.

Ich schnappte nach Luft, versuchte das aber zu überspielen.

Dann schloss ich die Augen und hielt das Gesicht der Sonne entgegen, deren Wärme mich daran erinnerte, dass die Welt sich weiterdrehte. Ich öffnete die Augen wieder und sah in dem stillen Schatten der gedrängt stehenden Kiefern und Ulmen, der an den hellen, staubigen, schnurgeraden Weg heranreichte, einen Uniformierten inmitten einer Gruppe von Uniformträgern. Seine Miene war in kalter Feierlichkeit erstarrt, der Schirm seiner Mütze ließ mitunter eisige Augen sehen; seine Maske stand in ödem Kontrast zu seinem beschwingten Gang.

»Hitler«, flüsterte ein Journalist.

Während Hitler vorbeischlenderte, legte er bisweilen die linke Hand an die Gürtelschnalle und reckte den rechten Arm zum steifen Gruß an seine Soldaten. Ich spürte, wie ich dabei jedes Mal die Zähne zusammenbiss. Er blieb ein kleines Stück von mir entfernt stehen, drehte sich um und grüßte die ihn begleitenden Generale und Admirale auf gleiche Weise. Hinter ihnen eilten hohe Offiziere über den beschatteten Rasen, wobei ein paar einen kleinen Zaun überstiegen, um mit Hitlers Gefolge Schritt zu halten. Ronson neben mir stieß ein dezentes Lachen aus. Ich konnte das nicht. Jetzt verstand ich, warum sie mich die Waffe nicht hatte behalten lassen.

Schweigend sahen wir zu, wie Hitler vor der Statue von Marschall Foch stand, ihr mit höhnischem Lächeln ins Gesicht blickte, sich umdrehte und zum Eisenbahnwaggon ging. Anscheinend fragte er einen deutschen Offizier, ob er den richtigen Eingang erwischt habe, und stieg die wenigen Stufen hinauf. Halb Europa konnte er überrennen, wusste aber offenbar nicht, wie er in einen Waggon kam.

»Zu schade, wenn er stürzen und sich den Hals brechen würde«, murmelte ich. Ronson gebot mir zu schweigen.

Minuten nachdem Hitler und sein Gefolge den Waggon betreten hatten, stupste sie mich und wies dorthin, woher er gekommen war. »Die französische Delegation. Hitler lässt sie den Waffenstillstand unterzeichnen, wo Deutschland 1918 kapituliert hat. Die Erniedrigung ist vollständig.«

Ich sah unsere ranghohen Militärs, von Offizieren der Wehrmacht eskortiert, an einfachen Soldaten vorbeischreiten. Vorn auf unserer Seite erkannte ich General Huntziger zwischen zwei Deutschen. Die Militärs wurden zum Waggon geleitet und traten ein. Ronson sah mich an und lächelte schief. In unsicherer Erwartung des Kommenden blieben wir einige Zeit stehen. Ronson sprach mit dem Journalisten neben ihr, auch einem Amerikaner, wie ich vermutete, als plötzlich beide sich strafften, weil auf der Lichtung etwas geschah. Hitler verließ den Waggon, ohne dass die französische Delegation oder ein Großteil der Deutschen ihm folgte.

»Die sagen den Franzosen dadrin, welchen Forderungen genau ihr alle von nun an entsprechen müsst«, sagte Ronson.

Hitler schritt seine Truppen ab, während eine Kapelle die deutsche Hymne spielte. Er hielt auf das Ehrenmal zu, dessen Verhüllung durch eine Hakenkreuzfahne vermutlich unseren Triumph von 1918 vor ihm verbergen sollte. Als er sich näherte, kamen einige Soldaten hinter ihren in Reih und Glied angetretenen Kameraden hervor wie Kinder, die einem Zirkusumzug folgten, und machten freudig Fotos von ihm.

»Das würde ich auch knipsen: Hitler auf dem Rückzug.«

Ronson tippte mir auf den Arm, legte den Zeigefinger an die Lippen und signalisierte mir, wir sollten gehen. Wir verließen das Pressecorps, und das war eine Erleichterung. Ich hätte es nicht ertragen, Hitler vor dem Ehrenmal unserer Gefallenen stehen zu sehen.

Kaum hatten wir die Lichtung verlassen, fuhr ich Ronson an. »Dachten Sie wirklich, das interessiert mich?«

Sie blieb stehen, sah mich an, führte mich weiter.

»Nein, aber das jetzt schon.«

33

Wir gingen den kurzen Weg zu Ronsons Wagen zurück, wo wir niemanden sahen. Beim Einsteigen fiel mir auf, dass zwei der Benzinkanister inzwischen im Fußraum vor der Rückbank standen. Schnell sah ich unter meinen Sitz: Die Waffe war noch da. Ich schob sie wieder ins Holster unter meiner Jacke.

Ronson fuhr los, verließ Compiègne aber in südöstlicher Richtung.

»Wohin fahren wir? Ich muss nach Paris zurück.«

»Das müssen Sie sehen, Eddie.« Immer wieder sah sie in den Rückspiegel. Zum ersten Mal erlebte ich sie nervös.

Wir fuhren nur ein kleines Stück in den Wald und bogen auf einen Forstweg ab, der hinter einen Baumbestand mit dichtem Unterholz führte. Sie schaltete den Motor aus, sofort erfüllte Vogelgesang die Stille. Ein paar Sekunden horchte sie aufmerksam und stieg dann aus.

»Also, wer ist im Kofferraum?«, fragte ich.

»Typisch Polizist.« Ronson grinste und war wieder die Alte.

Nach einem letzten Rundblick machte sie den Kofferraum auf. Ein deutscher Soldat kauerte in dem engen Raum zwischen den übrigen vier Kanistern. Im ersten Moment hielt ich ihn für tot und fürchtete, Ronson habe uns in eine Hinrichtung verstrickt, aber die Gestalt streckte sich vorsichtig, zog sich aus dem Wagen, setzte sich auf den Rand des Kofferraums und rieb sich Hals und Nacken.

Weber.

Er ignorierte mich erst und fragte Ronson dann, was ich hier mache. »Das war so nicht abgesprochen. Ich spreche nur mit Ihnen, nicht mit dem Polizisten.«

Ronson erklärte mir, Weber habe den Ereignissen auf der

Lichtung zugeschaut, sich aber davongemacht, als aller Augen auf Hitler gerichtet waren. »Das haben wir gestern geplant. Ich hatte ihm nur nicht erzählt, dass ich Sie einlade.«

Sie sagte dem Deutschen, man könne mir trauen. »Es ist in Ihrem Interesse, dass er Ihre Geschichte kennt. Ansonsten kann ich Ihnen nicht helfen.«

Weber sah zu mir hoch und seufzte verärgert. »Na gut.«

Er stand auf und streckte sich. Wir gingen tiefer ins Unterholz. Die ganze Zeit behielt ich die Hand an meiner Waffe. Nach etwa hundert Metern lehnte Weber sich an einen umgestürzten Baum. Ronson setzte sich ans andere Ende. Ich blieb stehen. Ein Tier bewegte sich rechts von uns schnuppernd durchs Dickicht, und ich musterte die Bäume ringsum. Wir waren allein.

Ronson musterte Weber. »Sagten Sie nicht, Sie bringen die Informationen mit, die Sie zu tauschen haben?«

Weber sah sie an, atmete laut aus und verschränkte die Arme fest vor der Brust, aber auch ich hatte eine Frage.

»Warum sind Sie so scharf darauf, diese Informationen auszuhändigen? Es sieht schließlich nicht danach aus, als würde Deutschland diesen Krieg verlieren.«

Weber seufzte und sah mich an. »Ich bin 1933 der NSDAP beigetreten und habe an den Traum vom starken Deutschland geglaubt, den sie uns untergejubelt haben. Und daran, dass das Unrecht rückgängig gemacht werden muss, das uns nach dem letzten Krieg zugefügt wurde. Viele Deutsche glauben noch immer daran, weil sie nicht gesehen haben, wie diese Dinge außerhalb unserer Grenzen umgesetzt werden, und nicht ahnen, was der Nationalsozialismus von uns hinter dem Rücken des deutschen Volkes verlangt. Letzten Sommer war ich Adjutant bei einer Besprechung von Hitler mit seinen ranghöchsten Offizieren. Ich glaube an Deutschlands Überlegenheit, aber Hitler erklärte den Krieg gegen Polen zum Vernichtungskrieg, in dem wir ohne Mitleid und Gnade alle Männer, Frauen und Kinder umbringen sollen, die zur polnischen Rasse gehören oder Polnisch sprechen. Und genau das haben wir getan. Ihnen in Frankreich wurde das erspart, deshalb können Sie es nicht verstehen. Im Verlauf des Krieges und angesichts dessen, was die Partei uns befohlen hat, habe ich begriffen, dass ich Unrecht hatte. Dass Hitler und die Nazis Unrecht haben. Und mit dieser Ansicht bin ich nicht allein. Es gibt andere wie mich, die früher Anhänger der Nazis waren, sich inzwischen aber gegen die Partei gewandt haben.«

»Ihr Bekenntnis haben Sie ja hübsch auswendig gelernt.«

»Und Sie haben Beweise für das, was in Polen geschehen ist?«, fragte Ronson.

»In Polen? Nein, mit Polen hat das nichts zu tun.«

Ronson sah so sprachlos und wütend drein, wie mir zumute war. Ich packte Weber an der Brust seiner unscheinbar grauen Uniform. »Sie haben uns die ganze Zeit belogen.«

»Das alles soll also nichts mit Polen zu tun haben, nein?«, fuhr Ronson ihn fast schreiend an.

Weber sah mich ruhig an. »Ich schlage vor, Sie lassen mich los. Ich habe nie behauptet, meine Informationen hätten mit Polen zu tun. Das haben Sie sich eingebildet.«

Ronson wandte sich verärgert ab. »Großer Gott!«

Ich packte fester zu. »Warum sagt Ihnen dann Bydgoszcz etwas?«

»Tut es nicht. Noch mal: Das bilden Sie sich nur ein.«

Ronson trat dicht an uns heran. »Sie haben uns also wegen nichts kommen lassen?«

»Ich habe Sie wegen Beweisen für eine Verschwörung kommen lassen, die darauf zielt, fünfhundert amerikanische Staatsbürger umzubringen. Aber wenn ich diese Informationen nicht mit Ihnen teilen soll, können wir uns auch trennen.«

Vor Staunen hatte mein Griff sich gelockert, und Weber

nutzte das, um meine Hand wegzuschieben. Mit offenem Mund stand Ronson vor ihm. Der Deutsche hatte wieder seine ruhige, selbstsichere Miene aufgesetzt.

»Warum haben Sie das nicht früher gesagt?«, fragte sie.

»Ich musste erst sicher sein, Ihnen trauen zu können. Und ganz überzeugt bin ich noch immer nicht. Ich besitze ein ›Sonderaktionsbuch‹, eine Liste von mehr als fünfhundert einflussreichen amerikanischen Politikern, Journalisten und Schriftstellern, die der Sicherheitsdienst angelegt hat. Auf sie alle sollen Anschläge verübt werden. Die Nazis nehmen in Washington und New York jede Menge Leute ins Visier – und amerikanische Journalisten in Europa, die dafür plädieren, dass die USA in den Krieg eintreten, um Hitler zu stoppen.«

»Solche Attentate würden unseren Kriegseintritt nur wahrscheinlicher machen«, widersprach Ronson.

»Es wären ja Geheimoperationen. Unfälle, Giftanschläge, Morde, bei denen Unschuldige kalkuliert in Verdacht geraten. Die Nazis wären nicht sichtbar genug daran beteiligt, als dass der Verdacht auf sie fallen würde.«

Ronson trat einige Schritte zurück und ging mit anfangs schockierter, bald aber begeisterter Miene auf der Lichtung hin und her. Mir standen Groves im Hotelzimmer und Schmidt, der mich mit meiner Manufrance neckte, viel zu gebieterisch vor Augen, als dass ich ihre Freude hätte empfinden können.

»Das ist wirklich eine große Sache. Und Sie haben das schriftlich? Als offizielles Dokument? Wenn das rauskommt, können die USA unmöglich passiv bleiben.« Sie konnte ihren Überschwang kaum zügeln.

»Wie sind Sie an die Liste gekommen?«, wollte ich wissen.

»Schluss mit der Fragerei, Eddie.« Ronson trat dicht an Weber heran. »Gut, ich bin dabei. Zeigen Sie mir die Liste.«

»Erst wenn mir eine sichere Ausreise aus Frankreich garantiert wird. Dann können Sie sie haben.«

»Was?«

Eine Amsel sang in der Stille, während Ronson und ich Webers Worte bedachten. Der Deutsche lehnte gelangweilt an der Kiefer und fummelte mit dem Daumennagel an der trocknen Borke. Der Wind hatte sich gelegt, kein Blatt raschelte, kein Ast knackte, alle Schatten standen reglos in der Sonne. Bis uns drei ein Geräusch zusammenfahren ließ. Metall auf Metall: eine aufknallende Heckklappe. Deutsche Befehle. Hundegebell. Ich sah in die Richtung, aus der die Geräusche kamen, entdeckte aber nichts.

»Soldaten«, flüsterte Ronson angespannt.

»Sie haben uns eine Falle gestellt«, warf ich Weber vor, doch er wirkte so erstaunt wie wir.

»Nein, ich weiß nicht, was hier passiert.«

Jetzt hörten wir Leute durchs Unterholz streichen. Und weitere Hunde dazustoßen. Irgendwo rief jemand einen Befehl.

Sofort rannten wir den kurzen Weg zu Ronsons Renault. Das Krachen im Unterholz hinter uns wurde lauter. Bei den näher kommenden Verfolgergeräuschen gab keiner von uns sich Mühe, leise zu sein. Wir hörten einen Hund, den sein Führer von der Leine gelassen hatte, durchs Unterholz hetzen. Weber blieb wenige Meter vor dem Wagen stehen, zog seinen Revolver und feuerte einen Schuss ab, der den Deutschen Schäferhund auf den Rücken warf. Ein Gegenschuss pfiff nah an unseren Köpfen vorbei. Ich konnte keinen unserer Verfolger sehen. Webers zweiter Schuss ging so nah an meiner Schläfe vorbei, dass ich das Schwirren hörte, das ich vom letzten Krieg her kannte. Ich sah ihn an, aber er hatte sich abgewandt und hetzte zum Wagen.

Ronson hatte den Motor schon angelassen, und ich folgte Weber durch die Beifahrertür. Der Vordersitz war umgeklappt, und wir stürzten in den Fond. Sie prügelte den Rückwärtsgang rein, ehe die Tür noch geschlossen war, und schlitterte mit heulendem Motor in hohem Tempo zurück auf die Straße. Dort schaltete sie in den Vorwärtsgang, drückte das Gaspedal durch und jagte aus dem Wald. Ich sah durchs Heckfenster, aber hinter uns war niemand. Wir fuhren durch eine Kurve, und Ronson kämpfte um die Kontrolle über den Wagen, beschleunigte aber weiter. Auf einer langen Geraden zeigte der Sechs-Zylinder-Motor, was er konnte, und trug uns weit aus der Gefahrenzone.

»Verdammt, war das klasse«, rief sie.

Ich kletterte auf den Beifahrersitz und musterte ihr Gesicht, das vor Begeisterung glühte. »Und Sie sagen, ich sei seltsam.«

Weber saß schweigend hinten. An einer Kreuzung auf dem Weg nach Compiègne ließen wir ihn raus.

»Besser, Sie setzen mich hier ab«, hatte er gesagt. »Wenn ich zu Fuß in die Stadt komme, erweckt das weniger Verdacht.«

Ronson fuhr wieder los, ich sah dem Deutschen auf dem Marsch nach Compiègne nach. Er hielt sich sehr aufrecht und schritt selbstbewusst aus. Eine Liste von fünfhundert Amerikanern, die umgebracht werden sollten, konnte ich mir nicht vorstellen. Stattdessen dachte ich an Fryderyk, Ewa und Jan, an unschuldige Zivilisten, die in Polen starben, und an vier Männer in einem Bahndepot in Paris. An die Kugel, die an meinem Kopf vorbeigepfiffen war. Und daran, wie seelenruhig Weber nach Compiègne zurückmarschiert war.

»Peng«, murmelte ich.

34

»War das Auftauchen der Deutschen für Sie kein seltsamer Zufall?«

Über Nebenstraßen und Feldwege entfernten wir uns von Compiègne Richtung Paris. Ich war überraschend erleichtert, auf dem Rückweg zu sein.

»Hitler ist in der Stadt. Also sind überall Soldaten.«

»Hier draußen? In solchen Mengen?«

»Was wollen Sie damit sagen?«

»Sie vereinbaren ein Treffen mit Weber im Wald, und plötzlich taucht ein Lastwagen voller deutscher Soldaten mit Hunden auf.«

»Sie denken, das war eine Warnung?«

»Ich denke, das war ein abgekartetes Spiel, hinter dem Hochstetter, Biehl, vielleicht auch Weber stecken. Auf jeden Fall wusste jemand, dass Sie auftauchen. Und warum sind wir so glimpflich davongekommen?«

»Mensch, Eddie, bauschen Sie das Ganze doch nicht so auf! Sicher, die haben auf uns geschossen, aber wen kümmert das? Sie haben gehört, was Weber gesagt hat: Diese Liste könnte den Krieg beenden. Sie müssen nur dafür sorgen, dass er mir das ›Sonderaktionsbuch‹ gibt, dann sorge ich dafür, dass er Frankreich verlassen kann und eine Passage nach New York bekommt. Wir müssen jede nur mögliche Chance nutzen, die Nazis zu stoppen. Falls uns das nicht gelingt, sind ein paar tote Flüchtlinge in einem Bahndepot eine Kleinigkeit im Vergleich zu dem, was kommt. Wir haben eine Chance, diese Entwicklung aufzuhalten.«

In angespannter Stille fuhren wir an einer deutschen Lastwagenkolonne vorbei, die uns entgegenkam.

»Sonderaktionsbuch.«

»Sie sprechen dieses Wort praktisch akzentfrei aus. Ist Ihr Deutsch derart gut?«

»Hochstetter sieht das so.« Seit seiner Bemerkung Weber gegenüber hatte ich mich auf alle zu besinnen versucht, die wussten, dass ich Deutsch verstand. Ronson gehörte dazu. »Es geht nicht bloß um die Flüchtlinge hier, sondern um das, was die Nazis in Polen verbrochen haben – Sie dachten, das habe Weber anzubieten. Und genau das wird nun unbekannt bleiben.«

»Sie wollen weiter an die Beweise dieses Polen glauben, der Selbstmord verübt hat, stimmt's?«

»Jozef, die polnische Zelle und sogar Sie wollten mich überzeugen, Fryderyks Beweise seien allenfalls wertlos. Und doch wollten Sie und die Zelle seine Wohnung durchsuchen, die Deutschen haben seine Habe einkassiert, und jemand hat mein Zuhause verwüstet, um etwas zu finden. Würden Sie da nicht vermuten, dass es Beweise gibt?«

Die Vorstellung, die mich nicht losließ, war die eines Flüchtlings, der einen Tresor, den er sich nicht leisten konnte, mit der Sackkarre durch die Straßen von Paris rollte und in den vierten Stock schleppte. Wozu? Damit jeder mir sagte, seine Beweise seien wertlos? Ronson hatte Recht: Ich wollte an Fryderyk und an das glauben, was er zu besitzen dachte.

»Sie suchen ja immer noch danach! Dabei geht es um viel mehr, Eddie, begreifen Sie das doch! Das verändert alles.«

»Ich begreife ja. Falls Fryderyk wirklich etwas besaß, müssen wir es der Welt sagen und dafür ein Risiko eingehen. Nichts anderes tun Sie mit Weber. Sie haben keinerlei Beweis für das gesehen, was er behauptet, setzen aber Himmel, Erde und mich in Bewegung, um seine Unterlagen zu bekommen. Falls Fryderyks Beweise existieren, sollten wir uns dafür genauso engagieren, wie Sie es für Weber tun.«

»Sie sagen mir zu oft ›falls‹, Eddie – indem wir Webers Informationen weiterleiten, sorgen wir dafür, dass Dinge wie in Polen nicht wieder passieren. Sie müssen ihn für ein wichtigeres Ziel laufen lassen.«

»Und falls Weber für Morde in Polen verantwortlich ist? Und für die vier Toten im Depot? Gewinnen die Nazis nicht, falls ich ihn ungeschoren davonkommen lasse?«

»Eddie, wären Sie so scharf darauf, Weber vor Gericht zu bringen, wenn die Nazis sich hier genauso aufführen würden wie in Polen? Wer gewinnt denn angesichts Millionen Unschuldiger durch die Bestrafung eines Schuldigen?«

Ich fühlte mich seltsam leer. Im fleckigen Sonnenlicht, das durch die Bäume fiel, dachte ich erst an die Liste derer, die die Nazis als Gegner umbringen wollten, dann an die verblassende Illusion von Fryderyks Beweisen und wusste, dass sie Recht hatte. An ihrer Stelle wäre ich auch auf Webers Beweise scharf gewesen. »Ob Groves auch auf der Liste stand?«

»Früher wahrscheinlich, aber es würde mich überraschen, wenn es heute noch so wäre. Er war mal einflussreich. Am Anfang hat er viele Artikel gegen Hitler geschrieben, aber seit seine Karriere im Schnapsglas ersoffen ist, schreibt er, was seine Auftraggeber lesen wollen. Warum?«

»Weil er tot ist. Er wurde gestern Morgen umgebracht.« Ich erzählte das meiste von dem, was im Hotel passiert war. Dass er mit meiner Waffe ermordet wurde, verschwieg ich ihr.

Sofort war sie ernüchtert, ihre Begeisterung dahin. »Mensch, Eddie, ich hatte ihn lange nicht gesehen, mir aber nichts dabei gedacht. Na, hoffentlich bin ich zu unwichtig für dieses ›Sonderaktionsbuch‹.«

»Falls ich Journalisten umbringen wollte, wären Sie ganz oben auf meiner Liste.«

»Zu freundlich von Ihnen.« Kurz vor mir brach sie in Lachen aus. Geteilter Galgenhumor. »Was meinen Sie, wer das getan hat?« Sie rieb sich die Augen mit dem Daumenballen. »Wegen der Liste würde ich sagen, es war der SD oder die Gestapo, aber die sind nicht in Paris. Die Wehrmacht hat Hitler dazu gebracht, denen Frankreich nicht als Tummelplatz zu überlassen.«

»Sie sind in Paris. Getarnt als Geheime Feldpolizei.« Ich erzählte von meinem Zusammenstoß mit den beiden Agenten und davon, dass Biehl aus Berlin aufgetaucht war. »Was ist das mit der Abwehr und dem SD? Mit Hochstetter und Biehl?«

»Die Abwehr ist der Militärgeheimdienst der Wehrmacht. Der SD, der Sicherheitsdienst, ist praktisch das Gleiche, aber für die NSDAP. Sie hassen sich gegenseitig noch mehr, als Sie und Weber einander hassen.« Sie hielt kurz inne. »Das lässt die Dinge in neuem Licht erscheinen. Ich wusste, dass Biehl in Paris ist, aber mir war der Grund bisher nicht klar. Ein furchteinflößender Dreckskerl. Aus altem Adel – ungewöhnlich, dass solche Leute Nazis werden, aber es kommt vor. Die Oberschicht mag Hitler nicht, weil sie ihn für einen Parvenu hält, aber noch gibt es viele wie Biehl, die so pragmatisch sind, ihn als Chance zu sehen, Deutschlands Gloria wiederherzustellen. Bei Hochstetter ist es genauso. Gute Familie, die richtigen Verbindungen, die Bereitschaft, mit den Nazis mitzuziehen, solange es ihm in den Kram passt. Wohl kein Nazi, eher patriotischer Deutscher. Notfalls gibt es da aber große Überschneidungen.« Sie wirkte ausnahmsweise aufgebracht. »Immerhin ein Lichtblick. Weber lügt also nicht, was seine Informationen betrifft.«

»Damit hatten Sie ja auch nicht gerechnet.«

Wir erreichten die Außenbezirke von Paris, fuhren durch Vororte, aus deren stummen Fenstern Menschen in dürftiger Kleidung mit kalter Verachtung auf Ronsons Wagen starrten. Es war der erste volle Freitag der deutschen Besatzung, die Stadt fühlte sich an wie ein ausgenommener Fisch, den man nach Marktschluss verrotten lässt: Der Leib lag da, aber die Augen blickten leer, die lebenswichtigen Organe waren herausgeschnitten, erster Verwesungsgeruch machte sich breit.

»Ich weiß nicht, wo wir hier sind, aber sicher nicht in Paris«, bemerkte Ronson, als wir über den Platz der Bastille fuhren. Er war leer, von deutschen Truppen abgesehen, die der Ablösung harrten, um sich ins Nachtleben zu stürzen, das es ihretwegen nicht mehr gab.

Sie setzte mich zu Hause ab. »Nicht vergessen: Wir sind am Abend zum Aufräumen Ihrer Wohnung verabredet. Ich hab den Whisky mitgebracht, Sie sind für die Staubwedel zuständig.«

Kaum war sie weg, beschloss ich, nach meiner Wohnung zu sehen und dann erst in die Sechsunddreißig zurückzukehren. Noch immer hatte ich keine Ahnung, wie Jean-Luc die Tage verbrachte, und fragte mich manchmal, ob er in die Wohnung kam, sobald ich arbeiten gegangen war. Ich stieg die Treppen hinauf, und tatsächlich stand er inmitten des Bücherchaos in meinem Wohnzimmer.

»Wann wolltest du es mir sagen?«

Seine Frage überraschte mich, und ich betrachtete das Durcheinander ringsum. »Das hast du doch schon gesehen.«

»Nicht das.« Er hob ein Stück Papier hoch. »Sondern das. Wann hattest du vor, es mir zu sagen?«

In der Hand hielt er den Zettel, den Sylvie für ihn in ihrer Wohnung zurückgelassen hatte. Unwillkürlich sah ich zu den Bücherregalen. Der Zettel musste aus seinem Versteck geflattert sein, als meine nächtlichen Besucher die Wohnung umdekoriert hatten. Ich hatte ihn vergessen. Das jedenfalls sagte ich mir.

»Ich wollte dir davon erzählen, Jean-Luc.«

»Du hast gewusst, wo ich Maman finden kann, und mich belogen.«

»Ich habe nicht gelogen. Wegen der sich überstürzenden Ereignisse habe ich den Zettel bloß vergessen.« Sein Blick zeigte mir, wie wenig er mir glaubte. »Und du hättest sie nicht gefunden. Wie hättest du an den Deutschen vorbeikommen und die Frontlinie überqueren sollen, um zu ihr zu gelangen? Außerdem weißt du nicht, wo sie ist. Sie könnte überall in Perpignan sein.«

Er schüttelte nur den Kopf über mich. »Sie ist bei Oma und Opa.«

»Bei meinen Eltern?«

»Die haben uns immer geholfen. Als Maman sich nichts leisten konnte, haben sie uns Geld geschickt. Manchmal sind wir in den Sommerferien zu ihnen gefahren. Und zweimal haben sie uns in Paris besucht.«

Ich ließ mich in meinen Sessel sinken und starrte blicklos auf das Whiskyglas auf dem Wohnzimmertisch. Seit Ankunft der Deutschen war ich nur geschlagen und verprügelt worden, aber nichts tat so weh wie dieser Hieb meines Sohns und meiner Eltern. Nie waren sie während ihrer Besuche hier zu mir gekommen. Nach jahrelangen Vorhaltungen, weil ich Frau und Sohn verlassen hatte, hatten meine Eltern nie mehr darüber gesprochen. Ich hatte nicht gewusst, dass sie zu den beiden noch Kontakt hatten. Ich hätte es wissen sollen.

Ich blickte hoch, um Jean-Lucs Miene zu sehen. Sie war mehr als verächtlich, seine Stimme war kalt. »Ich bin nicht mal mehr wütend auf dich. Mir reicht's. Wenn ich dich jetzt sehe, bin ich froh, ohne dich aufgewachsen zu sein.«

Er wandte sich ab und ging in die Küche. Ich stand auf und folgte ihm. Kurz sah ich zum Telefon und beschwichtigte mein Schuldgefühl ein Stück weit. Den Apparat besaß ich nur, weil ich Polizist war. Wie die meisten Franzosen hatten meine Eltern kein Telefon, Jean-Luc hätte also nicht bei ihnen anrufen können, auch dann nicht, wenn er gewusst hätte, dass seine Mutter bei ihnen war. Selbst wenn ich es ihm gesagt hätte.

Er stand an der Spüle. Mein Sohn schüttelte ein letztes Mal über mich den Kopf. Seine Stimme war ruhig. »Heute Abend bin ich weg.«

»Nicht nötig.« Ich vermochte ihm nicht zu sagen, dass ich das nicht wollte.

»Ich muss. Wir sind fast dreißig Poilus. Ganz langsam haben wir uns gefunden. Wir verlassen die Stadt, schlagen uns zur Armee durch und kämpfen weiter gegen die Boches.«

»Wie wollt ihr Paris denn verlassen? Du weißt, dass es gefährlich ist.«

Wir setzten uns einander gegenüber an den Küchentisch. »Trau mir bitte zu, dass ich aus der Lektion mit den Gaunern im Cheval Noir gelernt habe. Wir haben Kontakt mit jemandem von der Bahn. Die wissen, wie der Hase läuft.«

Ich betrachtete ihn kühl und spürte die Verletztheit, die ich ausstrahlte. »Am Gare d'Austerlitz? Jean-Luc, wie oft soll ich es dir noch sagen? Das ist gefährlich. Ich habe dir doch erzählt, was den vier Flüchtlingen passiert ist.«

»Aber du hast gesagt, der Offizier der Boches sei dafür verantwortlich.«

»Möglicherweise – *das* habe ich gesagt. Wahrscheinlicher aber war es jemand von der Bahn. Ich weiß es nicht, Jean-Luc, aber es ist gefährlich. Such dir einen anderen Weg.«

»Nein, ich fahre. Als Schoßhündchen der Boches bleibe ich nicht hier. Ich riskiere es.«

Ich schlug mit der Faust auf den Tisch. »Herrgott, ich merke, deine Mutter hat dich erzogen!«

Mit empörter Miene stand er auf und wandte sich zum Gehen. Ich wollte ihn aufhalten, aber er stieß mich auf meinen Stuhl zurück und schob sich an mir vorbei.

»Entschuldige, Jean-Luc. Ich hab's nicht so gemeint.«

Ich hörte ihn in seiner Kammer, dann Schritte im Wohnzimmer. Ich rechnete damit, dass er wieder in die Küche kam, doch stattdessen knallte die Wohnungstür zu, und ich hörte ihn die Treppe hinuntereilen.

»Du verdammter Idiot«, sagte ich zu mir und sprang auf, um ihm zu folgen.

Er war jünger und schneller, und als ich auf die Straße kam, war er nicht mehr zu sehen. Vermutlich lief er zur Metro, also hetzte ich zur Station Saint Michel. Als ich auf den Perron kam, verließ gerade ein Zug den Bahnhof, aber ich entdeckte ihn nicht darin und musste Däumchen drehen, bis der nächste kam. Ich wusste nicht, wohin Jean-Luc fahren würde, wahrscheinlich aber zum Gare d'Austerlitz. Entweder wäre er dort, oder ich könnte zumindest etwas über einen Zug herausfinden, der die Stadt am Abend verließ.

Am Depot begann ich das Gewirr von Schuppen abzusuchen, merkte aber bald, dass es sinnlos war, und stieg stattdessen auf Le Baillys Wachturm. Der Gewerkschaftsfunktionär war nicht da, also konnte ich das Depot ungestört von seiner Warte aus überblicken, sah aber keinen Betrieb bei den Schuppen, nur die gemächliche Simulation von Arbeit, die die Besatzung hervorgebracht hatte. Dann kam Le Bailly über die Gleise stolziert und die Stufen zu seinem Ausguck herauf.

»Was machen Sie hier?«

»Gehen heute Abend noch Züge ab?«

Meine Frage ließ ihn innehalten. »Ich habe keine Anweisungen bekommen. Die Boches geben nur ganz kurzfristig Bescheid, wenn ein Zug fahren soll. Einer steht bereit, um Ausrüstung an die Front zu schaffen.« Er wies nach Norden. »Aber er könnte auch morgen fahren. Das weiß ich noch nicht.«

»Wer würde wissen, ob er noch heute Abend fährt?«

»Die Deutschen. Dann sagen sie es der Verwaltung, und die sagt es mir. Hat das mit den Flüchtlingen zu tun?«

»Haben Sie hier heute Poilus gesehen? Könnten sie in den Schuppen versteckt sein?«

»Poilus? Was ist denn los?«

Ich wandte mich um, und meine Miene erschreckte ihn. »Können Sie Ihre Arbeiter die Schuppen sofort durchsuchen lassen? Ich muss eine Gruppe Poilus finden, die sich dort womöglich versteckt.«

»Das darf ich nicht. Die Schuppen gehören nicht zur Bahn. Ich kann ihnen nur auf Bahngebiet Anweisungen geben.«

»Sie haben Font und Papin doch neulich aufgetragen, die Schuppen zu durchsuchen.«

»Nein. Darum wusste ich auch nichts vom Gas. Hätte mir einer von ihnen gesagt, dass Behälter mit weißem Stern in den Schuppen lagern, hätte ich die Polizei schon vor Jahren verständigt.«

Ich schloss die Augen. »Font lügt die ganze Zeit. Und nur der Himmel weiß, wo er sich aufhält.«

Le Bailly wirkte erstaunt. »Der ist hier und arbeitet.« Er zeigte aus dem Fenster. »Dahinten, bei den Werkstätten.«

Ich stieg die Stufen hinab und überquerte die Gleise. Die Schwellen waren glitschig, ich musste aufpassen. Als ich mich Font näherte, blickte er auf, und in seinem Gesicht stand Panik. Mit dem großen Schraubenschlüssel, den er in der Hand hielt, floh er in einen Maschinenschuppen. Vorsichtig betrat ich das Gebäude und sah ihn vor mir. Er hatte sich in einer Werkstatt verschanzt. Ein anderer Arbeiter schweißte gerade, und ich rief, er solle den Schuppen verlassen. Kaum war die Tür hinter ihm zugeklirrt, näherte ich mich Font. Er hob den Schraubenschlüssel, offenbar bereit, damit zuzuschlagen.

Ich zückte meine Waffe. »Schlechte Idee. Lassen Sie den Schraubenschlüssel fallen.«

Er warf ihn beiseite. Ich drückte Font gegen die Wand und packte ihn an der Kehle.

»Was wissen Sie über den Zug, der heute Abend abfährt?«

»Ich weiß nicht, wovon Sie reden.«

Ich spürte seine Spucke, die mir trotz des Schnurrbarts ins Gesicht geflogen war. Wütend legte ich die Waffe weg und griff nach einem Gasschweißbrenner, den der andere Arbeiter liegen gelassen hatte. Die Flamme brannte noch, und ich hielt sie Font vors Gesicht.

»Ich frage nur noch einmal: Was wissen Sie über den Zug, der heute Abend Poilus aus der Stadt bringt?«

»Sie sind wahnsinnig.«

»Nein, das Ganze ist wahnsinnig.«

Mit dem Schweißgerät brannte ich nahe seinem Gesicht ein Loch in ein Metallrohr an der Wand. Die Funken stoben in seinen Schnurrbart und unsere Gesichter. Ich spürte kleine Nadelstiche auf der Wange. Der Geruch nach verbrannten Haaren zog beißend durch die drückend heiße Werkstatt. Font wollte sich befreien, aber ich hielt ihn mit der anderen Hand fest.

»Wer außer Ihnen ist noch daran beteiligt? Haben Sie die Flüchtlinge getötet?«

»Ich habe nichts damit zu tun.« Er wand sich, um der Hitze zu entgehen; seine Augen weiteten sich vor Schrecken.

»Wer hat den Poilus sonst noch versprochen, sie heute Abend aus der Stadt zu schaffen? Jeannot oder irgendwer aus dem Cheval Noir?«

»Nein, die haben mit den Zügen nichts zu tun. Die berauben bloß Leute, die fliehen wollen.«

»Wer dann? Papin? Le Bailly?«

Tränen liefen ihm über die Wangen. »Ich weiß nicht, was Sie meinen. Bitte. Das hat nichts mit mir zu tun. Ich lagere nur Diebesgut in den Schuppen. Über Züge weiß ich nichts.«

»Wo sollen die Poilus sich mit Ihnen treffen?«

»Davon weiß ich nichts. Sie müssen mir glauben.« Er stockte vor Schluchzen bei jedem Wort. »Mit den Flüchtlingen oder sonst wem hab ich nichts zu tun. Ich lagere nur die Ware in den Schuppen, das schwöre ich.«

»Was ist mit Auban?«

»Das ist der Mistkerl, der uns den Boches ausgeliefert hat. Mehr weiß ich nicht.«

Ich musterte sein Gesicht: Tränen flossen ungehemmt, Schleim tropfte aus der Nase. Ich ließ seine Kehle los und trat einen Schritt zurück. Er sank an der Wand in die Hocke, begrub den Kopf in den Händen. Sein Weinen wurde zu einem leisen Stöhnen, und ich konnte ihn nur anstarren. Dann bemerkte ich das Schweißgerät in meiner Hand, schaltete es aus, warf es zu Boden. Draußen vor dem Schuppen lehnte ich mich würgend an die raue Ziegelmauer. Galle kratzte mir im Hals, hinterließ einen bitteren Geschmack im Mund. Ich wollte weinen, konnte aber nicht. Meinen Sohn hatte ich noch immer nicht gefunden.

35

»Das kann ich nicht, Eddie. Wir haben nicht genug Leute.«

Frustriert hob ich bei Dax' Worten die Hände. »Das müssen Sie aber. Heute Abend geht ein Zug, und etwa dreißig Poilus versuchen, damit aus der Stadt zu kommen. Sie sind in Gefahr. Es ist die gleiche Falle wie bei den Flüchtlingen. Das weiß ich.«

»Wie sind Sie an diese Informationen gekommen?«

»Das darf ich nicht sagen, aber sie sind zuverlässig.«

»Dann kann ich nichts machen. Tut mir leid, Eddie, aber ich brauche mehr als nur vage Angaben, ehe ich hunderte Polizisten, die wir nicht haben, auf ein Bahndepot beordere, um einen Zug aufzuhalten, der fahren wird oder auch nicht. Bringen Sie mir mehr, dann denke ich noch mal darüber nach. Außerdem haben Sie andere Ermittlungen zu führen. Was gibt es Neues im Fall des amerikanischen Journalisten?«

Fast wäre meine Wut übergekocht. »Der ist immer noch tot.«

»Treiben Sie's nicht zu weit! Was haben Sie ermittelt?«

»Sie hatten Recht – ein Raub, der aus dem Ruder gelaufen ist.«

»Was ist mit der Kugel? Bouchard muss Ihnen antworten. Ich sehe da keine Fortschritte und brauche mehr, Eddie.«

»Mehr? Und falls ich herausfinde, dass die Deutschen an dem Mord beteiligt waren?«

Dax wirkte wie eine Leuchtkugel kurz vor der Explosion. »Dann ermitteln Sie so lange, bis es nicht mehr so ist.«

»Dann waren es die Deutschen.«

»Raus, Eddie.«

Ich verließ sein Büro und fragte mich, warum nie ein Gasschweißbrenner zur Hand war, wenn man ihn brauchte. Der

Gedanke ließ mich sofort zittern, doch die Erinnerung daran, wie mein Sohn die Wohnungstür hinter sich zugeknallt hatte, hielt mich bei der Stange. In meinem Büro dachte ich über andere Lösungswege nach. Vergeblich rief ich erneut in meiner Wohnung an: Niemand ging ans Telefon.

»Hatten Sie einen interessanten Tag, Édouard?«

Stöhnend schloss ich die Augen. Sofort sah ich Hitler wieder unter den Bäumen von Compiègne stolzieren, dachte an den Beschuss im Wald, an meine Entdeckung, dass Jean-Luc in Gefahr war, und daran, einen Verdächtigen mit einer offenen Flamme bedroht zu haben.

»Eigentlich nicht. Und im Moment habe ich keine Zeit für Höflichkeitsbesuche.«

Darauf ging Hochstetter nicht ein, sondern setzte sich vor meinen Schreibtisch.

»Ich bin wegen dieses amerikanischen Journalisten hier, Groves.«

»Wie schön – um einen Kranz niederzulegen?«

»Hoffen wir, dass der nicht für Sie ist. Nein, ich wüsste gern, wie Sie mit den Ermittlungen vorankommen. Aber eigentlich bin ich hier, um Ihnen zu sagen, wie ich mir Ihre künftigen Ermittlungen in dieser Sache vorstelle.«

»Ich weiß Ihre Hilfe zu schätzen, Major, aber das ist wirklich nicht nötig.«

Er hob einen schlanken Finger. »Begehen Sie nicht den Fehler, gegen meine Wünsche zu handeln. Bei den Ermittlungen im Mordfall Groves werden Sie keine Verbindungen zwischen Groves und Hauptmann Weber erkennen, denn es gibt keine. Ich hoffe, das ist klar.«

»Nur dass Groves seine Einheit als Journalist begleitet hat und die beiden sich immer wieder stark betrunken haben.«

»Sie missverstehen mich. Ich sagte: Sie werden keine Verbindungen erkennen.« Sein Blick hätte mich die Lider für immer schließen lassen können. »Sie haben so lange gegen Weber ermittelt, dass Ihnen klar sein sollte, dass er sich nichts hat zuschulden kommen lassen. Es wäre in Ihrem Interesse, kein Fehlverhalten seinerseits in diesem Fall zu erkennen. Habe ich mich klar ausgedrückt?«

»Vollkommen. Und ich möchte Ihnen versichern, dass Ihre Bemühungen, mich abzuschrecken, sehr wirkungsvoll sind.«

»Sarkasmus, Édouard, ist ein hässlicher Charakterzug. Bedenken Sie, dass es meine Aufgabe ist, Ihnen zu helfen. Lassen Sie mich das nicht bedauern.«

»Sicher nicht bei offenem Fenster.«

Er sah kurz verblüfft drein, lachte dann knapp, scharf, militärisch. »Ach, Groves und seine Geschichten. Das ist nur ein Journalist mit allzu großer Einbildungskraft.«

Während er geredet hatte, war mir eine böse Lösung in den Sinn gekommen. Ein Ausweg aus meinem Dilemma. Ein Spiel, auf das ich mich einlassen musste.

»Ich habe eine Information für Sie, Major.«

Beim nächsten Satz hoffte ich, ihn nicht zu bereuen.

»Das Fenster war nicht offen.«

Quälend langsam entzündete er eine Zigarette. Ich musste mir das ganze Ritual ansehen, vom Klopfen des Glimmstängels aufs silberne Etui bis zum Suchen des Aschenbechers, in den das erloschene Streichholz gehörte. Wie sie es in sechs Wochen nach Paris geschafft hatten, werde ich nie begreifen.

»Warum erzählen Sie mir das alles, Édouard? Ich weiß Ihre Kooperation zu schätzen, bin aber unsicher, warum Sie mir von französischen Soldaten berichten, die aus der Stadt fliehen wollen.«

Ich hatte Hochstetter von den dreißig Poilus erzählt, die Paris am Abend mit dem Zug verlassen wollten. Dreißig Stimmen schrien gleichzeitig in meinem Kopf, und keine lobte mich. »Weil ich vermute, dass es sich wieder um eine Falle handelt. Ich denke, sie werden die nächsten Opfer derer, die letzten Freitag die Polen ermordet haben.«

Er musterte mich durch seinen Rauch. »Sie würden der Wehrmacht also französische Soldaten ausliefern, um deren Ermordung zu verhindern. Das dürfte einer der tapfersten Entschlüsse sein, die Sie je fällen werden.«

Du hast keine Ahnung, wie tapfer er ist, dachte ich. »Sie sind das geringere von zwei Übeln. Und glauben Sie mir: Ich hätte nicht gedacht, dass ich das einmal sage.«

»Ich versuche, das nicht als Beleidigung aufzufassen, Édouard. Obwohl ich nicht verstehe, warum Sie mir den Fall geben und nicht der eigenen Polizei.«

»Aus Personalmangel. Wir haben nicht genug Leute, um diese Aktion mit Aussicht auf Erfolg durchzuführen. Und Dax will sie ohne weitere Beweise auch nicht absegnen.«

»Wir sind uns ähnlicher, als es den Anschein hat, Édouard. Gute Menschen in schlechten Zeiten.«

»Und schlechte Menschen in guten Zeiten.«

Diese Worte verblüfften ihn, aber er ging nicht darauf ein. »Ich treffe entsprechende Vorkehrungen, erwarte von Ihnen aber, dass Sie vor Ort sind.« Er stand auf und wandte sich zum Gehen. »Was meiner Aufmerksamkeit indessen nicht entgangen ist: Haben Sie nicht Hauptmann Weber verdächtigt, am Tod der vier polnischen Flüchtlinge schuld zu sein?«

»Ich halte mir meine Optionen gern offen«, erwiderte ich, ohne mit der Wimper zu zucken.

»Allerdings. So wie ich«, sagte er ebenso ungerührt.

Er verließ mein Büro, und ich wartete einen Moment, ehe ich mir in blankem Schrecken durchs Gesicht fuhr. Er hatte Recht. Ich hatte französische Soldaten, darunter meinen Sohn, in Gefahr gebracht, um sie vor einer anderen Gefahr zu bewahren. Ich konnte nur hoffen, dass das Böse, das ich über die Poilus bringen würde, weniger schlimm war als das Böse, von dem ich argwöhnte, es werde sie erwarten. Und dass dieses erwartete Böse so wirklich war wie das Übel, das ich gerade erschaffen hatte.

»Entweder bleibst du sitzen und bereust, was du getan hast, oder du unternimmst etwas dagegen«, sagte ich mir. Nur einmal war ich beim Pferderennen in Longchamps gewesen; am Anfang bei der Polizei hatten Kollegen mich mitgeschleppt, und es hatte mich bis zur Bewusstlosigkeit gelangweilt. Aber ich hatte etwas über das Minimieren von Risiken gelernt.

Der Erste war Mayer unten in der Asservatenkammer. Er nickte immer ungläubiger, als ich ihm erklärte, was er für mich erledigen sollte.

»Das ist extrem riskant. Warum soll ich das tun?«

Ich musste ihm trauen. »Weil mein Sohn zu diesen Poilus gehört.«

»Ich wusste nicht, dass Sie einen Sohn haben.«

»Ich kann Ihnen das nicht befehlen, sondern nur darum bitten. Sie können ablehnen.«

»Eddie, das würde ich mir nie entgehen lassen.«

Meine einzige andere Adresse, Risiken zu verringern, würde viel weniger offen sein. Und sich vermutlich weigern. Gut, dass ich Pferderennen hasste – ich wäre ein lausiger Spieler gewesen.

Ich glitt aus der Sechsunddreißig und begab mich zum Hotel du Louvre. Die Nazis dachten bei ihrem Ausflug nach Paris gar nicht daran, auf ihr Wohlbefinden zu verzichten. Als ich den Bau aus dem Zweiten Kaiserreich betrachtete, erschien er mir wie ein Symbol von Paris unter den neuen Besatzern: ein erstaunlich schöner Ort, bewohnt vom Bösen. Ich wappnete mich und trat durch den Haupteingang ein.

Ich erwog, am Empfang nach Biehl zu fragen, bedachte aber, dass Ronson ihn einen furchteinflößenden Dreckskerl genannt hatte; also versuchte ich es mit Müller, obwohl er aussah wie Nosferatu in der Kinderkrippe. Der Portier sagte mir, er dürfe nicht auf den Zimmern anrufen; also bat ich ihn, eine schriftliche Nachricht hochzuschicken. Vielleicht war ich nicht so höflich, wie ich hätte sein sollen.

»Wer von uns ist Doktor Caligari?«, fragte Müller, als er mit Schmidt aus dem Aufzug kam. Er hatte wieder dieses Lächeln, als habe er den ganzen Nachmittag Waisenkindern Süßigkeiten gestohlen. Uniform trug er nicht mehr.

»Bekommt der irre Strippenzieher den traurigen, dicken Dreckskerl dazu, Menschen zu verletzen? Sagen Sie mir das.«

Nach diesen Worten sah ich Schmidt demonstrativ an. Er musterte die Lobby und kam zu dem Schluss, mich hier lieber nicht zu schlagen. Vermutlich hatte ich darauf gesetzt.

»Warum sind Sie gekommen?«, wollte Müller wissen.

»Ich hätte gern meine Waffe zurück. Als Inspektor der französischen Polizei fordere ich Sie in aller Form auf, mir meine Manufrance zu geben. Im Interesse guter Beziehungen.«

Müller starrte mich kurz an und lachte dann los. Das war viel schlimmer als sein Lächeln. »Wie ich Ihre Dummheit bewundere! Begleiten Sie uns doch nach oben, und wir geben Ihnen die Waffe.«

»Nein, schicken Sie Cesare hier danach.«

Die Caligari-Anspielung sagte Müller nichts, wohl aber Schmidt. Er stellte sich zu mir und schob mir seine Luger in die Rippen. Als Sohn eines Buchhändlers hätte mir klar sein sollen, dass man ein Buch nicht nach dem Umschlag beurteilt.

»Nein, Inspektor Giral, vielleicht sollten Sie doch mit uns hochkommen.«

Schmidt stieß mit der Luger zu und trieb mich in den Fahrstuhl, wo sie mir meine Dienstpistole abnahmen.

»Jetzt haben Sie zwei Waffen von mir. Ich zähle mit.«

Schmidt schlug mir direkt ins Gesicht. Sie führten mich in

ein luxuriöses Schlafzimmer voller Unterlagen, Landkarten und Waffen. Meine Manufrance war nicht dabei. Schmidt stieß mich in einen vergoldeten Sessel und hielt die Luger weiter auf mich gerichtet. Müller bückte sich und brachte sein Gesicht dicht vor meins.

»Weshalb sind Sie wirklich hier?«

»Sie haben mich erwischt, Doktor. Ich wollte immer schon in einem antiken Sessel verhört werden.«

Schmidt schlug zu. Das hatte ich erwartet. Er nahm die linke Hand, weil er rechts die Waffe hielt, aber mein Kopf schleuderte trotzdem zur anderen Seite, und mir wurden die winzigen Verbrennungen bewusst, die ich mir bei Fonts Befragung zugezogen hatte. Alles rächt sich irgendwann.

»Leider haben wir keine Elektrokabel da«, sagte Müller, »sonst hätten wir Ihre intimsten Wünsche gern erfüllt.«

»Whisky und ein wenig Hilfe auf dem Weg zum Fahrstuhl wären genauso nett.«

Schmidt schlug erneut zu, und ich machte mich auf einen rauen Abend gefasst. Sehr zu Recht, denn er hieb noch zweimal zu, und die Wunde über meinem linken Auge platzte wieder auf. Bald konnte ich vor Blut nichts mehr sehen.

»Nochmals: Warum sind Sie hier? Und beleidigen Sie mich nicht wieder durch die Frage nach Ihrer Waffe.«

»Wie könnte ich Sie beleidigen?« Noch zwei Hiebe. Ich suchte mich darauf zu besinnen, weshalb ich erschienen war, sah einen weiteren Schlag kommen und rief zur Antwort: »Ich weiß, dass Sie bei der Gestapo sind und Hochstetter daran arbeitet, dass Sie nach Hause geschickt werden. Also haben Sie mir nichts zu befehlen, und ich muss Sie nicht fürchten. Das wollte ich Ihnen sagen. Und meine Waffe zurückfordern.«

Müller sah Schmidt an und lachte. »Der ist wirklich so dumm.« Er bedeutete seinem Schläger, mir weitere Hiebe zu verpassen. »Wo Sie schon mal da sind, können wir vielleicht mehr von Ihnen erfahren.«

Ich schüttelte den Kopf und kassierte weitere Schläge. Schmidt tobte sich nun an meinem Oberkörper aus, und das war eine Erleichterung. Weil ich saß, konnte er weniger Schwung holen. Die Erleichterung verlor sich allerdings beim dritten Schlag in die Rippen.

»Schon gut, das genügt.« Sie hielten inne, um zu hören, was ich zu sagen hatte. Mühsam keuchte ich die Worte hervor, und jeder Atemzug schmerzte. »Französische Soldaten. Fliehen aus der Stadt. Heute Abend.«

»Ist auch Ihr Sohn dabei?«

Diese Frage kam von jemand anderem. Ich sah auf: Biehl hatte sich zu mir gebeugt. Ich hatte ihn nicht kommen hören. Offensichtlich bereitete mein Zustand ihm Freude.

»Mein Sohn?«

»Ich weiß, dass Sie einen Sohn haben. Ist er unter den Soldaten, die heute Abend fliehen wollen?«

»Mein Sohn ist an der Maas gefallen.«

Ich begann zu weinen, und jedes Schluchzen trieb mir ein Messer in die Lunge. Meine Tränen waren nicht gänzlich geheuchelt. Ich sah Zweifel über sein Gesicht huschen. Seine Informationen waren nicht so lückenlos, wie er angenommen hatte. Das warf die Frage auf, von wem er sie hatte.

»Sie bleiben und begleiten uns später zum Depot.« Er wandte sich an Müller. »Er darf sich frisch machen.«

Nachdem ich mein Gesicht gewaschen und die Wunden versorgt hatte, ließen sie mich im Schlafzimmer allein. Ich sah die Tür hinter ihnen zugehen, hörte sie abschließen. Unter Schmerzen dachte ich an das, was ich getan hatte.

Und lächelte.

36

Die erste Leuchtkugel durchzuckte den Nachthimmel und überraschte alle, auch mich. Obwohl ich sie erwartet hatte.

An seinem kleinen Fallschirm schwebte flackerndes rotes Magnesium, erhellte das gesamte Depot mit teuflischer Glut, tauchte die Schatten in eine noch dunklere Hölle. Ohne die Kugel wäre alles zu meinen Füßen tiefschwarz geblieben.

Ich war in Le Baillys Turm. Unter mir liefen die Gleise in schwachem, blutrotem Widerschein in Nord-Süd-Richtung. Weiter östlich lagen die Schuppen in relativem Dunkel. Links verschwammen die Umrisse von Werkstätten und Kopfbahnhof im flackernden Licht. Rechts verschwanden die Gleise nach Süden im Schatten von Straßen und Gebäuden.

Hinter mir stand mein Wächter mit einer Schusswaffe.

»Das dürfte die Royal Air Force freuen.« Versehentlich hatte ich auf Deutsch geredet, doch er war zu beeindruckt, um es zu bemerken. »Trotzdem sollten wir hier sicher sein.«

Biehl und seine Symphonie des Grauens hatten mich von ihrem Hotel zum Gare d'Austerlitz gebracht und mit nur einem Gestapo-Schläger als Wächter in Le Baillys Turm installiert. Wäre die RAF aufgetaucht, wären wir wie die Tischtennisbälle gewesen, die auf dem Jahrmarkt auf Wasserstrahlen tanzen und nur auf den Abschuss warten.

Während die Leuchtkugel verlöschend zu Boden sank, ließ ich die Szenerie auf mich wirken. Nördlich der Abstellgleise sah ich Hochstetter; die von ihm aufgebotenen Soldaten waren über das ganze Gelände verteilt. Wo Biehl und seine Kumpane waren, hatte ich noch nicht entdeckt. Sonst bemerkte ich niemanden, vor allem keine Poilus. Auch Bahnarbeiter waren nicht in Sicht. Als die Gestapo Le Baillys kleine Hütte in

Beschlag genommen und ihn nach Hause geschickt hatte, war er froh durch die Nacht davongeeilt. Selbst die offenen, schon verkuppelten Güterwagen waren nicht mehr zu sehen, die Le Bailly mir noch vor Stunden gezeigt hatte. Ob ich mit meinem Trick zu spät gekommen war?

Mein gar nicht stoischer Wächter fuhr zusammen, als Schüsse erklangen. Nur dass es keine Schüsse waren.

»So dürfte es klappen«, sagte ich lautlos zu der schwarzen Fensterscheibe. »Danke, Mayer.« Mein Lächeln ließ die Wunde am Mund schmerzhaft wieder aufbrechen.

Ich stellte mir vor, wie er rechts durchs Dunkel zum Südrand des Geländes huschte und dabei – wie am frühen Abend erbeten – Feuerwerk und Leuchtmunition explodieren ließ, die wir beim Durchsuchen der Schuppen am Sonntag entdeckt hatten. Bei der Planung hatten wir nicht gewagt, die Schuppen als Deckung zu nutzen, aus Angst, die Deutschen vielleicht auf dort verborgene Poilus aufmerksam zu machen. Und das Krankenhaus weiter westlich war tabu, weil Geschosse es treffen konnten. Uns blieb nur die dunkle Strecke der nach Süden führenden Gleise, wo die Gebäude viel Deckung boten. Ich hatte Mayer gesagt, er solle, wenn es zu riskant werde, in die Gassen verschwinden. Nachts dürfte es ihm leichtfallen, Verfolger abzuhängen, doch plötzlich bekam ich Schuldgefühle wegen der Gefahr, die er meinetwegen auf sich genommen hatte.

Eine zweite Leuchtkugel erhellte den Himmel.

»Abmarsch«, befahl der Gestapomann. Offenbar wollte er sich aufgrund der Beleuchtung nicht lange in der Turmhütte aufhalten.

Er folgte mir die wacklige Treppe hinunter, seine Waffe schwebte hinter mir im Dunkeln. Unten schob er mich mit der Linken auf die nördlichen Lagerhäuser zu, in deren Nähe ich Hochstetter gesehen hatte. Mayer zündete im Süden weiteres Feuerwerk, und der von den Gebäuden zurückgeworfene Krach hallte wie Schlachtenlärm. Ich hörte erste Schüsse der Deutschen, die nicht wussten, wie sie sonst reagieren sollten. Das hätte mich an die Schützengräben erinnern sollen, aber ich war zu nervös und hoffte, mein Plan werde aufgehen. Soweit ich einen hatte. Dass Biehl mich im Hotel festgehalten hatte, war ein Rückschlag für meine Idee gewesen.

Das Depot war noch immer erleuchtet, als der Wächter mich mit behutsamen Schritten über die tückischen Gleise führte und ich mich rasch nach Hochstetter oder anderen Wehrmachtsoffizieren umsah. Mich quälte die Vorstellung, im Durcheinander der Schüsse auf Weber zu stoßen, der mich vermutlich zu seiner Jahrmarktsattraktion machen dürfte, falls er Gelegenheit dazu bekam. Beinahe war ich erleichtert, als die Leuchtkugel wieder verlosch. Kurz zuvor hatte ich gesehen, wo Biehl inzwischen war: Einen gewaltigen Schatten werfend, hatte er an einer Ziegelmauer der Lagerhäuser gestanden, nicht weit von dort entfernt, wo ich Hochstetter gesehen hatte.

Weitere Schüsse knallten, und manche pfiffen zum Zähneknirschen nah vorbei, als die Deutschen auf gut Glück ins Dunkel schossen. Die Rufe von Soldaten und Offizieren zeugten von Verwirrung, und wieder musste ich trotz der Schmerzen im Gesicht und der Angst vor einem Zufallstreffer lächeln. Auch Mayer feuerte nun der Glaubwürdigkeit wegen einige Schüsse ab, und ich dankte ihm im Stillen für seinen Unternehmungsgeist.

Inmitten des Geschreis stieg eine dritte Leuchtkugel auf, diesmal weiter rechts. Mayer zog sich zurück. Mir war klar, dass er nicht mehr viel Material aufbieten konnte, ehe er sich aus der Gefahrenzone begeben musste. Je länger das hier dauerte, desto geringer wäre die Verwirrung, weil die Deutschen begriffen, was geschah.

In der Glut sah ich Hochstetter das Kommando ergreifen –

offenbar war ihm aufgegangen, dass es sich um eine Ablenkung handelte, und er befahl den Soldaten, dem Ursprung der Explosionen nicht nachzuspüren. Wichtiger aber war, dass er mich bemerkte und über die Gleise zu mir kam. Ein Stück links von mir stand Biehl.

»Sie haben mir nicht gesagt, dass die bewaffnet sind«, rief Hochstetter durch den Lärm. »Alle Deserteure werden als feindliche Soldaten betrachtet und erschossen.«

»Wir sind nicht mehr im Krieg.«

»Der Waffenstillstand ist bisher nicht unterzeichnet. Wir sind noch im Krieg. Alle französischen Soldaten, die Widerstand leisten, werden auf meinen Befehl erschossen.«

Er wandte sich ab und wies ein paar Soldaten an, die Schuppen zu durchkämmen. Ich fluchte. Zwischen zwei Übeln hatte ich wählen müssen und meine Entscheidung getroffen. Einerseits hatte ich mir Jean-Lucs möglichen Tod von der Hand des Mörders vorgestellt, der letzten Freitag die vier polnischen Flüchtlinge umgebracht hatte. Andererseits hatte ich überlegt, ihn für eine gewisse Zeit in deutscher Haft zu sehen. Tod oder Gefangenschaft? Für mich war die Antwort klar gewesen. Außerdem hatte ich die Hoffnung, nach seiner Verhaftung mit Hochstetter um ihn feilschen zu können. Indem ich die Seele verkaufte, auf die Hochstetter es abgesehen hatte, und dafür Jean-Lucs Sicherheit gewann.

Parallel hatte ich mir Mayers Hilfe gesichert – wegen der minimalen Chance, inmitten der großen Verwirrung mit Jean-Lucs Leben und zudem mit seiner Freiheit davonzukommen. Ein verzweifelter Würfelwurf, um beides zugleich zu retten.

Im letzten Glühen der am Fallschirm zu Boden sinkenden Leuchtkugel erschien Biehl erneut in grellem Licht. Genau wie Hochstetter, der nun im Dunkeln zu dem SD-Offizier stürmte. Ich hörte beide in erregtem Ton reden.

»Das ist eine Wehrmachtsoperation«, rief Hochstetter. »Sie haben keine Berechtigung, hier zu sein.«

»Das ist eine Operation des SD. Wir haben diesen Plan aufgedeckt.«

»Sie haben nichts aufgedeckt, wovon die Wehrmacht nicht gewusst hat.«

Dass die Streithähne die Aufmerksamkeit meines Wächters immer stärker in Beschlag nahmen, spürte ich mehr, als dass ich es sah. Offenkundig hatte er mich vergessen. Mayer ließ zum Glück noch einige Feuerwerkskörper mehr explodieren und gab zudem weitere Schüsse ab, und ich spürte die Soldaten ringsum nervöser werden und immer lauter mit den Schuhnägeln auf Holz und Stahl poltern. In der Nähe feuerte jemand eine MG-Salve in die Nacht, der Krach betäubte mich kurz.

Auch meine Aufmerksamkeit ging ihrer Wege. Vom Turm her hatte ich gesehen, dass die Güterwagen, von denen Le Bailly gesagt hatte, sie seien für die Front zusammengestellt worden, verschwunden waren; also begab ich mich dorthin, wo sie am Freitag zuvor gestanden hatten. Ich duckte mich, um keine Kugel abzubekommen. Wenige Meter vor Erreichen meines Ziels ließ der Blitz eines Gewehrschusses mich Weber sehen. Er hatte mich nicht bemerkt und war im offenen Gelände zwischen Lagerhäusern und Schuppen gefangen.

»Nie hast du eine Waffe, wenn du sie brauchst«, sagte ich zu mir. Biehl hatte mir meine Pistole abgenommen. Zwei Waffen waren seine Leute mir nun voraus, das stimmte mich nicht froh.

Kaum hatte ich Weber umgehen können, da schoss Mayer eine weitere Leuchtkugel ab, diesmal weniger glücklich. In der Glut stand ein Dutzend Poilus, ihre Augen glitzerten im Fadenkreuz. Hinter mir hörte ich Schreie, und als ich mich umdrehte, sah ich Deutsche mit ihren Waffen auf die jungen französischen Soldaten zu rennen. Im nächsten Moment erblickte ich Jean-Lucs blutroten Umriss vor den Schuppen. Er sah mich. Vor dem Hintergrund deutscher Soldaten, die ihre Waffen auf ihn und seine Kameraden richteten.

»Da drüben«, rief ich auf Deutsch, um die Soldaten von den Poilus abzulenken. »Hinter den Waggons.«

Ich versuchte, sie in die Irre zu führen. Einige fielen darauf rein, doch als die Leuchtkugel erlosch, hörte ich andere rufen, sie hätten die Poilus gefunden und bräuchten Verstärkung. Fluchend verbarg ich mich im Dunkel zwischen zwei Güterwagen und hörte die von mir verschaukelten Deutschen verwirrt vorbeihetzen. Jean-Luc war nirgends zu sehen, während die übrigen jungen Männer wieder in den schmalen Gängen verschwanden.

Als ich mich im Dunkeln vortastete, ging mir plötzlich auf, dass die Waggons, in deren Schutz ich mich bewegte, am gleichen Ort standen wie am Freitag zuvor. Diese Erkenntnis ließ mich frösteln und denken, es sei richtig gewesen, Hochstetter in die Sache hineinzuziehen, um meinen Sohn vor den Mördern der Polen zu schützen. Hoffentlich hatte ich Recht.

Aus einem Waggon drang ein Geräusch, und ich zog eine Hebestange aus dem Schloss, um die Tür aufzuschieben. Das schwere Eisen behielt ich in der Hand. Es war zwar keine Pistole, würde seinen Zweck aber erfüllen. Ich stieg in den Waggon, konnte mit knapper Not ein paar Gestalten erkennen, fragte, wer sie seien, bekam aber keine Antwort. Ein Streichholz flammte auf, und ich sah fünf junge Männer. Sie wirkten völlig verängstigt.

»Franzosen?« Sie nickten. »Ihr seid hier nicht sicher. Geht zu den Schuppen zurück und verkrümelt euch.«

»Das dürfen wir nicht. Ein Polizist sagte, wir sollen in diesen Waggon.«

»Ich bin Polizist und sage euch: Raus hier.«

Die Schüsse kamen nun, da Mayer sein Werk vollendet hatte, vereinzelter, und in einer Pause hörte ich draußen ein Geräusch. Ich sprang aus dem Waggon, hetzte an sein Ende und erkannte über die Kupplung hinweg zwischen den Gleisen eine Gestalt. Sie fragte, wer ich sei. Es war Aubans Stimme.

»Was machen Sie hier?«, fragte ich.

»Mann, Giral – Sie suchen sich wirklich immer besondere Momente aus, was?«

Weil seit Minuten keine Leuchtkugel aufgestiegen war, sah ich in der Dunkelheit recht gut und merkte, dass Auban sich bewegte. Intuitiv duckte ich mich außer Sicht, spürte die Kugel an mir vorbeizischen und hörte praktisch gleichzeitig den Schuss.

Die Schuppen waren nur einen kurzen Spurt über offenes Gelände entfernt, und ich rannte auf sie zu. Ein zweiter Schuss knallte, doch Auban feuerte bloß wild ins Dunkel, und ich erreichte den Schutz der provisorischen Bauten, ehe er mich wieder ins Visier nehmen konnte. Klopfenden Herzens tastete ich mich ins Labyrinth vor. Meine Schritte klangen schwer auf den Scherben und dem Müll, die sich über Jahre gesammelt hatten. Als ich an einer Hütte stehen blieb, um zu lauschen, hörte ich rechts etwas. Falls es Auban war, hatte er das Labyrinth weiter südlich betreten. Kaum wandte ich den Kopf erneut lauschend in beide Richtungen, hörte ich Glas unter Sohlen knirschen.

»Sie sind unbewaffnet, Eddie, stimmt's?«, hörte ich ihn leise ins Dunkel rufen. Seine Stimme konnte den Triumph nicht verhehlen. »Sonst hätten Sie das Feuer erwidert.«

Er war mutiger geworden und streifte im Flickwerk der Schuppen umher. Seine Schritte kamen näher. Ich hörte ihn rechts, drückte mich um die Ecke einer Hütte und lauschte noch angespannter, aber er war verstummt. Irgendwo hörte ich Schritte. Leise wie Diebe auf nächtlichem Raubzug, nicht wie Soldaten, die ihre Beute jagen. Ich hatte die Poilus zwar zu ihrer Sicherheit in dieses Gewirr geschickt, sie nun aber der Gefahr Auban ausgesetzt. Lautlos hob ich die Eisenstange.

Auch Auban musste die Schritte gehört haben und schoss blindlings in ihre Richtung. Ich hatte furchtbare Angst, die jungen Männer in den Tod geführt zu haben, aber kein Schrei drang durch die Nacht, auch sonst kein Lärm. Der Mündungsknall seiner Waffe hatte Auban verraten. Er stand fast direkt neben mir, auf der anderen Seite der Ecke, hinter der ich mich verbarg. Und er wandte mir den Rücken zu.

Ich stellte mir vor, wie er dastehen dürfte, holte mit der Eisenstange aus und spürte, wie sie Arm und Flanke traf und ihm die Pistole aus der Hand schlug. Auf gut Glück hieb ich erneut auf ihn ein und merkte, dass ich wieder getroffen hatte. Ächzend sank er zu Boden. Ich wartete kurz und stieß dann mit dem Fuß dorthin, wo ich ihn vermutete. Er bewegte sich nicht. Ich trat fester, aber es kam kein Laut, keine Reaktion. Ich tastete am Boden nach seiner Waffe, konnte sie aber nicht finden und musste weg, als ich andere Geräusche näher kommen hörte. Von den Schuppen rannte ich übers offene Gelände zu den Waggons zurück. Natürlich waren die Poilus verschwunden.

Zu meiner Bestürzung schoss Mayer am Südrand des Depots eine letzte Leuchtkugel in den Himmel. Sie explodierte in ziemlicher Entfernung, darum war ihr Licht schwach, aber ich war vor dem Holz und Metall des Waggons gut zu erkennen. Mir gegenüber war Hochstetter, flankiert von so vielen Soldaten, dass ich sie im ersterbenden Licht so schnell nicht zählen konnte.

»Ungemein erhellend«, bemerkte er.

Hinter ihm lagen junge Männer am Boden, vermutlich die Soldaten, die im Waggon gehockt hatten. Der Nachthimmel und die Gleise waren in Rot getaucht. Hinter den Franzosen standen – dicht gedrängt und von den Waffen der Soldaten Hochstetters umgeben – andere Poilus mit gesenktem Kopf. Weitere Soldaten stießen dazu und trieben ihrerseits Poilus vor sich her. Die Gefechtsgeräusche wurden immer leiser.

Rasch musterte ich die eng gedrängten französischen Soldaten auf der Suche nach Jean-Luc, entdeckte ihn aber nicht. Also betrachtete ich erneut die Männer, die wie schlafend am Boden lagen, und schloss die Augen zu einem Gebet, an das ich nie geglaubt hatte.

Seine Augen waren geschlossen, er rührte sich nicht. Ich wandte mich ab und atmete langsam aus.

Zwischen der Schicht bei der Polizei und der Arbeit im Jazzklub sah ich meinen Sohn selten wach. Und wenn er wach war, kam er kaum zu mir. Ich hörte ihn leise atmen, verließ sein Zimmer, verabschiedete mich von Sylvie. Sie antwortete nicht.

Im Jazzklub war Claude freundlich zu mir. Ich tat meine Arbeit, war höflich zu den Gästen und kam gut mit den Musikern aus. So wie beim Klub war an der Oberfläche alles gut. Doch darunter spielte ein ganz anderes Lied. Ich stand im Hintergrund und sah Dominique bei ihrem Auftritt zu. Wie immer schlug ihre Stimme mich in Bann, machte mich aber auch traurig. Ihr Gesang war wie der Held des Buchs, das mein Vater mir geschenkt hatte: Er suchte etwas, das es womöglich nie gegeben hatte.

Während die Gäste weiter Dominique lauschten, besuchte ich Fran in einem Zimmer, das sie nie zu sehen bekamen. Dort gab es keine ausgeblichene Vergoldung und keine ramponierten Kronleuchter mehr, nur Stühle, die zu wacklig waren, um noch vorn im Klub zu stehen. In den Ecken klebten der Staub und Schmutz von Jahren. Dominiques Stimme drang gedämpft und verzerrt herein, als beklage das Gemäuer sein Dasein. Fran gab einem Gast ein zusammengefaltetes Papier, einem alternden Wüstling mit arthritischen Bewegungen, der sonst gerne die Künstler belästigte. Der ältere Mann wich meinem Blick aus, gab Fran sein Geld und eilte aus dem Zimmer.

»Kann ich was für dich tun, Eddie?«

Kopfschüttelnd überließ ich Fran seinem Geschäft. Ich war Polizist, und er wusste, ich konnte ihm nicht gefährlich werden. Nicht jetzt. Noch jemand, der mich gewissermaßen besaß.

Dominique hatte ihren Auftritt beendet und war nirgends zu sehen. Mit Schlagzeug und Kornett schlugen Joe und seine Band einen neuen Rhythmus an, lebhafter als ihre unerwiderte Schwermut. Das Lokal und alle darin vibrierten, verzückt von der Musik oder dem, was Fran ihnen gab.

Draußen traf ich sie dann, beim Luftschnappen in einer Gasse hinter den Umkleiden. Dort ließ sich besser atmen als im verrauchten Klub. Sie hatte den Reißverschluss ihres Kleids am Rücken geöffnet, um sich abzukühlen. Ich stand einen Moment lang stumm da.

»Danke«, sagte ich schließlich, denn sie hatte Claude dazu gebracht, mich wiedereinzustellen.

»Nicht der Rede wert, Eddie. Geht's dir gut?«

»Mir geht's gut.«

Sie warf mir ein mattes, trauriges Lächeln zu, ging wieder rein, weil ihr nächster Auftritt anstand, und zog den Reißverschluss hoch. Ich blieb allein draußen und sah zu dem Sternenband hinauf, das zwischen dem engen Korsett dunkler Gebäude zu sehen war. Von mir aus hätte dieser Augenblick ewig dauern können.

Kaum war ich zurück im Klub, hörte ich den Tumult. Einer von Frans weniger koscheren Gästen hatte Dominique an der Schulter gepackt, befummelte ihren Rücken. Sie fauchte, er solle sie loslassen.

»Ich bring nur dein Kleid in Ordnung«, lallte er.

Ich tauchte hinter Dominique auf, zog dem Mann die Hand weg und schob ihn vorsichtig weiter. Sie drehte sich um, sah mich und blickte sofort panisch drein.

»Setzen Sie sich wieder an Ihren Tisch, um Dominique noch mal singen zu hören«, bat ich. »Sicher widmet sie Ihnen ein Lied, wenn Sie sie in Ruhe lassen.«

Er wirkte verwirrt, begriff aber den Reiz meiner Idee. Ohne dass ich ihn weiter drängen musste, ließ er von Dominiques Schulter ab. »Ein Liebeslied?«

»Bestimmt.«

Ich geleitete ihn zu der Tür, die vom Flur in den Klub führte, und er begab sich an seinen Tisch zurück, wo seine Freunde schon nach ihm riefen. Dominique schloss an der Tür zu mir auf.

»So mag ich dich, Eddie.«

Damit ging sie zur Bühne. Ich mich auch, dachte ich.

Ihrem Gesang hörte ich vom Flur aus zu. Wieder ging die Tür auf, und zwei Korsen kamen rein, der ältere Kamerad des Mannes, den ich zusammengeschlagen hatte, und ein Jüngerer, sein Ersatz. Sie waren mit Joe gekommen. Sein Blick beschwor mich flehentlich, nichts zu unternehmen.

»Alles in Ordnung?«, fragte ich.

Der Ältere trat näher und tätschelte meine Wange. »Uns geht's bestens, Eddie, weißt du doch. Und jetzt überlass uns unseren Geschäften, ja?«

»Alles in Ordnung bei dir, Joe?«

»Alles prima, Eddie. Versprochen.«

Mit zögerndem Blick verließ ich sie. Ich wusste, dass Joe sie dafür bezahlte, ihm als Musiker nicht die Finger zu brechen. Claude hatte mir verboten, mich da einzumischen.

»Du hast den Korsen einen Gefallen getan«, hatte er bei meiner Wiedereinstellung zu mir gesagt. »Der Jüngere, den du krankenhausreif geprügelt hast, wollte den Älteren ablösen. Hättest du ihn nicht gebremst, hätten sie es getan. Jetzt lass es dabei. Schau weg, wenn es sein muss, und sei froh, dass sie die Sache nicht weiterverfolgen.«

Fluchend schloss ich die Tür hinter Joe und den Korsen.

Auch auf der Polizeiwache sah ich weg. Mit den Füßen auf dem Schreibtisch erzählte Auban einem Kollegen eine Wettgeschichte. Ich mied ihn, wechselte meine Kleidung und sah die Unterlagen auf meinem Tisch durch.

»He, Giral«, rief Auban. »Ich hab einen heißen Tipp für Longchamps, falls Sie interessiert sind. Schließlich glauben Sie alles, was man Ihnen erzählt.«

»Was soll das heißen?«

Er stand auf, zwinkerte mir zu – eine Zudringlichkeit, die seinen Kameraden kichern ließ. »Wollen Sie behaupten, Sie wissen es nicht? Dann sind Sie garantiert der Einzige.«

Bevor ich antworten konnte, rief mich der Sergeant und gab mir einen Auftrag. Zum Glück konnte ich ihn ohne Auban erledigen. Erleichtert ging ich auf die Toilette, schloss mich ein und öffnete ein gefaltetes Papier. Von Fran hatte ich es nicht gekauft. Inzwischen achtete ich darauf, meinen Konsum und den Jazzklub getrennt zu halten. Erwartungsvoll schloss ich die Augen, beugte mich vor, schnupfte das Pulver und harrte der Wirkung.

Der Auftrag dauerte den Großteil der Schicht und zwei weitere Nasen Kokain. Als ich nach Hause kam, bebte ich noch immer. Verschlafen kam Sylvie ins Wohnzimmer.

»Sei leise, Édouard, Jean-Luc schläft.«

»Dann weck ihn. Sein Vater ist zu Hause. Er sollte um diese Zeit nicht pennen.«

»Es ist tiefe Nacht. Bitte.«

Sylvie hob die Hände, um mich zu beruhigen. Ich wich zurück, und plötzlich ergriff mich Panik. Ich hörte eine laute Stimme und merkte, dass es meine war. Jean-Luc rief nach seiner Mutter.

»Nach mir ruft er nie. Du hast dafür gesorgt, dass er mich verabscheut.«

»Nein, Édouard, das warst du. Ich will nicht, dass du dich zerstörst, aber wenn du es doch tust, kann ich nicht zulassen, dass du auch das Leben deines Sohnes ruinierst.«

Für einen Moment hätte ich Reue empfinden, sogar aus meinen Tiefen emporsteigen können, doch plötzlich roch ich Rauch, sah die Granate kommen, die meine Freunde getötet hatte – und stieg noch tiefer in einen Schützengraben hinab, den ich selbst geschaufelt hatte. »Willst du wissen, wie es aussieht, wenn man ein Leben zerstört, Sylvie?«

Sie hob die Hände. »Beruhige dich, Édouard.«

Ich hörte die erste Explosion im Kopf, konnte das Chlor fast riechen, die Zerstörung meiner selbst von innen her spüren. »Willst du wissen, wie es aussieht, wenn man ein Leben zerstört? Willst du das wirklich?«

Die zweite Erschütterungswelle ließ nach. Ich sah die Besorgnis in ihrer Miene und hatte keine Ahnung, worüber sie sich Sorgen machen musste.

»Bitte bleib ruhig, Édouard.«

Sie schreckte vor mir zurück, und die dritte und letzte Attacke aus Lärm und Verzweiflung war unterwegs: der Geruch von Verbranntem. Brennendes Fleisch, das sich in meinen Kopf fraß. Ich schloss kurz die Augen, öffnete sie. Sylvie hielt das Gesicht in den Händen, weinte. Ich blickte hoch, sah den zum Zuschlagen erhobenen Arm.

»Bleib ruhig – das bist nicht du.«

»Bitte.«

Ich wusste nicht, von wem das letzte Wort gekommen war.

Samstag, 22. Juni 1940

37

Diesen Geruch hatte ich fast vergessen: frischer Kaffee und noch frischere Bettwäsche.

»Was war das gestern eigentlich, Édouard?«

Hochstetters Stimme schreckte mich hoch, ich setzte mich auf. Angekleidet hatte ich auf dem weichen Bett eines luxuriösen Hotelzimmers gelegen. Nun fiel es mir wieder ein. Hochstetter hatte mich am Abend vom Depot abführen und ins Lutetia bringen lassen. Was Gefängniszellen betraf, war es hier weit angenehmer als im Cherche-Midi schräg gegenüber. Beschämt wurde mir klar, dass ich eingeschlafen war, nachdem ich stundenlang auf eine abgeschlossene Tür eingeredet hatte, man solle mich rauslassen.

»Kein Frühstück?«, murrte ich.

Er saß in einem Sessel am Fuß des Bettes. Der Duft seines Kaffees kitzelte mich in der Nase. Er nahm einen Schluck und sah aus dem Fenster. »Eines Tages werden Sie es zu bunt mit mir treiben. Woher wussten unsere Freunde von der Gestapo von diesem Fluchtversuch?«

Um mich zu sammeln, gähnte ich herzhaft und suchte mir dabei die Ereignisse des Vorabends zu vergegenwärtigen. »Ich vermute, die haben auch ihre Informanten.«

»Sie waren bei ihnen, Édouard. Fordern Sie meine Geduld nicht heraus.«

»Ich war bei ihnen, weil sie mich wieder eingesackt hatten. Auf ihrem Weg zum Gare d'Austerlitz.« Sein Blick zeigte, dass er mir nicht glaubte, aber ich hatte andere Sorgen und erklärte mit möglichst amtlicher Stimme: »Ich will wissen, was aus den französischen Soldaten geworden ist, die Sie gestern Abend verhaftet haben.«

Er lehnte sich zurück und beging sein Zigarettenritual. Ich musste mich beherrschen, um nicht vom Bett zu springen und alles aus dem Fenster zu werfen. »Die sind in sicherer Obhut. Als jemand, der an der Wahrung der Rechtsordnung interessiert ist, begrüßen Sie das bestimmt.«

»Als jemand, der an der Wahrung der Rechtsordnung interessiert ist, möchte ich sie sehen. Sie sollten der französischen Justiz überstellt werden.«

Er schüttelte den Kopf. »Es sind Kriegsgefangene. Der Waffenstillstand ist noch nicht unterzeichnet. Also fallen sie unter Militärrecht. Unter deutsches Militärrecht.«

»Und die getöteten Soldaten?« Meine Stimme durfte auf keinen Fall zittern.

Hochstetter hatte mich abführen lassen, ehe ich mir die am Boden liegenden oder von deutschen Soldaten bewachten Poilus genauer hatte ansehen können. Ich hatte sie zu zählen versucht. Beide Gruppen zusammen ergaben nicht die dreißig Personen, von denen Jean-Luc gesprochen hatte. Weil einige fliehen konnten? Oder weil es nicht so viele gewesen waren? Egal, ich hatte keine Ahnung, ob Jean-Luc darunter war.

»Getötet? Es wurden keine Soldaten getötet.«

»Ich habe französische Soldaten am Boden liegen sehen.«

»Da täuschen Sie sich, Édouard. Im ganzen Durcheinander haben Sie wohl Soldaten, die sich ergeben hatten, für tot gehalten. Gut, wenn das alles ist – ich habe viel zu tun.«

Ich wagte nicht zu fragen, ob Poilus hatten fliehen können. Darauf hätte er wohl ohnehin nicht geantwortet. Um herauszufinden, ob ich das Richtige getan hatte, erkundigte ich mich stattdessen: »Haben Sie jemanden gefunden, der womöglich an den Morden vor einer Woche beteiligt war?«

Er wirkte gelangweilt. »Das ist nicht meine Aufgabe.«

»Oder Ihre Sorge. Es hat Sie nie interessiert, dass das Morden endet. Sie wollten nur französische Soldaten schnappen.«

»Mit beidem haben Sie Recht. Und sind zugleich weit naiver, als ich dachte. Ob es dafür einen Grund gibt? Aber egal.« Er nahm etwas von einem niedrigen Tisch außerhalb meines Blickfelds. »Ich habe Ihre Waffe.«

Zu meiner Überraschung hielt er nicht die Manufrance, sondern meine Dienstpistole in der Hand, die zuletzt in der Obhut der Gestapo gewesen war.

»Wie haben Sie die wiederbekommen?«

»Ich habe ein Händchen dafür, verschwundene Gegenstände zurückzuerlangen. Und jetzt ist es Zeit für Sie zu gehen.«

»Sie lassen mich frei?«

»Sie hätten die ganze Zeit gehen können. Ich habe Sie nur zu Ihrer Sicherheit hergebracht. Leider ist die Gestapo nicht sehr zufrieden mit Ihnen. Und an Ihrer Stelle würde ich das Holster schon hier anlegen, damit kein Soldat im Hotel es missversteht, wenn ein Franzose mit einer Waffe in der Hand durchs Hauptquartier der Abwehr läuft.«

Ich stand auf, schnallte vor seinen Augen das Holster um, überprüfte rasch die Waffe. Sie war geladen.

»Sie sind sehr vertrauensvoll«, sagte ich.

Er stand auf. »Gar nicht. Ich weiß nur, wie viel Leine ich Ihnen geben kann.«

Ich verließ das Lutetia ungewaschen und unrasiert und nahm die Metro nach Hause. Jean-Luc war nicht da, wohl aber das Chaos. Das Whiskyglas stand benutzt und vergessen auf meinem Tisch.

Weil ich herausfinden musste, was mit meinem Sohn passiert war, kehrte ich zum Depot zurück. In der Sonne erinnerte nichts an die Ereignisse des Vorabends. Die Waggons standen noch am selben Ort; auf einen war mit weißer Kreide flüchtig ein weißer Stern gezeichnet. In den Wagen fand ich nirgends den kleinsten Hinweis auf Poilus oder auf Gasbehälter, die einsatzbereit versteckt waren. Nichts bewies mir, dass ich das Richtige getan hatte. Ich besaß nur meine Überzeugung, dass der Mörder erneut die gleiche List anwenden würde, um zu stehlen und zu töten. Und das Bedürfnis, ausnahmsweise etwas Richtiges für meinen Sohn zu tun. Dass die Deutschen aber die Poilus gefasst hatten, ehe der Mörder aufgetaucht war, hatte mich der Sicherheit beraubt, richtiggelegen zu haben. Ich musste die Vorstellung verdrängen, dass mein Plan womöglich nicht aufrichtig gewesen war und ich meinem Sohn die Chance zur Flucht und den anderen jungen Männern, womöglich auch ihm, noch ganz andere Dinge geraubt hatte.

Aus den stickigen Waggons heraus musterte ich den Boden, auf dem ich die Soldaten hatte liegen sehen. Zwischen Öl und Fett waren dunkle Flecken, bei denen es sich nur um Blut handeln konnte, das in der Sonne trocknete. Ich wollte glauben, dass die verschwommenen Abdrücke nicht genügten, um zu belegen, wovor ich mich fürchtete, aber die Erfahrung sagte mir das Gegenteil. Ich konnte nur starren und hoffen. Nicht nur für meinen Sohn, auch für alle anderen Poilus, die ich auf die eine oder andere Weise in Gefahr gebracht hatte.

Le Bailly machte wieder seinen scheußlichen Kaffee, als ich in seinen Horst hochgestiegen kam. Das Gebräu sah den Flecken an den Gleisen zu ähnlich, als dass ich davon hätte trinken können.

»Haben Sie heute Morgen Poilus gesehen? Irgendwen, der sich hier nicht aufhalten sollte?«

Er schüttelte den Kopf und wies auf die Aussicht. Es war ungewöhnlich ruhig. »Nach den Ereignissen von gestern Abend will niemand herkommen. Wären hier Poilus, würde ich sie bemerken. Deutsche habe ich auch keine gesehen. Seit zwei Stunden bin ich hier, da war es schon wie jetzt. Keine Veränderungen. Die Waggons für die Front stehen noch immer da, auf verschiedenen Gleisen. Ich hab's ja gesagt: Die Bahn ist kein gutes Mittel, um Leute aus der Stadt zu schaffen.«

Ich stand neben ihm und betrachtete die ausgestorbenen Flächen. Mir war klar, dass ich reden musste, aber niemand würde mir sagen können, dass ich die richtige Entscheidung getroffen hatte. »Das war auch nicht die Absicht. Der Mörder wollte nur das Geld nehmen, die Poilus töten und bloß nicht das Risiko eingehen, sie an den Deutschen vorbei aus der Stadt zu schmuggeln. Darum habe ich getan, was ich getan habe.«

Er war bleich und stellte seine Tasse ab. »Das können Sie nicht wirklich glauben.«

Ich starrte blicklos auf die Szenerie. »Sind Font und Papin heute Morgen aufgetaucht?«

Er schüttelte den Kopf. »Sie denken also wirklich, sie könnten damit zu tun haben? Vielleicht würde mich das nicht überraschen. Aber nein, ich habe sie heute nicht gesehen.«

Ich wies auf das Telefon auf seinem Schreibtisch. »Wenn Sie jemanden sehen, rufen Sie mich unbedingt an.«

Voller Schuldgefühle fuhr ich davon. Ich hatte anderes zu tun, musste sehen, ob Mayer in Sicherheit war. Auch sein Schicksal lastete auf meinem Gewissen. Beim Blick auf meine Uhr dachte ich an Hochstetter und die Zeit und kurz auch daran, aufzugeben und Berliner Zeit einzustellen, aber der Zeigerstand hielt mich ab. Es war genau Mittag, nach ihrer Uhr, nicht nach meiner, aber ausnahmsweise war das egal.

Spontan beschloss ich, es zu versuchen. Seit ich Lucja am Mittwochabend bei mir allein gelassen hatte, hatte ich sie nicht mehr gesehen. Und seit ich ihre Wohnung tags darauf leer vorgefunden hatte, war ich nicht mehr auf dem Place des Vosges gewesen, aber ich dachte, ich sollte ihr eine letzte Chance geben.

Sie war da. Ich konnte es kaum glauben. Sie saß auf der Bank und trug zum Schutz vor der Sonne einen Sommerhut, der ihr Gesicht beschattete. Aus den Arkaden heraus beobachtete ich sie einige Minuten und musterte auch den gesamten Platz. Deutsche Soldaten gab es keine. Die verwahrloste Grünanlage schien ihren Reiz für die Besatzer verloren zu haben.

Vorsichtig näherte ich mich. Lucja sah mich und wandte die übliche List an, auf mich zuzukommen und mir einen Kuss auf beide Wangen zu geben, schien meine Distanziertheit aber zu spüren und warf mir einen verdutzten Blick zu, bevor sie mich zur Bank führte.

»Ich hatte nicht erwartet, Sie zu treffen«, sagte ich.

»Ich war mir auch nicht sicher, ob Sie kommen. Gestern war ich mittags und abends hier, und Sie sind nicht aufgetaucht. Was ist Ihnen passiert?« Sie fuhr mit dem Finger über eine Wunde an meiner Wange.

Ich musterte ihr Gesicht, wollte so an sie glauben wie an Fryderyks Beweise und war es leid, allen zu misstrauen. »Es war ein langer Tag. Am Vormittag habe ich einen Mann in einem Wald spazieren sehen, und am Abend habe ich miterlebt, wie mein Sohn von den Deutschen verhaftet oder getötet wurde. Durch meine Schuld. Ich habe versucht, ihn zu retten, und keine Ahnung, ob ich das Richtige getan habe.«

Sie wirkte bestürzt. »Ich wusste nicht, dass Sie einen Sohn haben.«

Ich beobachtete sie bei diesen Worten und fragte mich erneut, woher Biehl von ihm wusste. Weil ich mich jemandem anvertrauen musste, erzählte ich ihr von Jean-Lucs Plan, mit dem Zug aus Paris zu fliehen, und was ich unternommen hatte, das zu verhindern.

»Sie haben das Richtige getan«, entschied sie. »Sie hatten keine andere Wahl.«

»Aber ich weiß nicht, was mit ihm passiert ist, und die Deutschen sagen mir nichts.«

»Vielleicht müssen Sie diesem Hochstetter von Ihrem Sohn erzählen, auch wenn Sie sich ihm dadurch ein Stück weit ausliefern. Nur so können Sie womöglich herausfinden, ob er in Sicherheit ist.«

Diesen Gedanken hatte ich auch schon gehabt, die Entscheidung war ein Dilemma, das ich so lange aufschob, wie ich noch hoffte, Jean-Luc auf eigene Faust finden zu können. Ich schüttelte den Gedanken ab. »Wie sind Sie entkommen? Am Mittwoch?«

Sie wirkte verblüfft. »Entkommen? Ich bin gegangen. Ich habe gewartet, aber Sie kamen nicht zurück, also habe ich die polnischen Bücher eingesteckt und bin gegangen.«

»Meine Wohnung wurde durchwühlt. Ich dachte, Sie wären dort gewesen, als es passierte.« Dann erst begriff ich, was sie gesagt hatte. »Also haben Sie Fryderyks Bücher noch?«

»Ich habe sie mitgenommen. Ihre Wohnung war in bester Ordnung, als ich ging. Das ist offenbar passiert, als ich nicht mehr dort war.« Sie wirkte besorgt. »Mit unserer Wohnung war es genauso. Sie wurde zwar nicht durchwühlt, aber wir sind uns sicher, dass sie verraten wurde. Wir haben ungewöhnliche Bewegungen auf der Straße bemerkt und sind darum früh am Donnerstag verschwunden.«

»Ich weiß. Ich war dort. Wo wohnen Sie jetzt?«

»Bitte fragen Sie mich nicht. Wir müssen einen anderen Treffpunkt vereinbaren und wechselnde Uhrzeiten. Für unsere kleine Gruppe wird es langsam zu riskant. Wir müssen Paris verlassen, uns vielleicht mit der polnischen Regierung in London vereinigen.«

»Haben Sie herausbekommen, ob Fryderyk etwas versteckt hat?«

»Nichts. Ich habe beide Bücher Seite für Seite auf Markierungen oder einen Code abgesucht und nichts entdeckt. Es ist hoffnungslos. Falls Fryderyk doch etwas Wertvolles besessen hat, müssen wir wohl akzeptieren, dass es weg ist.« Sie wirkte so müde und zerschlagen, wie ich mich fühlte.

Ich erzählte ihr von Weber und den Informationen, die er besaß. »Das Problem für mich ist, dass er womöglich unschuldige Zivilisten in Polen ermordet hat, vielleicht sogar in Bydgoszcz; denkbar auch, dass er seine Hand beim Tod der vier polnischen Flüchtlinge im Depot im Spiel hatte. Um seine Informationen ins Ausland gelangen zu lassen, müssen diese Verbrechen ungesühnt bleiben.«

»Dann bleiben sie eben ungesühnt.« Lucjas entschlossene Worte erstaunten mich. »Vorläufig. Ihn für seine in Polen oder hier begangenen Verbrechen zu bestrafen, ist ein Tropfen im Ozean. Wenn wir der Welt schon nicht mitteilen können, was in meinem Land passiert ist, können wir ihr zumindest die Liste mit den Amerikanern zuspielen. Falls die Nazis nicht aufgehalten werden, sterben bald noch viel mehr Menschen in Polen und ganz Europa. Indem Sie Weber laufen lassen, können Sie versuchen, das zu verhindern. Das müssen Sie tun. Und verschwindet mit Weber nicht auch die Gefahr weiterer Morde in Paris?«

»Falls er für die Morde verantwortlich ist. Ich möchte das glauben, aber sicher kann ich mir nicht sein. Und dass Hochstetter mich anscheinend dazu verleiten will, in ihm den Schuldigen zu sehen, lässt mich alles in Zweifel ziehen. Meine Sorge ist, dass jemand mich als Köder benutzt, um an die tatsächliche Wahrheit zu kommen.«

»Oder um sie zu verbergen.«

Ich starrte auf den Boden zu unseren Füßen. »Oder um etwas ganz anderes zu verbergen.«

38

»Wir haben das Zuhause verloren, ich habe nichts von meinen Eltern gehört, und ich sitze hier im Keller fest. Da hat es gutgetan, sich zu wehren.«

Ich war erleichtert, Mayer bei meiner Ankunft in der Sechsunddreißig gesund und munter in der Asservatenkammer zu finden.

»Es tut mir leid – ich hätte nicht so viel von Ihnen erbitten sollen.«

Er winkte ab. »Haben Sie Ihren Sohn gefunden?«

»Nein.«

Mayer wartete, bis ein anderer Polizist gegangen war, rief mich ins Hinterzimmer, schloss die Tür und sah nun ernster drein.

»Was jetzt kommt, wird mir nicht gefallen, oder?«

»Wahrscheinlich nicht.«

Von einem hohen Regal nahm er einen Karton, öffnete ihn und hob eine Schusswaffe heraus. Sofort erkannte ich meine Manufrance und musterte sie erstaunt.

»Wie haben Sie die bekommen?«

»Von Auban. Er hat sie gestern Abend mit der Anweisung hiergelassen, niemandem davon zu erzählen und nichts damit zu unternehmen, bis er zurück sei. Ich habe gesehen, dass es Ihre Pistole ist.«

Ich überprüfte sie. Im Magazin fehlte eine Patrone. Wo die geblieben war, wusste ich.

»Auban? Wie ist er an die Waffe gelangt?«

»Das wollte er nicht sagen.« Mayer schloss den Karton, stellte ihn zurück ins Regal und überließ mir die Waffe. »Aber weil ich Auban nicht über den Weg traue, dachte ich, Sie wollen die Pistole vielleicht zurück. Mögen Sie mir erzählen, wie Sie sie verloren haben?«

»Eigentlich nicht. Und ich habe keinen Schimmer, wie Auban an die Waffe gelangt ist.« Das immerhin stimmte. Damit meine Hände nicht länger zitterten, schob ich die Waffe in den Hosenbund. Ohne es zu wissen, hatte Mayer gerade verhindert, dass ich wegen Mord vor Gericht kommen würde, aber ich konnte ihm dafür nicht danken, ohne mich zu verraten. »Ich bin Ihnen etwas schuldig. Wegen gestern Abend, meine ich.«

»Waren Sie schon bei Dax? Er hat Sie gesucht.«

Und er entdeckte mich. Zwar konnte ich mich ins Büro schleichen, aber der Kommissar tauchte in meiner Tür auf, kaum dass ich mich an den Schreibtisch gesetzt hatte.

»Haben Sie Auban schon gesehen, Eddie? Niemand weiß, wo er ist.«

»Na ja, Sie kennen Auban.«

»Sagen Sie ihm, ich will ihn sprechen.«

»Selbstverständlich. Allerdings mache ich mir mehr Sorgen um die Poilus am Gare d'Austerlitz.«

»Das müssen Sie nicht, Eddie. Präfekt Langeron hat offiziell bei den Deutschen nach Namen und Verbleib aller französischen Soldaten gefragt, die verhaftet oder getötet wurden.«

»Die Liste will ich haben«, rief ich ihm nach.

»Und ich will wissen, wo Auban ist.«

Ehrlich gesagt: Auch ich machte mir seinetwegen Sorgen. Genauer: Ich fragte mich, warum die Gestapo meine Waffe herausgerückt hatte, obwohl sie mich durch sie doch in der Hand hatte. Und warum sie die Waffe, also ihr Druckmittel, ausgerechnet Auban gegeben hatte. Während ich blicklos aus dem Fenster starrte, vergegenwärtigte ich mir noch mal, was am Vorabend geschehen war. Zweierlei ließ mich stutzen: Dass Biehl von meinem Sohn gewusst hatte und dass Auban im Depot aufgetaucht war, obwohl keine Polizisten dorthin entsandt worden waren.

»Du hast gar nicht für Hochstetter gearbeitet, Auban«, flüsterte ich, »sondern für Biehl.«

Ich spürte die Manufrance an der Hüfte. Den Mord an Groves hatte ich mit Webers Liste amerikanischer Attentatsopfer in Verbindung gebracht. Die Gestapo oder der SD würden die Opfer töten, und was Groves anging, hatten sie mir eine Falle gestellt und mir die Schuld in die Schuhe geschoben. Also hatten sie Macht über mich, über einen Polizeiermittler in einem besetzten Land. Was aber nicht erklärte, warum sie das belastende Beweisstück Auban gegeben und diese Macht dadurch verloren hatten.

Sofern Biehl nicht andere Gründe besaß, mir mit Aubans Hilfe eine Falle zu stellen. Vielleicht war es einfach nur sein Plan gewesen, mich zu entfernen, indem ich des Mordes an Groves angeklagt wurde. Was bedeuten würde, dass seine Ermordung womöglich nichts mit Webers Liste zu tun hatte.

Das brachte mich zu den Zweifeln zurück, die ich seit Beginn an der Glaubwürdigkeit der Beweise gehabt hatte, die Weber Ronson als Gegenleistung für seine sichere Ausreise in die Vereinigten Staaten verkaufen wollte. Ronson hatte gesagt, Groves sei womöglich nicht auf der Liste, weil er an Einfluss verloren und sich den Deutschen angedient habe; er mochte also aus einem ganz anderen Grund ermordet worden sein. Und Ronson war auch der Ansicht gewesen, Groves' Ermordung habe Webers Geschichte bestätigt, aber falls es sich um eine abgekartete Sache zwischen Biehl und Auban handelte, erweckte das in mir weitere Zweifel hinsichtlich Webers Forderungen. Außerdem glaubte ich Weber einfach nicht, wie ich zugeben musste. Aber egal: Der Moment schien gekommen, eine gewisse Luxuswohnung heimzusuchen.

Zunächst aber deponierte ich die Manufrance wieder in

meinem Wagen, fuhr bei mir vorbei und sah in alle Zimmer, aber Jean-Luc war noch immer nicht aufgetaucht, und es fehlte jeder Hinweis, dass er zwischenzeitlich da gewesen war. Das Chaos von Mittwochabend war unverändert, Ronsons Whiskyflasche unberührt. Ich ließ alles so, nahm aber etwas mit, das beim nächsten außerplanmäßigen Treffen von Nutzen sein mochte. Diese Begegnung sollte in einem Gebäude auf dem rechten Ufer stattfinden, im Faubourg Saint Honoré. In einem hochzeitstortenhaften Wohnblock, nur wenige Gehminuten vom Élysée-Palast. Genau das sagte ich dem neuen Mieter, als er die Tür öffnete.

»Auch der Élysée ist leer«, setzte ich hinzu. »Wollen Sie den auch beschlagnahmen?«

»Was machen Sie hier?«, fragte Weber. Er trug eine Armeehose und dazu nur ein kragenloses weißes Hemd, dessen obere drei Knöpfe offen standen. Noch ein Gangster in Uniform, nur sehr viel erfolgreicher als Jeannots Leute. »Sie Dummkopf – woher wollen Sie wissen, dass Ihnen niemand gefolgt ist?«

»Das weiß ich nicht. Gut möglich, dass es so ist. Was die Sache interessant macht. Wer klopft als Erster an Ihre Tür, weil ich bei Ihnen geklopft habe?«

Ich ging über den prächtigen Flur in einen prächtigeren Salon voller Louis-Quinze-Möbel und Lalique-Kronleuchter. Unvergilbte Stellen verrieten, wo die kostbarsten Kunstwerke von den Wänden genommen worden waren, vermutlich noch von ihren Eigentümern bei deren Flucht. Beim Betrachten der zurückgelassenen, mit exaltiertem Schwung signierten Bilder überlegte ich, von wem die teuren Stücke gewesen waren. Die Wohnung hätte übrigens von einigen Büchern sehr profitiert.

»Seltsam«, sagte ich, »in dieser Wohnung war ich in einem früheren Leben, als sie noch den Weitzmanns gehörte. Ich habe wegen eines Einbruchs bei ihnen ermittelt. Vor dem Krieg haben wir Menschen verhaftet, weil sie Wohnungen ausgeraubt haben, und jetzt sind hier Leute wie Sie, nehmen sich ganze Wohnungen und kommen ungestraft davon.«

Ich setzte mich am großen Esstisch auf einen Stuhl vom Format eines Tyrannenthrons. Weber ging kurz auf und ab, setzte sich dann mir gegenüber und brach die Stille.

»Was wollen Sie? Wir haben gestern gesagt, was zu sagen war. Jetzt ist es an Ronson, ihren Teil der Abmachung zu erfüllen.«

»Ronson ist viel vertrauensseliger als ich. Ich würde die Liste, die Sie zu besitzen behaupten, sehen wollen, ehe ich mich darauf einließe, Sie aus Paris zu schaffen. Nur um zu wissen, dass es sie überhaupt gibt.«

Er seufzte schwer. »Es gibt sie, glauben Sie mir. Und Ronson bekommt sie zu sehen. Ich habe mich bereiterklärt, sie ihr zu geben, bevor sie mich aus der Stadt schafft.«

»Mit wem stecken Sie unter einer Decke? Mit Biehl? Mit Hochstetter? Mit jemand anderem von der Schwarzen Kapelle, von dem ich nichts weiß? Denn ich denke nicht, dass Sie allein arbeiten.«

»Sie haben Recht. Heydrich, Goebbels und ich arbeiten zusammen. Und Göring hat Himmler gerade zum Mitmachen aufgefordert. Natürlich bin ich mit dieser Aktion allein. Glauben Sie, wenn man sein Land verkauft, weiht man einfach so andere Leute ein?«

»Warum gehen Sie nicht einfach nach London, wenn Sie so scharf darauf sind, wegzukommen? Dann könnten Sie sich das ganze Theater sparen.«

Weber lachte ätzend. »London ist nicht weit genug weg. Es ist nur eine Frage der Zeit, bis die Stadt erobert wird, und wenn ich dann dort bin, werden die Nazis und die Gestapo mich finden. Ich muss es nach Amerika schaffen, und zwar mit Immunitätsgarantie. Das ist der Preis und der Grund, warum ich meine Informationen an Ronson verkaufen muss.«

»Immunität? Für das, was Sie in Polen getan haben?«

»Sie immer mit Ihrem Polen. Gut, ich sage es Ihnen. In Polen habe ich gesehen, wie Zivilisten systematisch umgebracht wurden. Es ist viel schlimmer als alle Gerüchte, die Sie gehört haben. Die Wehrmacht hatte SS- und Gestapo-Einheiten im Schlepp, deren Aufgabe es war, Personen auszusondern und Massenhinrichtungen durchzuführen.« Er war rot und außer Fassung. »Ich kann daran nicht glauben. Und ich glaube nicht, dass Sie deswegen hier sind.«

»Nein. Eigentlich bin ich wegen etwas anderem hier. Obwohl ich Ihnen nicht traue, begreife ich die Wichtigkeit der Liste, die Sie zu besitzen behaupten, aber ich bin Polizist. Ich sehe auch, wie wichtig es ist, Gerechtigkeit gegenüber den Polen walten zu lassen, die in meiner Stadt gestorben sind. Mehr noch: Ich sehe die Notwendigkeit, dafür zu sorgen, dass keine weiteren Morde geschehen.«

»Sie sind ein Narr. Ich sagte doch, ich hatte nichts zu tun mit Ihren kleinen Mordsachen hier in Paris. So egal mir Ihre Opfer sind: Ich habe nichts mit deren Tod zu schaffen.« Seine Stimme war etwas lauter geworden, seine Ruhe dahin.

In der Stille, die folgte, musterte ich ihn. »Wissen Sie, Hauptmann Weber, seit fünfzehn Jahren suche ich nach Erlösung. Ich weiß, wie sie aussieht. Das Problem ist, dass ich sie nicht in Ihnen sehe. Sondern hierin.«

Ich zog die Luger hervor und legte sie auf den Tisch. Dann baute ich sechs Patronen neben dem leeren Magazin auf, sammelte sie aber gleich wieder mit einer Hand ein und zog eine heraus. Für Weber musste es so aussehen, als habe ich sie zufällig gewählt, aber ich hatte nach der verräterischen Delle getastet und genau diese Patrone ins Magazin geschoben, bevor ich die Waffe auf meinen Kopf richtete.

Er lachte nervös. »Sie sind verrückt. Russisches Roulette mit einer Pistole?«

»Eine dieser Patronen klemmt.«

Ich drückte ab, er schreckte bestürzt zurück. Die Waffe gab nur das trockene Klicken von sich, an das ich mich mit den Jahren gewöhnt hatte. Ich nahm die Patrone heraus und würfelte sie mit den anderen in meiner Hand durcheinander.

»Das ist Erlösung«, sagte ich, suchte erneut eine Patrone aus, tastete wieder nach der Delle, lud die Waffe und legte sie vor ihn auf den Tisch. »Jetzt Sie.«

Er betrachtete die Waffe kurz und mit unsicherer Miene, nahm sie zögernd in die Hand. Sein Blick sprang von der Luger zu mir. Ich sah das erwartete Lächeln. Statt die Waffe auf seinen Kopf zu richten, zielte er auf mich.

»Sie wollen Erlösung?«

Er drückte ab und vernahm das gleiche trockene Klicken. Lächelnd nahm ich ihm die Waffe weg, holte die Patrone aus dem Magazin. Er war so fassungslos, dass er mich gewähren ließ.

»Sehen Sie: Sie sind fähig, kaltblütig zu morden und hinterlistig zu sein. Sie wirken überhaupt nicht wie jemand, der bereit ist, alles aufzugeben, was er besitzt, weil er sich der Dinge wegen, die er in Polen zu tun gezwungen war, schuldig fühlt oder schämt.«

Seine Kälte kehrte schnell zurück, und schon blickte er wieder kalkulierend. »Ich gebe nicht alles auf. Ich bekomme ein neues Leben. Nehmen Sie die Eigentümer dieser Wohnung, diese Juden. Sie sind weggegangen und haben ihr Leben geändert, aber nicht das Geringste aufgegeben. Sehen Sie sich den Reichtum an, den sie mitgenommen haben. Was sie zurückgelassen haben, erachteten sie als wertlos. Genau das tue ich auch. Ich stoße ab, was wertlos geworden ist.« Dass ich zunehmend wütend wurde, schien ihn zu beflügeln. »Gut. Wenn Sie es wirklich wissen wollen: Ich habe in Polen Zivilisten getötet. Die Wehrmacht hat die SS und die Gestapo nicht bloß *toleriert*, sondern einige von uns waren an den Verbrechen beteiligt. Ich habe auf einem Acker bei Bydgoszcz und in anderen Städten gestanden und auf Männer und Frauen in offenen Gräben gefeuert. Auf Männer und Frauen, die wir aus ihren Häusern und Arbeitsstätten verschleppt hatten. Ich habe sie erschossen, als sie mit hinterm Kopf verschränkten Händen dastanden. Sind Sie jetzt zufrieden? Ja, ich habe polnische Zivilisten getötet, aber nicht *Ihre* polnischen Zivilisten. Ich bin nicht *Ihr* Verbrecher.«

In seinen Augen war keine Emotion zu bemerken, und ich musste mit mir ringen, um nicht von Gefühlen überwältigt zu werden. Ich atmete tief durch und sagte: »Wenn Sie fähig sind, Zivilisten auf einem Acker zu töten, sind Sie auch fähig, sie in einem Bahndepot umzubringen.«

»Stimmt. Dazu bin ich absolut fähig. Aber wenn ich zugebe, in Polen Zivilisten getötet zu haben, warum sollte ich leugnen, das auch in Frankreich getan zu haben?«

»Sie haben es selbst gesagt: Damit Ronson Sie aus Paris schafft, bevor die Morde Sie einholen.«

Während er durch die Unterhaltung abgelenkt war, hatte ich die Luger nachgeladen.

»Noch eine Runde. Und diesmal nach Ihren Regeln.«

Ruhig richtete ich den Lauf auf seine Stirn.

39

Ich war nie ein guter Spieler gewesen.

»Jetzt werden wir ja sehen, wem wirklich an Ihrem Wohl liegt. Ich weiß, auf wen ich setze.«

Während ich noch zweifelte, ob ich abdrücken sollte, ging die Tür zu Webers Wohnung auf. Schritte drangen durch den Flur. Schritte mehrerer Personen. Statt Hochstetter, mit dem ich gerechnet hatte, kam indessen Biehl ins Zimmer. Müller, Schmidt und zwei weitere Schergen folgten dichtauf, hatten die Feldpolizei-Maskerade inzwischen aber aufgegeben und trugen Zivil. Ihre dunklen Anzüge und Schlipse freilich waren nur eine Uniform anderer Art. Biehl trug seine graue SD-Kleidung, die Weber einschüchterte. Erstaunlich, wie viel Angst sie alle vor dem Sicherheitsdienst der Partei hatten! Vielleicht sollte ich mir diese Angst auch angewöhnen. Das Problem war allerdings, dass schon Hochstetter mich nachts ängstigte. Biehl sah mich an, als habe er mich gerade aus der Nase geprustet.

»Verzeihung, aber kommen Sie wegen mir oder Weber?«, fragte ich. »Nur zur Klarstellung.«

Zu meinem Erstaunen lächelte Biehl. Doch das galt nicht mir. Er grüßte Weber herzlich beim Vornamen. »Karl, prima, dich zu sehen. Zum ersten Mal seit Berlin. Wir haben uns sicher viel zu erzählen, jetzt, wo ich in Paris bin.«

»Wirklich herzallerliebst.«

Der SD-Mann warf mir einen Blick zu, der einen Blinden hätte erbleichen lassen. »Bitte entschuldige. Wir sind hier, weil wir einige Fragen an den Inspektor haben. Woher, zum Beispiel, wusste die Abwehr, dass sie gestern Abend am Gare d'Austerlitz auftauchen sollte?«

»Sehr schmeichelhaft, dass Sie so versessen auf unser Land sind, aber hätten Sie Ihre Streitereien nicht zu Hause regeln können, ohne uns da reinzuziehen? Das hätte uns allen viel Ärger erspart.«

Das Gebäude besaß einen der ersten und prächtigsten Aufzüge von Paris, der darum auch einer der langsamsten war, was für eine verlegene Fahrt nach unten sorgte, eingezwängt zwischen Biehl, Müller und Schmidt. Die beiden Komparsen hatten die Treppe nehmen müssen. Weber war zurückgeblieben, um seine marmornen Gemächer weiter zu genießen.

»Nur zur Klarstellung«, beharrte ich. »Schikanieren Sie mich oder schützen Sie Weber?«

Der Fahrstuhl war voll, also konnte Schmidt nicht ausholen. Sie hatten mir zwar die Dienstpistole abgenommen, nicht aber die Luger, die ich vor ihrem Eintreten hinten im Hosenbund hatte verbergen können. Und Weber hatte ihnen das nicht verraten, worüber ich mich wunderte. Als wir das Haus verließen, wartete Hochstetter an seinem Wagen, umgeben von einem Dutzend Wehrmachtssoldaten.

»Hier waren Sie also«, sagte ich.

Hochstetter ging nicht darauf ein, sondern wandte sich an Biehl.

»Ich bin hier, um Inspektor Giral für die Abwehr in Haft zu nehmen.«

»Ach ja, Major Hochstetter? Falls Ihnen das nicht klar sein sollte: Ich bekleide einen höheren Rang als Sie.«

»Das ist mir sehr klar, Obersturmbannführer Biehl. Aber ich weiß, dass Paris unter Militärverwaltung steht. Bislang sind hier weder SD noch Gestapo zuständig. Und solange sich daran nichts ändert, habe ich die höhere Befehlsgewalt.«

Eines musste man Biehl lassen: Seiner aristokratischen Erziehung wegen war er es zwar nicht gewohnt, etwas verweigert zu bekommen, sie ließ ihn aber eine abschlägige Antwort mit Stil und einer so höflichen Drohung einstecken, wie ich sie in meinem Beruf selten gehört hatte.

»Na schön, Major Hochstetter. Zweifellos sprechen wir uns wieder, wenn diese Lage sich ändert.«

Hochstetter forderte die SD-Leute auf, mir die Dienstpistole zurückzugeben, und sah zu, wie sie verschwanden.

»Warum bin ich in Gewahrsam der Wehrmacht?«

»Das sind Sie nicht. Ich wollte Sie nur aus den Klauen von SD und Gestapo bekommen. Sie wissen bereits, dass diese Leute die vollendete Mischung aus Fanatismus, Dummheit und entfesselter Bösartigkeit sind – das sehe ich Ihnen an.« Hochstetter prüfte das Magazin meiner Waffe und richtete sie ruhig auf meine Brust. »Ich habe Sie davor gewarnt, Édouard, mich zu verärgern. Wir hatten eine Vereinbarung. Überlassen Sie Hauptmann Weber mir. Ich sage Ihnen schon, wie und wann Sie ihn verfolgen können. Wenn Sie sich nicht daran halten, ist es aus mit unserer Kooperation.«

Ich sah auf die Waffe, blickte ihm wieder ins Gesicht. Meine Miene war entspannt. »Folgen Sie mir oder Weber?«

»Ihnen beiden.« Seine Augen verrieten Überraschung und Enttäuschung über meine Sorglosigkeit. Er senkte den Arm mit ratlosem Stirnrunzeln, drehte die Pistole und reichte sie mir mit dem Griff zuerst.

»Ich will wissen, was aus den französischen Soldaten geworden ist.«

»Alles zu seiner Zeit, Édouard. Jetzt fahren Sie nach Hause, Sie müssen sich beruhigen.«

Ich tat genau, was mir befohlen worden war. Beinahe.

Überheblich nahm Hochstetters Fahrer einer Radlerin die Vorfahrt. Prompt verlor sie die Beherrschung und klingelte wütend. Das Geräusch hallte mir noch in den Ohren, als sie längst nicht mehr zu sehen war. Mit starrem Blick ließ ich die Hand am Türgriff und konnte mich nicht rühren. Plötzlich fiel mir die junge Radfahrerin ein, deren Teddy auf die Straße gefallen war. Und der Küchenschrank von Madame Benoit.

Außerdem spukten mir Webers Worte über sein Handeln in Polen und Bydgoszcz noch wie ein Knallfrosch im Kopf herum. Plötzlich wollte ich nicht länger nur glauben, Fryderyk habe Beweise für das, was geschehen war; stattdessen hoffte ich, er habe wirklich etwas besessen, das wir alle übersehen hatten. Und vielleicht musste ich mich von der Vorstellung lösen, er habe diese Beweise bestimmt im Tresor aufbewahrt. Erstmals fragte ich mich, ob Fryderyk uns vielleicht doppelt verladen hatte und der Tresor und sein Inhalt nur eine Ablenkung gewesen waren.

»Sie ist Essen einkaufen«, sagte der Mann der Concierge.

»Dann ist sie einige Zeit unterwegs.«

Er ächzte. Mit seiner blauen Arbeitshose stand er im Flur, weißes Unterhemd über stark behaarten Schultern. »Ich hüte das Haus, weil ich nicht weiß, was aus meiner Arbeit wird. Ich bin bei Renault in Billancourt. Die Boches haben uns nicht gesagt, ob wir noch Arbeit haben. Wenn ja, müssen wir wahrscheinlich Panzer für die Dreckskerle bauen.«

Ich zeigte Verständnis für ihn. »Ich bin wegen Jans Teddy gekommen. Er liegt im Küchenschrank.«

Er wirkte überrascht. »Das wird meine Frau ärgern.«

Er holte ihn, und ich fuhr meinen stummen Passagier in meine Wohnung, nicht in die Sechsunddreißig. Monsieur Henri stand vor seiner Tür.

»In Dünkirchen haben die Briten französischen Soldaten die Hände abgeschlagen, damit sie nicht zu ihnen in die Boote klettern«, sagte er ernst.

»Und ich habe gestern Hitler im Wald spazieren sehen.«

»Quatsch.« Schnaubend zog er sich in seine Wohnung zurück.

»Niemand will die Wahrheit hören«, murmelte ich und stieg mit Jans Teddy unter der Jacke die Treppe hinauf.

Ich schloss die Wohnungstür ab, ging in die Küche und nahm ein scharfes Messer aus der Lade.

»Tut mir leid, Jan.«

Dann schlitzte ich den Bären an den Nähten auf und zog die Hälften auseinander.

Ich legte die Reste von Jans Teddy auf den Küchentisch und betrachtete, was ich entdeckt hatte. Benommen öffnete ich meine alte Whiskyflasche, schenkte mir einen kleinen Schuss ein und trank. Was der Teddy zum Vorschein gebracht hatte?

Nichts.

Nur die Füllung.

Keine Unterlagen, keine Fotos, keinen Film.

Erneut nahm ich ihn, zerzauste das Füllmaterial, fand aber nichts. Jetzt hatte ich den Teddy komplett untersucht, sogar die Glasaugen, doch Fryderyk hatte nichts darin verborgen. Verärgert und zum Aufgeben noch nicht bereit, bat ich Jan zum zehnten Mal um Entschuldigung und zerpflückte die Füllung weiter, riss sie in immer kleinere Stücke. Die Fussel schneiten auf mich nieder, landeten mir in Haar und Gesicht, bis es einfach nichts mehr zu zerstören gab.

»Tja, hattest du nun Beweise, Fryderyk, oder nicht?«

Ich musterte das Trümmerfeld, und sofort verging mein Zorn. Langsam schob ich alles zusammen und räumte es in die Küchenlade, um die Zerstörung nicht länger zu sehen. Einige Zeit saß ich reglos da, stand dann unvermittelt auf und streifte die Füllung von meinen Kleidern, weil ich losmusste.

Ehe ich die Wohnung verließ, dachte ich daran, die mit funktionstauglicher Munition geladene Luger in ihr Versteck im Bad zu räumen. Meine drei Waffen waren wieder, wo sie hingehörten, aber sonst war in der Welt wenig in Ordnung. Vor dem Weggehen kontrollierte ich die Wohnung. Allmählich gewöhnte ich mich ans Chaos. Mir gefiel sogar das benutzte Glas auf meinem Wohnzimmertisch, das langsam Staub ansetzte.

Zerknirscht fuhr ich über den Fluss zum Bristol und fand sofort einen Parkplatz – in normalen Zeiten unmöglich. Ronson saß in der Hotelbar mit amerikanischen Journalisten zusammen, drei Männern und einer Frau. Als sie mich sah, kam sie zu mir, und wir setzten uns an einen Tisch, der von ihrer Konkurrenz möglichst weit entfernt war.

»Mensch, Eddie, Sie haben jedes Mal mehr Wunden und blaue Flecken.«

»Es herrscht Krieg.«

»Ich verstehe, warum Sie Polizist sind. Nachrichten hören Sie aber wohl keine? Es herrscht kein Krieg mehr. Der Waffenstillstand ist unterzeichnet. Ihr habt euch den Deutschen offiziell unterworfen.«

Ich dachte an Hitler in Compiègne, daran, wie er seine Generäle allein gelassen hatte, damit sie die Details der Erniedrigung besprachen, die er im Eisenbahnwaggon begonnen hatte, und nahm einen kräftigen Schluck von dem Whisky, den Ronson für mich bestellt hatte.

»Aber egal, wo waren Sie gestern Abend?« Sie bemerkte meine Verblüffung. »Sie hatten mich abholen sollen, damit wir Ihre Wohnung aufräumen und den Whisky trinken.«

Ich zeigte auf mein Gesicht, berichtete von den Vorfällen auf dem Bahngelände. Über Jean-Luc schwieg ich. »Die Deutschen sagen uns nicht, wo unsere Soldaten sind, wie sie heißen und wie viele von ihnen getötet wurden.«

»Und ich soll sie nun dazu bringen, diese Informationen herauszugeben, damit es darüber in den Vereinigten Staaten keine Reportage gibt?«

»Sie sollen als Journalistin auftreten; das können Sie sehr

gut.« Ich nahm noch einen Schluck Whisky, um die Sorge um meinen Sohn zu verbergen.

»Wird prompt erledigt. Ich wende mich an Hochstetter.«

»Aber sagen Sie ihm nicht, dass ich Ihnen davon erzählt habe. Er ist nicht gut auf mich zu sprechen. Als ich bei Weber war, tauchte Biehl auf. Und auch Hochstetter.«

Ronson musterte mich, und ihre Miene wurde finster. »Sind Sie wahnsinnig? Was hatten Sie denn dort zu suchen?« Ihre Kollegen sahen zu uns her, sie senkte die Stimme. »Wir sind kurz davor, Eddie. Ganz kurz davor, der Welt zu zeigen, was die Nazis im Schilde führen. Ganz kurz vor dem Ende von Hitlers Reich. Und Sie bringen alles in Gefahr, indem Sie Weber wegen einer Hand voll Polen und wegen Beweisen nachjagen, die womöglich gar nicht existieren. Sagen Sie mir, dass Sie nicht verrückt sind.«

»Ich weiß nicht, was ich bin. Mir ist klar, dass Webers Beweise ans Licht kommen müssen.« Sie sah triumphierend drein, aber ich ließ sie nicht zu Wort kommen. »Aber ich weiß auch, dass ich kurz davor bin, herauszufinden, wer die Polen umgebracht hat, und zu verhindern, dass sie so ein Verbrechen wiederholen. Das ist mein Beruf.«

»Sie sind echt eine Marke, Eddie!« Ronson leerte ihr Glas. »Eine Nervensäge! Aber ich kann Ihnen nie lange böse sein. Los, putzen wir vor der Ausgangssperre Ihre Wohnung.«

»Was könnte schöner sein als Hausputz am Samstagabend unter deutscher Besatzung?«

»Das wird spaßig.« Sie knuffte meinen Arm. Er war so etwa das Einzige an mir, das noch keine Prellungen hatte.

Wir fuhren mit zwei Autos, Ronson in ihrem protzigen Renault, mit dessen WH-Kennzeichen sie auch noch nach dem Zapfenstreich unterwegs sein durfte. Als wir die Treppe hochstiegen, stand Monsieur Henri nicht vor seiner Tür. Ich erzählte Ronson, was ihr da entging.

»Schade. Muss ein Vergnügen sein, diese Geschichten jeden Tag zu hören.«

Als ich die Tür öffnete, kam Licht aus dem Wohnzimmer.
Ich eilte hinein.

»Jean-Luc?«

Es war nicht Jean-Luc. Es war Lucja. Sie war verletzt, blutete am Arm.

Auban war bei ihr.

40

»Sie braucht Wasser, Auban.«

Lucja saß in meinem Sessel und drückte ein Stück Stoff auf ihren linken Unterarm, durch das stetig Blut sickerte und aufs Kissen tropfte. Ihre Lippen waren ausgedörrt, Stirn und Wangen aber schweißnass. Das Gesicht war grau. Immer wieder wurde sie kurz ohnmächtig. Auban stand neben ihr, eine Waffe in der Hand, und musterte sie.

»Die hält durch. Was ist das mit Ihnen und den Polen, Giral? Sie mögen die, oder?« Er warf Lucja einen anzüglichen Blick zu. »Ich kann's Ihnen nicht verdenken. Zum Anbeißen, was? Aber trotzdem Polin.«

»Sie Schwein«, sagte Ronson.

Auban richtete die Waffe auf sie, dann wieder auf mich. »Sie stehen wirklich auf ausländische Miezen, Giral, oder? Stimmt was nicht mit Französinnen?«

»Was haben Sie mit ihr gemacht?«, wollte ich wissen.

»Ich? Nichts. Anscheinend hat sie eine Kugel gefangen.«

»Die Deutschen.« Wir alle wandten uns Lucjas schwacher Stimme zu. »Sie haben uns gefunden.«

»Was wollen Sie, Auban?«

»Wenn Sie nächstes Mal einen umbringen wollen, Giral, vergewissern Sie sich, dass er tot ist. Aber uns allen ist ja klar, dass Sie dazu nie fähig waren. Ich habe Sie nur im Auge behalten. Als ich heute Abend Ihre Wohnung beschattet habe, ist diese reizende Dame aufgetaucht. Ich habe gesagt, ich helfe ihr die Treppe hoch, und das habe ich getan.«

»Wer hat Ihnen befohlen, mich im Auge zu behalten? Biehl?«

»Gut gemacht. Sie haben's endlich rausgefunden. Also, wer

ist sie, Giral? Ich sehe, sie ist Polin, aber wer ist sie? Auch Biehl würde das sicher gern erfahren. Eigentlich sollte ich ihn anrufen und ihn bitten, zu uns zu kommen.«

»Die Bücher sind weg«, meldete Lucja sich wieder und klang nun weiter entfernt.

»Das sagt sie seit einer Stunde. Was meint sie damit? Auch das wüsste Biehl sicher gern.«

»Warum Biehl, Auban?«

»Weil er Sie – genau wie ich – weghaben will, Giral. Um mich an Ihre Stelle zu setzen. Einen ihm Wohlgesonnenen, der weiß, wie er sich zu verhalten hat.«

»Warum bringt er mich dann nicht einfach um? Statt der Falle mit Groves.«

Lucja stöhnte erneut der Bücher wegen, doch Auban ging nicht darauf ein. »Weil Biehl Sie als einen von Hochstetters Leuten einschätzt. Nicht mal die Gestapo möchte seine Fragen beantworten müssen, wenn sie Sie einfach umbrächte. Deren Methode ist weit befriedigender. Ich sehe Sie schon in Fresnes, unter all den Kriminellen, die Sie ins Gefängnis gebracht haben. Diese Lösung war verlockend und ist uns in den Schoß gefallen. Hochstetters Mechaniker hat mir Ihre Waffe gegeben, als Sie Ihr Auto zurückbekamen. Die dachten, das sei das normale Procedere, und haben sie mir einfach ausgehändigt.«

»Auch dafür war vermutlich Biehl verantwortlich.« Ich wies auf das Chaos in meiner Wohnung.

»Ja. Obwohl ich denen gesagt habe, bei Ihnen sei nichts Interessantes zu finden.«

Lucja stöhnte vor Schmerz. Ihre Augen waren glasig und blickten ins Ungefähre.

»Mensch, Auban, sie braucht Wasser. Wenn sie stirbt, haben Sie Biehl nichts vorzuweisen.«

Er betrachtete erst Lucja, dann Ronson. »Holen Sie ihr ein

Glas.« Ronson wollte in die Küche gehen, doch Auban vertrat ihr den Weg. »Halten Sie mich für dumm?« Er wies mit der Waffe auf das benutzte Glas auf dem Wohnzimmertisch. »In der Küche sind zu viele Messer. Gehen Sie ins Bad damit.«

Ronson warf mir einen raschen Blick zu und tat, wie ihr geheißen. Auban versuchte, sie im Auge zu behalten, aber ich trat näher, und er befasste sich wieder mit mir, drohte mit der Pistole. Ich hörte Ronson den Hahn aufdrehen und das Glas füllen. Sie kam zurück, das Wasser in der linken Hand. Auf dem Weg zu Lucja stolperte sie kurz, und Flüssigkeit schwappte über. Auban hob instinktiv die Waffenhand, sie wies nun von Lucja weg. Ronson riss die rechte Hand hoch. Die Luger darin war auf Aubans Kopf gerichtet.

»Waffe weg«, sagte sie.

Ehe er überlegen konnte, nahm ich ihm die Pistole aus der Hand. Ronson grinste. »Dafür ist die Luger also da.«

Ich bedrohte Auban mit seiner Waffe und befahl ihm, sich in den anderen Sessel zu setzen, die Hände unterm Hintern. Dann zog ich meine Dienstpistole und legte die von Auban neben Lucja auf den Tisch. Auban sah zwischen uns hin und her und lachte.

»Mensch, Giral, Sie wissen, dass Sie nicht den Mumm haben zu töten. Sie sind 'ne Witzfigur. Seit Jahren lachen wir über Sie. Der Bahnarbeiter damals 25 – allen ist klar, dass Sie ihn nicht getötet haben, aber Sie waren so voll mit Drogen, dass Sie dachten, Sie wären es gewesen.«

»Halten Sie die Klappe, Auban.«

»Sonst? Sie konnten damals nicht töten und können es heute nicht. Sie sind schwach. Ihnen war klar, dass Sie den Kerl unmöglich umgebracht haben konnten, aber Sie haben mitgespielt, statt für sich einzutreten. Und seitdem haben Sie alles Mögliche mit sich machen lassen.«

»Ich warne Sie.«

Die Waffe in meiner Hand zitterte, ich legte den Finger fester an den Abzug. Es knallte betäubend. Bestürzt betrachtete ich meine Hand. Die Waffe war nicht abgefeuert worden. Ich sah Lucja an, die noch immer Aubans Pistole in der Hand hielt. Sie hatte sie in einer fließenden Bewegung genommen, auf seinen Kopf gerichtet, abgedrückt und so das Polster meines zweiten Sessels ruiniert. Auch Auban hatte es nicht sonderlich gutgetan.

Mit müden, aber wachsameren Augen, als es den Anschein gehabt hatte, sagte Lucja leise: »Beten Sie, dass diese Leute Ihr Land nie übernehmen und die Nazis sich bei Ihnen nicht so aufführen wie bei uns.«

»Gute Güte.« Ronson musterte die Sauerei namens Auban.

»Sie braucht noch immer Wasser«, sagte ich.

Ronson legte die Luger hin und flößte Lucja vorsichtig etwas aus dem Glas ein. Hustend spuckte sie ein wenig wieder aus. Ich kniete mich hin, fühlte ihre Wangen. Sie waren glühend heiß.

»Mir geht's gut. Ich hab es schlimmer erscheinen lassen, als es ist.«

»Dennoch geht es ihr schlecht«, sagte Ronson. »Sie muss dringend in Behandlung. Ich weiß, wo wir hinfahren können.«

»Was ist mit Auban?«

Ronson warf ihm einen Blick zu. »Jozefs Leute kommen aufräumen. Die sind gut im Abholen von Schmutzwäsche. Ich rufe sie an, sobald wir da sind, wo wir hinwollen.«

»Kann man ihnen trauen?«

»Glauben Sie mir, Eddie, die bringen das in Ordnung. Vielleicht räumen sie hier sogar mal auf.«

Ich betrachtete Lucja, die verwundet und unruhig auf ihrem Sessel saß, wandte mich dann Auban zu. Seine Wunde war von ganz anderem Kaliber und blutete auf meinen Holzboden. Ich sah weg. Ein erschöpfter, verängstigter Flüchtling hatte einen meiner Kollegen vor meinen Augen getötet, und ich wusste nicht, wie ich das fand.

»Kommen Sie, Eddie, wir müssen los«, drängte Ronson. »Noch eine halbe Stunde bis zur Ausgangssperre. Wir nehmen meinen Wagen – WH-Kennzeichen.«

In konstantem Tempo fuhr sie uns durch die dämmernden Straßen und die immer spürbarere Verdunkelung bis Neuilly-sur-Seine am nordöstlichen Stadtrand. Diese Gegend kannte ich nicht besonders. Es war nicht das Paris von Banden und Morden aus nichtigem Grund, mit dem ich sonst zu tun hatte, sondern das Paris von Schatten spendenden Bäumen, sauberem Rasen, gepflegten Alleen und hell gestrichenen Bauten. Lucja sprach inzwischen normaler, atmete aber unter Schmerzen. Ronson bog ab, fuhr durch ein Tor und hielt in einem Hof.

»Das amerikanische Krankenhaus. Ich gehe rein.«

Sie kam mit einem Arzt und einer Schwester zurück, ehe ich Lucja auch nur aus dem Wagen bekommen hatte, und wir trugen sie ins Haus. Zwei Männer, die an einer Wand gelehnt hatten, kamen gerannt und halfen, sie über den Flur in ein Zimmer zu bringen. Danach setzten Ronson und ich uns nach draußen und warteten. Die beiden Helfer kamen zu uns. Sie waren ein seltsames Paar und trugen schlechtsitzende, nicht zusammenpassende Sachen, die tief aus einem vergessenen Kleiderschrank zu stammen schienen. Ronson sprachen sie auf Englisch an. Ich verstand nur Fetzen dessen, was sie sagten. Einer erzählte etwas, was Ronsons Kinnlade herunterklappen ließ. Sie wandte sich mir zu und übersetzte, was die beiden gesagt hatten.

»Es sind britische Soldaten, Sanitäter des Expeditionskorps. Sie wurden von ihrer Einheit getrennt und konnten Dünkirchen nicht mehr erreichen, also sind sie nach Süden gefahren, den Deutschen immer knapp voraus. Zuletzt haben sie es nach Paris geschafft und hierhergefunden, sitzen nun aber fest. Seit dem 14. Juni sind sie hier untergeschlüpft und arbeiten als Pfleger und Handlanger, bis sie einen Weg finden, wegzukommen.«

Einer sagte zu Ronson etwas über einen Krankenwagen, und sie lachte.

»Ihr Armeekrankenwagen parkt in einem Nebengebäude. Sie wollen die Stadt Richtung Norden verlassen, zur Küste, und per Schiff zurück nach England. Ich habe ihnen gesagt, diese Route können sie unmöglich nehmen. Die Deutschen stehen überall nördlich von Paris, auch entlang der Küste. Das schaffen sie nie. Ich meinte, am besten fahren sie nach Süden, durch ganz Frankreich und Spanien bis Lissabon. Von dort gehen immer noch Schiffe.«

»Ist Spanien nicht riskant?«

»Vorläufig ist es neutral, und Flüchtlinge kommen noch durch, aber na ja. Franco sitzt nicht voll im Boot mit Hitler, aber sie sind Geistesverwandte, also kann die Zugbrücke jederzeit hochgekurbelt werden.«

Ich musterte die beiden und zuckte die Achseln. Sie lächelten mich betrübt an. Wir hörten Schritte, der Arzt kam auf uns zu. Diesmal bemerkte er meine Anwesenheit und sprach Französisch.

»Wir behalten sie über Nacht zur Beobachtung. Es war nur ein Streifschuss, doch sie ist schwach, und vielleicht entzündet sich die Verletzung. Aber sie ist nicht in Gefahr. Das Fieber dürfte schon morgen sinken.«

Ich bat, sie vor der Abfahrt noch mal sehen zu dürfen, und er führte mich in ihr Zimmer. Sie schlief unter feinen weißen Laken mit dicken Kissen im Rücken. Die Schwester, die zum Wagen gekommen war, saß bei ihr.

Lucja wirkte ruhiger denn je. Die Anspannung in ihrem Gesicht war weg. Ich vergegenwärtigte mir den Moment, in dem sie Auban erschossen hatte, und ihre Worte danach und konnte mir nur ausmalen, was sie gesehen haben musste, um ihn so ruhig zu töten. Verurteilen konnte ich sie nicht. Ich selbst war kurz davor gewesen, den Abzug zu drücken.

»Sie haben mich gerettet«, flüsterte ich ihr zu.

41

»Ich musste Jozef beibiegen, dass die Informationen, die ich hatte, nicht um Polen gingen.«

»Richtig.«

»Also zerlegen die Ihre Wohnung womöglich noch weiter.«

»Richtig.«

»Sie hören mir nicht zu, Eddie.«

Sie fuhr uns vom amerikanischen Krankenhaus zurück in die Stadt.

»Können Sie mich auf dem rechten Ufer rauslassen? Ich muss was erledigen.«

»Und die Ausgangssperre?«

»Als Polizist habe ich einen Ausweis.«

Sie ließ mich raus, wo ich aussteigen wollte. »Fallen Sie bloß nicht in den Fluss, Eddie. Sie sind ja völlig in Ihrer Welt versunken«, sagte sie noch und fuhr weiter.

Dax staunte, als er mich sah. Nach allem, was Auban gesagt hatte, war ich die Stufen zu seiner Wohnung tief in Gedanken hochgestiegen. Er holte eine Flasche Weinbrand und zwei Gläser, und wir setzten uns an den Küchentisch.

»Sie leben allein?«

»Meine Frau hat mich verlassen. Schon lange. Geht es um Auban?«

»Nein, über den weiß ich nichts. Es geht um den Mann, den wir 1925 getötet haben.«

Er wirkte alarmiert. »Mann, Eddie – das ist Schnee von vorgestern. Wir haben eine Abmachung. Womöglich habe ich ihn getötet, aber Sie standen massiv unter Drogen. Wir sind davongekommen. Warum bringen Sie die Sache nun wieder auf?«

»Weil es kein Schnee von vorgestern ist. Wegen dieser Sache mache ich alles mit, was Sie wollen. Zwar diskutiere ich mit Ihnen, aber wenn es hart auf hart kommt, wissen Sie, dass ich nicht standhaft sein kann.«

»Ich doch auch nicht, Eddie. So funktioniert es eben. Wir halten uns gegenseitig in Schach.«

»Nein, so funktioniert es nicht. Immer hatten Sie die Oberhand. Bis jetzt.« Ich beugte mich vor und musterte sein Gesicht. »Ich weiß, dass Sie korrupt sind.«

»Was reden Sie da?«

»Und ich will wissen, ob dazu auch das Versprechen gehört, Menschen aus der Stadt zu schaffen. Sind Sie in den Tod der vier Polen verwickelt? Und in den der Poilus gestern Abend?«

»Sie wissen nicht, welchen Ärger Sie sich einbrocken, Eddie. Wir sprechen Montag darüber.«

»Als Sie mit Hochstetter über die Auslieferung der Bahnarbeiter debattierten, dachte ich, Sie tun Ihre Arbeit. Aber dann wurde Papin einfach so entlassen.«

»Das hat Auban abgezeichnet.«

»Hat er nicht. Sie haben in seinem Namen unterschrieben – er war nicht mal in der Sechsunddreißig, als Papin freikam. Sie haben Papin und wohl auch Font gedeckt. Und ich will wissen, ob Sie ihnen auch bei dem einträglichen Geschäft mit Flüchtlingen helfen.«

Nachdenklich schenkte Dax uns noch einen Weinbrand ein. »Ich bin am Gare d'Austerlitz aufgewachsen und war in einer Bande, ehe ich Polizist wurde. Der Seitenwechsel hat mir das Leben gerettet. Ich habe, weiß Gott, ein paar krumme Dinger gedreht, Sie dürften das besser kennen als jeder andere. Aber ich bin nicht korrupt. Früher habe ich mich mit den Vätern von Font und Papin rumgetrieben. Ich decke die beiden nicht, ich passe auf sie auf.«

»Wo liegt der Unterschied?«

»Darin, dass ich nicht korrupt und nicht in Morde an Flüchtlingen verwickelt bin – oder in Pläne, Poilus zu betrügen. So wenig wie Font und Papin. Das sind Eierdiebe, wie ich als Kind einer war, aber in diese Sache sind sie nicht verwickelt. Glauben Sie mir: Wäre es anders, ich wäre der Erste, der ihnen eine Abreibung verpasst und sie festnimmt.« Er warf mir einen vielsagenden Blick zu. »Wenn einer sich aufs Wegschauen versteht, dann Sie.«

Ich nahm einen ordentlichen Schluck. »Ich werde weiter wegschauen, wenn es mir dienlich ist. Sie dagegen decken Kriminelle, und das habe ich jetzt gegen Sie in der Hand. Wir sind gleich – Sie haben keine Macht mehr über mich.«

»Sie ändern sich, Eddie, und werden wieder zu dem Polizisten, über den ich damals Geschichten gehört habe.«

Ich stand auf und wandte mich zum Gehen. »Wenn wir eine Hoffnung haben wollen, dies alles zu überleben, müssen wir die schlimmeren Versionen unserer selbst aufspüren. Mir gefällt das so wenig, wie es Ihnen gefallen wird.«

Zu Fuß überquerte ich die Seine, denn die Metro fuhr schon lange nicht mehr. Deutsche Patrouillen waren nicht zu sehen. In vieler Hinsicht waren die Besatzer da und doch nicht da. Man musste lernen, wie man das Spiel angesichts der neuen Regeln zu spielen hatte.

Ich kam nach Hause und stellte fest, dass das Licht brannte. Als Ronson mir im Krankenhaus gesagt hatte, Jozef werde sich um Aubans Leiche und die Wohnung kümmern, hatte ich geantwortet, dann brauche er einen Schlüssel.

Sie hatte mich mitleidig angesehen. »Glauben Sie mir, Eddie – der braucht keinen Schlüssel.«

Alles war tadellos. Niemand hätte vermutet, dass erst vor wenigen Stunden im Wohnzimmer ein Mann getötet worden war. Ich inspizierte die Sessel und die Wand dahinter und entdeckte nichts. Die Kissen fühlten sich weicher an als seit Jahren und waren zweifellos sauberer. Jozef und seine Leute hatten auch alle Bücher ins Regal geräumt. Vielleicht sollte ich bei diesem Service jeden Frühling hier jemanden umbringen lassen.

Rasch ging ich die Bücher durch. Célines Roman war da, und die Broschüre steckte darin. Der Gedanke, dass Polen, die aus ihrem Land hatten fliehen müssen, dieses Buch gefunden hatten, als sie bei mir saubermachten, erweckte in mir das Gefühl, besudelt zu sein, obwohl es mir gar nicht gehörte. Ich dachte an die polnischen Bände, die Lucja am Mittwoch mitgenommen hatte, an Ewas Lehrbuch und den von Fryderyk gedruckten Roman, die beide weg waren. Die Luger lag auf dem Couchtisch. Ich vergewisserte mich, dass sie geladen war, und legte sie in ihr Versteck im Bad zurück.

Erst als Geräusche aus der Küche drangen, merkte ich, dass dort noch jemand arbeitete, ging hin und wollte ihn wegschicken.

»Jean-Luc.«

Mein Sohn stand am Ofen und briet ein Omelett aus den Eiern, die Ronson am Freitagvormittag mitgebracht hatte. Ich beobachtete ihn, aber er sah mich nicht an. Mich bestürzte, wie sehr er seiner Mutter in diesem Moment ähnelte, und ich empfand den gleichen Verlust und die gleiche Liebe wie an dem Tag, als ich beide verlassen hatte; damals war er noch ein Kind gewesen. Er war mein Sohn. Er hätte das eine sein können, das mir etwas bedeutete, wenn ich nur gewusst hätte, wie ich mit dem einen klarkommen sollte, das mir nichts bedeutete: mit mir selbst. Ich streckte die Hand nach ihm aus, doch er wich zurück.

»Es tut mir leid, Jean-Luc.«

Wieder wollte ich ihn umarmen, aber er stieß mich weg. Da erst sah ich, dass seine Hose übel zerrissen war, Beweis für die Ereignisse des Vorabends. Seltsamerweise fand ich das trauriger als seine Kälte mir gegenüber. Er hätte etwas zu mir sagen sollen oder von mir aus fluchen, doch sein Mund war zu dem eigensinnigen Strich verschlossen, den ich fünfzehn Jahre lang nicht mehr gesehen hatte.

»Ich hatte helfen wollen«, begann ich. »Ich dachte, ich tue das Richtige.«

»Woher wussten die Deutschen, dass wir dort waren?« Seine Stimme zischte wie das Öl in der Pfanne.

Ich ließ mich auf einen Stuhl sinken und sah ihn an. »Das habe ich ihnen gesagt.«

Er musterte mich ungläubig. »Du warst das? Deinetwegen wurden französische Soldaten getötet. Ich habe fünf Leichen gesehen, die du auf dem Gewissen hast. Die meisten anderen wurden gefangen genommen, wieder deinetwegen. Der Himmel mag wissen, was aus ihnen wird. Bist du darauf stolz, Vater?«

Zum ersten Mal nannte er mich »Vater«, und das, um mir wehzutun. Ich sah ihn das Omelett zubereiten und es wütend umdrehen.

»Ich habe dich um Hilfe gebeten, und du hast sie verweigert«, fuhr er fort. »Ich habe dir erzählt, was ich vorhatte, und du hast mich verraten. Mich und andere Poilus, die wir unsere Pflicht tun wollten. Schämst du dich jetzt, uns hintergangen zu haben? Inzwischen bin ich froh, dass du all die Jahre nichts mit mir zu tun haben wolltest. So wenig wie ich von nun an mit dir.«

»Es ist nicht so, dass ich nichts mit dir zu tun haben wollte, Jean-Luc.« Was konnte ich weiter sagen? »Ich habe versucht, dich zu retten.«

Er wandte sich wieder dem Omelett zu, das schon leicht angebrannt roch, ich starrte auf seine Schultern. Was konnte ich ihm sagen? Dass ich furchtbare Angst gehabt hatte, womöglich den Mord an ihm untersuchen zu müssen, wenn ich den Deutschen nicht von seinem Fluchtplan erzählt hätte? Dass ich zwar überzeugt sei, richtig gehandelt zu haben, dass aber dennoch Zweifel an mir nagten? Dass ich ein größeres Übel auf die einzig mir denkbare Weise verhindern wollte, indem ich ein weniger großes Übel beging? Und dass ich mich immer fragen würde, ob meine Entscheidung sein Leben und das anderer gerettet oder dafür gesorgt hatte, dass die meisten verhaftet oder getötet wurden? Es war eine Entscheidung mehr in meinem Dasein, mit der ich würde leben müssen.

Auch müsste ich mit dem Wissen leben, dass sein stures Beharren darauf, jemanden dafür zu bezahlen, aus der Stadt geschleust zu werden, mit dazu geführt hatte, dass seine Freunde gefangen genommen oder getötet worden waren. Und dass ich ihm das nie sagen durfte, damit er damit nicht würde leben müssen.

»Ich konnte heute Abend sonst nirgendwohin«, sagte er. »Andernfalls hättest du mich nie wiedergesehen.«

»Was hast du vor? Willst du dich zu deiner Mutter in Perpignan durchschlagen?«

Er aß das Omelett im Stehen, weil er nicht mit mir an einem Tisch sitzen wollte.

»Ich will nach Großbritannien. Heute Abend habe ich im Radio Brigadegeneral de Gaulle gehört. Seine Worte ergaben Sinn: Wir müssen den Kampf gegen die Nazis fortsetzen und dürfen nicht klein beigeben wie Pétain. Und andere. Ich sehe nicht tatenlos zu, wie sie weiter Flüchtlinge mit Chlorgas töten. Und von dir lasse ich mich nicht aufhalten.«

Dagegen war nichts zu sagen. »Ich werde dich nicht aufhalten, Jean-Luc. Paris ist nicht gut für dich. Aber bitte versprich mir, dich nicht in die Hände von Unbekannten zu begeben, damit sie dich aus der Stadt schaffen.«

Er stach mit der Gabel auf sein Omelett ein. »Ich will in die Bretagne, von dort ein Boot nach England nehmen und mich dem Freien Frankreich anschließen. Ich will nicht so sein wie alle anderen unter den Nazis. Alle leben mit in der Tasche geballter Faust, unternehmen aber nichts gegen sie. Ich schon. Ich habe die Deutschen nicht aufgehalten, als sie durch unsere Linien gebrochen sind. Aber jetzt werde ich es tun.«

Ich dachte an das, was Ronson den britischen Sanitätern gesagt hatte. »Die Küste ist zu gefährlich, vor allem im Norden. Die sichern die Deutschen zuerst, um englische Angriffe zu verhindern. Ich habe gehört, von Lissabon fahren noch Schiffe.«

»Von Lissabon? Wie soll ich da hinkommen?« Endlich setzte er sich und sah mich an. »Was wirst du tun?«

Ich konnte nichts dazu sagen, wusste aber, was ich zu tun hatte. Ich musste bleiben und dafür sorgen, dass wir nicht zu Ungeheuern wurden. Auch wenn das bedeuten sollte, selbst eins zu werden.

»Es ist Zeit, schlafen zu gehen.«

Ich wünschte ihm Gute Nacht und sah ihm nach, als er in seine Kammer ging. Ein langer Regenmantel, den ich nicht kannte, hing überm Küchenstuhl, und ich wollte ihn Jean-Luc bringen. Er war schwer. Ich wog die rechte Tasche in der Hand und zog eine Pistole hervor. Eine Armeepistole, wie Offiziere sie trugen, keine Poilus. Ich ließ den Mantel, wo er war, und schloss die Schlafzimmertür hinter mir.

Ich schlief. In meinem Bett. Ohne Albträume. Obwohl mein Sohn mich hasste, war ich sicher, weil er bei mir war.

Ich blickte Jean-Luc in die Augen und sah ein Monster darin gespiegelt. Ich war nicht länger sicher bei ihm.

»Na los«, rief Sylvie und öffnete die Tür zum Hausflur.

Die beiden zogen in den Park, damit Jean-Luc spielen konnte. Ich sah sie gehen, starrte eine gefühlte Ewigkeit auf die geschlossene Tür. Sie hatten sich nicht verabschiedet. Lautlos streifte ich durch die Wohnung, nahm Kleidung und Bücher, nichts Besonderes. Mein alter Seesack vom Militär stand an der Tür. Zuletzt holte ich eine alte Blechschachtel hinten aus dem Schrank, steckte sie in den Sack und verschloss ihn.

Dann ging ich in Jean-Lucs Zimmer, atmete die saubere Kinderluft, betrachtete sein Bett. Ich küsste die Finger der rechten Hand, ließ sie ein letztes Mal auf seinem Kissen ruhen und wandte mich ab. Im Flur ließ ich die Schlüssel auf dem Tisch und zog die Tür hinter mir zu.

In meiner Wohnung auf dem linken Ufer saß ich im Dämmerlicht in einem der Sessel und nippte gedankenverloren an meinem Whisky. Dies würde kein Ort für weißes Pulver sein. Spontan hatte ich die Wohnung am Vortag gemietet, nun saß ich hier zum ersten Mal allein. Der Inhalt des Seesacks lag auf dem anderen Sessel und im kleineren Schlafzimmer, in dem – so hatte ich es mir gelobt – Jean-Luc einst übernachten würde. Vor Scham schloss ich die Augen, sobald ich an ihn dachte. Und an Sylvie. Jetzt wusste ich, dass ich sie liebte.

Ich hatte sie Donnerstagabend nicht geschlagen. Ich hatte eine meiner Schussfahrten ins Dunkel gehabt und – mehr aus Angst als in Wut – die Hand erhoben, sie aber nicht berührt. Es war noch eine letzte Spur Gutes in mir gewesen. Aber mir war klar, dass ich wegen meiner Ängste eine Gefahr war, zuerst und vor allem für mich, doch auch für Sylvie und Jean-Luc. Vielleicht nicht körperlich, aber in jeder anderen Hinsicht. Ich blickte mich in meiner leeren neuen Wohnung um, sah mich der einsamsten, verzweifeltsten Entscheidung gegenüber, die ich je getroffen hatte, und wusste, dass ich den mir einzig möglichen Weg gewählt hatte.

Um mich abzulenken, nahm ich die alte Blechschachtel und fand etwas darin, das ich seit dem Krieg nicht angesehen hatte. Sofort schrak ich zurück. Eine Luger. Mit einer Patrone drin. Zögernd untersuchte ich sie, erinnerte mich wieder an den matten Schimmer, an die kleine Delle im Metall. Wie in Trance lud ich die Waffe. Ob sie funktionierte? Seit dem Tag, als ich sie dem deutschen Offizier, der mich töten wollte, abgenommen hatte, hatte ich nie versucht, damit zu schießen.

Dann brauchte ich Abstand zur Waffe und ging in die Küche, um mir ein Glas Wasser zu holen. Die Leitungen waren einige Zeit nicht benutzt worden und gurgelten, ehe mir ein Wasserstrahl über Ärmel und Hemdbrust schoss. Ich starrte ins Becken, hörte den Nachhall des Platschens und dachte zum hundertsten Mal an das Geräusch des Wassers zwei Wochen zuvor, als wir die Leiche in der Kanalisation versenkt hatten. Ich erlebte die Situation von Neuem, wie ich sie seither jeden Tag wieder durchlebte.

Wieder sah ich Dax, den Inspektor, im Dunkeln vor mir und die Brechstange in meiner Hand. Panisch hatte ich ihm auf den Kopf geschlagen und sofort danach gemerkt, dass er es war. Ich dachte, ich hätte ihn getötet. Er war mit sattem Aufprall zu Boden gegangen, und ich hatte mich schwankend über ihn gebeugt, weil die Drogen mir noch immer zusetzten. In diesem Moment hatte ich seinen Revolver entdeckt. Er hatte ihn gezogen, als wir nach dem Verdächtigen suchten.

Als ich noch zu begreifen versuchte, was ich getan hatte, war der andere Mann, von dem wir später feststellten, dass es sich um einen Bahnarbeiter handelte, im Dunkeln auf mich zugekommen.

»Was tun Sie da?«, hatte er gefragt.

»Ich bin Polizist.«

Er betrachtete den Inspektor am Boden. »Sie haben ihn umgebracht. Ich hab's gesehen.«

»Ich hielt ihn für den Verdächtigen.« Meine Gedanken waren noch immer verschwommen.

»Den kenne ich. Er kommt hier aus der Gegend. Und ist auch Polizist. Was haben Sie getan?«

Nun erst sah ich den Mann an. Er war älter als ich, zu alt womöglich, um im Krieg gewesen zu sein; sein Gesicht war faltengekerbt. Im beißenden Licht sah ich seinen anklagenden Blick, betrachtete wieder Dax, überlegte, was tun.

»Ich hab's gesehen«, wiederholte er. »Sie haben ihn umgebracht.«

Ich atmete aus, spürte weiter das Kokain in der Nase. Plötzlich war mir meine prekäre Lage aufgegangen.

»Ja, was?« Ich erhob mich, zielte, feuerte, sah ihn stürzen. Seine erstaunte Miene erinnerte mich an den deutschen Offizier, dessen Luger ich im Schützengraben eingesteckt hatte. Damals war ich genauso gefühllos gewesen.

Nun fiel mir wieder ein, dass ich den Revolver neben Dax hatte fallen lassen. Ich hatte meine Pistole gefunden und sie wieder ins Holster gesteckt, bevor ich mich gesetzt hatte. Ich erinnerte mich, dass ich die Leichen betrachtet und mich gefragt hatte, was tun; dabei hatte ich mich die ganze Zeit vor- und zurückgewiegt. Dann war der Inspektor zu sich gekommen, und wir hatten über den Toten gestritten und darüber, wer ihn erschossen hatte.

Dax hatte mich unter Druck gesetzt, einen Teil der Schuld zu übernehmen. Ich dagegen hatte ihm aufgeschwatzt, es gebe eine Schuld, die er mit mir zu teilen habe.

Ich trank das Glas Wasser leer, ging ins Wohnzimmer zurück, nahm Platz, hielt mir die Waffe vors Gesicht, setzte sie an die Stirn, spürte das kalte Metall auf der Haut.

Zum ersten Mal schloss ich in meinem dunklen neuen Zuhause die Augen und drückte den Abzug.

Sonntag, 23. Juni 1940

OPER

Die Waffe war verschwunden.

Jean-Lucs Regenmantel hing nicht mehr über der Lehne, mit ihm war die Waffe weg. Und er. Wie immer fragte ich mich, ob es ein endgültiger Abschied war. Seine zerrissene Hose lag zerknüllt in seinem Zimmer am Boden. Weil ich die neue Ordnung in meiner Wohnung nicht gewöhnt war, rückte ich die Dinge wieder dahin, wo ich sie haben wollte, sorgte für etwas Durcheinander in der Küche. In der Schublade stieß ich auf die Reste von Jans Teddy und schloss sie eilends wieder. Einen Moment bedauerte ich Madame Benoit und ihren Enkel – noch ein Kind, das seinen Vater vermisste.

Es war früh. Wieder ein unterbrochener Nachtschlaf, aus dem sich nicht so sehr ein Traum, eher ein Bild in mein Bewusstsein vorarbeiten wollte. Dennoch hatte ich verpasst, wie Jean-Luc gegangen war. Eine Tür, die sich in meinem Traum leise schloss, hatte sich als mein Sohn erwiesen, der sich in der Morgendämmerung davongestohlen hatte.

Es klopfte. Spontan nahm ich an, das habe mit Auban zu tun. Die Festnahme, der ich im Fall Groves noch entgangen war, würde mich im Fall Auban treffen. Doch als ich öffnete, standen zwei deutsche Soldaten auf dem Treppenabsatz. Sie waren fast eine willkommene Alternative.

»Inspektor Giral?«, fragte der eine. »Bitte kommen Sie mit. Und lassen Sie Ihre Dienstwaffe hier.«

Unten stand Hochstetters Wagen mit geöffnetem Verdeck in Erwartung der Morgensonne, die es nie in die schattigen Tiefen meiner Straße schaffte. Gegen die feuchte Kälte der Seine eingemummelt, hockte der Major auf der Rückbank. Ein Feldwebel saß am Steuer, ein Offizier auf dem Beifahrersitz. Ein zweiter Dienstwagen mit ebenfalls geöffnetem Verdeck parkte dahinter, auf der Rückbank Obersturmbannführer Biehl.

»Wie nachlässig von mir«, sagte Hochstetter. »Ich habe wieder vergessen, Ihnen eine förmliche Einladung zu senden.«

»Zwei Autos? Ich fühle mich geschmeichelt.«

»Nicht nötig, Édouard – die sind nicht für Sie.«

Ich sah mich zu Biehl um. Er winkte nicht. »Gibt der Oberindianer hier den Aufpasser?«

»So könnte man sagen.«

Ich schwieg. Jean-Luc war auf dem gegenüberliegenden Gehweg der engen Straße, nur wenige Meter entfernt. Als er vorbeikam, sah ich kurz durch den Schlitz des Regenmantels, dass er zu meiner Bestürzung die khakifarbene Armeehose vom Abend seiner Ankunft trug, deren Blutflecken trotz allen Schrubbens noch schwach zu erkennen waren. Er sah mich, ich nickte kaum sichtbar. Er war klug genug, weiterzugehen. Seinen Blick hätte jeder als verständliche Neugier gedeutet, weil in einer Nebenstraße zwei deutsche Autos parkten. Ich dachte an den jungen Poilu, der erschossen worden war, hoffte gegen alle Wahrscheinlichkeit, dass Hochstetter und seine Leute zu beschäftigt waren, um die Uniformhose meines Sohnes zu bemerken, und versuchte, den Major abzulenken.

»Wohin bringen Sie mich?«

»Der Wolf verlässt mal wieder seine Schlucht.«

»Ich habe viel zu tun. Kryptische Abwehroffiziere am Sonntagmorgen um sechs verbessern meine Laune nicht gerade.«

Er klopfte auf die Oberkante der Tür. Der Wagen fuhr los und erreichte den Boulevard Saint-Germain, wo die Sonne auf die hohen Gebäude strahlte. Hochstetter war nicht länger eingemummelt, sondern streckte sich und schloss wegen des grellen Lichts die Augen. Ich wagte nicht, mich umzudrehen und zu schauen, ob Jean-Luc gut an ihnen vorbeigekommen war.

»Ein herrlicher Morgen, oder? Wie geschaffen für eine kleine Stadtrundfahrt. Obwohl ich sehe, dass Sie Ihre Uhr immer noch nicht auf Berliner Zeit umgestellt haben. Ich erwarte, dass Sie das im Laufe dieses Ausflugs korrigieren.«

Wir fuhren über den Fluss und bogen in die Rue de Rivoli. Ein seltsam pulsierendes Echo hallte zurück, als wir die Arkaden passierten. Wegen der frühen Stunde und weil nur deutsche Fahrzeuge sonntags unterwegs sein durften, hatten wir die Stadt für uns. Hochstetter gab keine Anweisungen, und wir waren nicht Richtung Lutetia unterwegs, also wusste der Fahrer offenbar, wohin er uns bringen sollte. Ich fand es seltsam bedrückend, dass viele Deutsche sich bereits in der Stadt orientieren konnten. Schließlich hielten wir auf dem Place de l'Opéra, und der Fahrer schaltete den Motor aus. Kaum war der Autolärm verklungen, umgab uns Stille, und ich sah mich um. Weitere deutsche Militärfahrzeuge parkten auf dem Platz.

»Weshalb sind wir hier?«

»Das werden Sie schon sehen, Édouard.«

Ein weiteres Auto mit offenem Verdeck tauchte hinter der Oper auf und bremste vor dem überladenen Gebäude. Sofort sprang ein Soldat heran und riss die Tür zum Fond auf. Der Wagen war voll, und die Insassen – alle in Armeemänteln – schienen Schwierigkeiten zu haben, nach draußen zu gelangen. Zu dieser frühen Stunde war es wirklich noch recht kühl, und ich hätte gern eine wärmere Jacke angehabt. Als die Leute aus dem Fahrzeug sich voneinander lösten und Einzelpersonen sichtbar wurden, schnappte ich unwillkürlich nach Luft.

»Ich dachte, Sie möchten vielleicht Ihren Helden gern wiedersehen«, bemerkte Hochstetter.

Noch vier Limousinen hielten, und weitere hohe deutsche Offiziere näherten sich der eben ausgestiegenen Gruppe. Alle drängten sich um Adolf Hitler in ihrer Mitte und eilten über die Treppe ins Gebäude. Andere Offiziere und Unteroffiziere drängelten, um näher an den Ort des Geschehens zu kommen.

»Ich weiß, dass Sie am Freitag in Compiègne waren«, fügte Hochstetter hinzu.

»Warum der Wolf und die Schlucht?«

»Weil das Führerhauptquartier in Belgien Wolfsschlucht heißt. Er hat die Sicherheit dieser Schlucht verlassen, um seine neueste Beute zu besichtigen. In letzter Minute hat er sich zu einer spontanen Stadtrundfahrt entschlossen.«

Ich wandte mich wieder der Oper zu. Hitlers Gruppe war eingetreten, es war nichts zu sehen.

»Warum haben Sie mich hergebracht?«

»Wie gesagt: damit Sie Ihre Bekanntschaft mit dem Führer erneuern können. Aus der Ferne natürlich. Und weil ich Sie in meiner Nähe haben möchte, Édouard, falls Ihnen in den Sinn kommen sollte, das Gesetz hochzuhalten. Das würde ich an so einem Tag nicht zulassen. Wenn Sie sich umschauen, sehen Sie vielleicht noch jemanden, den Sie kennen.« Er wies auf einen Wagen auf der anderen Seite des Platzes, gegenüber der Oper. Ich sah Weber am Steuer, sagte Hochstetter aber nicht, dass hinter Weber ein kleineres Auto mit Müller und Schmidt auf den Vordersitzen stand. »Sicherheitskräfte. Der Waffenstillstand gilt erst ab Dienstag, es besteht also die Möglichkeit, dass ein Hitzkopf Ruhm ernten will, indem er einen Attentatsversuch auf den Führer unternimmt.«

Ich hörte die anderen im Wagen Luft holen, wandte den Kopf und sah Hitler die Stufen der Oper heruntereilen. Entschlossen schritt er inmitten von Offizieren in Paradeuniform übers Pflaster, während die Unteroffiziere mit ihren feldgrauen Mützen auseinanderstoben. Sein Blick glitt nicht eine Sekunde aus seiner Marschrichtung, seine Soldaten bahnten ihm den Weg, sodass er nicht stehen bleiben, schauen und über irgendwen oder irgendwas auf der Straße oder über die Leute nachdenken musste, die ihm nun gehörten. Eilends setzte er sich auf den Beifahrersitz seines Wagens. Das Verdeck blieb unten.

Er war offenkundig mehr als Hochstetter von seiner Beliebt-heit bei den Parisern überzeugt.

Auf der anderen Straßenseite schoben ein Mann und eine Frau einen Karren mit einem angeleinten Hund vorbei. Sie drehten sich zu der Gruppe um, reagierten aber nicht weiter. Ob sie erkannt hatten, wer im Wagen saß?

Hochstetter hieß seinen Fahrer warten, bis Webers Wagen uns überholt hatte, und ihm dann folgen. Ich drehte mich um und sah weitere Autos ihren Platz in der Kolonne einnehmen, während andere in verschiedenen Seitenstraßen verschwanden, offenbar also wussten, welche Strecke Hitler nahm. Wir folg-ten Weber mit kurzem Abstand innerhalb der Kolonne.

»Wir folgen Hauptmann Weber«, bemerkte Hochstetter, »um dafür zu sorgen, dass heute alles glattgeht.«

Schweigend sah ich zu, wie die Wagen vor uns an der Made-leine hielten und alle ausstiegen, um die Kirche zu besichtigen, im nächsten Moment aber wieder herauskamen.

»Wohl nicht nach Hitlers Geschmack, was?«, fragte ich.

Hochstetter lächelte matt, doch der Offizier auf dem Beifah-rersitz musste sich zusammenreißen. Schon war die Kolonne wieder unterwegs. Als wir den Place de la Concorde umrunde-ten, stand Hitler auf, um besser zu sehen. Zwei uniformierte Polizisten salutierten vor Überraschung; ein schmächtiger Pries-ter in langer schwarzer Soutane eilte mit resolut gesenktem Kopf vorbei. Mir fiel auf, dass es – anders als in Compiègne – keine Journalisten gab, kein ausländisches Pressecorps, keine Kameras, kein Radio. Nur ein offizielles deutsches Team film-te. Das sagte ich auch zu Hochstetter.

»Schließlich soll keine verzerrte Darstellung dieses Besuchs an die Weltöffentlichkeit dringen, oder?«

»Gott bewahre!«

Zugegeben, etwas in mir war auf schreckliche Weise faszi-niert von dem, was ich miterlebte. Am Beginn der Champs-

Élysées bremsten wir plötzlich scharf und federten erst vor, dann zurück. Ich blickte eilends nach vorn, um zu sehen, ob jemand uns allen einen Gefallen tat, aber Hitler ging es nur zu gut. Offenbar hatte er seinen Fahrer anhalten lassen, richtete sich erneut vom Sitz auf und sah sich um.

Wieder ging es weiter, an einem geschlossenen Kino vorbei, wo das amerikanische Musical *Going Places* beworben wurde, das niemand mehr zu sehen bekam. Etwas weiter vorn kam Hitlers Wagen an noch einem verrammelten Kino vorbei, das einen anderen Hollywoodfilm ankündigte, Frank Capras *You Can't Take It With You*.

»Finde nur ich diese Titelabfolge ironisch?«

Hochstetter schüttelte leicht amüsiert den Kopf, doch der Offizier auf dem Beifahrersitz wandte sich zornfunkelnd zu mir um. Wir erreichten das obere Ende der Straße noch rechtzeitig, um Hitlers riesige Mercedes-Limousine auf dem Place de l'Étoile anhalten und die Gruppe einmal mehr aussteigen zu sehen. Mit hinter dem Rücken gefalteten Händen las Hitler die Inschriften des Bogens, in unserem Wagen sah ich als Einziger anderswohin. Eine Querstraße entfernt saß Jean-Luc auf einem Motorrad. Das bereitete mir große Sorgen. Und der kurze Blick, den ich auf seine unterm Mantel ungenügend verborgene Schusswaffe werfen konnte, entsetzte mich. Ich löste den Blick von ihm, wandte mich wieder Hitler unter dem teils gerüstverkleideten Triumphbogen zu und begann zu zittern. Ich dachte daran, dass mein Sohn sich als einen Soldaten bezeichnet hatte, der dem Feind nicht entgegengetreten war, und jede nur denkbare Begründung für seine Anwesenheit an diesem Ort machte mir Angst.

Jean-Luc bemerkte mich und sah weiter teilnahmslos drein. Ich musste mich schwer beherrschen, ausdruckslos zu schauen, während meine Begleiter ganz verzückt vom Anblick ihres Führers waren, selbst Hochstetter mit seiner sonst so kultivierten Aura gelangweilter Welterfahrenheit. Während ich mich noch umblickte und herauszufinden versuchte, was ich tun sollte, fiel mir auf, dass kein anderer Wagen in der Nähe stand. Webers Auto war auf der anderen Seite des Platzes hinter dem Triumphbogen nur eben zu erkennen. Biehls Wagen stand ein Stück hinter uns. Ich hatte keine Ahnung, wo die beiden Gestapomänner waren. Als ich mich wieder umdrehte, sah ich Jean-Luc auf dem Motorrad Gas geben.

Zwar wusste ich nicht genau, was ich tun würde, aber angesichts der drei Deutschen, die vom Anblick eines kleinen Mannes mit seltsamem Schnurrbart unter einem großen Bogen komplett abgelenkt waren, stand ich rasch auf, sprang aus dem Wagen, landete auf den Füßen und rannte davon, ehe Hochstetter etwas merkte. Ich hetzte auf Jean-Luc zu; der beschleunigte schon, wirkte aber, als er mich sah, plötzlich unentschlossen, drehte ab und fuhr vom Platz weg. Ich hätte stehen bleiben und vor Freude tanzen mögen.

Als ich mich umblickte, sah ich Hochstetter mich anstarren; konzentrierte Wut hatte seine urbane Gelassenheit durchbrochen. Der Offizier auf dem Beifahrersitz wollte aussteigen und mich verfolgen, aber Hochstetter stoppte ihn mit einer Handbewegung. Er wollte keine Aufmerksamkeit auf periphere Vorgänge lenken, solange Hitler in der Stadt war. Darauf hatte ich gesetzt.

Ich rannte weiter und war schnell in den Seitenstraßen hinter dem Platz verschwunden. Jean-Luc aber entdeckte ich nicht. Hinter mir hörte ich einen Motor aufheulen, hetzte eine weitere Straße hinunter, die Rue Lord Byron, und hatte plötzlich die absurde Vorstellung, dem Dichter würde mein Verhalten gefallen. Mein Adrenalinkick hätte mich beinahe auflachen lassen. Ich hörte das Verfolgerauto über die Kreuzung rasen, quietschend bremsen und mit hohem Ton zurücksetzen. In wenigen Momenten würde es auf meiner Höhe sein, und ich hatte noch immer keine Ahnung, wo Jean-Luc geblieben war. Ich sah mich nach einem Torweg um, durch den ich hätte verschwinden können, entdeckte aber keinen und bog nach links, wo tatsächlich ein Torweg winkte, aber ehe ich ihn erreichen konnte, war das Auto neben mir. Ich blieb stehen, denn es hatte keinen Sinn, weiter zu fliehen.

Aber es war nicht Hochstetter, der da hielt. Die Beifahrertür wurde aufgestoßen.

»Einsteigen«, rief eine Stimme.

»Endlich kommt Amerika zu Hilfe«, sagte ich.

»Soll das ein Danke sein?«

Ronson gab Gas, bog tiefer in die Straßen jenseits der Champs-Élysées und sah ständig besorgt in den Rückspiegel.

»Sie fahren in die falsche Richtung – hoffentlich sind keine Polizisten unterwegs.«

Ronson sah mich kurz an und wandte sich wieder zur Straße. »Sie sind eine harte Nuss, Eddie – wissen Sie das?«

Ein Moment der Erkenntnis ließ mich ihre Worte kaum wahrnehmen: der Place de l'Étoile. Der Stern, von dem alle Straßen ihren Ausgang nahmen. Auf diesen Gedanken würde ich zurückkommen müssen. Sofern wir Ronsons Fahrstil überlebten. Plötzlich blieb sie vor der Handelskammer stehen, bog so ab, dass die Schnauze ihres Wagens vor dem hinteren Gartentor stand, rollte langsam näher, zwang die Flügel auf, indem sie das Schloss in der Mitte sprengte, und fuhr hinein.

»Das tut dem Lack sicher gut«, meinte ich.

»Gestapo oder Kratzer – ich weiß, was mir lieber ist.«

Wir sprangen aus dem Wagen und schlossen das Tor hinter uns. Mit angehaltenem Atem stand ich vorgebeugt an der Mauer und sah Ronson auf Bewegung draußen horchen. Bald hörten wir ein Auto langsam vorbeifahren. Offenkundig hatte es meine Spur verloren und kreuzte im Viertel auf der Suche nach mir herum. Es blieb nicht stehen.

»Hochstetter«, sagte ich schließlich und kam langsam wieder zu Atem.

Ronson schüttelte den Kopf. »Der hat sich nicht bewegt. Zwei Männer in Zivil waren hinter Ihnen her. Sahen nach Gestapo aus.«

»Tröstlich – den Major hätte ich ungern aufgebracht.«

Ronson sah mich an, stieß ein schallendes Lachen aus und schlug rasch die Hände vor den Mund. Ich sah zu Boden und begann auch zu lachen, stoßweise allerdings, weil jedes Atmen heftige Schmerzen in der Kehle verursachte. Dann öffnete Ronson vorsichtig das Tor und musterte die Straße, ehe wir wieder einstiegen und langsam vom Gelände fuhren.

»Jetzt nicht mehr falsch rum durch Einbahnstraßen.« Ich musste die Ohren gewaltig spitzen, weil ich im Fußraum der Rückbank kauerte. »Wo fahren wir hin?«

»Ich bin mit Weber auf Hitlers Paris-Ausflug verabredet – er hat frühmorgens angerufen und gesagt, Hitler sei in der Stadt. Jetzt, wo Paris eins seiner Spielzeuge ist, mag er offenbar auch damit spielen, deshalb hat er ihnen gestern Abend die Orte genannt, die er heute besichtigen will. Die Deutschen haben die halbe Nacht lang Museumsdirektoren aus dem Bett gezerrt, um ihnen die Schlüssel abzunehmen und Hitler einlassen zu können. Das Problem: Sein Spontanbesuch hat Weber verschreckt, er hat gesagt, ich müsse ihn jetzt aus dem Land schaffen oder aus unserer Vereinbarung werde nichts. Er fürchtet, Hochstetter ist an ihm dran.«

»Woher haben Sie die Besichtigungsroute?«

»Von Weber. Als Mitglied des Sicherheitskommandos kennt er den Ablauf. Wir haben potenzielle Treffpunkte auf der ganzen Strecke, und ich muss an ihm dranbleiben. Sobald er den Moment günstig findet, kommt er. Das ›Sonderaktionsbuch‹ hat er dabei. Ich schleuse ihn dann aus der Stadt und bis Lissabon, er gibt mir dafür die Liste.«

»Finden Sie das nicht seltsam? Er denkt, Hochstetter sei an ihm dran, und trotzdem weihen die ihn in die Details von Hitlers Besichtigungstour ein?«

Ronson wandte sich mir kurz zu und sah wieder auf die Straße. »Was wollen Sie damit sagen, Eddie?«

»Dass man Ihnen eine Falle stellt.«

Ich wurde hinten durchgeschüttelt, als Ronson scharf und mit knirschendem Getriebe abbog. »Mensch, Eddie – nicht jetzt.«

»Das ›Sonderaktionsbuch‹ ist eine Fälschung. Weber soll in Ungnade gefallen sein, aber immer noch Zugang dazu gehabt haben? Finden Sie das nicht merkwürdig?«

»Er hat es gefunden, Eddie. In Berlin. Er hatte keinen Zugang – er hat es einfach gefunden. Warum soll das eine Falle sein?« Wieder bog sie energisch ab, prompt krachte ich gegen die ungepolsterte Tür. »Der SD hat Groves ermordet – ein Beweis, dass das Buch keine Fälschung ist.«

»Sie haben Auban gestern Abend gehört. Groves wurde mit Beihilfe Aubans von Biehl getötet, um mich aus dem Weg zu schaffen. Mit Webers Liste hat das nichts zu tun. Und Auban hatte meine Waffe in der Asservatenkammer deponiert.«

»Deponiert? Was meinen Sie damit?«

»Mit dieser Waffe wurde Groves erschossen.«

»Wir sind doch auf der gleichen Seite, Eddie, oder? Sie sagen mir also, Weber habe das Ganze nur erfunden, um Europa verlassen zu können?«

»Ich glaube nicht mal, dass er das will. Da ist mehr im Spiel. Weber ist gläubiger Nazi. Warum sollte er denken, dass Deutschland den Krieg verliert? Das Ganze ist nicht überzeugend. Er will diese Liste zufällig in Berlin gefunden haben, obwohl er unter Verdacht gestanden haben soll? Und dann wartet er bis Paris, bevor er mit diesen Informationen handelt? Das alles leuchtet mir nicht ein.«

»Wissen Sie, wie es in Berlin ist, Eddie? Sicher, die Leute tanzen auf den Straßen wegen all der Siege, die sie einfahren, aber es gibt Gerüchte. Geschichten über das, was in Polen wirklich passiert ist, gelangen nach Berlin, und keiner weiß, was er glauben soll. Ich habe mit einer Familie dort gesprochen, deren Sohn am Tag seiner Rückkehr in die Stadt Selbstmord begangen hat. Er hat ihnen gesagt, er schäme sich, Deutscher zu sein, und sich im Tiergarten mit seiner Armee-Luger erschossen. Die Nazis haben die Eltern zu der Behauptung gezwungen, ein Jude habe ihn umgebracht. Es gibt eine Geschichte zu erzählen, Eddie, und diese Geschichte könnte sehr viele Menschenleben retten.«

»Ich weiß, dass es eine Geschichte zu erzählen gibt.«

Ronson hielt kurz inne. »Sie sind noch immer hinter den Beweisen dieses Polen her, oder? Darum wollen Sie nicht an Webers Material glauben.«

Ich schwieg. Auch weil mir klar war, dass sie Recht hatte. Als ich aufblickte, sah ich die Dächer der Gebäude vorbeigleiten und merkte, wie das Auto langsamer wurde und hielt. Ronson redete weiter.

»Wir müssen später darüber sprechen, denn wir sind am nächsten Ort auf Hitlers Wunschliste, dem Palais de Chaillot.« Ihre Stimme bekam etwas Erstauntes. »Wirklich seltsam: Adolf Hitler besichtigt im offenen Cabriolet Paris, und so gut wie niemand ist unterwegs. Keiner weiß, dass er hier ist.« Ich hörte die Fahrertür aufgehen. Ronson stieg aus. »Bleiben Sie hier.«

Ich streckte mich, um aus dem Fenster zu schauen, und sah Hitler über die Terrasse gehen und die paar Stufen zu dem Aussichtspunkt hinabsteigen, von dem aus die Seine und der Eiffelturm am anderen Ufer zu betrachten waren. Beim Einmarsch der Deutschen in Paris waren die Fahrstühle des Turms sabotiert worden, darum hatten sie den ganzen Weg nach oben laufen müssen, um ein riesiges Hakenkreuz anzubringen. Binnen Tagen hatte der Sommerwind die Fahne zerfetzt, also hatten sie den Turm erneut bestiegen, nun aber eine viel kleinere Flagge angebracht – so klein, dass man sie von unten nicht sah. Als revanchiere der alte Eiffel sich bei den Deutschen.

Als ich mich umschaute, sah ich zu meiner Bestürzung Jean-

Luc langsam vorbeifahren. Er bemerkte mich nicht. Ich rief seinen Namen, aber das Fenster war geschlossen. Ich stieg aus, ging ihm nach und unterdrückte das Bedürfnis zu rennen. Er entfernte sich zunehmend. Inzwischen waren erste französische Zivilisten unterwegs, Frühaufsteher, die kaum glauben konnten, was sie sahen, und verschwindend wenige gegenüber all denen, die um den Führer herumscharwenzelten. Nun stieg Jean-Luc von seinem Motorrad und lehnte sich an der gegenüberliegenden Seite der Terrasse an die Mauer. Sein Regenmantel war viel zu groß und reichte fast bis zum Boden. Zum Glück verbarg er die Armeehose. Ich versuchte, ihm näher zu kommen, aber es gab zu wenig Menschen in Straßenkleidung, als dass ich mich unauffällig zwischen ihnen hätte bewegen können, und ich war auf der falschen Seite der großen Terrasse, vor allem, weil Hochstetter sich zwischen mir und Jean-Luc befand, mich ansah und seine Wut kaum bezwingen konnte. Ruhige Formen der Unterhaltung waren mir einfach lieber. Er konnte mich nicht holen kommen, weil er keine Szene zu machen wagte. Nur das rettete mich in diesem Moment.

Ich sah dorthin, wo Hitler stand. Statt seines schweren Mantels trug er nun eine schicke, schlammbraune Regenhaut, weil die Sonne höher stieg und der Tag wärmer wurde. Ein Fotograf und ein Kameramann bauten sich vor ihm auf, und er warf sich vor seinem neuesten Spielzeug in Pose.

Als ich mich umsah, hatte Jean-Luc sich nicht bewegt, aber Hochstetter war verschwunden. Ich wollte schon zu meinem Sohn gehen, da packte mich eine Hand am Arm.

»Sind Sie verrückt, Eddie?«, flüsterte Ronson. »Ich habe Ihnen doch gesagt, Sie sollen im Wagen bleiben.« Trotz ihrer Wut war die Journalistin in ihr begeistert von den Ereignissen ringsum. Sie zeigte auf die beiden uniformierten Klone links und rechts von Hitler. »Speer und Breker – ein Architekt und ein Bildhauer. Die haben Pläne für Paris.«

»Haben wir denn keine?« Seltsam, wie Kleinigkeiten einen am meisten aufregen.

Während wir redeten, merkten wir, dass die wenigen Passanten auf uns zukamen. Hitler war wieder unterwegs, wir wurden von seiner Entourage, die ihm den Weg bahnte, abgedrängt. Ich hielt nach Jean-Luc Ausschau, aber er stand noch immer hinten an der Mauer, als Hitler und sein innerer Kreis an ihm vorbeikamen. Wir tauschten einen Blick. Jean-Luc sah mich direkt an, doch seine Miene blieb völlig ausdruckslos.

Ronson packte mich energischer. »Kommen Sie, Eddie, wir müssen los.«

Ich sah, dass Hochstetter sich durch die Flut von Speichelleckern mühsam zu mir vorarbeitete. Ronson zog mich weg, und wir erreichten ihr Auto, ehe der Major sich uns genähert hatte. Ich setzte mich auf den Beifahrersitz, und Ronson ließ den Motor an. Hitler war schon in seinem Wagen und entfernte sich vom Palast. Jean-Luc stieg auf sein Motorrad und folgte den letzten Autos seiner Karawane. Klar, dass Ronson eine Erklärung erwartete.

»Sehen Sie den jungen Mann auf dem Motorrad?«

»Den haben Sie doch neulich im Cheval Noir verhaftet. Was geht hier vor, Eddie?«

»Wir müssen ihn beschützen. Er ist mein Sohn.«

Ronson wäre fast ins Schleudern geraten. »Ihr Sohn? Ich wusste gar nicht, dass Sie einen haben.«

»Lange Geschichte. Die Kurzfassung ist, dass ich denke, er will Hitler töten.«

»Großer Gott, Eddie, gibt's bei Ihnen daheim noch mehr von Ihrer Sorte?« Sie schlug mit der Hand aufs Lenkrad. »Er kommt unmöglich näher als hundert Meter an Hitler ran. Und er wird alles nur komplizierter machen.«

»Er ist mein Sohn.«

»Was Sie nicht sagen.«

»Es ist so weit.«

Vom Palais de Chaillot gehe es über den Fluss zum Invalidendom, hatte Ronson gesagt. »Die nächste Station auf Hitlers Ruhmeszug. Vermutlich will er sich überzeugen, dass Napoleon wirklich tot ist.«

Gerade hatte Weber eine Zigarettenschachtel aus dem Wagenfenster geworfen, und prompt hatte Ronson sich anders hingesetzt. Auf dem linken Ufer fuhr sie den Quai d'Orsay entlang, bog aber nicht nach rechts zum Invalidendom ab, sondern brauste weiter geradeaus. Ich reckte den Kopf in alle Richtungen, konnte Jean-Luc aber nicht entdecken.

»Wo fahren wir hin?«

»Zum Jardin du Luxembourg. Weber hat das Zeichen gegeben, die Zigarettenschachtel. Der Park ist der Treffpunkt, falls er sich nach dem Palais de Chaillot absetzen kann.«

Verzweifelt hielt ich nach meinem Sohn Ausschau. »Das dürfen wir nicht. Ich muss Jean-Luc folgen. Sonst lässt er sich noch töten.«

»Tut mir leid, Eddie, das ist kein Familienausflug. Ich treffe Weber.«

Quälend langsam entfernte sie sich aus der Gegend, in der Jean-Luc sein dürfte. Hitlers Tross war mit enormem Tempo unterwegs, aber seit wir uns abgesetzt hatten, mussten wir uns ans Tempolimit halten, um kein Misstrauen zu erwecken.

»Sie müssen mich absetzen, damit ich meinen Sohn suchen kann.« Ich umklammerte den Türgriff und musste mich sehr beherrschen, die Tür nicht während der Fahrt aufzureißen.

Ronson sah in den Spiegel. »Geht nicht, Eddie, wir haben Gesellschaft bekommen.«

Ich sah mich um – ein kleines schwarzes Auto folgte uns: Müller und Schmidt. Fluchend beschleunigte Ronson und nutzte die ganze Straßenbreite, damit die beiden nicht überholen konnten. An der Pont Royal riss sie das Steuer nach links, sodass wir fast gegen eine Brückenmauer geschlittert wären, weil das Kopfsteinpflaster den Reifen wenig Griff bot. Als wir nicht mehr schleuderten, ließ Ronson den Motor aufheulen, und der Wagen jagte über die Seine aufs rechte Ufer. Beim Abbiegen sah ich Weber nach rechts in die schmalen Straßen des linken Ufers biegen. Ronson passierte den Louvre und drosselte das Tempo.

»So viel dazu. Sie müssen hinter Weber her sein.«

Die Straße hinter uns war frei. Niemand verfolgte uns, aber jede Abzweigung entfernte mich weiter davon, Jean-Luc zu retten. Wir schlängelten uns durch die Straßen von Les Halles zum Fluss zurück, und Ronson hatte ihr Tempo so weit reduziert, dass an keinem deutschen Kontrollpunkt Grund bestand, uns herauszuwinken.

»Glauben Sie immer noch, dass Webers Beweise gefälscht sind? Wenn das eine Falle ist, warum ist die Gestapo hinter ihm her?«

»Weil sie nicht eingeweiht ist. Abwehr und Gestapo erzählen einander nie, was sie tun.«

»Die Abwehr? Wollen Sie mir erzählen, Hochstetter ist in die Sache verwickelt? In den Widerstand? Sie sind ein verrückter Polizist, Eddie.«

Wir fuhren wieder aufs linke Ufer und parkten in einer kurzen Straße an der Ostseite des Jardin du Luxembourg.

»Ich muss zurück zum Invalidendom«, sagte ich.

»Hitlers nächste Station ist das Panthéon. Es ist näher als der Dom, aber dort ist er noch nicht. Begleiten Sie mich zu meinem Treffen mit Weber, und ich bringe Sie danach direkt hin. Versprochen.«

Kopfschüttelnd wandte ich mich zum Gehen, sah dann aber Müller und Schmidt mit ihrem Auto langsam die Straße entlangkommen. Sie hatten uns nicht entdeckt, also huschten wir in den Park, verschwanden zwischen den Bäumen und hielten auf den Teich zu. Rechts sahen wir deutsche Wachen in gestreiften Schilderhäuschen vor dem Palast stehen. Wir passierten sie, sie hatten kein Interesse an uns. Ich wurde immer weiter von meinem Ziel fortgezogen. Und ohne meine Waffe fühlte ich mich noch hilfloser.

Wir kamen an einem jungen Mann auf einer Bank vorbei. Er schien in Jean-Lucs Alter zu sein. Als ich noch überlegte, ob auch er ein Deserteur war und Paris verlassen wollte, bemerkte ich seine khakifarbene Armeehose. Ich dachte an den jungen Poilu, der auf der Straße erschossen worden war, ging ein Stück auf ihn zu und redete gehetzt auf ihn ein.

»Sie müssen von der Bildfläche verschwinden und Ihre Hose wechseln. Die Deutschen verhaften jeden, den sie für einen französischen Soldaten halten.«

Er starrte mich mit dem gleichen müden, gequälten Blick an, den ich bei meinem Sohn gesehen hatte. Ich wollte noch etwas sagen, aber Ronson zog mich weiter. Einmal drehte ich mich noch nach dem jungen Mann um, er hatte sich nicht bewegt. Wieder durchlebte ich den blanken Schrecken, den mir Jean-Luc in seiner Armeehose unter dem übergroßen Regenmantel eingejagt hatte.

Ronson ließ sich nicht beirren. Ständig musterte sie die Umgebung und sagte dabei: »Nichts von alledem bedeutet, dass Webers Beweise gefälscht sind, Eddie. Es lässt sie allenfalls realer erscheinen.«

»Das Einzige, was ich an Webers Geschichte glaube, ist sein Schock über das, was er in Polen gesehen hat. Nicht die Grausamkeiten, sondern die Art und Weise, wie Hitler Deutschland in die Sackgasse führt. Diese Liste dient dazu, die Unterstützung der USA zu erlangen und Hitler zu stürzen, ehe die Dinge noch schlimmer kommen. Und bevor die Sowjets und die Nazis aufeinander losgehen.«

Sie hielt kurz inne und sah mich an. »Wie dem auch sei: Wir werden gewinnen. Die USA treten in den Krieg ein, und Hitler wird aufgehalten. Warum also all die Bedenken, das ›Sonderaktionsbuch‹ könnte eine Fälschung sein, wenn es das richtige Ergebnis bewirkt?«

Darauf hatte ich keine Antwort. Wir stahlen uns an den penibel beschnittenen Baumreihen zu unserer Linken vorbei. Normalerweise war dies ein schattiger Ort des Friedens, doch inzwischen erinnerten die schnurgeraden Stämme und die allzu exakten Konturen des Laubs an eine feindliche Armee, die in dicht geschlossenen Reihen auf den Angriff wartete.

In den stark belaubten Gängen, in denen sie sich sicherer fühlte, fuhr Ronson fort: »Und falls die Liste eine Fälschung ist, warum wird sie dann nicht einfach ohne dieses Brimborium übergeben? Warum vereinbart man nicht einfach ein Treffen und händigt den US-Behörden die Informationen aus?«

»Weil die Amerikaner nach dem, was den Briten – wie Sie sagten – in den Niederlanden passiert ist, die Liste unter solchen Umständen nicht für echt halten würden. Also muss es so aussehen, als seien die Informationen gestohlen und Weber verzweifelt um seine Flucht bemüht, um einer Verhaftung zu entgehen.«

»Ich begreife das Problem immer noch nicht, Eddie. Was nötig ist, um Hitler zu stürzen, ist jeder Bemühung wert. Schauen Sie sich um. Es wird nur schlimmer werden.«

Der Bienengarten war menschenleer, die Bienen saßen ruhig in ihren Stöcken unter dem schützenden Ziegeldach. Es war ein unheildrohender Frieden. Selbst im Schatten der Bäume wurde die Hitze allmählich drückend. Inzwischen war ich froh, keine Zeit gehabt zu haben, eine schwerere Jacke anzuziehen. Ein weiteres Auto, dessen Rumpeln die Stille nur verstärkte, fuhr am Park vorbei und verschwand in den Straßen ringsum.

»Falls es sich um eine Fälschung handelt«, sagte Ronson nachdenklich, »und Weber wirklich einen Komplizen hat, würde ich auf Biehl wetten. Er ist fanatisch und ehrgeizig, aber kein fanatischer, ehrgeiziger Nazi. Er ist der klassische aristokratische Deutsche, der all das, was Hitler errungen hat, behalten will, bloß ohne Hitler.«

»Falls es sich um eine Fälschung handelt, bringt sie alle Beweise in Misskredit, die aus Polen über Gräuel an der Zivilbevölkerung dringen. Es wird ein zweites Venlo sein und die Amerikaner und Briten skeptisch gegenüber allen neuen Beweisen machen. Es wird Grausamkeiten verbergen, statt sie zu belegen.«

»Noch mal zu Ihrem Polen: Wollen Sie Weber wirklich nicht bloß für Ihre eigenen Ermittlungen in Paris haben?«

Ich atmete den Duft der aromatischen Pflanzen ein. »Nein. Ich weiß, dass er die Flüchtlinge auf dem Bahngelände nicht umgebracht hat.«

Ronson wirkte verwirrt, doch ehe sie antworten konnte, quietschte ein Eisentor in den Angeln und verstummte wieder.

»Das ist Weber«, sagte sie leise.

Wir sahen ihn zwischen den Bäumen mit raschen Schritten auf uns zukommen. Er trug eine Schultertasche aus Leinen, nahm seine Mütze ab, wischte sich mit dem Handrücken die Stirn und setzte die Mütze wieder auf.

»Ich musste mich jetzt treffen«, erklärte er Ronson. »Der Führer ändert ständig die Besichtigungstour, und ich wollte vermeiden, irgendwo festzuhängen. Gerade ist er im Invalidendom am Grab Napoleons. Das mitzuerleben, hätte ich nicht ertragen. Das einzige Grab, das ich noch sehen will, ist das von Hitler.«

»Gut gebrüllt, Löwe«, meinte ich.

»Sie haben das ›Sonderaktionsbuch‹ dabei«, sagte Ronson ehrfürchtig. Weber nickte, drückte seine Tasche aber nur fester an die Brust.

»Und jetzt?«, wollte er von ihr wissen.

Das hatte ich mich auch gefragt.

Allerdings entschied das jemand anderer für uns.

Jean-Luc nämlich, der hinter dem Schuppen auftauchte, in dem die Bienenstöcke standen. Er musste sich zwischen den Bäumen angeschlichen und den Rasen ungesehen überquert haben. Fast hätte ich nach Luft geschnappt. Weil es wärmer geworden war, hatte er den Regenmantel ausgezogen, und die Armeehose war deutlich zu sehen. Er hielt die Waffe in der Hand. Sie war auf Weber gerichtet. Um Hitler war es ihm nie gegangen.

»Jean-Luc«, flehte ich, »bitte geh.«

Die Pistole zitterte leicht, blieb aber weiter auf den Deutschen gerichtet.

»Ich bin Soldat. Ich habe nicht gekämpft wie du und nicht einen Deutschen getötet, aber ich bin Soldat.«

»Nein, Jean-Luc. So geht das nicht.«

Er war den Tränen nahe und bemühte sich, die Waffe in der bebenden Hand unter Kontrolle zu bekommen. »Ich muss einen Deutschen töten, sonst werde ich meiner Pflicht nicht gerecht. Das musst du verstehen. Ich tue es, um dir zu helfen. Er ist der Mann, von dem du mir erzählt hast. Der Mörder von Zivilisten. Er verdient den Tod.«

Die Bienen in ihren Stöcken summten lauter. Kaum hatten die Menschen um ihre kleine Welt herum einen Tanz begonnen, klangen die Tiere gleich aufgeregt.

»Großer Gott, Eddie«, schimpfte Ronson.

Ich stand zwischen Jean-Luc und Weber. »Nein, Jean-Luc. Das ist nicht die Antwort.«

»Hör auf, ihn zu schützen.«

»Dich schütze ich, nicht ihn.«

Im Durcheinander hatte Weber seine Waffe gezogen und richtete sie auf mich. Würde ich mich bewegen, geriete mein Sohn in sein Schussfeld. Jean-Luc versuchte, den Deutschen an mir vorbei ins Visier zu nehmen, also folgte ich seinen Bewegungen, und mein Blick sprang zwischen beiden Männern hin und her, damit ich immer zwischen ihnen stand.

»Verflixt«, zischte Ronson. »Wir müssen hier weg.«

Die Bienen begannen, sich über ihren Stöcken zu einem aggressiven Schwarm zu sammeln.

Ein Kratzgeräusch drang aus dem Schatten durchs Gesumm. Jemand hatte ein Streichholz angezündet.

»Interessante Szene, das hier«, erklärte Hochstetter und tauchte wie zuvor Jean-Luc hinter dem Bienenhaus auf.

Zwei Wehrmachtssoldaten folgten ihm, beide mit Gewehr. Am Tor erschienen zwei weitere Soldaten: der Offizier und der Feldwebel, die uns den Morgen über begleitet hatten. Sie blieben in einiger Entfernung stehen, richteten aber die Waffen auf das lebende Bild, das wir boten. Hochstetter hatte seine Zigarette endlich angesteckt, warf das Streichholz zu Boden, zog mit fließender Bewegung seine Luger und musterte uns nacheinander.

»Sie kenne ich, Sie und Sie auch.« Er wies mit der Pistole auf Ronson, Weber und mich. »Aber wer *Sie* sind, weiß ich nicht.« Er richtete die Luger deutlicher auf Jean-Luc.

Ich steckte in der Klemme. Sobald ich mich bewegte, konnte Weber meinen Sohn ins Visier nehmen. Blieb ich stehen, war er in Hochstetters Schussbahn. Würde ich etwas sagen, wüsste Hochstetter, dass es mein Sohn war, was ihn in noch größere Gefahr bringen und meine Verhandlungsposition schwächen würde. Schwieg ich, würde Hochstetter ihn sofort erschießen. Nur die Neugier des Deutschen hielt Jean-Luc am Leben. Ich warf meinem Sohn einen kurzen Blick zu, um ihm zu vermitteln, er solle den Mund halten. Das Summen der Bienenstöcke wurde immer lauter; die kleinen Schwärme wurden dichter und agiler.

»Klären Sie mich auf, junger Mann«, fuhr Hochstetter fort. »Allerdings sehe ich an Ihrer Kleidung, dass Sie ein feindlicher Soldat sind, darum kann ich Ihnen nur empfehlen, eine überzeugende Antwort zu liefern.«

Jean-Luc sah mich fragend an, und ich überlegte in Windeseile. Was immer ich sagte oder tat, würde entweder zum Tod Jean-Lucs oder dazu führen, dass Hochstetter noch größeren Druck auf mich ausübte. Doch je länger mein Sohn mich ansah, desto wahrscheinlicher würde Hochstetter selbst auf die Antwort kommen.

Von den Bäumen her traten zwei weitere Gestalten in die Arena, auch sie mit Pistolen bewaffnet. Müller und Schmidt blieben wenige Meter auseinander stehen. Ein paar Bienen lösten sich langsam vom Schwarm und bewegten sich auf Schmidt zu. Müller redete.

»Major Hochstetter. Die Gestapo interessiert sich für Hauptmann Weber. Wir wollen ihn festnehmen.«

Hochstetter hatte jene amüsierte Bosheit im Gesicht, die ich schon an ihm kannte. »Leider ist er Offizier der Wehrmacht. Ich fürchte, das werde ich Ihnen nicht erlauben.«

»Und wir fürchten, Ihnen bleibt keine Wahl, Major. Wir sind die Gestapo. Und Sie sind nicht zuständig.«

Ehe Hochstetter antworten konnte, erschreckte ein Schuss die Gruppe, betäubend laut in dem von Büschen und Bäumen umstandenen Bienengarten. Alle fuhren zusammen, duckten die Köpfe. Weil ich jeden Bewaffneten im Blick behalten musste, hatte ich zufällig im richtigen Moment Schmidt angesehen und war darum darauf gefasst gewesen. Jetzt warf er die Luger weg, die er abgefeuert hatte, und schüttelte die schmerzende Hand. Eine Biene hatte ihn gestochen, ein Reflex ihn abdrücken lassen.

Da ich am schnellsten reagieren konnte, rief ich Jean-Luc zu, er solle fliehen. Ronson zog Weber weg. Hochstetter versuchte nicht, sie aufzuhalten, sondern war ganz auf die beiden Gestapomänner konzentriert.

Mein Weg in Jean-Lucs Fluchtrichtung war versperrt, also hetzte ich durchs Tor, rannte zur Westseite des Parks, verließ die Wege und schlug mich durch hohe Sträucher. Weder Kugeln noch Schritte folgten mir, und ich lief, bis ich ein Tor fand, den Park verlassen und in den umliegenden Straßen verschwinden konnte.

Bald lehnte ich an einer Mauer, um Atem zu schöpfen, sah mich um, hörte aber nichts. Also ging ich bedächtigen Schritts dorthin, wo Ronson ihr Auto geparkt hatte. Als ich mich der Kreuzung näherte, an der sechs Straßen zusammenliefen, sah ich Jean-Luc in einem Hauseingang kauern. Ohne Regenmantel erschien mir seine Armeehose auffällig wie ein Leuchtfeuer, das alles andere überstrahlte und ihm jede Individualität nahm.

Als ich mich ihm näherte, hörte ich einen Motor und sah Hochstetters Wagen in der nächsten Straße links, auf dem besten Weg dorthin, wo mein Sohn sich versteckte. Schon wollte ich mich wegducken, da sah mich Jean-Luc und kam aus seinem Versteck. Ich winkte ihm, damit er blieb, wo er war, aber er verstand nicht. Hochstetter würde ihn binnen Sekunden entdecken.

Ich hetzte auf die Straße und vor seinen Dienstwagen. Der kam nur Zentimeter vor mir zum Stehen. Hochstetter erhob sich von der Rückbank und hatte wieder sein Lächeln angeknipst. Der Offizier vom Beifahrersitz kam auf mich zu.

»Das war jetzt weniger geschickt, was, Polizist?«

Ich konnte Jean-Luc nicht sehen, hoffte aber, er habe erraten, was geschah, und sich wieder in den Hauseingang zurückgezogen. Ich ging zu der Wagentür, die Hochstetter für mich aufgestoßen hatte.

»Französische Bienen sind mutiger als französische Soldaten«, murmelte der Offizier, als er die Tür zuschlug. Er hatte einen üblen Stich im Nacken, was mich ein wenig aufheiterte.

Hochstetter fuhr ihn an. Als er sich dann mir zuwandte, saß seine Maske der Höflichkeit wieder perfekt. »Es gibt keinen Grund für grobe Schmähungen, was, Édouard?«

Er klopfte an die Tür, der Chauffeur fuhr los. Wir kamen dort heraus, wo Jean-Luc sich versteckt hatte. Er war nirgends zu sehen, und ich zwang mich, geradeaus zu schauen. Wir suchten ein paar Straßen nach Ronson und Weber ab. Dann sah Hochstetter auf seine Uhr und ließ den Feldwebel Hitlers nächste Station ansteuern. Das überraschte mich.

»Zum Panthéon. Noch so ein Ort, den der Führer besuchen will. Wir dürfen ihn nicht warten lassen.« Nach der knappen Direktive an seinen Chauffeur hatte Hochstetter auf Deutsch weitergeredet. Als ich nicht reagierte, wechselte er lachend ins Französische zurück. »Ach, Édouard, werde ich Sie je erwischen? Wer war der junge Mann im Park?«

Bislang hatte er mich nicht erwischt. »Ein Hitzkopf, nehme ich an, der gegen Hitlers Besuch protestiert. Wofür brauchen Sie mich noch?«

»Was gerade im Park passiert ist, dürfte diese Frage beantworten. Und vielleicht kommen ja noch ein, zwei andere dazu. Ich möchte wirklich nicht, dass Sie das verpassen.«

Als wir das Panthéon erreichten, kamen Hitler und sein Gefolge bereits heraus. Ihr Tempo war noch immer so halsbrecherisch wie am Palais de Chaillot. Hitler sah ungeheuer finster drein und sagte etwas zu den Leuten ringsum, das von offenkundigem Missfallen zeugte.

»Schon wieder ein Ort, mit dem Hitler unzufrieden ist«, konnte ich mir nicht verkneifen.

Der Offizier vorn drehte sich zu mir, doch Hochstetter hob die Hand, also wandte er sich wieder um. Sein Nacken wurde rot, und das lag nicht am Bienenstich allein.

»Sehr witzig, Édouard.« Hochstetter war der Einzige, den ich nicht aus der Fassung bringen konnte.

Ein Wagen hielt neben uns, und ein Offizier stieg aus. Er hatte eine kleine Wunde am Kinn, wo er sich wohl bei der eiligen Morgenrasur geschnitten hatte, um nur rechtzeitig den

Teppich für Hitler ausrollen zu können. Er sagte etwas zu Hochstetter, der kurz zornesrot wurde und den Feldwebel hastig anwies, zum Jardin du Luxembourg zurückzufahren. Er sammelte sich einen Moment, ehe er sich mir wieder zuwandte, aber der Ärger, den ich nicht hatte erwecken können, war seiner Stimme noch anzumerken.

»Mit wie üblich ausuferndem Arbeitseifer haben unsere Freunde von der Gestapo wahrscheinlich unsere Mitverschwörer entdeckt.« Als wir davonfuhren, betrachtete er Hitler und das Panthéon nachdenklich. »Noch ein Ort des Todes. Offenbar wurden die beiden Gestapoleute am Medici-Brunnen gesichtet, mit einer Frau und zwei Männern, von denen einer Offizier der Wehrmacht ist. Ich denke, wir haben es ziemlich eilig.«

Ich sah weg, um meine Panik zu verbergen. Dass wir es eilig hatten, kam der Sache nicht mal nahe. Der Wagen raste die kurze Strecke bis zum Park, fuhr aber an dem Eingang vorbei, den Ronson und ich erst vor so kurzer Zeit genommen hatten, und jagte bis zur Höhe des Medici-Brunnens, der auf der anderen Seite des hohen Zauns stand.

»Sie müssen zurück«, rief ich dem Fahrer auf Deutsch zu. »Hier ist kein Tor, Sie müssen wieder zum Eingang.«

Trotz der dichten Sträucher und Bäume auf der anderen Seite war die hohe Rückwand des Brunnens zu sehen. Jemand bewegte sich auf dem Fußweg am anderen Ende. Enttäuscht umfasste ich meinen Sitz. Der Chauffeur setzte hastig zum Tor zurück, und wir vier stiegen aus, ich vorneweg.

Beim Spurt zum Fußweg schloss Hochstetter zu mir auf. Zusammen rannten wir zum Brunnen. In den Sträuchern, die längs des schmalen Teichs bis zur reich verzierten Fassade des Brunnens wuchsen, bewegten sich Gestalten. Kein Wasser floss, und bis auf eine Brise in den Bäumen und knirschende Schritte hinter der Fassade war es still.

Die beiden Gestapomänner sahen wir gleichzeitig.

»Stehen bleiben, das ist ein Befehl!«, rief Hochstetter, aber sie kümmerten sich nicht darum.

Beide richteten ihre Waffe auf jemanden, der unserem Blick durch den Brunnen entzogen war. Wir rannten auf sie zu, der Weg kam mir endlos vor.

Wieder rief Hochstetter: »Waffen runter!«

Er befahl es ein zweites Mal, doch Schüsse übertönten seine Stimme.

Wir erreichten die Rückwand des Brunnens. Zwei Menschen lagen reglos am Boden; ein dritter stand bestürzt dazwischen und sah mich ängstlich an, während Müller und Schmidt auf ihn anlegten.

SACRÉ-CŒUR

Die Handschellen scheuerten an meinen Gelenken.

Hochstetter stand neben mir, lehnte am Eisengeländer oberhalb der letzten Stufen zur Basilika Sacré-Cœur, zog an seiner Zigarette und sah über die Stadt. Der Offizier und der Feldwebel waren in der Nähe, aber außer Hörweite. Ich wollte die Handschellen verschieben, die mich ans Geländer fesselten. Nur sie verhinderten, dass ich zu Boden sank.

»Der Führer hat sich gegen eine Siegesparade durch Paris entschieden«, sagte Hochstetter. »Um die Gefühle der Hauptstadtbewohner zu schonen.«

»Wie anständig. Könnte er auch dafür sorgen, dass keine Marschkapellen mehr zweimal täglich die Champs-Élysées rauf und runter ziehen?« Ich starrte benommen vor mich hin und redete nur, um nicht den Verstand zu verlieren.

»Dass Sie Ihre Gedanken aussprechen, wird Ihnen eines Tages noch große Probleme bereiten, Édouard.«

Ich rüttelte an den Handschellen. »Noch mehr Probleme?« Fast war mir das schon egal.

Hitler war gekommen und gegangen. Gerade erst hatten wir ihn verschwinden sehen. Er hatte in der Nähe der Stelle gestanden, an der wir uns jetzt befanden, und über die Stadt geblickt. In der Kirche war er nicht gewesen, wie einer seiner Begleiter Hochstetter berichtet hatte. Offenbar hatte er nur auf dem Vorplatz gestanden, zur Kirche hinaufgesehen und ein einziges Wort gesagt: »Scheußlich.«

Er wusste gar nicht, wie scheußlich. Zum ersten Mal musste ich einer Ansicht Hitlers beipflichten: Ja, Sacré-Cœur war scheußlich. Es war ein Symbol der Unterdrückung, Vergeltung und Erniedrigung, das Paris nach dem Scheitern des Aufstands der Kommune aufgezwungen worden war. Der Bau widersprach den Wünschen der Bewohner, war aus weißem Stein, ähnelte einer kitschigen Hochzeitstorte, stand in krassem Gegensatz zu allen übrigen Bauten der Hauptstadt und war Ausdruck des gehässigen Triumphs einer Werteordnung über eine andere. Darum war es ironisch, dass ausgerechnet Hitler das Gebäude verabscheute.

»Wer war der junge Mann?«, fragte Hochstetter erneut.

Ich wollte antworten, brachte aber kein Wort über die Lippen. Fast war ich dankbar für all die Jahre, in denen ich meine Erinnerungen an den letzten Krieg und an die von mir getroffenen Entscheidungen für mich behalten hatte. Das half mir nun, die Szene am Medici-Brunnen zu verdrängen, das Bild der beiden leblos am Boden Liegenden und der dritten Person, die bestürzt und unverletzt zwischen ihnen stand. Noch immer redete ich nicht. Ich traute mich nicht.

Hochstetter schnippte seine Zigarette weg und straffte sich. »Ah, die Gestapo. Man muss ihre kindliche Begeisterung und Entschlossenheit bewundern. Sie hatten Hauptmann Weber im Visier und haben ihn geschnappt, egal, was andere ihnen erzählen wollten. Wir sind eine tüchtige Rasse, Édouard, und doch auf je eigene Weise tüchtig. Jeder von uns bewältigt seine Aufgaben, aber anscheinend sind wir nicht sonderlich gut darin, diese Aufgaben zu koordinieren.«

»Und trotzdem schlagen Sie uns.« Dass meine Stimme bitter klang, konnte ich nicht verhindern.

Er lachte. »Jahrzehntelang waren Ihre Divisionen größer als unsere. Aber jetzt hat die Gestapo die Sache in die Hand genommen und Hauptmann Weber getötet. Sein Plan, seine Seele an Ronson zu verkaufen, um zu retten, was davon noch übrig war, ist fehlgeschlagen. Zum Glück sind die Unterlagen, die er dabeihatte, jetzt in unserem Besitz.«

»Webers Tod scheint Ihnen kaum Sorgen zu machen.«

»Mich kümmern die wenig, die mir nicht mehr von Nutzen sind – das sollten Sie sich merken, Édouard. Aber dass wir Ronsons Leben schonen konnten, ist vorteilhaft, finden Sie nicht?«

Schweiß lief mir über die Stirn, und ich musste mich zu meinen angeketteten Händen beugen, um ihn wegzuwischen. Dabei atmete ich langsam ein. Dann richtete ich mich wieder auf und fasste die Gebäude in der Ferne ins Auge.

»Ja, das war vorteilhaft.«

Wieder durchlebte ich den Moment, als ich mit Hochstetter um die Ecke des Medici-Brunnens gebogen war.

Ronson stand schockstarr da. Weber lag tot links von ihr, gleich dahinter noch eine Gestalt. Der sommerliche Boden war mit herbstlichem Kupfer befleckt. Mein Blick glitt unweigerlich zu der Armeehose mit ihren frischen, tiefroten Flecken.

»Ich schätze, Sie sind glücklich davongekommen, Eddie«, sagte Ronson mit bebender Stimme.

Hochstetters Leute waren zahlenmäßig überlegen, und so mussten Müller und Schmidt ihm Ronson übergeben. Als sie abgeführt wurde, wandte sie mir den Kopf zu.

»Tut mir leid.«

»Sehr vorteilhaft«, wiederholte ich. »Was passiert mit ihr?«

»Mit Ronson? Sogar die Gestapo ist klug genug, keine neutralen Journalisten zu töten«, sagte Hochstetter. »Sie wird als unerwünschte Ausländerin abgeschoben. Möglich, dass sie erst einige Zeit in Berlin verhört wird, aber dann wird sie auf freien Fuß gesetzt und in die Vereinigten Staaten zurückgeschickt.« Er sah mir in die Augen. »Wer war der junge Mann, den die Gestapo erschossen hat?«

Ich zwang mich, ihm ebenfalls in die Augen zu schauen. »Das weiß ich nicht.«

Dann wandte ich mich ab und sah über die Stadt. Unten am ersten Treppenabsatz standen zwei Autos der Kolonne, der zuzugesellen Hochstetter mich vor kaum drei Stunden gezwungen hatte. Stunden, in denen die Welt sich verändert hatte. Biehl saß noch immer im zweiten Wagen. Nun erst sah ich das Metall um seine Handgelenke schimmern. Ich blickte auf meine Handschellen und empfand nichts für ihn.

»Was wird aus Biehl?«

»Obersturmbannführer Biehl. Den haben wir seit einiger Zeit beobachtet. Zwar hat Hauptmann Weber Ronson ständig seine angeblichen Beweise angeboten, aber Biehl hat die Fäden gezogen. Miteinander haben sie einen Plan ausgeheckt, mit den Amerikanern zu verhandeln, um deren Hilfe dafür zu gewinnen, unsere Regierung zu stürzen.«

»Aber Biehl ist beim SD. Er ist Nazi.«

»Weber hat viel gelogen, aber es stimmt: Ein kleiner Kreis von NSDAP-Mitgliedern ist recht enttäuscht von Hitler. Sie befürchten, dass wir uns verheben, halten das Abkommen mit der Sowjetunion für einen Teufelspakt und wollen Hitler stürzen, das Regierungssystem der Nazis aber unangetastet lassen.«

»Sie auch?«

»Wieder eine Ihrer gefährlichen Fragen, Édouard. Sie haben Recht, ich bin kein Anhänger der NSDAP, aber Deutscher – ich will ein starkes, dominantes Deutschland, damit die Sowjets Europa nicht übernehmen und wir keine Wiederkehr der Demütigung von Versailles 1918 erleiden. Wir sind zu weit gekommen, um all das aufzugeben, was wir gewonnen haben.«

»Also war Webers Liste eine Fälschung?«

»Zweifellos. Biehl und seine Mitverschworenen sahen nur eine Möglichkeit, ihre Ziele zu erreichen: Sie haben sich eine Todesliste von Amerikanern ausgedacht, um dadurch die Unterstützung der Vereinigten Staaten für Hitlers Sturz zu gewinnen. Weber und Biehl haben heimlich zusammengewirkt, um Ronson von der Glaubwürdigkeit ihrer Liste zu überzeugen. Deshalb haben sie Groves getötet. Und weil wir schon von gefälschten Beweisen reden: Auch Ihre Suche nach Beweisen für angebliche Gräueltaten in Polen ist vergebliche Mühe.«

»Wollen Sie behaupten, es gab keine Gräueltaten?«

»Natürlich gab es die. Das wissen wir. Im Krieg werden Gräuel begangen. Von Deutschen, Sowjets, Franzosen, Briten. Aber die Idee eines vorgefassten Ausrottungsplans ist pure Fantasie und Hirngespinst eines Verrückten. Es gibt keine Liste, kein Buch, keinen Plan. Gehen Sie nach Hause und arbeiten Sie weiter als Polizist.«

»Weber sprach von der systematischen Ermordung von Zivilisten.«

»Weber hat Ihnen gesagt, was Sie hören wollten. Ihm war klar, dass Sie hinter der Schimäre herjagten, Beweise von diesem labilen Polen zu bekommen, der sich und sein Kind umgebracht hat. Weber hat Ihre Fantasien schlicht benutzt, um Ihnen seine Geschichte zu verkaufen.«

Hochstetter gab dem Offizier auf dem Beifahrersitz von Biehls Wagen ein Signal, und das Auto fuhr langsam davon. Biehl saß reglos im Fond.

»Was wird mit ihm?«

»Er darf wählen: Selbstmord oder Hinrichtung. Die Frage ist: Was wird mit Ihnen? Ich muss gestehen: Ich bin ziemlich im Unklaren darüber, welche Rolle Sie in alldem gespielt haben.«

»Ich bin nur Polizist. Ich habe bloß meine Arbeit getan und in den Mordfällen ermittelt.«

Er zündete sich eine weitere Zigarette an, tupfte mit der Fingerkuppe Tabakkrümel von den Lippen. »Das vermute ich auch. Und wie sehr ich Ihre Beharrlichkeit bewundere! Leider bedeutet die Hinrichtung Webers durch die Gestapo, dass Sie den Mörder der vier polnischen Flüchtlinge nicht mehr vor Gericht bringen können.«

Ich hielt mich am Geländer fest, die Handschellen schnitten in meine Haut. Sein Triumph war unerträglich. »Krieg brutalisiert uns.«

Als ich hochsah, merkte ich, dass Hochstetter mich aufmerksam musterte, doch schon kehrte sein Lächeln zurück. »Zu Ihrer Sicherheit müssen Sie es womöglich hinnehmen, so lange brutalisiert zu werden, wie es den Leuten um sie herum dienlich ist. Bis dahin wäre es wohl klüger, die Dinge zu lassen, wie sie sind.« Er hielt inne, ehe er einen letzten Satz hinzufügte, und ich sah einen Anflug von Resignation in seinem Blick. »Eines Tages stehen wir uns wieder kämpfend gegenüber.«

Er streckte den Arm aus. Ich dachte, er würde mir die Fesseln abnehmen, doch er zog meine Uhr vom Handgelenk, sah nach der Zeit, stellte die Zeiger eine Stunde vor, band mir die Uhr vorsichtig wieder um und schloss das Armband ein Loch zu eng. Es zwickte.

»Jetzt sind wir im Gleichtakt, Édouard. Bitte sorgen Sie dafür, dass es so bleibt.«

Dann erst öffnete er die Handschellen. Das Blut floss in meine Hände zurück, und tausend Nadelstiche fuhren mir in die Finger. Ich rieb sie, um die Zirkulation anzuregen.

»Es war ein interessanter Vormittag, Édouard, doch ich fürchte, jetzt muss er enden. Sicher finden Sie allein in die Innenstadt zurück.«

Er winkte Offizier und Feldwebel heran. Zu dritt gingen sie die Treppe zu ihrem wartenden Wagen hinunter. Als das Auto verschwunden war, ließ ich mich ans sonnenwarme Geländer sinken und hielt die Augen fest verschlossen. Schließlich raffte ich mich auf, stieg die Stufen hinunter und ging in die Metrostation zu Füßen von Montmartre.

Unter der Erde war es kühl. Ich lehnte den Hinterkopf an den Metrowaggon und verschloss die Augen angesichts der Wahrheit und der Gefühle, die ich unterdrückt hatte, solange Hochstetter mich mit Handschellen festhielt. Doch nun erfüllten sie meine Gedanken. Sosehr ich auch mit mir rang: Mein Bewusstsein kehrte zum Jardin du Luxembourg zurück. Zu dem Bild am Medici-Brunnen. Ich wusste, dass es mir in den kommenden Nächten in meiner einsamen Wohnung immer wieder im Traum erscheinen würde.

Gelächter unterbrach meine Gedanken: Zwei deutsche Soldaten flirteten mit zwei jungen Französinnen. Ich starrte sie kurz an, musste aber wegschauen, bevor einer von ihnen meinen Blick bemerkte, denn ich hätte meinen Zorn nicht beherrschen können.

Stattdessen dachte ich an all das, was Hochstetter zu mir gesagt hatte, und wünschte, Ronson erzählen zu können, was ich inzwischen begriffen hatte. Mir war klar, dass sie antworten würde, nichts, was sich zu besitzen lohne, sei leicht zu bekommen. Und damit hätte sie Recht. Denn genau das hatte Hochstetter getan. Er hatte es so dargestellt, als habe er Weber geopfert, um die Besetzung von Paris möglichst glatt über die Bühne zu bringen. Damit es aussah, als handelten sie fair und gerecht. Tatsächlich aber hatte er mir Weber nie angeboten. Er hatte ihn in mein Blickfeld gerückt, immer wieder gesagt, wie schwer es für mich wäre, ihn zu vernehmen, mir jedes Mal etwas mehr Informationen gegeben, sich mir mal in den Weg gestellt, mir mal etwas enthüllt. Je schwerer er es mir gemacht hatte, Weber zu befragen, und je stärker er den Verdacht auf ihn lenkte, desto glaubhafter war mir erschienen, dass Weber sich freikaufen wollte. Je mehr auf dem Spiel gestanden hatte und je größer das Risiko gewesen war, desto realer war mir die Beute erschienen, und das hatte Ronson gefallen.

Und es spiegelte, was Hochstetter nun mit Biehl getan hatte. Groves' Tod hatte nichts mit dem ›Sonderaktionsbuch‹ zu tun gehabt, sondern war eine List Biehls gewesen, um mich loszuwerden und Auban an meiner Stelle zu installieren. Dass Hochstetter anders argumentiert hatte, war sein erster Fehler gewesen und hatte mir verraten, dass Biehl nicht mit Weber unter einer Decke steckte, Hochstetter dagegen schon.

Er wusste, dass ich am Freitag in Compiègne war, weil Weber es ihm erzählt hatte. Ich hatte keinen Beweis dafür, aber ich war mir sicher, dass die Soldaten, die plötzlich im Wald aufgetaucht waren, uns aber nicht hatten festnehmen können, ein weiterer Trick von Hochstetter gewesen waren, um Ronson von Webers Aufrichtigkeit zu überzeugen. Meine Anwesenheit dort war ein zusätzlicher Pluspunkt gewesen. Und wann immer es so ausgesehen hatte, als werde Weber demnächst krachend scheitern, hatte Hochstetter für ihn die Kastanien aus dem Feuer geholt. Vorhin im Jardin du Luxembourg hatte er die Flucht von Ronson und Weber nicht aufgehalten und sie seltsamerweise nicht verfolgt, sondern war zum Panthéon gefahren, wohl um ihnen Zeit zu lassen, die angebliche Übergabe zu vollziehen. Und Biehl war bei Weber aufgetaucht, um nach dem Geschehen auf dem Bahngelände nach mir zu schauen. Hochstetter war sicher zu Webers Schutz bestimmt und hatte mich letztendlich aus dessen Wohnung geholt. Und er hatte mir jedes Mal gedroht, sobald ich das Spielfeld verließ, das er für mich angelegt hatte. Er war der Dirigent der Schwarzen Kapelle, der die Bewegungen des schwarzen Orchesters koordinierte.

Biehls Auftauchen in Paris hatte die Dinge schwieriger gemacht. Hochstetter hatte sich des SD erwehren und weiter seine Farce abziehen müssen, aber letztlich hatte ihm das gedient, weil es seinem Anliegen noch mehr Glaubwürdigkeit verschafft hatte. Nach eigenem Bekunden war Hochstetter kein Nazi. Alles, was er mir über Biehls Motive erzählt hatte, waren in Wirklichkeit eigene Beweggründe. Er war es, der Hitler stürzen, aber all das behalten wollte, was dieser ergattert hatte. Und er war bereit, hohe Risiken einzugehen, um zu bekommen, was er wollte. Und da Weber nun tot war, konnte er den SD-Mann zum Sündenbock machen, um die eigenen Spuren zu verwischen. Ich seufzte schwer – wieder einmal würde also die Gerechtigkeit nicht siegen.

Als der Zug meine Station erreichte, dachte ich an Hochstetters letzte Bemerkung und seinen Blick dabei. Weil sein Plan gescheitert war, hatte er resigniert gewirkt, aber auch pragmatisch. »Eines Tages stehen wir uns wieder kämpfend gegenüber.« Ganz bestimmt. Und es würde mein Kampf sein.

Ich holte Ronsons Wagen aus der menschenleeren Straße und fuhr damit zu meiner Wohnung, um zu warten. Ein derart nobles Fahrzeug hatte mein Mietshaus nie gesehen, und ich fragte mich, was ich damit anfangen würde.

Monsieur Henri war zum Glück nicht im Treppenhaus. Oben öffnete ich meine Tür und atmete den Geruch des Nichts ein. Die Zimmer fühlten sich nicht mehr an wie meine Wohnung. Jozef und seine Leute hatten sie in einen sterilen Käfig verwandelt. Ich stieß einen wütenden Schrei aus und trat den Couchtisch um, auf den ich sonst die Luger-Patronen legte, wenn ich das Ritual beging, mich erfolglos umzubringen. Ich tastete nach der eingedellten Patrone in meiner Tasche, war aber noch nicht so weit. Ich nahm das Wenige, was ich außer Büchern besaß, aus den Regalen und schleuderte es an die Wand gegenüber; Scherben sprangen mir entgegen. Wieder und wieder trat ich meinen Sessel, meinen einsamen Sessel, bis ich auf ihn sank und spürte, wie er mich in seine Arme nahm.

Ich atmete unregelmäßig, setzte mich auf, beruhigte mich und sah mir die Trümmer an. Dann richtete ich den Tisch wieder auf, stellte ihn vorsichtig an seinen Platz zurück. Ich bereute, mein einziges Zuhause demoliert zu haben, und dachte an Ronson. In den wenigen Tagen, die ich sie gekannt hatte, war sie fast wie eine Freundin für mich gewesen, und das hatte ich seit dem letzten Krieg nicht erlebt. Ob ich sie noch mal sehen würde, solange wir unter der Herrschaft der Nazis lebten? Wieder dachte ich an ihren Glauben an Webers gefälschte Beweise und wünschte, ich hätte ihn nicht bestritten. Selbst gefälschte Beweise von Nazigräueln waren mehr als das, was wir jetzt hatten, und vielleicht wäre etwas Gutes dabei herausgekommen.

Auf dem Boden vor mir lag der Roman von Céline. Er war das einzige Buch, das ich in meiner Wut an die Wand geworfen hatte, und ich schämte mich, Fryderyks letzten noch vorhandenen Besitz so behandelt zu haben. Da lag es nun mit eingerissenem Rücken. Der vordere Deckel hing lose herab wie ein gebrochener Arm. Die Broschüre lag offen daneben.

Ich nahm beides, steckte die Broschüre ins Buch zurück und schloss den beschädigten Deckel. Als ich den Band auf den Tisch legte, musste ich wieder an den Moment denken, als ich ihn vor erst neun Tagen unter Fryderyks Sachen im Tresor gefunden hatte. Warum er einen Tresor besessen und gerade diese Dinge darin aufbewahrt haben mochte, beschäftigte mich noch immer. Ich schloss die Augen und vergegenwärtigte mir, wie ich die drei Bücher das erste Mal gesehen hatte. Sie hatten zwischen den dünnen Mappen gelegen, deren obere die beiden eingebundenen Briefe enthielt, während in der unteren Fotos waren. Fryderyk war Drucker und Buchbinder gewesen. Es musste einen Grund für diese drei Bände geben. Das von Ewa verfasste und das von Fryderyk gedruckte Buch hatten für ihn sicher sentimentalen Wert gehabt, doch der Céline war das Kuckucksei im Nest. Ich versetzte mich intensiv in Fryderyk hinein. Wenn es im Tresor einen entbehrlichen Gegenstand gegeben hatte, dann das Buch, das vor mir lag.

In Gedanken an das, was ich mit Jans Teddy getan hatte, und mit einer Entschuldigung Fryderyk gegenüber riss ich die Deckel ab, die sich mit dem Rücken vom Buchblock lösten. Ich entfernte das Vorsatzpapier, fand aber auch darunter nichts. Doch als ich es abzog, spürte ich den Einband selbst nachgeben. Ich rupfte ihn auf, zog den Karton heraus, der den vorderen Deckel bildete, und stellte fest, dass er aus zwei Lagen feineren Kartons bestand, die wie die Mappen gebunden waren. Oder wie ein Buch. Ein Buch im Buch. Sofort betrachtete ich die Broschüre auf dem Tisch, dann wieder das Päckchen in meinen Händen.

»*Du* bist die Broschüre.«

Ich öffnete den schlichten Karton, entdeckte eine erste Seite in Druckschrift. Meine Hände begannen zu zittern. Statt ›Sonderaktionsbuch‹ stand da in Fraktur ›Sonderfahndungsbuch Polen‹. Es handelte sich nicht um die von Weber versprochene Liste amerikanischer Zielpersonen, sondern um ein Register von Menschen, die in Polen verfolgt werden sollten. Die juristische Sprache der ersten Seite verstand ich nur im Groben, aber es handelte sich wohl um die Präambel des Dokuments, um die Gründe für das, was kommen würde.

Ohne ganz zu verstehen, was ich las, blätterte ich ans Ende der Broschüre, wo eine interne SS-Mitteilung den Zweck des ›Sonderfahndungsbuchs‹ beschrieb und Instruktionen gab. Meine Hände erschienen mir durch das Berühren des Papiers beschmutzt, ein Gefühl, das sich verstärkte, je länger ich las. Es handelte sich um eine Liste von über sechzigtausend Menschen, die vor dem Krieg seitens der NSDAP und der ›Volksdeutschen‹ erstellt worden war. Alle im Buch Genannten sollten nach der Annektierung des Landes verhaftet und hingerichtet oder interniert werden. Beim Lesen rechnete ich damit, auf Namen führender Politiker zu stoßen. Stattdessen war von gewöhnlichen Leuten die Rede, die im Rahmen einer ›Intelligenzaktion‹ festzusetzen seien – von Akademikern und Künstlern, Schriftstellern, Anwälten und Sportlern beiderlei Geschlechts. Sie alle waren Zielpersonen. Sie alle sollten ermordet werden.

Ich legte die Broschüre hin, mich schauderte vor Entsetzen. Ich dachte an Ewa. Sie war nicht wahllos getötet worden, sondern zur Hinrichtung bestimmt, weil sie Lehrerin war, ein Schulbuch verfasst hatte. Lucja hatte Recht gehabt. Die Gerüchte waren schlimm, aber die Wahrheit war furchtbar.

Ich wandte mich wieder der Liste zu und begriff, dass es sich nur um einen kleinen Teil des Gesamttexts handelte, denn eine Seite endete mitten im Satz, und auf der nächsten waren nur Namen aufgeführt. Namen, die mit G begannen. Fryderyk hatte nicht genug Platz gehabt, um die ganze Liste in den Céline zu binden, also hatte er nur die wichtigsten Teile genommen. Dieses Beweismaterial hatte er offenbar den französischen Behörden vorenthalten, um nicht alles aus den Händen zu geben – oder in der Hoffnung, aufgeschlossenere Adressaten zu finden.

Beim Durchblättern der Seiten stellte ich fest, dass er den persönlichsten, für ihn quälendsten Teil behalten hatte. Inmitten all der Namen, die mir so wenig sagten wie wohl auch denen, die sich der Liste bedient hatten, um ihre Opfer zu töten, sah ich Ewas Namen, gefolgt von einer Adresse in Bydgoszcz. Fryderyk folgte direkt darunter. Ich strich mit den Fingern über die Namen. Fryderyk hatte die totemistische Kraft von Büchern und das Pamphlet von Céline genutzt, um zu zeigen, was die Nazis in Polen anrichteten: ein letzter Anflug von Widerstand.

»Ich wünschte, ich hätte dich zu Lebzeiten kennen gelernt, Fryderyk«, flüsterte ich.

Eilends öffnete ich auch den hinteren Buchdeckel und entdeckte ein etwas anderes Konvolut. Die Kartonmappe war diesmal eine Art Briefumschlag, aus dem drei Dinge fielen. Auf einem Zettel stand eine handschriftliche Notiz auf Polnisch, die ich nicht verstehen konnte.

Dann waren da zwei Fotos.

Die erste Aufnahme – von hinten gemacht – zeigte eine Reihe von Menschen, die Hände auf dem Kopf. Sie gingen an einem offenen Regenwasserkanal entlang, der parallel zur Straße verlief. Eine Frau hatte eine auffällige Frisur mit Haaren bis weit über die Schultern. Ich schloss kurz die Augen, öffnete sie wieder und betrachtete das zweite Foto.

Die erste Person, die ich sah, war Ewa. Die Menschen hatten sich nun umgewandt. Auf der einen Seite richtete ein Trupp deutscher Soldaten das Gewehr auf sie, aus einem Lauf drang Rauch. Der Mann neben Ewa sackte zusammen und fiel zu Boden. Ewa sah geradeaus, in die leeren Mienen der Soldaten, in deren Mitte Weber mit erhobener Pistole stand.

Ich weiß nicht, wie lange ich das Foto anstarrte, nur wenige Sekunden vielleicht, aber ich dachte an Hochstetters Behauptung, die Vorstellung, es gebe einen Plan zur Vernichtung von Zivilisten, sei dem Hirn eines Verrückten entsprungen. Damit hatte er Recht, aber anders als von ihm gemeint. Ich betrachtete das Bild von Ewa und verspürte keinerlei Triumph. Dann berührte ich behutsam ihr Gesicht.

»Es tut mir so leid.«

Den Schlüssel im Schloss hatte ich nicht gehört, aber jetzt erreichte mich eine Stimme.

»Vater?«

Das Dokument in Händen, sah ich Jean-Luc ins Zimmer kommen.

Ich hatte ihn erwartet.

Behutsam legte ich alles auf den Tisch, stand auf, ging zu ihm, umarmte ihn das erste Mal seit Kindertagen, drückte ihn so fest wie nie etwas zuvor. Endlich kamen die Tränen, die ich seit jenem Morgen, seit ich zwischen meinen Freunden gestanden hatte, als sie im Schützengraben ausgelöscht wurden, nicht mehr hatte weinen können.

»Was ist?«, fragte er.

Ich ließ ihn los, sah ihn an. Reden konnte ich nicht.

Wieder hatte ich die Szene am Medici-Brunnen vor Augen. Bei ihrer hektischen Suche im Park hatte die Gestapo den jungen Mann verhaftet, mit dem ich zuvor statt mit Jean-Luc geredet hatte. Meinen Sohn hatten sie im Bienengarten nicht gut im Blick gehabt, kaum mehr als die Armeehose bemerkt, nur die Uniform wahrgenommen, nicht den Menschen darin. Das zweite Mal hatte ich den jungen Mann gesehen, als man ihn abgeführt, mit Weber und Ronson aufgestellt und in der Annahme, er sei mein Sohn, erschossen hatte. Ich hatte nicht gewagt, mir der Gestapo oder Hochstetter gegenüber meine Erleichterung anmerken zu lassen. Und nun wagte ich nicht, Jean-Luc etwas von den Schuldgefühlen meiner Erleichterung wegen zu zeigen, dass statt meines Sohnes ein anderer junger Mann gestorben war. Niemals durfte ich ihm erzählen, was wirklich im Jardin du Luxembourg passiert war.

Er wirkte geknickt, was nicht zu meiner Freude passte. »Ich habe versagt und den deutschen Offizier nicht getötet.«

»Sei nicht so wild aufs Töten, Jean-Luc. Er ist tot. Die Gestapo hat ihn erschossen.«

»Es wäre an mir gewesen.«

Ich drückte ihn wieder. Ihm war die doppelte Bedeutung seiner Worte nicht bewusst.

»Komm, wir müssen los.«

Wir nahmen Ronsons Wagen, und ich fuhr vorsichtig nach Neuilly-sur-Seine. In den Alleen waren keine deutschen Soldaten, und einen Moment konnte man sich gut vorstellen, Paris sei nicht besetzt. Ich parkte auf dem Gelände des amerikanischen Krankenhauses, und wir gingen durch den Garten dahinter zu Lucja, die auf einem Stuhl unter Bäumen saß. Die beiden britischen Soldaten saßen neben ihr. Als sie uns sah, stand sie lächelnd auf. Ihr Unterarm steckte in einem sauberen Verband, den eine Schlinge hielt.

»Ich dachte, Sie wären noch im Bett«, sagte ich.

»Man versorgt mich gut, aber ich muss hier raus.«

Der Arzt trat aus einer Tür und berichtete uns in einer Mixtur aus Französisch und Englisch, die Entzündung sei deutlich zurückgegangen, das Fieber verschwunden. »Wir haben Dawson und Jenkins für ihre Pflege zu danken.«

Ich sah erst den einen, dann den anderen an und dachte darüber nach, wie fern der Krieg zu sein schien und dass ich gerade wegen des Krieges an diesem friedlichen Ort mit Menschen war, in deren Gegenwart ich mich auf selten erlebte Weise wohlfühlte. Aus dem Augenwinkel merkte ich, dass Lucja mich ansah. Sie rief mich zu sich.

»Werden Sie mich verhaften? Ich habe jemanden getötet. Was ich getan habe, war falsch.« Wir saßen schweigend da. Eine Biene war zwischen den duftenden Blumen unterwegs.

»Manchmal kann nur ein Mord Gerechtigkeit bringen.«

Traurig schüttelte sie den Kopf. »Das glauben Sie doch nicht, Eddie.«

»Früher habe ich es nicht geglaubt, nein.«

Jean-Luc scherzte im Schatten einer Platane mit den britischen Soldaten. Ich hatte nicht gewusst, dass er Englisch konnte. Die Welt hatte sich für uns alle geändert.

»Alles war umsonst«, sagte Lucja leise. »Wir besitzen noch

immer nichts, was die Welt glauben machen wird, was in meinem Land geschieht.«

»Doch, das tun wir.«

Ich zog den Céline-Roman hervor, nahm den Einband ab, schüttelte die Unterlagen aus dem vorderen und hinteren Buchdeckel und gab sie ihr. Als Erstes sah sie die Fotos. Fast hätte sie sie mit vor Abscheu zitternden Händen fallen lassen. Ich wies auf die Frau, die den Gewehren entgegensah.

»Das ist Ewa Gorecka.«

»Und Fryderyk besaß diese Aufnahmen?«

Sie sah die zur Broschüre vernähten Dokumente durch.

»Das ›Sonderfahndungsbuch Polen‹«, flüsterte sie und starrte auf die fetten, unerbittlichen Lettern des Titels.

»Es ist nicht komplett, sondern nur das, was Fryderyk den französischen Behörden vorenthielt. Aber es vermittelt eine klare Vorstellung vom gesamten Dokument und enthält den Ausschnitt einer Namensliste.«

Eine mir unermessliche Wut ließ Lucja beben. »Das waren keine zufälligen Gräuel in der Hitze des Gefechts. Das war ein kaltblütiger Plan zur systematischen Vernichtung.«

Erneut las ich in der Präambel von den sechzigtausend Menschen, die interniert und letztlich hingerichtet werden sollten. »Wer sind die ›Volksdeutschen‹?«

»Deutschstämmige in Polen.« Wieder betrachtete sie das Dokument. »Wir hatten einige von ihnen als Nachbarn; auch unter den Mitgliedern meiner Fakultät waren ›Volksdeutsche‹. Möglich, dass sie an der Erstellung dieser Liste beteiligt waren. Menschen, die wir kannten, haben sich gegen uns gewandt und uns ohne unser Wissen zum Tode verurteilt.«

Ich dachte an Auban und andere wie ihn. »Wir werden noch einige von diesem Kaliber erleben, ehe es mit den Nazis ein Ende hat.« Ich wies auf das Blatt zu den beiden Fotos. »Da ist noch eine Notiz auf Polnisch. Ich weiß nicht, was sie bedeutet.«

Sie überflog den handgeschriebenen Zettel, übersetzte stockend seine Kernaussage. »Das hat Fryderyk geschrieben. Er berichtet, ein Widerstandskämpfer, der ihn kannte, habe die Fotos bei einem SS-Offizier gefunden, den sie aus dem Hinterhalt getötet hatten. Er hatte eine Aktentasche mit dem gesamten Dokument und den Fotos dabei. Der Mann habe Ewa erkannt und die Aufnahmen zu Fryderyk gebracht, der sich versteckt hielt und darauf wartete, Polen verlassen zu können. Der Widerstandskämpfer habe ihm Dokument und Fotos anvertraut.« Sie senkte kurz die Notiz. »Armer Fryderyk, was hat er alles durchgemacht. Hier steht auch, dass die Seiten mit den Namen von G bis K, die Präambel und die beiden Fotos alles waren, was er noch besaß, weil die französischen Stellen das übrige Dokument und ein Foto einbehalten haben.«

»Hätte er auch diese Dinge den Behörden ausgeliefert, wäre jetzt alles verloren.«

Ich zeigte ihr die Seite, auf der Ewas Name über dem von Fryderyk auftauchte. Wortlos blätterte sie zurück, hielt inne und wies auf einen Namen. Zofia Galka.

»Kennen Sie die?«, fragte ich.

»Das ist mein Name. Ich war auf der Hinrichtungsliste. Der Name darüber, Tomasz Galka, ist der meines Mannes. Auch er war Hochschuldozent. Am Tag, als die Deutschen kamen, wurde er an mir vorbei über den Flur geführt, und wir wagten nicht, uns zu grüßen. Oder uns zu verabschieden. Als ich ihn zuletzt sah, trieb man ihn auf einen deutschen Lastwagen.«

Ich schloss die Augen, dachte an ihr Entsetzen über den Lkw, auf den Borek vor dem Majestic hatte klettern müssen.

»Warum nur hat Fryderyk uns all das nicht erzählt?«

»Er hat niemandem getraut. Unsere Behörden haben ihn im Stich gelassen, und er wusste nicht, auf wen unter den Polen er bauen konnte. Was er mit angesehen hat, hat ihn verwirrt – so wie die Angst vor einem erneuten Einmarsch der

Deutschen. Er wusste nicht mehr, was er machen sollte, also hat er das Einzige getan, was er seiner Ansicht nach noch tun konnte.«

»Sich und seinen Sohn töten?«

Wieder dachte ich über Fryderyk nach. Ich wusste, was Angst und deren Nachwirkungen anrichten konnten. Was sie in meinem Bewusstsein angerichtet hatten. »Womöglich hat dieses Dilemma ihn den Weg wählen lassen, den er genommen hat.«

Ich steckte die Teile des Buchs wieder zusammen und gab es ihr.

»Was soll ich damit tun?«

»Es nach London bringen, Ihrer Exilregierung zeigen und sie damit verfahren lassen, wie sie will.«

»Wie komme ich nach London?«

Ich erklärte ihr, dass Ronsons Auto vor dem Krankenhaus parkte. »Im Kofferraum sind sechs Kanister Benzin, und der Wagen hat WH-Kennzeichen, sieht also wie ein deutsches Auto aus; es ist darum sehr unwahrscheinlich, dass Sie angehalten werden. Ronson sagte, von Lissabon gebe es weiterhin Schiffe nach London. Am besten, Sie reisen nach Spanien und weiter nach Portugal.«

Sie hob den bandagierten Arm. »Ich kann nicht fahren.«

»Müssen Sie auch nicht. Sie reisen mit meinem Sohn.«

»Mit Ihrem Sohn?«

Jetzt erst stellte ich ihr Jean-Luc vor. »Er war bei der Armee, wurde aber von seiner Einheit getrennt und sitzt in der Falle, genau wie Sie. Ihr beide müsst raus aus Paris und wollt nach London – Sie, um sich Ihrer Regierung anzuschließen; Jean-Luc, um Soldat des Freien Frankreich zu werden. Zusammen fahrt ihr nach Süden, so weit es geht; dann schlagt ihr euch nach Lissabon durch. Solltet ihr den Wagen stehen lassen müssen, weil es zu gefährlich wird, habt ihr es wenigstens aus Paris herausgeschafft und ein Stück Weg zurückgelegt.«

Ich sah, dass Jean-Luc mich gedankenverloren musterte, dann kurz nickte. Jenkins und Dawson antworteten, als ihnen meine Worte übersetzt worden waren, und Lucja dolmetschte, was sie gesagt hatten.

»Sie wollen mit. Sie wollen in ihr Heimatland zurück.«

»Das ist zu gefährlich. Zu zweit zu reisen, erregt keinen Verdacht. Wenn ihr zu viert unterwegs seid, ist das verdächtig. Außerdem sprechen die beiden kein Französisch.«

Lucja hob den Arm. »Die Wunde ist noch nicht verheilt und muss versorgt werden, um nicht wieder zu eitern. Die beiden können sich darum kümmern.«

Die Briten sahen mich erwartungsvoll an.

»Das ist eine gute Idee, Vater«, sagte Jean-Luc. »Vier von uns, die zusammenarbeiten. Wir alle sollten fahren.«

Ich sah Jean-Luc an und bemühte mich, nicht daran zu denken, ihn so bald schon wieder zu verlieren.

»Ja.«

Lucja und Jean-Luc besaßen nur, was sie am Leib trugen. Der Arzt und eine Schwester verschwanden kurz und kamen mit einer Hose zum Wechseln für Jean-Luc zurück, mit ein paar anderen Sachen zum Anziehen und mit Essen aus der Küche. Jenkins und Dawson brauchten nur zwei Minuten, um ihr Zeug in kleine Seesäcke aus Leinen zu stopfen. Sie waren eher reisefertig, als ich bereit war, sie ziehen zu lassen.

In aller Eile fuhren sie los. Jean-Luc saß am Steuer, Lucja auf dem Beifahrersitz; die beiden Briten hockten auf der Rückbank. Jean-Luc hatte vor der Abfahrt noch etwas sagen wollen, mich dann aber nur angesehen.

»Los«, meinte ich zu ihm.

Als sie aus dem Tor fuhren, wandte ich mich ab, weil ich es nicht mitansehen konnte. Ich tastete nach der Luger-Patrone in meiner Tasche, nahm sie heraus, betrachtete sie nachdenklich und war versucht, sie ins Gebüsch zu werfen. Stattdessen schob ich sie zurück in meine Tasche. Wer wusste schon, wozu ich sie in Zukunft brauchen würde.

Über mir dröhnte ein Flugzeug durch die Stille: Eine deutsche Militärmaschine kreiste träge über Paris. Irgendwie wusste ich, dass es Hitler war, der Le Bourget verließ und einen letzten Blick auf seine Eroberung warf, bevor es wieder in seine Wolfsschlucht ging.

Mir fiel Jean-Lucs Bemerkung ein, wir würden mit in der Tasche geballter Faust leben. Prompt formte ich die Hand zum Revolver und dachte an Ronson.

»Peng«, flüsterte ich.

Dann sah ich wieder zu Boden und verließ allein das Krankenhausgelände. Draußen in den stillen Straßen nahm ich meine Uhr ab und stellte sie eine Stunde zurück.

»Das ist meine Zeit.«

»Woher wussten Sie das?«

Eine Öllampe warf unsere flackernden Schatten auf die Verdunkelungsvorhänge. Mit der Flamme stiegen und fielen sie, drohten uns zu verschlingen. Hoch über dem Bahngelände waren alle Geräusche von der Nacht gedämpft. Ruhig stellte Le Bailly seinen starken Kaffee zwischen uns auf den Tisch.

»Ich habe lange nicht verstanden, warum Hochstetter Sie verhaftet hat«, sagte ich. »Wieso er Sie befragen musste. Bis ich begriffen habe, wie er arbeitet. Er hat Sie nicht verhört, sondern rekrutiert. Und schon ergab vieles Sinn. Hochstetter wusste, dass ich Deutsch sprach. Sie wussten, dass ich Kriegsgefangener war, Sie müssen ihm davon erzählt haben.«

»Ich hatte keine Wahl. Sie haben ja gesehen, in welcher Lage ich bin. Wäre ich nicht sein Informant geworden, hätte ich ins Gefängnis gemusst. Und wie gesagt: Diese Vorstellung könnte ich nicht ertragen. Lieber würde ich sterben.«

»Hochstetter ist mächtig«, räumte ich ein. »Er weiß Kooperation zu erzwingen. Bei Ihnen hat er dafür gesorgt, dass Sie – obwohl Kommunist – nichts zu befürchten haben.«

»Ich sollte erst nur die Arbeiter im Zaum halten und dafür sorgen, dass alles glattläuft. Aber dann begann er Informationen einzufordern. Wer ist hergekommen? Was geht in den Schuppen vor? Wer hat was getan? Immer mehr wollte er wissen. Tut mir leid, dass ich ihm von Ihnen erzählt habe, aber Sie müssen verstehen, dass mir keine Wahl blieb.«

»Das tue ich. Aber dass Sie Kommunist sind, ist nicht das Problem, oder?« Am Himmel dröhnten Flugzeuge, sicher die Royal Air Force auf der Suche nach einem Ziel. »Das Problem ist, dass Hochstetter herausgefunden hat, dass Sie die vier polnischen Flüchtlinge umgebracht haben. Damit hatte er Sie in seiner Gewalt.«

Er leugnete es nicht. Er sah mich nur durch den Dampf seines Kaffees an. »Das ist mein Schutz. Vor Ihnen.«

Ich dachte an Hochstetters verhüllte Mahnung auf den Stufen von Sacré-Cœur, ich solle die Dinge lassen, wie sie sind. »Stimmt. Hochstetter hat mir klar vermittelt, dass Sie sein Schützling sind und ich dagegen nichts tun kann. Erst mal nicht. Was Ihnen fehlt, ist ein Schutz vor sich selbst.«

Er wirkte ruhiger. »Wie sind Sie eigentlich auf mich gekommen? Dass Sie mich nicht verhaften dürfen, wissen Sie – also können Sie es mir auch sagen.«

»Sie haben gehandelt wie Hochstetter und wollten mich immer wieder dazu bringen, andere zu verdächtigen. Erst Papin und Font, dann die Deutschen, als ich Ihnen erzählte, sie könnten es sein. Außerdem haben Sie Ihre Geschichte geändert, wer als Erster am Depot war. Erst meinten Sie, die Deutschen seien schon da gewesen, als Sie zur Arbeit kamen; später hieß es dann, Sie hätten sie anrücken sehen.«

»Man kann sich nicht immer an alles erinnern.« Wohlig trank er sein Gebräu, und langsam ging seine Kaltblütigkeit mir unter die Haut.

»Wirklich verraten aber hat Sie Ihr Wissen, dass das eingesetzte Gas einen weißen Stern trug – das hatten wir nie nach außen dringen lassen. Erst hielten wir es für Chlor. Nur jemand, der die Behälter in der Hand hatte, konnte wissen, welches Gas verwendet wurde.«

Er sah mich an und nickte langsam. »Stimmt, ich hatte Panik. Ich hatte ihnen noch helfen wollen, aber da tauchten die Boches auf, und es war zu spät, sie wegzuschaffen. Ich konnte nichts machen.«

Meine Gelassenheit schwand, je mehr seine zunahm. »Sie hätten immer etwas tun können, ohne vier Unschuldige zu töten.«

Er schüttelte abschätzig den Kopf. »Ich wollte doch helfen. Sie kamen zu mir und sagten, die Bande im Cheval Noir habe sie beraubt. Sie waren verzweifelt und taten mir leid, obwohl ich wusste, dass es gefährlich war. Aber dann kamen die Deutschen – was hätte ich tun sollen?«

»Warum glaube ich Ihnen nicht?«

»Es war das erste und letzte Mal, dass ich versucht habe, Menschen zur Flucht zu verhelfen.«

»Das letzte Mal? Und gestern Abend? Sie hatten alles geplant, eine Falle für die Poilus. Und für meinen Sohn.«

Die Erwähnung Jean-Lucs ließ ihn endlich bestürzt wirken. »Ich hatte nichts geplant.«

»Ich habe einen weißen Kreidestern am Waggon gesehen. Dort sollten die Poilus einsteigen. Es war ein Zeichen für Sie, um den Wagen trotz Verdunkelung zu finden. Aber das Auftauchen der Deutschen hat Ihren Plan vereitelt.«

Er schnaubte. »Die Waggons sind voller Zeichen. Alle verwenden sie ständig. Das hat nichts zu bedeuten. Auch wenn Sie etwas anderes glauben.«

»Sie werden es mir nicht sagen?«

Ich brauchte sein Geständnis, um zu wissen, dass ich richtig gehandelt hatte. Das Verkniffene seiner Kinnpartie aber zeigte mir, dass ich nichts mehr aus ihm herausbringen würde.

Mit wiederkehrendem Selbstvertrauen trank er einen großen Schluck von seinem grausigen Kaffee. »Das alles ist interessant, aber ich muss arbeiten und die Züge am Laufen halten.«

»Ich bin noch nicht fertig.«

Ich legte die Dienstpistole, meine Versicherungspolice, vor mich hin, zog wortlos die Luger aus der Tasche und setzte die sechs Patronen in einer Reihe auf den Tisch. Er sah andächtig zu, langsam stieg Angst in ihm auf.

»Sie sagten, Sie wollen eher sterben als ins Gefängnis gehen. Mit diesem Spiel versuche ich, meine Schuldgefühle zu lindern.«

Ich hielt ihm die sechs Patronen hin, damit er eine auswählte. Keine Ahnung, welche davon die mit der Delle war.

Anmerkung des Autors

Dieses Buch ist ein Roman, doch er basiert auf Fakten. Das »Sonderfahndungsbuch Polen« gibt es tatsächlich. Es umfasst ungefähr einundsechzigtausend Namen und führt die Gruppen von polnischen Zivilisten auf, die nach dem deutschen Überfall auf Polen hingerichtet oder in Konzentrationslagern inhaftiert werden sollten. Das Buch enthält lange Listen unerwünschter Personen, zu denen Akademiker, politische Aktivisten, Lehrer, Schauspieler, Adlige, Priester, Ärzte, Rechtsanwälte, Offiziere und Sportler gehören, und wurde vor dem Krieg im von Reinhard Heydrich eingerichteten Amt II (Gegnererforschung) des Reichssicherheitshauptamts zusammengestellt, um das »Unternehmen Tannenberg« und die »Intelligenzaktion« zu koordinieren – diese Bezeichnungen verwendeten die Nazis für die Vernichtung polnischer Zivilisten. Wie bei der jüdischen Bevölkerung des Landes wurde der Massenmord von SS-Einsatzgruppen und Einheiten des Volksdeutschen Selbstschutzes durchgeführt, einer paramilitärischen Organisation von in Polen lebenden Deutschen. Beide Tätergruppen wurden von Einheiten der Wehrmacht unterstützt.

Tatsächlich wurden in der Stadt Bydgoszcz (Bromberg) und in deren Umgebung Massaker begangen, zu deren Opfern Lehrer der örtlichen Schulen gehörten, und im ersten Jahr der deutschen Invasion wurden dort schätzungsweise mindestens fünftausend Menschen (andere Schätzungen sprechen von zehntausendfünfhundert) ermordet. Viele Tote wurden in einem Tal außerhalb der Stadt in Massengräbern verscharrt. An diesem Ort befindet sich heute ein Denkmal.

Das »Sonderaktionsbuch«, in dem einflussreiche Amerikaner verzeichnet sind, und das Komplott, von dem Weber spricht und dessen Realitätsgehalt im Roman offenbleibt, habe ich für mein Buch erfunden. Soweit ich weiß, gab es keinen solchen Plan.

Es gibt keine Hinweise darauf, dass es eine ähnliche Verfolgungsliste für Frankreich gegeben hat. Wohl aber wurde ein vergleichbares Dokument für Großbritannien erstellt und sollte bei einer deutschen Invasion zur Anwendung kommen. Ursprünglich »Sonderfahndungsliste G. B.« genannt, wurde das Verzeichnis nach dem Krieg als »The Black Book« bekannt, als Schwarze Liste, die die Namen von fast dreitausend prominenten Briten enthielt, die inhaftiert werden sollten. Das Verzeichnis allerdings enthält viele Fehler und Ungereimtheiten. So werden darin Verstorbene aufgeführt sowie Menschen, die Großbritannien bereits verlassen hatten, während einige entschiedene Kritiker der Nazis sich nicht darin finden.

Wie bei vielen Invasionen vor und nach dem Fall von Paris war es den Siegern, die so effektiv Krieg geführt hatten, auch dort nicht möglich, erfolgreich Frieden zu schaffen. Die ersten Wochen der Besatzung waren geprägt von Durcheinander und dauernden Änderungen in der Stadtverwaltung, was sich auch auf die Positionen einzelner Deutscher und deutscher Ämter erstreckte, die für die Aufrechterhaltung des täglichen Lebens und das Weiterarbeiten der Institutionen zuständig waren, und zu ungewöhnlichen Allianzen und Arrangements führte. Eines davon zeigte sich klar in der Behandlung der französischen Kommunisten im ersten Jahr der Besatzung. Der Hitler-Stalin-Pakt führte in diesem Durcheinander dazu, dass zwar viele Kommunisten verhaftet und schikaniert wurden, andere aber eine unsichere Duldung und sogar eine gewisse Immunität genossen. Letztlich bekannten sich Mitglieder der Kommunistischen Partei offen zu ihrer Gesinnung und gerieten dadurch in den Blick der Besatzer. Was ihr Verderben bedeutete, als Hitler die Sowjetunion 1941 angriff.

Zum Durcheinander gehörte auch die Ankunft der Gestapo in Paris. Wie im Roman hatte Hitler ihr auf Drängen der Wehrmacht verboten, die deutsche Armee zu begleiten. Deshalb heckten Himmler und Heydrich den Plan aus, etwa zwanzig Gestapo-Männer, getarnt als Geheime Feldpolizei, nach Paris zu schicken, die als Brückenkopf agierten, um in der Stadt eine Gestapo-Zentrale aufzubauen. Während der Besatzung bezeichneten die Franzosen mit dem Begriff Gestapo mal den SD (den Sicherheitsdienst, also den Geheimdienst der SS), mal die Sipo (Sicherheitspolizei, gebildet aus Gestapo und Kripo), mal die Gestapo selbst.

Die Hauptfiguren der Handlung sind durchweg erfunden. Um sie besser in den historischen Zusammenhang einzubetten, werden aber einige leibhaftige Personen erwähnt oder treten als Nebenfiguren auf. Einer ist Roger Langeron, der Präfekt der Pariser Polizei, der tatsächlich am Tag des deutschen Einmarschs in Paris diverse Polizeireviere der Stadt zweimal besucht hat. Die Versprechungen, die hochrangige deutsche Offiziere gemacht hatten und die Langeron in dieser Geschichte den Polizisten in der Sechsunddreißig übermittelt, basieren auf seinen Gesprächen mit den Invasoren am Morgen des 14. Juni und auf den Versicherungen, die sie ihm damals gaben.

Eine weitere wahre Figur ist der Arzt Thierry de Martel, ein berühmter Neurochirurg, der Selbstmord beging, um den Einmarsch der Deutschen in Paris nicht erleben zu müssen. Als es in der Woche darauf an den Kiosken wieder Zeitungen gab, wurde über seinen Tod in aller Ausführlichkeit berichtet – auf Kosten vieler anderer Geschichten, die unter der Nazi-Zensur vermutlich nicht hätten veröffentlicht werden können. Zu den Selbstmorden, mit denen Eddie zu tun bekommt: Mindestens fünfzehn Einwohner von Paris haben sich am Tag des deutschen Einmarschs umgebracht. In einer Stadt, die aufgrund der Flucht so vieler Menschen in den Wochen zuvor über zwei

Drittel ihrer Bevölkerung verloren hatte, ist das eine erstaunliche Zahl, die die Polizei sicher motiviert hat, an diesem Tag die Ordnung zu wahren.

Schließlich sei erwähnt, dass noch immer – so seltsam es anmutet – unklar ist, wann Hitler Paris besucht hat. Auch hat er wahrscheinlich anlässlich dieses einzigen Besuchs nur wenige Stunden dort verbracht. Am häufigsten werden Sonntag, der 23. Juni, und Freitag, der 28. Juni, als Zeitpunkt seiner Visite genannt. Mindestens drei seiner damaligen Begleiter – darunter Hitlers Lieblingsbildhauer Arno Breker und der Architekt Hermann Giesler – sagten, der Besuch habe am 23. Juni stattgefunden. Der Architekt Albert Speer und Hitlers Adjutant Nicolaus von Below indes behaupteten, es sei der 28. Juni gewesen. Alles, was ich gelesen habe, lässt mich den 23. Juni für wahrscheinlicher halten; dieses Datum habe ich in diesem Buch verwendet.

Bekannt ist, dass es sich um einen Kurztrip zu den Hauptsehenswürdigkeiten der Stadt gehandelt hat. Während seines Aufenthalts soll Hitler keine französischen Amtsträger und keine Journalisten getroffen, kein französisches Wohnhaus betreten, mit keinem Franzosen gesprochen haben; sein Besuch hat an jenem Morgen nur einige wenige Pariser restlos überrascht, die sich nicht einmal sicher waren, ob es sich tatsächlich um Hitler handelte. Sogar von den Besatzern wussten nicht viele, dass er kommen würde. Die meisten deutschen Amtsträger erfuhren davon erst im letzten Moment und mussten französische Museumsdirektoren um sechs Uhr früh aus dem Bett holen, um Schlüssel für die verschiedenen Sehenswürdigkeiten zu bekommen. Weil die Besichtigung so früh stattfand und schon um neun Uhr vorbei war, haben nur wenige Franzosen Hitlers Besuch mit eigenen Augen gesehen, und als die Presseberichterstatter aus aller Welt an die Arbeit gehen wollten, stellten sie fest, dass Hitler in Paris gewesen war und sie ihn verpasst hatten. Damals hieß es mit einer gewissen Ironie, Hitler sei nicht einmal lange genug in Paris gewesen, um auf die Toilette zu gehen.

Noch etwas sei abschließend erwähnt: Die Gerüchte, die Eddie von Monsieur Henri, seinem Nachbarn, zugetragen werden, haben in den ersten Tagen der Besatzung allesamt die Runde gemacht. Was einmal mehr demonstriert, dass sich wenig ändert.

Danksagung

Den vielleicht größten Dank schulde ich Paris und seinen Bewohnern, deren Geschichten Eddie und diese Serie inspiriert haben. Wenn man Romane schreibt, die in der damaligen Zeit spielen, zupft einen die Geschichte immer wieder am Ärmel – von den Einschusslöchern des Polizeireviers, in dem Eddie arbeitet, bis zu all den Straßenecken, wo Gedenktafeln an gefallene Widerstandskämpfer erinnern. Doch was mich abrupt innehalten ließ, war die kleine Tafel an einer Grundschule im Pletzl, auf der die Namen und das Alter der Kinder geschrieben stehen, die nicht aus Auschwitz zurückgekommen sind. Dieser Anblick hat mir klargemacht, dass ich – obwohl dieses Buch ein Roman ist und Eddie scheinbar schnoddrig auf die Besatzung von Paris reagiert – verpflichtet bin, seine Geschichte und die Geschichte von Paris aufrichtig und respektvoll zu erzählen. Auf Paris also, voll Dank, Bewunderung und Liebe.

Drei Museen haben mir viele Einblicke und Anregungen gegeben, und ich möchte ihren Besuch allen unbedingt empfehlen, die sich für diese Zeit interessieren: zunächst das Musée de la Libération de Paris – Musée du Général Leclerc – Musée Jean Moulin in der Avenue du Colonel Henri Rol-Tanguy im XIV. Arrondissement; dann das Musée de la Résistance nationale in Champigny-sur-Marne (das gegenwärtig in ein neues Haus umzieht); schließlich das Musée de la Préfecture de Police in der Rue de la Montagne Sainte Genevieve im V. Arrondissement. Von den Sachbüchern, die mir bei meinen Recherchen zu diesem Roman geholfen haben, vor allem zu den allerersten Tagen der Okkupation, möchte ich hervorheben *The Last Days of Paris* von Alexander Werth, *The Fall of Paris: June 1940* von Herbert Lottman, *Diary of the Dark Years 1940-1944* von Jean Guéhenno, *Occupation: The Ordeal of France 1940-1944* von Ian Ousby, *Nazi Paris: The History of an Occupation 1940-1944* von Allan Mitchell sowie *France: The Dark Years 1940-1944* von Julian Jackson.

Es ist ein enormes Privileg, bei Orion zu erscheinen, und ich möchte meinem Verlag dafür danken, dass er an Eddie und mich glaubt, vor allem Emad Akhtar und Lucy Frederick, die nicht nur exzellente Lektoren und großartige Menschen sind, sondern auch zu den besten Lehrern gehören, die ich je hatte. Sollten Ihnen Eddie und seine Geschichte gefallen haben, verdankt sich das zum großen Teil ihrer wunderbaren Einsicht und Beratung – alles andere nehme ich auf meine Kappe. Vielen Dank auch dem fabelhaften Team bei Orion, das mich mit seinen außerordentlichen Fähigkeiten und seiner Professionalität schier umgehauen hat. Auch möchte ich dem freien Korrektor John Appleton danken, der in harter Arbeit Dinge entdeckt hat, die mir entgangen sind. Dank auch an Craig Lye dafür, dass er von Anfang an für Eddie eingetreten ist.

Vermutlich reite ich darauf herum, aber man braucht auch eine richtig gute Agentin, und ich habe das Glück, in Ella Kahn die Beste von allen zu haben. Ein großes Dankeschön deshalb wie immer an diesen unerschöpflichen Quell der Herrlichkeit (um von ihrer harten Arbeit, ihren enormen Fähigkeiten und ihrem noch begeisternderen Glauben an mich zu schweigen).

Zuletzt geht mein Dank wie stets an meine Frau Liz für all ihre Liebe, Unterstützung und Geduld. Große Teile dieses Buchs haben das Licht der Welt dadurch erblickt, dass sie genau wusste, wann die Zeit für einen Tee gekommen, wann Wein geboten war. Ich danke dir von ganzem Herzen.

Adrian McKinty
Der sichere Tod
Kriminalroman
Aus dem Amerikanischen von
Kirsten Riesselmann
st 4159
(978-3-518-46159-4)
Auch als eBook erhältlich

Die Bronx. Harlem. Mehr als 2000 Morde pro Jahr. Nicht gerade das, was Michael Forsythe, illegal aus Belfast eingereist, sich von New York erhofft hat. Aber als Neuling in der *street gang* des mächtigen Darkey White macht Michael sich gut. Jung, clever, mit wenig Skrupeln, erwirbt er sich schnell Darkeys Vertrauen. Bis er sich mit dessen Freundin einlässt. Was jetzt gegen Michael in Gang gesetzt wird, ist teuflisch – und bedeutet seinen sicheren Tod. Doch Darkey hat Michael unterschätzt: seine Zähigkeit und seinen eisernen Willen, sich an allen zu rächen, die ihn verraten haben.

Der Auftakt zur preisgekrönten *Dead*-Trilogie: ein irischer Bad Boy auf Rachefeldzug in den härtesten Vierteln New Yorks.

»*Atemlose Spannung garantiert.*« Focus

»*So klug, so sardonisch und, ja, so cool.*«
perlentaucher

suhrkamp taschenbuch